Fabricadores de instrumentos de trabalho, de habitações, de culturas e sociedades, os seres humanos são também agentes transformadores da História. Mas qual será o seu lugar na História e o da História nas suas vidas?

UM PAÍS EM BICOS DE PÉS

Título original:
Um país em bicos de pés. Escritores, artistas e movimentos culturais

Revisão: Joaquim E. Oliveira
Revisão editorial e índice remissivo: Vasco Rosa, com o apoio do IPRI-NOVA
e financiamento da Fundação para a Ciência e Tecnologia, Ministério da Ciência, Tecnologia e Ensino Superior de Portugal, no âmbito do Projeto Plurianual UIDB/04627/2020.

Capa: FBA

Imagem de capa:
Amadeo de Souza Cardoso (1887-1918) com os amigos Domingos Rebelo (1891-1975), Emmérico Nunes (1888-1968), Manuel Bentes (1885-1961) e José Pedro Cruz (1888-) numa paródia a "Los Borrachos". Paris (França), 1908.
http://www.biblartepac.gulbenkian.pt/ipac20/ipac.jsp?&profile=ba&uri=full=3100024~!166397~!0

Depósito Legal nº 509675/22

Biblioteca Nacional de Portugal — Catalogação na Publicação

CURTO, Diogo Ramada, 1959-

Um país em bicos de pés: escritores, artistas e movimentos culturais. – (Lugar da história)
ISBN 978-972-44-2641-9

CDU 94(469)

Paginação:
Aresta Criativa — Artes Gráficas

Impressão e acabamento:
ACD Print, S.A.

para
EDIÇÕES 70
janeiro 2023

EDIÇÕES 70, uma chancela de Edições Almedina, S.A.
Avenida Emídio Navarro, 81, 3D
3000-151 Coimbra
e-mail: editoras@grupoalmedina.net

DIOGO RAMADA CURTO

UM PAÍS EM BICOS DE PÉS

ESCRITORES, ARTISTAS
E MOVIMENTOS
CULTURAIS

70

À memória de José Ramada Curto, meu querido irmão.

Índice

Introdução

Saber se há ou não uma mediocridade que nos sufoca é o propósito deste livro. Uma mediocridade cultural e intelectual, que não se chega a constituir em alternativa e muito menos em modo de pensar a nação, em tempos de uma famigerada globalização. Uma mediocridade promovida por técnicos ou ideólogos do vazio que apelam ao ódio e se comprazem com a violência das suas políticas identitárias. Uma mediocridade que é, antes de mais, determinada por dependências de pensamento, logo, de acção, em que se encontram todos aqueles que deveriam romper com as cadeias do senso comum, do deixa-andar e da naturalização das injustiças. O respeitinho pelo consenso — a começar pelas genealogias da identidade, mais ou menos literárias ou labirínticas, em que as obras deste género ensaístico tantas vezes se encerram, com um olho posto na língua, mais ou menos engravatada, como diria Mário Cesariny, e outro na pátria — deveria dar lugar a inquéritos mais variados e prestar atenção a linguagens mais diferenciadas, mas tratadas em conjunto. É que nem a literatura, tão-pouco a poesia ou as artes, nem o ensaio, a história ou as ciências sociais podem aspirar, por si sós, a constituir-se na forma principal de conhecimento de uma comunidade que comporta em si uma variedade de movimentos e conflitos. Por isso, será escusado tentar apagar estes últimos a bem de uma unidade que geralmente se confunde com o medo de criticar ou, como proclamam os detractores do espírito crítico, com a vergonha de entrar em polémica.

A mediocridade, a incapacidade de lidar com o contraditório, o medo de pôr em causa as instituições, aqueles que se arvoram nos seus defensores ou se armam em militantes de uma consciência moral de pacotilha, com os seus senadores de barrete enfiado, são os primeiros sinais de uma cadeia de dependência que só é camuflada pelos que se põem em bicos de pés. Percebê-lo obriga a querer saber mais acerca das condições de produção em que escrevemos e pensamos. Sem a consciência de todas as fases dessa cadeia — tantas vezes dependente de relações pessoais de obediência —, dificilmente se pode avançar, cortando com a mediocridade que faz deste país uma permanente piolheira. É que, conforme escreveu João Chagas a um suposto Fradique Filho, em Março de 1909, referindo-se a Portugal como uma «choldra irreparável»: «V., que nada fez pela pátria, quer, exige que eu lha restitua, limpa e escarolada, como dizia seu pai, não já num ano, mas numa semana, num mês [...]. Os portugueses são assim, v. é assim! Quando se trata dos seus negócios particulares, cada um se mexe e faz pela vida; quando se trata dos negócios da pátria, todos em comum delegam nos outros o cuidar deles.»([1])

Na impossibilidade de percorrer todas as cadeias que se impõem à actividade livre de pensar e de criticar, vale a pena pegar numa ponta e cortar com qualquer pretensão de exaustividade. Aliás, é preferível assumir, desde o início, que são muitos os inquéritos sobre escritores, intelectuais, artistas portugueses e movimentos culturais, de Eça de Queiroz em diante. Empreendê-los constitui, regra geral, uma espécie de ritual de passagem destinado a fazer reconhecer quem arrisca um novo olhar sobre esta ou aquela figura para conseguir entrar no campo literário e intelectual. Tal como se o passaporte para a entrada num campo estivesse na demonstração de uma capacidade de confronto com figuras já reconhecidas como parte desse mesmo campo. Um campo que, à força de ter sido tão sacralizado e monopolizado pelos que se consideram seus iniciados, necessita de ser profanado. Sem fugir ao critério enunciado, mas reflectindo sobre os seus fundamentos, este livro traça trajectórias individuais, reconstitui movimentos ou tendências e, ao mesmo tempo, reconstrói os contextos capazes de atribuir sentido às suas obras.

Longe de alinhar numa espécie de biografismo, o resultado que se pretende alcançar é o de um olhar histórico e sociológico dos escritores, dos intelectuais e dos movimentos culturais. Um olhar que procura romper com o círculo vicioso em que os estudiosos da literatura tantas vezes se encerram quando se concentram no literário para conferir legitimidade à mesma obra

---

([1]) João Chagas, *Cartas Políticas*, 1.ª série (Lisboa: Oficina Bayard, 1908–1909), pp. 242–243.

literária. Ou seja, a perspectiva aqui sugerida — que afinei no contacto com os trabalhos de João Pedro George — aspira a ser mais distanciada, estabelecendo conexões capazes de transcender a consagração do literário.([2]) Para isso, tanto importa ir buscar à obra aspectos situados para lá do que se presume ser a natureza poética de cada texto como encontrar, no percurso de um autor, relações e circunstâncias que ponham em causa a própria autonomia do campo literário ou artístico. A politização de muitas obras surge, então, como a resposta mais evidente, mas não a única, dessa busca.

Claro que estas considerações iniciais, ao procurarem dar coerência a textos que foram escritos de modo desgarrado, se destinam a alcançar o estatuto de um programa de pesquisa.([3]) Mas seria errado pretender que este foi estabelecido à partida e executado de forma sistemática. O que sucedeu resulta de uma curiosidade dispersa, motivada por uma série de operações destinadas a ganhar distância frente ao já conhecido, procurando outros ângulos de análise. A que se vieram somar solicitações de vária ordem, em jornais, revistas e obras colectivas. E, se nem tudo é inteiramente novo, pelo menos algumas análises procuram trazer uma lufada de ar fresco às interpretações de um conjunto de autores, mesmo quando o que está em causa se resume ao retomar de velhas questões. Ao leitor competirá avaliar se, neste livro, se evitam os escolhos do anticriticismo, a saber, «a fumarenta retórica, o eruditismo formalista, o historicismo arquivístico, o comentarismo estéril, o barroquismo conceptista e cultista»([4]).

As referências culturais e a questão social — colocada pelos pobres e pela desigualdade social — constituem dois pontos de partida para discutir

---

([2]) João Pedro George, *Chatear o Camões: Inquérito à vida cultural portuguesa* (s.l.: Maldoror, 2021).

([3]) Neste ponto, recorro aos termos que serviram para definir o projecto de investigação gizado por Antonio Candido e Ángel Rama: «Um projecto que não admite uma ancoragem no "literário" exclusivamente (mesmo sem nunca o desprezar nem minimizar), senão que o cultural gravita neste e o político serve de macrotexto em que se encaixam outras peças: o ensino, a criação de institucionalidade», Pablo Rocca, «Prólogo», in *Conversa Cortada: A correspondência entre Antonio Candido e Ángel Rama* (São Paulo: Edusp, 2018), p. 17. Relembro, aqui, em particular, Antonio Candido porque gostaria de adoptar como modelo de criatividade ensaística as obras de alguns escritores brasileiros de gerações anteriores e, tal como já foi dito por um deles, «espero não mostrar-me totalmente indigno dos companheiros de geração, que se dedicaram à crítica e ao ensaio, os Mário de Andrade, Sérgio Buarque de Holanda, Pedro Dantas [pseudónimo de Prudente de Morais Neto], etc., bem como dos novíssimos que tão penetrantemente se entregam hoje ao estudo das obras alheias, em especial Álvaro Lins e Antonio Candido», Sérgio Milliet, *Diário crítico (1940–1943)* (São Paulo: Editora Brasiliense, 1944), p. 111.

([4]) Sílvio Lima, *Ensaio sobre a Essência do Ensaio* (Coimbra: Arménio Amado Editor, 1944), p. 202.

a obra de Eça de Queiroz. Segue-se o carácter disperso, voraz e perfeccionista de um dos seus companheiros de geração: Batalha Reis. Através dele e da sua obra, será possível sondar as articulações da literatura com muitos outros campos do conhecimento: da agronomia às questões coloniais; das sondagens sobre o trabalho às relações internacionais; das questões do atraso nacional ao modo de organizar de outros Estados nacionais. Por sua vez, os escritos de Fialho de Almeida servem de base para pensar as menos estudadas tendências da literatura de fim do século XIX. É o que sucede com o voyeurismo respeitante à vida sexual, articulado com o modo de Fialho lidar com a homossexualidade. Seguindo um fio cronológico, quatro autores, cujas obras coincidem no tempo, marcaram as últimas décadas do século XIX e as primeiras do século XX: António Feijó, com as suas experiências brasileira e no Norte da Europa; Manuel Laranjeira, com os seus retratos sobre o povo e o seu comportamento político; Raul Brandão, com os seus fragmentos de escrita e um itinerário que começou no anarquismo e acabou na descoberta de Deus; e Marnoco e Sousa, professor de Direito na Universidade de Coimbra, no maior centro de reprodução da elite política portuguesa. Em relação ao grupo anterior, a vanguarda modernista procurou transcender as preocupações pela pátria, conforme se sugere num capítulo dedicado a António Botto, Fernando Pessoa e Almada Negreiros. O Bristol, esse clube nocturno, constitui um dos laboratórios de análise do modernismo, descentrado dos lugares habituais e capaz de integrar as relações da literatura com a arte e as novas formas de sociabilidade da década de 1920. Mas o modernismo também suscita inquéritos relativos às suas relações com as correntes reacionárias ou integralistas e com uma constelação de saberes que inclui a psiquiatria e a antropologia criminal. Intelectuais e artistas, nas suas relações com o Estado Novo, constituem o objecto de um outro capítulo. Nele, procura-se fugir às antinomias que postulam comportamentos contrastados entre defensores de uma cultura oficial e militantes de uma oposição sem tréguas, passando em revista as seguintes ideias: a de um meio que, de tão pequeno que era, poucas ou nenhumas possibilidades tinha de se autonomizar; a de um Aquilino em constante confronto com a Ditadura; um neo-realismo que, através de tantos debates, nunca se conseguiu impor; o modo como se declaravam as conivências com o Estado Novo e este impunha modos de censura; e as alternativas intelectuais que sempre existiram em relação à cultura oficial. Os três últimos capítulos também partem da análise dos modos de oposição ao Estado Novo. Porém, tanto à escala de intelectuais individualizados, das políticas da memória ou de conjuntos de relações mais institucionalizadas, o objectivo é identificar descontinuidades e a criação de novas autonomias frente aos modos de reprodução de hábitos sedimentados durante o regime de Salazar.

Ante uma tal diversidade de temas, quais as principais linhas de inquérito que este livro apresenta? A primeira diz respeito ao modo, quase obsessivo, como a literatura se tem pretendido constituir como a principal forma colectiva de imaginar a nação. São as questões do atraso, dos bloqueios à modernidade sentidos na periferia, mas também os modos de recriação, construídos a partir de baixo, do povo, dos pobres, dos campos ou dos círculos mais urbanos, que se sentem sufocados porque o meio literário ou artístico é pequeno e corresponde a uma classe média débil. No fundo, é o atraso transformado em pano de fundo para a criatividade, levando uns a porem-se em bicos de pés e outros a desprezarem tudo o que aqui se fazia. Notou-o Jorge de Sena, com agudeza. Por sua vez, aferir da criatividade literária ou artística em função da unidade constituída pela nação abre a porta a outros inquéritos, em que sobressaem os modos de distinção e discriminação social, em que se colocam questões de diferença racial e se descobrem profundas desigualdades de género e de comportamento sexual. Não se trata de repetir o estribilho acerca das questões de classe, raça e género, aplicando-o a um país que constantemente avalia a sua própria identidade em termos de lógicas da integração, mas de pensar a literatura como uma forma por excelência da tomada de consciência, em comparação com os discursos próprios da história e das ciências sociais. Estas últimas, talvez devido às dificuldades sentidas na sua própria institucionalização, afiguraram-se quase sempre residuais, limitadas a uma elite, quando comparadas com as possibilidades, mais artesanais e individuais, da literatura e do ensaio. Talvez por isso mesmo seja pertinente aproximar a literatura das artes — na contramão dos limites disciplinares hoje impostos, que relegam os artistas contemporâneos para um poço de ignorância em relação à escrita —, sem esquecer esse outro género de uso mais barato, porque não dependente de grandes aparatos organizacionais, que é o ensaio.

Os modos como a literatura configura a nação conjugam-se, pois, com preocupações respeitantes às diferenças sociais, raciais e de género. Recorde-se, a este respeito, que «a descoberta da miséria foi, no século XIX, um choque espiritual tão violento e tão revolucionário como a descoberta de Deus ou do sexo»(5). E se não tivemos nenhum Victor Hugo, Dickens ou

(5) Vasco Pulido Valente, *Às Avessas* (Lisboa: Assírio & Alvim, 1990), p. 52. Uma ideia, aliás, repetida inúmeras vezes: «A questão do século XIX foi a da pobreza», Michel Foucault, *Il faut défendre la société. Cours au Collège de France. 1976* (Paris: Seuil/Gallimard, 1997) [*É Preciso Defender a Sociedade. Curso no Collège de France (1975–1976)*, trad. Carlos Correia Monteiro de Oliveira (Lisboa: Livros do Brasil, 2006), p. 295]. Muito antes, Karl Polanyi também escreveu no mesmo sentido: «Uma vez compreendida a importância da pobreza, o século XIX podia entrar em cena», *A Grande Transformação*, trad. Miguel Serras Pereira (Lisboa: Edições 70, «História e Sociedade», 2012; 1.ª ed., 1944), p. 269.

Eugène Sue, os operários foram retratados por Abel Botelho e os pobres por Raul Brandão, a que se somaram os manifestos do neo-realismo sobre os miseráveis, incluindo *Esteiros* de Soeiro Pereira Gomes. Mas, já muito tempo antes, Almeida Garrett se tinha questionado: «Eu pergunto aos economistas políticos, aos moralistas, se já calcularam o número de indivíduos que é forçoso condenar à miséria, ao trabalho desproporcionado, à desmoralização, à infância, à ignorância crapulosa, à desgraça invencível, à penúria absoluta, para produzir um rico?»([6])

Retomando o fio à meada, as comparações acerca do alcance das literaturas nacionais, com um tom autodepreciativo, são comuns no universo literário, incluindo o da sua crítica; por exemplo, E. M. Forster considerava que não havia na literatura inglesa nenhum escritor tão grande quanto Tolstói, Dostoiévski ou Proust.([7]) Assim sendo, os estudos sobre a literatura, as artes e a vida intelectual são, neste livro, objecto de um confronto com os discursos fundados em outros critérios de prova, da história às ciências sociais. É que uma história social dos intelectuais e dos escritores também pode servir de ponto de partida para outros inquéritos em que, através da análise do trabalho intelectual dos outros, encontramos os instrumentos necessários para o exame crítico do que é feito por nós, numa configuração intelectual que passou a estar dominada pela academia e que é, por isso mesmo, distinta das anteriores. Acrescente-se que a insistência no século XX, por parte de quem tem uma maior familiaridade de pesquisa com períodos anteriores, não resulta de nenhuma operação de carácter compensatório, tendo em vista alcançar a exaustividade. Ou seja, não se trata de procurar cobrir todas as áreas de uma história temática de Portugal.

Essa insistência resulta apenas da convicção de que o trabalho intelectual que empreendemos no presente tem de se dotar dos meios destinados ao seu próprio controlo; porque, se o não fizermos, em lugar de controlar os próprios instrumentos analíticos, passamos a depender dos que os forjaram, noutros lugares, para responder a solicitações dos momentos em que escreveram. Por sua vez, a análise do trabalho intelectual, na medida em que obriga a encontrar os instrumentos necessários para pôr em perspectiva grupos e relações, também conduz à sua diferenciação em relação a outras configurações culturais. É o caso das que costumam ser designadas como fazendo parte de uma cultura popular ou de massas. De facto, desde o século XIX, multiplicaram-se as interrogações acerca da relação entre a literatura e o povo. Teófilo

---

([6]) Almeida Garrett, *Viagens na Minha Terra*, ed. Augusto da Costa Dias, 3.ª ed. (Lisboa: Estampa, 1977; 1.ª ed., 1846), p. 96.

([7]) E. M. Forster, *Aspects of the Novel* (Harmondsworth: Penguin Books, 1980; 1.ª ed., 1927), p. 26.

Braga lia a história da literatura portuguesa com base na aproximação ou no afastamento entre escritores e cultura popular. Miguel de Unamuno, apesar de não ter Teófilo em grande estima, seguiu-lhe o encalço. Considerou que *Os Lusíadas* só eram um poema nacional, cheio de todos os lugares-comuns do Renascimento, por revelar o deslumbramento causado pelas viagens ao Oriente no espírito primitivo do campesinato português. Porém, Camões não poderia ser considerado um escritor popular, só Camilo merecia este qualificativo, graças às suas novelas sentimentais. Feita uma tal comparação, Unamuno acrescentou, numa nota de evidente cepticismo, uma interrogação sobre o que eram ou poderiam ser escritores populares «num país em que a grande maioria são analfabetos»([8]).

Uma outra convicção atravessa este livro: é urgente chamar a atenção para um conjunto de escritoras e artistas que, pelo facto de serem mulheres, deveriam suscitar um tratamento à parte e mais extenso. É que, com todos os avanços já registados, a academia, muito mais do que os jornais, continua a ter dificuldade em falar das mulheres e em fazer frente aos modos de produção da discriminação baseados numa diferença de género. Será mesmo verdade que «a autoria feminina na tradição literária nacional é escassa»([9])? Tenho sérias dúvidas e não alinho em andar à cata de obras tidas por excepcionais só por serem de autoras femininas. O que me parece necessário é reconstituir articulações entre campos diversos. A começar pelas ligações entre literatura e artes. A este propósito, existe neste livro um pequeno fio condutor que é constituído pelas considerações em torno da pintura de Aurélia de Sousa, do modernismo e da condição social do artista, ao longo do século XX, face aos modos de institucionalização e de autonomia da arte.

Exemplar é o caso desse laboratório de experiências, cuja memória quase se perdeu, do já referido Bristol, um *cabaret* de Lisboa que, enquanto tal, quase não cabe nas divisões disciplinares inventadas pela academia. Aliás, o modelo era o de Paris, onde a vida nocturna dos teatros, *boîtes* e *bistros* se constituíra em espaço da vida boémia — no qual se assistia à circulação e formação de intelectuais e artistas — a que se somavam as *boîtes* do Harlem.([10]) Mas não se esqueça o que sucedeu com o Pombo, em Madrid. Porém, o que se erguia ao estatuto de modelo era também objecto de denúncia horrorizada, quando os clubes luxuosos, os *cabarets de nuit* e as casas de jogo eram

---

([8]) Miguel de Unamuno, «Las Ánimas del Purgatorio en Portugal» [1908], in *idem*, *Por Tierras de Portugal y de España*, 3.ª ed. (Buenos Aires: Espasa-Calpe Argentina, 1946), p. 46.

([9]) Paula Morão, «Mulheres escritoras nos anos 30 e 40», in *História da Literatura Portuguesa*, vol. 7 – *As Correntes Contemporâneas*, eds. Óscar Lopes e Maria de Fátima Marinho (Lisboa: Alfa, 2002), p. 135.

([10]) Fernanda de Castro, *Ao Fim da Memória*, vol. I – *Memórias (1906–1939)* (Lisboa: Verbo, 1986), pp. 124–126, 318–319.

tidos como antros onde se dançava, ceava e jogava à roleta, à banca francesa e onde o *champagne* corria como água.([11]) Claro que esta combinação entre jogos de azar e dançarinas, que «mostravam as pernas em público», em estabelecimentos de outro género que também foram alvo de perseguição, tem uma história que está por fazer.([12]) Um conjunto de novelas, centradas na vida urbana e em figuras que oscilavam entre a boémia e a vida intelectual, dá conta desse duplo movimento de atracção pela cidade moderna e respectiva repulsa: *Leviana* (1921) de António Ferro, *Sangue Negro* (1923) de Ferreira de Castro, *Os Noctívagos* (1924) de João Ameal, *A Virgem do Bristol Clube* (1928) de Reinaldo Ferreira – Repórter X, *O Preto do Charleston* (1929–1930?) de Mário Domingues e *A Bailarina Negra* (1931) de Guedes de Amorim.([13])

Por último, nunca será de mais lembrar que o discurso de intelectuais, artistas e escritores é um discurso de gente culta sobre ela mesma. Por isso, pode ser visto como autorreferencial ou, de modo menos prosaico, como uma pescadinha de rabo na boca. O que mais importa são as relações, o modo como elas se configuram e evoluem, excluindo outros posicionamentos. Um exemplo encontra-se na análise de Sampaio Bruno, quando, em 1906, distinguia entre o Portugal literário, constituído pela «gente culta lusitana ou que de tal se jacta», e o povo português que nem Portugal conhecia. E, para demonstrá-lo, escreveu:

> Na verdade, o povo português (falo, particularmente, da gente rural) não sente já a continuidade histórica, e não possui hoje a mínima notícia da tradição da nacionalidade. Chega a encontrar-se exemplos de ignorância, até, da base geográfica, ainda que vaga, do país. Eu já conheci uma mulher, aliás esperta e videira, que não sabia que a nossa nação se chamava Portugal e supunha que se

---

([11]) ANTT, ADLSB/AC/GCL/E-B/003/0033 (Petição de Mário de Freitas Ribeiro, pelo Bristol, na sequência de uma rusga policial; despacho de Ferreira do Amaral, Abril de 1924, acusações de jogo e batota) [O mesmo Ferreira do Amaral, enquanto chefe de polícia em Lisboa, envolvido na repressão dos movimentos de trabalhadores, veio a ser alvo de um atentado em 1925, ver Paulo Eduardo Guimarães, «Anarquismo, violência e protesto popular durante a Primeira República em Portugal», in *Anarquismo, Trabalho e Sociedade: Livro em homenagem a João Freire*, eds. Luísa Veloso *et al.* (Coimbra: Almedina, 2017), p. 72]; Carlota de Serpa Pinto (Clarinha, pseudónimo), *Cartas à Prima: Crónicas de Lisboa* (Lisboa: Livraria Bertrand, s.d.), p. 45; Armando Marques Guedes, *Páginas do Meu Diário* (Lisboa: Editorial Enciclopédia, 1957), p. 144.

([12]) Júlia Leitão de Barros, *Os Night Clubs de Lisboa nos Anos 20* (Lisboa: Edições E.I.R.L., 1990); Mário Areias, «O "Café Chinês"», *Póvoa de Varzim – Boletim Cultural*, vol. III, n.º 1 (1964), pp. 11–18, *maxime* p. 16;

([13]) António Rodrigues, *António Ferro na Idade do Jazz-Band* (Lisboa: Livros Horizonte, 1995), pp. 71–75.

chamava, a tudo, *Porto*. Teve uma extrema, imensa surpresa, quando eu lhe fiz essa inverosímil revelação.([14])

Outro exemplo, mas de sentido bem contrário, encontra-se numa referência de Unamuno — que viajou pelo Norte de Portugal, guiado por Guerra Junqueiro e Joaquim de Vasconcelos — às cangas dos bois. Segundo ele, estas andavam a «lavrar o mar» em Espinho, exibindo, muitas vezes, entre os desenhos e a talha decorativa, as armas de Portugal.([15])

Porventura mais importantes, na formação de um discurso literário acerca dos próprios autores, são as tentativas destinadas a definir movimentos, tendências ou grupos no interior de uma geografia de contornos variáveis. Não foi por acaso que Eça encheu os seus livros de referências a outros escritores, poetas e literatos. Sem com isso deixar de ridicularizar o Bibi de *O Crime do Padre Amaro*, o Ernestinho de *O Primo Basílio*, o Tomás de Alencar de *Os Maias*, e fazendo o mesmo na suposta carta *A Manuel* assinada por Fradique Mendes. Sampaio Bruno falava desse *Cenáculo*, que tinha em Antero de Quental a sua figura central, como um pequeno círculo constituído por um número muito limitado de cabeças pensantes, que procuraram formular um programa revolucionário ou reformista. As Conferências Democráticas do Casino foram um desses momentos, no qual se prestara particular atenção ao que se passava lá fora, sobretudo, com a Comuna de Paris.([16]) Na mesma ocasião, quando os exércitos alemães se preparavam para arrasar Paris e para deixar morrer à fome a sua população, Andrade Corvo temia a anarquia, chamando a atenção para os perigos de um confronto entre a França e a Prússia, em termos de uma oposição entre os princípios democráticos de um Estado de direito e o expansionismo imperialista e militarista fundado na teoria das raças.([17]) Manuel Pinheiro Chagas procurou responder a todos esses movimentos, encontrando resposta na «opinião conservatista, liberal burguesa, constitucionalista e moderada, economista e ordeira»([18]). E Camilo, no retrato

---

([14]) Sampaio Bruno, *Os Modernos Publicistas Portugueses* (Porto: Livraria Chardron de Lello & Irmãos, 1906), pp. 1–35, 109.

([15]) Miguel de Unamuno, «La pesca de Espinho» [1908], in *idem*, *Por Tierras de Portugal y de España*, 3.ª ed., *op. cit.*, pp. 56, 61.

([16]) Alexandre Cabral, *Notas Oitocentistas*, vol. I (Lisboa: Plátano Editora, 1973), pp. 9–89, *maxime*, pp. 43–82. Para a Comuna de Paris, com indicações bibliográficas, ver Luís Bigotte Chorão, *Para uma História da Repressão do Anarquismo em Portugal no Século XIX seguido de «A Questão Anarchista» de Bernardo Lucas* (Lisboa: Letra Livre, 2015), pp. 58–59.

([17]) Andrade Corvo, *Perigos* (Lisboa: Tipografia Universal, 1870).

([18]) Sampaio Bruno, *Os Modernos Publicistas Portugueses*, *op. cit.*, pp. 37–46, *maxime* p. 35 [acerca de Pinheiro Chagas e do seu livro intitulado *História da Revolução da Comuna de Paris* (Lisboa: José Augusto Vieira Paré, 1872)]; Óscar Paxeco, *Pinheiro Chagas: Ministro*

que traçou de Teófilo Braga, em 1880, destilou o fel contra um dos representantes dessa nova geração, do seguinte modo:

> Os livros do snr. Teófilo Braga são uma balbúrdia, retraços de ciência apanhados a dente, mal mascados, um cérebro atrapalhado como armazém de adeleiro, golfos de bolo não esmoído. Coisas apocalípticas. Muito desatadas. Em prosa deslavada, derreada, enxarciada de galicismos, caótica, apontoada do enxacoco de retalhinhos apanhados à toa numa canastra de apontamentos baralhados e atirados para o prelo.([19])

Aparentemente, desde Antero ou Eça em diante, durante mais de um século, a vida intelectual portuguesa terá recriado essas antinomias. Uma ideia que permanece válida, sobretudo, para os que continuam a alimentar, através de celebrações e contracomemorações, a luta entre modernos e tradicionalistas, heterodoxos e ortodoxos, estrangeirados e castiços, a esquerda e a direita, a consciência moral do que está bem *versus* o horroroso mal, superestruturas e infra-estruturas... Contudo, será que a história intelectual de escritores e artistas terá de se reduzir, hoje, ao mesmo sistema de oposições?

Jorge de Sena, por exemplo, preferiu acentuar os sinais da reprodução social, ao denunciar o carácter aristocratizante da literatura clássica portuguesa, «feita por membros das famílias dominantes»; para ele, se o século XIX e os republicanos de 1910 propagaram o mito da burguesia portuguesa, o certo é que eles próprios eram «fidalgos de solar, da pequena nobreza provincial ou administrativa»([20]). A opinião de Sena não andava longe da denúncia de Curt Meyer-Clason, grande observador da realidade portuguesa, quando explicava, a respeito da relação de parentesco entre Ruben A. e Sophia, que, em Lisboa, «todos são aparentados, tudo está ligado a tudo, como no país inteiro, que, apesar de ser um novelo de disputas, guerras de nervos, fome de poder e fomes, é como se fosse uma só família»([21]). Em comparação, no outro lado

---

do Ultramar (Lisboa: Agência Geral das Colónias, 1948); João Medina, *Eça de Queiroz e a Geração de 70* (Lisboa: Moraes Editores, 1980), pp. 179–202, *maxime* pp. 180–181; Alfredo Campos Matos, *Sobre Eça de Queiroz* (Lisboa: Livros Horizonte, 2002), pp. 85–87, 98–99; Maria Filomena Mónica, *Ensaios sobre Eça de Queiroz* (Lisboa: Relógio d'Água, 2007), pp. 65–92; António Pedro Barbas Homem, *Manuel Joaquim Pinheiro Chagas, 1842–1895: Uma biografia* (Lisboa: Assembleia da República, 2012).

([19]) Camilo Castelo Branco, *A Senhora Rattazzi: nova edição – Mais incorrecta e augmentada* (Porto: Livraria Internacional de Ernesto Chardron, 1880), p. 29.

([20]) Eduardo Lourenço e Jorge de Sena, *Correspondência*, ed. Mécia de Sena (Lisboa: Imprensa Nacional – Casa da Moeda, 1991), p. 64.

([21]) Curt Meyer-Clason, *Diários Portugueses (1969–1976)*, ed. João Barrento (Lisboa: Documenta, 1997), p. 66.

do Atlântico, Sérgio Milliet associava a produção literária brasileira «directamente ao fenómeno da urbanização»; ao mesmo tempo que insistia no facto de o principal interesse do crítico ser «antes de tudo a vida social»([22]). E não existirão muitos outros ângulos que permitam fazer essa mesma história, sem repetir os termos de antinomias que, à força de se terem difundido, não só se gastaram, mas acabaram por se naturalizar, a ponto de parecer que estamos nelas encerrados?

A resposta a estas duas questões, sem cair em generalizações abusivas, encontra-se no trabalho analítico desenvolvido neste livro. Resta saber se as análises aqui ensaiadas, estudos de caso seleccionados de modo fragmentado e parcelar, se constituem mesmo numa perspectiva capaz de criar distância, ganhando em objectividade, ultrapassando ideias feitas e fugindo a estafadas lógicas de comemoração.

([22]) Sérgio Milliet, *Diário Crítico (1940–1943)*, *op. cit.*, pp. 186, 307.

1

Eça, Batalha Reis, Fialho

Excluída está, desde o primeiro capítulo, qualquer intenção de exaustividade. Tão-pouco se procura traçar um panorama da literatura portuguesa no tempo de Eça, Batalha Reis e Fialho de Almeida. Mais importante do que oferecer visões completas deste ou daquele autor, será sempre transformar a leitura, e a crítica que lhe é inerente, num exercício de liberdade capaz de transcender padrões pré-estabelecidos de interpretação. É assim que se pode compreender o exercício de pôr lado a lado as referências culturais e a questão social, no caso de Eça; a curiosidade heterogénea, voraz, tão perfeccionista quanto inconclusiva de Batalha Reis; e o voyeurismo respeitante à vida sexual finissecular que surge articulado com o modo de Fialho lidar com a homossexualidade. Trata-se de inquéritos parcelares, insista-se, dispersos que visam interrogar o significado de diversas construções literárias, sem a preocupação de definir uma tendência central. Em lugar de procurar um centro unificador, investigações futuras, algumas delas já ensaiadas noutros lugares, deverão seguir o trilho de duas linhas apenas esboçadas.

A primeira diz respeito à relação entre literatura nacional e o conjunto dos saberes suscitados pelo Estado. O caso mais flagrante de uma sobreposição entre projectos políticos, de natureza reformista, e obra literária encontra-se nos escritos agronómicos de Jaime Batalha Reis. Mas a mesma articulação pode ser seguida em muitos outros domínios, que vão das finanças públicas à filantropia e ajuda aos pobres, do policiamento dos costumes aos projectos coloniais. Porventura, um dos campos onde essa mesma articulação carece de ser estudada de modo mais aprofundado tem uma dimensão internacional que transcende o âmbito da formação das literaturas nacionais. Trata-se do envolvimento de Eça de Queiroz, quando cônsul em Cuba, na defesa dos «coolies». A questão do trabalho forçado ou compelido dos chineses em Havana — a par de outras experiências de utilização dos mesmos contingentes de mão-de-obra, do Peru a São Tomé, do *Far-West* dos Estados Unidos à Malásia — suscita comparações em sentidos diversos.

A comparação mais evidente diz respeito aos projectos coloniais, fundados na economia da plantação, dependentes do trabalho de migrantes, que se desenvolveram pela mesma altura. Neste sentido, a correspondência sobre os «coolies» de Eça de Queiroz não pode ser separada do *Relatório e documentos sobre a abolição da emigração de chinas contratados em Macau: apresentado às Côrtes na sessão legislativa de 1874* por João de Andrade Corvo, então ministro e secretário de Estado dos Negócios da Marinha e Ultramar (Lisboa: Imprensa Nacional, 1874). Tão-pouco pode ser vista sem se terem em conta: a «diatribe anticolonialista» com que Antero marcou a sua conferência sobre as «Causas da decadência»; ou o modo como Oliveira Martins defendeu o estatuto de Portugal como uma das «nações pequenas», procurando apreciar quais haveriam de ser «as condições próprias dos povos pequenos», sem desvios coloniais.([1]) Por sua vez, a obra e a acção de Andrade Corvo

---

([1]) Victor de Sá, *Antero de Quental* (Porto: Limiar, 1977), pp. 206–209; Emilio Castelar, *A História de Portugal de Oliveira Martins*, trad. Joaquim Araújo (Porto: Livraria Central, 1884), p. 36. Um dos estudiosos mais atentos de Oliveira Martins, Carlos Maurício considera que, «embora numa leitura muitas vezes redutora da sua complexidade, as ideias a obter maior consenso diziam respeito à nocividade das conquistas e do império do Oriente sobre a vida económica e moral da nação, à nefasta aliança entre os jesuítas, a dinastia de Bragança e os Ingleses e à sintomatologia da decadência». Depois, o mesmo Maurício insiste no facto de que, de Bulhão Pato a Ramalho, de Eça ao conde de Sabugosa, se criticaram as conquistas ultramarinas e se denunciou a incapacidade do constitucionalismo em administrar e explorar as colónias de África. E, mesmo que às colónias fosse dado um papel de destaque na obra de regeneração social da pátria, «Portugal devia concentrar-se na administração regrada e na exploração económica das colónias, abandonando a quimera da sua colonização civilizacional. Nem a emigração da sua população branca para África era exequível, nem realista a educação dos negros — uma raça incapaz de qualquer aperfeiçoamento. A colonização do reino, para Martins, continuava a ser a principal prioridade». Assim sendo, desde pelo menos o *Ultimatum*, assistiu-se à formação de um consenso sobre a importância das colónias, tanto do ponto de vista geoestratégico como do simbólico e do económico. Este mesmo consenso passou pelo Acto Colonial de 1930, articulando a direita integralista com a esquerda republicana, tendo-se mantido até 1960. Uma das verdades em que se cristalizou foi que «a colonização

confirmam as relações com outros domínios de intervenção do Estado: da cultura do arroz à vinificação da produção e comércio de cereais, sem esquecer a mais desenvolvida planificação da colonização em África. Por outro lado, a questão social do trabalho dos «coolies» não pode ser dissociada de uma interrogação mais geral acerca da miséria das classes trabalhadoras, tanto do ponto de vista económico como no que respeita ao analfabetismo. À luz destes padrões de comparação, a literatura que constrói a nação — como sugeriu Benedict Anderson — tem de ser posta a par dos projectos políticos que o Estado pôs em marcha.

Um segundo domínio, porventura mais autónomo, encontra-se nos modelos educativos postos em prática, ou apenas discutidos, no último quartel do século XIX, que sempre mantiveram uma relação estreita com as representações literárias e as carreiras dos seus autores. A este respeito, as interrogações sobre a educação de Carlos da Maia são, apenas, um caso, relativo às classes altas, de um questionamento mais vasto que tanto envolve a formação das classes baixas como o alargamento da base de cidadãos em regimes parlamentares ou ainda a natureza da missão civilizadora em contexto colonial. Modelos literários e educativos não poderão, por isso, ser separados, pois mantêm entre si relações capazes de conferir novos significados, porventura mais pertinentes. No topo destas discussões, numa relação hierárquica e com clivagens que estamos ainda longe de conseguir compreender, estão as novas disciplinas da filologia, da etnografia, da antropologia física e criminal, da erudição bibliográfica, da história feita no contacto com as ciências sociais, da economia política, da especialização da história da arte

---

civilizadora constituía a razão de ser da nação» e «o império africano era o instrumento dessa missão». Outro efeito desse consenso foi o da formação de uma «frente comum» contra as teses coloniais de Oliveira Martins, que tinham posto em causa o sentido «da nossa alta missão colonizadora». Ora, insista-se, segundo Maurício, «Martins reputava inviável a fixação de colonos brancos em África e utópica a elevação cultural do negro». Enfim, se a boa colonização era justificada pela missão civilizacional dos portugueses (a exemplo da missão evangélica para os católicos), também este modelo «segregava um antimodelo», inspirado em Oliveira Martins, «caracterizado por uma lógica economicista de aproveitamento dos recursos, pela contenção das despesas estatais, pelo separatismo entre brancos e negros e pelo desincentivo à colonização branca», ver *A Invenção de Oliveira Martins: Política, historiografia e identidade nacional no «Portugal Contemporâneo» (1867–1960)* (Lisboa: Imprensa Nacional – Casa da Moeda, 2005), pp. 47–48, 80, 92–104, *maxime* pp. 93–94, 97–98, 103–104 [com indicações bibliográficas exaustivas]. A título de exemplo, acerca do retomar das teses de Oliveira Martins, após 1974, com o objectivo de discutir a situação da nação, ver João Martins Pereira, *O Socialismo, a Transição e o Caso Português* (Amadora: Livraria Bertrand, 1976), pp. 188–190 [onde citou o *Portugal Contemporâneo*: «Salvar-nos-á, no século XIX, Angola, como nos salvou o Brasil no século XVIII?». Para acrescentar: «Não foi precisamente a mesma pergunta que surgiu imediatamente após o 25 de Abril: "Portugal pode viver sem as colónias?"»].

desenvolvida paredes-meias com as negociatas de antiquários e com a criação dos museus.(2) Por exemplo, a última das conferências no Casino Lisbonense foi proferida, a 19 de Junho de 1871, por Adolfo Coelho e versava *A Questão do Ensino*. Nesse mesmo dia, Inocêncio Francisco da Silva escreveu ao seu amigo António Francisco Barata: «O glótico faz hoje prelecção democrático-social no Casino, e toma por assumpto o ensino, isto é, a necessidade da criação da tal cadeira da *Glótica* em que ele seja o professor... há de dar bom burro ao dízimo! Ainda não saiu com a esperada resposta.» O azedume do autor do *Dicionário Bibliográfico* vinha de trás, pois já a 15 de Janeiro do mesmo ano escrevera ao seu amigo que lera «na *Aurora do Cávado* uma bem aplicada tosa no [Joaquim de] Vasconcelos dos *Museus* e no [Adolfo] Coelho da *Glótica*, porém ignorava que o artigo fosse obra do amigo; e imaginei-o escrito pelo Rodrigo Veloso. Agora que o sei devo dar-lhe agradecimentos pelas palavras de amigável benevolência, que nele quis despender comigo. Já sabe que o tal Coelho requereu contra mim». E prometera derrear o Coelho, o Vasconcelos, bem como um castiço de Braga que publicara, n'*O Comércio do Porto*, cem artigos contra o referido *Dicionário*.(3)

Dois anos depois, Pinheiro Chagas, que se opusera às Conferências do Casino, dedicou uma nova edição das suas obras a Inocêncio e a António da Silva Túlio. Estas e outras provas documentais sugerem uma clivagem entre os que estiveram do lado das Conferências do Casino e todos os outros, a começar por uma rede que passava pelos centros de decisão política (Pinheiro Chagas), se estendia a instituições como a Biblioteca Nacional (com António da Silva Túlio), incluindo autores de obras patrocinadas pelo Estado como o *Dicionário Bibliográfico* de Inocêncio, sem esquecer os colaboradores e proprietários dos jornais de província, tais como *A Aurora do Cávado* do bibliófilo Rodrigo Veloso. Porém, mapear clivagens e solidariedades intelectuais requer muita prudência. A chamada «Questão do Fausto», por exemplo, suscitada pela tradução de Goethe feita pelo visconde de Castilho, abriu com os ataques cerrados proferidos por Joaquim de Vasconcelos.(4) À primeira vista, tratava-se de uma continuação da célebre «Questão Coimbrã». Mas Vasconcelos também mordeu em Antero de Quental e em Camilo, que sabiam tanto de alemão «como do que se passa na Lua». Paralelamente, Vasconcelos e a sua mulher Carolina Michaëlis, a erudita historiadora da

(2) Sandra Leandro, *Joaquim de Vasconcelos: Historiador, crítico de arte e museólogo. Uma ópera* (Lisboa: Imprensa Nacional – Casa da Moeda, 2014).

(3) Biblioteca Mário de Andrade (Brasil, São Paulo), Mss. b 23: Inocêncio Francisco da Silva, *Cartas para António Francisco Barata, 1868–1874*, 64 pp.

(4) Joaquim de Vasconcelos, *O Faust de Goethe e a Tradução do Visconde de Castilho* (Porto: Imprensa Portuguesa, 1872).

literatura portuguesa, faziam parte de uma rede de amizades que incluía Guerra Junqueiro e um círculo de trocas intelectuais portuense, no qual pontificava o economista político José Joaquim Rodrigues de Freitas.([5]) Em suma, modelos literários e educativos, a começar pela invenção de novas disciplinas e pelo gosto pela erudição, criaram clivagens e acentuaram divisões que, num mundo tão pequeno, não eram dadas de uma vez por todas.

A figura e a obra de Joaquim de Vasconcelos sugerem, mais facilmente, uma passagem da escrita para a música e para as artes plásticas. O estabelecimento por ele de um programa, que ficou incompleto, de uma *História da Arte em Portugal* — desenvolvido em paralelo com as investigações filológicas e literárias, muito mais sistemáticas e aprofundadas, de D. Carolina — constitui a melhor introdução a uma visão articulada entre as disciplinas situadas além da escrita e através das quais se acedia aos modos de distinção social mais refinados. De facto, o gosto pelas artes e pela música suscitou um dos repertórios mais elaborados de diferenciação social, por via da denominada alta cultura. Nos seus antípodas estavam as culturas construídas em torno do corpo, do erotismo à pornografia, sem esquecer a espreitadela voyeurista e os usos secretos da fotografia. Mas será mesmo verdade que existiu uma oposição marcante entre as formas mais elaboradas de alta cultura e uma espécie de cultura que, sem ser do baixo-ventre, se baseava na representação das pulsões corporais e sexuais, em tempos que eram já os de Freud na Viena de fim do século? O que adiante vai escrito sobre o voyeurismo de Fialho e de outros seus contemporâneos tem, pelo menos, a vantagem de nos pôr de sobreaviso em relação a um sistema de oposições demasiado vincado e, por isso mesmo, inútil para compreender o significado dos lados mais «baixos» da literatura. A eficácia política da literatura satírica, construída em torno das caricaturas de Rafael Bordalo Pinheiro, constituirá outro dos exemplos em que as divisões entre a alta e a baixa cultura não funcionam. A este respeito, o historiador Paulo Jorge Fernandes tem em curso uma investigação cujos resultados se afiguram promissores. Mas o grande campo de investigação entre alta e baixa cultura encontra-se nos inquéritos relativos ao romanceiro e ao conjunto dos saberes sobre a cultura popular e as classes baixas, arrumados nas disciplinas do século XIX, da filologia à etnografia ou à antropologia criminal, sem esquecer a pintura, de Silva Porto a Malhoa.([6])

([5]) Carolina Michaëlis de Vasconcelos, «Preâmbulo», in José Joaquim Rodrigues de Freitas, *Páginas Avulsas* (Porto: Livraria Chardron, 1906); Maria Manuela Gouveia Delille, *Carolina Michaëlis de Vasconcelos 1851–1925: Uma alemã, mulher e erudita, em Portugal*, sep. de *Biblos*, vol. 61 (Coimbra, 1985).

([6]) João Leal, *Etnografias Portuguesas, 1870–1970: Cultura popular e identidade nacional* (Lisboa: Dom Quixote, 2000); *idem*, *Antropologia em Portugal: Mestres, percursos, transições* (Lisboa: Livros Horizonte, 2006); Diogo Ramada Curto, *As Múltiplas Faces da História* (Lisboa: Livros Horizonte, 2008), pp. 149–162.

Serão *Os Maias* um romance de conciliação nacional?([7])

Em Setembro de 1888, António Feijó escreveu ao seu amigo Luís de Magalhães: «Já cá chegaram os *Maias*. Parece-me que o Queiroz não faz outro *Crime do Padre Amaro*. Os Maias davam à vontade 4 ou 5 belos romances, mas assim tudo junto, à parte belezas incontestáveis, e personagens admiravelmente criados, fez uma trapalhada com toda a velha *friperie* da Ana de Radcliff.»([8]) Aquele que era, então, cônsul de Portugal no Rio Grande do Sul não tinha dúvidas acerca do valor relativo do novo livro de um autor que ele e o correspondente tanto estimavam. Na sua tabela, estava abaixo do primeiro romance de Eça, situado em Leiria e publicado em 1875. Mais parecia uma versão requentada dos romances góticos de Ann Radcliffe (1764–1823), com várias narrativas sobrepostas.([9]) Feijó rematou, com outra nota comparativa: a obra-prima de Eça não seria, com certeza, constituída por *Os Maias*, mas por *A Correspondência de Fradique Mendes*, que tinha começado a sair no Brasil, na *Gazeta de Notícias* do Rio de Janeiro, na forma de folhetim, e que só viria a ser publicada em livro no ano 1900 (apesar de, em 1894, já estarem impressas 177 páginas).([10])

Entre as muitas reacções suscitadas pela publicação de *Os Maias* conta-se também a de Fialho de Almeida, em *O Repórter* de Julho de 1888.([11]) Em 900 páginas, não havia lugar para uma única mulher que pudesse ser considerada honesta. Pois, segundo as palavras de Fialho, no romance, «o amor é uma coisa exclusivamente física e bestial, sem idealidade, sem ternura, sem

---

([7]) Agradeço as leituras atentas e as críticas às várias versões deste texto feitas por Isabel Almeida, Abel Barros Baptista, João Pedro George, Alfredo Campos Matos, Paulo Silveira e Sousa e António Valdemar.

([8]) António Feijó, *Cartas a Luís de Magalhães*, ed. Rui Feijó, vol. I (Lisboa: Imprensa Nacional – Casa da Moeda, 2004), p. 203.

([9]) Sobre a leitura dos romances de Ann Radcliffe, julgados portadores de valores heréticos na opinião de umas primas beatas e reaccionárias de Manuel Teixeira-Gomes, ver deste último *Inventário de Junho* (Lisboa: Livraria Clássica Editora, 1918; 1.ª ed., 1899), pp. 70–71.

([10]) Elza Miné, «"Fradiquices" brasileiras», in *Camões. Revista de Letras e Culturas Lusófonas*, n.os 9–10 – *Eça de Queiroz* (Abril/Setembro, 2000), pp. 202–219, *maxime* p. 204.

([11]) Ernesto Guerra da Cal, *Lengua y Estilo de Eça de Queiroz. Apéndice. Bibliografía Queirociana sistemática y anotada y iconografía artística del hombre y la obra*, t. 2 (Coimbra: Por Ordem da Universidade, 1976), pp. 470–497, *maxime* pp. 470–471; João Medina, *Eça Político: Ensaios sobre aspectos político-ideológicos de Eça de Queiroz* (Lisboa: Seara Nova, 1974), p. 79; António Apolinário Lourenço, *O Grande Maia: A recepção imediata de* Os Maias *de Eça de Queiroz* (Braga: Angelus Novus, 2000), pp. 19–20, 35–44; *idem*, *Eça de Queiroz e o Naturalismo na Península Ibérica* (Coimbra: Mar da Palavra, 2005), pp. 567–568.

preparo»([12]). Compunham o cortejo a Gouvarinho, a Leopoldina, a Cohen, a própria Miss Sarah, que se satisfazia «com um jornaleiro fedorento, que resfolga como um porco», mas acima de todas as outras estava a Maria Eduarda, «que depois do incesto se resolve a casar com um *monsieur à favoris blancs*, lá de Paris»([13]). O fel de Fialho era destilado tendo em mente um quadro mais vasto, caracterizado pelo «bandalhismo estrangeirado que faz o fundo intelectual da nossa gente culta»([14]). Na carta de resposta, datada de Agosto de 1888 e enviada de Bristol, Eça ironizou acerca das críticas de Fialho. Ele era aquele «mafarrico» que escolhera para seus personagens «janotas petulantes e estrangeirados», além de ser «aquele porco sujo que pretende que as mulheres de Lisboa têm amantes»([15]). Por sua vez, em 1890, num encontro

---

([12]) Fialho de Almeida, *À Esquina: Jornal d'um Vagabundo*, 2.ª ed. (Lisboa: Livraria Clássica Editora, 1915; 1.ª ed., 1903), p. 169.

([13]) *Ibidem*, p. 275. Sobre o incesto em *Os Maias*, ver António Coimbra Martins, *Ensaios Queirosianos* (Lisboa: Publicações Europa-América, 1967), pp. 267–287 [ensaio inicialmente publicado na *Gazeta Musical e de Todas as Artes*, 134, 135, 136 (Maio, Junho, Julho de 1962)], *maxime* p. 284 [«O incesto d'*Os Maias* representa este narcisismo, a esterilidade de uma *elite*»]; Isabel Pires de Lima, *As Máscaras do Desengano: Para uma abordagem sociológica de «Os Maias» de Eça de Queiroz* (Lisboa: Caminho, 1987), pp. 199–226; Beatriz Berrini, «O incesto: traço romântico da ficção queiroziana?», in *Eça e Os Maias – Actas do 1.º Encontro Internacional de Queirosianos. Porto – 22 a 25 de Novembro de 1988* (Porto: Asa, 1990), pp. 32–38; António Apolinário Lourenço, «Eça de Queiroz e o incesto na literatura naturalista ibérica: Simões Dias, Lourenço Pinto, López Bago e Pardo Bazán», *Leituras – Revista da Biblioteca Nacional*, série 3, n.º 7 (Outubro, 2000 – Abril, 2001), pp. 109–127; *idem*, *Eça de Queiroz e o Naturalismo*..., *op. cit.*, pp. 585–588; Américo Guerreiro de Sousa, «O Incesto n'*Os Maias*», in *Dicionário de Eça de Queiroz*, ed. A. Campos Matos, 3.ª ed. (Lisboa: Imprensa Nacional – Casa da Moeda, 2015), pp. 730–732; Maria Manuel Lisboa, *Teu Amor Fez de Mim um Lago Triste: Ensaios sobre «Os Maias»* (Porto: Campo das Letras, 2000); *idem*, *Uma Mãe Desconhecida: Amor e perdição em Eça de Queiroz* (Lisboa: Lisboa: Imprensa Nacional – Casa da Moeda, 2008), pp. 59–99; *idem*, «Os Maias: Narcisismo, Incesto, Amor e Pátria», in *Dicionário de Eça de Queiroz*, ed. A. Campos Matos, 3.ª ed., pp. 840–849.

([14]) Fialho de Almeida, *À Esquina: Jornal d'um Vagabundo*, 2.ª ed. (Lisboa: Livraria Clássica Editora, 1915; 1.ª ed., 1903), p. 169. Sobre o fel de Fialho em relação a Eça, as histórias multiplicam-se: ver Câmara-Reys, *As Questões Morais e Sociais na Literatura* (Lisboa: Seara Nova, 1940), pp. 56–57. O mesmo fel foi retomado nos nossos dias, sem grande originalidade, por um estudioso de Eça e leitor de *Os Maias* que considerou ser difícil ir mais longe «no autodenegrimento pátrio: a insistente definição de Portugal como "choldra", com a capital nessa "horrível Lisboa", com o seu "apodrecimento moral, o seu rebaixamento social" e outros defeitos cuja enumeração Eça — e os seus personagens — se comprazem masoquisticamente em desfiar, recordar, insistindo na podridão, no rebaixamento, na decadência física e moral de toda uma nação», João Medina, *Reler Eça de Queiroz: Das* Farpas *aos* Maias (Lisboa: Livros Horizonte, 2000), p. 109.

([15]) Alírio de Melo, *Panorâmica de Crítica e de História* (Aveiro: Gráfica do Vouga, s.d.), pp. 37–42.

com António Nobre em Paris, sem deixar de reconhecer o talento de Fialho, Eça acusou-o de não trabalhar e de arrastar a sua vida pelos cafés, sempre «cheio de azedume»([16]).

Mas por que razão Fialho se armava em patriota e em defensor das virtudes, não permitindo que Eça criticasse a sociedade lisboeta? Por que motivo parecia vestir a pele de Tomás de Alencar, «o homem revoltado contra o realismo, por achá-lo imoral, ele que durante anos "em elegia e ode propusera comércio lúbrico a todas as damas da capital"»([17])? Evite-se o esquematismo: se Eça se afastou dos críticos do realismo, que falavam em nome das virtudes morais e do espírito romântico; também colocou Carlos da Maia a desdenhar, no mesmo realismo, o modo pedante com que nele se recorria a referências científicas, sobretudo quando se tinha de citar «Darwin e Claude Bernard, "a propósito de uma lavadeira que dorme com um carpinteiro"»([18]). Notou-o mais tarde, com pertinência, Vieira de Almeida: o que Eça criticava era a «vida romântica», conforme consta do subtítulo de *Os Maias*, «aquela vida falsa em que a hipocrisia do formal substitui a sinceridade do sentir»([19]).

Além da recepção, com reticências ou negativa, de *Os Maias*, respectivamente, de Feijó e de Fialho, muitas outras leituras foram feitas. Por exemplo, Carlos Lobo de Ávila acusou Eça de escrever à francesa; Pinheiro Chagas focou-se na pretensa figura de Bulhão Pato representada por Tomás de Alencar, em jeito de uma crítica enviesada; enquanto Luís de Magalhães (cujo livro *O Brasileiro*, Porto: Chardron, 1886, Eça prefaciara), saiu em defesa de *Os Maias*, em parte, contra as críticas de Fialho. Aliás, Magalhães, Mariano Pina e Oliveira Martins foram secundados por Moniz Barreto e por Silva Gaio, que percebeu melhor do que todos os outros a importância do referido romance.([20]) Ou seja, será difícil generalizar a ideia de que a primeira reacção a *Os Maias* foi negativa ou se saldou numa incompreensão generalizada.([21])

([16]) António Nobre, *Correspondência*, ed. Guilherme de Castilho, 2.ª ed. (Lisboa: Imprensa Nacional – Casa da Moeda, 1982), p. 132.

([17]) Vieira de Almeida, «Eça de Queiroz», in *Perspectiva da Literatura Portuguesa no Século XIX*, dir. João Gaspar Simões, vol. II (Lisboa: Ática, 1948), pp. 85–86.

([18]) *Ibidem*, p. 86.

([19]) *Ibidem*, p. 88.

([20]) João Gaspar Simões, *Eça de Queiroz: O homem e o artista* (Lisboa: Edição Dois Mundos, 1945), p. 550; António Apolinário Lourenço, *O Grande Maia*..., *op. cit.*, pp. 18–24; *Eça de Queiroz e o Naturalismo*..., *op. cit.*, pp. 566–575; A. Campos Matos, «*Os Maias*: episódios da vida romântica», in *Dicionário de Eça de Queiroz*, ed. A. Campos Matos, 3.ª ed., *op. cit.*, pp. 835; *idem*, «Recepção literária de Eça no seu tempo», in *idem*, pp. 1163–1166.

([21]) Gaspar Simões, *op. cit.*, p. 547; Hélder Macedo, «*Os Maias*: veracidade da inverosimilhança», in *Dicionário de Eça de Queiroz*, ed. A. Campos Matos, 3.ª ed., *op. cit.*, p. 826 [onde a recepção negativa converge com os receios iniciais do autor relativos à estrutura do romance]; Campos Matos, «Recepção Literária de Eça no seu tempo», in *Dicionário de Eça*

António Nobre, entusiasmado com *Os Maias*, só lamentava mesmo que «fossem tão curtos»([22]).

Na mesma época, o impacto da obra de Eça extravasou as fronteiras. O investigador Ernesto Guerra da Cal percebeu bem que a revolução no estilo, levada a cabo por Eça, «virou do avesso a língua literária e foi o factor que mais contribuiu para criar a moderna expressão na prosa»([23]). Uma revolução — sublinhe-se — que sucedeu em Portugal e no Brasil, mas que cedo se estendeu a todo o mundo hispânico, onde «Eça foi o arauto da prosa que havia de se impor com o Modernismo»([24]). O grande estudioso da obra de Eça de Queiroz foi mais longe quando concluiu «que, desde que Cervantes, noutro momento de crise cultural, realizou uma fusão semelhante do estilo tradicional espanhol com as formas artístico-literárias do Renascimento italiano, não se tinha ainda produzido um fenómeno semelhante na prosa das literaturas ibéricas»([25]). Só um escritor era digno de ser comparado a Eça em tamanha revolução, embora limitado à expressão poética e ligeiramente posterior: Rubén Darío (1867–1916).

Na mesma ocasião, multiplicaram-se as declarações acerca da «crise antinaturalista e espiritualista que marcou a geração de 90», projectando-se «pelos anos de 1900, com as suas agónicas perplexidades de espírito e da arte perante um mundo, porém, definitivamente conquistado para a técnica»([26]). Fialho de Almeida falava, a este propósito, de uma literatura «com zaguchadas dolorosas que a levam ao pessimismo directamente»([27]). Outros preferiram falar da desestruturação do romance tradicional e, em sua substituição, de um processo paralelo ao expressionismo, caracterizado por uma «narrativa onde se exprime uma visão metafísica do mundo»([28]). Embora Raul Brandão falasse «apenas da interior-exterior imersão num acabrunhante *tempo nulo*, matriz de uma espécie de ausência *física* que não permite aos

---

de Queiroz, *op. cit.*, p. 1166 [«as críticas [...] reflectem, além da desfocagem dada pela proximidade do tempo, o predomínio do juízo desfavorável»].

([22]) António Nobre, *Correspondência*, ed. Guilherme de Castilho, 2.ª ed., *op. cit.*, p. 131.

([23]) Ernesto Guerra da Cal, *Linguagem e Estilo de Eça de Queiroz*, trad. Helena Cidade (Lisboa: Editorial Aster, s.d.), p. 347.

([24]) *Ibidem*. Para o impacto da obra de Eça na América Latina, ver, também, Fidelino de Figueiredo, «*... um pobre homem da Póvoa de Varzim...*» (Lisboa: Portugália Editora, 1945), pp. 174–191.

([25]) Ernesto Guerra da Cal, *Linguagem e Estilo de Eça de Queiroz*, *op. cit.*, pp. 349–350.

([26]) António Machado Pires, *Rouxinol e Mocho seguido de Ensaios – Raul Brandão e Vitorino Nemésio* (Lisboa: Imprensa Nacional – Casa da Moeda, 2009), p. 165.

([27]) Fialho de Almeida, *Os Gatos*, vol. V, 3.ª ed. (Lisboa: Livraria Clássica Editora de A. M. Teixeira, 1916), p. 98.

([28]) Eduardo Lourenço, *A Nau de Ícaro seguido de Imagem e Miragem da Lusofonia*, 2.ª ed. (Lisboa: Gradiva, 1999), pp. 33–34.

momentos somarem-se a outros momentos para constituir o que chamamos uma vida»([29]). Em relação a Eça, o autor de *Húmus* marcou as diferenças, pois o que lhe interessava não eram as insignificâncias do que se passara em Leiria ou num andar da Baixa, mas o próprio Eça; e se numa primeira fase quase só se aproveitasse a ironia, numa segunda e última, Eça submeteu-se ao amor, à pobreza, à religiosidade e aos sentimentos — «coisas simples, que são coisas eternas [...] que os críticos e os filósofos desdenham»([30]).

Foi, talvez, Jaime Cortesão quem melhor fixou essa viragem de fim de vida de Eça de Queiroz — uma mudança cujos ecos se encontram em muitas outras leituras da vida e obra de Eça.([31]) Tal viragem acontecera graças a uma nova sensibilidade e permeabilidade em relação às formas de socialismo cristão ou comunitário e à mística franciscana, enunciadas pelo mestre da literatura portuguesa nos seus últimos anos de vida. Entre 1885 e 1888, o autor das *Lendas de Santos* teria assumido um conjunto de preocupações espirituais. Nelas, cruzavam-se inquietações religiosas e morais, impostas ao chefe de família; a poderosa influência criada pelo pensamento de Antero de Quental; e, ainda, o choque psicológico criado pelo *Ultimatum* de 1890.([32]) A questão social não teria sido posta de parte, segundo Cortesão, mas havia diferenças de orientação que claramente coincidiram com a publicação de *Os Maias*. De qualquer modo, o contraponto entre realismo, orientado para questões sociais e guiado pelas novas ciências do social, e espiritualismo, que parecia estar mais de acordo com as tendências decadentistas de fim de século, não dá conta de todas as tendências literárias em curso.([33])

Cortesão publicou a sua análise da obra de Eça de Queiroz na sequência da passagem do centenário do nascimento deste último. Tratou-se de um momento particularmente intenso de propostas de leitura de Eça, marcado

---

([29]) Maria João Reynaud, *Metamorfoses da Escrita: «Húmus», de Raul Brandão* (Porto: Campo das Letras, 2000), p. 405.

([30]) Raul Brandão, «Eça de Queiroz», in *Eça de Queiroz: In Memoriam*, eds. Eloy do Amaral e Cardoso Martha (Lisboa: Parceria António Maria Pereira, 1922), pp. 140–141.

([31]) Jaime Cortesão, *Eça de Queiroz e a Questão Social* (Lisboa: Seara Nova, 1949).

([32]) Uma das principais reacções ao *Ultimatum* consistiu no reforço das campanhas de África, ditas de pacificação; os seus ecos, transmitidos pela imprensa, deixaram marcas profundas no interior das famílias aristocráticas, conforme registou a condessa de Povolide, *A Nossa Junqueira* (Aveiras de Baixo, 1959), p. 337 [em 1895, «Paiva Couceiro distingue-se pela sua bravura incomparável. Toma-se Manjacase onde 700 portugueses vencem 10 000 pretos com armas modernas. Ao saber-se a vitória, o Governo decreta feriado e canta-se um *Te Deum*»]; p. 341 [em 1896, assinala-se a vitória sobre os Vátuas], p. 630 [em 1940, chegaram notícias das derrotas em África].

([33]) Alexandre Pinheiro Torres, *Romance: O mundo em equação* (Lisboa: Portugália Editora, 1967), p. 187; Albert Silbert, *Do Portugal do Antigo Regime ao Portugal Oitocentista*, trad. José Raimundo Correia de Almeida (Lisboa: Livros Horizonte, 1972), p. 231.

pelos estudos de Gaspar Simões, Vieira de Almeida e António Sérgio; mas também pela visita de Salazar, em Dezembro de 1945, à Exposição Queirosiana do Grémio Literário.([34]) Antonio Candido escreveu então, de forma certeira, acerca «das interpretações de certa crítica portuguesa reaccionária, que se apoderou ultimamente do *recuo* de Eça para explorá-lo com alvoroçada má-fé»([35]). Para os opositores ao regime de Salazar, o objectivo era claro: seria necessário ler Eça de Queiroz para o libertar das grelhas aristocráticas e conservadoras em que alguns pretendiam encerrá-lo. Este objectivo genérico implicava atender aos processos propriamente literários, da ironia ou da troça, a partir dos quais o escritor procurava a sua autonomia; exacerbar o sentido crítico e a liberdade queirosiana, em contraste com os tempos persecutórios que caracterizaram o período posterior à Segunda Guerra; e, sobretudo no caso de Cortesão, mas também de Vieira de Almeida, colocava-se a questão social, cuja simples enunciação irritaria os mais afectos ao regime no poder. Escreveu, acerca de Eça, Vieira de Almeida em 1945: «Crente no alto poder e impulso das ideias, crença compartilhada pela sua época e hoje por vezes desrespeitada com maior irreverência do que proporção, transia-se de repugnância ante a filáucia dos que se tinham por cultos, arregimentados em uma espécie de clube ameno da superioridade, e a declaração portentosa e oca de pensadores... de profissão.»([36])

Arrisque-se, também, a hipótese de que foi já em plena refrega acerca do neo-realismo que Vieira de Almeida — com a distância própria de quem possuía um estatuto académico baseado numa sólida formação filosófica — atribuiu a *Os Maias* toda a importância que a obra merecia. Considerou que o livro era uma espécie de «centro óptico», revelador não tanto da personalidade do autor, mas da sua perspectiva de uma «época intelectual, política e artisticamente inquieta»([37]). E sublinhou nele três aspectos. Antes de mais, a crítica social de *Os Maias* não apontava para a necessidade de criar uma nova estrutura social, mas de melhorar a já existente.([38]) Depois, as críticas formuladas por Eça não se apresentavam como a defesa de uma doutrina

---

([34]) Ernesto Guerra da Cal, *Lengua y Estilo de Eça de Queiroz. Apéndice. Bibliografía Queirociana sistemática y anotada y iconografía artística del hombre y la obra*, t. 3 (Coimbra: Por Ordem da Universidade, 1980), pp. 501–545.

([35]) Antonio Candido, *Tese e Antítese: Ensaios*, 2.ª ed. (São Paulo: Companhia Editora Nacional, 1971), p. 55 [«Eça de Queiroz entre o Campo e a Cidade», in *Livro Comemorativo do Centenário de Eça de Queiroz* (Lisboa: Editora Dois Mundos, 1945)].

([36]) Vieira de Almeida, *A Máscara de Eça* (Lisboa: Edições Romero, 1945), pp. 24–25.

([37]) *Idem*, *À Janela de Tormes: No Centenário de Eça de Queiroz* (Lisboa: Edição da Revista «Occidente», 1945), pp. 82–86, 91–95; *idem*, «Eça de Queiroz», in *Perspectiva da Literatura Portuguesa no Século XIX*, *op. cit.*, pp. 82, 83.

([38]) *Idem*, *À Janela de Tormes*, *op. cit.*, p. 99.

coerente: «No fundo do seu pensamento viveu sempre a amargura do mal irremediável que pesa sobre a sociedade humana e a triste impotência da ciência para o minorar.»([39]) Por último, era na expressão do amor às ideias — enquanto fonte de tolerância entre os homens e amplificação do horizonte intelectual, sua defesa intransigente e capacidade crítica, incluindo por via da ironia e do sarcasmo — que se encontrava o núcleo principal do projecto literário de Eça.([40])

António Sérgio construiu o seu ensaio de interpretação da obra queirosiana através de uma série de antinomias. Partiu da oposição elaborada pelo autor entre processo e tese («possuo o processo como ninguém, mas faltam-me as teses»), para opor à sua rica imaginação (ou «inventiva figuradora») a sua menor fantasia (ou «inventiva relacionadora»). Depois, opôs *O Crime do Padre Amaro*, «novela com unidade de acção e ficcionismo de galeria», ao pólo oposto, constituído por *Os Maias*, para salvaguardar o estilo, ou seja, o referido «processo». Sublinhando que, nesse ponto do estilo, Eça era mesmo superior a Flaubert.([41]) Seria, ainda, necessário perceber de que modo as comemorações de 1945 suscitaram outras clivagens, propuseram novas direcções de colaboração intelectual e deixaram para trás outros estudiosos. Uma dessas clivagens foi a que opôs os leitores e estudiosos de Eça, provenientes dos círculos da oposição (Câmara-Reys, Sérgio, Cortesão ou Vieira de Almeida, etc.), à família, uma vez que os filhos de Eça se mostraram fiéis ao regime de Salazar. Câmara-Reys pôs a descoberto essa mesma divisão na conclusão ao volume que ajudou a organizar.([42])

Porém, não existia propriamente um bloco unido de leitores e intérpretes da obra de Eça numa perspectiva conservadora. Das fileiras integralistas, por exemplo, Álvaro Maia aclamava Eça.([43]) Por esses mesmos anos, António de Eça de Queiroz, filho de Eça, envolveu-se em acesa polémica com o padre Alírio de Melo, que continuava a vituperar as indecências e

---

([39]) *Ibidem*, p. 104.

([40]) *Ibidem*, pp. 12–15.

([41]) António Sérgio, «Notas sobre a imaginação, a fantasia e o problema psicológico-moral na obra novelística de Queiroz», in *Ensaios*, t. VI, ed. crítica de Castelo Branco Chaves *et al.* (Lisboa: Livraria Sá da Costa, 1971; 1.ª ed., Lisboa: Inquérito, 1946), pp. 53–120 [publicado inicialmente no *Livro do Centenário de Eça de Queiroz*, eds. Lúcia Miguel Pereira e Câmara-Reys (Lisboa: Edições Dois Mundos, 1945), pp. 449–502]; A. Campos Matos, *Sobre Eça de Queiroz* (Lisboa: Livros Horizonte, 2002), pp. 431–439 [«Eça lido por António Sérgio»].

([42]) Câmara-Reys, «Nota final», in *Livro do Centenário de Eça de Queiroz*, *op. cit.*, pp. 710–711.

([43]) Álvaro Maia, *Vento sobre a Charneca... Portugal de ontem, de hoje e de amanhã*, vol. I, pref. de Hipólito Raposo (Lisboa: Edições Gama, 1944), pp. 274–290.

impiedades de Eça.([44]) Para o filho de Eça, só por conveniência se podia argumentar que o pai fora «um descrente, adversário da Igreja, devorador de padres»([45]). Dois jesuítas, João Mendes e Agostinho Pinto Veloso, procuraram estabelecer pontes de modo que se criasse uma frente comum conservadora, capaz de julgar Eça e a sua obra, à luz de uma moral católica que contasse com a bênção de Salazar; sobretudo Veloso, tão influente na revista *Brotéria*, procurou arregimentar para as suas fileiras António Ferro e António de Eça de Queiroz, apartando-se das interpretações tidas por muito duvidosas de Gaspar Simões e Mário Sacramento; ao mesmo tempo, não só mostrava os dentes, como mordia em todos os realistas ou perigosos neo-realistas de tendências comunistas; aliás, a coerência do Pe. Veloso não pode ser posta em causa, uma vez que os seus combates, na recuperação possível de Eça, pelo estilo e não pela abandalhada moral, se alargaram a Antero e, além da crítica aos realismos de costas viradas para a ontologia divina, também incluíram diatribes contra todo o tipo de surrealismo; o mesmo quadro de defesa militante do conservadorismo católico foi encimado pela biografia edificante escrita por Veloso do cardeal D. Teodósio Clemente Gouveia, cuja vida terminou ao serviço da colónia de Moçambique.([46]) Dentro da mesma alçada dos jesuítas, encontram-se os juízos do padre Manuel Antunes (pouco estudado e muito incensado) acerca dos «limites queirosianos», que acabaram por surgir associados ao neo-realismo de um Ferreira de Castro, no qual «vivia a fidelidade aos humildes, aos oprimidos, a todas as vítimas das violências e injustiças dos homens», tendo estas últimas como «principais responsáveis, metendo-as todas no mesmo saco, a religião estabelecida, a burguesia conservadora e a aristocracia decadente»([47]).

([44]) Alírio de Melo, *Eça de Queiroz, o Exilado da Realidade* (Porto: Livraria Tavares Martins, 1945); António de Eça de Queiroz, *Desafronta à Memória de Eça de Queiroz* (Porto: Lello & Irmão, 1950); Alírio de Melo, *A Minha Resposta ao Senhor António de Eça de Queiroz* (Coimbra: Casa do Castelo Editora, 1952). Sobre os descendentes de Eça serem fiéis partidários do Estado Novo, ver A. Campos Matos, «Relações da família de Eça com os críticos», in *Dicionário de Eça de Queiroz*, ed. A. Campos Matos, *op. cit.*, p. 1182.

([45]) António de Eça de Queiroz, *Eça de Queiroz. Conferência pronunciada no Ateneu de Madrid em 28 de Fevereiro de 1947*, sep. de *Ocidente*, n.º 109, vol. XXXII (Lisboa, 1942), p. 11.

([46]) João Mendes, *Eça de Queiroz: Tipos, estilo, moralidade* (Lisboa: Edições «Pro Domo», 1945); Agostinho Pinto Veloso, «Eça de Queiroz: Balanço de um Centenário», *Brotéria*, vol. XLII, fasc. 3 (1946), pp. 284–309; *idem*, *Antero e os Seus Fantasmas: Ensaio filosófico do drama de Antero de Quental* (Porto: Livraria Tavares Martins, 1950); *idem*, «A Desrealização Surrealista», sep. de *Brotéria* (Lisboa, 1956); *idem*, «A Farsa Surrealista», sep. de *Brotéria* (Lisboa, 1956).

([47]) Manuel Antunes, «A Missão e Acorde Imperfeito», *apud* «Vida Literária», *Brotéria*, vol. LIX, n.os 2–3. (Agosto/Setembro, 1954), pp. 216–220.

As novas direcções de colaboração intelectual que se intensificaram por altura do Centenário diziam respeito à participação de intelectuais brasileiros, a atestar o nível de difusão da obra queirosiana naquele país. Por último, o Centenário inaugurou uma nova fase de estudos, deixando para trás os que a Eça tinham dedicado o seu labor, ao longo da primeira metade do século xx. Foram eles, segundo o elenco estabelecido pelo referido Câmara-Reys: João Monteiro de Meira, António Cabral, Cláudio Basto, Agostinho de Campos, Salgado Júnior, Castelo Branco Chaves e Pierre Hourcade, além de todos aqueles que tinham colaborado no *In Memoriam de Eça de Queiroz*, publicado em 1922.([48])

O processo de monopolização da vida intelectual pela universidade arrancou na década de 1950, sobrepondo gerações que encontraram em Eça e na sua obra um objecto de estudo. Pode duvidar-se se esta especialização académica apagou as marcas de uma forte politização nas leituras e usos do autor de *Os Maias*. Mais certo será sustentar que se exacerbaram as preocupações pelas rotulagens e classificações, em relação aos estudos anteriores, em doses proporcionais à da especialização académica. Por exemplo, as abordagens literárias ou textuais levaram, nalguns casos, a esquecer o trabalho de reconstituição dos contextos históricos e culturais que também dão sentido à obra queirosiana. A recente edição crítica de *Os Maias*, cujo aparato crítico é praticamente nulo, reduzindo-se ao estabelecimento do texto, constitui um dos pontos mais altos de um saber académico que pode contribuir para estiolar as leituras ou interpretações da mesma obra. A mesma edição crítica não se poupa, igualmente, a espetar farpas e alimentar tricas, numa espécie de auto--satisfação em que o especialista proíbe a entrada, no seu próprio campo, daqueles que toma por concorrentes. Ainda assim, o campo das lutas tendencialmente universitárias — nacionais ou internacionais — envolvendo os estudiosos de Eça, os denominados queirosianos, inclui muitas propostas de análise válidas.

Arriscaria colocar, entre os mais velhos, Ernesto Guerra da Cal, Jacinto do Prado Coelho, Joel Serrão, Coimbra Martins, Alberto Machado Rosa, Paul

([48]) Câmara-Reys, *As Questões Morais e Sociais na Literatura*, *op. cit.*, p. 96. Ver: António Ferreira Cabral Pais do Amaral, *Eça de Queiroz: A sua vida e a sua obra – cartas e documentos inéditos* (Paris, Lisboa, Rio de Janeiro: Livraria Aillaud e Bertrand, Francisco Alves. 1916; 3.ª ed., Lisboa: Bertrand, 1944); Agostinho de Campos, *Eça de Queiroz: Antologia portuguesa*, 2 vols. (Lisboa: Aillaud & Bertrand, 1922–1923); Cláudio Basto, *Foi Eça de Queiroz um Plagiador?* (Porto: Maranus, 1924); António Salgado Júnior, *História das Conferências do Casino, 1871* (Lisboa, 1930); P. Hourcade, *Eça de Queiroz e a França*, trad., pref. e notas Castelo Branco Chaves (Lisboa: Seara Nova, 1936); Castelo Branco Chaves, *Sobre Eça de Queiroz* (Lisboa: Inquérito, 1939); *idem*, *Eça de Queiroz Visto por Quem o Conheceu* (Lisboa: Empresa Contemporânea de Edições, 1944).

Teyssier e Cleonice Berardinelli. O ensaio sobre Eça de Antonio Candido foi publicado em 1945, e por isso pertence a esse primeiro momento. Numa geração intermédia, A. Campos Matos, João Medina, Marie-Hélène Piwnik e Américo Guerreiro de Sousa. Na geração seguinte, primeiro, Carlos Reis e Isabel Pires de Lima, depois, Ana Nascimento Piedade, António Apolinário Lourenço e Maria Manuel Lisboa. Este pequeno quadro de nomes é arriscado e está muito incompleto, logo, as exclusões suscitam muitas susceptibilidades e indignadas injustiças, no quadro das lutas pelo reconhecimento entre especialistas. As várias edições do *Dicionário de Eça de Queiroz* organizado por A. Campos Matos (1988; 3.ª ed., 2015) constituem um dos melhores guias de orientação, num território onde se acumulam conhecimentos universitários sobre Eça e a sua obra.

Na impossibilidade de inventariar, mesmo que superficialmente, as principais tendências de todos estes estudos, existe um aspecto que é comum a muitos deles. Refiro-me ao facto de se centrarem numa análise das principais características dos personagens de *Os Maias*. Gaspar Simões inseria Eça numa tradição que remontava a Gil Vicente e à *História Trágico-Marítima*, considerando que o português «só sabe escrever as histórias de que é protagonista»([49]). Por sua vez, Cleonice Berardinelli considerou que «Afonso da Maia permanece a figura mais positiva da galeria de Eça, e simboliza, sem dúvida, o velho Portugal»([50]). Coimbra Martins comparou vários personagens queirosianos, estabelecendo uma espécie de escala: «Fradique é um Carlos da Maia que se perde; Gonçalo[,] um Carlos da Maia que se salva.»([51]) E Isabel Pires de Lima, sobrepondo personagens ao próprio autor, escreveu que o «eclectismo de Fradique, aquela incapacidade para aceitar definitivamente o que quer que seja, que faz dele um "cometa errando através das ideias" e que no fundo ele herdara já de Carlos da Maia, é, ao fim e ao cabo, uma expressão de pessimismo, de vencidismo. E é também sintoma da situação do próprio Eça vencido, de mão vazias, sem soluções definitivas, jantando com os seus iguais»([52]). Frente à pertinência de todas estas abordagens centradas nos personagens de Eça, vale a pena perceber até que ponto são as referências em campos específicos que, pelo menos no caso de *Os Maias*, determinam a caracterização das

---

([49]) João Gaspar Simões, *Cadernos de um Romancista: Ensaios* (Lisboa: Livraria Popular de Francisco Franco, 1942) p. 69.

([50]) Cleonice Bernardinelli, «Para uma análise estrutural da obra de Eça de Queiroz», in *idem*, *Estudos de Literatura Portuguesa* (Lisboa: Imprensa Nacional – Casa da Moeda, 1982), p. 111.

([51]) António Coimbra Martins, *Ensaios Queirosianos*, *op. cit.*, p. 282.

([52]) Isabel Pires de Lima, *As Máscaras do Desengano: Para uma abordagem sociológica de «Os Maias» de Eça de Queiroz* (Lisboa: Caminho, 1987), p. 341.

personagens, constituindo-se em chave de leitura. Neste ponto, limito-me a seguir uma sugestão de Américo Guerreiro de Sousa, num dos seus estudos sobre a obra de Eça de Queiroz.

* * *

Os Maias estão pejados de referências culturais. Mais concretamente, abundam em alusões a práticas de escrita e de leitura, cruzadas com discussões acerca de modelos educativos e literários. Qual o significado de tais práticas e modelos? Esta poderá ser considerada mais uma questão, e não, necessariamente, a grande questão — aquela que, pela sua pertinência, se afiguraria central na organização do romance, com capacidade para concentrar em si a intencionalidade do autor ou dotá-lo de uma consciência que nunca foi expressa, pelo menos enquanto tese. No entanto, sem nunca nos esquecermos de que *Os Maias* não têm uma única tese, importa sublinhar que o romance se organiza a partir de termos simetricamente opostos, a ponto de a questão que agora se coloca poder servir de exemplo a muitas outras polarizações, antinomias e simetrias que estão presentes neste e noutros romances de Eça. Procurarei elucidar o conteúdo da questão com base numa análise de *Os Maias* e, depois, tentarei demonstrar que tais polarizações nada têm de linear. Ou seja, mesmo que no romance em causa os personagens se polarizem, representando diferentes modelos de uso dos livros e entendimentos diversos de modelos de educação e de literatura, o certo é que Eça não pode ser encerrado ou identificado com um único pólo, tão-pouco com um único personagem de quem se sentisse mais próximo. É que também ele oscilou, numa espécie de jogo com pelo menos um duplo sentido, entre os diferentes pólos que foi estabelecendo.

O velho Afonso da Maia, com a sua biblioteca em Benfica, representa bem o modo como os valores aristocráticos de uma paternal preocupação pelos mais fracos e pobres se cruzaram com o pensamento do Iluminismo: dos Enciclopedistas ou de Voltaire e Rousseau a Helvétius e Volney. A sua adesão de jacobino à Maçonaria teria suscitado a indignação do pai, Caetano da Maia, miguelista, «um português antigo e fiel que se benzia ao nome de Robespierre»([53]). Mas o exílio em Inglaterra quebrou-lhe o espírito jacobino, e, no regresso a Portugal, acabou por enterrar a República e casar com a filha do conde de Runa. Passou, então, a exigir «uma nobreza inteligente e digna, como a Aristocracia *tory* (idealizada pelo seu amor a Inglaterra), dando em tudo a direcção moral, formando os costumes e inspirando a literatura»([54]).

([53]) Eça de Queiroz, *Os Maias*, *op. cit.*, p. 68.

([54]) *Ibidem*, p. 70.

Mais: no exílio em Inglaterra, integrado no grupo dos emigrados liberais, ao lado de Palmela, «estudou a nobre e rica literatura inglesa; interessou-se, como convinha a um fidalgo em Inglaterra, pela cultura, pela cria dos cavalos, pela prática de caridade»([55]). Foram as saudades da sua mulher pela pátria, acrescidas da experiência de ter vivido a devoção católica em terras protestantes, que determinaram o regresso. Mas, logo em Benfica, Maria Eduarda, de solteira Runa, rodeou-se de padres e de frades, que Afonso tinha de sustentar com mesadas. Quando sentia as rezas em casa, este último reagia, lendo Voltaire. Mas, à medida que os anos foram passando, as leituras do velho Afonso passaram a afastar-se cada vez mais dos iluministas e inspiradores do jacobinismo e a ser mais as dos historiadores franceses, tais como Michelet e Taine, bem como, entre os clássicos latinos, Tácito e, dos quinhentistas franceses, Rabelais. Com o Craft, por exemplo, partilhou o entusiasmo não só por Tácito, mas também por Macaulay, Burke e os poetas laquistas (Wordsworth, Coleridge e Southey). Quando Carlos se envolveu com Maria Eduarda e planeou a fuga para Itália, o neto antecipou a reacção que teria o avô, um «homem de outras eras, austero e puro»: iria repudiar todo e qualquer acto que caísse dentro dessa «ideologia sentimental», reduzi-la a mera concubinagem, de um homem que levava a mulher do outro; ainda por cima, já a mulher do seu filho fugira, deixando para trás o neto, e agora era Carlos que fazia o mesmo.([56]) Maria Eduarda, note-se bem, quando visitou o Ramalhete e viu as «estantes pesadas» e Cristo na Cruz, confessou a Carlos: «Teu avô faz-me medo!»([57])

Pedro, filho de Afonso, começou por ser educado pelo padre Vasques, frente ao qual fazia birras, mas não ousava desobedecer. Um único sentimento parecia ter: a paixão cega pela mãe. Quando se impôs a sua ida para Coimbra, para prosseguir nos estudos, a mãe opôs-se à partida do filho. Pedro permaneceu em casa e não prosseguiu os seus estudos na universidade. Começou, então, a frequentar os botequins de Lisboa, teve o seu bastardo e, pelo menos uma vez, até se mostrou destemido numa luta em que lhe saíram ao caminho três saloios, que aviou à chicotada. Participou também em distúrbios no café Marrare, nas touradas e nas pateadas do São Carlos, antes de cair em crises de nervos e ser acometido por acessos melancólicos. A sua existência afirmava-se pela negação à leitura e pela falta de estudos.

À educação intelectual de Afonso contrapõe-se a do filho, Pedro, cujos hábitos de jovem fidalgo e anti-intelectualismo parecem ser bem claros.

([55]) *Ibidem*, p. 71.

([56]) *Ibidem*, pp. 225, 461–462.

([57]) *Ibidem*, p. 476. Sobre a localização do Ramalhete, ver Carlos Malheiro Dias, *A Verdade Nua*, 3.ª ed. (Lisboa: Sociedade Artur Brandão, s.d.), pp. 135–136.

Mas a verdadeira oposição ao modelo representado por Afonso — com a sua educação de jacobino, a sua experiência maçónica e, depois, a pouco e pouco, a sua adopção dos valores mais conservadores da nobreza inglesa que conheceu no exílio — surge na figura daquele que veio a ser o seu compadre. O Monforte negreiro — pai de Maria, «a *beltà* do Ticiano», que casou com Pedro e acabou a prostituir-se em Paris — fugira dos Açores, de onde era natural, por ter dado uma facada numa rixa. Por isso, partilhava com Pedro a mesma cultura da violência, com a diferença de que soubera bem usar o chicote quando fora feitor na Virgínia. Andara por essas paragens, bem como por Havana e Nova Orleães, antes de se instalar no Brasil e de traficar em escravos. Tudo à força do chicote, «de sangue e negros». Não seria ele, em oposição à integridade de Afonso, «uma imagem da nossa aventura pelos mares, por vezes marcada pelo comércio obscuro, pela cobiça»([58])? É que, para o Monforte e para a filha, no seu novo-riquismo, Afonso representava não só a figura do fidalgo puritano, mas também os valores da linhagem e da genealogia, de quem reclamava para si «avós godos», em suma, uma encarnação de um D. Fuas, o Barbatanas. E, ao palácio de Benfica, que tinha no seu centro a biblioteca e as barbas de vice-rei de Afonso da Maia, os Monforte, pai e filha, só conseguiam opor a imagem do «brigue *Nova Linda* carregado de negros»([59]).

Depois do casamento de Pedro da Maia com Maria Monforte, a situação mudou: a filha do Monforte passou a organizar, no seu próprio palácio de Arroios, récitas e saraus; a levar uma existência festiva e luxuosa, a que acorriam todas aquelas amigas que um dia a tinham chamado de negreira. Tomás de Alencar falava, a esse respeito, de que existia em tudo aquilo «um saborzinho de orgia *distinguée* como os poemas de Byron». Maria era, de facto, uma sedutora. Com os íntimos, à noite, fumava uma cigarrilha perfumada. E, «muitas vezes, na sala de bilhar, as palmas estalaram, vendo-a bater à carambola francesa D. João da Cunha, o grande taco da época»([60]). Quanto a leituras, uma única referência teve consequências de peso: foi com base na novela romântica de Walter Scott que escolheu o nome para o seu filho Carlos Eduardo, ele era o Charles Edward Stuart, o «Bonnie Prince Charlie», de *Waverley, ou há sessenta anos* (1.ª ed. inglesa, 1814, com várias edições em português, 1834, 1844, 1845, 1854).([61])

([58]) Odete Rosa Gonçalves de Barros Martins, «*Os Maias*: Do romance como construção», *Diacrítica: Revista do Centro de Estudos Portugueses Universidade do Minho*, n.os 3–4 (1988–89), p. 370.

([59]) Eça de Queiroz, *Os Maias*, *op. cit.*, pp. 78–79, 81, 86, 90.

([60]) *Ibidem*, p. 88.

([61]) *Ibidem*, pp. 90–91, 203.

Será necessário passar por cima de vários episódios, tais como o da fuga para Itália de Maria com o Tancredo e o do suicídio do seu marido Pedro da Maia, para ir encontrar o pequeno Carlos da Maia instalado na Quinta de Santa Olávia, a ser educado pelo avô e pelo Brown, o preceptor inglês. Melhor do que em qualquer outro lugar, deu-se ali o confronto entre dois modelos educativos, dotados de entendimentos diferentes da leitura e uso dos livros. De um lado, estava o Eusebiozinho, também chamado Silveirinha, enfezado, rodeado das saias das titis e dos padres, que continuavam a pensar que era o latim a «basezinha» de tudo, por permitir a leitura de Fedro ou Tito Lívio. O menino aprendia o catecismo e o acto de contrição, decorando páginas do *Resumo do catecismo de perseverança, ou exposição historica, dogmatica, moral e liturgica da religião, desde a origem do mundo aos nossos dias*, do abade J. Gaume (tradução de J. S. da Silva-Ferraz, com análise de Camilo Castello Branco, Porto: F. G. da Fonseca, 1853; outras edições de 1854 e 1865). Ao mesmo tempo, desenvolveu «o amor por alfarrábios e por todas as coisas do saber» (um amor que, aliás, acabou por perder em idade adulta). Por isso, podia folhear in-fólios ou olhar para as estampas d'*Os Costumes de Todos os Povos do Universo*. Todos estes conhecimentos inúteis vinham acompanhados de uma indumentária que era, no mínimo, patética: quando visitava Santa Olávia, vestia-se de escocês, com boné e tudo, «para que conservasse o ar nobre dum Stuart, dum valoroso cavaleiro de Walter Scott»([62]).

Do outro lado estava Carlos da Maia, que representava um modelo de educação anti-romântico — «a água fria, os exercícios a todo o ar, a ginástica». O seu preceptor era o Brown, «um herético, um protestante», segundo as vozes que se ouviam em Resende. Neste modelo, o que estava em causa era o cultivar da força física, pois o corpo precedia em importância os exercícios da alma, a ponto de as titis se chocarem com o facto de Carlos ignorar os rudimentos da doutrina católica. A disciplina impunha-se-lhe, a começar pelas horas certas das refeições e do deitar, enquanto sinal de vitalidade. Dos impressos, pelo menos na infância, só ficou registado o rolo de estampas anatómicas, que despertou em Carlos uma enorme curiosidade. Um dia, chocou as Silveiras e o Eusebiozinho, mostrando-lhes «a pavorosa litografia de um feto de seis meses no útero materno». Foi essa mesma curiosidade pela natureza — que lhe valeu fama de libertino, associada a toda uma cultura que estimulava a aquisição de conhecimentos práticos — que acabou por levá-lo a cursar Medicina em Coimbra. Afonso da Maia sempre pensou que o essencial era que o neto tivesse «uma educação de fidalgo», que o preparasse «para fazer boa figura em Coimbra»([63]). Santa Olávia terá, também, representado

---

([62]) *Ibidem*, pp. 113, 117, 118, 119, 127, 139.

([63]) *Ibidem*, pp. 121–124, 243.

um modelo de sociedade rural, dotado de uma organização social paternalista e tradicionalista, por contraposição ao que sucedeu em Lisboa. O campo era, então, «contrapeso e fonte de energia moral», com a figura do velho Afonso da Maia à cabeça.([64])

Quando Carlos da Maia foi estudar para a Universidade de Coimbra, Ega chamou à *cottage*, preparada pelo avô para o neto, o Paço de Celas, devido aos seus luxos que incluíam criado com libré. Foi graças a esse fausto que Carlos foi de início «venerado dos fidalgos, mas suspeito dos democratas». Porém, quando os democratas se aperceberam de que ele lia Proudhon, Comte, Spencer, «e considerava também o país uma *choldra ignóbil*», passaram a sentir-se atraídos para frequentar o Paço. Carlos conciliou, assim, «Dandys e Filósofos». Ali, discutia-se tudo: «a Democracia, a Arte, o Positivismo, o Realismo, o Papado, Bismarck, o Amor, Hugo e a Evolução [...], as próprias certezas revolucionárias adquiriam um sabor mais requintado com a presença do criado de farda desarrolhando a cerveja, ou servindo croquetes». Por essa altura, já Carlos ensaiava o seu diletantismo. Ega considerava que o seu destino era o de ser um desses médicos literários. E, aos poucos, no Paço de Celas, mesmo em frente daquele avô, «velho fidalgo, tão rico», falava-se de «mulheres e de estroinices». Carlos teve, então, uma aventura com uma mulher casada, Hermengarda, o que lhe valeu o nome, posto pelos amigos, de «Eurico, o Presbítero», a lembrar a novela de Alexandre Herculano. Depois, pôs casa, perto de Celas, a uma espanhola: «Encarnación fanatizou Coimbra como a aparição duma *Dama das Camélias*, uma flor de luxo das civilizações superiores.» Não foi o único; mais tarde, também Dâmaso pôs casa a espanholas, e o Eusebiozinho, quando viúvo, foi surpreendido a almoçar em Sintra com duas. Mas foi o Palma que definiu o sistema de um macho tratar com espanholas: com delicadeza e, quando se faziam ariscas, tapona!([65]) Com a colaboração do Dâmaso e o Eusebiozinho como intermediário, foi na *Corneta do Diabo* do Palma Cavalão que Maria Eduarda foi desmascarada e tratada de tipa que teria calhado ao «sô Maia»; uma «prosa imunda» em que se dizia desta que «nem era brasileira, nem casada»([66])!

Há ecos autobiográficos do autor na experiência de Carlos da Maia em Coimbra. Por exemplo, pressente-se a existência de uma sobreposição entre Antero de Quental e o figurão denominado «Trovão, o poeta boémio, o duro socialista, que tinha apenas por mobília uma enxerga e uma Bíblia»([67]).

([64]) Antonio Candido, *Tese e Antítese: Ensaios*, 2.ª ed. (São Paulo: Companhia Editora Nacional, 1971), p. 43.

([65]) Eça de Queiroz, *Os Maias*, *op. cit.*, pp. 137–141, 230, 259–264, 472.

([66]) *Ibidem*, p. 531, 533–542, 597–598.

([67]) *Ibidem*, p. 137.

O mesmo se diga da viagem ao Egipto feita por Eça após a formatura, a qual teve paralelo com a longa viagem pela Europa de Carlos da Maia. As experiências da viagem incluíram tanto estudos acerca da organização dos hospitais de crianças em Inglaterra como as aventuras de Carlos com uma holandesa, Madame Rughel, separada do marido, «uma ninfa de Rubens», autora de um romance em holandês intitulado *Rosas Murchas*. Após um ano de viagem, começaram a chegar, com destino ao Ramalhete, «caixas sucessivas de livros, outras de instrumentos e aparelhos, toda uma biblioteca e todo um laboratório». O avô e os amigos entusiasmaram-se com tanto aparato. Para se tornar numa «glória nacional», Carlos ambicionava arranjar um vasto laboratório, destinado a trabalhos químicos, investigações fisiológicas e anatómicas, a par da montagem de uma biblioteca, para que existisse «uma concentração metódica de todos os instrumentos de estudo». Claro que, com tudo isto, Carlos procurava ser útil, mas o seu diletantismo estava situado algures entre a «representação social» e a «actividade científica» — «o remexer profundo de ideias entre as influências delicadas da riqueza». Havia ainda o consultório, pois Carlos queria dar consultas e até tinha pensado em que fossem gratuitas. O Vilaça escolheu o Rossio, e o escritório acabou por ser mobilado com luxo e ao pormenor. O divã do gabinete, por exemplo, segundo um dos amigos mais chegados, vinha a calhar. Mas este último, afinal, serviu apenas para que Carlos nele dormitasse ao ler o *Diário de Notícias*.([68])

Face a todo este aparato de consultório, laboratório e biblioteca — para lá dos trens, dos nove cavalos, do cocheiro inglês, pois, como dizia o Vilaça, procurador, «uma gente destas deve ter a sua representação, as suas cousas bem montadas» —, Ega propôs a Carlos que se organizasse um Cenáculo, mal o Craft chegasse do Porto, «um Decameron de arte e diletantismo, rapazes e mulheres — três ou quatro mulheres para cortarem, com a graça dos decotes, a severidade das filosofias». Carlos começou por duvidar, pois seria impossível arranjar em Lisboa tais mulheres de gosto e luxo. Ega encontrou a solução: se não existiam, tinham de ser importadas. «Aqui importa-se quase tudo», numa nota de generalização. E acrescentou: «A civilização custa-nos caríssima, com os direitos da Alfândega: e é em segunda mão, não foi feita para nós, fica-nos curta nas mangas.» Os portugueses, uma «choldra torpe», eram como os negros de São Tomé que se julgavam brancos pelo simples facto de usarem, além da tanga, uma casaca velha do patrão. Ega conseguiu convencer o seu amigo Carlos: «[...] discutiam o Naturalismo, Gambetta, o Niilismo; depois, com ferocidade e à uma, malharam sobre o país...». Todos estes planos surgiram quando, para espanto de Carlos, Ega lhe anunciou estar para breve a publicação do seu anunciado livro: *Memórias dum Átomo*, uma

([68]) *Ibidem*, pp. 143–149, 183, 195.

autobiografia que era uma epopeia em prosa, contendo a história das grandes fases do Universo e da Humanidade — nada menos do que uma nova Bíblia! De que também constava a sua declaração de amor à mulher do banqueiro Cohen!([69])

A verdade é que o laboratório de Carlos, uma vez pronto, nunca chegou a funcionar. Havia, é certo, as consultas aos doentes do bairro. Além de um par de artigos destinados à *Gazeta Médica*, existia o projecto de redacção de um livro genérico intitulado *Medicina Antiga e Moderna*. Mais importantes pareciam ser as duas horas de esgrima e o tempo dedicado por Carlos aos cavalos, aos seus luxos e ao *bric-à-brac*. No fundo, estava acometido de uma «fatal dispersão de curiosidade», só compensada pelo vago projecto de Ega de criação de uma revista «que dirigisse o gosto, pesasse na política, regulasse a sociedade, fosse a força pensante de Lisboa...»; ou, simplesmente, «remoçasse o carunchoso Portugal»([70]). Mais tarde, já visita da Toca, é em torno do mesmo projecto de revista que Ega vai continuar a exprimir a sua intenção reformadora que acabava sempre por não ir avante: «Clamamos por aí, em botequins e livros, que o "país é uma choldra" [...]. Vamos fazer disto um *bijou.*» Depois citou Proudhon, mas já com o copito, ainda falou a Carlos da revista, «dum forte vento de espiritualidade e de virtude viril que se devia fazer soprar sobre o país»([71]). E, claro, para impressionar o velho Afonso da Maia, nada melhor do que falar na revista — «um aparelho de educação superior»([72]). Enfim, a revista acabou por ficar associada, apenas, ao «cenáculo de diletantismo e de arte» reunido em torno de Carlos e de Ega. O seu lançamento foi, então, considerado como uma «suprema pândega intelectual»([73]). Toda esta incapacidade de concretizar projectos de escrita, publicação e até de leitura ia a par da descrição dos gostos que Carlos partilhava com o Craft. Às mesmas ideias correspondia «o mesmo fervor pelo *bric-à-brac* e pelo *bibelot*, o uso apaixonado da esgrima, igual diletantismo de espírito», tudo isto os unia «em relações de superfície, fáceis e amáveis»([74]).

Se as *Memórias dum Átomo*, a *Medicina Antiga e Moderna* e o projecto de uma revista não passaram de projectos, cuja inutilidade parecia evidente, ainda mais inútil parecem ter sido as leituras esforçadas do conde de Gouvarinho, a quem faltava a memória. Bem se esforçara para ler, fechado no seu gabinete, os vinte volumes da *História Universal* de Cesare Cantù,

---

([69]) *Ibidem*, pp. 154–157, 169, 176–179.

([70]) *Ibidem*, pp. 173, 226, 523.

([71]) *Ibidem*, pp. 523, 525.

([72]) *Ibidem*, p. 561–563.

([73]) *Ibidem*, p. 580.

([74]) *Ibidem*, p. 235.

que «todo o homem devia ler». «Pois, senhores, escapara-lhe tudo — e ali estava sem saber história!»([75]) Confessava esta sua característica ao mesmo tempo que elogiava em Carlos da Maia o seu valor. Um valor que resultava do modo como tinha acumulado conhecimentos? Não necessariamente. Um valor centrado sobretudo no facto de Carlos pertencer ao número «das pessoas que valem alguma cousa neste país», ou seja, pelo simples facto de pertencer à élite. E concluiu, com o seguinte argumento: «[...] a desgraça de Portugal é a falta de gente. Isto é um país sem pessoal. Quer-se um bispo? Não há um bispo. Quer-se um economista? Não há um economista. Tudo assim!»([76]) As banalidades do Gouvarinho culminaram, mais tarde, quando no calor de uma discussão parlamentar, mostrando-se contrário à ginástica nos colégios, defendeu que o progresso não consistia em «substituir a cruz pelo trapézio»([77]).

Mais uma prova de que *Os Maias* estão cheios de referências literárias é o nome que Ega dá à sua famosa Vila Balzac. Casa alugada «num subúrbio longínquo», ou seja, na solidão da Penha de França», era lá que planeava acabar a escrita das *Memórias dum Átomo*. Quando Carlos lá chegou, constatou até que ponto ia a imaginação de Ega. É que a construção em causa não passava de «uma casota de paredes enxovalhadas, com dois degraus de pedra à porta, e transparentes novos dum escarlate estridente». Mas o importante é notar que, nessa visita de Carlos ao amigo, além dos cretones e dos reposteiros de bambinela e do pajem à porta, no quarto, onde o leito parecia ser o centro de tudo, com o seu espelho à cabeceira, lá estavam na mesinha de cabeceira: a *Educação* de Spencer, ao lado de Baudelaire; e a *Lógica* de Stuart Mill emparelhava com o romance de Alexandre Dumas *O Cavaleiro da Casa Vermelha* (*Le Chevalier de la Maison Rouge*). Na mesa de trabalho do Mefistófeles de Celorico, lá estava também, entre o papel de carta, um *Dicionário de Rimas*.([78])

Depois, nesse encontro à mesa, no Hotel Central, envolvendo o Craft, o Dâmaso Salcede (que «andava às voltas com Daudet, que lhe diziam ser muito *chic*») e o Cohen, também apareceu o poeta Tomás de Alencar: o ilustre cantor das *Vozes de Aurora*, o estilista de *Elvira*, o dramaturgo do *Segredo do Comendador*. Amigo de Pedro da Maia, lembrava-se bem de Carlos, pois pegara-lhe ao colo. Recordava-se, também, de que a primeira vez que vira o pequeno, este lia as *Éclogas* de Rodrigues Lobo — «poeta da natureza, esse rouxinol tão português, hoje, está claro, metido a um canto, desde que para

([75]) *Ibidem*, p. 185.
([76]) *Ibidem*, p. 186.
([77]) *Ibidem*, p. 567.
([78]) *Ibidem*, pp. 189–191.

aí apareceu o Satanismo, o Naturalismo e o Bandalhismo, e outros esterquilínios em *ismo*…». Uma revelação de Alencar foi que tinha sido ele a recomendar a Maria Monforte que pusesse ao filho o nome de Carlos Eduardo — «o verdadeiro nome para o frontispício dum poema». Na conversa, veio à baila a história de uma rapariga que cantava bem o fado e cujo ventre fora rasgado à navalha por uma companheira. Carlos considerou que o caso merecia um romance, como o *Assomoir* de Zola e do realismo. Alencar suplicou: que se não discutisse essa «literatura latrinária», capaz de escangalhar a catedral romântica. E rematou: «— Rapazes, não se mencione o *excremento*!»

A conversa aqueceu e as opiniões dividiram-se: Craft pensava que a arte era idealização, Ega apontava para um realismo mais científico e Carlos da Maia «declarou que o mais intolerável no realismo eram os seus grandes ares científicos». O poema a *Morte de Satanás*, de um tal Simão Craveiro, ainda fez com que Ega, que se lhe referia com entusiasmo, se opusesse ao «Alencar d'Alenquer», que descobria na mesma composição erros de gramática «e uma imagem roubada a Baudelaire». Alencar ameaçou que esborrachava o crânio do Craveiro e injuriou a irmã deste último, uma meretriz em Marco de Canavezes; Ega ameaçou-o, de punhos fechados; e Craft assistiu a tudo, impassível e indiferente, pois não era a primeira vez que assistia a «duas literaturas rivais engalfinhando-se, rolando no chão, num latir de injúrias: a torpeza do Alencar sobre a irmã do outro fazia parte dos costumes de crítica em Portugal». Depois, num jantar em Sintra, Alencar acabou por dizer que até gostava do Ega. E o desenrolar da narrativa acabou por diluir a importância de todas essas discussões, sobretudo, em face da questão do empréstimo da «inevitável bancarrota», anunciada pelo Cohen, a que se seguiria uma revolução, segundo o Ega.([79])

Mais tarde, Carlos encontrou Alencar no Chiado, e apareceu o Ega. Apertaram a mão, mas friamente. Alencar perguntou ao Ega pelas *Memórias*. Este respondeu que estava à espera que o país aprendesse a ler. O poeta começou a recitar *Na Estrada dos Capuchos*, uma écloga dedicada a Carlos da Maia. A inspiração parecia próxima dos poemas de Cesário Verde, que Ruy Cinatti retomou: «Era em Sintra, ao pôr-do-sol: uma inglesa, de cabelos soltos, toda de branco, desce num burrinho por uma vereda que domina o vale; as aves cantam de leve, há borboletas em torno de madressilvas; então a inglesa p[á]ra, deixa o burrinho, olha enlevada o céu, os arvoredos, a paz das casas.» Só depois vinha a nota realista, mas dissociada das obscenidades, no verso:

([79]) *Ibidem*, pp. 201–207, 213–215, 227, 281. Sobre a «grave progressão do deficit», ver o sumário em Teixeira Bastos, *A Crise: Estudo sobre a situação politica, financeira, económica e moral da nação portugueza nas suas relações com a crise geral contemporanea* (Porto: Livraria Internacional de Ernesto Chardron, 1894), pp. 130–133, 189–356.

«Ao lado o burro, pensativo, pasta.» Alencar prometia, ainda, um romance histórico, sublime, sobre o lado íntimo e enamorado de Afonso de Albuquerque.([80]) Na abertura do Capítulo XIV, Alencar sentiu vontade de partir para Sintra, para ir «cavaquear um bocado com o Absoluto no alto dos *Capuchos*». Também ele sentia uma «saudade infinita da natureza e do verde»([81]). Esta convergência entre o Alencar e o Ega, em torno de Sintra e dos motivos campestres, não significa o fim e a inutilidade das guerras literárias que anteriormente tinham protagonizado? Talvez não, pois, conforme se veio a descobrir algumas páginas depois, o que movia o Ega era ir atrás da Raquel Cohen, a mulher do banqueiro de quem era amante.([82])

O livro de Simão Craveiro volta a vir à baila, no Capítulo XV. Ega procurou saber qual seria a crítica que o livro merecia. Mas, ao mesmo tempo, generalizou sustentando que existia um silêncio dos jornais a respeito dos livros, pela simples razão de que nos jornais se tinha «abdicado de todas as funções elevadas de estudo e de crítica». Por que razão tal acontecera? Pela simples razão «de se terem tornado folhas rasteiras de informação caseira» e de os jornalistas não se sentirem competentes para ir mais longe. Ao que o Melchior respondeu que os jornalistas se calavam não por serem incapazes, mas por sentirem que o público não se importava. Ega não aceitava a explicação e ripostou ao Melchiorzinho: que o público até comprava livros em edições de três ou seis mil, o que existia era uma bestialização promovida pelos jornalistas, que se concentravam em notícias sem interesse nenhum. E concluía: «A obra de literatura passa muito alto — nós chafurdamos aqui muito em baixo.»([83])

A incapacidade de Carlos escrever o seu livro voltou a ser assumida num diálogo com o velho Afonso da Maia. Confessou, então, que tudo ia bem enquanto se tratava apenas de recolher notas e apontamentos. Porém, quando chegava à fase de elaboração e de sistematização das ideias, a preocupação pela forma tomava conta dele e bloqueava-o. E o avô concluiu: «— Diabo! Então és um retórico...»([84]) Em paralelo, Ega resolveu — depois de ser expulso do baile de máscaras do Cohen, pelo facto de terem sido descobertos os seus enleios de amante de Raquel Cohen — recolher-se à quinta da mãe, em Celorico, para terminar, num ano, as *Memórias dum Átomo*.([85]) Os projectos da revista e do livro que Ega anunciara apenas seis meses antes, quando

([80]) Eça de Queiroz, *Os Maias*, *op. cit.*, pp. 437–439.

([81]) *Ibidem*, p. 456.

([82]) *Ibidem*, p. 460.

([83]) *Ibidem*, p. 571.

([84]) *Ibidem*, p. 285.

([85]) *Ibidem*, p. 316.

viera de Celorico, tinham dado em nada. Ega foi simplesmente escorraçado de Lisboa. Mas, em lugar de se atirar à escrita do referido livro, dispersou-se por outros projectos. Por um lado, pôs-se a escrever uma comédia intitulada *Lodaçal* — «escrita para se vingar de Lisboa»([86]). Por outro, no exílio de Celorico, escreveu sermões para o abade, que eram «afirmações revolucionárias que o santo varão lançava com fervor»([87]). De volta a Lisboa, instalou-se no Ramalhete, pedindo a Carlos uma alcova e uma mesa de pinho, «larga bastante para se escrever uma obra sublime». Abandonara *Lodaçal*, com o pretexto de se atirar de novo às *Memórias*. Conforme confessou ao velho Afonso da Maia, já não tinha fantasia.([88]) A pergunta que se punha era a de saber «quando acabaria então o bravo John [Ega] de fazer bocados incompletos de obras-primas»([89]).

Quanto a leituras, o início da relação entre Carlos da Maia e Maria Eduarda marcou um novo momento. Se falavam de Londres e de Paris, bem como dos projectos de Maria Eduarda para visitar Itália, das suas convicções religiosas, sobretudo da sua preocupação em fazer caridade aos pobres, mais específica era a lista dos autores que ela gostava de ler: Dickens à cabeça, Feuillet não tanto, «por cobrir de pós-de-arroz, mesmo as feridas do coração»; e, apesar da educação conventual que tivera, também lera Michelet e Renan. Por sua vez, Carlos, à medida que se ia criando uma certa intimidade entre os dois, era solicitado a explicar melhor a ideia do livro que escrevia sobre medicina.([90]) Do elenco de autores que Gouvarinho achava próprio para mulheres, constava, logo à cabeça, Feuillet, desaconselhando-se Guizot e Jules Simon.([91]) Ega também tinha as suas interdições relativas à leitura das mulheres, tanto mais que, para ele, só lhes competia «cozinhar bem e amar bem», e quem entre elas lesse Thiers ou Zola seria um monstro «que cumpria recolher a uma companhia de cavalinhos, como se soubesse trabalhar nas argolas»([92]). Uma menina como a Rosa, filha de Maria Eduarda, dedicava-se à leitura de livros com estampas, representando histórias de bichos.([93]) Porém, quando instalados na Toca, nos seus encontros diários no quiosque japonês, o livro que ele levava, tal como o bordado que ela segurava nas mãos, eram apenas um pretexto, pois caíam logo no chão.([94]) Foi quando a relação se estabilizou que

---

([86]) *Ibidem*, pp. 317, 330.

([87]) *Ibidem*, p. 405.

([88]) *Ibidem*, p. 399–402.

([89]) *Ibidem*, p. 388.

([90]) *Ibidem*, p. 386.

([91]) *Ibidem*, p. 413.

([92]) *Ibidem*.

([93]) *Ibidem*, p. 418.

([94]) *Ibidem*, p. 464.

Carlos retomou, ali, no quiosque, a escrita de artigos para a *Gazeta Médica*, bem como do seu manuscrito da *Medicina Antiga e Moderna*. Era ali que cinzelava as frases, «enquanto ela ao lado bordava silenciosa»([95]). Carlos chegou, ainda, a dar lições a Rosa: «[...] ora de história, contando-lha familiarmente como um conto de fadas; ora de geografia, interessando-a pelas terras onde vivem gentes negras, e pelos velhos rios que correm entre as ruínas dos santuários.»([96])

Quando pensaram partir em busca da concretização dessa «ideia romântica — um *cottage* à beira dum lago» —, o suposto marido de Maria Eduarda, o Sr. Castro Gomes, o brasileiro, revelou que afinal ela não era sua mulher. Sentindo-se enganado, Carlos procurou escrever-lhe uma carta, com a qual lhe enviaria o dinheiro correspondente às noites que com ela dormira, mas desistiu. Porém, sentiu-se aliviado por não ter de escolher as palavras certas e passou o cheque, que ele próprio entregaria. Tudo se diluiu, e a carta nunca chegou a ser escrita.([97])

Por sua vez, Sousa Neto — cumpridor dos seus deveres burocráticos, mas que nunca tinha sequer visto Badajoz —, quando desafiado pelo Ega a dizer o que Proudhon escrevera sobre o amor, revelou a sua ignorância. Mas foi ele quem perguntou, no meio de uma série de banalidades sobre os ingleses enquanto povo prático, ao mesmo tempo que ia «mamando um charuto, de pálpebra cerrada»: «— Encontra-se por lá, em Inglaterra, desta literatura amena, como entre nós, folhetinistas, poetas de pulso?...». Ao que Carlos da Maia lhe respondeu negativamente, com um descaramento que o seu interlocutor nem sequer percebeu.([98]) O realismo de Ega foi também objecto de crítica cerrada por parte dos que se consideravam políticos. Se a literatura fora, antes, «imaginação, fantasia, o ideal», tudo características que a reduziram à realidade, à experiência, ao facto positivo ou ao documento, também a política se tinha lançado «na corrente realista». Assim, houve tempos em que «a política era o progresso, a viação, a liberdade, o palavrório», porém tudo tinha mudado: «Hoje é o facto positivo — o dinheiro, o dinheiro!» Aliás, uma formulação em que a política era comandada pelos negócios e «por dois ou três financeiros». Conforme se repete no final do romance.([99])

A representação de uma outra grande inutilidade encontra-se na leitura pelo Prata desse manuscrito sobre o *Estado Agrícola da Província do Minho*, num sarau no Teatro da Trindade. Soporífero, insinuou Eça, face a esse

(95) *Ibidem*, p. 529

(96) *Ibidem*, p. 530.

(97) *Ibidem*, pp. 483, 492–494.

(98) *Ibidem*, p. 415.

(99) *Ibidem*, pp. 573, 674.

discurso que bem poderia ser o de um agrónomo tal como o seu amigo Jaime Batalha Reis. A leitura do relatório suscitou, na assistência, «uma debandada sorrateira e formigueira». Tudo isto, apesar de o Prata fazer alusões escusadas ao estereótipo do «vicejante paraíso do Minho» e revelar conhecimentos de Proudhon.([100]) Ega reconheceu que Proudhon era de facto muito citado, até por conselheiros de Estado, conscientes de que a propriedade era um roubo. Mas daí, mais uma vez, nada parecia resultar. A não ser um encadeamento de outras referências, que se esgotavam nos nomes de Garibaldi, Gambetta e Victor Hugo. Todos estes autores admirados e conhecidos de perto pelo Sr. Guimarães, tio do Dâmaso.([101])

Ridicularizado foi também esse «manganão gordo, de barba em bico e camélia na casaca» quando recitou o seu discurso patriótico, pejado de referências aos heróis da Índia, como Afonso de Albuquerque e D. João de Castro. Num assomo de patriotismo «de mão fechada no ar como se agitasse o pendão das Quinas», lamentando que se permanecesse indiferente frente à «sublime herança dos avós». Num quadro de fazer fugir: «— É patriotismo, disse o Ega, fujamos!»([102]) O último a tomar da palavra, nesse mesmo sarau de beneficência, foi o Alencar, que recitou a sua versalhada, mais uma, o poema «Democracia». Anúncio dos tempos futuros, de uma conciliação geral, em que a República não prescindiria da Religião, mas onde o mundo do conflito daria lugar ao amor. O conde de Gouvarinho, sem pôr em causa a qualidade dos versos, achou-os indecentes. Como era possível falar diante de um ministro da Coroa, como ele próprio, de resistência e «prometer mundos e fundos às classes proletárias»? Ega começou por aplaudir, exultante, mas quando o Sr. Guimarães, tio do Dâmaso, considerou que lhe faltavam «duas ou três estocadas nesta choldra da monarquia e da corte», acabou por concordar. Mais tarde, foi mais longe e considerou que «nada podia haver mais cómico que a Democracia romântica do Alencar»([103]).

A literatura voltou a dividir as opiniões no último jantar no Ramalhete, já depois de Carlos da Maia saber que vivia uma relação incestuosa. Craft recordou, então, que do sarau apenas gostara da sinceridade do Alencar. Tudo o resto lhe pareceu fingido. Para ele, a falta de sinceridade era o que mais o feria na literatura portuguesa. Por exemplo, não lhe parecia que o homem da barba bicuda acreditasse no heroísmo dos Castros e dos Albuquerques. Também não se mostrava compreensivo em relação ao fado.

([100]) *Ibidem*, pp. 590, 592.

([101]) *Ibidem*, p. 592.

([102]) *Ibidem*, p. 596.

([103]) *Ibidem*, pp. 605, 612, 635.

Pois, no fundo, ele «era um seco inglês, educado sobre o chato seio da Economia Política»([104]).

Depois, com a morte do avô e a hecatombe do incesto, Carlos e Ega planeiam uma viagem, mais de distracção que de educação, pela América e pelo Japão.([105]) No retorno de ano e meio das viagens, Ega anunciou o título do seu livro: *Jornadas da Ásia*.([106]) Quanto a Carlos, instalou-se em Paris, para só regressar dez anos depois da partida. Foi na visita de regresso que se voltaram a extremar as posições. Ega apareceu satisfeito, conformado, com essa «nossa vidinha de Lisboa, simples, pacata, corredia»([107]). Por sua vez, Carlos indignou-se: «— Isto é horrível, quando se vem de fora! [...] Não é a cidade, é a gente. Uma gente feiíssima, encardida, molenga, reles, amarelada, acabrunhada!...»([108]) Ega ainda insistiu, a querer mostrar a nova Avenida, a representar a vida moderna que vinha de fora, mas acabou por reconhecer já não existir nada de genuíno neste miserável país. O contraste estava nos altos da Cidade, os velhos outeiros da Graça e da Penha, com os seus «conventos, as igrejas, as atarracadas vivendas eclesiásticas»; ou, em torno do castelo, de onde outrora descia «a tropa da calça branca a fazer a *bernarda*», e onde ficavam os palacetes decrépitos, da «velha Lisboa fidalga»([109]).

No último capítulo, é também notória a conciliação do Alencar com o Ega. O facto não deixou de ser notado por Carlos. Ega justificava-se e, entre outros aspectos, sublinhou: «[...] no estado a que descambara a literatura, a versalhada do Alencar tomava relevo pela correcção, pela simplicidade, por um resto de sincera emoção.»([110]) Para Carlos, voltar para Lisboa era opção que não se punha: «Paris era o único lugar da terra congénere com o tipo definitivo em que ele se fixara — o homem rico que vive bem [...] uma hora no *club* com os jornais [...], certo interesse pela ciência, o *bric-à-brac*, e uma pouca de *blague*. Nada mais inofensivo, mais nulo, e mais agradável.» Em dez anos de vida, o único sucesso que ocorrera na vida de Carlos fora ter sido notícia do *Figaro*, quando se lhe quebrou um carro de cavalos. Foi então que ambos concluíram pelo falhanço das vidas. Sobretudo por se falhar «sempre na realidade aquela vida que se planeia com a imaginação». Depois, tudo se resumiu à maçada de se ter esquecido de encomendar, no Bragança, um prato de paio com ervilhas para o jantar.([111])

([104]) *Ibidem*, pp. 635, 637.

([105]) *Ibidem*, p. 661.

([106]) *Ibidem*, pp. 671–672.

([107]) *Ibidem*, p. 679.

([108]) *Ibidem*.

([109]) *Ibidem*, pp. 684–686.

([110]) *Ibidem*, p. 687.

([111]) *Ibidem*, pp. 687, 694, 696.

* * *

O resumo das principais passagens de *Os Maias*, onde existem referências à escrita, à leitura e aos modelos literários ou educativos, apesar de longo, não pretende ser exaustivo. Por exemplo, a ter em conta o papel da escrita, é de notar que a revelação de Carlos e Maria Eduarda terem vivido em incesto, «na plena consciência da consanguinidade que os separava», passa pela prova existente numa caixa que continha vários escritos, incluindo uma carta da mãe de ambos, Maria de Monforte.([112]) Também os jornais, com a figura do Palma Cavalão, longe de serem um instrumento de formação da opinião pública, são sistematicamente reduzidos a casos de nomeação individual ou de maledicência, que poderiam pesar sobre o Ega ou sobre Carlos. O que em si mesmo se constitui numa crítica à função da imprensa no interior de uma sociedade moderna.

Apesar de não ser exaustivo, o resumo de tantas alusões a práticas da escrita, de leitura, de correntes literárias e modelos educativos não só confirma, mas alarga um dos argumentos expostos por um dos estudiosos da obra de Eça de Queiroz. De facto, Américo Guerreiro de Sousa notou, com base numa análise das referências a Byron n'*Os Maias*, «que elas são feitas não pela voz autorial, mas pelas personagens, sejam elas Alencar ou João da Ega»([113]). Podendo mesmo sustentar-se, levando mais longe o argumento, que é em função do tratamento dado ao mencionado conjunto de referências culturais, inglesas e não só, que se constroem as próprias personagens. Umas vezes para extremar posições, outras para encontrar uma conciliação entre opiniões contrárias e, ainda noutras situações, para exprimir a inutilidade ou o falhanço de interpretações opostas. Do ponto de vista literário, repare-se em como se esbatem as diferenças entre Ega e Alencar, ou seja, entre o realismo e o sentimentalismo romântico. Quanto aos modelos educativos, também se poderá dizer que, afinal, os que foram seguidos por Carlos da Maia ou Eusebiozinho — respectivamente, a educação prática à inglesa ou o bafio da influência dos padres e das titis — não produziu grandes diferenças, pelo menos do ponto de vista da experiência de vida. O mesmo se pode dizer da «vidinha» em Lisboa, por contraste com o mesmo tipo de existência, sem sobressaltos, em Paris, como sucede no final do livro.

Claro que se poderá sempre objectar, como também já o fez Américo Guerreiro de Sousa, que «*Os Maias* são um pequeno repositório, entre outras coisas, das preocupações científicas, literárias e mesmo filosóficas das

([112]) *Ibidem*, p. 651.

([113]) Américo Guerreiro de Sousa, «Referências literárias inglesas», in *Dicionário de Eça de Queiroz*, ed. A. Campos Matos, 3.ª ed., *op. cit.*, p. 1171.

personagens e talvez do país intelectual do tempo»([114]). Ou seja, é clara a importância atribuída por Eça às referências culturais. Mas a real importância assumida no romance por esse universo cultural só poderá ser verdadeiramente aferida em função de uma comparação com outros campos de referências. O mundo da política, por exemplo, talvez não tenha a mesma relevância. No entanto, o modo como é representado através de diferentes personagens permite a conciliação — no tempo longo que é o da genealogia da família Maia e dos seus amigos — entre miguelistas e liberais, projectos reformistas ou republicanos, visões de dentro e de fora do país, e simples constatações de que a política determinada por interesses, negócios ou um número reduzido de financeiros. Não se esqueça ainda, no poema *Democracia* de Alencar, a parte em que ele pretendia uma República compatível com Deus e a religião! Quanto ao *ethos* social, respeitante ao mundo das elites lisboetas representadas em torno de uma família aristocrata, também existem vários modos de pensar a conciliação, a começar pela relação entre um negreiro como Monforte e um fidalgo como Afonso da Maia. No mesmo romance, a invisibilidade das classes baixas — reduzidas ao estatuto de criados da casa, de vadios ociosos, de classes perigosas que se chicoteiam ou de pobres integrados por esquemas de caridade protagonizados por aristocratas ou por iniciativas de beneficência reconhecidas pela família real — constituirá uma outra forma de diluir as divisões entre pobres e ricos? A considerar válida esta hipótese, qual o lugar dos apelos à revolução e à luta contra a fome que se encontram, nalguns momentos, raros, como por exemplo no último poema do Alencar? O exercício poderia ser alargado, ainda, a outros campos de referências. Por exemplo, ao universo dos costumes ou dos valores morais, incluindo os que são sugeridos pelo contraste entre o que é genuinamente nacional e o que vem de fora ou os que são convocados pelo incesto, em que se acaba por tender ao mesmo tipo de reconciliação. Mas também é de notar que o falhanço ou o deixar andar se constituem num outro modo de ultrapassar antagonismos e divisões demasiado marcadas.

Serão então *Os Maias* um romance que pretendeu criar, em torno da nação, pelo menos das suas elites, um clima de reconciliação, que tem nas referências culturais uma das suas dimensões? Tal como se aquilo que divide não permitisse imaginar uma comunidade que foi e continuará a ser dividida pelas mais diversas lutas, *Os Maias* constituem-se numa representação densa de atitudes e opiniões opostas, por vezes enunciadas com a força declarada de antinomias evidentes. A este respeito cumprem uma função análoga àquela que se encontra, também, nas *Viagens na Minha Terra* (1843–45, 1846) de Garrett, no *Mário* (1868) de Silva Gaio ou, mais

([114]) *Ibidem*, p. 1172.

tarde, em *Os Teles de Albergaria* (1901) de Carlos Malheiro Dias. Concretamente, em todas estas obras, imagina-se uma reconciliação que ponha fim a lutas fratricidas. Porém, o que confere especificidade a *Os Maias* — o dado novo — está no peso que detêm nele as alusões de carácter cultural ou intelectual. Talvez Eça se tivesse inspirado no *Quijote*, pois também Cervantes construiu o seu romance com base num universo de referências formado por outros livros e leituras, que implicavam modelos literários e educativos. Uma comparação do mesmo género também poderia ser feita com base nessa linhagem de romances, de Rousseau a Goethe, em que se discutem práticas de leitura e educativas. O certo é que Eça elevou a discussão em torno de um romance que representava a nação ou, pelo menos, os seus estratos mais elevados, conciliando posições extremadas, ultrapassando conflitos fratricidas e procurando reduzir à expressão de uma certa inutilidade antagonismos de diversa ordem.

Pela mesma época em que Eça escrevia, outros tipos de nacionalismo estavam em construção, podendo ser concebidos com ou sem literatura. Os Boers na África do Sul foram, há muito, apresentados como exemplo de um tipo de nacionalismo sem literatura e, por isso mesmo, como um caso de intolerância e de supremacia pouco reflectida e, até, ingénua em relação aos seus inimigos, fossem eles financeiros judeus ou as populações ditas nativas ou de organização tribal.([115]) Enquanto, ao longo do século XIX, a formação de uma literatura nacional como a das Filipinas esteve directamente ligada à sua capacidade para integrar ou realizar uma espécie de catarse em relação a possíveis conflitos existentes tanto no passado como no presente. No caso português, a originalidade de *Os Maias* consiste igualmente na sua capacidade para imaginar o mesmo tipo de reconciliação ou de catarse em campos muito diversos da política, do viver associado, dos valores, mas sobretudo da cultura.

Assim, o argumento aqui apresentado com valor de uma hipótese, cuja consistência fica demonstrada no resumo anterior, poderá ir mais longe. É que a insistente preocupação de Eça com as referências culturais, incluindo as muitas divisões e conflitos que dentro deste universo coexistiam, talvez possa ser interpretada como uma tentativa de transferência das lutas sociais, políticas e de valores para o mundo que hoje, de modo mais simplista, designaríamos das representações. Uma transferência que detém um sentido de eufemização ou, em linguagem psicanalítica mais ou menos banalizada, da sublimação, mais adequada a um país pequeno e atrasado onde a conflitualidade era equiparável ao falhanço. A julgar pelas

([115]) Hannah Arendt, *The Origins of Totalitarianism* (San Diego, Nova Iorque: A Harvest Book, Harcourt Inc., 1976; 1.ª ed., 1951), p. 196.

declarações finais de Eça e de Ega acerca das suas vidas falhadas, assim parece ter acontecido. Mais paradoxal e difícil será explicar de que modo a ideia do fracasso e da inutilidade — do *spleen* ou da maçada que foi Carlos ter-se esquecido de encomendar o paiozinho com ervilhas — permitiu a Eça, paradoxalmente, fazer carreira por muitos considerada de sucesso, com êxito póstumo assegurado.

Última nota acerca do argumento d'*Os Maias* enquanto romance da reconciliação nacional. Poder-se-lhe-á contrapor, é certo, que o que está em causa é a história de uma família movida por ideais aristocráticos representados pela figura de um avô patriarcal que parece resistir a todos os confrontos, incluindo os do falhanço ou da inutilidade do seu neto, só acabando por morrer com o desgosto provocado pelo caso de incesto. Daí que se trate simultaneamente da defesa dos valores nobiliárquicos e da constatação de que tudo falha: o modelo educativo imposto a Carlos, a sua vocação enquanto médico, intelectual ou cientista, a sua incapacidade de concretizar projectos profissionais ou de escrita, enfim, uma vida que acaba por não fazer ondas e que se transformou numa existência inútil. Ao representar toda uma série de falhanços associados ao modo de vida das elites portuguesas, Eça não tinha necessariamente de concordar com o que representava. Pelo contrário, a sua narrativa pode ser tomada como sinal de uma denúncia, logo, como modo de apelar à mudança.

Porém, ao centrarmos a nossa análise nas referidas referências culturais e ao verificarmos de que modo elas expõem uma conciliação entre termos antagónicos, será impossível pôr de lado outros contextos, dentro dos quais, mais ou menos na mesma época, também se assiste a essa espécie de «dever "já ter esquecido" tragédias que é necessário que nos "lembrem" constantemente». No fundo, trata-se de um «mecanismo típico na construção de genealogias nacionais», bem identificado por Benedict Anderson, com base em diferentes configurações do nacionalismo do século XIX. Em França, de Michelet a Renan, representam-se historicamente os colossais conflitos religiosos da Europa medieval e do início da época moderna, enquanto guerras fratricidas entre compatriotas franceses. Nos Estados Unidos, os manuais de ensino obrigam os jovens simultaneamente a lembrar e a esquecer as hostilidades de uma guerra civil entre irmãos. De igual modo, os nacionalismos crioulos das Américas também inventaram uma fraternidade, entre colonos brancos e escravos negros, «sem a qual a fraternidade do fratricídio não poderia ter surgido»([116]). À sua escala, Eça operou em *Os Maias* do mesmo modo. A sua mobilização das referências culturais serve, talvez, para lembrar que os antagonismos

([116]) Benedict Anderson, *Comunidades Imaginadas: Reflexões sobre a origem e a expansão do nacionalismo*, trad. Catarina Mira (Lisboa: Edições 70, 2012), pp. 261–266.

em termos de práticas de escrita, de leitura, de modelos literários e educativos não deveriam desunir nem cristalizar a memória de lutas fratricidas. Até porque, em muitos dos casos, os que se digladiavam permaneceram unidos, como compatriotas, nem que fosse pela mesma comunidade falhada... Encimada pelos «costumes sórdidos e a mediocridade de alma do grupo dirigente da época», e bem representada por Alípio Severo de Noronha Abranhos (que Eça concebeu em 1879).([117])

Além das referências culturais em *Os Maias* — cujo uso não só representa um vasto campo onde se reconciliam posições antagónicas —, será possível perceber o modo como o próprio escritor se posicionava em relação a elas, quer individualmente, quer através de outros romances?

Na totalidade da obra de Eça, o levantamento está por fazer. Mas não será difícil empreender um inquérito atendendo às leituras de Luísa em *O Primo Basílio*, aos projectos de escrita de Gonçalo Ramires ou aos vários milhares de volumes da biblioteca de Jacinto em Paris, em contraste com os poucos livros de que dispunha em Tormes. Recorde-se, também, a confissão de Eça em relação aos tempos do Cenáculo, que consta da introdução às *Prosas Bárbaras*: «Estamo-nos tornando impressos. Basta de ler e imaginar.» Revelação sobre a qual Vieira de Almeida escreveu: «De tempos a tempos, quer dizer, com regularidade e consciência, a leitura — o que é admirável para quem tanto lia e imaginava — parecia insuficiente e definhadora, sem o contrapeso da realidade vivida. A mesma ideia repete-se nos romances, como vimos; reaparece na biografia de Fradique; e Fradique reproduziu-a na carta a Eduardo Prado (últimas páginas) em que fala do Brasil e da sua impressão dos brasileiros.»([118])

Apesar da visão contrastada entre conhecimentos livrescos e a realidade, será que a obsessão pela leitura e pela escrita dominou a vida de Eça? A resposta mais correcta a esta pergunta deverá distinguir entre diferentes tipos de práticas. Ao visitá-lo em Paris, em 1890, dois anos após a publicação de *Os Maias*, António Nobre constatou que, mesmo em relação a Zola, os conhecimentos de Eça, seu grande admirador, eram muito parciais: «Confessou-me — escreveu em carta para Alberto de Oliveira — que de Zola só lera completo

([117]) João Medina, *Eça Político: Ensaios sobre aspectos político-ideológicos de Eça de Queiroz* (Lisboa: Seara Nova, 1974), p. 14.

([118]) Vieira de Almeida, *À Janela de Tormes: No Centenário de Eça de Queiroz* (Lisboa: Edição da Revista «Occidente», 1945), p. 150. Comparar a carta imaginada a Eduardo Prado, com outra com o mesmo destinatário, «Carta de Eça de Queiroz», *Portvcale. Revista de Cultura*, vol. VI, n.º 36 (Novembro/Dezembro, 1933), pp. 254–256; e com outra escrita por Ramalho Ortigão, na sequência da viagem que fez ao Brasil, Argentina e Uruguai, «Carta de Ramalho Ortigão», *Portvcale. Revista de Cultura*, vol. VI, n.º 34 (Julho/Agosto, 1933), pp. 173–176; vol. VI, n.º 35 (Setembro/Outubro, 1933), pp. 210–213.

o *Germinal* e duas vezes.» Que o público do seu tempo já não aguentava grossos volumes — mesmo que António Nobre reconhecesse que *Os Maias* tinham vendido muito —, como sucedera ainda nos tempos de Victor Hugo, «em que se passava uma existência dentro da biblioteca a ler, a ler». O que o público pretendia eram volumes mais pequenos, como *O Mandarim*. Quanto à escrita, o autor do *Só* reconhecia que Eça era um grande trabalhador, apenas comparável a Oliveira Martins, mas a sua preocupação pela forma era tal que se esgotava no trabalho obsessivo de refundir o que já tinha escrito. E que «não, não estava mais para isso»([119]).

Através do testemunho de António Nobre, pode concluir-se por uma certa superficialidade das leituras de Eça, a par de uma intenção de adequar a escrita a um público sem as pretensões de leitura de outrora, investindo em excesso na forma e na reescrita dos romances. Mas será que a representação que Eça pretendia dar de si próprio pode ser tomada como prova do que realmente aconteceu? Seremos, então, forçados a aceitar um Eça superficial nas suas leituras e preocupado em agradar ao público, através da preocupação pela forma (do processo, como disse noutras alturas)? Uma das respostas encontra-se, talvez, no correspondente de António Nobre.

Alberto de Oliveira dedicou um dos seus livros a contar o fascínio que Eça exerceu sobre ele e os da sua geração. Descreveu com pormenor a sua visita à casa de Neuilly, em 1892, na companhia de António Nobre. Aludiu aos serões luso-brasileiros, em que conheceu Domício da Gama e Paulo Prado, e não poupou elogios aos filhos de Eça, que também estiveram presentes. Numa tarde, sempre em companhia do poeta do *Só*, encontraram Eça num cais do Sena à cata de velhos alfarrábios, concretamente, as obras-primas dos clássicos da literatura portuguesa. Eça queixou-se-lhes de ter chegado à velhice «quase analfabeto» e ter de «voltar à escola para conhecer os mestres da nossa língua». Alberto de Oliveira entendeu este alerta como tendo dado início a um modo de preparação que o levou a encher os seus últimos escritos, nomeadamente *A Ilustre Casa de Ramires*, de referências eruditas. Nas palavras recolhidas pelo poeta, Eça teria dito: «Ando aqui a formar-me em humanidades, bem fora do tempo, por estes melancólicos cais do Sena, onde ao fim de longas pesquisas, rivalizando de fleuma com tantos pescadores à linha, longos dias debruçados sobre o rio, lá descubro um Fernão Lopes, ou arremato um Damião de Góis ou um António Vieira, encadernados para a eternidade em sólida carneira lusitana! Amigos, aprendam comigo a não recair nos meus erros, formem e cultivem a sua inteligência com fortes e lentas leituras, tudo o que se deixa de estudar a tempo e horas custa muito a aprender com a idade.»

([119]) António Nobre, *Correspondência*, ed. Guilherme de Castilho, 2.ª ed., *op. cit.*, p. 131.

Importa, ainda, restituir a palavra a Eça, numa carta endereçada a Alberto de Oliveira, datada de Paris de 1894, na qual se queixou de que António Nobre também ali estava, mas que dele nada sabia. O principal assunto que essa carta trata é o neo-garrettismo, associado ao nativismo, tradicionalismo, novelística histórica e popular, neo-medievalismo, neo-trovadorismo ou, ainda, a recolhas etnográficas então em curso. Todos estes aspectos, que Eça põe sob a alçada de um «movimento tradicionalista», estariam subsumidos no livro de poemas intitulado *Palavras Loucas*, da autoria do seu correspondente. Para Eça, não estava em causa a maturidade da escrita de Alberto de Oliveira, que, longe de justificar qualquer tipo de referência à loucura, deveria ser considerada de grande racionalidade, ainda por cima apresentada «numa voz tão polida». Porém, o que ele pretendia discutir era a razão de ser de todo esse tradicionalismo evocado pelo livro em causa. Lembrava que tudo isso já tinha sido tentado entre 1830 e 1860, nos tempos de Garrett e Herculano. Mas perguntava: «E de que serviu tudo isso para o aperfeiçoamento dos caracteres e das inteligências, ou sequer para a sua renacionalização?» A pergunta era retórica e a resposta era evidente: para nada. Conforme arrematou: «Não se curam misérias ressuscitando tradições.»([120])

Vale a pena reter a crítica de Eça em relação ao tradicionalismo, que se veio a constituir numa das forças mais extremadas da consciência nacional ao longo do século XX. Capaz de impor as suas próprias lógicas de actuação — de dominar o Estado e de orientar os destinos de um país com dificuldades em se modernizar e reconhecer as ideias de sentido crítico —, os valores da velha nobreza, protagonizados pela autoridade de Afonso da Maia, foram repudiados com veemência por Eça de Queiroz no final da vida. Não era só porque existiam nesses mesmos valores modos de degenerescência, de amolecimento, bem representados na inutilidade da vida de Carlos da Maia. A degenerescência da raça era, sem dúvida, um quadro de referências possível para interpretar o que estava a mudar na sociedade do tempo de Eça.([121])

([120]) Alberto de Oliveira, *Eça de Queiroz: Páginas de memórias* (Lisboa: Portugal–Brasil, 1930).

([121]) Robert A. Nye, *Crime, Madness, & Politics in Modern France: The Medical Concept of National Decline* (Princeton: Princeton University Press, 1984); Daniel Pick, *Faces of Degeneration: A European Disorder, c. 1848–1918* (Cambridge: Cambridge University Press, 1989) [recensões críticas de Zheng Kang, *Annales*, vol. 45, n.º 3 (1990), pp. 699–701; Roger Griffin, *History of the Human Sciences*, vol. 4, n.º 2 (1991), pp. 315–318]; William Greenslade, *Degeneration, Culture, and the Novel, 1880–1940* (Cambridge: Cambridge University Press, 1994); Frederick H. White, *Degeneration, Decadence and Disease in the Russian Fin de Siècle: Neurasthenia in the life and work of Leonid Andrew* (Manchester: Manchester University Press, 2014); Marja Härmänmaa e Christopher Nissen, eds., *Decadence, Degeneration, and the End: Studies in the European Fin de Siècle* (Nova Iorque: Palgrave Macmillan,

Mas, a acreditar na crítica de Eça ao «movimento tradicionalista», enquanto modo de «renacionalização» das inteligências, melhor seria imaginar a nação de um outro modo, procurando uma reconciliação interna que fosse capaz de ultrapassar antagonismos inúteis.([122])

Eça de Queiroz e os pobres

Os modos de tomada de consciência do campo intelectual, bem como a reflexão sobre o conhecimento do mundo, alcançaram, na obra de Eça de Queiroz, um momento de intensidade exemplar. Na impossibilidade de fazer deles um inventário completo ou estabelecer uma classificação sistemática, limito-me a apontar alguns temas em que essa intensidade analítica se manifestou.

Primeiro, há uma reflexão permanente sobre os próprios processos de escrita que comprometem a figura do autor, a começar pelo próprio Eça. Quer se trate de questões de género literário, quer da influência de autores estrangeiros sobre os portugueses, a começar pelos possíveis estrangeirismos, Eça escreveu páginas que merecem ser lidas com atenção (por exemplo, «A Manuel...», in *Cartas Inéditas de Fradique Mendes e mais* Páginas *Esquecidas*, Porto: Livraria Chardron, 1929). Aliás, o seu uso de Fradique, o poeta das *Lapidárias* — cuja inspiração tanto estava em Leconte de Lisle como em Baudelaire —, faz parte dessa mesma reflexão sobre as construções literárias.([123]) Sobretudo, integra uma constante mobilização da ironia,

---

2014); Stephan Karschay, *Degeneration, Normativity and the Gothic at the Fin de Siècle* (Nova Iorque: Palgrave Macmillan, 2015); Oscar E. Vázquez, *The End Again: Degeneration and Visual Culture in Modern Spain* (University Park, Pennsylvania: The Pennsylvania State University Press, 2017).

([122]) Câmara-Reys, *As Questões Morais e Sociais na Literatura*, *op. cit.*, pp. 145–147 [carta de Eça, datada de Paris, 6 de Agosto de 1894, publicada anteriormente na revista *Lusitânia*, vol. 3 (Junho, 1924), p. 24]. Foi numa série de artigos sobre o pessimismo nacional (1907–1908) que Manuel Laranjeira pôs em causa a ideia de degenerescência para resumir os males da pátria, contrapondo-lhe a falta de «uma vontade cívica para fazer desabrochar o sentimento de amor nacional», Manuel Laranjeira, *Obras*, ed. José Carlos Seabra Pereira, vol. II (Porto: Edições Asa, 1993), p. 244.

([123]) Marcus de Jong, «Carlos Fradique Mendes. Contribution à l'étude du personnage d'Eça de Queiroz», *Bulletin des* Études *Portugaises*, t. 2, n.º 3 (1934), pp. 194–212; António José Saraiva, *As Ideias de Eça de Queiroz* (Lisboa: Centro Bibliográfico, 1946), pp. 115–139; Joel Serrão, *O Primeiro Fradique Mendes* (Lisboa: Livros Horizonte, 1985), pp. 193–216, *maxime* p. 197; Isabel Pires de Lima, *As Máscaras do Desengano: Para uma abordagem sociológica de «Os Maias» de Eça de Queiroz* (Lisboa: Caminho, 1987), pp. 336–345; *idem*, «O dandismo de Fradique ou o exercício impossível de um heroísmo decadente», in *Eça e*

da troça e do sarcasmo, «contra qualquer forma de retórica, especialmente no seu aspecto mais despudorado e reles: a ênfase»([124]). De igual modo, as referências constantes, na sua obra, à comunicação em jornais, imprensa e circulação de notícias faz parte do mesmo questionamento.([125])

Depois, considerem-se as atitudes de reforma e as possibilidades de intervenção política que, hoje, associaríamos ao papel e aos valores das elites, numa sociedade atrasada, onde a Igreja continuava a ter um enorme peso na regulação da ordem social. Assim apresentados, trata-se de termos demasiado vagos, que mais parecem tirados de manuais de teoria social. Na sua obra, eles surgem inscritos no tratamento de situações e personagens, quer estivesse em causa retratar os vencidos da vida ou o carácter ocioso assumido por personagens tais como Carlos da Maia e Fradique Mendes, quer se jogasse com a evocação de figuras ridículas, constituídas pelos Basílios, Acácios e Abranhos. Neste último âmbito, não se esqueça o retrato, tão soberbo quanto brando, de Bernardo Pindela, conde de Arnoso, «modestement courbé»...

Porém, foi na representação dos pobres, miseráveis e famélicos que Eça encontrou um dos seus argumentos. Pretendeu com isso denunciar situações de profunda injustiça social e destruir todo e qualquer ensejo de celebração dos campos ou da vida nas serras. O espanto de Jacinto, ao constatar que a fome era uma constante entre os seus caseiros de Tormes, constitui uma denúncia das injustiças sociais ou um ponto de partida para elogiar a generosidade utópica, que tanto espantou o feitor, quando Jacinto gizou o projecto das casas para todo o pessoal da quinta? Não se esqueça, a propósito, esta última imagem do benfeitor caridoso, a figura do velho Afonso da Maia, que «cada vez amava mais o que é pobre e o que é fraco», a ponto de uma parte do seu rendimento ser dedicada a uma «caridade enternecida»([126]). Também pode

---

Os Maias – *Actas do 1.º Encontro Internacional de Queirosianos. Porto – 22 a 25 de Novembro de 1988* (Porto: Asa, 1990), pp. 101–107; Maria João Simões, «Eça e Fradique: As cartas e os seus temas», *Queirosiana*, n.º 2 (Julho, 1992), pp. 13–30; Ofélia Paiva Monteiro, «Sobre a excentricidade humorística de Fradique», in *Queirosiana. Estudos sobre Eça de Queiroz e a sua Geração*, n.os 5–6 (1994), pp. 193–226; Carlos Reis, *Estudos Queirosianos. Ensaios sobre Eça de Queiroz e a sua Obra* (Lisboa: Presença, 1999), pp. 19–31; Elza Miné, «"Fradiquices" brasileiras», *Camões. Revista de Letras e Culturas Lusófonas*, n.os 9–10 (Abril/Setembro, 2000), pp. 202–219; A. Campos Matos, *Sobre Eça de Queiroz* (Lisboa: Livros Horizonte, 2002), pp. 103–105; Ana Nascimento Piedade, *Fradiquismo e Modernidade no Último Eça* (Lisboa: Imprensa Nacional – Casa da Moeda, 2003).

([124]) Vieira de Almeida, *À Janela de Tormes: No Centenário de Eça de Queiroz* (Lisboa: Edição da Revista «Occidente», 1945), p. 15.

([125]) Carlos Reis, «Impaciente aspiração: A questão mediática em Eça de Queiroz», *Queirosiana. Estudos sobre Eça de Queiroz e a sua Geração*, n.º 23 (2015), pp. 7–27.

([126]) Eça de Queiroz, *Os Maias: Episódios da Vida Romântica*, eds. Carlos Reis e Maria do Rosário Cunha (Lisboa: Imprensa Nacional, 2017), p. 67.

ser interpretado como mais um modo de ridicularizar as classes e personagens que, à força de pretenderem ser modernos e cosmopolitas, transformavam em programa o nostálgico retorno à vida simples da província, com as suas formas de solidariedade aldeã opostas à frieza da vida urbana. Trata-se de uma denúncia — note-se — que não se encontra no conto «Civilização» de 1892, onde se fala da quinta associada à «mais solene e bucólica inspiração», mas apenas no livro póstumo, que desenvolveu o mesmo conto, *A Cidade e as Serras* de 1901.([127])

A ter em conta a mesma denúncia de Eça, será possível recuar numa geração as análises dos intelectuais e escritores que, nas primeiras décadas do século XX, procuraram estudar as condições miseráveis em que o povo vivia. Foi o que sucedeu com Basílio Teles, *Carestia da Vida nos Campos: Cartas a um lavrador* (Porto: Livraria Chardron, 1903); Bento Carqueja, *O Povo Portuguez: Aspectos sociaes e económicos* (Porto: Livraria Chardron de Lello & Irmão, 1916); numa versão mais literária, mas não menos comprometida com as questões sociais, com Raul Brandão, nomeadamente em *Os Pescadores* (Lisboa: Aillaud e Bertrand, 1923); e com a denúncia de Alberto Sampaio da miséria e fome que grassavam nos campos, cuja grande saída, além da resignação, sempre esteve na emigração.([128])

Mais importante do que reconstituir sequências cronológicas e definir precedências é aproveitar a denúncia de Eça para matizar uma tese há muito proposta por Alfredo Margarido. O seu argumento principal começou por ser formulado num contexto de luta política contra a Ditadura. Mais precisamente, no Portugal da década de 1960 que permanecia extremamente atrasado, virado para a defesa da tradição e para as práticas de autoconsumo do mundo rural. Margarido começou por considerar que, na base dessa defesa, estava o ensinamento de Teófilo Braga — o máximo responsável pela «revalorização da tradição», num sentido tanto republicano quanto integralista.

([127]) Sobre o contexto de produção do conto e do livro, ver Jacinto do Prado Coelho, *A Letra e o Leitor* (Lisboa: Portugália, 1968), pp. 231–238; A. Campos Matos, *Sobre Eça de Queiroz* (Lisboa: Livros Horizonte, 2002), p. 77. Sobre o uso do mesmo episódio como modo de denunciar uma miséria estrutural, ver Flausino Torres, *Leituras Históricas: As origens da República* (Lisboa: Prelo, 1965), pp. 15–17. A denúncia da miséria dos caseiros, que não se encontra no conto, mas somente no livro, escapou a Maria Filomena Mónica, *Eça de Queiroz*, 5.ª ed, posfácio de Raymond Carr (Lisboa: Quetzal, 2001), pp. 443–454, onde inexplicavelmente também se escreve o seguinte juízo de valor: «Foi uma pena que Eça tenha decidido ampliar o conto», *idem*, p. 444. Sobre *A Cidade e as Serras* e o seu projecto utópico de reabilitação da condição dos caseiros, Marie-Hélène Piwnik, *Eça de Queiroz Revisitado (Propostas de leitura)*, trad. de A. Campos Matos (Guimarães: Opera Omnia, 2012), pp. 143–154.

([128]) A. Sampaio, *Estudos Históricos e Económicos*, pref. Luís de Magalhães, vol. II (Porto: Livraria Chardron, 1923), pp. 441–446.

Depois, argumentou, seria pertinente encadear, na mesma genealogia, as lições de Teófilo, Teixeira de Pascoaes e António Sardinha acerca da «aldeia mais portuguesa de Portugal»([129]). Sempre segundo Margarido, a aldeia era «o símbolo mesmo de uma involução social» e, enquanto tal, fora alvo do «elogio magoado da "apagada e vil tristeza" feito por Oliveira Martins, eco apagado de uma tradição, porquanto quase todos os autores dos séculos XVI, XVII, XVIII e XIX aparecem com o mesmo marcado lamento». No seu entender, existia uma sequência na literatura portuguesa que remontava a Sá de Miranda. Passava, imagine-se, pelo Pe. António Vieira. E voltava a estar presente na obra de António Feliciano de Castilho, na qual se aconselhava o regresso à agricultura, logo, à tradição da aldeia. Por fim, a Geração de 1870 dividira-se entre a atribuição das «culpas aos erros de natureza política» e a pregação de um Teófilo de «regresso a uma tradição libertada das gangas impuras que a maculam»([130]).

Ora, a denúncia da miséria e das situações de fome, de analfabetismo e até da cultura da brutalidade que caracterizavam os pobres e aldeãos, levada a cabo por Eça e por outros escritores que se lhe seguiram, não permite continuar a generalizar a ideia de que existiu um elogio da tradição construída a partir da aldeia. Conforme escreveu, por volta de 1890, Camilo Pessanha a Alberto Osório de Castro, a partir de Lamego, juntavam-se ali as comoções da política com «uma terra selvagem» e, entre injustiças e indignações, sem esquecer «a prostituição das aldeias», lá estavam «as apelações e os agravos, e as denúncias e as sindicâncias, e todos os roubos e todas as violações, e as

---

([129]) Tais aproximações, propostas por Alfredo Margarido, não correspondem bem à distância a que Sardinha se colocava em relação a Teófilo, o qual, no seu entender, «sem dispor de qualidades mentais brilhantes», fora pioneiro nas investigações sobre a cultura pátria, embora estivesse deformado por «um furioso e dogmático jacobinismo», Sardinha, «*A prol do comum...*»: *Doutrina & História* (Lisboa: Livraria Ferin, 1934), p. 246. De novo, sobre as origens intelectuais de Sardinha, que se inspirou em Teófilo — a par de Martins Sarmento, Leite de Vasconcelos, Alberto Sampaio e Gama Barros —, ver Carlos Maurício, *A Invenção de Oliveira Martins: Política, historiografia e identidade nacional no Portugal Contemporâneo (1867–1960)* (Lisboa: Imprensa Nacional – Casa da Moeda, 2005), pp. 87–88 [e bibliografia aí citada], p. 113 [«O Integralismo Lusitano aprofundara, no sentido conservador, a fundamentação naturalista da nossa existência, formulada por Teófilo e perfilhada pela generalidade da cultura republicana finissecular»]. Para uma visão oposta, que encontra em Oliveira Martins os fundamentos de uma visão orgânica e corporativa da sociedade, ver Fernando Catroga, *Antero de Quental: História, socialismo, política* (Lisboa: Notícias, 2001), pp. 183–198.

([130]) Alfredo Margarido, «Prefácio», in Vasco Pratolini, *Tempo de Guerra*, trad. de A. Margarido (Lisboa: Arcádia, 1961); *idem, Quelques mythes agriculturistes et instructionnistes dans la pensée et la pratique portugaise (particulièrement chez António F. Castilho) pendant la première moitié du XIXe siècle*, separata de *Arquivos do Centro Cultural Português* (Paris: Fundação Calouste Gulbenkian, 1982).

testemunhas que juram falso, e os assassinos e os engajadores, e todo aquele horizonte, desolado de estevais e montes maninhos, onde raro é o dia que não é morto algum homem, à foiçada, debaixo do sol rutilo»([131]).

Claro que se poderá sempre dizer que tal tradição passou, ainda, por uma genealogia que inclui *O Pároco de Aldeia* (1843–44) de Alexandre Herculano e a *Morgadinha dos Canaviais* (1868) de Júlio Dinis (do qual Eça escreveu: «As suas aldeias são verdadeiras, mas são poetizadas», *Uma Campanha Alegre*, Lisboa: Companhia Editora Nacional, 1890, n.º XXXII). Porém, pôr no mesmo saco Júlio Dinis e Eça, enquanto autores respectivamente de a *Morgadinha* e de *A Cidade e as Serras*, como fez Alberto de Oliveira, é um erro grosseiro. Pois, como defendeu Augusto da Costa Dias, «a apologia do campo tem raízes muito diversas em Júlio Dinis e Eça de Queiroz; no primeiro, ela não chegou a envolver, a sério, uma crítica da civilização, do industrialismo, da Ciência; no segundo, aquela apologia não esconde a denúncia da sub-humana miséria do aldeão»([132]).

O certo é que a referida cultura da brutalidade, da fome e da miséria foi por Eça associada não só aos campos, mas também à cidade. Em Lisboa, nos andares mais altos, moravam os trabalhadores ou «operários severos», «gente estúpida e metálica que tem a brutalidade do trabalho com a rudeza do coração, índoles ásperas, olhos invejosos, mãos avaras, peitos vazios». Ou, nos andares ainda mais acima, lá estavam, «debaixo dos telhados, os mendigos, os esfomeados, os miseráveis» («Lisboa», in *Prosas bárbaras*, ed. Jaime Batalha Reis, Porto: Lello, 1903). Seria tentador, embora arriscado, interpretar essa preocupação pelos miseráveis e famélicos à luz de uma projecção mais ou menos autobiográfica, ou seja, enquanto modo de expressão de uma solidariedade do escritor para com os mais desprotegidos. Tal como Eça escreveu, em tom confessional, nas *Notas contemporâneas* (Porto: Livraria Chardron, 1909): «Sou um pobre da Póvoa.»([133]) Neste momento, não são tanto as origens dessa ideia que importa procurar, o que mais interessa encontrar são as razões que explicam o seu esquecimento e nos desviam das intenções do autor. Mais concretamente, quando e em que condições as leituras da obra de Eça apagaram a consciência profunda, que nela existe, da chamada questão social? Como qualquer exercício de recepção de uma obra,

---

([131]) Camilo Pessanha, *Cartas a Alberto Osório de Castro, João Baptista de Castro, Ana de Castro Osório*, ed. Maria José de Lancastre (Lisboa: Imprensa Nacional – Casa da Moeda, 1984), p. 32.

([132]) Augusto da Costa Dias, *A Crise da Consciência Pequeno-Burguesa*, vol. I – *O Nacionalismo Literário da Geração de 90*, 2.ª ed. (Lisboa: Portugália, 1964), p. 174.

([133]) Fidelino de Figueiredo, «*... um pobre homem da Póvoa de Varzim...*» (Lisboa: Portugália Editora,1945); Viriato Barbosa, «Eça de Queiroz poveiro», *Póvoa de Varzim – Boletim Cultural*, vol. IV, n.º 1 (1965), pp. 5–18.

as leituras feitas são mais reveladoras dos sentidos atribuídos por aqueles que as empreendem do que das intenções do autor.([134]) Sem querer aparentar grandes certezas quanto às camadas de leituras e de interpretações, a minha hipótese é a de que existiram dois momentos que contribuíram para apagar a preocupação de Eça pela questão social.

O primeiro momento correspondeu às décadas que se seguiram à sua morte, constituídas por um tempo de edições póstumas e de compilações de inéditos, organizadas pelo seu filho e não só (por exemplo, *Cartas inéditas de Fradique Mendes e mais páginas esquecidas*, Porto: Livraria Chardron, 1929). Assim, o tema dos vencidos da vida — criado em 1888 por Oliveira Martins([135]) — foi empolado na década de 1920. Com o fascismo a penetrar as sociedades europeias, tal tema passou a sintetizar duas coisas: a crítica dos que foram uns estrangeirados e uns demolidores dos valores e da ordem social, que destruíram sem saber construir([136]); e a imagem de que a Geração de 1870 abandonou, com o passar dos anos e a maturidade, os laivos revolucionários ou simplesmente reformistas que manifestara na entrada da idade adulta. A desistência, o recurso à ironia, o suicídio, o encolher de ombros porque-não-há-nada-a-fazer ou o refúgio na espiritualidade impuseram-se a essa mesma geração. Substituíram as atitudes mais impetuosas, próprias de uma juventude centrada na questão social. A vida venceu-os. Eça, com a sua famigerada ironia, passou a representar a mesma derrota e a figura do burguês que se acomodou e amoleceu. Por isso, foi esquecido o modo como colocou a questão social. Por sua vez, esta última acabou por ficar associada às atitudes revolucionárias e reformistas — fora de uma época na qual as tendências autoritárias se difundiam à custa do desaparecimento do liberalismo parlamentar.

Um segundo momento de apagamento da questão social da obra de Eça, sobretudo no que respeita à fome e à miséria nos campos, correspondeu ao período que se seguiu à Segunda Guerra. Assistia-se, então, ao impacto do neo-realismo, que chamou a si a questão social, quase como um dogma. A resposta, proveniente dos círculos afectos ao regime de Salazar, dada por intelectuais vindos de várias facções de integralistas, fascistas e tradicionalistas monárquicos, não se fez esperar. Apesar de nela também se notar um

---

([134]) Ver, a título de exemplo, a interpretação acerca do «problema ultramarino» em Eça, feita numa perspectiva bem conservadora por Henrique Martins de Carvalho, *Eça de Queiroz e a Europa: Actualidade da Geração de 1870. Comunicação apresentada ao Centro de Cultura Popular, em 25 de Novembro de 1970*, sep. da *Revista «Lingua e Cultura»*, n.º 1 (Lisboa, 1971), p. 17.

([135]) Amadeu Carvalho Homem, *Teófilo Braga, Ramalho Ortigão, Antero de Quental: Diálogos Difíceis* (Coimbra: Imprensa da Universidade de Coimbra, 2009), p. 162.

([136]) Manuel da Silva Gaio, *Os Vencidos da Vida* (Coimbra, 1931), p. 3.

apego ao mundo rural e aos valores do povo, mais ou menos folclorizado, parecia ser de mau tom lembrar que o atraso nos campos se concretizava em fomes generalizadas e profundas injustiças sociais.

Assim, a etnografia literária do viver nos campos não incluiu a denúncia queirosiana das injustiças a que o povo estava sujeito, incluindo nelas as misérias e a fome que o mesmo padecia. Na opinião controversa de um dos críticos de então, Eça desconhecera, quase completamente, o meio rural português. Os seus conhecimentos acerca desse meio teriam sido adquiridos tardiamente e nunca deixaram de ser muito lacunares. Enfim, quanto ao que escreveu em *A Cidade e as Serras*, «pela maneira como o artista trata o tema, faz-nos lamentar profundamente o seu desconhecimento do meio»([137]). Por sua vez, a publicação em 1950 do estudo de João Gaspar Simões sobre a vida e a obra de Pessoa — na sequência do estabelecimento de um cânone do modernismo português, pela editora Ática — procurou centrar a literatura portuguesa num quadro de trocas cosmopolitas e internacionais, oposto ao interesse pela vida nos campos. Assim, a obra de Eça acabou por ser reduzida a esse mesmo filtro e foi tomada como uma espécie de antecedente do cosmopolitismo que se procurava alcançar. Esquecido ficou o notório envolvimento de Eça em questões sociais, bem localizadas.

Em conclusão, distinguir entre as intenções de Eça e as camadas de leitura que se interpõem entre nós e a sua obra permite, hoje, recuperar uma obra mais atenta às questões sociais e interessada no destino dos pobres e famélicos do que à primeira vista poderia parecer. Resta saber se a recuperação de um sentido original da obra do genial escritor, por mais analítico e reflexivo que se apresente, não será apenas mais uma leitura destinada a servir preocupações nossas, contemporâneas.

Jaime Batalha Reis: da Geração de 1870 ao Estado Novo

Jaime Batalha Reis (1847–1935) conheceu Eça de Queiroz em 1866. O encontro deu-se, em Lisboa, no escritório da *Gazeta de Portugal*. Logo nesse dia, jantaram e conversaram, pela noite dentro, «e desde então, por anos, não nos separámos mais». Passaram, pois, a viver naquele que era «um mundo como que à parte da realidade». Nele, não se sabia bem o que mais contava: a escrita ou a confraternização? Foi o próprio Eça quem fixou desse «Cenáculo» os termos da oposição entre escrita e acção, quando denunciou que, «de tanto escrever, estamo-nos tornando impressos». Ora, para contrastar

([137]) António Álvaro Dória, *A Vida Rural no Romance Português* (Lisboa, 1950), pp. 120–121.

com uma vida dedicada à escrita, impunha-se que ele e os amigos se virassem para a acção, ou seja, para o convívio, nas pândegas e na boémia. Que corressem a comer, por exemplo, com o d'Artagnan d'África e outros amigos, em noitadas de cavaqueira, patuscadas e, até, esperas de touros. Só assim seria possível pôr a descoberto «o vasto ridículo do Romantismo».

Foi na introdução às *Prosas Bárbaras* de Eça, livro póstumo, publicado em 1903, que Batalha Reis contou a história dessa amizade e da sua prática, pelos anos 1866–1867, quando Eça escrevia folhetins para a *Gazeta de Portugal*.([138]) O texto de Batalha Reis é sobejamente conhecido. Para muitos, é mesmo o único que dele circulou e a que é possível ter fácil acesso. Deve, porém, ser lido em paralelo com um outro, também de memórias, quando «o Antero de Quental e eu vivemos juntos», tendo ido morar para S. Pedro de Alcântara, o que terá acontecido em inícios de 1870.([139]) Foi neste último texto que Batalha Reis descreveu a adesão de Eça ao realismo e o seu repúdio pela metafísica: «— O quê, menino? Palavra? Ainda a Metafísica?! — dizia ele ao Antero.»

Com base nestes e noutros fragmentos, poder-se-á pensar na amizade entre Batalha Reis, Eça e Antero. Foram eles os inventores — segundo Joel Serrão, entre finais de 1868 ou começos de 1869 e, o mais tardar, Maio ou Junho de 1869 — desse extraordinário heterónimo colectivo — Fradique Mendes, recriado tantas vezes ao longo do século XX.([140]) De qualquer modo, trata-se de simples fragmentos, no interior da vasta obra escrita de Batalha Reis, deixada em manuscrito, espalhada por uma correspondência volumosa e dispersa por milhares de notas soltas. Mas que não haja equívocos parecidos com os que Manuel Mendes gerou em artigo no *Diário de Lisboa* (28-10--1963), a respeito das pândegas e da vida boémia, os quais suscitaram diferentes tipos de repúdio, por parte da família e de todos os admiradores de Batalha Reis: a vida e a obra deste último têm de ser vistas muito para lá desta ou daquela anedota. Pois a envergadura da sua intervenção pública e dos seus escritos não se compadece com apreciações ligeiras.

([138]) Fidelino de Figueiredo, «*... um pobre homem da Póvoa de Varzim...*» (Lisboa: Portugália Editora, 1945), pp. 40–41 [levanta a questão de saber por que razão alguns textos da *Gazeta* elencados por Batalha Reis só foram publicados, mais tarde, em *Últimas Cartas de Fradique*: «Arbítrio dos editores, exigência da família?»].

([139]) Jaime Batalha Reis, «Anos de Lisboa (Algumas lembranças)», in *Anthero de Quental: In Memoriam* (Porto: Mathieu Lugan, 1896).

([140]) Marcus de Jong, «Carlos Fradique Mendes. Contribution à l'étude du personnage d'Eça de Queiroz», *Bulletin des* Études *Portugaises*, t. 2, n.º 3 (1934), p. 194; Fidelino de Figueiredo, «*... um pobre homem da Póvoa de Varzim...*», *op. cit.*, pp. 163–166; Joel Serrão, *O Primeiro Fradique Mendes* (Lisboa: Livros Horizonte, 1985), pp. 193–216, *maxime* p. 197; Carlos Reis, *Estudos Queirosianos: Ensaios sobre Eça de Queiroz e a sua obra* (Lisboa: Presença, 1999), pp. 137–155.

Pelo menos em relação a esses primeiros anos de decisiva vida intelectual em que Batalha Reis esteve envolvido, vale a pena recordar a proposta de cronologia feita por Joel Serrão:

> [...] a chegada de Antero [em finais de 1868] e a sua intensa e duradoura intimidade com o disponível anfitrião [Batalha Reis] ajuda a estabelecer dois períodos na vida do «Cenáculo»: o primeiro, de teor predominantemente estético-literário — e o seu canto de cisne seria a experiência do satanismo e do seu heterónimo colectivo; o segundo, mais de teorização e prática sociopolíticas, o Republicanismo democrático, as *Conferências Democráticas* (1871), o socialismo de *O Pensamento Social* (1872).([141])

O certo é que, dos intelectuais da Geração de 1870, Jaime Batalha Reis parece ter sido o mais bem preparado em termos de formação científica.([142]) Antero notou, logo em 1871, o seu «espírito geométrico», que se encantava com o «rigor dialectivo» de Kant, o «velho patriarca da crítica»([143]). Os seus estudos de agronomia, que lhe valeram a nomeação como lente do Instituto Agrícola em 1872, levaram-no a interessar-se pela questão vitivinícola no Douro, nomeadamente a filoxera, o comércio dos vinhos na Grã-Bretanha, a situação da agricultura no distrito de Viseu e as culturas da vinha, do arroz e da cana-de-açúcar, que pesquisou no âmbito de uma missão de estudo nos Estados Unidos, em 1877. No seu conjunto, o objectivo era estudar a situação da agricultura e da economia rural, para poder modernizar o país.([144])

([141]) Joel Serrão, *O Primeiro Fradique Mendes*, *op. cit.*, p. 196. Esta proposta cronológica inspira-se numa passagem do próprio Eça, Amadeu Carvalho Homem, *Teófilo Braga, Ramalho Ortigão, Antero de Quental: Diálogos Difíceis*, *op. cit.*, p. 88.

([142]) Carlos Maurício, *A Invenção de Oliveira Martins: Política, historiografia e identidade nacional no Portugal Contemporâneo (1867–1960)* (Lisboa: Imprensa Nacional – Casa da Moeda, 2005), p. 14 [onde se chama a atenção para dois aspectos. O primeiro diz respeito ao modo como comparamos entre si os autores do século XIX, sobretudo em termos de influência exercida no século seguinte. Para ele, Oliveira Martins teria sido o autor de maior influência, mas não pela reverência a que foi sujeito, como sucedeu com Antero e Eça, mas sobretudo pelas discussões e polarizações que suscitou. Em segundo lugar, Maurício atribui a Oliveira Martins a mais alta intensidade na combinação de três contributos: «Para a definição de sucessivos projectos de regeneração social (e respectiva engenharia), para a definição dos cânones da disciplina historiográfica e para a equação histórica do passado e da identidade nacionais.» A esta luz comparativa, que sentido tem atribuir-se a Batalha Reis uma dimensão superlativa no que respeita à sua formação científica?].

([143]) *Cartas de Antero de Quental a Francisco Machado de Faria e Maia*, ed. Rui Galvão de Carvalho (Lisboa: Delfos, 1961), p. 23.

([144]) Jaime Batalha Reis, *A Agricultura no Districto de Vizeu* (Lisboa: Imprensa Nacional, 1871), pp. 10–11.

Porém, nas 114 caixas conservadas no seu espólio na Biblioteca Nacional, bem como no seu acervo no Arquivo Histórico Diplomático do Ministério dos Negócios Estrangeiros, muitos outros interesses e relações poderão ser investigados. Entre eles, destaco o facto de Batalha Reis ter sido, também entre os da sua geração, aquele que mais longamente se envolveu na representação diplomática de Portugal no estrangeiro, do último quartel do século XIX ao primeiro do XX.

Frente a uma tal riqueza documental, que corresponde a uma experiência de vida bem cosmopolita, que sabemos nós? Quais os livros e os estudos de que dispomos para nos familiarizarmos com a sua obra?

A formulação de tais interrogações esconde uma limitação maior: a dificuldade em reconstituir, hoje, à luz dos interesses especializados impostos pela academia, uma obra tão ecléctica como foi a de Batalha Reis. Ou seja, os seus interesses dispersos, a sua voracidade intelectual, os seus múltiplos projectos de escrita, muitos deles inacabados, o seu perfeccionismo exagerado em relação ao trabalho de edição, o seu esforço permanente em se preparar e o seu envolvimento nalgumas das mais importantes negociações internacionais — num período de quase cinquenta anos, que vai dos anos posteriores à Comuna de Paris, à conferência de Paz que se seguiu à Grande Guerra — fizeram com que a compreensão da sua obra se tivesse transformado num objecto de tal maneira caleidoscópico que é quase impossível de manejar. E, frente à impossibilidade de lidar com tal magnitude, parece que só ficaram dois caminhos a seguir em relação a Batalha Reis.

O primeiro consiste em estudá-lo a partir de um interesse parcial, bem localizado, prescindindo de uma visão de conjunto. O segundo afigura-se mais preocupante porque, na impossibilidade de se reconhecer o conjunto da sua obra como um objecto válido de compreensão, autor e respectivos escritos foram praticamente votados ao abandono. Um esquecimento, insista-se, favorecido pela especialização académica, que estiola a curiosidade em relação a obras de fôlego de sentido tão heterogéneo. Uma espécie de amnésia que também se explica pelo abandono de centros de investigação, situados à margem da academia, e correspondendo aos interesses de instituições como a Biblioteca Nacional. Refiro-me à extinção da divisão de investigação da BN — que é urgente recuperar e dotar de meios, para que sejam criadas as condições necessárias ao estudo do conjunto da obra de Batalha Reis. E, também, para que chamadas de atenção como este capítulo possam ter algum efeito, do ponto de vista da investigação e do estudo — com a curiosidade própria de querer saber e aprender mais —, fugindo à lógica de uma cultura de circunstância e do foguetório.

Claro que há uma série de edições e de estudos acerca da sua obra que deverão ser tomados como ponto de partida. Refiro-me à sua correspondência e aos traços do seu convívio com Eça, compilados há muito por uma filha, no âmbito de um trabalho cuidado de organização do seu espólio, o qual precedeu a sua integração na BN — *Eça de Queiroz e Jaime Batalha Reis: Cartas e recordações do seu convívio*, ed. Beatriz C. Batalha Reis (Lello & Irmão, 1966). O mesmo se passou com as suas trocas epistolares com Antero — *Correspondência entre Antero de Quental e Jaime Batalha Reis*, ed. Maria Staack (Assírio & Alvim, 1982). Beatriz Berrini compilou mais correspondência em *Cartas Inéditas de Eça de Queiroz, Ramalho Ortigão, Batalha Reis* (Ed. «O Jornal», 1987).

Maria José Marinho foi pioneira em procurar compreender a obra de Batalha Reis. Publicou acerca dele vários artigos, relativos aos seus projectos e relações, um volume das suas crónicas — assinadas com os pseudónimos de J. Teixeira de Azevedo e de Dinis Brito de Itajubá, em *O Repórter* e na *Gazeta de Notícias* — intitulado *Revista Inglesa* (Dom Quixote, Biblioteca Nacional, 1988) e um pequeno mas muito sugestivo livro onde concentra *O Essencial sobre Jaime Batalha Reis* (Imprensa Nacional — Casa da Moeda, 1996). Elza Miné ocupou-se das relações de Batalha Reis com diplomatas e intelectuais brasileiros, tendo igualmente editado o manuscrito do autor *O Descobrimento do Brasil Intelectual pelos Portugueses do* Século XX (Dom Quixote, 1988). Publicou, também, uma monumental compilação, antecedida de um estudo de fôlego, com prefácio de Luiz Fagundes Duarte, *Alguns Homens de Meu tempo e Outras Memórias de Jaime Batalha Reis* (Imprensa da Universidade de Coimbra, 2017).

Quanto a interesses científicos e coloniais, Alice Godinho Rodrigues editou a *Correspondência de J. Batalha Reis para Barbosa du Bocage* (INIC, 1990), e João Carlos Garcia, em artigos da *Finisterra*, ocupou-se dele enquanto geógrafo esquecido. Teresa Pinto Coelho escreveu o estudo mais exaustivo sobre o diplomata e homem de letras: *A Agulha de Cleópatra: Jaime Batalha Reis e as relações diplomáticas e culturais luso-britânicas* (Cosmos, 2000). Joaquim Palminha Silva publicou o seu relato de fuga da Rússia, após a Revolução de Outubro de 1917, e antecedeu-o de um interessante mas muito discutível estudo: *Jaime Batalha Reis na Rússia dos Sovietes ou Dez Dias que Abalaram um Diplomata Português* (Afrontamento, 1984, com segunda edição de 2017). Rasgando novas perspectivas de investigação, Pedro Aires de Oliveira escreveu um estudo introdutório ao volume baseado na transcrição feita por Margarida Lages, *Dos Romanov a Lenine: Relatórios de Jaime Batalha Reis sobre a sua saída da Rússia em 1918* (Abysmo, 2017).

Sempre no domínio da publicação dos seus muitos textos dispersos ou inéditos, saiu *Europa*, no qual foi coligida a colaboração de Batalha Reis na *Revista Occidental* de 1875 (Torres Vedras: «Livrododia» Editores, 2006). Foi igualmente publicada uma pequena biografia dele da autoria de Maria do

Rosário Lopes Batalha (Fonte da Palavra, Associação Cedro, 2011). Finalmente, mais um dos seus textos inéditos, escrito em colaboração com Eça e Augusto Machado, foi editado por Irene Fialho: *A Morte do Diabo: Fragmentos de uma opereta* (Caminho, 2013).

Este inventário de títulos está, com certeza, incompleto. Ficam de fora alguns trabalhos académicos, e, sobretudo, não inclui a lista dos trabalhos publicados em vida do autor. De qualquer modo, o argumento que aqui pretendo defender é que nem o pouco que publicou em vida nem o que tem vindo a ser editado conseguem dar conta da real dimensão da obra de Batalha Reis. E, depois de chamar a atenção para a necessidade de nos apetrecharmos para uma leitura de conjunto da sua obra, limitarei as minhas observações a alguns aspectos pontuais.

Começo pela celebração do contrato entre o autor e os livreiros Rolland et Semiond, datado de finais de Novembro de 1872, que se encontra no seu espólio. Em causa estava a edição de duas obras de fôlego. Primeiro, uma *História de Portugal*, planeada em quinze fascículos de 32 páginas cada, num total de quase 500 páginas. O modelo a seguir era nada menos do que o da *Histoire de la France racontée à mes petits enfants* (1872–1876) de François Guizot — obra de fim de vida deste último, cuja publicação tinha começado a sair. O segundo projecto consistia num *Compêndio de Agricultura*. A envergadura dos dois projectos — que nunca se concretizaram, assumidos quando o autor contava apenas vinte e cinco anos de idade — reflecte bem as enormes expectativas criadas por aquele que era então um dos membros mais promissores da sua geração. Porque não terá Batalha Reis conseguido concretizar tais projectos?

Passadas as célebres Conferências do Casino, realizadas nos primeiros meses de 1871, não tendo ocorrido a célebre intervenção de Batalha Reis que trataria do Socialismo, parece que os projectos e as ideias se constituíam no grande antídoto dos conflitos e polémicas, de carácter pessoal, que o atormentavam. Tal como considerou numa carta enviada a Oliveira Martins: uma das particularidades do meio intelectual português parecia ser o carácter de ofensa pessoal assumido pelas polémicas, sobretudo na imprensa, nas quais se viam «sobretudo as pessoas — as ideias apenas atrás delas» (Jaime Batalha Reis em carta a Oliveira Martins, 12 de Setembro de 1873).([145]) Ora, Jaime Batalha Reis nunca deixou de estudar e de alargar os seus horizontes enciclopédicos, das matérias científicas e de economia rural à reflexão sobre arte, estética, música e filosofia. O projecto da *Revista Occidental* — cujo primeiro número de onze foi publicado em Fevereiro de 1875, um projecto

([145]) *Correspondência entre Antero de Quental e Jaime Batalha Reis*, ed. Maria Staack (Lisboa: Assírio & Alvim, 1982), p. 154.

que começou em colaboração com Antero — foi resultado do seu esforço de trabalho colectivo com outros intelectuais, tais como Eça e Oliveira Martins.

Nas décadas seguintes, acumulou uma rica experiência de diplomata. Começou pelo consulado de Newcastle, entre 1883 e 1897 (onde Eça servira entre 1874 e 1879), tendo depois passado para Londres, onde se manteve até 1911. Antes dessas nomeações diplomáticas, já tinha sido comissário português na Exposição Universal de Filadélfia em 1876, sobre a qual escreveu um relatório que permanece inédito. Enquanto diplomata, estabeleceu relações cosmopolitas e empreendeu sucessivas viagens, que lhe permitiram ganhar a distância necessária para reflectir melhor sobre Portugal. Entre a sua vasta rede de correspondentes, por exemplo, contou com brasileiros ilustres, tais como Joaquim Nabuco, Oliveira Lima, Eduardo Prado e José Veríssimo. Foram eles que o ajudaram a descobrir o Brasil mental, sobre o qual veio a escrever a citada memória, deixada em manuscrito (BNP, Esp. E 4, caixa 30). Nela, discorreu sobre as condições em que os intelectuais trabalhavam em Portugal: no meio de uma população largamente analfabeta e de uma pequena classe média que, apesar de ter capacidade para ler, era muito pouco elaborada. O mesmo se passaria com os emigrantes portugueses.

Ou seja, não existiam comunidades portuguesas a viver fora do país que pudessem ser comparadas com aquelas com que contactara em Nova Iorque. Por exemplo, o carroceiro de origem alemã, que lhe transportou as caixas de livros ali comprados até ao paquete em que regressava à Europa, mostrou-lhe os seus conhecimentos acerca de Darwin, Wallace, Lamarck, Cuvier, Agassiz, Goethe, Lyell, Hooker, Huxley, Herbert Spencer, Asa Gray, Haeckel, o transformismo, a teoria da evolução, etc. No entender de Batalha Reis, seria impossível que algo de semelhante sucedesse com um imigrante português no Brasil. Por isso, argumentou que era legítimo aos brasileiros censurarem os portugueses pela sua pouca cultura.([146])

A sua vida e as suas actividades constantes de escrita não podem ser, igualmente, desligadas dos projectos coloniais portugueses e das suas consequências a uma escala internacional. Neste sentido, a citada referência, na introdução às *Prosas Bárbaras*, a João de Sá Nogueira, uma «lenda em acção», só a custo pode ser reduzida a uma espécie de *fait divers*. De facto, o significado do convívio de Batalha Reis e Eça com o «d'Artagnan d'África em Lisboa» não se esgotava nas historietas deste último, quando lhes contava — «durante o bacalhau com batatas, o meio bife e o Colares — as pitorescas aventuras das suas viagens pelos sertões de Angola».

([146]) Sobre a inferioridade cultural do emigrante português, ver Anselmo de Andrade *apud* José F. Marnoco e Sousa, *Tratado da Economia Política*, vol. I, pref. A. Oliveira Salazar (Coimbra: França Amado, 1917), p. 231.

Desde pelo menos 1878 — quando assinou, com Barbosa du Bocage, Luciano Cordeiro e Adolfo Coelho, uma proposta da Sociedade de Geografia de Lisboa para criar uma escola destinada à formação de quadros coloniais, e integrou a Comissão Nacional Portuguesa para a Exploração e Civilização de África —, Batalha Reis multiplicou as manifestações de interesse por um projecto de colonização de África. Em contacto com os meios políticos e diplomáticos, e tendo em vista o planeamento de novas viagens científicas, manteve relações de colaboração com Serpa Pinto, Paiva de Andrada, Hermenegildo Capelo e Roberto Ivens.([147]) A experiência internacional de Batalha Reis e o seu interesse por África valeram-lhe a nomeação como delegado, ao lado de Capelo e Augusto de Castilho, para representar o governo português na Conferência Anti-Esclavagista de Bruxelas (1889–1890).

Na versão fixada pela sua filha Beatriz, antes da primeira sessão, em Fevereiro de 1890, logo após o *Ultimatum*, mereceu o respeito público dos ministros plenipotenciários britânicos, que se levantaram quando ele entrou, em sinal do reconhecimento pelo modo como se batera na defesa dos interesses portugueses (Fundação Mário Soares, pasta 04626.003.001). Batalha Reis reivindicara a prioridade do descobrimento, ocupação e presença do Estado português no chamado Nyassaland.([148]) Em 1910, voltou a servir como delegado português ao Congresso Colonial de Bruxelas.

Em 1896, Batalha Reis pronunciou-se acerca dos usos e eficácia do direito internacional. Contava, para isso, com uma larga experiência de representação de Portugal em foros internacionais. Mas sofria de um duplo desalento. Por um lado, tinha bem presente a agressão da mais velha aliada de Portugal, no momento do *Ultimatum* (1890) e num cenário internacional de forte competição entre imperialismos. Por outro lado, escrevia sob a influência de tendências mais gerais, associadas ao declínio de fim de século, em que os «Vencidos da Vida», na expressão de Oliveira Martins, foram férteis:

> Toda a gente que tem o hábito de ver a realidade sem cobertas de hipocrisias ou frases convencionais sabe perfeitamente que não existe no mundo, com acção efectiva, coisa alguma que possa chamar-se «Direito internacional». As únicas aparências de um tal direito são os diplomas desconexos de «Direito internacional» entre as nações, os quais são respeitados enquanto convêm às mais fortes delas. A própria autonomia de qualquer das nações que hoje existem depende inteiramente ou dela ser forte por si, ou dela ser como Nação dentre as Nações

---

([147]) BNP, Esp. 4, caixa 52.

([148]) *Os Portuguezes na Região do Nyassa: Artigo publicado no* Scottish Geographical Magazine *de Maio de 1889* (Lisboa: Imprensa Nacional, 1889); republicado em *Estudos Geográficos e Históricos* (Lisboa: Agência Geral das Colónias, 1941), pp. 29–52.

> mais fortes. Esta é a verdade na sua alva singeleza. Não havendo «Direito internacional» não há igualmente «Moral internacional». Os Governos da Europa aos quais peço licença para juntar os Governos da América só se têm preocupado com a escravatura, com o envenenamento dos orientais, ou com os tormentos dos arménios, quando qualquer destas questões — e só até ao ponto em que qualquer destas questões — pode favorecer os seus desígnios políticos. A Inglaterra e os Estados Unidos do Norte só se destacam deste fundo comum, em, mais que os outros povos, pretenderem enganar o mundo com espectaculosas manifestações de hipócrita filantropia. É, pois, meramente por medo que os tratados são respeitados, enquanto o são, e que as nações se não devoram umas às outras mais do que se já têm devorado e estão preparadas a devorar-se, neste belo final do civilizado, cristão e progressivo século XIX. Quando a Inglaterra, pois, consegue isolar a pequena ou fraca nação para cujo território lhe convém alastrar-se, coisa alguma a faz parar. Foi o que aconteceu com Portugal em África.([149])

Entre 1912 e 1918, Batalha Reis foi ministro plenipotenciário em S. Petersburgo. Enquanto delegado na Conferência de Paz de 1918–1919, integrou a comissão que redigiu o pacto da Sociedade das Nações.([150]) Parte do seu esforço de representação de Portugal ao nível internacional e de defesa dos direitos e interesses portugueses, em relação ao modo de utilização da mão-de-obra indígena, concretizou-se na obra colectiva intitulada *Enquête internationale sur la main d'œuvre agricole dans les colonies et les pays tropicaux*, em co-autoria com F. Heim (1914–1919). Neste livro, Batalha Reis sublinhou o carácter apaixonado assumido pelas lutas em torno da questão do trabalho colonial e tropical. Insistiu, também, no facto de tais lutas serem produto de uma ausência de estudos científicos sobre a questão, sobretudo de investigações orientadas numa perspectiva comparada. Diga-se, de passagem, que as suas posições anteriores tinham sido de reserva em relação ao abolicionismo. Isto é, defendera argumentos de emancipação, mas considerou-os sempre no quadro de uma progressão lenta, uma vez que considerava não estarem os africanos ainda preparados para se governarem a si próprios e deixarem de ser tutelados.

Nas suas palavras, que não deixam margem para dúvidas, acerca da sua postura defensiva: «A escravidão que é uma instituição natural dos povos africanos só pode acabar lentamente e pela influência demorada dos povos europeus. Para estabelecer essa influência servem: 1.º Estações oficiais

---

([149]) Jaime Batalha Reis, *Revista Inglesa* (Lisboa: Dom Quixote, Biblioteca Nacional, 1988), p. 206.

([150]) Duarte Ivo Cruz, *Estratégia Portuguesa na Conferência de Paz 1918–1919* (Lisboa: FLAD, 2009).

permanentes já mencionadas. 2.º Modificações nas condições do trabalho a) do trabalho agrícola pela introdução de máquinas e novos processos. b) do serviço de transportes pelo estabelecimento de: estradas, introdução de animais de transporte e principalmente extensão de caminhos-de-ferro. 3.º Estações moralizadoras religiosas junto das estações oficiais ou separadas delas. 4.º Os contratos de trabalho estabelecidos de modo que possam servir de transição entre a escravidão e a liberdade do operário europeu e fiscalizados pelas autoridades dos grandes centros coloniais e das estações oficiais do interior.»([151])

Por último, criticou os estudos sobre a situação da mão-de-obra nos países tropicais e nas colónias, por se encontrarem demasiado centrados nos modelos, inspirados no caso português, de grandes explorações que eram propriedade de colonos brancos e onde trabalhavam indígenas assalariados.([152]) Frente à ameaça de campanhas externas, desencadeadas pela Sociedade Anti-Esclavagista, não deixou também de apontar, em 1919, a propósito dos Prazos da Zambézia, «a forma como os pretos são explorados, pagamento duplo e triplo do imposto em género e em dinheiro sem fiscalização, o emprego de crianças, os salários ridículos, os luanes, o monopólio do comércio». Porém, apenas indicou, como medidas de correcção de tais abusos, a nomeação de dois inspectores que fizessem cumprir os contratos.([153])

Depois de ter voltado para Portugal em 1920, já no Inverno da vida, retirou-se para a propriedade de família em Torres Vedras — a Quinta da Viscondessa. Ali procurou, rodeado dos papéis e livros acumulados durante uma vida de labor, preparar para publicação as suas obras. Eram 19 armários, como bem notou Fernando Marques da Costa, num artigo importante e pioneiro.([154]) Alguns textos, como os que diziam respeito às relações de Portugal com a Inglaterra, a respeito do *Ultimatum*, não foram incluídos nessa única antologia, cuja edição acabou por ser preparada pela filha. Já bem entrado o Estado Novo, Júlio Cayolla, da Agência Geral das Colónias, determinou que não se poderia publicar nada que incluísse referências desagradáveis a outros países, mais concretamente à Grã-Bretanha.([155]) O mesquinho do acto de censura à publicação de uma obra póstuma revela o carácter tortuoso dos que se regalavam em servir o Estado Novo. De qualquer modo, a edição das obras

---

([151]) Ministério dos Negócios Estrangeiros — Arquivo Histórico Diplomático, Documentação Batalha Reis, S2.1 E1 P6, cx. 14 666, doc. 125–1.

([152]) Batalha Reis, *Estudos Geográficos e Históricos* (Lisboa: Agência Geral das Colónias, 1941), pp. 417–480.

([153]) BNP, Esp. 4, caixa 20, n.º 40.

([154]) Fernando Marques da Costa, «Sobre um possível Jaime Batalha Reis», *Revista da Biblioteca Nacional*, n.º 3, 1–2 (1983), pp. 129–151.

([155]) BNP, Esp. 4, caixa 8, n.º 5.

foi mais um projecto que não conseguiu concretizar em vida. Uma espécie de sonho inacabado, por parte de quem se envolveu, activamente, nos projectos de modernização do país, estudando as questões agrícolas e as da colonização de África, e o representou internacionalmente.

Frente a uma tal riqueza documental por explorar, três questões ficam em aberto. Primeiro, entre os interesses de Batalha Reis, haverá um tema principal? A resposta mais óbvia é que a modernização de Portugal, da agricultura aos projectos coloniais, constituiu o núcleo central das suas preocupações. Foi para essa modernização que contribuiu, enquanto diplomata e autor de numerosos escritos, além de ter procurado estabelecer relações pessoais e de se ter conseguido impor a uma escala internacional. No entanto, esse lado prático, que o levou a enfrentar um conjunto de problemas contemporâneos, hoje denominado de políticas públicas, não poderá nunca ser desligado de um interesse pela história e por questões mais propriamente filosóficas, como demonstra a sua volumosa correspondência com José Timóteo da Silva Bastos, que se encontra por estudar.

Segunda questão: poderá um espólio documental tão colossal, revelador de uma tão obsessiva prática da escrita, ser qualificado como literário? Na verdade, entre as práticas de escrita de Batalha Reis, só uma pequena parte merece esse estatuto. Não havendo dúvidas que a introdução às *Prosas Bárbaras* se afigura como uma excelente peça literária, a par de outras, como aquela em que Eça e um suposto Teixeira de Azevedo, ou seja, Batalha Reis, procuraram horrorizar o imaginado poeta das *Lapidárias*, Fradique Mendes.([156]) Também serão merecedores desse mesmo estatuto alguns dos textos de Batalha Reis que têm suscitado a atenção dos estudiosos, bem como muitas das suas cartas. E não fiquem esquecidos os esforços que desenvolveu no sentido de traduzir, entre 1885 e 1888, as *Mil e uma noites*.([157]) Obra que deixou em manuscrito e que, com base na tradução francesa de Antoine Galland, tinha sido já objecto de duas traduções para o português: uma, rollandiana, publicada entre 1803 e 1809; outra saída em 1850.

Última questão: será mesmo verdade que Jaime Batalha Reis mudou de posição, passando de jovem radical a velho conservador? À primeira vista, parece mesmo que sim, mas impõe-se estudar melhor o seu vasto espólio, atribuindo à pergunta o simples valor de hipótese, a confirmar por futuras investigações. Eça foi, talvez, o primeiro a associar Batalha Reis ao espírito do «Cenáculo». Era ele «o dono do aposento temeroso», na esquina da Travessa do Guarda-Mor com a Rua dos Calafates, «e Via Láctea, galego

---

([156]) *Eça de Queiroz e Jaime Batalha Reis: Cartas e recordações do seu convívio* (Porto: Lello, 1966), p. 151.

([157]) BNP, Esp. 4, caixa 71.

ilustre, o seu servo»([158]). «E do Cenáculo, de onde antes da vinda de Antero (que foi como a vinda do Rei Artur à confusa terra de Gales) nada poderia ter nascido além de chalaça, versos satânicos, noitadas curtidas a vinho de Torres, e farrapos de Filosofia fácil, nasceram, *mirabile dictu*, as *Conferências do Casino*, aurora dum mundo novo, mundo puro e novo que depois, oh dor!, creio que envelheceu e apodreceu... De resto o Cenáculo estava nas vésperas de se dispersar [...]»([159]).

Tudo isto, a ponto de se poder dizer que — da anunciada conferência sobre o Socialismo de 1871 ou do seu envolvimento na fundação da Fraternidade Operária, que publicou a revista *O Pensamento Social*, dirigida por José Fontana e Antero (1872–1873) — Batalha Reis passou a acomodar-se às ideias partilhadas pelas elites do seu tempo acerca da modernização agrícola e colonial. Modernização, sublinhe-se, que não supunha queimar etapas, mas uma concepção lenta e faseada do abolicionismo e das outras formas de exploração da mão-de-obra africana. E não terá sido por acaso que tivesse vindo a repudiar as acções revolucionárias de 1917, que pôde presenciar na Rússia. Assim, muito longe acabou por ficar a acusação feita por Pinheiro Chagas, no *Diário de Notícias* de 3 de Julho de 1871, para quem Antero e Batalha Reis eram uns comunistas e todos os que lhes davam ouvidos, uma cambada de bandidos; acusação da qual se veio a retratar três dias mais tarde.([160])

Da leitura de *Jaime Batalha Reis na Rússia dos Sovietes* (Afrontamento, 2017), fica-se, aliás, com a ideia de uma espécie do medo que terá sentido, desde o momento em que iniciou a fuga, acompanhado das filhas, até ter conseguido sair da Rússia em 1918. Trata-se do relato de um desespero mais geral, sentido por todos os que foram ameaçados pela revolução em curso. Um desespero que levou Batalha Reis a esquecer-se do que era a Rússia anterior à Revolução. A ponto de se verificar um grande contraste em relação ao que escrevera em 1875, nas páginas da *Revista Occidental*, quando anunciou uma transformação reformista da Rússia que a levaria a uma europeização. Mais concretamente, considerou que a Rússia procurava, então, «aproximar as classes tão distantes ainda, emancipando as suas imensas populações de servos, dividindo as terras extensas e quase incultas dos senhores»; na mesma ocasião, previu também que uma Rússia instruída e emancipada teria uma enorme capacidade de atracção em relação aos povos em redor, os quais iria

---

([158]) *Anthero de Quental*: *In memoriam* (Porto: Mathieu Lugan, 1896).

([159]) *Ibidem*.

([160]) Bernard Martocq, «Molière, Castilho e a Geração de 70», *Colóquio/Letras*, n.º 28 (Novembro, 1975), p. 45.

ajudar a transformar.([161]) Em Portugal, antes de Batalha Reis, pelo menos Consiglieri Pedroso (1851–1910) e Ladislau Batalha (1856–1939), em dois relatos acerca da Rússia anteriores a 1917, denunciaram o pesado regime de servidão que ali se vivia — uma profunda injustiça e falta de liberdade a que era urgente pôr cobro.([162])

Talvez valha a pena não adoptar juízos demasiado óbvios e procurar outros sentidos para a vida e participação pública de Jaime Batalha Reis. De notar que foi o próprio Batalha Reis o primeiro a questionar o mito de que, pelos anos de 1860 e 1870, em torno de Antero, teria alguma vez existido «algum plano revolucionário, político e social»([163]). E, conforme lembrou a sua filha Beatriz, foi Eça de Queiroz quem soube explicar melhor o facto de as acções empreendidas pelo pai, a respeito do que eram os interesses portugueses, nunca terem sido reconhecidas em Portugal. Perante a indignação de Miguel d'Antas, à época ministro plenipotenciário em Paris — quanto à falta de eco em Lisboa do que Batalha Reis fizera e escrevera na imprensa francesa em defesa das finanças portuguesas —, Eça explicou: «Singelamente — bem vê que em Lisboa é preciso sempre pertencer a um corrilho.»

Queria Eça com isto dizer que, pelo facto de Batalha Reis nunca ter pertencido a um partido político, mantivera sempre a sua coerência e independência, o que lhe valeu falta de reconhecimento em vida e ter acabado por ser alvo de esquecimento. De qualquer modo, o que, em Batalha Reis, acaba por vir ao de cima parecem ser os seus exacerbados sentimentos patrióticos, sempre acima dos partidários, misturados com os projectos de modernização para o país: «Hoje amor da pátria é amor do engrandecimento moral pela extinção da miséria, pelo progresso das indústrias, pela elevação das populações à abundância, até um nível em que possa assentar-se o desenvolvimento igual de faculdades, que não são nos homens tão virtualmente desiguais como as faz o estado actual da sociedade e da civilização.»([164])

Em 1930, numa troca de cartas com Bernardino Machado, Batalha Reis adoptou a mesma atitude de elevação da nação e emancipação do povo. Revelou, então, o que pensava acerca da Ditadura e das suas bases sociais de apoio:

([161]) J. Batalha Reis, *Europa* (Torres Vedras: Livrododia, 2006), pp. 98, 103.

([162]) C. Pedroso, *Vinte Dias na Rússia: Impressões de uma primeira viagem*, pref. de José Milhazes (Lisboa: Feitoria dos Livros, 2015, publicado na revista *Serões*, entre 1903 e 1909); L. Batalha, *A Rússia por Dentro: Esboço analítico da civilização moscovita*, prólogo de Consiglieri Pedroso (Lisboa: Parceria António Maria Pereira, 1905).

([163]) *Anthero de Quental: In Memoriam* (Porto: Mathieu Lugan, 1896), p. 451.

([164]) J. Batalha Reis, *A Agricultura no Districto de Vizeu* (Lisboa: Imprensa Nacional, 1871), pp. 84–85.

> Foi isso, em parte, devido a termos entregado a guarda do rebanho aos próprios lobos? Decerto, decerto, mas para mim o importante é que eles deixaram por agora de comer as ovelhas [...]. Estamos com efeito sob uma ditadura clerical e militarista. O resto que é o principal — que nos impede de sermos uma nação (civilizada) — só pouquíssimo depende dos governos e da política, mas de sermos muito pouco inteligentes, pouquíssimo cultivados, sem poder criador [...]. Não foi o fanatismo católico e a Inquisição que nos fez inferiores, mas a nossa inferioridade originária que nos fez há muito ser fanáticos e inquisitoriais. V. bem sabe que assim pensei.([165])

Patologia social, voyeurismo e homossexualidade em Fialho de Almeida

Jaime Cortesão procurou fixar a viragem de fim de vida de Eça de Queiroz — uma mudança, aliás, cujos ecos se encontram em muitas outras leituras da vida e obra de Eça.([166]) No seu entender, tal viragem acontecera graças a uma nova sensibilidade e permeabilidade em relação às formas de socialismo cristão ou comunitário e à mística fransciscana, enunciadas pelo mestre da literatura portuguesa nos seus últimos anos. De facto, entre 1885 e 1888, pode dizer-se que o autor das *Lendas de Santos* assumiu um conjunto de preocupações espirituais. Nelas, cruzavam-se: inquietações religiosas e morais, impostas ao chefe de família; a poderosa influência criada pelo pensamento de Antero de Quental; e, ainda, o choque psicológico criado pelo *Ultimatum* de 1890. Claro que Eça nunca abandonou a questão social, conforme notou Cortesão e tal como se pode ver, entre muitos exemplos, nos artigos de 1895, publicados nas *Cartas Familiares* (1907), sobre a posição da Irlanda e do Egipto face ao imperialismo britânico. Mas o certo é que o contraponto entre realismo, orientado para questões sociais, e espiritualismo — ou, mesmo, intuicionismo inspirado em Bergson, como sugeriu Alexandre Pinheiro Torres —, que parecia estar mais de acordo com as tendências decadentistas de fim de século, não dá conta de todas as tendências literárias em curso.([167])

([165]) Fernando Marques da Costa, «Sobre um possível Jaime Batalha Reis», *Revista da Biblioteca Nacional*, n.º 3, 1–2 (1983), p. 137.

([166]) J. Cortesão, *Eça de Queiroz e a Questão Social* (Lisboa: Seara Nova, 1949).

([167]) Alexandre Pinheiro Torres, *Romance: O mundo em equação* (Lisboa: Portugália Editora, 1967), p. 187; João Medina, *Eça Político: Ensaios sobre aspectos político-ideológicos de Eça de Queiroz* (Lisboa: Seara Nova, 1974), pp. 113–118; Marie-Hélène Piwnik, *Eça de Queiroz Revisitado: Propostas de leitura*, trad. de A. Campos Matos (Guimarães: Opera Omnia, 2012), pp. 291–307, 327–344.

Na mesma ocasião, multiplicaram-se as declarações acerca da «crise antinaturalista e espiritualista que marcou a geração de 90», projectando-se «pelos anos de 1900, com as suas agónicas perplexidades de espírito e da arte perante um mundo, porém, definitivamente conquistado para a técnica»([168]). Note-se que, a este mesmo respeito, Fialho de Almeida falava de uma literatura «com zanguchadas dolorosas que a levam ao pessimismo directamente»([169]). Outros críticos preferiram recorrer a uma linguagem mais rebuscada e falar da desestruturação do romance tradicional e, em sua substituição, de um processo paralelo ao expressionismo, caracterizado por uma «narrativa onde se exprime uma visão metafísica do mundo»([170]). Embora Raul Brandão, em *Húmus*, tenha escrito «apenas da interior-exterior imersão num acabrunhante *tempo nulo*, matriz de uma espécie de ausência *física* que não permite aos momentos somarem-se a outros momentos para constituir o que chamamos uma vida»([171]).

Mais recentemente, é certo, insistiu-se no facto de o último Eça escrever «contra o pano de fundo de um Portugal que, de desespero em desespero, levaria em linha recta à humilhação nacional do pós-*Ultimatum*»([172]). Como? Pura e simplesmente, desautorizando «o guião imperial que a debacle do mapa cor-de-rosa não impediria que ressurgisse quatro décadas mais tarde, no decurso (e discurso) do Estado Novo salazarista»([173]). Paralelamente também se tem procurado sublinhar que o último Eça surgiu mais colado ao fradiquismo, o que equivale a falar numa maior dispersão ou fragmentação da escrita, associada à proclamação da sua inutilidade.([174])

Frente a essas tentativas gerais de definição de tendências literárias, alguns aspectos da escrita, então em curso, afiguram-se menores. Nos dias de hoje, a sua irrelevância pode mesmo ser considerada o resultado de uma forma difusa de censura e apagamento devido a uma espécie de amnésia,

---

([168]) António Machado Pires, *Rouxinol e Mocho seguido de Ensaios: Raul Brandão e Vitorino Nemésio* (Lisboa: Imprensa Nacional – Casa da Moeda, 2009), p. 165.

([169]) Fialho de Almeida, *Os Gatos*, vol. V, 3.ª ed. (Lisboa: Livraria Clássica Editora de A. M. Teixeira, 1916), p. 98.

([170]) Eduardo Lourenço, *A Nau de Ícaro seguido de Imagem e Miragem da Lusofonia*, 2.ª ed. (Lisboa: Gradiva, 1999), pp. 33–34.

([171]) Isabel Pires de Lima, *As Máscaras do Desengano: Para uma abordagem sociológica de «Os Maias» de Eça de Queiroz* (Lisboa: Caminho, 1987), p. 338; Maria João Reynaud, *Metamorfoses da Escrita: «Húmus», de Raul Brandão* (Porto: Campo das Letras, 2000), p. 405.

([172]) Maria Manuel Lisboa, *Uma Mãe Desconhecida: Amor e perdição em Eça de Queiroz* (Lisboa: Imprensa Nacional – Casa da Moeda, 2008), p. 185.

([173]) *Ibidem*.

([174]) Ana Nascimento Piedade, *Fradiquismo e Modernidade no Último Eça* (Lisboa: Imprensa Nacional – Casa da Moeda, 2003).

apesar da sua difusão, desde o último quartel do século XIX. Precisamente em 1875, na última página de *O Crime do Padre Amaro*, na conversa que este último teve com o cónego Dias, junto ao Loreto, passou o conde de Ribamar. O Chiado, escreveu Eça, lamentava a ruína de Paris, causada pela Comuna. Mas a indignação maior ia para a destruição que acontecera no *boulevard*, da Bastilha à Madalena, da Praça da Concórdia ao Arco do Triunfo. Mais concretamente, a revolta tinha destruído «todo aquele sistema de restaurantes, cafés-concertos, bailes públicos, casas de jogo e ninhos de prostitutas». Uma notícia de tal gravidade tinha provocado, «por todo o largo do Loreto até ao Magalhães um estremecimento de furor. Tinham, pois, as chamas devorado aquela centralização tão cómoda da patuscada! Oh que infâmia! O mundo acabava!»([175]).

Por volta de 1890, multiplicaram-se as referências explícitas à vida sexual na literatura e na vida cultural portuguesa. Por exemplo, em 1891, Abel Botelho iniciou a sua série intitulada «Patologia Social» com a publicação de *O Barão de Lavos*. O escândalo era espectável, uma vez que o barão era homossexual e o seu amante também o era da sua mulher.([176]) Em 1896, no Brasil onde se sabe que o romance de Abel Botelho foi bem acolhido, *A Mulata* de Carlos Malheiro Dias desencadeou uma reacção que levou o seu autor a ter de sair para Portugal. Uma reacção que perdurou no tempo, fundada, sobretudo, no facto de o livro se ter constituído num ataque feroz à nação e povo brasileiros, com uns tantos escritores e jornalistas cariocas a enfiarem a carapuça. Não esquecendo que a pederastia e outras «aberrações do sexo», incluindo o lesbianismo, surgem, ali, bem representadas.([177])

Não foi só na Viena de *fin de siècle* que emergiram diferentes tipos de discursos sobre a vida sexual, com Sigmund Freud à cabeça. Entre nós, foram vários os romancistas que denunciaram a exploração sexual, sobretudo

---

([175]) Esta passagem foi, aliás, citada por António Sardinha, «*A prol do comum...*»: *Doutrina & História* (Lisboa: Livraria Ferin, 1934), pp. 165–166.

([176]) Maria Saraiva de Jesus, «Erotismo decadentista e moralismo romântico n'*O livro de Alda* de Abel Botelho», *Diacrítica: Revista do Centro de Estudos Portugueses Universidade do Minho*, n.º 6 (1991), pp. 141–162; Maria Helena Santana e Maria João Simões, «Realismo e quimera no ideal científico finissecular: Abel Botelho e Teixeira de Queiroz», *ibidem*, pp. 187–206; Vítor Neto, «Abel Botelho: quadros de patologia social», *Revista de História das Ideias*, vol. 21 (2000), pp. 261–306; Maria Helena Santana e António Apolinário Lourenço, «No leito. Comportamentos sexuais e erotismo», in *História da Vida Privada*, dir. José Mattoso, vol. IV – *A Época Contemporânea*, Irene Vaquinhas (coord.) (Lisboa: Temas e Debates, Círculo de Leitores, 2011), pp. 281–282.

([177]) Carlos Malheiro Dias, *A Mulata*, ed. Alexandre Pinheiro Torres (Lisboa: Arcádia, 1975); Joaquim Paço d'Arcos, *Carlos Malheiro Dias escritor luso-brasileiro. Comunicação apresentada ao IV Colóquio Internacional de Estudos Luso-Brasileiros, na Universidade da Baía, e 1959*, sep. da *Revista «Occidente»*, vol. LX (Lisboa, 1961), pp. 11–15.

das raparigas mais desfavorecidas. A imprensa periódica secundou as mesmas denúncias. Também vários foram os casos em que se tirou partido do picante de muitas histórias, envolvendo raparigas do submundo do teatro ou dos *dancings*, num arco cronológico que vai do livro de Alfredo Gallis *Cocottes e Conselheiros* (1891) à novela *A Boca da Esfinge* de Eduardo Frias e Ferreira de Castro (1924), *A Folha de Parra* (1930) de Tomás Ribeiro Colaço ou ao *Nome de Guerra* (escrito, diz-se, em 1925, mas só publicado em 1938) de Almada Negreiros.([178]) Silva Cordeiro, no seu ensaio *A Crise*, fora mais cáustico a propósito do feminismo. Se este servisse para denunciar a situação de autêntica escravização em que se encontravam muitas mulheres, seria aceitável; o problema — no seu entender de moralista das Sodomas em que as cidades europeias, incluindo Lisboa, se tinham tornado — era que o feminismo era protagonizado pelas leitoras burguesas e sem vergonha, umas degeneradas, formadas na leitura de romances eróticos.([179])

Fialho de Almeida: «Macilento, sem cor, linfático, gorducho/ É fluente repuxo/ De contos primaciais, paradoxos, *boutades*», escreveu Gomes Leal numa das suas «caricaturas a carvão»([180]). Bourbon e Menezes recorreu a outros termos, mas afinou pelo mesmo diapasão, ao escrever sobre Fialho: «Natureza híbrida e complexa, por sua mesma índole condenado ao fragmentarismo das impressões ocasionais.» De facto, deixou páginas tão inolvidáveis quanto perversas sobre a vida sexual e as suas representações na literatura. Nessas mesmas páginas, cujo «fragmentarismo» foi igualmente bem topado por Lopes de Oliveira, a hipocrisia falsamente pudica foi uma constante. Sobretudo quando combinou retratos do que era tido por patológico com uma curiosidade de *voyeur*.([181]) Nessa sua atitude, Fialho parecia espreitar, tal como fazia Carolina, personagem do conto de sua autoria intitulado *A Ruiva*: «Da janela da sua mansarda, empinada sobre um banco de pinho, podia ver

([178]) Maria Helena Santana e António Apolinário Lourenço, «No leito. Comportamentos sexuais e erotismo», in *História da Vida Privada*, vol. IV, *op. cit.*, pp. 262–263. *A Boca da Esfinge* (com uma bela ilustração modernista de Bernardo Marques) inclui histórias de camas de ópio, jogo de casino, mulheres provocadoras, cheias de amantes, além de cenários lúgubres, decadentistas e análises psicológicas. José-Augusto França, «Introdução à leitura d'*A Folha de Parra*», in Tomás Ribeiro Colaço, *A Folha de Parra* (Lisboa: INCM, 2003), p. 8 [em 1930, Tomás Ribeiro Colaço escreveu um romance moderno, depois da *Leviana* de António Ferro e de *Nome de Guerra* de Almada Negreiros].

([179]) Silva Cordeiro, *A Crise em Seus Aspectos Moraes* (Coimbra: F. França Amado – Editor, 1896), p. 353.

([180]) Gomes Leal, *Antologia Poética*, eds. Francisco da Cunha Leão e Alexandre O'Neill (Lisboa: Guimarães Editores, 1970), p. 126.

([181]) Lopes de Oliveira, *Intellectuaes*, vol. III – *Fialho d'Almeida* (Coimbra: Casa Europa – Editora, 1903), p. 80.

o que se passava na alcova dum pobre bordel fronteiro. Apagava a luz, para não ser vista; subia ao banco, encostada à janela; e ali, durante horas, passava a espreitar o que via a vizinhança.»([182])

Fialho não foi o único que recorreu com hipocrisia a uma tal duplicidade. Nem terá sido o primeiro, por razões fáceis de compreender na generalidade, mas que são ainda difíceis de explicar, uma vez que estarão associadas ao seu confesso azedume por outros escritores. O certo é que foi ele um dos que mais repetidamente condenou a representação de comportamentos sexuais, sem com isso ter deixado de escrever acerca do que repudiava. Aqui, era a mulher da Rua do Arsenal que recolhia na província «pequenas de 14 anos» para a prostituição, ali era a avó que cedia a neta à mulher de um cocheiro, que a vendia todas as noites pelas casas de passe, para satisfação dos «apetites sádicos de meia dúzia de velhotes devassos»([183]).

Como explicar uma atracção tão obsessiva «pela mordedura na polpa virgínia e branca dos frutos insazonados» ou pelo assalto «dessas pequeninas insexuais, cuja divina infância devera adorar-se»([184])? Cinquenta anos antes — no seu entender —, tais comportamentos não existiam e a sua emergência estava relacionada com a falta de higiene e de cultura moral das cidades, de que resultava uma decadência, incluindo nesta uma «extraordinária precocidade da mulher»([185]). Foi o que sucedeu quando ele próprio se sentiu alvo de uma provocação, em Lisboa, num banco da Avenida, por parte de uma criança de quatro anos: «Toda ela requebros e meneios de bailarina, denguices, apenas se sentou, começou logo a deitar-me olhadelas de lado.»([186]) Talvez seja neste caso, muito concreto, que Fialho melhor denunciou a cabeça fantasiosa ou, como ele próprio dizia, de devasso que, a pretexto da moralização das criancinhas, lá ia fazendo as suas elucubrações perversas. É que, no fundo, quem seria mais perverso e tortuoso parecia ser quem conseguia pensar assim... de uma criança de quatro anos. O mesmo Fialho acabou por se referir, também, à precocidade, tida por debochada, das «filhas de banqueiros ou filhas de operários», que, entre os doze e os catorze anos, já sabiam «fazer a corte aos homens, a ocultas das aias e das mamãs»([187]).

Na crítica mordaz e invejosa que escreveu sobre *Os Maias* de Eça de Queiroz, Fialho fixou-se no comportamento das mulheres desonestas. Fê-lo,

---

([182]) Fialho de Almeida, *A Ruiva*, ed. António Cândido Franco (Lisboa: Assírio & Alvim, 2005), pp. 27–28.

([183]) *Idem*, *Pasquinadas: Jornal d'um Vagabundo*, 2.ª ed. (Porto: Livraria Chardron, 1904; 1.ª ed., 1890), p. 167.

([184]) *Ibidem*, p. 168.

([185]) *Ibidem*, p. 169.

([186]) *Ibidem*, p. 171.

([187]) *Ibidem*, p. 172.

elencando os seus nomes, tal como se estivesse a espreitar as suas vidas. Em 900 páginas, não havia lugar para uma única mulher que pudesse ser considerada honesta — pois «o amor é uma coisa exclusivamente física e bestial, sem idealidade, sem ternura, sem preparo»([188]). Sempre segundo Fialho, imagine-se a sequência composta pela Gouvarinho, a Leopoldina, a Cohen, a própria Miss Sarah, que se satisfazia «com um jornaleiro fedorento, que resfolga como um porco», e, acima de todas as outras, lá vinha Maria Eduarda, «que depois do incesto se resolve a casar com um *monsieur à favoris blancs*, lá de Paris»([189]). Todo este fel de Fialho era destilado tendo em mente um quadro mais vasto caracterizado pelo «bandalhismo estrangeirado que faz o fundo intelectual da nossa gente culta»([190]).

De um ponto de vista literário, onde Fialho encontrou razões para mais se indignar foi nas traduções do francês de circulação abundante. Uma indignação que se integrava num quadro mais geral de denúncia das múltiplas manifestações de francesismo, enquanto «expressão peculiar da monomania do estrangeirismo» ([191]). Note-se que Fialho cultivava sobre as mesmas

---

([188]) *Idem*, *À Esquina: Jornal d'um vagabundo*, 2.ª ed. (Lisboa: Livraria Clássica Editora, 1915; 1.ª ed., 1903), p. 169.

([189]) *Ibidem*, p. 275. Sobre o incesto, em *Os Maias*, ver António Coimbra Martins, *Ensaios Queirosianos* (Lisboa: Publicações Europa-América, 1967), pp. 267–287; Beatriz Berrini, «O incesto: Traço romântico da ficção queiroziana?», in *Eça e Os Maias: Actas do 1.º Encontro Internacional de Queirosianos. Porto – 22 a 25 de Novembro de 1988* (Porto: Asa, 1990), pp. 32–38.

([190]) Fialho de Almeida, *À Esquina: Jornal d'um vagabundo*, 2.ª ed. (Lisboa. Livraria Clássica Editora, 1915; 1.ª ed., 1903), p. 169.

([191]) Sobre a questão do francesismo em Fialho: Vítor Manuel Aguiar e Silva, «Fialho de Almeida e o problema sociocultural do francesismo», in *Les Rapports Culturels et Littéraires entre le Portugal et la France. Actes du Colloque, Paris 11–16 Octobre* (Paris: Fondation Calouste Gulbenkian, 1983), pp. 411–422. Juliette Lamber apresentou a questão do francesismo, em Portugal, como um contraste: os portugueses faziam gala em mostrar que nada sabiam sobre o que se passava com a literatura e a arte espanholas; no entanto, sabiam tudo o que se passava em França, lendo tudo, seguindo a escola de pintura francesa, o progresso da ciência e dos engenheiros franceses, Madame Adam (Juliette Lamber), *La Patrie Porttugaise: souvenirs personnels*, 3.ª ed. (Paris: G. Havard Fils, 1896), p. 17. Em Portugal, escreveu Miguel de Unamuno, havia um fosso entre a população rural camponesa e as classes cultas ou pseudo-cultas urbanas, cuja cultura «es extranjera, mejor dicho, francesa», in Unamuno, «Las Ánimas del Purgatorio en Portugal» [1908], in *idem*, *Por Tierras de Portugal y de España*, 3.ª ed. (Buenos Aires: Espasa-Calpe Argentina, 1946), p. 45. Por sua vez, Gomes Leal, apesar do respeito que nutria por Eça, ao apresentar o seu projecto de publicação de uma série de romances, declarou não querer seguir «na trilha um tanto afrancesada e femeeira do grande Eça», *Memórias de uma Época Maldita*, vol. I – *O Senhor dos Passos da Graça*, ed. José Carlos Seabra Pereira (Lisboa: Assírio & Alvim, 2007; 1.ª ed. 1904, 2.ª ed., 1912), p. 47. Para bem informadas visões do francesismo em Eça, incluindo revisão da literatura

traduções uma relação de despeito, uma vez que se espantava com os proventos dos tradutores de livros de qualidade duvidosa, que alcançavam enormes sucessos de vendas no mercado português.([192]) Mas, apesar desses juízos, Fialho revelou-se um leitor voraz de tais livros, encontrando neles razões de sobra para denúncias e condenações morais. A *Justine* do Marquês de Sade e as *Deux Amies* de René Maizeroy são duas das obras citadas. Esta última tinha sido publicada por um francês de passagem por Lisboa. O facto de, no livro, surgir uma condessa foi interpretado como o retrato de uma senhora da nobreza associada à representação da «pornografia lésbica»; por isso, *Duas Amigas* (com um pé de imprensa falso: «Bruxelles: Chez le Nain que Pise, 1891») acabou por ser objecto de uma censura que foi aplaudida por Fialho.([193]) Os amores sáficos, começados e mantidos debaixo da espreitadela

---

sobre o tema, ver João Medina, *Eça Político: Ensaios sobre aspectos político-ideológicos de Eça de Queiroz* (Lisboa: Seara Nova, 1974), pp. 67–68, 135–144, *maxime* pp. 73–85; Álvaro Manuel Machado, *O «Francesismo» na Literatura Portuguesa* (Lisboa: Instituto de Cultura e Língua Portuguesa, 1984), pp. 59–88; *idem*, *Les Romantismes au Portugal. Modèles étrangers et orientations nationales* (Paris: Fondation Calouste Gulbenkian, Centre Culturel Portugais, 1986); António Coimbra Martins, «Eça e Paris», *Camões. Revista de Letras e Culturas Lusófonas*, n.os 9–10 – *Eça de Queiroz* (Abril/Setembro, 2000), pp. 34–57 [sobre os limites do francesismo em Eça]; Marie-Hélène Piwnik, *Eça de Queiroz Revisitado: Propostas de leitura*, trad. de A. Campos Matos (Guimarães: Opera Omnia, 2012), pp. 273–289.

([192]) Fialho de Almeida, *Os Jornalistas e Outras Pasquinadas* (Lisboa: Palimpsesto Editora, 2009) [«Eu, autobiografia», *Revista Ilustrada*, n.º 60 (1892); Fialho de Almeida, *À Esquina: Jornal d'um vagabundo*, 2.ª ed., *op. cit.*, pp. VII–XXV, *maxime* pp. XIV–XV], pp. 15–16: «Tenho publicado até hoje seis volumes de contos e *bluettes*, cujas matérias somadas perfazem alguma coisa como *mil novecentas e oitenta e tantas páginas* compactas. Quer V. saber quanto me deram os editores por toda esta bagagem? *Seiscentos mil réis.* O que representa uma paga a três tostões por página, menos da metade do salário do mais reles e ignaro tradutor de Ponson du Terrail ou Xavier de Montépin.»

([193]) Fialho de Almeida, *Pasquinadas*..., *op. cit.*, pp. 309–310. Trata-se, muito provavelmente, da obra que foi publicada anónima: *Duas amigas... (Romance sensual)* (Bruxelles?: Chez le Nain que Pise?, 1891) (BNP L. 75030 P.), que abre com esta indicação explícita: «O romance que hoje damos à estampa é, sem a menor dúvida, uma das melhores publicações no género erótico.» O mesmo contém, no final, o catálogo em cinco páginas da «Biblioteca curiosa – Collecção de livros dedicados aos amadores do belo sexo e anexos, e que à socapa se vendem em algumas livrarias de Lisboa, Porto e Coimbra»: *Academia das Damas*, *Adelina*, *Amar, gosar, morrer (Recordações da mocidade)*, *Cherubim, o filho da... prostituição*, *A Cortina corrida, ou a educação de Laura*, *Dez annos da vida de uma mulher*, *Duas amigas*, *As filhas de Venus*, *Idylios*, *Margarida, a palmilhadeira*, *Memorias de Casanova*, *Meursis Français*, *Mysterios do confessionario*, *Poemas eroticos de auctores escolhidos* (inclui a *Martinhada*, *O saque dos C...* do Dr. Ferro; *A Ribeirada* e *A Mantegui* de Bocage, etc.), *O porteiro dos frades Bentos ou memorias de Saturnino*, *Progressos da libertinagem*, *Saturnino ou o porteiro dos Frades Bentos*, *Os Serões do convento*, *Theresa Philosopha*. O mesmo catálogo, com comentários curiosos a cada livro foi transcrito — acrescido de *O pauzinho do matrimónio* e

de um marido, horrorizavam-no. Pelo menos era o que queria fazer crer. Tal descalabro, que só se resolveu por intervenção dos poderes e da censura, sempre segundo o autor de *Os Gatos*, indicava que jornalistas ou noticiaristas — invasores da esfera da «vida íntima», depois de terem tratado sem respeito a «vida pública» — se aproximavam cada vez mais do estilo das novelas em francês publicadas em fascículos. Podia, por isso, estabelecer-se o paralelo entre o «repórter que insulta uma família» e o «literatiço que insulta uma sociedade»([194]).

Não era só em folhetins e jornais que se encontrava a repetida tentação pela «brejeirice», por onde se resvalava para a «bestificação», descobrindo-se os que se vangloriavam mas, lá no fundo, não passavam de uns «pornográficos». Tudo isto estava presente no inventário compósito de livros feito por Fialho. Nas suas palavras, «mesmo no livro de literatura séria, há um predomínio da carne» — com «detalhes de volúpia, onde a nudez não vem como episódio necessário ao desenvolvimento patológico da tese»([195]). Eça seria de novo o visado? Talvez. O certo é que, para ele, o mercado estava atulhado de tais «infâmias»: de *Os Serões do Convento*, das reedições da *Martinhada* e das obscenidades de Bocage, mais as anedotas de frades, estudantes e soldados espalhadas por almanaques. A série era, ainda, composta por livros que provocavam «a ninfomania das histéricas, a impotência vulcânica dos caquéticos, e dos caixeiros olheirentos e enclausurados»; recorria-se neles à exibição de «amores porcos, entre moços de cavalariça e cozinheiras, velhos condes de Corniche e estúpidas Nitouches»([196]). No fundo, uma tradição que remontava à *Justine* (que de tão familiar nem precisava de ser associada ao seu autor, o Marquês de Sade), à *Art de péter* de Pierre-Thomas-Nicolas Hurtaut (acrescente-se, de que se conhecem versões em português muito anteriores, em manuscrito, em bibliotecas como a British Library) e às historietas de Brantôme e Casanova.([197])

---

de *Fotografias eróticas* — em Cândido de Figueiredo, *Entre lençóis: Episódios inocentes para a educação e recreio de pessoas casadoiras*, posfácio de António Ventura (Lisboa: Tinta-da-China, 2011), pp. 105–110. De notar a valiosa colecção de livros eróticos de António Rita Martins (1888–1965), hoje na Biblioteca Nacional, de que constam, entre muitas outras obras, *Les Mystères du confessional... par Monseigneur Bouvier* (Bruxelles, s.d.); *Amar, Gozar, Morrer, Recordações da Mocidade* («Tipografia Pudicia», ?, s.d.).

([194]) Fialho de Almeida, *Pasquinadas...*, *op. cit.*, p. 311–312.

([195]) *Ibidem*, p. 312.

([196]) *Ibidem*, p. 313.n

([197]) *Ibidem*, pp. 313–314. Cf. D. A. F. de Sade, *Léonore e os Portugueses*, tradução e apresentação de Aníbal Fernandes (Lisboa: Assírio & Alvim, 2004); Aníbal Fernandes e Pedro Piedade Marques, *Portugal em Sade, Sade em Portugal, seguido de O «affaire Sade» de Lisboa*, 2.ª ed. (s.l.: Montag, 2017); Marquês de Sade, *A Filosofia na Alcova*, trad. Manuel

A falta de educação da «grande massa do público» conjugava-se com «a necessidade de comer que têm uns vadios sem escrúpulo nem honra», autores e tradutores, bem como com os interesses pecuniários de editores sem escrúpulos.([198]) *Mademoiselle Giraud, ma femme* de Adolphe Belot tinha já dado a ganhar ao editor três contos de réis.([199]) O mesmo se passara com as obras do escritor Arsénio de Chatenay, que Fialho não identifica como sendo o pseudónimo de António de Azevedo Castelo Branco — deputado e ministro, ao que parece, com vida dupla.([200]) Dele e do seu companheiro, em Coimbra,

---

João Gomes, 2.ª ed. (Lisboa: Edições Afrodite, Fernando Ribeiro e Mello, s.d.); *Memorias de Giacomo Casanova de Seingalt Escriptas por Elle Mesmo. Primeira edição portugueza completa, feita sobre a edição original de Leipzig*, 12 partes em 4 vols. (Lisboa: Livraria Zeferino, 1887–1888).

([198]) Fialho de Almeida, *Pasquinadas...*, *op. cit.*, pp. 314–315. Acerca do peso esmagador das traduções, sobretudo do francês, em 1858, comentava-se que a falta de leitores e de escritores de romances portugueses se devia a o «mercado literário» contar com um «montão de traduções», cuja «venda é considerável», Júlio César Machado, *A Vida em Lisboa. Romance Contemporâneo* (Braga/Coimbra: Angelus Novus, 1999), pp. 73, 201. Antero de Quental deu, também, a entender, em 1865–1866, que o mercado do livro português girava apenas em torno das traduções de romances, *Cartas de Antero de Quental a Francisco Machado de Faria e Maia*, ed. Rui Galvão de Carvalho (Lisboa: Delfos, 1961, p. 19). Camilo Castelo Branco declarou: «Queremos, negando conscienciosamente originalidade a tudo que é parto de inteligências portuguesas, criminar a mocidade de nossos dias pela subserviência imitadora que os escraviza a sistemas estranhos. É desdita dos que aqui contrafazem a literatura francesa consumirem, em nossos dias, o resto dos cem anos, que tamanho é o prazo marcado para a digestão das doutrinas que de lá importamos», *Horas de Paz: Escriptos religiosos*, 2.ª ed. (Porto: Paulo Podestá Editor, 1877), p. 325. E Eça de Queiroz, n'*As Farpas*, em 1871, escreveu: «A ideia que acode a todos é traduzir. E, desde logo, moços, que ficaram no seu tempo reprovados no exame de Francês, traduzem» (*Obras*, vol. III, Porto: Lello, s.d., p. 969). Em 1889, Guiomar Torresão, em carta de protesto, na qual se afirma como escritora que vivia exclusivamente do seu trabalho, revela que tinha comprado os direitos para a tradução da peça de teatro *Les deux gosses*, da autoria de Pierre Decourcelle, mas que o empresário Afonso dos Reis Taveira dela se tinha apropriado, «Carta de Guiomar Torresão», *Portvcale. Revista de Cultura*, vol. IV, n.º 23 (Setembro/Outubro, 1931), pp. 244–245.

([199]) Adolphe Belot, *A Mulher de Fogo* (Lisboa, 1873); *idem*, *A Mulher de Gelo*, trad. de A. Salazar d'Eça Jordão (Lisboa, 1878); *idem*, *A Vénus Negra: Romance geográfico*, 3 vols. (Porto: 1879–1880); *idem*, *O Artigo 47*, trad. de Luís Quirino Chaves (Lisboa, 188?). Salazar d'Eça Jordão foi também o tradutor de: Henri de Kock, *História das Cortezãs de Todos os Tempos e de Todos os Paízes*, 5 vols. (Lisboa: Tipografia de Salles, 1875–1879); Paul de Kock, *Edmundo e Sua Prima*; *Uma Festa nos Arredores de Paris*; *Um Baile de Grisettes*; *Vidros da Lanterna Mágica*; *Paris da Minha Janela*; *Para Bom Gato, Bom Rato, Provérbio*; *Um Conto Matinal* (Lisboa: Tipografia de Salles, 1874).

([200]) Arsénio de Chatenay, *A Galera Verde ou a Cadeia das Virgens: Romance* (Porto: Tipografia Nacional, 1878); *idem*, *A Sedução por Vingança* (Porto: Tipografia Alexandre da Fonseca Vasconcelos, 1880); *idem*, *A Mulher Virgem, Mãe!: Romance para homens* (Porto:

Antero de Quental, Camilo, que era seu tio pelo lado paterno, escreveu com mão incisiva, em 1885: «Escutavam destemidos a cabra, numa revolução permanente contra a tirania medieval que fazia ulular o badalo, como língua do férreo corpo catedrático [...]. Era uma delícia ouvir os dois, à competência de paradoxos, exibidos com a unção extática de evangelizadores das últimas ideias.»([201]) Fialho referiu-se também às várias aventuras de Rocambole, personagem de Ponson du Terrail que inspirou o estilo rocambolesco, de que se continuavam a fazer reproduções.([202]) Porém, a respeito do mesmo, já muito antes Eça tinha denunciado que, em Portugal, «não se compra um livro de ciência, um livro de literatura, um livro de história. Lê-se Ponson du Terrail — emprestado!»([203]). Depois, Alexandre da Conceição, numa caricatura de um literato, não deixou de referir que o mesmo «escrevia locais numa gazeta, onde ganhava seis tostões por dia,/ Traduzia Ponson, tinha luneta/ E era sócio da mesma Academia»([204]). Jaime Batalha Reis, para assinalar a decadência em 1866 da *Gazeta de Portugal*, referiu que fora ali que se publicara *O Diamante do Comendador* de Ponson du Terrail.([205]) E o estilo folhetinesco infindável

---

Tipografia de Alexandre da Fonseca Vasconcelos, 1880). Estes e outros romances, segundo Pinho Leal, *Portugal Antigo e Moderno*, vol. 10, p. 240, foram escritos sob pseudónimo, por António da Cunha de Azevedo Lemos Castelo Branco, conforme referiram Adriano da Guerra Andrade, *Dicionário de Pseudónimos e Iniciais de Escritores Portugueses* (Lisboa: Biblioteca Nacional, 1999), p. 44; e António Ventura, «Posfácio», in Cândido de Figueiredo, *Entre Lençóis..., op. cit.*, p. 113. António de Azevedo Castelo Branco, sobrinho de Camilo que se ocupou da sua *Lira Meridional* nos *Serões de S. Miguel de Seide*, foi colega em Coimbra de Antero de Quental, com quem manteve correspondência. Desempenhou as funções de administrador do concelho de Murça durante muitos anos, deputado, presidente da Câmara dos Deputados, subdirector e director da Penitenciária de Lisboa, ministro da Justiça, em 1893, num governo de Hintze Ribeiro, governador e presidente da Câmara de Lisboa, par do reino, conselheiro de Estado, ver Alberto Pimentel, «Preâmbulo», in António de Azevedo Castelo Branco, *Meridionais: Poesias* (Lisboa: Guimarães, 1925), pp. 11–12; Adolfo Casais Monteiro, «Prefácio», in Antero de Quental, *Cartas a António de Azevedo Castelo Branco* (Lisboa: Edições Signo, 1942), pp. XIX–XXI.

([201]) Camilo Castelo Branco, *Serões de S. Miguel de Seide* (Porto: Lello & Irmãos, 1980), p. 125.

([202]) Ponson du Terrail, *O Club dos Valetes de Copas*, trad. de Alfredo Sarmento (Lisboa: Lallemant Frères, 1870); *idem*, *As Proezas de Rocambole*, trad. de A. Sarmento, 10 vols. (Lisboa: Lallemant Frères, 1871).

([203]) Eça de Queiroz, «Uma campanha alegre», in *Obras*, vol. III (Porto: Lello, s.d.), p. 973; Sampaio Bruno, *Os Modernos Publicistas Portugueses* (Porto. Livraria Chardron, 1906), p. 393.

([204]) Alexandre da Conceição, *Outomnaes: Versos* (Porto: Imprensa Portuguesa, 1891), p. 56.

([205]) Jaime Batalha Reis, «Introdução», in Eça de Queiroz, *Prosas Bárbaras*, 3.ª ed. (Porto: Livraria Chardron, 1917), p. VII.

dos romances de Ponson du Terrail continuou a causar espanto já bem entrado o século XX.([206]) Acerca do teatro, Fialho voltou a exprimir o seu repúdio, ao apartar-se da *Francillon* de Dumas filho — uma peça representada em Paris pela primeira vez em 1887, mas cuja imoralidade tinha sido logo mostrada em Lisboa.([207])

Em síntese, Fialho condenava, sem deixar de espreitar. Ainda mais atrevido do que os que denominava de pornográficos, porque, escondendo-se atrás da patologia, lá ia escrevendo. A sua obra — feita de fragmentos, a que chamava «pobres bocados», porque as condições não lhe permitiam ir a mais — escorregava para o sermão substituído modernamente pelo teatro, «donde o moralista e o chocarreiro possam pregar o verbo à turbamulta»([208]). Para ele, o poder do teatro consistia em «forrar a literatura cénica de conceitos tendentes a anotar criticamente toda a patologia social da vida contemporânea»([209]). Porém, na sua opinião, mesmo o teatro acabava por não funcionar, e por isso se impunha indagar das causas de uma tal «bandalheira literária»([210]). A ignorância literária, pura e simples, tinha de ser explicada pelos já referidos «defeitos da educação em geral»([211]). Acrescentando-se-lhes um diagnóstico para o qual convergiam, de novo, a precocidade nos deboches sexuais com muitas outras coisas, de onde o seu próprio racismo não estava ausente, a saber, «uma degenerescência orgânica da gente, mal cruzada, comendo mal, com sangue preto (directo ou ricochetado do cruzamento brasileiro), destrelando precoce nos deboches, debatendo-se nas garras das diáteses, e hereditariamente empulhecida por sessenta anos de avós políticos que fizeram do constitucionalismo uma canalhocracia estigmatizada a penduricalhos de Nossa Senhora da Conceição»([212]).

([206]) Gomes Monteiro, «À guisa de prefácio», in Ponson du Terrail, *Memórias de um Gendarme* (Lisboa: Guimarães, s.d.), pp. 5–12. Sobre Ponson du Terrail, enquanto exemplo de uma literatura folhetinesca e industrial, ver Nuno Medeiros, *O Livro no Portugal Contemporâneo* (Lisboa: Outro Modo Cooperativa Cultural, 2018), pp. 80, 121.

([207]) Fialho de Almeida, *Pasquinadas...*, *op. cit.*, p. 316.

([208]) Fialho de Almeida, *À Esquina: Jornal d'um Vagabundo*, 2.ª ed., *op. cit.*, p. 151.

([209]) *Ibidem.*

([210]) *Ibidem*, p. 155.

([211]) *Ibidem*, p. 156.

([212]) *Ibidem*, p. 157. Ou, numa outra formulação, depois de se referir com desdém às leituras de Adolphe Belot: «Nessa sociedade onde deliquesce tudo em podridões subcutâneas, e onde o espírito da fórmula, a religião das aparências nem chega a satisfazer mesmo a ilusão dos mais ingénuos, como aturar se exija para escritores nacionais a luva branca, quando não há cabotino francês que a não faça delirar, de luva preta? As filhas daquele banqueiro e as cunhadas daquele general, esse antigo ministro, esse chefe de partido, esse poluído deputado, todos os conspícuos P. P. enfim da maçonaria de tartufos que acorrenta o país ao snobismo das suas viciosas conveniências, todos esses me expliquem por qual duplicidade repelem eles um

O pessimismo exacerbado de Fialho — sobretudo em contraste com o que Ramalho escreveu n'*As Farpas*, nessa campanha pelo reaportuguesamento de Portugal — não é suficiente para explicar a relação obsessiva do autor de *Os Gatos* com a vida sexual. O pessimismo, note-se, em muitos dos casos passava a proverbial azedume, quando enchia «de bílis o tinteiro»([213]). E o facto era que, em inícios de Janeiro de 1892, Fialho expelia o seu fel acerca de uma literatura que nem dava «masculinidade às criações, nem tão-pouco assenta o público numa permanência de escola duradoura»; uma literatura que não era mais do que o espelho dos «*détraquements* doentios de uma sociedade extravagante», onde os escritores profissionais, à força de «produzir à bruta», procuravam manter «o seu *rang* à custa de uma originalidade buscada a poder de excitações», no fundo, «debocando os paladares»([214]). Sempre em relação a Fialho, havia mais: «Ainda outro factor actuava nele — uma depravaçãozinha que não lhe era peculiar; pelo contrário, pervertia outros cérebros também privilegiados.» Quem assim escreveu foi Eduardo Schwalbach, o qual considerava que, além de Fialho, Silva Pinto e Brito Camacho nunca perdiam o ensejo de dar uma bela ferroada, motivados lá no fundo «pela tal depravaçãozinha»([215]). Raul Brandão foi mais longe. Chamou-lhe «uma alma delicada e feminina...»; e não teve dúvidas em insinuar a homossexualidade de Fialho, evocando o testemunho de Gualdino Gomes, que dizia ser «uma bisnaga de fel»: no seu breve casamento, quando a mulher lhe batia à porta pela manhã, Fialho «dizia sempre: — Espere, menina, que ainda não estou vestido»([216]). Bourbon de Menezes foi o que mais abertamente mencionou o facto de Fialho nunca ter «ocultado hermeticamente o seu homossexualismo». Pô-lo, aliás, em relação com um casamento tardio, no que «foi movido da interesseira cupidez» que não chegou a durar um ano. Mas que acabou por lhe valer acusações e suspeitas de maus-tratos da mulher endinheirada de que foi o herdeiro universal.([217])

---

escrito onde no silêncio do seu quarto toparam com uma palavra "mal soante", e ao mesmo tempo aceitam de mãos rotas uma comédia onde à vista de todos andam em exibição três horas os órgãos genitais de quatro malandrões e uma mulher», Fialho de Almeida, *Os Gatos*, 2.ª ed., vol. 6 [n.º 45–54, 1892–1893] (Lisboa: Livraria Clássica Editora, 1911), p. 265. Sobre os «estigmas degenerativos da raça», ver Vítor Manuel Aguiar e Silva, «Fialho de Almeida e o problema sociocultural do francesismo», in *op. cit.*, p. 415.

([213]) Schwalbach, *À Lareira do Passado* (Lisboa: Edição do Autor, 1944), pp. 177, 180.

([214]) Fialho de Almeida, *Os Gatos*, vol. V, 3.ª ed. (Lisboa: Livraria Clássica Editora de A. M. Teixeira, 1916), p. 97–99.

([215]) Schwalbach, *À Lareira do Passado*, *op. cit.*, pp. 181–182.

([216]) Brandão, *Vale de Josafat* (Lisboa: Seara Nova, 1933), pp. 195, 199.

([217]) Bourbon e Menezes, *Perspectiva da Literatura Portuguesa do* Século XIX, ed. João Gaspar Simões, vol. II (Lisboa: Ática, 1948), pp. 369–370, 380.

O quadro em que as traduções do francês no mercado editorial português se pautam pelo erotismo continuou a ser objecto de denúncia. Veiga Simões, por exemplo, contou que encontrou num livreiro de Lisboa uma lista de traduções de folhetins franceses. E que, embora não se lembrasse bem dos títulos, guardara a memória das capas lustrosas em que se «tentavam sensualidades em figuras pícaras de mundanas e elegantes; e dum anúncio, onde um cavalheiro de sobrecasaca olhava serenamente os bicos dos seios duma dama semi-nua, recortei dois períodos que ofereço ao analista do público português: "O querido das mulheres não é somente o apreciador do belo sexo, gosta também muito das suas voluptuosidades. Sem escrúpulos, realiza o tipo ideal do conquistador de alcova, e a sua vida é uma fonte perene de paixões insensatas, mas às vezes proveitosas"»([218]).

O quadro geral do que aqui vai exposto — fragmentarismo, voyeurismo e pessimismo em relação às patologias — já foi notado por Lopes de Oliveira. Por exemplo, procurou o crítico fixar esse momento em que Fialho passava «da serenidade à raiva, da atenção ao frenesim, e já não observa, espia, e já não nota, fere convulsivamente, numa agressão breve primeiro, e em perigo de ser cobarde em breve». Era esta uma tendência agressiva, exacerbada nos últimos anos da sua vida, no ambiente considerado dissoluto dos cafés de Lisboa. Neste, circulava «o veneno da injúria maledicente quando não mesmo da maledicência infamante». Porém, Lopes de Oliveira refutava energicamente todo esse «torneio de impropérios» que se abateram sobre a reputação de Fialho. Isto pela simples razão de considerar que não tinha «o direito de entrar na análise da vida íntima de Fialho». Além de que não se poderia provar a existência de um nexo causal entre a sua vida e a sua obra, sublinhando que só se interessava em cuidar do seu «amor à obra de Fialho»([219]). Longe, portanto, dos mexericos acerca da sua vida.

Em suma, foi Gomes Leal quem melhor fixou os traços de Fialho de Almeida, quando, numa «caricatura a carvão», escreveu: «Macilento, sem cor, linfático, gorducho/ É fluente repuxo/ De contos primaciais, paradoxos, *boutades*./ Se Brahma veio do Ovo, o Oceano vem da gota,/ O roble da bolota, este doutor saiu de Oliveira de Frades.»([220]) Mesmo assim, permanecerá em aberto a questão de se saber se Fialho, nas suas duplicidades, confirma ou não as características atribuídas, em 1895, ao realismo castelhano sobre o qual se disse: «Más tira, aun en la obscenidad, a lo grosero que a lo libidinoso.»([221])

([218]) Veiga Simões, *A Nova Geração: Estudos sobre as tendencias actuaes da Litteratura Portuguesa* (Coimbra: F. França Amado, 1911), pp. 27–28.

([219]) Lopes de Oliveira, *Intellectuaes*, vol. III – *Fialho d'Almeida*, *op. cit.*, pp. 78–79.

([220]) Gomes Leal, *Antologia Poética*, eds. Francisco da Cunha Leão e Alexandre O'Neill (Lisboa: Guimarães Editores, 1970), p. 126.

([221]) Miguel de Unamuno, *En Torno al Casticismo,* 4.ª ed. (Madrid: Espasa-Calpe, 1957), p. 85.

2

Feijó, Laranjeira, Brandão, Marnoco

Já em finais do século XIX se distinguia a Geração de 1870 — de Antero, Eça, Oliveira Martins e outros, criticando-a pela falta de critério e a «vacuidade mental da sua cultura mental», que «nada produziu de benéfico para a Pátria» — dessa outra geração mais tardia, centrada nessa «pepineira monumental, pitorescamente alcunhada de nefelibatismo». Reconhecia-se, ainda, que esta última já estava morta, por não passar de um «snobismo torpe de todas as literatices do estrangeiro e mistura ignóbil e inqualificável de revoltas, de pessimismos e de quejandas notícias»([1]). Pela mesma altura, Manuel Teixeira-Gomes também se distanciava do realismo, queixando-se, a propósito de uma descrição de Ferragudo, do modo como a estética realista «açambarcara» a literatura pátria, impondo aos seus amigos, leitores d'*As Farpas*, os francesismos, a começar pelo modo como Ramalho Ortigão aclamava o bidé, símbolo de uma espécie de moda estrangeirada e pouco ou nada recomendada. Em face do realismo, o autor de *Inventário de Junho* preferia ficar pelos seus «erros, devaneios e contemplações»([2]). Mais recentemente, vindo

([1]) Décio Carneiro, *Salvemos a Patria* (Lisboa: Tipografia e Litografia de A. E. Barata, 1898), pp. 14, 18.

([2]) Manuel Teixeira-Gomes, *Inventário de Junho* (Lisboa: Livraria Clássica Editora, 1918; 1.ª ed., 1899), p. 87.

de França, ao passar a fronteira para entrar em Portugal, António José Saraiva evocou *A Cidade e as Serras* e, comparando-se a Jacinto, deu mesmo a entender que a Eça não lhe interessava a condição das gentes rústicas, que labutavam nos campos de Tormes.([3])

Nem no seu tempo, nem em período finissecular, tão-pouco mais perto de nós, a Geração de 1870 reuniu à sua volta o consenso. Pelo contrário, os que a ela pertenceram debateram-se, sempre, com inúmeros opositores. E, de imediato, as tendências açambarcadoras que os seus modelos exibiram foram postas em causa, não propriamente por uma nova escola, fosse a dos nefelibatas, mas por uma variedade de autores e obras pouco conformes a uma arrumação tipológica. É certo que a história e a crítica literárias se alimentam tanto do confronto entre correntes, escolas, tendências e gerações para produzir visões de conjunto, como também da exploração do sentido de obras individuais difíceis de reduzir a uma única categoria. A expressão máxima da existência de modelos pré-construídos está nas narrativas por fases encadeadas, nas quais se assiste às passagens do realismo ao decadentismo finissecular e deste ao modernismo futurista. Frente a tais narrativas, mais vale voltar à individualidade das obras e dos seus autores, para procurar perceber outros sentidos.

O elenco de escritores é vasto e disperso, sendo tentador pensar na figura de marginal: Gomes Leal, Junqueiro, Cesário Verde, Camilo Pessanha, Wenceslau de Morais ou, nos casos adiante apresentados, em que a poesia se continua a misturar com a prosa, António Feijó, Manuel Laranjeira, Raul Brandão, a que se pode somar o caso do muito prolixo professor de direito Marnoco e Sousa. Estarão eles unidos pela sua busca mais individualizada, frente a posições ou a um estilo considerado central? Representarão eles uma via para a incoerência, constituindo-se em figuras da ambiguidade, em relação a padrões tidos como mais rígidos? Terão os mesmos que ver, nas suas angústias mais subjectivas, com a sobreposição de camadas e de sentidos, que Fernando Pessoa irá explorar? Em qualquer das questões acabadas de enunciar, quantas hesitações! Quantas dúvidas a respeito da relação entre o sentido mais individualizado de cada obra e os processos de afirmação literária e intelectual, só passíveis de ser compreendidos através da análise das relações, do meio ou do campo em que os mesmos escritores participaram! Acrescente-se, ainda, quantas exclusões uma simples proposta de elenco acaba por impor! De António Nobre a Gonçalves Crespo, ficam por explorar tantos laboratórios, sobretudo, por estabelecer tantas comparações com escritores e modelos de escrita que circularam com a força de terem origem em grandes centros

([3]) António José Saraiva, *Crónicas: Entrevistas, críticas e outros escritos*, ed. Maria José Saraiva (Matosinhos: Quidnovi, 2004), p. 246.

editoriais e de influência. Pierre Loti (1850–1923), admirado por Proust, por exemplo, com os seus livros de viagens, o seu cosmopolitismo e a sua cultura reaccionária, não terá servido de modelo por estas bandas?

António Feijó, o que morreu de amor

Por que razão o poeta António Feijó (1859–1917) quase desapareceu do nosso cânone literário? Uma pergunta desta natureza não visa apenas lembrar um esquecido, na certeza de que são poucos os que conseguirão, hoje, reconhecer a sua obra ou sequer nomear um dos seus livros. Para responder a tal pergunta, será necessário saber por que motivo o foco posto na revista *Orpheu* e em Fernando Pessoa — representantes de uma revolução poética e de um novo psicologismo (para utilizar as categorias de Eduardo Lourenço, em *Estrada Larga*, vol. 3) — excluiu quase todos os poetas portugueses anteriores, talvez com excepção de Gomes Leal (1848–1921) e Camilo Pessanha (1867–1926).([4]) Entre os esquecidos, encontra-se, sem dúvida, Feijó, «um dos maiores [poetas] de uma época às vezes acacialmente desdenhada e denegrida» (Vieira de Almeida, *Estrada Larga*, vol. 1, p. 122). Contudo, nem sempre foi enaltecido. Por exemplo, em Viana, quando Feijó faleceu, quem escreveu a sua nota necrológica não resistiu em calcá-lo, argumentando tratar-se de «um poeta impressivo, sem a fluência e o arrojo dos fortes temperamentos subjectivos [...]. E assim é que apenas de longe em longe, e como a medo, o sentimento íntimo aparece»([5]).

Para compreender o esquecimento a que foi votado, qual a parte da explicação que cabe a uma guerra cultural entre gerações, em que o modernismo futurista pôs de lado o decadentismo, o simbolismo, o parnasianismo ou as outras formas de lirismo anteriores? Qual a responsabilidade a atribuir, na implantação dessa revolução, a grupos com um perfil sociológico mais lisboeta e cosmopolita que apearam do pedestal figuras que tinham passado

---

([4]) Quanto ao próprio Pessoa, pelo menos até ao *Orpheu*, não se ter esquecido de enaltecer Nobre e Junqueiro por terem olhado para o passado e o futuro, respectivamente, de Portugal, ver Fernando Pessoa, «À memória de António Nobre», *Mundo Literário*, n.º 24 (19 de Outubro, 1946), p. 7; Jorge de Sena, «Sobre um artigo esquecido de Fernando Pessoa», *op. cit.*, pp. 7–8. Pessoa arrumava Feijó, ao lado de Eugénio de Castro, no simbolismo; já Mário de Sá-Carneiro considerava como seus principais antecessores Camilo Pessanha, autor de «um livro que não está publicado»; e, entre as obras impressas, o *Só* de António Nobre. Ver Fernando Cabral Martins, *O Modernismo em Mário de Sá-Carneiro* (Lisboa: Estampa, 1994), pp. 137, 153.

([5]) João da Rocha, «António Feijó», *Lusa*, dir. Cláudio Basto, ano I, n.º 10 (1 de Agosto, 1917), pp. 73–74.

pela Universidade de Coimbra, tais como os poetas João Penha (1838–1919) e Antero de Quental (1842–1891)? E que sentido tem comparar a qualidade da obra poética de Feijó, postulando a sua inferioridade e justificando deste modo o seu esquecimento, com as de Gonçalves Crespo (1846–1883), Guerra Junqueiro (1850–1923), Cesário Verde (1855–1886), António Nobre (1867–1900), Eugénio de Castro (1869–1944) e Teixeira de Pascoaes (1877–1952)?

Mais de duas décadas passadas sobre a sua morte, em 1 de Junho de 1938, Norton de Matos (1867–1955) discursou na inauguração do monumento dedicado ao poeta. Foi, antes de mais, como limarense que o general se lhe referiu. Ressoavam, ali, as quadras de Feijó no livro *Ilha dos Amores* (1897): «Nasci à beira do Rio Lima,/ Rio Saudoso todo cristal;/ [...] É que nas terras que tenho visto [...]/ Terra mais linda nunca encontrei.» Em Ponte de Lima, ambos conheceram a mesma gente. As suas famílias equivaliam-se, nas maneiras de viver e de vestir, nos gostos literários e numa outra característica, mais enigmática à luz dos valores actuais. Refiro-me a esse mundo das famílias conhecidas — que pareciam partilhar uma vida farta e alegre —, nas quais existia, segundo Norton de Matos, «um poder de atracção que levava os que nos serviam a encherem-nos de sorrisos». Jorge de Sena foi quem mais insistiu na mesma ideia de que a literatura portuguesa, desde os tempos clássicos, revelava um pendor aristocratizante, representando casas e famílias...

Para trás, ou seja, antes do segundo quartel do século XIX, ficavam os tempos das guerras. Primeiro, encontrava-se a memória longínqua das lutas contra os vexames e as violências, sobretudo contra a miséria do povo, consequência de injustiças e tiranias, de uma história de Portugal que incluía Ponte de Lima com os seus foros próprios. Depois, constavam as lutas entre poderosos, consequência de ideias contrárias defendidas por liberais e miguelistas. Estas assentavam num «sedimento de injustiças», que acabaram por dar azo a divisões fratricidas, cuja memória levou anos a desaparecer.([6]) Porém, com o seu amor à terra, à mãe e à mulher, Feijó cantara o mundo novo, que

---

([6]) Está por fazer a história da memória de um povo semi-selvagem que podia ameaçar as cidades e apoiar as forças miguelistas. Em 1873, Oliveira Martins referiu-se-lhe, ao mesmo tempo que recusou o espírito colectivista da alma camponesa: «[A burguesia] irá, talvez, aos campos cuja propriedade é sua concitar as plebes de servos que aí aram com o suor do seu rosto a gleba fértil? Irá convocar as hordas semi-selvagens que habitam as serras, alimentadas de pão negro? Seria esse o momento crítico e se essas plebes bárbaras, mundo de caos humano, que em si contém sim, mas latente, o gérmen da futura harmonia, caísse sobre as cidades, como Alarico sobre Roma, a sua vitória seria para Portugal a primeira época de uma vida morta como a da Grécia moderna, como a da América espanhola, uma vida de banditismo sistemático», *Portugal e o Socialismo: Exame constitucional da sociedade portuguesa e sua reorganização pelo socialismo* (Lisboa: Imprensa de Sousa Neves, 1873), p. 48.

emergira na segunda metade de Oitocentos. Mais pacífico, mais risonho, correspondendo à infância de ambos, do general e do poeta. No fundo, uma nova arcádia, composta pelas famílias em harmonia e por uma criadagem feliz.([7])

O discurso de Norton de Matos tinha água no bico. Sob a capa de uma homenagem ao poeta seu conterrâneo, lá estava o elogio à terra, capaz de resistir às injustiças do passado e, subentenda-se, do presente. Além disso, a visão idealizada de um tempo de harmonia, projectado no passado de uma juventude perdida, contrastava com a situação vivida em 1938, em pleno salazarismo. Não era a primeira vez que a memória de Feijó servia propósitos políticos. Uma década antes, o conde de Aurora — representante de uma das casas mais conhecidas de Ponte de Lima — homenageara-o e à sua linda mulher, uma sueca cuja mãe era equatoriana, D. Mercedes Lewin de Castro Feijó. Falecidos na Suécia, respectivamente, em 1917 e 1915, os seus corpos foram transladados para o cemitério da vila minhota em Novembro de 1927. Nessa mesma ocasião, João de Castro Osório, intelectual integralista de assumida orientação fascista, também procurara apoderar-se da memória de Feijó. Em Viana do Castelo, na Tipografia Comercial do jornal *A Aurora do Lima*, publicou um dos primeiros estudos sobre a poesia de Feijó, no qual fixou uma ideia que continuou a ser repetida por muitos dos estudiosos da mesma obra: «Nunca foi um parnasiano [...], é, porém, um grande e belo lírico.»

Recorde-se que Eça já tinha estabelecido e antecipado — com uma ponta de ironia frente a tamanha banalização do vocabulário literário — os termos da oposição entre parnasianismo e lirismo.([8]) Por sua vez, Luís de Magalhães, referindo-se a Feijó, fizera o mesmo, quando escreveu que a sua obra, além de parnasiana, era «dominada por essa nota emotiva, por esse acento de viva sensibilidade que constituem a essência do lirismo» (prefácio a *Sol de Inverno*, 1922, p. XXVII). E Manuel Anselmo recuperou o tópico quando matizou o parnasianismo de Feijó e concluiu, salvaguardando o seu lado lírico: «O Parnaso condimentou-lhe a sensibilidade, dando-lhe a conhecer novas e desconhecidas emoções estéticas. Mas jamais estas se fixaram, unilateralmente, no seu ambiente poético.»([9])

A literatura portuguesa era, para João de Castro Osório, fonte de legitimidade e de inspiração na formação do seu ideário nacionalista e fascista. Desde muito cedo, preocupara-se em fazer duras críticas à República, na defesa do

---

([7]) Norton de Matos, *Memórias e Trabalhos da Minha Vida*, vol. I (Lisboa: Editora Marítimo Colonial, 1944), pp. 267-277.

([8]) Eça de Queiroz, «A Manuel...», in *Cartas Inéditas de Fradique Mendes e Mais Páginas Esquecidas* (Porto: Livraria Chardron, 1929).

([9]) Manuel Anselmo, *A Paisagem e a Melancolia no Drama Lírico de Feijó*, 2.ª ed. (Porto: Livraria Civilização, 1937), p. 30.

sidonismo e da Ditadura. Simultaneamente, as suas relações familiares — uma vez que era filho de Ana de Castro Osório e do poeta e diplomata Paulino de Oliveira — abriram-lhe as portas do meio literário. Não é por acaso que a sua mãe se deveu a organização da primeira edição da *Clepsydra* de Camilo Pessanha (Lusitânia, 1920). Obra que ele próprio veio a editar, a partir de 1945, acompanhada de uma extensa introdução, tendo a mesma passado a integrar o cânone do modernismo português, ao lado de Fernando Pessoa e Mário de Sá-Carneiro, na editora Ática, de Luiz de Montalvor.

Luís de Magalhães, em 1922 e 1926, nos prefácios que antepôs às edições póstumas de *Sol de Inverno* e *Novas Bailatas*, também celebrara Feijó. Outro dos seus colegas de Coimbra, o já mencionado Alberto de Oliveira, tinha lido o seu discurso na Academia Brasileira em 28 de Junho de 1917, poucos meses depois da morte de Feijó em Estocolmo. Intitulara, então, o seu texto «António Feijó, o que morreu de amor». Sublinhou que o mesmo morrera de «amor e de saudade por aquela que era o raio de sol da sua vida». Mas também vivera de amor, durante um longo noivado e quinze anos de casamento, do qual resultaram dois filhos. Dona Mercedes era «a imagem da Beleza e da Graça». Sempre segundo Oliveira, Estocolmo chorara a sua morte. E as flores, mandadas por reis e príncipes das três cortes da Escandinávia, misturaram-se no enterro com as do povo.

Frente a essas leituras e evocações da obra de Feijó, vale a pena retomar alguns momentos do seu itinerário, para perceber melhor o sentido da sua obra poética e de tudo o que escreveu. Na sua terra natal, ficou célebre uma sua brincadeira — a história inventada dos Carecas de Faldejães, inspirada no *Mistério da Estrada de Sintra* de Eça e Ramalho.([10]) Depois, quando Eugénio de Castro, influenciado pelos simbolistas franceses, publicou *Oaristos* (1890) e inaugurou a corrente dos nefelibatas, Feijó juntou-se ao coro dos mais sardónicos no riso, que começou pela resposta jocosa, intitulada *Ivaristus*, da autoria de João Saraiva, no jornal *Novidades* de Emídio Navarro.([11]) Nessa altura, Luís de Magalhães fez o elogio daqueles que mandavam «as escolas literárias pentear macacos» (*Notas e Impressões*, Livraria Portuense, 1890, p. 37). Mas o certo é que Feijó, em carta para Magalhães, se referiu a Eça como o «nosso homem» e «um dos maiores romancistas contemporâneos» (*Cartas a Luís de Magalhães*, vol. I, p. 140).

Da sua passagem por Coimbra, onde se licenciou em direito (1883), Trindade Coelho, seu condiscípulo, deixou registado, em *In illo tempore* (1902),

---

([10]) A. Campos Matos, *O Mistério da Estrada de Ponte de Lima: António Feijó e Eça de Queiroz* (Lisboa: Livros Horizonte, 2001).

([11]) Júlio de Lemos, *António Feijó e as Suas «Bailatas»* (Ponte de Lima: Câmara Municipal de Ponte de Lima, 1959).

o espírito crítico e cómico de Feijó. Mais tarde, na sua correspondência, este último confirmou que de Coimbra só retivera a memória da camaradagem, quando dirigiu, com o seu amigo Luís de Magalhães, a *Revista Científica e Literária* (1880). É o que também sugere a elegia feita para a «Despedida dos Quintanistas de Direito», onde o poeta já lembrava com saudade os seus «companheiros leais, companheiros de outrora». Os afectos, aliás, eram reconhecidos por todos, conforme escreveu Luís de Magalhães: «Feijó foi sempre o melhor e mais deleitoso dos companheiros.»

Uma experiência que contrastava com o «profundo desprezo pela maior parte dos professores»; pois o que se ensinava em direito só servia para «fazer pedantes, deputados e ministros, que é tudo a mesma choldra»; no fundo, era ali que se lançavam as bases de um «país administrado e governado pelos cogumelos gerados na estupidez universitária»([12]). Tais ideias tinham paralelo no que escreveu Luís de Magalhães, dirigindo-se aos lentes de direito: «Os senhores continuam cretinizando a maioria da mocidade letrada da nação»; ou, noutra passagem, quando lhes chamou «caturras fossando com uma pertinácia de estupidez suína nas velharias do direito romano»([13]).

Depois de uma curta passagem pelo escritório de advocacia do seu irmão José, Feijó entrou na carreira diplomática em 1886. A carreira consular acolheu, então, vários literatos, no dizer de Luís de Magalhães: Eça, Batalha Reis, Wenceslau de Morais, etc. Primeiro, Feijó foi colocado nos consulados de Pernambuco e do Rio Grande do Sul. Em 1895, foi transferido para a Suécia, tendo servido também na Noruega e na Dinamarca, como cônsul-geral, e depois como ministro plenipotenciário. Casou em 1900. Da sua numerosa correspondência, enviada do Brasil e da Suécia, foi publicada a que manteve com João Gomes de Abreu de Lima, com o seu irmão José, com o segundo visconde de Pindela (organizada por João Afonso Machado, 2007) e com Luís de Magalhães (Imprensa Nacional — Casa da Moeda, 2004). Esta última edição, em dois volumes, deveu-se à dedicação de um seu familiar, Rui Maria Malheiro de Távora de Castro Feijó.

António Valdemar referiu-se às andanças de Feijó pelo Brasil e Escandinávia, onde permaneceu 27 anos, e sintetizou: «O que sobretudo avulta neste diversificado conjunto epistolográfico é o jogo claro ou encapotado de influências, picardias, cunhas, intrigas, no Ministério dos Negócios Estrangeiros.» Tal como Feijó escreveu a Luís de Magalhães, a partir do Brasil: «Dize ao Mestre que não deixe cair o Barros Gomes sem me transferir

---

([12]) Francisco de Queiroz, *Cartas do Poeta António Feijó a João Gomes de Abreu de Lima*, separata da *Revista Gil Vicente* (1961), pp. 10–13.

([13]) Luís de Magalhães, *As Ultimas Proezas Judiciarias do Conselho de Decanos da Faculdade de Direito* (Coimbra: Imprensa Académica, 1883).

para a Europa, seja para onde for» (vol. I, p. 157). Ou quando pediu ao amigo uma colocação para um sobrinho: «Podes pedir este favor ao teu colega da Fazenda? Se podes, obsequeias-me em extremo» (vol. II, p. 154). Num ou noutro caso, salta-se do comentário de circunstância para a generalização. Foi o que sucedeu em 1904, quando, ao apoiar João Franco, lembrou a necessidade que este tinha de animar «as hostes de província», pois «só quem não viveu em terras pequenas é que pode supor que qualquer núcleo partidário se pode manter por muito tempo em expectativa» (vol. II, p. 101). Mas a mesma correspondência também revela a consciência que Feijó tinha da mediocridade do seu posto, em Estocolmo, onde permaneceu por mais de duas décadas — «estou aqui encalhado, a apodrecer».

Qual o paradeiro da sua correspondência com o colega e amigo Alberto de Oliveira? Segundo Francisco Queiroz, perdeu-se a correspondência que dirigira a monsenhor Pereira Lima, seu amigo, também limarense, destruída pelo fogo, logo após o falecimento do sacerdote. O mesmo parece ter acontecido com as cartas endereçadas ao padre João Inácio de Araújo Lima, cuja publicação Filinto de Morais chegou a anunciar. Que não se descurem estas últimas relações epistolares de Feijó com dois eclesiásticos. É que a vida intelectual portuguesa das últimas décadas do século XIX, sobretudo na província, era inseparável desse género de protagonistas — as visões do progresso e da razão continuavam a estar dependentes da posição da Igreja, como bem prova *O Crime do Padre Amaro*. E não se julgue que todos os padres eram reaccionários ou ultramontanos. Por exemplo, o cónego Alves Mendes (1838–1904), natural de Penacova, foi autor de sermões e discursos memoráveis, como a oração fúnebre na transladação dos restos mortais de Alexandre Herculano para os Jerónimos ou os que proferiu na morte de Fontes Pereira de Melo ou Barros Gomes. Para ele, a igualdade e a liberdade eram características do cristianismo. Além disso, o cónego participou em intensas polémicas, em torno do seu livro sobre Itália ou sobre a filosofia tomista do padre Almeida Silvano.([14]) Quanto à acusação de ter plagiado o espanhol Emilio Castelar na sua descrição de Itália, recorde-se, pelo divertido da prosa, *Os Meus Plágios* (Porto: Tipografia Silva Teixeira, 1883).

Vale a pena determo-nos no que Feijó escreveu sobre o Brasil, em 1886, no dealbar de um período bem estudado por Isabel Correia da Silva.([15]) A cidade do Rio de Janeiro era como Viana do Castelo, «mas um tanto maior

([14]) Cónego Alves Mendes, *Um Quadrupedante à Desfilada: Corrida em pêllo ao Silvano da «Ordem»* (Porto: Tipografia Silva Teixeira, 1884); *idem*, *Thomista ou Tolista?* (Porto: Tipografia Silva Teixeira, 1883).

([15]) Isabel Correia da Silva, *Espelho Fraterno: O Brasil e o republicanismo português na transição para o século XX* (Lisboa: Divina Comédia, 2013).

e mais rica, posto que monótona e triste como todas as terreolas de província» (*Cartas a Luís de Magalhães*, vol. I, p. 157). Quanto aos brasileiros, a sua opinião era desapiedada, incluindo nela um evidente racismo: «Ah meu caro! Não imaginas o que são os brasileiros [...]. Não há onde escolher. Os portugueses são de uma vaidade e dum orgulho verdadeiramente intratáveis. Mal tínhamos posto o pé em terra e já as dificuldades surgiam de toda a parte porque alguns dos mais importantes personagens da Colónia [portuguesa] julgavam-se desconsiderados por umas tolices inqualificáveis. Os indígenas, esses olham-nos de soslaio, sempre de pé atrás, cheios de ódio misturado de terror. Indolentes e preguiçosos, na maior parte incapazes de qualquer trabalho, sentindo o predomínio dos portugueses, que mandam em tudo porque têm nas mãos o Capital — olham-nos ainda como dominadores» (vol. I, p. 142). A respeito da literatura e do teatro, continuava, era errada a ideia que deles se fazia em Portugal. Afinal, no Brasil lia-se pouquíssimo, os jornais eram uma autêntica calamidade. O movimento literário era insignificante — opinião que lhe tinha sido confirmada por Machado de Assis, «que é um velho mulato extremamente simpático» (vol. I, p. 142). Os jantares eram insuportáveis, com as suas discursatas, tão ridículas quanto intermináveis, autênticos suplícios. Na cidade, as ruas pareciam imundas e as casas eram de uma aparência mesquinha, só os jardins e a natureza compensavam tal sufoco.

De resto, Feijó queixava-se ao amigo de que não passava bem em terras brasileiras. O seu racismo era evidente. Para ele, «o europeu não é animal para estas paragens. Isto é letal — debilita e amolece lentamente. A minha cor vermelha de saúde já a perdi completamente. E se isto assim continuar receio bem que no meu regresso à Europa encontres o teu amigo — preto» (vol. I, pp. 143-144). Porém, depois de implorar ao amigo que intercedesse junto do ministro para que pudesse voltar para a Europa ou fosse colocado no Oriente, pediu-lhe silêncio sobre as suas opiniões em relação ao Brasil. A duplicidade, ou seja, a distância entre o que era capaz de dizer em privado e o que estava disposto a assumir publicamente, era enorme. Por isso, aquele que veio a ser eleito sócio da Academia Brasileira de Letras recomendou ao amigo que tivesse cuidado com o teor da carta que lhe escrevia, na qual confessava o que realmente pensava do Brasil. «Saber-se aqui, por qualquer meio, o que eu penso destas coisas e destas gentes era a minha ruína e tinha de partir no dia imediato se antes algum capoeira me não esfaqueasse no meio da rua, ao pé da polícia» (vol. I, p. 145).

Longe da pátria, mas mantendo relações, por via epistolar, com o seu círculo familiar e de amigos, foi na poesia que Feijó deixou expressa a sua visão do mundo. Graças a Manuel Anselmo, Tomás Kim, José Carlos Seabra Pereira, Álvaro Manuel Machado, Zulmira Santos, Manuela Delgado Leão Ramos e José Cândido de Oliveira Martins, dispomos, hoje, de um conjunto de estudos que nos permitem compreender o sentido da poesia de António Feijó.

A edição em dois volumes, por este último investigador, das *Poesias Completas* e das *Poesias Dispersas e Inéditas* (Porto: Edições Caixotim, 2004–2005) do autor, está infelizmente esgotada.

Nos primeiros poemas, ainda dependentes de uma visão de província, sobressai o horror à cidade, qual Babel. Nas suas ruas, «repousa o séquito dos vícios»: «As crianças sem pai atiram-se aos hospícios,/ Prostitui-se a mulher que não tem pão nem lar.../ A honra expatriou-se, o amor não tem altar!» (*Poesias Completas*, 2.ª ed., p. 13). Ou, numa outra formulação: «Adoramos agora as coisas mais corruptas,/ O egoísmo, a traição, a infâmia, as prostitutas» (p. 17). Porém, esta denúncia da cidade dos tempos modernos ia de par com um hino ao progresso e à razão, no qual Feijó passava em revista a história europeia, segundo a matriz fixada por Teófilo Braga no poema *Visão dos Tempos* (1864), como bem notou José Cândido de Oliveira Martins.

Nas *Bucólicas* (1884), dedicadas ao seu grande amigo Luís de Magalhães, não era tanto o retorno à terra que se lhe impunha, mas a entrada num mundo de fantasia, concebido «Pelas searas sem fim, pelas paisagens largas,/ Como quem arquitecta o seu castelo de oiro/ Para fugir da vida às tentações amargas» (p. 95). Mas este mundo imaginário — recriado no contacto com a leitura dos clássicos, feito de belas Dianas, e inspirado também em Edgar Poe — incluía o festejo das grandes comezainas, pantagruelicamente vividas e bebidas, donde não estava ausente o riso: «Não temas perturbar a digestão. Descerra/ Essa risada e espanca as névoas melancólicas.../ Devem fazer-te bem as sugestões bucólicas./ Respira este ar, dilata a curva do teu peito;/ Tens o espírito alegre e o ventre satisfeito?» (p. 99).

Feito de amores e de prazeres do ventre, esse mundo bucólico era concebido mais como uma fantasia, frente aos desenganos da vida, do que como uma saudade em relação a uma infância perdida. Aliás, os traços da sua natureza robusta e alegre, próprios de um dionisíaco, foram bem fixados por Guerra Junqueiro, que lhe chamava «o opíparo Feijó» (Magalhães, prefácio a *Sol de Inverno*, 1922, p. XXXI).([16]) O contraste com essas experiências sorridentes e epicuristas surge em *À Janela do Ocidente* (1885). Tomado pelo desalento, decadentista, antevê: para quê a agitação da inteligência em busca de uma ideia, se «nenhum raio desvenda a escuridão maldita?!» (p. 121).

Em *Cancioneiro Chinês* (1890), a experiência da vida consular brasileira transformou-se em curiosidade por outras paragens. Feijó passou, então, a integrar o coro dos escritores portugueses que sentiram a atracção pelo Oriente: Wenceslau de Morais e Camilo Pessanha. Mas o seu orientalismo era apenas

---

([16]) Porém, o próprio António Feijó considerava que tinha sido Eça o autor de tal qualificativo, ver *Cartas a Luís de Magalhães*, vol. II (Lisboa: Imprensa Nacional – Casa da Moeda, 2004), p. 459.

literário, livresco. São histórias de imperadores e imperatrizes em escadarias de jade, de mandarins e de bonzos, salteadas por registos de rios e navios presos por cordas de seda, onde a luz e os efeitos cromáticos se multiplicam. Era um mundo de sonho que se prolongou pela *Ilha dos Amores* (1897): «Embarquei-me e parti no meu iate de Sonho...» (p. 177). Também incluía essa recordação suscitada pelo «Domingo em terra alheia» e protestante, de como eram os «Domingos de outros anos,/ Adro da minha Igreja, alamedas do rio,/ Dias santos de sol católico-romanos?» (p. 209). Tudo isto, tomando como pano de fundo o Norte da Europa, onde «o outono polar é nostálgico e longo!» (p. 26). Ao terminar a sua *Ilha dos Amores*, encontra-se a imagem mais clara de uma vida de outrora, projectada num passado longínquo, no qual se idealiza a vida campestre: «Como foi bela a tua vida!/ Tinhas a tulha cheia, a adega a transbordar,/ A casa bem provida.../ E tinhas Deus para te consolar!» (p. 237).

Todas as tentativas para fazer corresponder as situações vividas a uma expressão poética deverão tomar em linha de conta os inúmeros jogos de definições de sentidos, difíceis de reduzir a uma simples fórmula. É, aliás, nas *Bailatas* (1907) — começadas a publicar no jornal *A Aurora do Lima*, entre 1896 e 1899, subscritas com o pseudónimo de Inácio de Abreu e Lima, remetidas ora do Castelo de Anha, ora de Paris, S. Petersburgo, Tóquio, etc. — que se encontram as marcas desse jogo literário difícil de reconstituir. Na nota preliminar ao livro, Feijó ou, melhor, o seu pseudónimo lamenta que o primo Calisto Elói, «da casa e linhagem de Agra de Freima», não tivesse conseguido terminar o brilhante prefácio que explicaria o sentido do livro, «com todos os elementos de interpretação e análise por ele acumulados em longos meses de ponderada e fecunda meditação». Mas, logo no parágrafo seguinte, punha em causa a necessidade desse mesmo prefácio, recordando Baudelaire, essa «espécie de jesuíta ímpio, amigo de paradoxos». Para acabar por confessar que «o Autor não pode ser crítico de si mesmo, nem deve antepor os seus comentários àquele imparcial intérprete da opinião pública» (pp. 241–242).

Nesta sequência, em que a Ponte de Lima se sucederam as experiências de vida em Coimbra, Brasil e Suécia, Dinamarca e Noruega, a prática constante de escrita de cartas seguiu a par da publicação de livros de poesia. De igual modo, a respeito de António Feijó, será possível falar do seu amor à terra, das atitudes ambivalentes em relação à modernidade (do progresso da razão *versus* a corrupção pelos vícios da miséria e da prostituição), dos seus sentimentos amorosos (a culminar no dizer-se que morreu de amor, dois anos depois de a sua bela mulher ter falecido), do modo como sempre jogou com as convenções literárias (entre o parnasianismo, a veia lírica e os vários modos de praticar o cómico).

O seu recurso a pseudónimos também deve ser visto como resultado de um jogo literário: ele era Inácio de Abreu e Lima, mas também Fra Diavolo,

Gustavo Cano, Angelo Fovin. Impõe-se, ainda, conservar viva a memória dos seus interesses e relações: o gosto por Eça de Queiroz, que remontava à sua entrada no mundo das letras, as leituras dos contemporâneos (de Poe a Baudelaire ou Mallarmé), a criação de uma revista quando estudante em Coimbra, as relações epistolares com familiares, amigos e eclesiásticos que lhe foram próximos.

Nas suas apreciações literárias, topam-se diversas maneiras de criação de uma distância. Por exemplo, à notória admiração por Eça correspondeu a pesada crítica a *Os Maias*: para ele, uma trapalhada que daria para quatro ou cinco romances, que não era comparável a *O Crime do Padre Amaro* nem à *Correspondência de Fradique Mendes* (*Cartas a Luís de Magalhães*, vol. I, p. 203). A amizade pelo diplomata e amigo Alberto de Oliveira (1873–1940) não impediu o juízo severo acerca das suas poesias: «Abusa em extremo dos alexandrinos com acento na quarta e oitava, muito mal feitos, tornando abomináveis trechos que podiam ser magníficos» (vol. I, p. 269).

Em tudo isto, existem as marcas de uma distância, por exemplo, entre a terra onde nasceu e a longa permanência na Escandinávia, ou entre as convenções literárias e as suas interpretações, por via do paradoxo, do riso e do recurso a um jogo de pseudónimos. Neste quadro, sublinhar uma única característica afigura-se redutor, conforme notou certeiramente José Cândido de Oliveira Martins, ao propor que Feijó representasse uma «poética caleidoscópica». Quer seja a criação, à distância, do amor à terra minhota e à harmonia de uma arcádia onde até os criados eram felizes, como insinuou Norton de Matos (numa linha que se encontra, também, nas visões nostálgicas da infância, passada no Brasil, que naturalizavam a escravatura, de um Gonçalves Crespo, em *Miniaturas*, 1871).([17]) Quer se trate da distância interior — entre um mundo desencantado e o culto da beleza feminina — criada pelo poeta que morreu de amor.

Portugal e o povo, «à coronhada»

Numa colectânea de textos do médico e escritor Manuel Laranjeira (1877–1912), encontram-se as suas colaborações em periódicos, sobretudo de 1908 e 1909, as quais andavam dispersas.([18]) Laranjeira é hoje recordado sobretudo pelo seu trágico suicídio, que Miguel de Unamuno celebrizou.

([17]) Tal como já foi dito a respeito de Gonçalves Crespo, «o mestiço brasileiro ansioso por ser branco, atacado de "nostalgia do branco"», Sérgio Milliet, *Diário Crítico (1940–1943)* (São Paulo: Editora Brasiliense Ltd.ª, 1944), p. 310.

([18]) Manuel Laranjeira, *Emendar Portugal*, ed. Bruno Monteiro (Porto: Associação dos Jornalistas e Homens de Letras do Porto, 2014).

Porém, nas últimas décadas, tem sido objecto de trabalhos de pesquisa, com destaque para as investigações de Bernard Martocq, a edição das suas obras por José Carlos Seabra Pereira e o impacto que nele teve Max Nordau com a sua teoria da degenerescência que, segundo Américo Monteiro, Laranjeira repudiou como pseudocientista.([19]) Das suas lutas políticas de republicano, intenso e frontal, contra a monarquia e o mundo de privilégios por ela representado, importa reter duas dimensões principais, ancoradas num conhecimento desassombrado das realidades sociais.

Por um lado, era o Portugal das «levas e levas de esfomeados», dos que se viam obrigados a emigrar porque «se não resignaram a morrer exaustos, secos, contra o chão ingrato da sua terra» (p. 57). Considerados como «ignorantes e incultos», contrastavam com «as quadrilhas parasitárias» que medravam na política nacional (*Ibid.*). Quadrilhas dissociadas do povo e dos seus interesses, a que se vieram juntar os brasileiros enriquecidos, satirizados à saciedade por Camilo, que, uma vez regressados à Pátria — em lugar de se envolverem em investimentos produtivos e de contribuírem para a instrução do povo —, apenas subsidiavam irmandades e confrarias religiosas ou fundavam «serralhos aldeãos com a virgindade barata e duvidosa de algumas hetairas de pernas sujas» (p. 93).([20]) Todo este retrato coincidia, aliás, com a sua experiência de putanheiro, registada no seu *Diário Íntimo*, e com o que escreveu acerca das condições em que esse mesmo povo vivia. Aqui era uma rapariga tuberculosa, condenada e que chorava pelo facto de a mãe já não poder ganhar o pão de cada dia; noutra passagem, surgia uma prostituta sem coragem para se suicidar.([21]) Noutro lugar ainda, era o conto que envolvia uma rapariga que sofria de tuberculose, espalhando o pânico do contágio.([22])

Por outro lado, a sociedade portuguesa estava sujeita à lei do progresso ou da regressão. Por exemplo, a jornada de 5 de Abril, com as suas formas de repressão sangrenta, em resposta ao regicídio de 1 de Fevereiro de 1908, representava uma regressão. Mas havia razões de sobra para acreditar no

([19]) Bernard Martocq, *Manuel Laranjeira et son temps (1877–1912)* (Paris: Fundação Calouste Gulbenkian, 1985); Manuel Laranjeira, *Obras*, ed. José Carlos Seabra Pereira, 2 vols. (Porto: Edições Asa, 1993); Américo Monteiro, «Max Nordau e Portugal», *Cadernos do CIEG* [Centro Interuniversitário de Estudos Germanísticos], n.º 25 – *Max Nordau: Fin de Siècle, Dreyfus, Sionismo; Max Nordau e Portugal* (2006), pp. 59–63.

([20]) Sobre a figura do brasileiro na literatura portuguesa, de Camilo a Aquilino, bem como acerca do seu contexto económico e social, centrado na questão da emigração, continuam a ser bem pertinentes as observações de Joel Serrão, «Conspecto histórico da emigração portuguesa», *Análise Social*, vol. 8 (1970), pp. 597–617, *maxime* pp. 614–615.

([21]) Manuel Laranjeira, *Diário Íntimo*, ed. Alberto de Serpa (Lisboa: Portugália, 1957), pp. 125–126, 128–129.

([22]) *Idem*, «Dor surda», in *Sarça Erótica*, ed. Petrus (Porto: Arte e Cultura, 1959), p. 211.

progresso e na capacidade de, através da vontade humana, se romper com o fatalismo dos organismos sociais, que se reproduziam nas suas hierarquias de pobres e ricos, de oprimidos e de classes parasitárias. Tudo isto porque era inevitável «o advento das classes médias» (p. 77). Mais: Manuel Laranjeira pensava que a revolução estava à vista porque, dizia, as classes médias «hão-de dominar ou ser esmagadas pelas quadrilhas oligárquicas e parasitárias que nos devoram o sangue e a honra»; estando a elas «subordinados os interesses das classes trabalhadoras, isto é, da massa comum da sociedade portuguesa» (p. 78).

Na série de quatro artigos sobre o *Pessimismo Nacional* (1907–1908), apontou a dedo as diferenças entre a minoria e a maioria, esta caracterizada pela «negra realidade [em] que quatro quintos da população portuguesa nem sequer sabem ler nem escrever», vivendo nos «tempos da pedra lascada»; depois argumentou que, na ausência de um sentimento de interesse nacional, causado pela desagregação social, tudo era «abafado na confusão caótica dos interesses nacionais»; para concluir dizendo «que na sociedade portuguesa a noção da sua personalidade colectiva, o sentimento da vida nacional, o sentimento da pátria, se quiserem, não existe, sobrepondo-se a todos os outros o sentimento de interesse individual»([23]). Ora, na falta de coesão colectiva e num quadro caracterizado por uma enorme deficiência educativa — onde quem «não sabe ler nem escrever» se encontrava «desarmado para a luta do pão quotidiano» —, a cada passo surgia um messias — «pululam inesgotavelmente centos de messias, toda uma falperra de messias» —, e o messianismo tomava conta da sociedade, na justa medida em que esta se desagregava.([24]) Ou, numa outra formulação, «as quadrilhas messiânicas bebem-lhe o sangue e vendem-lhe o pão por um preço fabuloso. E esse povo humilde, secularmente escravizado, intrepidamente, com uma heroicidade animal que só a ignorância dá, deixa-se sugar, deixa-se morrer de fome, e, quando se não resigna a morrer de fome, emigra. A cifra da mortalidade pela tuberculose e a cifra da emigração estão aí dizendo com sinistra eloquência o carinho com que se educa o povo português»([25]). Enfim, só uma minoria se mostrava educada, mas também aqui quantos problemas! Um deles consistia no facto

---

([23]) *Idem*, *Obras*, ed. Carlos Seabra Pereira, *op. cit.*, vol. II, pp. 238, 240–241

([24]) *Ibidem*, pp. 241–242.

([25]) *Ibidem*, p. 245. Em relação a 1895, Constâncio Roque da Costa considerava que Portugal tinha a mais alta taxa de emigração da Europa, tendo por causas o «espírito de ventura, reforçado até certo ponto pela miséria e pela repugnância ao serviço militar, deve[ndo] ser fraquíssima a influência da ambição de grandes fortunas numa população geralmente analfabeta e, por isso, incapaz de grandes ideais e de aspirações elevadas», «O problema colonial», *Revista Portugueza Colonial e Maritima*, Primeiro ano, Primeiro semestre (1897–1898), p. 126.

de essa minoria alinhar com os ideais do internacionalismo e da humanidade, esquecendo-se da vida da nação e do interesse colectivo a ela associado.([26])

Laranjeira lutou com a sua pena para criar as condições que vieram a resultar no 5 de Outubro de 1910. Irado, sem papas na língua, gritou contra os monárquicos seus inimigos: «Ao nosso desejo de paz respondem com a agressão [...], expomos-lhes razões, respondem-nos a tiro» (p. 80). Também escreveu que o governo monárquico só actuava «à coronhada» (p. 112). Denunciou, ainda, os adiantamentos ilegais à casa real e o modo como os dinheiros da nação apenas saciavam a «voracidade de certas quadrilhas políticas» (p. 80).

Enquanto escritor de acção, também combateu o modo como funcionava o mundo universitário. Pese embora, como notou, indignado, Jorge de Sena, o seu ataque à Escola ter acontecido «porque queria entrar nela sem concurso»([27]). Foi em 1909 que se insurgiu contra a Escola Médico-Cirúrgica do Porto. No dizer de um ilustre professor seu amigo, aquela instituição não era «um estabelecimento para ensinar medicina», era uma «manjedoira para parentes e amigos» (p. 120). E, a partir de uma descrição das tropelias que se faziam nos concursos para a admissão de professores e a progressão nas carreiras, denunciou a falta de sentido público e a cobardia dos que consentiam com uma situação — muitas vezes escudando-se na passividade do seu próprio silêncio — na qual o clientelismo e o menosprezo pelo reconhecimento dos que faziam ciência eram notórios. No fundo, argumentava, a Escola não passava de «uma récita de amadores, em família, com o Sr. Almeida Brandão, de contra-regra, a puxar os cordelinhos» (*Ibid.*). Era este último que controlava os júris, actuando como um «cacique» que chefiava uma «coterie», ou seja, uma «quadrilha» (p. 123)! Para se chegar a professor universitário, só havia um meio: o de subir «pela escada de um corrilho», uma autêntica «panelinha», conforme confessavam «os próprios naturalmente interessados em encobri-lo e dissimulá-lo» (p. 136). Ou, como escreveu no seu diário, em Julho de 1908, no meio de uma série de considerações sobre aquele «intolerável concurso» e a Escola Médica que era «preciso demolir», devido às suas «prodridões»: «Se a Escola fosse um inimigo a combater proficuamente — vá. Mas aquela gente é invencível de estupidez e falta de vergonha. Inútil, pois. Aquela gente combate-se dum único modo — desprezando-a.»([28]) Ainda em Setembro desse mesmo ano, em carta para António Carneiro: «Você crê, amigo, que um homem que saiu da Escola de cabeça erguida,

([26]) Manuel Laranjeira, *Obras*, ed. José Carlos Seabra Pereira, *op. cit.*, vol. II, pp. 242.

([27]) Jorge de Sena, *O Poeta É um Fingidor* (Lisboa: Edições Ática, 1961), p. 127 [*Idem*, *Estudos de Literatura Portuguesa*, vol. II (Lisboa: Edições 70, 1988), p. 195].

([28]) *Diário Íntimo*, ed. Alberto de Serpa, *op. cit.*, pp. 64, 68, 147, 148.

desdenhosamente, como quem sai de uma casa de putas, possa entrar no seio da honrada corporação sem dobrar a espinha da alma e do carácter? Não, é impossível. Claro: o que me vai acontecer é bater com a testa na padieira da porta e dar um trambolhão. Nobre e inútil trambolhão! Sobretudo inútil.»([29]) E, em Janeiro de 1909, de volta ao Porto, confessa ser «tremendo o choque contra essa canalha da Escola, que estava corrompendo uma parte do espírito português!»([30]).

Como articular todos estes combates políticos e académicos — que impressionam, hoje, pela sua frontalidade e pelo facto de os bois serem chamados pelos nomes — com o plano das confissões pessoais, no qual ficaram registadas as asfixias e os pessimismos finisseculares de Laranjeira? A questão é mais do que discutível, quando se sabe do final trágico que o autor teve. Neste ponto em particular, é grande o risco de querer encontrar nesse mesmo plano, mais íntimo, uma interpretação coerente que possa explicar os caminhos que o levaram ao suicídio, como se se tratasse de uma inevitabilidade há muito anunciada. Claro que não deixa de ser perturbante, num dos textos de 1902 reunido neste livro, dedicado ao escultor Augusto Santo, falar-se do descontentamento deste e da asfixia do seu talento. Concluindo, «duvidar de si, dos seus pujantíssimos recursos de artista nunca ele duvidou. Nesse dia ter-se-ia suicidado» (p. 153). Mas as referências deste mesmo tipo são abundantes nos seus escritos, em que se fala do «amigo tédio», do «aborrecimento de morte» ou de um «dia infinito de tédio»([31]). De igual modo, em Junho de 1908, confessava: «Invade-me a infinita tristeza da existência, o tédio infinito da vida, dos homens e das cousas. Tudo é d'uma instabilidade asquerosa.»([32]) E, em Fevereiro de 1909, julgava sofrer de uma enorme fadiga: «A neurastenia absorve-me quantas forças me restam.»([33]) Ou, como já dissera em 1906, era a crise afectiva que se vinha declarando de há um século e que se traduzia nessa «síndrom[e] colectiv[a]: é pessimismo, é a tristeza contemporânea, é o tédio dos tempos»([34]). Teria mesmo Jorge de Sena razão quando arrenegava Laranjeira pela maneira como expunha o seu sofrimento, o seu «euzinho», revelador de uma «monstruosidade e quem se julga mais e mais importante do que os outros»([35])?

([29]) Arquivo Histórico da Câmara Municipal de Espinho, Correspondência de Manuel Laranjeira para António Carneiro, Espinho, 14 de Setembro de 1908.

([30]) *Diário Íntimo*, ed. Alberto de Serpa, *op. cit.*, p. 146.

([31]) *Ibidem*, pp. 79, 93.

([32]) *Ibidem*, p. 47.

([33]) *Ibidem*, p. 165.

([34]) Manuel Laranjeira, *Prosas Perdidas*, ed. Alberto de Serpa (Lisboa: Portugália, 1959), pp. 45–46.

([35]) Jorge de Sena, *O Poeta É um Fingidor*, *op. cit.* p. 128 [*Idem*, *Estudos de Literatura Portuguesa*, vol. II (Lisboa: Edições 70, 1988), p. 195].

A publicação de um conjunto de textos que andavam dispersos por jornais pode ser considerada um bom serviço prestado a uma história intelectual do princípio do século que é urgente conhecer melhor. Sobretudo se se quiser fugir às ideias feitas e a uma espécie de maledicência generalizada que pesa hoje sobre os republicanos e a Primeira República. De notar que uma tal depreciação do republicanismo afunda as suas raízes em 1880 e encontra-se na pena de Antero de Quental, que fixou alguns dos temas posteriormente repetidos, sem grande originalidade.([36]) Diga-se, ainda, que recolhas como esta, assumidamente modestas, não deveriam prescindir de índices, onomástico e temático, de forma que se pudesse romper, de uma vez por todas, com a prática enquistada de publicar à pressa. E, claro, o leitor gostaria que a introdução explicasse melhor qual o lugar de Manuel Laranjeira nas lutas políticas, académicas e literárias, que envolveram muitos outros jornalistas.([37])

Por exemplo, como se posicionava Laranjeira em relação a um publicista como Silva Pinto? Também este se mostrou activo nos jornais e em livros, tendo emprestado a sua voz ao combate dos famélicos e oprimidos — denunciando, em relação a Lisboa, «o horror de uma sociedade que se resolv[ia] na prostituição e na miséria»([38]); bem como o horror da Penitenciária, onde se enlouquecia e morria de tuberculose, «à chucha calada»([39]). O mesmo Silva Pinto também denunciou a miséria dos trabalhadores do campo.([40]) Ao mesmo tempo, pôs em causa os projectos coloniais baseados na exploração do trabalho escravo em África.([41]) E, tal como Laranjeira, revelou uma série de clivagens e conflitos no interior do campo intelectual. Insurgiu-se, caso concreto, contra a «velhice mental» de Ramalho Ortigão (pp. 69–72), considerando que «o venerável escritor» acabava por fazer o elogio do

---

([36]) Antero de Quental, *Cartas Inéditas a Alberto Sampaio*, ed. Ana Maria Almeida Martins (Lisboa: Cadernos «O Jornal», 1985), p. 56: «Mas que republicanos! É um partido de logistas, capitaneado por bacharéis pífios ou tontos. É quanto basta para se lhe tirar o horóscopo. Duma tal república só há de sair a anarquia e a fome.»

([37]) A propósito da relação entre folhetim e romance, Américo António Lindeza Diogo procurou inscrever o trabalho de escrita nos jornais, na segunda metade do século XIX, no interior de um campo intelectual mais vasto. Ver a sua «Introdução», in Júlio César Machado, *A Vida em Lisboa: Romance Contemporâneo* (Braga/Coimbra: Angelus Novus, 1999), pp. IX–XXXII. Sobre as condicionantes do estilo folhetinesco, imposto às novelas de Camilo, publicadas primeiro em jornais ou revistas, ver Aníbal Pinto de Castro, *Narrador, Tempo e Leitor na Novela de Camilo* (Famalicão: Câmara Municipal de Vila Nova de Famalicão, Centro de Estudos Camilianos, «Estudos Camilianos», n.º 4, 1995), p. 64.

([38]) Silva Pinto, *A Torto e a Direito* (Lisboa: Parceria António Maria Pereira, 1900), p. 3.

([39]) *Idem*, *Entre Nós* (Lisboa: Parceria António Maria Pereira, 1908), p. 39.

([40]) *Idem*, *Noites de Vigília*, vol. II (Lisboa: Empresa Literária Lisbonense, 1897), pp. 257–268.

([41]) *Idem*, *Noites de Vigília*, vol. I (Lisboa: Libânio da Silva, 1896), pp. 161–178.

«estúpido malfeitor João Franco»([42]). E, mais uma vez, em paralelo com Laranjeira, também teve uma palavra de apreço em relação aos «regicidas que se sacrificaram»([43]).

Através da leitura de outros jornalistas e escritores republicanos, e não só, pressentem-se numerosas divisões. Algumas representadas por um sarcasmo e uma ponta de azedume pessoal, malgrado as afinidades dos pontos de vista político e social. Por exemplo, Chagas não deixou de, ironicamente, se referir ao facto de Silva Pinto se ter sentido tocado com uma visita ao rei, chamando-lhe simplesmente «vassalo» e não «homem»([44]). Por sua vez, Manuel de Arriaga, autor em 1907 de um livro intitulado *Harmonias Sociaes* — onde perorou contra «os que vivem da exploração do seu semelhante, à sombra das ideias religiosas e políticas do passado»([45]) —, foi descrito por João Chagas como um personagem ridículo — um «democrata teórico, amando a democracia, mas detestando o povo», caracterizado, também, pela «sua falsa gravidade, a sua procurada compostura, a sua reserva que o aperta como umas botas novas»([46]). Ao mesmo tempo, Chagas referiu-se, em termos que não foram menos sarcásticos, a Afonso Costa, António José de Almeida e Brito Camacho — a ponto de considerar o último uma «criatura sombria e tão impotente como rancorosa»([47]). Mas foi em relação a Miguel de Unamuno, que Silva Pinto e Laranjeira tanto prezavam, que João Chagas proferiu os golpes mais impiedosos, chamando-lhe fanático, por «crer» no seu país como se se tratasse de uma religião, longe portanto de uma atitude racional, e ter ousado considerá-lo um pessimista.([48]) Por último, é talvez nas páginas que Chagas escreveu acerca do Carnaval — essa manifestação de grosseria e de brutalidade, mas também de hostilidade do povo em relação às outras classes — que mais afinidades se encontram em relação à atenção despertada pelos comportamentos do povo, também manifestada por Laranjeira e Silva Pinto.([49])

([42]) *Idem*, *Entre Nós* (Lisboa: Parceria António Maria Pereira, 1908), p. 353. Silva Pinto também se mostrou impiedoso em relação a Oliveira Martins, que denominou ironicamente de «preclaro salvador das finanças portuguesas» e que conotou com a marca «de um ridículo pessoal», *A Torto e a Direito* (Lisboa: Parceria António Maria Pereira, 1900), p. 306. Será que esta e outras referências críticas a membros da Geração de 1870, por parte de Laranjeira, Silva Pinto e João Chagas, podem ser generalizadas?

([43]) *Idem*, *Entre Nós*, *op. cit.*, p. 362.

([44]) João Chagas, *As Minhas Razões* (Lisboa: Livraria Central de Gomes Carvalho, 1907), pp. 91–93; *idem*, *1908: Subsídios Críticos para a História da Dictadura* (Lisboa: Anuário Comercial, 1908); *idem*, *Cartas Políticas* (Lisboa: Oficina Bayard, 1908–1910).

([45]) Manuel de Arriaga, *Harmonias Sociaes* (Coimbra: França Amado, 1907), p. 291.

([46]) J. Chagas, *Diário*, vol. I (Lisboa: Parceria António Maria Pereira, 1929), p. 232.

([47]) *Ibidem*, pp. 334–335.

([48]) J. Chagas, *As Minhas Razões*, *op. cit.*, pp. 224–227.

([49]) *Ibidem*, pp. 180–182, 203–206.

A respeito dos sentimentos nacionais, Silva Bastos sustentou, em 1908:

> Nas falanges democráticas estão hoje homens de grande capacidade intelectual, jornalistas de grande pulso, e que no momento oportuno podem estudar ou resolver as mais altas questões, que interessem o Portugal científico, administrativo, económico e financeiro. Desse conjunto de vontades, animadas todas da fé num futuro de glória e dignidade para a nossa querida pátria, pode sair um Portugal rejuvenescido e respeitado no concerto internacional. Não é crível que esteja sepulto, sem possibilidade de ressurreição, o sentimento da nossa continuidade histórica, sobre que, desde D. João III e mormente desde o abandono das praças africanas, caíram dois séculos de vergonhas, de desastres, de covardias — sentimento que desde o centenário de Camões tem querido reavivar-se nas almas dos lídimos patriotas.([50])

Em dois pequenos óleos, Aurélia de Sousa (1866–1922) representou uma carquejeira.([51]) Num deles, reconhece-se o fardo imenso das plantas recolhidas em montanhas e serranias, acartado por uma mulher descalça, vergada como uma velha e que caminha pela estrada fora. Noutro, mais impressionista, a mesma mulher surge, à primeira vista, de costas, o fardo agiganta-se em cima dela e os pés nus já não se conseguem ver. Os fardos, diz-se, chegavam a pesar sessenta quilos. Em ambos os casos, parece impossível distinguir os contornos de um rosto ou identificar a sua idade. E, no entanto, será possível imaginar uma expressão tão sofrida quanto resignada, próxima das que se encontram nas pinturas de maior formato, também de Aurélia, retratando uma jovem abadeira e uma fiadeira. Nestas últimas, a mesma miséria imposta ou semelhante condição servil traduzem-se em caras de sofrimento e só no último caso se descobre, no branco da camisa e na indefinição do rosto, uma possível intenção de estetizar ou dignificar a pobreza. Será que a carquejeira, a abadeira e a fiadeira de Aurélia se constituem num modo de representar um

---

([50]) J. T. da Silva Bastos, *Perfis de Intelectuais: Visitas e passeios* (Lisboa: Tipografia o Anuário Comercial, 1908), p. XII.

([51]) Filipa Lowndes Vicente, ed., *Aurélia de Sousa: Mulher artista (1866–1922)* (Lisboa: Tinta-da-China, 2016); *O Problema das Carquejeiras do Porto e como a Liga de Profilaxia Social tem Procurado Resolvê-lo* (Porto: Liga Portuguesa de Profilaxia Social, 1951). António Simões Júnior, «O Sr. Gilberto Freyre e a verdade sobre Portugal», in Gilberto Freyre, *Um Brasileiro em Terras Portuguesas. Introdução a uma possível lusotropicologia, acompanhada de conferências e discursos proferidos em Portugal e em terras lusitanas e ex-lusitanas da Ásia, da África e do Atlântico* (Rio de Janeiro: Livraria José Olympio Editora, 1953), p. 431: «[...] a tragédia cruciante dessas mulheres que, para angariar uns míseros escudos, chegam a transportar à cabeça ou ao dorso 150 quilos em percursos de 4 e 5 quilómetros, tuberculizando-se lentamente»].

povo que vive na miséria? No fardo transportado por essa mulher ou rapariga descalça, mais do que qualquer tipo etnográfico ou retrato de costumes, não se esconderá o retrato de todo um povo? Se assim é, parece tratar-se sobretudo de um povo de mulheres, que podem ser velhas ou crianças, forçadas ao trabalho e atormentadas pela miséria ou pela fome.

Camilo Castelo Branco — sem deixar de mencionar o predomínio da «canalha ignorante» — também descreveu as mulheres trabalhadoras, em 1883.([52]) Teve em mente um estrato social que, apesar de oriundo dos campos, se afigurava mais elevado, pelo acesso à instrução. Nas suas palavras, eram «as alunas da paralítica, pela maior parte raparigas entre doze e dezasseis anos, muito musculosas, com pés grandes e os tecidos repuxados e cheios pelo exercício dos carretos nas safras da lavoura»([53]). Acrescente-se, ainda, que o inventário das imagens literárias do povo, sobretudo das mulheres e raparigas do campo, coevas das pinturas em causa de Aurélia de Sousa, está longe de estar completo. Além das representações literárias, haverá que ter em conta outros géneros discursivos, da etnografia aos relatórios administrativos. Por exemplo, em 1909, José Pereira do Nascimento fez uma comparação interessante acerca da situação das mulheres portuguesas que trabalhavam nos campos. Fê-lo a propósito da caracterização do trabalho das mulheres no Planalto de Benguela, considerando que só para os detractores da raça africana era válida a ideia de que os negros, no seu feroz egoísmo, faziam da mulher uma besta de carga na lavoura. Para ele, a realidade era diferente. Estabelecendo um quadro comparativo, escreveu: «A mulher do nosso homem de campo trabalha muito mais que a africana, pois lavra a terra com uma pesada enxada, enquanto a preta labora o seu *arimo* com uma pequena enxada, curta e leve [...], que não demanda esforços superiores às suas forças, enquanto que a nossa mulher do campo faz todo o árduo serviço da lavoura.»([54]) Assim, o esboço das representações aqui ensaiado coloca um problema à história da arte. É que o significado das pinturas de Aurélia em causa, mais do que na mera antinomia entre realismo naturalista e impressionismo, parece ganhar uma outra densidade no confronto com as imagens literárias e etnográficas acabadas de referir. O que equivale a dizer ou, pelo menos, a insinuar que o significado das obras de arte, longe de se esgotar nas categorias que a história da arte construiu, depende da teia de relações estabelecidas fora da disciplina.

([52]) Luís Norton, *Doze Cartas Inéditas de Camilo Castelo Branco* (Lisboa: Portugália, 1964), p. 45.

([53]) Camilo Castelo Branco, *A Brasileira de Prazins* (Porto: Ernesto Chardron, 1882), p. 24.

([54]) José Pereira do Nascimento, *Relatorio da Missão de Colonisação no Planalto de Benguella em 1909* (Luanda: Imprensa Nacional, 1910), pp. 57–58.

Ao enveredar por este género de pinturas, Aurélia de Sousa participou de um certo consenso entre intelectuais e artistas quanto às representações das classes populares. O inventário das imagens literárias de tais representações do povo é extenso. Pelos anos de 1846–1847, José Silvestre Ribeiro, enquanto governador civil da Madeira, escreveu inúmeras representações e discursos sobre a fome que ali grassava. Esta era, em parte, determinada pela monocultura do vinho, pela crise da batata e pela falta de produção de cereais. A resposta das populações encontrava-se na emigração, nomeadamente, para Demerara, que o próprio governador tentava impedir solicitando apoio naval militarizado e lançando um plano de obras públicas destinado a criar trabalho para os indigentes.([55]) Como se o Estado, pela mão de um dos seus representantes, se sentisse autorizado a coagir *manu militari* as populações, tenho em vista o fornecimento de mão-de-obra para obras consideradas de fomento. Num plano mais literário, em 1882, Camilo referiu-se ao modo de vida dos cabaneiros, que fugiam à fome pelo «caldo e pão de milho»([56]). A genealogia do mesmo tipo de representações fora, em parte, fixada por Eça de Queiroz, em 1866, no conto «Entre a neve», na *Gazeta de Portugal*, recolhido em *Prosas Bárbaras*. Eça centrou-se, então, na figura de um lenhador que vivia num casebre ao pé dos montes, com a sua família «transida dos frios, emagrecida das fomes»([57]). No ano seguinte, na sua colaboração para *O Distrito*

([55]) Sérvulo Drummond de Meneses, *Collecção de Documentos Relativos à Crise da Fome Porque Passaram as Ilhas da Madeira e Porto Santo, no Anno de 1847* (Funchal: Tipografia Bernardo F. L. Machado, 1848), pp. 69–61, 210–212; Rui Carita, «O governo do conselheiro José Silvestre Ribeiro na Madeira», in *Actas do Colóquio comemorativo dos 200 anos do nascimento de José Silvestre Ribeiro* (Angra do Heroísmo: Instituto Açoriano de Cultura; Câmara Municipal de Praia da Vitória, 2008), pp. 73–119, *maxime* pp. 76–79.

([56]) Camilo Castelo Branco, *A Brasileira de Prazins*, *op. cit.*, p. 12. Sobre a hierarquia de lavradores e cabaneiros, obrigados a pagamentos em milho, bem como às diferenças entre o pão macho, também chamado pão mocho, e o de milho, ver as considerações do Pe. Francisco Caetano de Sousa Sarmento, abade da igreja de Santa Maria de Gulpilhares, em 1764, transcritas por Bertino Daciano, «Alguns usos e costumes da freguesia de Santa Maria de Gulpilhares segundo o Livro das Visitações da mesma freguesia (1598–1885)», *Douro Litoral. Boletim da Comissão de Etnografia e História*, quinta série, vol. III-IV (1953), pp. 85–90, *maxime* pp. 88–89. Para a Beira, na década de 1930, a alimentação dos grupos de *charnecos* e *sertainhos* que andavam na ceifa era composta pelo caldo (no qual cada um dos membros do grupo mergulhava o seu naco de toucinho, que não se podia derreter para servir de conduto), e por pão de centeio, só comendo trigo em caso grave de falta de saúde (a ponto da expressão «um *charneco* está a trigo equivale a afirmar que está a morrer!»), Jaime Lopes Dias, *Etnografia da Beira*, vol. V, 2.ª ed. (Lisboa: Livraria Férin, 1966; 1.ª ed., 1938), pp. 139; *idem*, «Regime e organização do trabalho rural, englobando a questão de higiene e conforto no Concelho de Idanha-a-Nova», sep. do *Boletim de Agricultura*, III série, ano II, n.ºs 9–10 (Lisboa: Serviço de Publicidade e Biblioteca da Direcção-Geral da Acção Social Agrária, 1934), p. 29.

([57]) Eça, *Obras*, vol. I (Porto: Lello, 1958), p. 570.

de Évora, multiplicou as referências aos mesmos temas. Explicou que, nos períodos de escassez e de pressão do imposto, a «vida mais cara para as famílias pobres significa o empréstimo, a vexação, a abstinência, a fome e a miséria»([58]). Procurou, igualmente, chamar a atenção para a fome que grassava em Évora, que explicava o aumento dos roubos por parte dos famélicos, e falou da necessidade de pôr de pé uma política do pão, importando cereais a fim de contrariar a sua carestia.([59]) E, num texto em que equiparou a administração da justiça nas aldeias à que era dispensada em Bengala pelo sistema colonial britânico, denunciou: «O governo jamais pensou em civilizar os camponeses; não lhes pede mais do que imposto e o bilhete de confissão; no mais, deixa-os entregues a si mesmos.»([60])

Em 1871, em *As Farpas*, Eça voltou a pôr o dedo na ferida. Indignou-se com as «descrençazinhas» ou «exaltaçõezinhas» pseudoliterárias, quando «operários vivem na miséria por essas trapeiras, e gente do campo vive na miséria por essas aldeias»([61]). Em *O Crime do Padre Amaro* (cap. VII) aludiu à história das maltas que vinham para a apanha da azeitona — «trabalhadores errantes, homens e mulheres, que andam oferecendo os braços pelas fazendas, vivem na promiscuidade, e morrem na miséria». Por último, em *A Cidade e as Serras* (1901), livro póstumo, Eça desenvolveu o conto «Civilização» (1892), no qual apelou aos valores da natureza, sem deixar de denunciar a sorte dos miseráveis e famélicos sobre os quais a vida citadina repousava, bem como a situação dos caseiros dos campos.([62]) Aliás, foi acerca dos últimos que Jacinto, quando se apercebeu do quadro social de Tormes, desabafou: «— Que miséria, Zé Fernandes! Eu nem sonhava... Haver por aí, à vista da minha casa, outras casas, onde crianças têm fome! É horrível.»([63]) Enfim, é inegável que, através destas e de outras representações, Eça participou desse «esforço de aproximação ao mundo rural, o reconhecimento do mundo rural português conduzido de um ponto de vista exterior a ele — tão presente na nossa literatura, em Garrett, em Júlio Dinis, no António Nobre que recria elementos da visão do mundo e da expressão comunicativa de grupos populares»([64]).

Fialho de Almeida, a propósito da primeira edição do livro de contos de Trindade Coelho, *Os Meus Amores* (1891), identificou a tendência e, como era seu costume, distanciou-se dela, apontando-lhe as principais debilidades.

([58]) *Idem*, *Obras*, vol. IV (Porto: Lello, 1986), p. 530.

([59]) *Ibidem*, pp. 812–813.

([60]) *Ibidem*, p. 868.

([61]) *Idem*, *Obras*, vol. III (Porto: Lello, s.d.), p. 967.

([62]) *Idem*, *Obras*, vol. I, *op. cit.*, pp. 428, 493–500.

([63]) *Ibidem*, p. 500, citado e analisado por João Medina, *Eça Político: Ensaios sobre aspectos político-ideológicos de Eça de Queiroz* (Lisboa: Seara Nova, 1974), pp. 134–135.

([64]) Augusto Santos Silva, *Palavras para um País* (Oeiras: Celta, 1997), p. 184.

Para ele, era «tendência geral dos nossos mais modernos narradores buscarem na vida dos humildes, especialmente dos campos, matéria-prima para seus contos e poemetos»([65]). O problema estava em que eram poucos os que conseguiam traçar o retrato deles, dos camponeses, identificando as suas marcas regionais, sem lhes pôr na boca declarações amorosas que nada tinham que ver com a sua condição. Em tudo isto, Trindade Coelho ter-se-ia saído menos mal. E o mesmo Fialho, quando da visita de D. Carlos à Beira, referiu-se às condições sociais da gente pobre da Beira Baixa: «Salvo excepções restritas, é uma raça de miséria, avergoada de superstições e de ignorância, comendo mal, vivendo imundo e guardando ao dinheiro dos ricos uma servilidade de escravos e cães esfomeados.»([66]) As terras até Castelo Branco eram como uma «Arábia silvada de anátemas»([67]). E o tipo de homem que ali se encontrava era «de sacrista e de avaro, com a fala tardia, a ideia enferrujada, uma humildade abjecta no meio riso dulceroso, e sem altivez, como animais degenerados por um largo tirocínio de fome e pontapés nas terras dos proprietários e ricos-homens»([68]). O contraste sucedia com os pequenos proprietários da Cova da Beira, capazes de romper com «a subalternidade vil que atrás fixámos»([69]).

O mesmo Fialho reconstituiu o complexo securitário e policial que, em Lisboa e no Porto, começava a ser montado para vigiar e punir as classes baixas, que, com a fome, começavam a vaguear pelas ruas, «mais derreados que ameaçadores, que nem sequer audácia tinham para pedir esmola, e que ociosos, a par de malvestidos, foram coimados pela vossa polícia»([70]). Era uma outra versão, anterior, do Portugal à coronhada e da luta de classes, espoletado pela revolta do Porto de 31 de Janeiro de 1891, e que provocou o degredo de João Chagas e o exílio de Basílio Teles e Sampaio Bruno:

> Aberta a caça ao pobre, V. M., senhor, sabe o melhor. A pretexto de «limpar as ruas de larápios e republicanos» — como dizia o *Novidades* — «a polícia fez cerco a bairros inteiros, entrou nas habitações, varreu os botequins e as pequenas lojas, apreendeu em massa quanto pôde, e empurrou os morosos, moendo de pancadaria os recalcitrantes, verteu toda essa população desprotegida, por milhares nos porões dos navios e nas masmorras dos presídios, com gáudio da

---

([65]) Fialho de Almeida, *Os Gatos*, vol. V, 3.ª ed. (Lisboa: Livraria Clássica Editora de A. M. Teixeira, 1916), p. 111.

([66]) *Idem*, *Os Gatos*, vol. IV, 2.ª ed. (Lisboa: Livraria Clássica Editora de A. M. Teixeira, 1911; 1.ª ed., 28 de Março 1891 a 2 de Janeiro de 1892), p. 254.

([67]) *Ibidem*.

([68]) *Ibidem*.

([69]) *Ibidem*, p. 255.

([70]) *Ibidem*, p. 288.

corte, evohés dos jornais, e ofertas de bouquets da alta finança [...]. E quanto aos miseráveis colhidos nas rusgas, os juízes a absolvê-los na Boa Hora, do delito de terem fome, e o governo a arrebanhá-los à força, para os dar de presente, por noventa contos de reis, à Companhia de Moçambique»([71]).

Sampaio Bruno fez a história do modo como, em Portugal, a polícia tratava o povo à coronhada. Para isso, recuou até às *Memórias* (Lisboa: Tipografia de José Baptista Morando, 1855) de José Liberato Freire de Carvalho, onde encontrou uma comparação com a «gendarmerie» francesa, que não recorria aos métodos da nossa guarda de polícia, ou seja, não dava «coronhadas e baionetadas no pobre povo que lhe paga». Um método a que se vieram juntar, meio século volvido, os tiros de revólver, num país «cada vez mais asselvajado»([72]).

A reconstrução da genealogia das representações intelectuais e dos registos escritos acerca das misérias e das fomes da vida rural implica, ainda, outras sondagens. Recuando a 1827, António Maximino Dulac imaginava que, se um observador político percorresse as províncias, confrontar-se-ia com vastas áreas por cultivar e com «povos rústicos e ignorantes, abandonados aos escuros ditames da simples natureza, que, nos seus pobres trajes, pobres casas, pobres mobílias, e muito mais nos seus parcos e grosseiros alimentos, mostram a imagem completa do desalento e da miséria»([73]). A mesma constatação foi repetida duas décadas depois, quando, em 1843, o cônsul francês em Lisboa se referiu ao Alentejo como um «pays sec, peu produtif et peu peuplé», mas sobretudo uma terra desconhecida, uma «terra ignota», à espera de ser descoberta por um qualquer Cristóvão Colombo.([74]) Um dos melhores indicadores da descoberta não só do Alentejo, como de todo o território nacional que se lhe seguiu, encontra-se no *Relatório Acerca da Arborisação Geral do Pais*, de João de Andrade Corvo (Lisboa: Tipografia da Academia Real das Ciências, 1868). De Norte a Sul, do litoral aos confins do interior, o relatório deu conta do estado em que o país se encontrava. Porém, as conclusões não foram muito diferentes do testemunho anterior: o Alentejo impressionava pela extensão dos terrenos incultos, charnecas cobertas de mato.([75]) A mesma constatação acerca da vastidão da área

---

([71]) *Ibidem*, pp. 289, 293.

([72]) Sampaio Bruno, *Os Modernos Publicistas Portugueses* (Porto: Livraria Chardron, 1906), pp. 295–296.

([73]) António Maximino Dulac, *Exame Critico e Comparativo do Estado Actual de Portugal, Considerado na Penúria dos Seus Productos, e Urgência de Supprimentos...* (Lisboa: Impressão Régia, 1827). p. 1.

([74]) Arthur Morelet, *Une aventure en Portugal* (Paris: Calmann Lévy, 1887), p. 9.

([75]) João de Andrade Corvo, *Relatório Acerca da Arborisação Geral do Pais* (Lisboa: Tipografia da Academia Real das Ciências, 1868), p. 151. O tópico da necessidade de

inculta era extensiva ao Norte.([76]) Claro que existiam excepções, como sucedia nessa «quinta continuada», cheia de casais e aldeias, que se estendia do Tua até ao Marão, mas, nesse caso, faltavam os braços para o amanho das vinhas e de outras culturas.([77]) Nesse mesmo ano 1868, Manuel Bento de Sousa (pseud. Marcos Pinto) escreveu: «No meio de uma sociedade tão original tem-se desenvolvido uma outra [...], é esta pobre, sem feições características, e composta de homens que, ao inverso daqueles, trabalham, trabalham, e tendo por pouco decoroso viver da árvore do pão, andam sempre a morrer de fome.»([78]) Alfredo Gallis dedicou a primeira parte do seu livro *Os Selvagens do Occidente* a descrever o que chamava o país dos Papa-Moscas, e falou igualmente da fome e dos campos por cultivar:

> Por toda a Moscolica estendem-se léguas e léguas de charneca inculta que os governos não podem ver do fundo da aringa governamental. As vinhas falecem filoxeradas reduzindo à indigência os pobres viticultores, o fisco pede sempre sem que deem uma sova de marmeleiro rija e tesa, indústrias não há, onde empregar tanto braço inaplicável, e o desditoso Papa-Moscas campónio foge à fome emigrando para o Brasil onde a morte se encarrega de o levar para o eterno descanso, ou senta praça, suicidando-se moralmente na panria da caserna com intermédios de fava torrada e passeatas pelas vielas e becos sujos da cidade.([79])

Abra-se aqui um parêntese para levantar uma questão que não é de simples resolução: como é que as representações da fome e das misérias da vida rural foram, então, compatíveis com uma visão mais ou menos idealizada da paisagem campestre? De facto, há uma contradição evidente entre os dois sistemas de representações. Contudo, a busca do que era tipicamente nacional conduziu aos levantamentos nas artes decorativas e populares — da cerâmica, tida como a mais tradicional e vetusta, à ourivesaria, ao mobiliário, às rendas e casas de habitação —, mas sobretudo ao reconhecimento do triunfo da paisagem, seguindo uma tendência vinda de fora. A este respeito, Silva Porto, Marques de Oliveira, Artur Loureiro, António Ramalho, Malhoa, Vaz,

---

«colonizar o Sul do país, despovoado e inculto», repetir-se-á, por exemplo, em Carneiro de Moura, «Soluções da politica colonial portugueza», *Revista Portugueza Colonial e Maritima*, Segundo ano, Primeiro semestre (1898–1899), p. 1160.

([76]) Andrade Corvo, *Relatório Acerca da Arborisação Geral do Pais*, *op. cit.*, pp. 253, 269, 313–315.

([77]) *Ibidem*, p. 261.

([78]) Manuel Bento de Sousa (pseud. Marcos Pinto), *A Parvónia: Recordações de viagem* (Lisboa: Tipografia de M. de Jesus Coelho, 1868), p. 10.

([79]) Alfredo Gallis, *Os Selvagens do Occidente* (Lisboa: Imprensa de Lucas Evangelista Torres, 1890), p. 87.

Luciano Freire e Carlos Reis são os principais paisagistas apontados pelo crítico José de Figueiredo. Este mesmo escreveu a respeito do labor desses pintores, identificando a nação com a paisagem: «A vida do campo com os seus costumes, o seu trajar ainda tradicional e típico, e as suas figuras do interior ou da beira-mar, tão cheias de carácter e reveladoras da raça, veio dar-lhes uma mais profunda verdade e um maior conhecimento dos nossos verdadeiros elementos de constituição.»([80])

Enfim, na literatura referente ao socialismo difundida em Portugal na viragem do século XIX para o XX, será possível encontrar um outro tipo de representações acerca da situação ou dos comportamentos da plebe. Por exemplo, em reacção às ideias socialistas ou colectivistas de Garofalo, Júlio de Matos manifestou o seu desprezo em relação ao grupo mais alargado de intelectuais, eles próprios tidos por «inadaptados», capazes de manipular a plebe:

> Saem da pequena burguesia, em regra, os soldados deste contingente socialista, que todos os dias aumenta e que é o mais temível, porque dispõe de certos recursos mentais e conta, sobretudo nos povos latinos, com o prestígio da posição. Estes sectários vêm das escolas e constituem o que por toda a parte se chama o *proletariado intelectual*: são médicos, advogados e engenheiros sem clientela, artistas sem encomendas, professores sem discípulos, políticos sem cotação, plumitivos sem leitores, candidatos preteridos à burocracia, numa palavra, todos os *déclassés* das camadas superiores. Frutos de uma educação, que, tirando-os de uma esfera humilde, lhes fez criar desejos e ambições incompatíveis com a própria capacidade, são esses os formidáveis *meneurs* das hostes socialistas. Amargurados, desiludidos, repletos de inconfessáveis invejas, são esses os verdadeiros e perigosos agitadores das multidões proletárias, cujos piores sentimentos lisonjeiam, pregando-lhes a inversão da fórmula positivista, segundo a qual nas livres sociedades modernas importa substituir *a tumultuosa reivindicação de direitos* pela *tranquila e serena execução dos deveres*. Penetrando na imprensa e nos clubs, armados de uma triste aptidão verbosa, que aos humildes se afigura um indício de superioridade, são eles os que desorientam as plebes e nelas cultivam, pela mais vil das adulações, o ódio contra a sociedade proletária e capitalista.([81])

Fernão Boto Machado, republicano, liberal, democrata, que elogiou o anarquismo, foi mais longe na sua denúncia da desigualdade dos fracos e deserdados, em relação aos que eram fortes e ricos. E não tratou apenas de apontar

---

([80]) José de Figueiredo, *Algumas Palavras sobre a Evolução da Arte em Portugal* (Lisboa: Livraria Ferreira Editora, 1908), p. 39.

([81]) Júlio de Matos, «Prefácio do traductor», in Raffaele Garofalo, *A Superstição Socialista* (Lisboa: Livraria Clássica Editora, 1904), pp. LXIII-LXIV.

o dedo a «essa alcateia de lobos famintos» — aos governos monárquicos, a José Luciano de Castro, a João Franco e às «oligarquias que nos estão roubando» — por se colocarem ao lado dos últimos. Para ele, a questão estava também no ordenamento jurídico, uma vez que o Código Penal Português (artigo 277) punia com pena de prisão qualquer coligação entre trabalhadores tendo em vista suspender ou fazer subir o preço do trabalho. Marx vinha em abono da argumentação, pois fora ele quem denunciara as formas de enriquecimento à custa da miséria e da desgraça mais extremas. Também se pressente a sua inspiração quando argumenta, a respeito do direito à greve, com a «solidariedade de uma classe reagindo contra a opressão e exploração do capital». Mais: a sua crítica ao sistema legal ia ao ponto de considerar que, depois de legisladores como Fernandes Tomás e Mouzinho da Silveira, só tinha «havido, sim, fabricantes de leis, com o único intuito de servirem os seus interesses pessoais e políticos». Assim, aos intelectuais competiria educar pela inteligência e apartar-se do sistema da ladroagem a cargo das «oligarquias crapulosas», para acabar com a «verdadeira bacanal de devassos e corruptos». Importava, sempre segundo Boto Machado, prestar atenção ao que escrevera Silva Cordeiro em *A Crise em Seus Aspectos Moraes* (1896). E, ainda, atender ao facto de médicos ou cientistas — tais como Silva Carvalho, Miguel Bombarda, Joaquim Martins de Carvalho, Daniel de Matos, Manuel Bento, Sousa Martins e Moreira Júnior — inspirarem os republicanos na sua causa «a favor da gravíssima questão económica da alimentação pública». É que, depois de três congressos da Liga Contra a Tuberculose, sabia-se bem que a causa maior dessa «monstruosa endemia» era, simplesmente, a fome!([82])

Mesmo que esteja por fazer a genealogia das imagens de miséria das classes populares, parece existir uma redobrada intensidade da sua produção na viragem do século. Alguns óleos de Aurélia de Sousa — a que se poderiam acrescentar algumas fotografias de pobres e mendigos de Carlos Relvas([83]) — e os escritos de Laranjeira, Silva Pinto, João Chagas, Silva Bastos e Fernão Boto Machado, nos anos anteriores à implantação da República, revelam as preocupações de um grupo de intelectuais e jornalistas que fez dos destinos da nação um dos seus objectos principais.([84]) Sobre este fervor nacionalista,

([82]) Fernão Boto Machado, *Crenças e Revoltas* (Lisboa: Livraria Central de Gomes de Carvalho, 1908), pp. 24–25, 27, 93, 102, 120–121, 216–217, 226.

([83]) Frederico Ágoas e Lais Pereira, «Verdade, ideologia e violência nas primeiras fotografias do povo em Portugal: O realismo científico do Inquérito à Habitação Rural», in *O Espectro da Pobreza: História, cultura e política em Portugal no século XX*, eds. Frederico Ágoas e José Neves (Lisboa: Mundos Sociais, 2016), pp. 59–80, *maxime* pp. 60–61 [e bibliografia aí citada].

([84]) Na viragem do século, o prolixo e mal estudado Ladislau Batalha criticou os resultados do nacionalismo — a que chamava «ficção patriótica» — a bem de uma emancipação de

de recolha das tradições, Eça de Queiroz escreveu, igualmente, páginas de uma fina ironia em *A Ilustre Casa de Ramires*, as quais estão bem de acordo com o que declarou Alberto de Serpa, em 1894, distanciando-se de vários modos de nacionalismo literário.([85]) Alfredo Gallis também se referiu à «febre patriótica» desencadeada pelo *Ultimatum* de 1890.([86])

Entre os mesmos escritores e intelectuais, existiam inúmeras clivagens e conflitos, sobretudo em relação ao modo de conceber a organização do Estado. Porém, parecia haver um consenso de perspectivas quanto às representações do povo e das classes populares, nas suas fomes, misérias e desespero — a ponto de se poder dizer que era talvez aqui que se encontrava o cerne daquilo que Augusto Santos Silva denominou, mais recentemente, como «o relacionamento simbólico entre intelectuais e povo»([87]). Mas que muitos outros antes dele já tinham topado, pois foram muitos os prosadores e poetas que se debruçaram «sobre o mundo dos humildes»: os *Ceifeiros* de Fialho, os *Pescadores* de Brandão, o *Mineiro* de Gomes Leal e as poesias de António Nobre, nomeadamente sobre os poveiros.([88]) Trata-se do mesmo momento em que se passou a temer que as classes perigosas fizessem a revolução, logo, todos os cuidados de controlo por parte do Estado tiveram de ser accionados. Conforme sintetizou Nuno Madureira: «O receio da perturbação da ordem pública e da violência parece ser uma evidência, existindo uma relação sequencial entre o ciclo da combatividade operária da viragem do século (1894–1903) e a instalação de uma malha apertada de vigilância preventiva por parte do Estado.»([89]) Contudo, Eduardo de Barros Lobo, de forma mais displicente e irónica, descreveu, muito simplesmente, esses dois mundos à parte que não se tocavam. Nas suas palavras, frente às misérias dos outros, «a gente encolhe-se mais ao canto do seu fogão, pensando em todas essas misérias com uma boa filosofia compadecida, que é um gozo a

---

sentido internacionalista, ao mesmo tempo que se fixou na denúncia das misérias produzidas por uma das sociedades mais modernas do seu tempo. Ver dois dos seus livros: *Atravez do Reino Unido: Notas de viagem* (Lisboa: Tipografia Rua da Barroca, 1904), 216–242; *A Burla Capitalista: Critica da sociedade contemporânea* (Lisboa: Instituto Geral das Artes Gráficas, 1897), pp. 25–29, 199.

([85]) Eça de Queiroz, *Obras*, vol. I (Porto: Lello, 1958), p. 1186. Câmara-Reys, *As Questões Morais e Sociais na Literatura* (Lisboa: Seara Nova, 1941), pp. 145–147 [carta de Eça de Queiroz, datada de Paris, 6 de Agosto de 1894].

([86]) Alfredo Gallis, *Os Selvagens do Occidente* (Lisboa: Imprensa de Lucas Evangelista Torres, 1890), p. 204.

([87]) Augusto Santos Silva, *Palavras para um País*, *op. cit.*, p. 39.

([88]) Mário Areias, «Os Poveiros na poesia de António Nobre», *Póvoa de Varzim – Boletim Cultural*, vol. II, n.º 1 (1959), pp. 133–146, *maxime* p. 134.

([89]) Nuno Madureira, *As Ideias e os Números: Ciência, Administração e Estatística em Portugal* (Lisboa: Livros Horizonte, 2006), p. 70.

mais no belo aconchego da vida bem arranjadinha»([90]). Quanto ao resto, a mesma gente continuava a ir a festas e jantares — «colhe o prazer se ele se lhe depara num belo cálice de Baccarat lapidado» —, e, em lugar «de inutilizar-se numa consternação estéril pelas desgraças alheias [...], deixa aos grossos *in-fólios* de sociologia o cuidado de ventilar eruditamente o grave problema da miséria»([91]).

Raul Brandão: de anarquista a crente em Deus

De Guimarães ao Porto, comemoraram-se os 150 anos do nascimento de Raul Brandão (Porto, 1867 – Lisboa, 1930). Ao invés do que costuma acontecer com muitas celebrações do mesmo género, feitas de improviso, esta teve a vantagem de ter sido preparada, durante décadas, por um trabalho sistemático de edição e estudo das obras do escritor. Desde 1998, a editora Relógio D'Água tem vindo a publicar as obras completas do autor de *Os Pescadores* (1923), com o apoio do Instituto Português do Livro e das Bibliotecas. Trata-se, aliás, de um programa que é urgente voltar a dinamizar, no âmbito da Direcção-Geral que lhe sucedeu. É que a edição das obras dos nossos clássicos — ao lado de uma política de defesa do nosso património, centrada na organização de bibliotecas, arquivos, monumentos e museus — deverá sempre preceder as políticas áulicas, comemorativas e os foguetórios de circunstância.

Cerca de uma dúzia de volumes das obras completas de Raul Brandão já foram publicados, em edições cuidadas, antecedidas de estudos introdutórios e notas bibliográficas de elevado mérito — por rasgarem novas perspectivas e tentarem novas interpretações — da autoria de José Carlos Seabra Pereira, Maria João Reynaud, Maria de Fátima Marinho, Vítor Viçoso e Luís Manuel Gaspar. Paralelamente, Vasco Rosa coligiu artigos de jornal de Brandão e a última compilação que editou intitula-se *A Pedra Ainda Espera Dar Flor* (Quetzal, 2013; 1.ª ed., *Dispersos*, Ambar, 2006). A Quetzal, por iniciativa de Francisco José Viegas, publicou *As Ilhas Desconhecidas* (2011) e acaba de lançar, num só volume, as *Memórias* de Brandão. A Guerra e Paz, também, reeditou recentemente *El-Rei Junot* (2017).

Nos anos 1980, a editora Comunicação ensaiara já um projecto de edição das obras completas de Brandão, que se ficou pela meia dúzia de volumes, com introduções, desiguais, mas não menos valiosas, de José Cardoso Pires,

---

([90]) Eduardo de Barros Lobo (Beldemónio), *Do Chiado a S. Bento: Apontamentos da jornada de um lisboeta atravez de Lisboa* (Porto: Livraria Portuense, 1890), p. 53.

([91]) *Ibidem*, pp. 53–54.

Luís Francisco Rebelo, V. Viçoso, António Machado Pires e Victor de Sá. Da mesma altura, datam as edições, da Imprensa Nacional, de *El-Rei Junot* (1982), da responsabilidade de Guilherme de Castilho, de *A Noite de Natal*, por Seabra Pereira (1982) e da obra inédita *Os Operários*, a cargo de Túlio Ramires Ferro (1984).

Desde a publicação, por João Pedro de Andrade, de *Raul Brandão – A obra e o homem* (Arcádia, 1963; 2.ª ed., Acontecimento, 2002) e, por Guilherme de Castilho, de *Vida e Obra de Raul Brandão* (Bertrand, 1978), os estudos sobre Brandão multiplicaram-se. Os seus principais autores são Óscar Lopes, Álvaro Manuel Machado, Machado Pires, V. Viçoso, Seabra Pereira, M. João Reynaud, Rita Martins e Vasco Rosa. Este último, com livro recente de notas e compilação de dispersos de Brandão ou sobre ele (*Cinzento e Dourado*, Imprensa Nacional), pela curiosidade brandoniana que tem demonstrado([92]), merece ser tratado como o seu neto pródigo. E que não fiquem esquecidos os ensaios anteriores sobre Brandão, publicados por Vitorino Nemésio, José Régio, Jacinto do Prado Coelho, David Mourão-Ferreira, Vergílio Ferreira e Jorge de Sena. Tão-pouco se perca de vista a recriação de *Húmus* da autoria de Herberto Helder.

Dispor de boas edições e de um conjunto de estudos sobre a obra de Brandão constitui a melhor forma de comemorar um escritor, devendo esta consistir sobretudo na leitura e compreensão do significado da sua obra. Ou seja, na busca de novos sentidos e interpretações em relação a uma obra que se afigura, ao mesmo tempo, tão contemporânea quanto datada no tempo, e tão orientada para uma renovação estética da arte de bem escrever quanto interessada em servir de testemunho etnográfico, social e político. O que equivale a dizer que a verdadeira festa — mais do que na produção de um qualquer festival — estará sempre no prazer, necessariamente individual, da leitura. O mesmo se passa com a interpretação das suas peças de teatro. Resta saber, mesmo que de forma abreviada: qual o melhor método, ou, pelo menos, que sugestões podem ser feitas, para reconstituir o sentido da mesma obra?

Tenho dúvidas acerca da utilização de grandes categorias, definidoras das correntes de uma época, para interpretar uma obra como a de Raul Brandão. Claro que será sempre possível encontrar nela numerosos traços de decadentismo e de simbolismo, bem como de uma escrita que parece concorrer com

---

([92]) Vasco Rosa também publicou, em 2019, *Raul Brandão e os Açores: Motivo, edição e recepção de «As Ilhas Desconhecidas. Notas e paisagens»* (Lajes do Pico: Companhia das Ilhas) e, em 2020, *Raul Brandão e Lisboa* (Porto: O Progresso da Foz) por ocasião da fixação de uma placa no prédio em que o escritor faleceu, uma homenagem de sua iniciativa.

determinadas formas de expressionismo pictórico.([93]) Porém, encerrar a criatividade literária e as ideias de Brandão numa grelha que corresponda a uma sucessão de visões do mundo — dispostas por períodos, onde se passaria do realismo ou naturalismo de Eça para as visões finisseculares e decadentistas de António Nobre, e, por último, para o modernismo vanguardista do *Orfeu* — pode servir propósitos pedagógicos de uma certa história superficial da literatura, mas dificilmente se afigura pertinente para interpretar a obra de Brandão.

De igual modo, também se pode discutir se a melhor grelha de leitura é tratá-la como exemplo de diversas antecipações: em relação ao modernismo em que o sujeito se dispersa por diferentes heterónimos, como sucedeu com Fernando Pessoa; em relação ao *nouveau roman* onde o sujeito se diluía (como propuseram Mourão-Ferreira, *Tópicos de Crítica e de História Literária*, União Gráfica, 1969, e José Manuel de Vasconcelos, «Introdução», in *Húmus*, Vega, 1982); e, ainda, enquanto antecipação da fragmentação discursiva do pós-modernismo. Talvez valha mais a pena considerar, pelo menos como hipótese, que as obras de Brandão, Camilo Pessanha, Aquilino, Pessoa e Almada eram expressão dos «novos poetas em verso ou prosa [que] já não acreditam na democracia nem no progresso social então assumidos sob a forma de liberalismo burguês; não acreditam na família nem no cristianismo aburguesados, não acreditam no amor sentimental, não acreditam na justiça nem no direito então estabelecidos, não acreditam em nada daquilo em que julgavam acreditar todos os anteriores poetas ou ficcionistas, românticos, realistas, naturalistas ou saudosistas»([94]).

Na diversidade de géneros que ensaiou — a começar pelo registo de crónica breve, própria de quem escreveu tanto para jornais, talvez para arredondar o ordenado de oficial militar —, o elenco é extenso. Teatro, memórias, versões ficcionadas de um registo autobiográfico, descrições próximas da etnografia de grupos populares e ensaios ou romances históricos, sobre as primeiras décadas do século XIX, são alguns dos principais géneros da escrita de Raul Brandão. Qualquer interpretação da sua obra terá, pois, de partir dessa mesma multiplicidade de formas de escrita.

Porém, como notou José Carlos Seabra Pereira, um dos grandes conhecedores da obra de Brandão, existiu, na sua trajectória literária, «uma insólita mas congruente continuidade, onde as exigências de seriedade espiritual e de radical candura se vão crescentemente impondo às injunções programáticas

---

([93]) Fernando Rosa Dias pontua abundantemente com citações de Raul Brandão o seu *Ecos Expressionistas na Pintura Portuguesa: Entre guerras (1914–1940)* (Lisboa: Campo da Comunicação, 2011).

([94]) Óscar Lopes, «Um Lugar de nome Aquilino», in Aquilino Ribeiro, *A Casa Grande de Romarigães* (Lisboa: Círculo de Leitores, 1988), p. XXII.

de estilos epocais» («Introdução», in *Memórias*, Relógio D'Água, vol. I). Isto é, à geração realista de 1870 ter-se-ia sucedido a geração de 1890, considerada «em literatura, de nefelibatas, de saudosistas e lunáticos»([95]). Por sua vez, o Brandão vanguardista e anarquista foi dando progressivamente lugar ao escritor centrado na religião do amor ao próximo e na devoção a Deus. Claro que se pode sempre especular acerca do valor de ambos os programas — primeiro, o de uma estética de ruptura, depois, o de uma comunhão que se eleva espiritualmente até alcançar a transcendência. Não terá existido em ambos os casos, que correspondem a momentos diferentes de uma vida, o mesmo sentimento de revolta ou, pelo menos, uma idêntica oposição a uma ordem estabelecida e a uma modernidade associada às rotinas da racionalidade? Não haverá, em ambos os momentos, a mesma urgência em ir buscar energias à ruptura estética ou às forças da espiritualidade?

De facto, em *Os Nefelibatas* (1892), Brandão subscreveu a seguinte ideia, que tinha força de todo um manifesto: «Não professando nenhum culto, nenhum Evangelho, nem o do Classicismo, nem o do Catolicismo, cuspindo em todas as hóstias consagradas dos ritos burgueses. Anarquistas das Letras, petroleiros do Ideal, desfraldando aos ventos sobre os uivos e os apupos dos sebastianismos o estandarte da seda branca da Arte Moderna!» Enquanto, em *Vale de Josafat* (edição póstuma, 1933), não hesitou em identificar o lugar de onde escrevia como estando situado «mais perto de Deus e das coisas eternas» (*Memórias*, vol. III, Relógio D'Água, p. 35). Por isso, será possível argumentar que, no arco de uma vida literária de quase quarenta anos, Brandão foi do anarquismo dos nefelibatas à devoção e ao amor a Deus.

Será que o mesmo inconformismo assumiu, em momentos diferentes, conotações distintas? Ou, pelo contrário, há na obra de Brandão uma espécie de revolta permanente, capaz de lhe conferir um sentido unitário, mais coerente do que se afigura à primeira vista? Esta é a perspectiva que propõe Maria João Reynaud, no estudo recente mais completo da obra de Brandão: «Se a arte de Raul Brandão surge muitas vezes na fronteira da vida com a literatura, é porque ele concebeu a função do escritor em termos autenticamente modernos, isto é, em íntima conexão com uma atitude intelectual que a cada momento reivindica o livre exercício do espírito contra todas as formas de degradação dos valores humanos e contra todos os dogmas. A sua intuição estética leva-o a seguir o caminho da contestação aberto pelos decadentistas e simbolistas franceses, sob cuja influência se desenham os movimentos de ruptura do nosso fim de século.»([96])

([95]) *Idem*, *Ler e Depois* (Porto: Inova, 1969).

([96]) Maria João Reynaud, *Metamorfoses da Escrita: Húmus de Raul Brandão* (Porto: Campo das Letras, 2000), p. 18.

Dentro da mesma linha de interpretação estabelecida por Reynaud, será também possível compreender uma outra continuidade na obra de Brandão. Uma continuidade descritiva, situada para lá do modo recorrente como o escritor utilizou os mesmos personagens em diferentes livros (caso do Gabiru ou do Pita). Envolvendo-se tanto numa espécie de «carnavalização da narrativa» por via do palhaço e das alusões ao circo, como na «revelação de um mundo marginal e miserável» (Reynaud, «Introdução», in *História dum Palhaço* e *A Morte do Palhaço*, Relógio D'Água).

Mais concretamente, é na descrição da vida dos pobres e das classes subalternas que a obra de Brandão se aproxima mais do registo etnográfico, o qual surge sempre associado ao drama de existência dos miseráveis. Por exemplo, em *História dum Palhaço (A Vida e o Diário de K. Maurício)*, põe na boca de um dos personagens: «Sabe que em Setúbal, nos arrozais, para ganhar apenas o pão negro, mulheres trabalham na água como bestas, até se cortarem pelas virilhas. Sabe que há pequenas de oito anos, que se chegam à sua beira com um ar de vício e têm esta frase trágica: — Eu faço tudo!...»([97])

Na denúncia da vida dos pobres, camponeses, pescadores, operários e prostitutas, percebe-se bem a força do drama etnográfico que Raul Brandão representou. A seu lado, a vida política — da Monarquia à República e desta última ao Estado Novo, contando pelo meio com episódios de reacção, tais como a ditadura de Pimenta de Castro ou o sidonismo, por ele considerado de inspiração monárquica e germanófila — não passou de uma espécie de epifenómeno. Assim, com as suas personagens bem identificadas — Paiva Couceiro, Afonso Costa ou Salazar —, mas também com os seus ódios e limitações, a política não assumiu na obra de Brandão uma dimensão idêntica à do drama existencial, autobiográfico, nem tão-pouco à do drama etnográfico da vida social dos desclassificados.

Será sempre possível ler Brandão, nomeadamente o seu *Vale de Josafat*, como uma compilação de críticas aos ódios da vida política (monárquica, republicana ou do Estado Novo). «Os republicanos torturam os presos. Mas que fariam os monárquicos se vencessem?» (*Vale de Josafat*, Relógio D'Água, p. 62). Porém, mobilizar Brandão para as guerras do presente — entre progressistas e herdeiros dos seareiros, capazes de celebrar a República, opostos aos conservadores revisionistas, interessados em denegri-la, para justificar Salazar e o Estado Novo — acaba por ser um exercício de leitura míope da sua obra. De fora de uma tal leitura política, fica o mais importante, ou seja, o lado dramático ou mesmo trágico da existência, bem como a exploração das dimensões de miséria social, nas quais o escritor denunciou as condições de

([97]) Brandão, *Obras Completas*, vol. III, ed. Maria João Reynaud (Lisboa: Relógio D'Água, 2005), p. 100.

vida de uma massa anónima, à qual pretende dar voz e fazer reconhecer nos seus direitos.

Além do modo como nos seus ensaios e romances históricos, a um século de distância, reflectiu sobre as lutas do presente — comparando os anos da implantação da República com os do Liberalismo —, muito haveria também a dizer acerca do modo como Brandão representou o drama da sua existência em contraposição com os tempos modernos. Por exemplo, em *Jesus Cristo em Lisboa – Tragicomédia em Sete Quadros* (1927), que escreveu com Teixeira de Pascoaes — provavelmente com o propósito de demonstrar afinidades estéticas e intelectuais que nunca se confinaram ao Grupo da Biblioteca Nacional e à *Seara Nova* —, os novos tempos suscitaram uma clara reacção anti-semita, sendo a figura do judeu banalmente conotada com os interesses económicos.

Há, ainda, uma tendência na obra de Brandão para caracterizar a modernidade em termos de anomia de costumes, de regabofe sexual, de horror pela homossexualidade, bem como de uma série de outros horrores que incluíam a «influência da máquina — aeroplano e auto — a do desporto e do cinema [...]. Tanto como a guerra, mais talvez que a guerra, foram as máquinas que transformaram a nossa vida» (*Vale de Josafat*, Relógio D'Água, p. 100). Ora, no caso específico do cinema, já foi notado que, salvo honrosas excepções, em Portugal, tal como em todo o lado, o cinema foi recebido com desconfiança pelos intelectuais.([98])

E como reagiu Brandão a essa mesma modernidade, da máquina, das cidades, da decadência dos costumes, do comportamento das mulheres e das práticas sexuais amorais com que se horrorizava? Refugiando-se na aldeia? É o que parece quando escreve, numa clara alusão ao seu refúgio na Casa do Alto, na freguesia da Nespereira, Guimarães: «Vou-me embora, vou para a aldeia escrever o que tenho a escrever, sem ataques nem alusões pessoais, sobre esta república que falhou» (*Ibid.*, p. 78). Ou, também, recolhendo-se numa religião simples e popular, que lhe permitisse alcançar a comunhão com Deus. Foi o que deu a entender na alusão à velha criada, numa passagem difícil de transpor para os nossos dias: «Aprendi com a Mari'Emília coisas extraordinárias — a religião no que ela tem de mais vivo — o veio que passa escondido de alma para alma do povo e a piedade pelos humildes [...] Mancou e riu até ao fim [...] Serviu e amou» (*Ibid.*, p. 118).

Não haverá no elogio da aldeia, associada às tradições populares e a uma espécie de formas elementares da vida religiosa, uma porta aberta para o caldo ideológico de elogio da vida rural, das quintas e aldeias lusitanas, de

---

([98]) Roberto Nobre, *Horizontes do Cinema*, 2.ª ed. (Lisboa: Guimarães Editores, 1971), p. 77.

que o Estado Novo se serviu? Como notou há muito Alfredo Margarido, também Teófilo Braga, antes de António Sardinha, investira na «revalorização da tradição», centrada na aldeia e na vida dos campos, a ponto de se poder considerar que republicanos e integralistas contribuíram para a formação do referido caldo.([99]) No entanto, tal como muitos escritores desde Eça de Queiroz, também Raul Brandão, ao denunciar situações de profunda injustiça social vividas pelos pobres, destruiu todo e qualquer ensejo de celebração bucólica dos campos ou da vida nas serras.([100]) Ou seja, a simples constatação da miséria e a denúncia das situações de fome, de analfabetismo e até de uma cultura da brutalidade dos pobres e aldeãos, levadas a cabo por Eça e por outros escritores que se lhe seguiram não permitia continuar a generalizar o simples elogio da tradição construída a partir da aldeia.

Frente a tudo isto, não haverá uma contradição na obra de Brandão entre, por um lado, o elogio da aldeia e da vida agrícola na quinta, da qual os proventos de Brandão dependiam (conforme argumentou Vasco Rosa), e, por outro, a sua denúncia da situação miserável em que viviam os pobres e aldeãos? É que o elogio da aldeia, enquanto espaço de refúgio mais ou menos bucólico, é difícil de reconciliar com a denúncia da pobreza em que os pobres viviam. A este respeito, foi Jacinto do Prado Coelho quem procedeu ao confronto de duas posições porventura irreconciliáveis que coexistem na obra de Brandão. Por um lado, em *O Pobre de Pedir*, escrito em 1930 (e publicado em 1931),

([99]) A. Margarido, «Prefácio», in Vasco Pratolini, *Tempo de Guerra* (Lisboa: Arcádia, 1961). No entanto, o próprio António Sardinha sentiu necessidade de explicar até que ponto foi leitor de Teófilo e dele se aproveitou na construção da sua teoria da nacionalidade, mas acabou por dele se demarcar devido, sobretudo, ao seu «preconceito republicano», António Sardinha, «Teófilo, Mestre da Contra-Revolução», *Nação Portuguesa – Revista de Filosofia Política*, ano I, n.º 1 (1914), pp. 7–15, n.º 2, pp. 38–52, n.º 3, pp. 92–100; *idem*, *O Valor da Raça: Introdução a uma campanha nacional* (Lisboa: Almeida, Miranda & Sousa, Editores, 1915), pp. 116, 144; e também porque «as capelinhas do Livre-Pensamento saúdam-no com coerência quando o alcandoram a seu orago máximo», *idem*, «O velho Teófilo», *A Monarquia – Diário Integralista da Tarde*, ano I, n.º 12 (24/2/1917).

([100]) A denúncia das injustiças e do baixo nível de vida das classes populares feita por Raul Brandão não escapou à atenção de Vitorino Magalhães Godinho, *Estrutura da Antiga Sociedade Portuguesa*, 4.ª ed. (Lisboa: Arcádia, 1980), pp. 259–260. No entanto, futuras investigações acerca dos inquéritos da vida dos pobres, sobretudo das classes rurais, terão de saber integrar também os contributos de muitos intelectuais ligados ao Estado Novo e à Igreja, como foi o caso, em dois momentos diferentes, do Pe. António Brásio, que estudou comparativamente a região vinhateira do Douro, que se baseava no trabalho dos que eram «quase os antigos escravos da gleba», *Humanidade*, n.º 40 (11/12/1937); *idem*, «A cultura da vinha na Bacia da Régua», in Academia Portuguesa de História, *O Vinho na História Portuguesa Séculos XIII–XIX. Ciclo de Conferências* (Porto: Fundação Eng. António de Almeida, 1983), pp. 233–240.

fica documentada a oposição entre exploradores e explorados, «pela expressão obsessiva dum sentimento de culpa e pelo anúncio da grande revolução que tende a instaurar a igualdade e, concretamente, nos campos, a dar as terras àqueles que as trabalham». Enquanto, no volume de memórias *Vale de Josafat*, Brandão escreveu com cinismo aparente, ficando-se pelo problema moral individual, frente ao antagonismo de classes: «O pão dos caseiros vai quase todo para a renda. No fim do ano levam-no ao senhorio. Eu nunca acredito que o caseiro me pague a renda, e sempre que ele aparece, com o velho casaco a remendos, olho-o com espanto. Ele paga ainda que eu não queira. E eu quero.»([101])

Por último, importa não esquecer — para, deste modo, continuar a fugir às leituras que pretendem transformar Brandão num escritor actual, espécie de modelo imaculado do presente — o evidente racismo que a sua obra denota. Racismo, poder-se-á dizer, próprio de uma época de difusão de ideais de eugenismo; associado a projectos coloniais de exploração do «preto» que eram comuns, mesmo no interior de círculos progressistas e republicanos; e, ainda por cima, com alguns traços que eram partilhados pelos escritores que integravam o movimento crítico da *Seara Nova*. Tudo isto se afigura pertinente, podendo ajudar a explicar as razões de um certo racismo de Brandão. Conforme escreveu e citou: «A nossa decadência começa com as conquistas, não por causa do oiro, mas por causa dos cruzamentos. O sangue preto alastra no povo. "É muita a moirama que lá (em Lisboa) vive e procede da Guiné" (*Voyages à Amsterdam*) e que se entranha até às mais remotas províncias» (*Ibid.*, p. 210).

No entanto, será sempre necessário ter em conta que, a par de um interesse etnográfico pelo povo, Raul Brandão considerou que era urgente pôr em prática um novo elitismo de condução das massas, ao mesmo tempo que denunciou o modo como o sangue da Península podia ser tido como «quase africano» (*Ibid.*, p. 208). Ou seja, a degenerescência da raça teria sido paralela à sua decadência. Por isso, Brandão foi ainda mais longe, acabando por exprimir uma visão que era não só racista, mas também elitista do processo histórico: «A causa principal da nossa decadência foi não a raça, mas a falta de elites. A raça, o povo é o mesmo, com as qualidades que sempre teve; as elites, duma origem diferente e superior, é que desapareceram, primeiro afogadas em sangue negro e por último no desastre de Alcácer Quibir» (*Ibid.*, p. 206).

([101]) Jacinto do Prado Coelho, *Ao Contrário de Penélope* (Amadora: Livraria Bertrand, 1976), pp. 232–233.

Escritores suicidas e violência plebeia([102])

Miguel de Unamuno escreveu, em 1908, que Portugal era «um povo de suicidas, talvez um povo suicida». Nesse mesmo ano, Trindade Coelho suicidara-se na Rua da Misericórdia, ou do Mundo. Para trás tinham ficado os actos do mesmo género de Camilo Castelo Branco, Soares dos Reis e Antero de Quental. Ao lado dos nomes de escritores e artistas, a lista também incluía Mouzinho de Albuquerque, o famigerado herói das campanhas de África, que tinha subjugado e humilhado Gungunhana — «em quem muitos esperavam ver ressurgir algum dos heróis antigos da epopeia camoniana». E o desgraçado Buíça, o regicida, que escrevera no seu testamento: «Meus filhos ficam pobríssimos; não tenho nada para lhes deixar senão o meu nome e o respeito e compaixão pelos que sofrem.» Unamuno viajou por Portugal, manteve com alguns dos nossos escritores uma correspondência regular e tinha, à sua maneira, uma evidente simpatia pelos portugueses e pela sua literatura. Para ele, tanto o povo português como a sua literatura, mesmo aquela que era cómica e jocosa, eram tristes. Desta constatação, recorrendo à referida lista de nomes, passou para a ideia de Portugal como «povo suicida».

O ensaísta e poeta Pablo Javier Pérez López reeditou, em tradução portuguesa, o muito conhecido ensaio de Unamuno e, de seguida, reuniu alguns textos em prosa e em verso de Camilo, Antero, Manuel Laranjeira, Mário de Sá-Carneiro, Florbela Espanca e do Barão de Teive, heterónimo de Pessoa. A morte, a tristeza e o suicídio anunciado são os temas que dão coerência a esta antologia.([103]) O prefácio de Hugo Mãe, escrito à pressa, faz um delirante paralelo entre um *bolero* ouvido ao almoço, num restaurante da Colômbia, por um colectivo que carece de identificação, e os suicidas portugueses. Caramba, digo eu! Será difícil encontrar uma conexão com tão pouco sentido. E, num ensaio final de 22 páginas, Pérez Lopez passa do Portugal, «povo suicida», de Unamuno, ao qualificativo de «povo trágico». Porquê? Porque, segundo Camus, o suicídio é «uma das vias que estruturam a experiência do trágico». E a «prova disso é a especial importância ou presença do suicídio entre este conjunto de escritores portugueses, e a presença, de uma forma geral, da pulsão de morte na experiência literária, mítica, histórica e identitária do povo português». Ou seja, o suicídio presente nos escritores que se suicidaram (!), mais a atracção pelos temas

---

([102]) Pablo Javier Pérez López, *Suicidas: Antologia de escritores suicidas portugueses*, prefácio de Valter Hugo Mãe (Ática, 2014).

([103]) Só lá falta a ideia de que «os suicidas são os turistas da Morte», conforme escreveu António Ferro, na *Teoria da Indiferença*. Ver *idem*, *A arte de bem morrer* (Rio de Janeiro: H. Antunes & C.ª – Editores, 1923), p. 59.

da morte na literatura portuguesa, determinam que a identidade portuguesa seja, agora, considerada trágica.

Tenho muitas dúvidas que este género de articulações represente um grande avanço em relação ao que propôs Unamuno. Também ele interessado no sentido trágico dos povos peninsulares. E as ideias de Pérez Lopez, que incluem referências não só a Camus, como a Heidegger e Foucault, parecem funcionar em círculo. Prefiro, por isso, discutir o ensaio de Unamuno e sublinhar que o livro vale sobretudo pela sua reedição.

Seria possível discutir — não fora o incómodo que causaria a muitos intérpretes da nação, sempre afoitos a definir a identidade do povo português com uma ou duas pinceladas, do género dos labirintos ou dos medos de existir — os limites do próprio género ensaístico. Como será possível passar de uma série de escritores que se suicidaram, num espaço de tempo de algumas décadas, para a generalização de um povo suicida e triste? Ora, não será mais por selecção arbitrária e por operações que escamoteiam outras séries, outras regularidades comportamentais e literárias, que procede o ensaio de Unamuno? Penso que sim. No entanto, na parte final do ensaio de Unamuno, há uma outra ideia que, embora atribuída a um escritor que se suicidou, Camilo, também serve para caracterizar a identidade portuguesa, embora esteja longe — mesmo muito longe — de poder ser reduzida à tristeza, à inclinação para a morte, ao suicídio ou a um qualquer fim trágico. Refiro-me a essa «violência plebeia que até assusta», capaz de pôr em causa essa outra ideia feita de que a «brandura» e a «meiguice portuguesa» são características identitárias, quando só estão «apenas à superfície». Tudo isto nas palavras de Unamuno, que assim critica a ideia do Portugal dos brandos costumes. É que sem este contraponto, desenvolvido no final do ensaio, o sentido do «povo de suicidas» não só fica incompleto, como sai deturpado.([104])

E a violência, também denominada «ferocidade portuguesa», não era apenas perpetrada pelos plebeus. «A brandura é uma máscara», explicou com clareza Unamuno a respeito dos portugueses, e continuou, na tradução nem sempre clara do livro em apreço: «A linguagem da imprensa ultrapassa

([104]) Antes de Unamuno, já Fialho de Almeida procurara, com base numa reflexão sobre a crise de 1890 e a revolta do Porto de 31 de Janeiro de 1891, estabelecer uma ligação entre, por um lado, um povo de famélicos que, em cidades como o Porto e Lisboa, tinha sido rodeado por um complexo securitário e policial de vigilância apertada, capaz de desenvolver formas de repressão e de deportação para África, e, por outro lado, um Estado arrestado pelos agiotas, no qual a liberdade agonizava e se suicidavam os homens de génio. Elencando, de seguida, os casos de Camilo, Júlio César Machado, Frederico Oom, o sertanejo Silva Porto, Abílio Monteiro, decano de matemática, e, ainda, Antero de Quental, cf. Fialho de Almeida, *Os Gatos*, vol. IV, 2.ª ed. (Lisboa: Livraria Clássica Editora de A. M. Teixeira, 1911; 1.ª ed., 28 Março 1891 a 2 Janeiro 1892), pp. 299–300.

aqui em violência o que de mais violento se escreve em Espanha. Aí nunca teriam podido escrever-se páginas como as que Fialho de Almeida dedicou n'*Os Gatos* à morte do rei D. Luís e à proclamação do rei D. Carlos, que não tardou a ser morto por [*sic*] Buíça. E, na literatura, os nossos mais fogosos escritores têm de ceder em força aos de aqui. Este é um pouco [*sic*] não apenas sentimental mas apaixonado, ou, melhor, mais apaixonado do que sentimental. A paixão leva-o à vida, e a mesma paixão, consumido o seu alimento, leva-o à morte.»

Há, então, na ideia de um povo de suicidas de Unamuno uma espécie de contraponto — de dialéctica — constituído pela violência, a começar pela ferocidade plebeia, mas que também se encontra na linguagem da imprensa e dos escritores. Uma ferocidade que Alfredo Gallis encontrava nas camadas mais baixas do povo — uma «camada composta de varredores, serventes de pedreiro, carroceiros, limpa-calhas, trabalhadores carregadores, cocheiros e vadios, cujos cérebros apenas são capazes de trabalharem na gestação de uma facada por ódios velhos»([105]). Aliás, era interessante ligar essa violência às situações de fome e ao analfabetismo, que serviam de pano de fundo ao trabalho de muitos escritores, artistas e intelectuais. Tal como mais tarde conta Aquilino, em *Um Escritor Confessa-se*, a respeito da Beira Alta e de muitas das suas narrativas: «Homicídios, agressões eram acidentes quotidianos no planalto, em geral obra de arruaça e despique. A guarda ali não chegava e a justiça era longa, cara e problemática. Toca a fazê-la cada um por sua conta e risco.»

Se a dialéctica da violência tanto integra o suicídio como a violência plebeia, o estatuto de intelectual, a começar pela sua auto-representação e valorização por parte dos seus pares, também não pode ser desligado de um contexto mais vasto relativo à situação do povo português, às suas elites e classes instruídas. Em inícios do século XX, Jaime Batalha Reis e Basílio Teles reflectiram bem sobre o estatuto do intelectual em Portugal. O contexto, depois do denominado «affaire Dreyfus», convidava a tais especulações. Mas é no modo concreto como os escritores são vistos e apreciados, em inúmeras celebrações e formas de lhes render culto, que se define o trabalho dos intelectuais desde, pelo menos, as Comemorações Camonianas (1880).

A morte de Antero de Quental, por exemplo, de modo algum foi reduzida ao suicídio. Pelo contrário, as clivagens que alimentou ou, melhor, as apropriações de sentido tão diverso que a rememoração de Antero suscitou centraram-se na sua actuação e ideias em vida, e quase esqueceram o acto com que pôs termo à vida. São disso exemplo *O Suposto Escandinavismo de*

([105]) Alfredo Gallis, *Os Selvagens do Occidente* (Lisboa: Imprensa de Lucas Evangelista Torres, 1890), p. 85.

Antero de Quental (1897) de Adolfo Coelho, e a visão contrastada que deram de Antero, respectivamente, António Sérgio («No aniversário dum suicídio», *O Rebate*, n.º 39, 11 de Setembro de 1913) e António Sardinha (*Ao Princípio Era o Verbo*, 1924; *Ao Ritmo da Ampulheta*, 1925). Enfim, a bonita capa e paginação do livro em causa não correspondem ao seu conteúdo. E é pena, porque pelo menos o seu título original era muito bom, *Los Mató la Vida*.

O Direito e a questão colonial: o caso de Marnoco e Sousa([106])

A memória do professor de Direito José Ferreira Marnoco e Sousa (1869–1916) encontra-se dispersa pela sua vasta obra publicada. As lições dos cursos jurídicos que leccionou durante 18 anos rondam a dezena de milhares de páginas. Na sua esmagadora maioria, esses manuais perderam a actualidade. Destinados a um ensino baseado na memorização da sebenta e na autoridade imposta pela palavra do professor, hoje quase só os historiadores do direito, do pensamento económico e das instituições de ensino podem manifestar interesse na sua consulta. Além dos livros, uma *carte de visite* fotográfica e uma sala no claustro dos Estudos Gerais, da Faculdade de Direito, onde o seu nome está inscrito no frontão da porta, também fixaram para a posteridade a memória de Marnoco e Sousa. No retrato, o capelo, a borla e o anel surgem como símbolos de uma vida feita dentro da Universidade de Coimbra. Ali se matriculara em 1890, para se vir a doutorar em 1898, no mesmo dia em que foi nomeado lente substituto. Para trás tinha ficado Sousela, freguesia do concelho de Lousada, perto do Porto, onde nascera. A instrução fizera-a no seminário, talvez por intervenção de um tio, pároco naquela aldeia. Dessa primeira experiência de estudo, a que se entregou de forma aplicada, o principal legado — em tempos que eram já de republicanismo anticlerical — foi uma «linha de rigorosa neutralidade»([107]).

Na entrada para a docência académica, contou-se, no mesmo ano, entre os seus condiscípulos, Álvaro da Costa Machado Vilela, com quem foi promovido a lente catedrático, em Janeiro de 1902. Entre os que o precederam,

([106]) Agradeço as leituras, sugestões e críticas a este texto de António Araújo, Bárbara Direito, Frederico Ágoas, Luís Bigotte Chorão e Paulo Mota Pinto.

([107]) Fernando Emídio da Silva, *Doutor Marnoco e Sousa: O ensino das suas aulas e a lição da sua vida* (Coimbra, 1966), p. 2. Sobre anticlericalismo, crise da Igreja e ascensão republicana, ver Fernando Catroga, «O laicismo e a questão religiosa em Portugal (1865–1911)», *Análise Social*, vol. XXIV, n.º 100 (1988), pp. 211–273; Vítor Neto, *O Estado, a Igreja e a Sociedade em Portugal (1832–1911)* (Lisboa: Imprensa Nacional – Casa da Moeda, 1993); António Araújo, *Jesuítas e Antijesuítas no Portugal Republicano* (Lisboa: Roma Editora, 2004), *maxime* pp. 154–157.

mas pertencendo à mesma *geração nova*, estavam Afonso Costa e Abel de Andrade. Por último, juntaram-se-lhe José Alberto dos Reis, com quem Marnoco colaborou, António de Oliveira Salazar e Caeiro da Mata. Frente a este elenco de juristas, mais ou menos conhecidos, será legítimo perguntar: se Coimbra e o seu curso de direito contribuíram para a formação das elites políticas portuguesas, até bem entrado o século XX, a chave para a compreensão deste modelo não se encontrará no sistema selectivo anterior, centrado no seminário? É o que dão a entender Marnoco e Salazar, dois casos de ascensão social por via do mérito individual, que tiveram na base o ensino eclesiástico.

Licenciado e doutorado na universidade onde veio a ensinar durante cerca de 18 anos([108]), Marnoco exemplifica bem uma dupla tendência. Por um lado, o esforço de modernização da Faculdade de Direito de Coimbra, que se destinava a contrariar as acusações de arcaísmo que sobre ela recaíram. Por outro lado, a luta da mesma Faculdade para manter uma posição de monopólio sobre várias matérias e especialidades, o que obrigava os seus professores a desdobrarem-se em diferentes campos temáticos. Espartilhado entre esses dois combates, Marnoco centrou-se, quase exclusivamente, no mundo constituído pela sua Faculdade. Mundo pequeno, microcosmos do poder, mas também o seu único território de conforto. Mesmo assim, Marnoco soube acumular o professorado com a presidência da Câmara Municipal de Coimbra, durante dois mandatos (1904–1910), onde fez obra no urbanismo e nas intervenções de carácter social.([109]) Depois, a sua experiência à frente da edilidade, somada ao facto de ter lecionado matérias sobre administração colonial, terão estado na origem do convite que lhe foi endereçado por Teixeira de Sousa para integrar o último governo da Monarquia, ao lado de Anselmo de Andrade. Nesse fatídico ano 1910, Marnoco foi também eleito deputado pelo círculo de Coimbra, na lista do Partido Regenerador, mas não terá sequer tomado posse. Os seus planos para reformar o Ministério da Marinha e do Ultramar também não foram avante.

Em relação ao governo de Teixeira de Sousa, houve quem chegasse a considerá-lo «rasgadamente anticlerical»([110]). O pior foi que, no início de 1910, Marnoco publicara o seu manual *Direito Politico. Poderes do Estado: Sua organização segundo a Sciencia Politica e o Direito Constitucional Português* (Coimbra: França Amado, 1910). Nele, ao explicar as suas ideias acerca

([108]) Da colecção Alexandre Ramires (Coimbra), consta uma *carte de visite* de Marnoco e Sousa pelo fotógrafo Adriano da Silva e Sousa (Rua do Museu, 4, Coimbra), que o representa em traje académico.

([109]) José Pinto Loureiro, *Anais do Município de Coimbra 1904–1919. No Trigésimo Ano da Organização da Biblioteca Municipal* (Coimbra: Edição da Biblioteca Municipal, 1952).

([110]) António Araújo, *Jesuítas e Antijesuítas no Portugal Republicano*, *op. cit.*, p. 67.

dos regimes políticos, falou da excelência da República, dos arcaísmos da Monarquia, dos despesismos cortesãos e dos partidos que, no seu interior, se constituíam como instrumentos nas mãos dos caciques e dos interesses clientelares. Em fins de Junho de 1910, João Chagas, que já dera, entre muitos outros, o toque de finados pela Monarquia, denunciou a contradição. Como poderia Marnoco, armado em defensor da República, ser ministro de um governo monárquico? A resposta parecia óbvia e bem podia Marnoco clamar ser um independente, sem filiação partidária, um teórico que não estava subjugado aos dogmas dos partidos. O certo é que ele passou a representar mais um sinal de que o regime chegara ao fim. Marnoco, enxovalhado por Chagas, não passava de uma contradição viva e era a isso que se reduzia a sua aparente neutralidade. «Sim! Não há dúvida. A monarquia está podre; mas a sua podridão começa a estender-se ao corpo social e a ameaçar a sua parte mais sã.»([111])

A vida de Marnoco fora de Coimbra acabou, assim, por ser um episódio muito limitado que, ainda por cima, não correu bem. Por isso mesmo, um dos seus antigos alunos escreveu que, «mesmo quando teve de vir para Lisboa, não saiu... de Coimbra»([112]). A esta mesma luz, compreende-se que, em 1913, tivesse declinado o convite de Afonso Costa para voltar a ser ministro.([113]) Desde então, redobrou a sua dedicação à Universidade (1913–1916), onde assumiu os cargos de diretor da Faculdade de Direito e diretor da Biblioteca, devendo-se-lhe a criação do *Boletim Bibliográfico da Biblioteca da Universidade de Coimbra* (1914), que substituiu o *Arquivo Bibliográfico da Biblioteca da Universidade de Coimbra*. No programa que fixou para a Biblioteca, considerou quatro grandes áreas: inventário e catalogação das publicações portuguesas, recebidas na Biblioteca; catalogação dos manuscritos; publicação de inéditos; e uma variedade de artigos sobre raridades bibliográficas, assuntos históricos e questões da vida económica e social. Em sua opinião, uma biblioteca universitária tinha de se ocupar tanto de coisas velhas como de coisas vivas, sobretudo, da questão social. Por isso, sugeriu que fossem publicados, no referido boletim, «estudos sobre os nossos problemas económicos e sociais, baseados nas novas publicações que derem entrada na Biblioteca»([114]).

([111]) João Chagas, «Carta sobre o caso social de Marnoco e Sousa, republicano d'hontem e ministro d'hoje», in *idem*, *Cartas Politicas*, 5.ª série (Lisboa: Oficina Bayard, 1910), pp. 17–25.

([112]) F. Emídio da Silva, *Doutor Marnoco e Sousa...*, *op. cit.*, p. 17.

([113]) Maria Filomena Mónica, «Sousa, José Ferreira Marnoco e (1869–1916)», in *Dicionário Biográfico Parlamentar 1834–1910*, ed. M. F. Mónica, vol. III – *N-Z* (Lisboa: Imprensa de Ciências Sociais, Assembleia da República, 2006), p. 831.

([114]) *Arquivo Bibliográfico da Biblioteca da Universidade de Coimbra*, vol. I (1914), p. 3.

A par do retrato, a sala de aula, que foi dedicada à memória do professor, falecido aos 46 anos de idade, parece conter em si a memória do detentor de um saber extenso e diversificado, capaz de tocar nas mais variadas áreas do direito. Porém, o trabalho das aulas e, sobretudo, a preparação dos manuais ter-lhe-ão causado um enorme cansaço e um esgotamento mortífero. Num afã de tudo abarcar, escreveu quem lhe fez o encómio fúnebre, Marnoco ganhou em superfície o que perdeu em profundidade e criatividade. Por isso, o seu colega Machado Vilela concluiu que «foi o delírio do trabalho que o matou»; já o seu sucessor à frente da Biblioteca da Universidade escreveu: «Matou-o a pertinácia do trabalho extenuante, posta ao serviço duma fervorosa devoção cívica e da sua honestidade profissional»; de igual modo, por se ter vergado ao peso do trabalho, houve quem se lhe referisse como um «mártir do estudo e do professorado»([115]). Por sua vez, o jovem Oliveira Salazar disse do mestre, com quem partilhou os mesmos interesses por matérias económicas e financeiras, que tinha sido mais professor do que investigador.([116]) E Fezas Vital, outro dos juristas que lhe traçou o retrato na hora da morte, notou que, apesar da sua abertura a tudo o que se fazia lá fora, sobretudo em França e Itália, as suas limitações estavam à vista, pois não conseguira incorporar a tratadística alemã — a mais profunda na compreensão do Estado, logo, do Direito. ([117]) Algumas destas críticas — feitas no momento dos elogios fúnebres e, por isso mesmo, surpreendentes à luz de critérios actuais — recorreram à tópica da oposição entre o particular e o geral. Assim parece, a julgar por um juízo que recaiu, anos mais tarde, sobre um outro aluno de Marnoco — Paulo Merêa. Neste caso, nos antípodas de Marnoco, o elogio ao erudito

---

([115]) Álvaro da Costa Machado Vilela, «Dr. José Ferreira Marnoco e Sousa (Notas biográficas)», *Boletim da Faculdade de Direito da Universidade de Coimbra*, Ano II, n.º 17 (Março, 1916), p. 337; Alves dos Santos, «Doutor Marnoco e Sousa», *Boletim Bibliográfico da Biblioteca da Universidade de Coimbra*, vol. III, n.º 1 (Janeiro, 1916), p. 41; «Dr. José Ferreira Marnoco e Sousa», *Revista de Legislação e de Jurisprudência*, ano 48, n.º 2019 (1 de Abril, 1916), p. 482.

([116]) António de Oliveira Salazar, «O Professor de Sciências Económicas», *Boletim da Faculdade de Direito da Universidade de Coimbra*, Ano II, n.º 17 – *Homenagem da Faculdade de Direito de Coimbra ao Professor José Ferreira Marnoco e Sousa* (1916), pp. 381–394, p. VI; *Idem*, «Prefácio», in Marnoco e Sousa, *Tratado de Economia Política*, vol. I (Coimbra: F. França Amado – Editor, 1917), p. VI.

([117]) Fezas Vital, «O Professor Marnoco e Sousa e os estudos de direito político na Universidade de Coimbra», *Boletim da Faculdade de Direito da Universidade de Coimbra*, ano II, n.º 17 – *Homenagem da Faculdade de Direito de Coimbra ao Professor José Ferreira Marnoco e Sousa* (1916), pp. 373–379. Passagem também referida por José Joaquim Gomes Canotilho, «Prefácio», in Marnoco e Sousa, *Constituição Política da República Portuguesa. Comentário* (Lisboa: Imprensa Nacional – Casa da Moeda, Comissão Nacional para as Comemorações do Centenário da República, 2011), p. 13.

«investigador probo de todos os pormenores», surgiu acompanhado da denúncia da sua incapacidade para se erguer a «arquitecto e intérprete da alma dos grandes conjuntos», a qual seria constituída por uma «verdadeira história geral do direito português»([118]).

O cortejo fúnebre reuniu o que de mais distinto havia na cidade, bem como alguns cavalheiros que vieram de fora para prestar homenagem ao morto. Nem a bátega de água que se abateu sobre o enterro foi capaz de impedir a multidão de acompanhar o féretro do salão da Câmara Municipal até à sua última morada. Porém, foi uma sala da Faculdade de Direito que acabou por se transformar no seu verdadeiro mausoléu, conservando viva a memória de quem ali ensinara com dedicação. Em Lisboa, na sessão do parlamento de 20 de Março de 1916, um voto de pesar pela sua morte foi aprovado por unanimidade. Coube ao deputado Melo Barreto lembrar que, com o seu carácter liberal, Marnoco procurara conciliar o «regime tradicional com a prática de princípios democráticos»([119]). Outro deputado, Costa Júnior, foi mais longe, quando se referiu ao «ilustre professor e socialista» e à sua acção como presidente da Câmara Municipal de Coimbra, onde municipalizara vários serviços, revelando-se, assim, um «devotado propagador de princípios sociais»([120]).

Fotografia e sala dedicada a Marnoco servem, aqui, de pretexto para a evocação individualizada do jurista, mas também como modo de captação de um momento na vida da Universidade de Coimbra, muito em especial da sua Faculdade de Direito — contra as interpretações da vida académica baseadas em generalidades e que, na incapacidade de fazer a sua história analítica, constroem falsas periodizações e projectam no passado ideias do presente.([121]) Mas quantos conseguirão, hoje, lembrá-lo fora do quadro das

---

([118]) Cabral de Moncada, «Páginas de Memórias», *Nomos: Revista Portuguesa de Filosofia do Direito e do Estado*, n.os 5–6 (Janeiro/Dezembro, 1988), p. 28.

([119]) Luís Bigotte Chorão, *Política e Justiça na I República*, vol. II – *1915–1918* (Lisboa: Letra Livre, 2018), p. 460.

([120]) *Ibidem.*

([121]) Boaventura de Sousa Santos, «Da Ideia da Universidade à Universidade de Ideias», *Revista Crítica de Ciências Sociais*, n.os 27–28 (Junho, 1989), pp. 11–62, *maxime* pp. 17–18. A necessidade de atender às circunstâncias locais e a uma cultura académica coimbrã própria foi evocada — a respeito dos acontecimentos políticos de 1962 e da expulsão de sete estudantes, dirigentes da associação académica — em função do Senado da Universidade: «Uma Instituição que não é, decididamente, uma filarmónica de aldeia», Guilherme Braga da Cruz, *Reposta a um Processo de Saneamento* (s.l.: Cruz Editores, 2015), p. 65. Porém, é de notar que quem assim se pronunciava tinha já assinalado, por um lado, a decadência da Universidade de Coimbra pelo seu fecho numa cultura nacional, afastada da *língua franca* que era o latim; por outro lado, ao longo do século XIX e inícios da centúria seguinte, a Universidade tinha-se deixado submeter a uma «influência cultural estrangeira absolutamente contrária às suas tradições», *idem*, *Origem e Evolução da Universidade* (Lisboa: Logos, 1964), pp. 92–93.

evocações forçadas acerca de figuras cuja memória se perdeu? No interior da própria Faculdade de Direito, a posterior reorganização curricular quase não permite ter uma ideia de conjunto acerca de quem percorreu várias disciplinas e deixou um rasto pessoal em tantos manuais e lições, publicados em formato de livro. Direito Público ou Constitucional, Administrativo, Eclesiástico, Direito e Teoria Económica e Financeira, Direito Comercial, Direito Romano, História do Direito e das Instituições, História do Capitalismo, Estatística e Direito Colonial são algumas dessas áreas. Frente a tamanha prolixidade, o contraste com o presente, que privilegia as especialidades, afigura-se abissal. Sobretudo quando se constata que as principais referências recentes à obra de Marnoco se focam mais nas áreas da Economia e das Finanças e provêm mais de fora da Faculdade de Direito da Universidade de Coimbra.([122]) Mesmo assim, de dentro da instituição onde estudou e ensinou, Manuel Porto chamou a atenção para o interesse de Marnoco em relação à Economia Política; Gomes Canotilho pronunciou-se sobre um dos seus trabalhos de Direito Constitucional; e Rui Figueiredo Marcos publicou uma interpretação de conjunto da sua obra.([123])

Que dizer ainda do seu esforço — hoje, ainda mais difícil de fazer reconhecer nas instituições de ensino jurídico — destinado a articular os aspectos normativos do Direito com as suas dimensões históricas, sociológicas e das ciências sociais? Estamos no fim de um processo de quase um século que afectou profundamente as instituições de ensino jurídico e alterou os modos

([122]) António Almodóvar, *A Institucionalização da Economia Política Clássica em Portugal* (Porto: Afrontamento, 1995), pp. 239–251; João Luís Oliva, *O Domínio dos Césares: Ensino do direito eclesiástico na Faculdade de Direito da Universidade de Coimbra, 1836–1910* (Lisboa: Colibri, 1997), p. 69; Marnoco e Sousa, *Ciência Económica: Prelecções feitas ao Curso do Segundo Ano Jurídico de 1909–1910 (1910)*, ed. Maria de Fátima da Silva Brandão (Lisboa: Banco de Portugal, 1997) [importante estudo introdutório]; António Ventura, «O marxismo em Portugal no século XX», in *História do Pensamento Filosófico Português*, ed. Pedro Calafate, vol. V – *O Século XX*, t. 2 (Lisboa: Círculo dos Leitores, 2003), pp. 198–199; Ana Maria de Almeida Pinto dos Santos, *A Sociologia Económica na Obra de Marnoco e Sousa: Análise sociológica da troca*. Dissertação de Mestrado em Sociologia Económica e das Organizações (Lisboa: ISEG, 2006); Frederico Ágoas, *Saber e Poder: Estado e investigação social agrária nos primórdios da sociologia em Portugal*. Tese de doutoramento em Sociologia Histórica (Lisboa: UNL-FCSH, 2010), pp. 57–58, 62–64.

([123]) Manuel Porto, «A Universidade de Coimbra e o Ensino da Economia Política», in *Universidade(s): História, memória, perspectivas: Actas do Congresso «História da Universidade»*, vol. I, org. Faculdade de Letras, Faculdade de Psicologia e Ciências da Educação (Coimbra: Comissão Organizadora do C.H.U., 1991), pp. 303–306; Gomes Canotilho, «Prefácio», in Marnoco e Sousa, *Constituição Política da República Portuguesa. Comentário*, *op. cit.*; Rui Figueiredo Marcos, *A Figura Insigne do Doutor Marnoco e Sousa* (Lousada: Câmara Municipal de Lousada, 2008), pp. 9–14.

de recrutamento das elites políticas. Durante o Estado Novo, foram varridas das faculdades de Direito as ciências sociais, em benefício de um apuramento das matérias jurídicas e de uma filosofia política hegeliana ao serviço de um Estado pretensamente totalitário. Claro que Paul Descamps ainda veio ensinar à Faculdade de Direito de Coimbra, onde publicou um livro sobre Portugal, dedicado a Salazar e feito com a colaboração dos seus alunos.([124]) Porém, Marnoco fez parte de um outro paradigma. Em duas das suas obras — escritas em reacção às acusações formuladas, no parlamento, nos jornais, em conferências e em panfletos, que começaram pelas reacções à reforma de 1901 e passaram pela greve académica de 1907 —, procurou responder aos que denunciavam o ensino do Direito como anacrónico e retratavam os professores como inquisidores e tiranetes.([125]) No entretanto, a pedagogia universitária acabara «incriminada como a causa íntima da desordem social do país»([126]). Por isso, Marnoco saíra em defesa dos francos progressos registados no ensino da Faculdade de Direito. Os mesmos destinavam-se a acompanhar o que se passava internacionalmente e articulavam-se com uma reforma de conjunto da universidade. Nessa sua defesa, por exemplo, não se esqueceu de apontar algumas das ideias de Afonso Costa, quanto à escola italiana de Mortara a respeito da organização judicial.([127])

Marnoco fizera parte da comissão nomeada por Hintze Ribeiro, ao lado de Dias da Silva e Guilherme Moreira, a qual elaborara o relatório para a Reforma dos Estudos Jurídicos de 1901. Segundo Almeida Costa, desempenhara funções de relator, embora o decreto tivesse sido da autoria de Abel de Andrade, lente substituto da Faculdade de Direito, mas que exercia, à época, as funções de Director-Geral da Instrução Pública. No final do ano lectivo de 1905–1906, com Machado Vilela e, de novo, Guilherme Moreira, integrou uma nova comissão destinada a repensar a organização do ensino na Faculdade de Direito. A sua visita de estudo ao estrangeiro — destinada a recolher informação sobre o ensino jurídico noutras universidades, Paris, Turim

([124]) Paul Descamps, *Le Portugal: La vie sociale actuelle* (Paris: Firmin-Didot, 1935); *idem*, *Histoire sociale du Portugal* (Paris: Firmin-Didot, 1959); Frederico Ágoas, «Governo, ditadura e ciências sociais: o caso português», *Tempo Social, Revista de Sociologia da USP*, vol. 31, n.º 1 (Janeiro/Abril, 2019), pp. 263–276, *maxime* p. 266.

([125]) Marnoco e Sousa, *A Faculdade e Direito e o Seu Ensino* (Coimbra: França Amado, 1907); *idem* e José Alberto dos Reis, *O Ensino Juridico na França e na Italia* (Coimbra: Imprensa da Universidade, «Missões Scientificas da Faculdade de Direito», 1910).

([126]) Marnoco e Sousa, *A Faculdade e Direito e o Seu Ensino*, *op. cit.*, p. V.

([127]) Luís Bigotte Chorão, *Política e Justiça na I República*, vol. I – *1910–1915* (Lisboa: Letra Livre, 2011), p. 46. Sobre as ideias criminológicas de Afonso Costa, ver Nuno Luís Madureira, *As Ideias e os Números: Ciência, Administracção e Estaística em Portugal* (Lisboa: Livros Horizonte, 2006), pp. 16, 120–121.

e Roma, realizada na companhia de José Alberto dos Reis — forneceu materiais para mais uma reforma, desta feita conduzida por Machado Vilela, a qual só se concretizou em Abril de 1911.([128])

Pelo meio, ficou a vinda de Léon Poinsard a Portugal, incluindo as conferências que proferiu em Coimbra, em Maio de 1909. A sua refutação das ideias marxistas de luta de classes baseava-se num outro tipo de abordagem da classe operária.([129]) Entre os muitos aproveitamentos que Marnoco fez da obra do sociólogo francês, estava a ideia da pouca importância que o urbanismo tinha em Portugal. Poinsard considerava que tal situação era vantajosa. É que, se Portugal tivesse grandes cidades, acentuar-se-ia a desorganização social. No seu entender, o que mantinha «ainda na massa da população costumes doces, uma honestidade notável, um espírito pacífico e laborioso, [era] o predomínio considerável da vida rural e do trabalho agrícola». E ao mito dos benefícios da estagnação da sociedade rural, Poinsard, lido por Marnoco, acrescentava os temores provocados pelo descalabro da vida urbana, onde o predomínio da indústria transformaria um povo tão desorganizado numa «massa turbulenta, invejosa, desmoralizada e sempre pronta para revolta»([130]). Anos depois, Cabral de Moncada lembrou o grande impacto que tivera a visita de Poinsard a Portugal. Pela primeira vez, assistira-se ao tratamento dos problemas sociais e económicos com «elevação científica». O conferencista seguira os métodos da École de Science Sociale, fundada por Le Play. Das conferências resultou um livro, em parte publicado em Portugal, em 1911. No dizer de Moncada, apesar de tudo, a ciência social de Poinsard — talvez por este ter feito o elogio de uma sociedade rural tradicional,

([128]) Marnoco e Sousa e José Alberto dos Reis, *O Ensino Jurídico na França e na Itália*, *op. cit.*; Mário Júlio de Almeida Costa, *O Ensino do Direito em Portugal no Século XX (Notas sobre as reformas de 1901 e 1911)*, sep. do *Boletim da Faculdade de Direito*, vol. 39 (Coimbra, 1963), pp. 7, 23–25, 37–45, 67; Rui Manuel de Figueiredo Marcos, *Lembrança de Machado Vilela* (Coimbra, 2002), pp. 11–12; *idem*, *A História do Direito e o Seu Ensino na Escola de Coimbra* (Coimbra: Almedina, 2008), pp. 76–78; Mário Júlio de Almeida Costa e Rui Manuel de Figueiredo Marcos, *A Primeira República no Direito Português* (Coimbra: Almedina, 2010), pp. 80–83.

([129]) Léon Poinsard, *La Guerre des classes peut-elle être évitée et par quels moyens pratiques?*, pref. Edmond Demolins (Paris: Librairie Le Soudier, 1898); *idem*, *O Estudo dos Agrupamentos Sociaes pelo Methodo Monográfico Segundo F. Le Play e H. de Tourville. Notícia seguida do Quadro e Classificação dos factos sociaes de H. de Tourville e dum Ensaio e classificação das sociedades segundo Demolins* (Coimbra: Imprensa Académica, 1909), p. 9; *idem*, *A Mulher na Sociedade Moderna. Conferencia realisada na Sociedade de Geographia de Lisboa em 7 de Junho de1909*, trad. de Joana de Almeida Paula Nogueira (Lisboa: José Matos Braamcamp, 1909), *maxime* p. 15.

([130]) Marnoco e Sousa, *Ciência Económica: Prelecções feitas ao Curso do Segundo Ano Jurídico de 1909–1910* (1910), *op. cit.*, p. 175.

fracamente urbanizada e industrializada — andava bem «longe das declamações abstractas e retóricas de um Calisto sociólogo e filósofo»([131]).

Os contributos de Marnoco correspondem ao movimento de reformas da Faculdade de Direito de Coimbra. Na reforma de 1901, assistiu-se a uma tentativa para adequar o plano de estudos às novas perspectivas históricas e sociológicas. Neste quadro, foram criadas novas cadeiras e introduzidos novos conteúdos, tais como Sociologia Geral e Filosofia do Direito, a par do estudo sociológico tanto do crime, como da administração colonial.([132])

([131]) Cabral de Moncada, *Memórias: Ao longo de uma vida (Pessoas, factos, ideias, 1888–1974)* (Lisboa: Verbo, 1992), p. 89; António Braz Teixeira, «Filosofia do Direito», in *História do Pensamento Filosófico Português*, ed. Pedro Calafate, vol. IV – *O Século XIX*, t. II (Lisboa: Círculo dos Leitores, 2004), pp. 99–100. Léon Poinsard, *Le Portugal inconnu* (Paris: Bureaux de la Science Sociale, 1910); *idem*, *Portugal Ignorado: Estudo social, economico e politico seguido de um appendice relativo aos ultimos acontecimentos* (Porto: Magalhães & Moniz, 1912). Avelino César Augusto Calisto foi o catedrático de Direito Eclesiástico que entrou numa acesa polémica sobre a Sebenta com Camilo Castelo Branco, *As Polémicas de...*, ed. Alexandre Cabral, vol. I (Lisboa: Portugália, s.d.), pp. 169–315.

([132]) Acerca da orientação sociológica das reformas de 1901 e 1911, mais concretamente, da criação da cadeira de Sociologia Geral e Filosofia do Direito, ver Luís Cabral de Moncada, *Subsídios para a História da Filosofia do Direito em Portugal* (Lisboa: Imprensa Nacional – Casa da Moeda, 2003) [1.ª ed., *Subsídios para uma História da Filosofia do Direito em Portugal: 1772–1911*, sep. da *Revista da Universidade de Coimbra*, vol. 13 (1938)], pp. 118–119. Na Universidade de Coimbra, a história da aproximação do Direito Penal à Sociologia Criminal, iniciada pela dissertação de Henriques da Silva (Coimbra: Imprensa da Universidade, 1885), até à reforma de 1901, foi traçada por Luís Cabral de Moncada, *Subsídios para a História da Filosofia do Direito em Portugal, op. cit.*, pp. 152–156; Luís Bigotte Chorão, *Para uma História da Repressão do Anarquismo em Portugal no Século XIX seguido de «A Questão Anarchista» de Bernardo Lucas* (Lisboa: Letra Livre, 2015), p. 7 (com indicações bibliográficas). Para uma série de abordagens centradas nos contributos da antropologia criminal, na prática da penologia, da psiquiatria ou do sistema prisional, e menos na universidade, ver Diogo Ramada Curto, *As Múltiplas Faces da História* (Lisboa: Livros Horizonte, 2008), pp. 149–162 [versão revista de «Crimes e antropologia criminal», *Revista Lusitana*, nova série, n.os 13–14, número temático, eds. Jorge Freitas Branco e João Leal (1995), pp. 179–198; versão inglesa já revista, «Contributions to a History of Criminal Anthropology in Portugal», *Portuguese Studies*, vol. 14 (1998), pp. 104–121]; Maria José Moutinho Santos, *A Sombra e a Luz. As Prisões do Liberalismo* (Porto: Afrontamento, 1999); Nuno Luís Madureira, *As Ideias e os Números: Ciência, Administraçção e Estaística em Portugal* (Lisboa: Livros Horizonte, 2006), pp. 12–20; António Araújo, *Jesuítas e Antijesuítas no Portugal Republicano, op. cit.*, pp. 123–133; Tiago Pires Marques, «Eugenismo criminal em Portugal? Saberes médico-legais, catolicismo e controlo social (c. 1910 – c. 1940)», in *Justiça na Res Publica (sécs. XIX–XX)*, vol. 2 – *Ordem, Direitos Individuais e Defesa da Sociedade*, eds. Fátima Moura Ferreira, Francisco Azevedo Mendes, José Viriato Capela (Braga: CITCEM – Centro de Investigação Transdisciplinar «Cultura, Espaço e Memória», 2011), pp. 51–66; Maria João Vaz, *O Crime em Lisboa, 1850–1910* (Lisboa: Tinta-da-China, 2014).

O Direito Internacional, público e privado, foi igualmente acrescentado ao elenco. A Medicina Legal, ensinada na Faculdade de Medicina, voltou a ser proposta aos quintanistas de Direito, como já sucedera em 1836. Por sua vez, em 1911, além de se ter assistido uma intensificação da articulação do Direito com as ciências sociais, extinguiu-se a cadeira de Direito Eclesiástico, passando a privilegiar-se os estudos de Estatística, de Economia e Direito Constitucional.([133]) Ao dar conta de todas estas mudanças, Almeida Costa falou de «uma progressiva penetração das concepções positivistas e sociológicas no ensino das várias disciplinas» do Direito; e lembrou que as reformas francesa e espanhola do ensino do Direito já tinham procurado dar maior visibilidade às ciências sociais. Nesta sequência, a Faculdade de Estudos Sociais e de Direito de Lisboa arrancou como projecto em 1911, mas só abriu as portas em 1913, por iniciativa de Afonso Costa. Este projecto de Lisboa não estava necessariamente em oposição ao de Coimbra; pelo contrário, chamou a si o sentido das reformas coimbrãs do ensino jurídico. A este mesmo respeito, Figueiredo Marcos referiu-se a uma progressiva introdução, nos estudos jurídicos, de «concepções positivistas e sociológicas em várias disciplinas» e, em conjunto com Almeida Costa, sublinhou que o decreto de 1911 procedeu à «valorização da historicidade jurídica, mostrando, do mesmo passo, os laços que prendem o direito à vida social»; enquanto Fernando Catroga concluiu que a Faculdade de Direito se transformou «numa Faculdade de Ciências Sociais, tendência que, em Coimbra, começou a ser propugnada na década de 70»([134]).

A par da intensificação dos estudos de Economia Política na Faculdade de Direito da Universidade de Coimbra, em finais do século XIX, a mesma adquiriu «uma orientação mais socializante». Mesmo que esta tendência tivesse assumido contornos de «socialismo catedrático», inspirado em Schmoller

([133]) Para compreender o significado do declínio do Direito Eclesiástico, após a proclamação da República, será necessário ter em conta as reacções de Paulo Merêa, ainda estudante, bem como, ao longo do Estado Novo, de Luís Cabral de Moncada. Ver Almeida Costa e Figueiredo Marcos, *A Primeira República no Direito Português*, *op. cit.*, pp. 85–86.

([134]) Almeida Costa, *O Ensino do Direito em Portugal no século XX...*, *op. cit.*, pp. 9, 25, 51; Manuel Braga da Cruz, «Para a história da sociologia académica em Portugal», *Boletim da Faculdade de Direito*, vol. 58 – *Homenagem aos Profs. M. Paulo Merêa e G. Braga da Cruz*, t. II (1982), pp. 73–120; Fernando Catroga, «O sociologismo jurídico em Portugal e as suas incidências curriculares (1837–1911)», in *Universidade(s): História, memória, perspectivas: Actas do Congresso «História da Universidade»*, vol. I, org. Faculdade de Letras, Faculdade de Psicologia e Ciências da Educação (Coimbra: Comissão Organizadora do C.H.U., 1991), pp. 399–414, *maxime* pp. 400–402; Rui Manuel de Figueiredo Marcos, *A História do Direito e o Seu Ensino na Escola de Coimbra* (Coimbra: Almedina, 2008), pp. 68–69; *idem*, Almeida Costa e Figueiredo Marcos, *A Primeira República no Direito Português*, *op. cit.*, p. 93.

e Wagner, tal como foi perfilhado por José Frederico Laranjo e Marnoco e Sousa.([135]) Depois, a cadeira de Finanças autonomizou-se, num processo que também marcou a obra de Marnoco e Sousa.([136]) O ensino da Economia Política foi aperfeiçoado em Coimbra por Laranjo, Afonso Costa e Abel de Andrade; depois foi unificado por Marnoco, que regeu a cadeira de Ciência Económica e Direito Económico de 1902–1903, até que a Economia Política passou para a responsabilidade de António de Oliveira Salazar.([137]) A este respeito, pode sustentar-se que a Universidade de Coimbra comentou mal a obra de Marx, uma vez que Afonso Costa nunca a leu directamente, apenas os seus comentadores, sobretudo Benoît Malon, quando se insurgia contra os efeitos das transformações rápidas, revolucionárias, e propunha que o proletariado se contentasse apenas com o progresso.([138])

Ora, ao colocar a questão social, Marnoco também criticou «a inépcia dos pensamentos e profecias de Karl Marx», quando anunciara que estava para breve a redenção dos trabalhadores, sem que a aurora chegasse. Depois, o mesmo Marx, ao insistir na luta de classes, aniquilou a sua doutrina do materialismo histórico: «Pois não lutam as classes apaixonadamente? E compreende-se essa luta sem um erguido ideal a alcançar? Então, se a mais viva luta se atormenta por esse ideal, como admitir que tudo seja derivado das condições económicas?»([139]) Acrescente-se, ainda, que as suas críticas a Marx revelam sempre uma preocupação em confrontar a teoria com a realidade dos factos, como sucedeu com a análise do processo de concentração do capital e consequente esmagamento das massas de trabalhadores. É que, a julgar pelos recenseamentos alemães, não só cresceram as pequenas empresas, como o grande capital conseguira criar melhores condições de vida para os mesmos trabalhadores.([140])

([135]) Alfredo Margarido, *A Introdução do Marxismo em Portugal (1850–1930)* (Lisboa: Guimarães, 1975), pp. 55–56; Alfredo Dinis, «Evolução do Marxismo em Portugal (1850–1930)», *Revista Portuguesa de Filosofia*, t. XXXV, n.os 1–2 (1979), pp. 133–170; António Ventura, «O marxismo em Portugal no século XX», in *História do Pensamento Filosófico Português*, ed. Pedro Calafate, vol. V – *O Século XX*, t. 2 (Lisboa: Círculo de Leitores, 2003), pp. 195–220.

([136]) Catroga, «O sociologismo jurídico em Portugal…», in *op. cit.*, p. 403.

([137]) Maria de Fátima Brandão, «Introdução», in Marnoco e Sousa, *Ciência Económica: Prelecções feitas ao Curso do Segundo Ano Jurídico de 1909–1910 (1910)*, *op. cit.*, p. XXI; Frederico Ágoas, *Saber e Poder: Estado e investigação social agrária nos primórdios da sociologia em Portugal*. Tese de doutoramento em Sociologia Histórica, *op. cit.*, p. 58.

([138]) Alfredo Margarido, *A Introdução do Marxismo em Portugal…*, *op. cit.*, pp. 62–68.

([139]) Marnoco e Sousa e João de Magalhães Colaço, *Apontamentos para as Licções de Sciencia Economica das Prelecções do Exm.º Sr. Dr. Marnoco e Sousa* (Coimbra: F. França e Arménio Amado, 1910), pp. 176–179.

([140]) José Fortes, Martinho Simões e Ambrósio Neto, *Curso de Estatística Segundo as Prelecções do Exm.º Sr. Dr. Marnôco e Sousa, ao Curso Jurídico de 1912–1913* (Coimbra,

Na base das ideias de Marnoco e Sousa, encontravam-se traços de um «organicismo espiritual» de influência krausista, que ajudam a explicar a sua resistência à separação republicana entre a Igreja e o Estado. Por sua vez, o evolucionismo de Darwin e Spencer, cruzado com a lei dos três estados de Auguste Comte — apesar de este último também surgir associado a certas «declamações fáceis de certos sociólogos indígenas» —, longe de se articular com credos republicanos, impediram-no de cair em excessos de laicismo militante. Resta saber se o krausismo de Marnoco se inseria numa tendência contra-revolucionária, que era capaz de valorizar, entre as várias formas solidárias do viver associado, a família, o município e a corporação. Abrindo, deste modo, as portas ao corporativismo e à crítica das concepções mais

---

Moura Marques Livreiro-editor, 1913), p. 310. Do mesmo ano, mas provavelmente posteriores, são as *Lições de Estatística* dos discípulos de Marnoco, Jaime Gouveia, Silvestre Ferreira, Guilherme Valente e Simões Trincão, analisadas e postas no seu contexto de pertinência por Nuno Madureira, *As Ideias e os Números: Ciência, Administração e Estatística em Portugal* (Lisboa: Livros Horizonte, 2006), pp. 47–49. Um panorama mais completo das ideias de Marx e dos seus seguidores que volta a estar centrado na doutrina da concentração capitalista, «determinando a acumulação da riqueza num dos polos da sociedade e no outro a acumulação da miséria», bem como sobre «a descrença sobre a catástrofe preconizada por Marx», encontra-se em Marnoco e Sousa, *Ciência Económica: Prelecções feitas ao Curso do Segundo Ano Jurídico de 1909–1910 (1910)*, *op. cit.*, pp. 62–70, 192–197. A crítica à lei da concentração capitalista de Marx, que insiste no papel das pequenas empresas e da classe média, além de não ser original, foi repetida inúmeras vezes. Por exemplo, surge nos escritos de um dos discípulos de Marnoco e Sousa [ver Rui Enes Ulrich, *Economia Política: Lições proferidas... ao curso do 2.º ano da Faculdade de Direito*, eds. Afonso Henriques e Sant'Ana Godinho (Lisboa, 1936), p. 283; *idem*, *Crítica do Socialismo Utópico dos Idealistas e do Socialismo Revolucionário dos Marxistas. Conferência promovida pela União Nacional e realizada no Teatro da Trindade, de Lisboa, em 8 de Maio* (Lisboa: Propaganda da União Nacional, 1940), p. 12.] Aliás, o mesmo discípulo, ao tratar dos direitos de associação profissional e dos trabalhadores, partilhou, desde muito cedo, com o mestre o mesmo horror a tudo o que era da ordem da revolução e da luta de classes, ver Rui Enes Ulrich, *Estudos de Economia Nacional*, vol. II – *Legislação Operaria Portugueza* (Coimbra: França Amado, Editor, 1906), p. 374: «Sem dúvida, a política revolucionária, anárquica e demolidora, deve ser reprimida e perigosíssimo seria que uma associação operária dela pudesse fazer propaganda.» Para o modo como, em Portugal, os posicionamentos suscitados pela falhada revolução republicana de 31 de Janeiro de 1891 mobilizaram os ensinamentos de Bluntschli, utilizados por Manuel Emídio Garcia no curso de *Princípios Gerais de Direito Público* (1893), a propósito da relação entre reforma e revolução, bem como acerca da discussão promovida por Teixeira Bastos (*A Crise*, Porto: Chardron, 1894) sobre como os criminologistas, a começar por Lombroso, desaconselharam a repressão dos delitos políticos, ver Luís Bigotte Chorão, *Para uma História da Repressão do Anarquismo em Portugal no Século XIX seguido de «A Questão Anarchista» de Bernardo Lucas* (Lisboa: Letra Livre, 2015), pp. 16–17 (anexo, p. 12); pp. 60–61. Bluntschli, tratadista do direito público e conselheiro de Bismarck, teve larga influência em Portugal, ver Fernando Catroga, *Antero de Quental: História, socialismo, política* (Lisboa: Notícias, 2001), p. 189.

individualizadas do contrato social. Foi o que propôs Cabral de Moncada, a respeito da filosofia de Krause, cuja influência em Portugal se fez sentir desde o terceiro quartel do século XIX, abrindo a estrada para o corporativismo. Mais recentemente, Figueiredo Marcos voltou ao tema, argumentando que «Marnoco e Sousa não aderia de modo nenhum a uma ideia de evolucionismo linear, universal e fatalista, ou seja, recusava aceitar a evolução das instituições jurídicas no sentido de que elas estivessem condenadas a atravessar as mesmas fases em todos os povos, como se de uma sucessão regular e uniforme se tratasse»([141]). Para Catroga, a aproximação do Direito à sociologia e às ciências sociais, ao mesmo tempo que revelava interesse pelas questões sociais, tanto podia promover uma visão laica e progressista, servindo a causa da Democracia e da República (como sucedeu com Emídio Garcia e Afonso Costa); como, sob a égide da influência de Krause, tinha na base uma crítica ao atomismo social, mais individualizado, em nome da defesa das formas de solidariedade e das corporações, como parecia defender Marnoco e Sousa.([142])

Por sua vez, Maria de Fátima da Silva Brandão notou que terá existido da parte de Marnoco um ajustamento em relação à sociologia e às ciências sociais, provavelmente em benefício da economia. O mesmo terá ocorrido entre as duas reformas curriculares de 1901 e 1911, como bem analisou Manuel Braga da Cruz. Assim, em 1907, Marnoco exprimiu «as suas reservas em relação à crença orgânica»; para, em 1910, arrumar a questão, ganhando distância em relação à própria sociologia. No seu entender, o Congresso Internacional de Sociologia de 1909 tinha exposto um caos de doutrinas, «onde nem mesmo foi possível chegar a acordo sobre o conceito de solidariedade». Pior: tudo isto se devia «ao facto de a sociologia se ter preocupado simplesmente com generalidades e temas vagos e indeterminados, não procurando estabelecer, por uma forma rigorosa e precisa, os seus conceitos fundamentais fora do organicismo moribundo»([143]).

([141]) Luís Cabral de Moncada, *Subsídios para a História da Filosofia do Direito em Portugal*, *op. cit.*, pp. 106, 172–174; Figueiredo Marcos, *A História do Direito e o seu Ensino...*, *op. cit.*, p. 74.

([142]) Catroga, «O sociologismo jurídico em Portugal...», in *op. cit.*, pp. 405, 413–414; Oliva, *O Domínio dos Césares...*, *op. cit.*, pp. 70–72; Luís Cabral de Moncada, *Subsídios para a História da Filosofia do Direito em Portugal*, *op. cit.*, pp. 143–156 [sobre o sociologismo de Garcia e do seu discípulo, António Henriques da Silva].

([143]) Marnoco e Sousa e José Alberto dos Reis, *O Ensino Jurídico na França e na Italia*, *op. cit.*, pp. 17–18, citado e comentado por Maria de Fátima Brandão, «Introdução», in Marnoco e Sousa, *Ciência Económica: Prelecções feitas ao Curso do Segundo Ano Jurídico de 1909–1910 (1910)*, *op. cit.*, pp. XVII–XVIII; Manuel Braga da Cruz, «Para a história da sociologia académica em Portugal», *art. cit.*, p. 100.

Como terá Marnoco, a cavalo entre vários regimes políticos (república, monarquia e corporativismo inspirador dos Estados autoritários do século XX), conseguido articular o krausismo — que Cabral de Moncada punha na base da fundamentação filosófica do corporativismo e que ele próprio tanto estimava — com uma abertura à sociologia e às ciências sociais? É que estas últimas eram julgadas contrárias, pelo seu positivismo, à Filosofia do Direito defendida pelo mesmo Moncada, sem dúvida, um dos ideólogos do Estado Novo. Talvez por isso mesmo Marnoco tivesse acabado por ser considerado um socialista. Sobre as tendências da viragem do Direito para as ciências sociais, Cabral de Moncada não escondia a sua indignação e, duas décadas depois, ainda lembrava o combate isolado, proferido contra o positivismo, do então estudante Paulo Merêa. Segundo Moncada, Merêa afastara-se desse «novo *mot-d'ordre* na pedagogia jurídica, em 1911, [que] era: economia, estatística, história das confissões religiosas e legislação comparada. A própria designação de Sociologia parecia encobrir uma "abstracção exagerada". Em vez dela, fala-se de preferência em ciências sociais, evitando-a cautelosamente». Nas palavras de Moncada, Merêa proferira, em 1910, uma conferência no Instituto de Coimbra, intitulada «Idealismo e Direito»; nela, atacara «o positivismo comteano de Duguit» para defender «em jurisprudência um neo-idealismo de larga inspiração bergsoniana»; os radicais de esquerda, republicanos, não gostaram, tendo chegado a haver um princípio de tumulto. Em contraposição, para Moncada, o que mais lhe interessava era perceber o caminho que tinha levado ao «pensamento filosófico-jurídico» de Salazar e do Estado Novo, bem representado pelos discursos proferidos por aquele em 28 de Maio e 30 de Julho de 1930.([144])

([144]) Manuel Paulo Merêa, *Idealismo e Direito* (Coimbra: França & Arménio, 1913), *maxime* pp. 35–57. Luís Cabral de Moncada, *Subsídios para a História da Filosofia do Direito em Portugal*, *op. cit.*, pp. 118–119, 181–181, 193–209. Nas suas memórias, o mesmo Cabral de Moncada integrou Paulo Merêa no grupo dos Esotéricos, que esteve na origem dos Integralistas, encabeçados por António Sardinha, ver as suas «Páginas de Memórias», *Nomos: Revista Portuguesa de Filosofia do Direito e do Estado*, n.os 5–6 (Janeiro/Dezembro, 1988), pp. 15, 19, 28–29; *idem*, *Memórias: Ao longo de uma vida (Pessoas, factos, ideias, 1888–1974)* (Lisboa: Verbo, 1992), pp. 77–83. Para uma análise do posicionamento de Merêa que falha o alvo, reduzindo a sua obra de historiador do Direito à erudição e à prova documental, ver António Manuel Hespanha, «Historiografia jurídica e política do direito (Portugal, 1900–50)», *Análise Social*, 3.ª série, vol. 18, n.os 72–74; *A Formação de Portugal Contemporâneo (1900–1980): Comunicações ao colóquio organizado pelo Gabinete de Investigações* Sociais *(Dezembro de 1981)*, vol. I (1982), pp. 795–812. Mais ponderada, por estranho que possa parecer, é a caracterização de Merêa feita por Moncada, uma vez que ambos partilhavam das mesmas ideias fascizantes: «Aí não é já o leitor [Merêa], o exegeta do documento, quem nos fala, mas sim uma penetrante intuição dos sentidos mais profundos da cultura», *Manuel Paulo Merêa: Esboço de um perfil*, sep. da *Revista Portuguesa de História*, t. XII – *Homenagem ao Doutor Paulo Merêa* (Coimbra: Faculdade e Letras da

Projectos para a criação de uma cadeira de Direito Colonial remontavam a finais de 1880, numa portaria assinada por Luciano de Castro. Nesta sequência, uma proposta de reforma de inícios de 1883 incluiu a criação de uma cadeira de Administração e Legislação Colonial, que substituiria a de Direito Romano. Porém, uma comissão de 1886 rejeitou a cadeira de Administração Colonial, mas mandou ensinar as especialidades deste direito nas cadeiras de Direito Civil, Economia Política, Direito Administrativo e Finanças.([145]) Só com a reforma de 1901 se impôs o ensino da Administração Colonial. No entender de Marnoco, a criação de uma só cadeira obrigava a concentrar nela todas as questões que essa organização suscitasse. Tal como o próprio diploma especificava, estavam em causa todas as «questões coloniais», que cinquenta anos antes só interessavam a raros especialistas. Estas compreendiam a relação entre o aumento da população e um maior aproveitamento dos territórios ocupados por uma nação, a expansão da indústria que reclamava mercados mais extensos para a colocação dos produtos e a concorrência entre os Estados que empregavam meios para alargar o seu domínio territorial e proceder à sua valorização. Marnoco sublinhou, ainda, que a cadeira em causa era necessária para a preparação dos funcionários que tinham a seu cargo a própria administração colonial.([146])

João Marcelino Arroio foi o lente catedrático a quem o curso de Administração Colonial começou por ser distribuído, logo no ano lectivo de 1902–1903. Porém, na sequência de uma intensa experiência como parlamentar e membro do Partido Regenerador, foi nomeado par do reino, em Março de 1902, e passou a integrar a Câmara dos Dignos Pares do Reino até à implantação da República.([147]) Por isso, a cadeira de Administração Colonial só começou a ser ensinada quando Marnoco, nos anos lectivos de 1905–1906 e 1906–1907, assumiu a sua docência, como uma das quatro disciplinas do 4.º ano do curso de Direito (a 13.ª). A partir de 1907–1908, Rui Enes Ulrich foi o lente catedrático da cadeira, mas, com a sua demissão voluntária após a proclamação de 5 de Outubro, Marnoco voltou a assumir a regência nos anos lectivos de 1910–1911 e 1911–1912. Paralelamente, segundo Almeida Costa, tendo em vista «descongestionar a formatura em Direito», foram criados

---

Universidade de Coimbra, Instituto de Estudos Históricos Doutor António de Vasconcelos, 1969), p. VIII.

([145]) Paulo Merêa, *Esboço de uma História da Faculdade de Direito de Coimbra*, fasc. II *(1865–1902) Parte Geral*, sep. do *Boletim da Faculdade de Direito*, vol. XXIX (Coimbra, 1954), p. 20.

([146]) Marnoco e Sousa, *Administração Colonial: Prelecções feitas ao curso do 4.º anno juridico do anno 1905–1906* (Coimbra: Tipografia França Amado, 1905), pp. 181–182.

([147]) Zília Osório de Castro, *João Marcelino Arroio: Vida parlamentar* (Lisboa: Assembleia da República, 2014), pp. 28, 36.

três cursos de três anos: Curso Administrativo, Curso Diplomático e Curso Colonial. Este último dava preferência, nos concursos para secretários e outros lugares dos governos ultramarinos, inspectores e empregos nas repartições de fazenda, administradores de circunscrição ou chefes dos concelhos, oficiais e chefes de repartição da Direcção-Geral do Ultramar, intendentes, etc. Para concluir este curso, era ainda obrigatória a aprovação num exame de Inglês. A sua estrutura curricular equivalia a um bacharelato em Direito, com uma única cadeira de Administração Colonial no último ano. Aliás, a figura do bacharel candidato a um lugar, «pedante e palrador, capaz ainda de papaguear as lições de economia colonial do Sr. Rui Ulrich», não tardou a transformar-se numa caricatura.([148]) O certo é que, com a reforma de 1911 e a divisão por quatro grupos de todas as disciplinas, Marnoco ficara com a responsabilidade de todas as cadeiras de Ciências Económicas (2.º grupo) e, ainda, de Administração Colonial (do 3.º grupo de Ciências Políticas).([149])

A reforma de 1911, preparada nos anos finais da Monarquia, manteve uma relação estreita com o novo regime político republicano, sobretudo no que respeita às relações do Estado com a Igreja e respectivos ordenamentos jurídicos. No caso do Direito Colonial, a Primeira República «visou mudar a face jurídica do colonialismo português» e, se a Constituição de 1911 ainda falava «Da administração das províncias ultramarinas», a revisão constitucional de 1920 mudou a epígrafe para «Das colónias portuguesas». O Direito Colonial não só cresceu como se autonomizou, passando a ser concebido, de um ponto de vista constitucional, como estando ajustado a cada território. Descentralizou-se, por isso, dando-se especial ênfase aos poderes dos governadores das colónias, assistidos pelos seus conselhos, e aos poderes dos altos-comissários. Datam de 15 de Dezembro 1914, as leis orgânicas que procuraram levar a cabo uma descentralização financeira e administrativa. Assim sendo, decretaram-se diplomas orgânicos para cada colónia, «atendendo ao seu grau de desenvolvimento e mais circunstâncias peculiares»; um dos objectivos visava que fossem «conservadas as instituições indígenas», desde que estas não se mostrassem contrárias à vida e liberdade humanas. O direito privado adaptou-se aos usos e costumes locais. Em suma, existem «traços da legislação da Primeira República que permitem falar de uma espécie de direito indígena, bem longínquo do direito português metropolitano»([150]).

([148]) José Botelho de Carvalho Araújo, *Relatório Acerca da Administração do Distrito de Inhambane. Anno de 1917* (Coimbra: Imprensa da Universidade, 1920), p. 8.

([149]) Almeida Costa, *O Ensino do Direito em Portugal no século XX...*, *op. cit.*, pp. 12–20, 46–47.

([150]) José Barbosa, *Administração Colonial* (Lisboa: Tipografia Bayard, 1913); Adriano Duarte Silva e Carlos Miranda, *Lições de Administração Colonial em Harmonia com as Prelecções Feitas pelo Ex.mo Professor Sr. Dr. Magalhães Collaço ao 3.º Anno Juridico de 1915–1916*

Na sua primeira edição, o manual de Marnoco intitulava-se *Administração Colonial: Prelecções feitas ao curso do 4.º anno juridico do anno de 1905-1906* (Coimbra: Tipografia França Amado, 1905). A administração colonial era concebida como «a acção que o Estado desenvolve na colonização», sendo que «o conjunto metódico de princípios e teorias relativos a esta acção constitui a ciência da administração colonial»([151]). Era esta a concepção científica que o autor pretendia introduzir no estudo, mas também na actividade do próprio Estado, a cargo do qual estava a administração colonial. Na introdução, Marnoco discutiu o fenómeno da colonização e o conceito de administração colonial, a partir dos seus contextos históricos. Seguiam-se três partes. Na primeira, apresentavam-se as grandes linhas da política colonial, com base no papel e na intervenção do Estado, concebendo-se desde logo os seus limites. Por exemplo, Marnoco escreveu: «O capital pode explorar territórios enormes sem haver a ocupação efectiva. Uma linha do Cairo ao Cabo bastaria para permitir à nação construtora aproveitar uma boa parte de África.»([152]) Nesta sequência, surgiam os contratos ou as concessões que davam azo à acção de companhias coloniais, a diversidade de regimes nas colónias (sujeição, autonomia, assimilação), os poderes da Metrópole e os direitos das colónias e, ainda, a condição dos habitantes das colónias (indígenas, colonos, estrangeiros). A segunda parte era inteiramente dedicada à economia colonial, com cinco áreas ou regimes relativos às terras, minas, trabalho, crédito e comércio. A terceira e última parte dizia respeito à administração colonial propriamente dita, com particular ênfase nas relações entre administração central e local.

Marnoco datava do *Congrès International de Sociologie Coloniale tenu à Paris du 6 au 11 Août 1900: rapports et procès verbaux des séances*, t. I (Paris: Exposition Universelle Internationale de 1900, 1901), as abordagens dedicadas a investigar e discutir o tratamento que deveria ser dado às raças indígenas. Impunha-se conservar — e não destruir — os costumes e instituições daquelas que eram consideradas raças indígenas, pois eram os que estavam mais de acordo com o seu estado social, com as suas necessidades económicas e com as suas concepções morais e religiosas. A este sistema de referências acrescentava-se o facto de existirem, desde pelo menos 1869, vários diplomas que mandavam respeitar, nas colónias portuguesas, os usos

(Coimbra: Livraria Neves Editora, 1916), pp. 128–130; Guilherme Braga da Cruz, *A Revista de Legislação e de Jurisprudência: Esboço da sua história*, vol. I (Coimbra: Publicação Comemorativa do Centenário da Revista 1868–1968, 1975), p. 457; Almeida Costa e Figueiredo Marcos, *A Primeira República no Direito Português*, *op. cit.*, pp. 36–38, *maxime* p. 38.

([151]) Marnoco e Sousa, *Administração Colonial...*, *op. cit.*, p.181.

([152]) *Ibidem*, pp. 61–62.

e costumes indígenas.([153]) Para o lente de Direito da Universidade de Coimbra, Leroy-Beaulieu, Paul Reinsch e Arthur Girault tinham-se batido por uma progressão lenta: o negro africano não podia ser civilizado pela destruição das suas instituições nativas ou pela injecção nele de uma educação europeia; antes de mais, teria de se modificar «toda a base económica da sociedade negra». Uma ressalva existia: os costumes indígenas só deveriam subsistir, segundo o Congresso Colonial de 1900, quando não fossem «incompatíveis com o respeito devido à vida e liberdade de um ser humano»([154]). A ressalva tinha água no bico, pois tratava-se de impedir a prática de sacrifícios humanos, de contrariar o exercício arbitrário do poder dos chefes de família de disporem da vida dos seus, mas, sobretudo, de impedir que a escravidão, atribuída aos próprios usos e costumes indígenas, fosse tolerada. Além de Girault, Marnoco teve em conta as ideias de outros participantes no Congresso. Henri Hubert van Kol, por exemplo, distinguira entre as colonizações anglo-saxónica e germânica, capazes de manter a administração indígena, e a das raças latinas (Espanha, França e Portugal) que procuraram sempre assimilar as populações; porém, também criticou a inexactidão de tal distinção, uma vez que as políticas de assimilação dos latinos nunca chegaram a alcançar a «assimilação dos indígenas»([155]).

Paralelamente, o cientista político norte-americano Paul Reinsch (1869–1923), muito apreciado por Marnoco, considerava que o principal critério científico, para orientar a acção civilizadora sobre os indígenas, se encontrava na economia. Isto é, «o desenvolvimento da organização do trabalho e a introdução de novos processos técnicos da produção, aumentando o bem-estar da população, farão surgir, com as novas forças económicas, o senso moral e intelectual dos indígenas»([156]). Neste mesmo sentido, não valia a pena suprimir a escravidão, impunha-se apenas reprimir os seus abusos, impedindo

---

([153]) Marnoco e Sousa, *Administração Colonial: Prelecções feitas ao curso do 4.º anno juridico do anno de 1905–1906* (Coimbra: Tipografia França Amado, 1905), p. 441; *idem*, *Constituição Politica da Republica Portuguêsa – Commentario* (Coimbra: F. França Amado, Editor, 1913), pp. 597–604 [em que citou Girault, Eduardo Costa e Reinsch]. Noutros lugares, Marnoco e Sousa tanto recuperou uma espécie de concepção progressiva da história económica, considerando que nas colónias se repetiam de forma abreviada as fases da evolução da mãe-pátria, nelas se sucedendo a escravidão, a servidão, as corporações de artes e ofícios, o capitalismo, ver *idem*, *Tratado de Economia Política*, pref. António de Oliveira Salazar (Coimbra: França Amado, 1917), como se referiu às reservas a essa mesma concepção, expostas por Steinmetz e René Worms no congresso de 1897 do Institut International de Sociologie, ver *idem*, *Ciência Económica: Prelecções feitas ao Curso do Segundo Ano Jurídico de 1909–1910. (1910)*, *op. cit.*, p. 123.

([154]) Marnoco e Sousa, *Administração Colonial...*, *op. cit*,, p. 402.

([155]) *Ibidem*, p. 406.

([156]) *Ibidem*, p. 409.

o seu recrutamento de modo que favorecesse o seu desaparecimento progressivo sem causar perturbações políticas e sociais; ao mesmo tempo, cumpria desenvolver as necessidades de vida dos indígenas, fazendo-os participar de uma economia de mercado e aceitando que «o aniquilamento da escravidão» deveria ser acompanhado de medidas tendentes a obrigar o negro ao trabalho regular, até que ele o procurasse espontaneamente.([157])

A própria genealogia intelectual de uma ciência colonial foi objecto de várias abordagens. Numa delas, a cargo de um discípulo de Marnoco, traçava-se a história do modo como a administração colonial levara bem longe o sistema da assimilação, como sucedera ao longo do século XIX, tendo os seus males sido agravados por uma perniciosa centralização. Porém, já se tinha procurado romper com tais erros, pugnando por uma autonomia que suscitasse nas colónias civilizações próprias, capazes de se governarem por si. Ao mesmo tempo que se criticavam algumas das ideias de Marnoco, quando propunha uma compatibilidade entre o regime de assimilação e o de descentralização, retomava-se a ideia de que a política indígena era o capítulo principal «de toda a ciência colonial», para a qual muito tinham contribuído os já referidos congressos coloniais de 1900. Nestes, tinha-se defendido que cumpria «manter a preponderância dos chefes e príncipes indígenas, não derrogar os hábitos locais e conservar, tanto quanto possível, os costumes, as ideias, a religião e até os preconceitos dos povos». Mais: considerava-se que, se a ideia de autonomia colonial só tinha aparecido no século XIX, os portugueses — ao contrário dos espanhóis — já muito antes tinham criado instituições originais para as colónias. Fora o que sucedera com as capitanias e os prazos da coroa, reveladores de «uma intuição exactíssima e genial da diversidade de civilização entre metrópole e colónias». Por último, atribuía-se ao sistema liberal e constitucional, baseado na representação eleitoral, com o seu espírito de simetria e de uniformidade, a criação das piores «monstruosidades com o campo colonial». Aliás, para quem assim escrevia, todas estas ideias comprometiam as mais arreigadas convicções racistas:

> Os direitos do homem transformados nos direitos do preto das selvas são a eloquente caricatura de uma doutrina, apenas recheada de palavreado vazio de sentido. O preto eleitor e elegível no seu recôndito sertão, igual ao mais culto habitante da metrópole em direitos políticos e em influência social, é dum pitoresco inexcedível. Que melhor prova querem de que o sistema constitucional, na sua essência, enferma do mais grosseiro desconhecimento da realidade e da psicologia das colectividades? Esta comédia desopilante do preto-cidadão na sua palhota, acompanhando com batuques a eleição do *siôr* deputado, sai já dos

([157]) *Ibidem*, pp. 413–414.

domínios da ciência para entrar nos da ironia alegre! Que admirável sistema este à sombra do qual as colónias não tinham de facto representação nenhuma, nem direitos reais efectivos! Um simulacro descarado de eleição servia de pretexto para se negar a autonomia das colónias ou mesmo a sua justa influência no governo, dentro do sistema, aliás, reprovável de assimilação. Era a escamoteação liberal com todo o seu palanfrório sem nexo nem sentido, na sua mais perfeita expressão.([158])

Quem assim argumentava era Rui Enes Ulrich. Ainda aluno, dedicou o seu primeiro livro às suas tias e ao lente catedrático, Marnoco e Sousa.([159]) Mais tarde, o catálogo da sua biblioteca incluía mais de vinte obras da autoria do seu mestre, incluindo um «belo exemplar» das suas lições de *Administração Colonial*.([160]) Ulrich foi o melhor aluno do seu curso de Direito, que terminou em 1905 (seguido por José Caeiro da Mata). Doutorou-se no ano seguinte. Entre 1906 e 1910, foi professor da Faculdade de Direito, onde teve a regência da cadeira de Administração Colonial. Revelou, então, as suas preocupações acerca do trabalho operário e constatou as preocupações internacionais em regulá-lo. Para ele, «o desenvolvimento da protecção legal dos trabalhadores» não colocava «uma indústria nacional em condições desfavoráveis na concorrência internacional»([161]). No seu entender, onde a legislação do trabalho revelava mais lacunas, como sucedia em Portugal, era

---

([158]) Rui Enes Ulrich, *Politica Colonial: Lições feitas ao curso do 4.º anno jurídico no anno 1908–1909* (Coimbra: Imprensa da Universidade, 1909), pp. 103–105, 687–689; *Idem*, «Colonizações Ibéricas», in *A Questão Ibérica* [Conferências na Liga Naval Portuguesa, Abril de 1915], ed. António Sardinha (Lisboa: Tipografia do Anuário Comercial, 1916), pp. 207–209 [sobre os prazos de Moçambique, argumenta: «Ou fosse islâmica a sua origem, ou fosse indígena devido aos bantus e mocarangas, o certo é que os portugueses não inventaram esta instituição, imbuída de princípios feudais»], *maxime* p. 212. Foram estas conferências consideradas «bem opostas no seu ideário às do Casino de outrora», Cabral de Moncada, «Páginas de Memórias», *Nomos: Revista Portuguesa de Filosofia do Direito e do Estado*, n.os 5–6 (Janeiro/Dezembro, 1988), p. 22. Ver, ainda, Fernando Alberto Carvalho David Silva, *Liga Naval Portuguesa: Do «Ressurgimento marítimo» ao «Ressurgimento nacional», entre quatro Regimes (1900–1939)*. Tese de doutoramento em História Contemporânea (Lisboa: Faculdade de Letras, Universidade de Lisboa, 2020).

([159]) Rui Enes Ulrich, *Estudos de Economia Nacional*, vol. I — *Crises económicas portuguezas* (Coimbra: Imprensa da Universidade, 1902).

([160]) Arnaldo Henriques Oliveira, *Leilão n.º 35 — Segunda parte do Catalogo da notável e preciosa Biblioteca do Ex.mo Senhor Doutor Ruy Enes Ulrich, Ilustre Embaixador de Portugal em Londres* (Lisboa: Livraria Manuel dos Santos, 1934), pp. 210–212.

([161]) Rui Enes Ulrich, *Estudos de Economia Nacional*, vol. II – *Legislação Operaria Portugueza* (Coimbra: França Amado, Editor, 1906), p. 17; Luís Bigotte Chorão, *Política e Justiça na I República*, vol. II – *1915–1918* (Lisboa: Letra Livre, 2018), p. 208.

precisamente onde a indústria se achava mais atrasada. De notar que também Marnoco veio a exprimir preocupação pelas condições de desigualdade que afectavam as várias categorias de operários.([162]) Os livros de Ulrich mais extensos, numa área em que seguiu as pisadas do mestre, disseram respeito à Administração Colonial.([163]) A proclamação da República levou-o a demitir-se da Universidade de Coimbra. Em 1915, apareceu ao lado de António Sardinha e do Integralismo Lusitano. A sua colaboração com o Estado Novo veio a ser cada vez mais intensa, sem nunca esconder a sua defesa da monarquia. Em 1935, ao regressar do cargo de embaixador em Londres, foi convidado a reger a cadeira de Economia Política na Faculdade de Direito de Lisboa. Entre 1937 e 1950, foi director desta Faculdade, até regressar ao cargo de embaixador em Londres. Esteve durante anos ligado à administração do Banco de Portugal e foi presidente de várias companhias, a começar pela Companhia de Moçambique (1920–1933). Entre 1936 e 1942, foi procurador à Câmara Corporativa.([164])

Quer Marnoco quer o seu discípulo Ulrich tinham, na base dos seus interesses académicos, a Economia e o Direito Económico. Nesta perspectiva, defendiam os saberes jurídicos e económicos como parte integrante da formação dos administradores e agentes do Estado colonial. Marnoco denunciou a excessiva tendência para atribuir o governo das colónias a militares, um facto que só era compreensível em «períodos de rebelião», sendo preferível o modelo inglês de administração civil.([165]) Partindo do carácter científico associado ao estudo da colonização, incluindo da sua administração e do modo como os saberes jurídicos seguiam os interesses económicos, reconheceu ser necessário considerar os grupos de pressão constituídos para defender esses mesmos interesses.([166]) Neste sentido se deve entender que, no final de um longo capítulo sobre o regime do trabalho indígena, no qual discutiu a legislação existente acerca do trabalho compelido ou obrigatório, a par da

---

([162]) Marnoco e Sousa, «Caracteres da legislação operária», *Boletim da Faculdade de Direito da Universidade de Coimbra*, ano I, n.º 3 (Novembro, 1914), p. 100; Bigotte Chorão, *Política e Justiça na I República*, vol. II, *op. cit.*, p. 209.

([163]) Rui Enes Ulrich, *Sciencia e Administração Colonial*, vol. I – *Introdução: Lições feitas ao curso do 4.º anno juridico no anno de 1907–1908* (Coimbra: Imprensa da Universidade, 1908); *idem*, *Politica Colonial: Lições feitas ao curso do 4.º anno juridico no anno de 1908–1909* (Coimbra: Imprensa da Universidade, 1909); *idem*, *Economia Colonial: Lições feitas ao curso do 4.º anno juridico no anno de 1909–1910* (Coimbra: Imprensa da Universidade, 1910).

([164]) Maria Eugénia Mata, David Justino e José Carlos Rodrigues da Costa, «Apresentação», in Rui Enes Ulrich, *Da Bolsa e suas Operações*, 3.ª ed. (Coimbra: Imprensa da Universidade de Coimbra, 2012), pp. 22–24.

([165]) Marnoco e Sousa, *Administração Colonial ...*, *op. cit.*, p. 646.

([166]) *Ibidem*, p. 174–175.

obrigatoriedade do pagamento dos salários, Marnoco fizesse referência às ideias de Francisco Mantero nesta mesma matéria. Este, sublinhe-se, era um dos grandes roceiros de São Tomé e anunciara, no Congresso Colonial Nacional de 1901, que se deveria acabar com a repatriação dos serviçais portugueses, desde a celebração do segundo contrato de trabalho, de modo que se promovesse a fixação dos mesmos nas fazendas coloniais. Ao mesmo tempo, cumpria fazer todos os esforços para proteger oficialmente a emigração, para Angola e São Tomé e Príncipe, de trabalhadores originários da Guiné e Moçambique.([167])

Mais fácil se afigura perceber de que modo os próprios quadros do Estado colonial, com os seus especialistas e especialidades, se deixaram penetrar pelos mesmos interesses económicos. A este respeito, Ulrich considerou, em 1915, que «a questão colonial é um corolário da questão geral da reorganização nacional do país»([168]). Porém, no interior dessa perspectiva, que era integrada por uma visão geral reaccionária e integralista, como poderia o país organizar-se, depois de um século de «constitucionalismo deletério» e de «cinco anos de delírio democrático»? O certo era que a perda das colónias acarretaria a ruína nacional. É que a economia do país dependia das colónias e era um facto que o comércio colonial tinha aumentado, graças à exportação do cacau de São Tomé, das exportações das fábricas de tecidos portugueses para Angola, do «vinho para o preto» e, sobretudo, do potencial que guardavam outras riquezas das colónias, cuja exploração se encontrava ainda numa fase rudimentar. Enfim, segundo Ulrich, a verdadeira questão era que Portugal, «país pobre e sem autonomia económica possível, que viveu da Índia e vive ainda do Brasil, tem nas colónias a única justificada esperança do seu ressurgimento próprio. Perdê-las era perder tudo e até a própria independência. A colonização é, pois, bem um fenómeno nacional»([169]).

De um ponto de vista da formação e funcionamento dos saberes coloniais, o manual das lições da cadeira de Administração Colonial da Faculdade de Direito da Universidade de Coimbra de Marnoco sugere cinco conclusões. Se, em todas elas, se encontram em confronto questões de memória com outras relativas à análise histórica, é uma disputa demasiado centrada na perspectiva de quem interroga, em detrimento dos objectos escolhidos e acerca dos quais se procura determinar o sentido. Contudo, é inegável que um dos principais riscos que existem quando se procura analisar um manual de curso,

---

([167]) *Ibidem*, p. 578.

([168]) Ulrich, «Colonizações Ibéricas», in *A Questão Ibérica* [Conferências na Liga Naval Portuguesa, Abril de 1915], ed. António Sardinha (Lisboa: Tipografia do Anuário Comercial, 1916), p. 218.

([169]) *Ibidem*, p. 217.

na perspectiva de uma história dos saberes e das disciplinas, neste caso, do Direito, é que se lhe possa conferir um estatuto único ou primordial. Por isso, a primeira conclusão a retirar diz respeito ao facto de o manual em causa de Marnoco conter em si as marcas de uma luta pela imposição de sistemas de conhecimento e de regulação, que envolveram formações e especialistas muito diversificados.

Por exemplo, ao disputar o lugar dos militares na condução dos assuntos administrativos do Estado colonial, o autor sugeriu outras áreas — onde igualmente se cruzavam saberes, projectos e blocos de normas — que extravasavam o domínio jurídico e com ele concorriam. Por isso, investigações futuras, em lugar de restringir a análise do mesmo manual ao campo jurídico, terão de procurar pensá-lo no interior de um largo campo em reconfiguração. Neste processo, concorriam saberes e especialistas, assistindo-se a uma passagem de padres, militares e juristas ou administradores, para uma outra configuração, na qual se multiplicavam os domínios e em que passaram a concorrer médicos, agrónomos, engenheiros, economistas, fotógrafos, etc. E — da mesma forma que é necessário romper com uma história eclesiástica feita por clérigos, uma história militar a cargo de oficiais ou uma história da sociologia feita por sociólogos, para deixar de alimentar lógicas da produção de conhecimento que têm por principal objectivo fazer reconhecer a centralidade das próprias disciplinas dos seus autores — também se impõe pensar o campo no interior do qual os saberes jurídicos procuraram impor a sua hegemonia. Mais concretamente, tratava-se de um campo em transformação profunda, no interior do qual os juristas tentavam não perder uma posição de supremacia e que, por isso mesmo, se dotou de enorme elasticidade no que respeitava o entendimento e as articulações disciplinares, de modo a englobar os saberes em concorrência.

Uma segunda conclusão prende-se directamente com a primeira. Mas está centrada na Faculdade de Direito da Universidade de Coimbra, com os seus dois grandes movimentos reformistas de 1901 e 1911, nos quais Marnoco e Sousa participou. Pelo meio, ficou a greve académica de 1907, com as suas acusações ao arcaísmo daquela instituição e as respostas de sinal contrário, que também envolveram Marnoco, muito em especial a missão de estudo em que participou para se inteirar do que faziam outras universidades europeias. Só assim se compreende, por um lado, a abertura do Direito às ciências sociais e à história, bem como a sua decisiva permeabilidade à Economia Política; por outro lado, a participação e curiosidade pelo que se fazia, no mesmo género, em circuitos internacionais. E, já entrado o Estado Novo, a mesma abertura veio a ser violentamente criticada e posta de lado por Cabral de Moncada, seguindo uma orientação que se reclamava mais elevada, filosófica, hegeliana e germanófila, contra a baixeza da «onda positivista», nas próprias palavras de Cabral de Moncada.(170) O esquecimento a que foi votada a obra de Marnoco, incluindo o seu manual de Administração Colonial, não encontrará a sua explicação mais pertinente nas mesmas críticas e na ruptura que o Estado Novo pretendeu estabelecer com esse tempo, em que Direito e ciências sociais mantiveram uma estreita articulação?

O campo de experimentação dos saberes coloniais — com os seus diferentes especialistas, com uma proliferação de instituições e escolas, onde era possível ensinar e aprender esses mesmos saberes, bem como de conferências, livros e revistas — também correspondeu a uma espécie de explosão da questão colonial. Não foram só os diagnósticos, as tematizações e as classificações dos problemas coloniais que estiveram em causa, desde a Conferência de Berlim. O que esteve verdadeiramente em causa foi a enunciação das «questões coloniais» (conceito porventura mais adequado do que a noção recente e um tanto pomposa de repertórios), como argumento de disputas mais gerais entre regimes e posições políticas muito diversas e até antagónicas.(171) Assim, tomar em consideração o conjunto das questões coloniais

---

(170) Moncada citado por Paulo Merêa, *Esboço de uma História da Faculdade de Direito de Coimbra, fasc. II (1865–1902), op. cit.*, p. 45. António Braz Teixeira, recuperador do pensamento jurídico mais conservador, a pretexto de o mesmo poder ser considerado filosófico, considerou que «a meditação filosófica do Direito» de Cabral de Moncada se prolongou pela do seu único discípulo Afonso Queiró (1914–1995), cuja evolução se orientou, «sob a influência do ordinalismo concreto de Carl Schmitt, para uma concepção dialéctica neo-hegeliana», ver o seu pequeno ensaio que se inspira, sem nada acrescentar, em Cabral de Moncada, *O Pensamento Filosófico-Jurídico Português* (Lisboa: Instituto de Cultura e Língua Portuguesa, «Biblioteca Breve», 1983), p. 117. Acerca da sucessão Moncada-Queiró, na Filosofia do Direito, contra o espírito da reforma de 1911, ver Manuel Braga da Cruz, *Guilherme Braga da Cruz: Uma biografia 1916–1977* (Lisboa: Cruz Editores, 2018), p. 208.

(171) Pequena lista organizada por ordem cronológica de livros onde as «questões coloniais» são abordadas em diferentes perspectivas, articulando manuais de ensino, relatórios de governadores e memórias de colonos: Chaves de Aguiar, *A Administração Colonial, precedido de uma carta do Conselheiro Mariano de Carvalho* (Lisboa: Tipografia Lisbonense, 1891); Cristóvão Pinto, trad., notas e prefácio, in *Estados Unidos da India: Politica colonial internacional* (Lisboa: José Bastos, 1898); Ayres d'Ornellas, *A Nossa Administração Colonial: O que é, o que deve ser* (Lisboa: 1903); Eduardo Costa, *Estudo sobre a Administração Civil das Nossas Possessões Africanas: Memória apresentada ao Congresso Colonial Nacional* (Lisboa: Imprensa Nacional, 1903); Albano de Magalhães, *Estudos Coloniaes*, vol. I – *Legislação Colonial: Seu espírito, sua formação e seus defeitos* (Coimbra: França Amado, 1907); Carneiro de Moura, *A Administração Colonial Portuguesa* (Lisboa: A. M. Teixeira, 1910); Ernesto Jardim de Vilhena, *Questões Coloniaes: Discursos e artigos* (Lisboa: ed. autor, 1910); Lopo Vaz de Sampayo e Mello, *Politica Indigena: Questões coloniaes* (Porto: Magalhães & Moniz, 1910); José Barbosa, *Administração Colonial* (Lisboa: Tipografia Bayard, 1912); José Fortes, Martinho Simões, Ambrósio Neto, *Curso de Administração Colonial: Segundo as prelecções do Ex.*mo *Sr. Rocha Saraiva ao curso jurídico* (Coimbra: Livraria Neves, 1914); Alfredo

e o modo como elas foram abordadas, na época, obriga, ainda, a observar o confronto internacional entre as perspectivas de Hobson e de Lenine, contrariadas por Schumpeter, no que respeitava às lógicas dos impérios coloniais.([172])

Talvez por isso mesmo seja de ter em conta que a posição sempre moderada de Marnoco — procurando uma neutralidade e chegando a ser acusado de contradição, para se manter à tona de água ou, talvez mais, para impor,

---

Augusto Lisboa de Lima (ministro das Colónias), *Fomento de Angola: Proposta de lei apresentada ao Congresso* (Lisboa: Imprensa Nacional, 1914); *idem*, *As Colónias Portuguesas e a Crise Económica e Financeira de Angola: Necessidade de um plano de política colonial* (Lisboa: Sociedade de Geografia, 1925); Luís Filipe de Lencastre Schwalbach Lucci, *Emigração e Colonização – Tese para o Concurso de Lente Substituto da 2.ª Cadeira da Escola Colonial* (Lisboa: Tipografia do Anuário Comercial, 1914); Constâncio Roque da Costa, *Questões Economicas, Financeiras, Sociaes e Coloniaes* (Paris, Lisboa: Aillaud e Bertrand; Rio de Janeiro: Francisco Alves, 1916), pp. 441–523 («Cap. IV – Questões coloniais»); Adriano Duarte Silva e Carlos Miranda, *Lições de Administração Colonial em Harmonia com as Prelecções Proferidas pelo Exm.º Professor Sr. Dr. Magalhães Collaço 1915–1916* (Coimbra: Livraria Neves, 1916); Rafael Ribeiro, *Administração Colonial: Lições coligidas em rigorosa harmonia com o programa do curso e com as prelecções feitas no 916–1917 pelo Ex.mo Professor Dr. Martinho Nobre de Mello* (Lisboa: Tipografia Universal, 1917); *Questões Coloniais e Económicas: Conclusões e pareceres: 1913–1919*, Sociedade de Geografia de Lisboa, pref. Ernesto de Vasconcelos (Lisboa: Tipografia da Cooperativa Militar, 1919); José de Sousa H. de Mello e Castro, *Administração Colonial: Em harmonia com as prelecções do Ex.mo Sr. Doutor Manuel Rodrigues ao curso do III ano jurídico de 1919–1920* (Coimbra: Minerva Central, 1919); Francisco Gavicho de Lacerda, *Cartas da Zambézia: O que é a nossa administração colonial e o que ela devia ser* (s.l., 1920); Júlio Ferreira Pinto, *Angola. Notas e Comentários de um Colono*, prefácio de Ferreira do Amaral e anotações de Veloso de Castro (Lisboa: J. Rodrigues & Cia, 1925); António Batalha Reis, Adelino da Palma Carlos, *Administração Colonial Segundo as Prelecçções do Ex.mo Sr. Dr. Martinho Nobre de Mello ao curso de 1923–1924* (Lisboa, 1925); Armando Gonçalves Pereira, *As Novas Tendências da Administração Colonial* (Lisboa: J. Rodrigues, 1931); Júlio Monteiro Júnior e Roque da Silveira, *Lições da Cadeira de Administração Colonial. Segundo as prelecções do Ex.mo Sr. Dr. J. Gonçalo de Santa-Rita ao curso de 1931–1932 na Escola Superior Colonial* (Famalicão: Tipografia de Gaspar Pinto de Sousa & Irmão, 1931); Américo Chaves de Almeida, *O Problema da África Oriental Portuguesa* (Lisboa: A. C. de Almeida, 1932). Para um sumário da questão colonial, na perspectiva da recepção das teses de Oliveira Martins, ver Carlos Maurício, *A Invenção de Oliveira Martins: Política, historiografia e identidade nacional no Portugal Contemporâneo (1867–1960)* (Lisboa: Imprensa Nacional – Casa da Moeda, 2005), pp. 92–104 [p. 97, referência a Marnoco e Sousa].

([172]) Daniel H. Kruger, «Hobson, Lenin, and Schumpeter on Imperialism», *Journal of the History of Ideas*, vol. 16, n.º 2 (Abril, 1955), pp. 252–259; Robin W. Winks, ed., *British Imperialism: Gold, God and Glory* (Nova Iorque: Holt, Rinehart and Winston, 1963); Norman Etherington, *Theories of Imperialism: War, Conquest, and Capital* (Londres: Croom Helm; Totowa, N.J.: Barnes & Noble Books, 1984).

a partir de cima, a referida hegemonia dos saberes jurídicos — se traduziu: na conciliação entre krausismo e ciências sociais, num cruzamento que culminou na economia e nas finanças; no seu envolvimento nas questões sociais dos trabalhadores, mas fazendo-o acompanhar de uma refutação peremptória de Marx; pela sua breve passagem pelo último governo da Monarquia, para logo publicar um volumoso trabalho de anotação da Constituição da República, etc. De igual modo, a sua sistematização do colonialismo que remonta a 1905 — desdobrada, em vários volumes, pelo seu discípulo Rui Enes Ulrich, que se mostrou contrário à República a ponto de se demitir da Universidade de Coimbra, aderindo ao Integralismo e acabando por colaborar activamente com o Estado Novo — também atravessou vários regimes, nem que fosse como fonte de inspiração para as posteriores sistematizações jurídicas dos saberes coloniais. A Faculdade de Direito de Coimbra e os seus professores nunca abdicaram de uma posição central na reprodução das elites políticas, bem como na produção legislativa e de estudos que a sustentassem. Muito mais tarde, já na década de 1950, Afonso Queiró — um dos pilares ideológicos do regime e das suas políticas corporativas — também se envolveu nas questões coloniais ou, melhor dizendo, ultramarinas.([173])

Ao lado das questões coloniais, surgiram, porventura com uma periodização mais alargada e remontando ao texto seminal de Engels sobre as condições de vida das classes trabalhadoras, as questões sociais. Um estudante de Marnoco, Veiga Simões, referiu-se aos «que pretendem interessar-se por questões sociais ou coisas de arte», como tendo «os seus ídolos, ao capricho, que breve desaparecem para dar lugar a novos ídolos»([174]). À cabeça dessas questões encontrava-se o trabalho e a situação dos trabalhadores e operários. A simples referência, no manual de Marnoco, ao bem fundado das propostas do principal roceiro de São Tomé constitui um sinal do modo como os saberes jurídicos, ao entrarem na economia, podiam tomar partido do lado dos grupos de interesse, como era o caso do Centro Colonial. Tudo isto numa

---

([173]) Afonso Rodrigues Queiró, *Lei Orgânica do Ultramar Português: Lei n.º 2066, de 2 de Junho de 1953 Revista por...* (Coimbra: Coimbra Editora 1953); *idem*, dir., *Temas Ultramarinos. Centro de Estudos Ultramarinos*, vol. I (Coimbra: Centro Universitário da Mocidade Portuguesa de Coimbra, 1955).

([174]) Veiga Simões, *A Nova Geração. Estudos sobre as tendencias actuaes da Litteratura Portuguesa* (Coimbra: F. França Amado, 1911), p. 21. Sobre a questão social, em função de aproximações, mais ou menos informadas, à obra de Marx e às dos seus comentadores, ver Margarido, *A Introdução do Marxismo em Portugal...*, *op. cit.*, *passim*. Sobre a questão social, tal como era colocada dentro e fora das faculdades de Direito e do Instituto Superior de Agronomia, sem esquecer a questão da emigração, ver Frederico Ágoas, *Saber e Poder: Estado e investigação social agrária nos primórdios da sociologia em Portugal*. Tese de doutoramento em Sociologia Histórica, *op. cit.*, pp. 57–67.

altura em que a célebre questão do cacau de São Tomé estava ao rubro, envolvendo instâncias e empresas internacionais. Mais tarde, Ulrich voltou a sair em defesa dos interesses económicos sobre a questão social e humanitária — tida como residual — do trabalho forçado e dos contingentes de angolanos, e não só, recrutados para as roças de São Tomé e Príncipe. No entanto, é de notar que tanto Marnoco como Ulrich também se mostraram informados do que estava a suceder internacionalmente, tendo em vista impor uma regulação cada vez maior aos sistemas de trabalho e às condições de vida dos trabalhadores. Os seus interesses pela Economia e pelo denominado Direito Económico — cujo desenvolvimento também correspondia à circulação de saberes internacionais, cruzados com os saberes coloniais, como sucedia com Leroy-Beaulieu — assim o determinavam. Aliás, só assim se compreende que a Marnoco — mestre de Salazar — tivessem sido atribuídas ideias de um socialismo de cátedra, tal como lhe coube o atributo de socialista!

A última conclusão é mais difícil de enunciar em termos de uma relação causal, mas é uma resposta à pergunta: quais as consequências institucionais, no funcionamento prático do Estado colonial, das ideias sintetizadas por Marnoco? Claro que os efeitos de tais ideias ficaram sujeitos a trajectórias tão pouco lineares que dificilmente podem ser vistas como uma consequência. No entanto, é inegável que se assistiu, desde a publicação do manual de Marnoco, a uma conjugação de esforços. Mesmo estando por fazer uma história conjunta da passagem da Curadoria dos Indígenas a Secretaria dos Negócios Indígenas, nas colónias portuguesas, é inegável que tal tipo de organismo suscitou o conhecimento etnográfico em diversas colónias. Moçambique parece ter tomado a dianteira, talvez por ali se ter feito sentir mais a influência inglesa. Assim, a Curadoria dos Negócios Indígenas e Emigração, criada em 1904, foi elevada a Secretaria em 1907. Na prática, o seu principal propósito era o de concentrar em si «tudo quanto dissesse respeito a angariação e distribuição da mão-de-obra indígena»([175]). O seu secretário, Francisco Ferrão, sistematizou inquéritos à população e coligiu relatórios relativos ao distrito de Lourenço Marques.([176]) Esta intenção de conhecimento das populações talvez se tenha traduzido, na maior parte das circunscrições, pela prática de «arrolamento de palhotas e recenseamento da população indígena», como indicam alguns relatórios dos encarregados dos Negócios Indígenas, em Manica e no Govuro, em 1909.

([175]) «Companhia de Moçambique – Relatorio Curioso», *Revista Colonial*, ano X, II série, n.º 11 (Maio 1922), pp. 345–346, *maxime* p. 346; n.º 12 (Junho, 1922); Valdemir Zamparoni, «Da Escravatura ao trabalho forçado: Teorias e práticas», *Africana Studia*, n.º 7 (2004), pp. 299–325, *maxime* pp. 303–304.

([176]) *Circunscripções de Lourenço Marques: Respostas aos quesitos feitos pelo secretário dos Negócios Indegenas, Dr. Francisco Ferrão para a confecção do relatório sobre o districto de Lourenço Marques* (Lourenço Marques: Imprensa Nacional, 1909).

Em Manica, estava em causa a avaliação dos contingentes de mão-de--obra compelida que o dito imposto de palhota permitia organizar, com indicação da curva de mortandade e registo das doenças epidémicas, bem como dos movimentos migratórios, nomeadamente, para a Rodésia ou territórios ingleses, e incapacidade de atracção de populações doutras regiões, devido ao aumento galopante do imposto, sem esquecer que muitos dos denominados indígenas, sobretudo os mais velhos, se queixavam de que «a sua idade já não lhe[s] permitia arranjar uma libra» (o que implicava a necessidade de ingressar em mercados laborais, quaisquer que eles fossem). Quanto ao resto do sistema, constatava-se o habitual, com 10% dos habitantes de Manica, entregues pelos seus chefes indígenas para o serviço de capinagem e reparação de estradas, «serviço que eles prestam com boa vontade e aonde têm provado que não são maus trabalhadores»; a pretexto de mandar as crianças à escola — «para os habituar ao convívio com os brancos, arrancando-os assim logo de princípio à ociosidade» —, estas também eram empregadas na limpeza da povoação e no lançamento de sementes à terra, tudo a bem da «acção civilizadora». Porventura mais importante, estavam criadas as condições para que os mesmos indígenas pudessem dispor de dinheiro para o pagamento do imposto, através da venda tabelada do milho que produziam à Companhia de Moçambique, mas que infelizmente nem todos respeitavam, preferindo «fazer negócio com os Cantineiros e Monhés», por um preço inferior, acrescido do respectivo presente ou «saguate»([177]). No Govuro, as receitas do imposto de palhota também estavam em alta, tendo o mesmo sido cobrado dentro do prazo regulamentar; o principal dado dizia respeito ao facto de três régulos se terem sentido atraídos a instalar ali as suas palhotas.([178])

António Augusto Pereira Cabral, enquanto secretário do Governo de Inhambane, começou por publicar um estudo etnográfico mais localizado.([179])

([177]) ANTT, CMZ-ADGL/H-F-A/001/0005/3. Companhia de Moçambique, n.º de ordem 2163, n.º 253–AE3. «Relatório elaborado pelo encarregado dos Negócios Indígenas de acordo com os preceitos regulamentares, dando conta de dados estatísticos (arrolamento das palhotas, mão-de-obra, culturas, indústrias e recenseamento da população indígena), do itinerário da viagem e de tudo o que foi inspecionado». Sobre a figura do «monhé», «com loja de fazendas e de bugigangas, sórdido como todos os monhés», especializados em «enganar os pretos», v. Joaquim Paço d'Arcos, *Herói Derradeiro* (Lisboa: Companhia Editora do Minho, 1932), pp. 209, 216–217, 221.

([178]) ANTT, CMZ-ADGL/H-F-A/001/0005/2. Companhia de Moçambique, n.º de ordem 2163, n.º 252–AE2. «Relatório elaborado a partir das informações prestadas pelos chefes das subcircunscrições de Mambone e Mocoque, subordinadas à circunscrição do Govuro. Contém informação sobre o arrolamento, a cobrança e resultados».

([179]) António Augusto Pereira Cabral, *Raças, Usos e Costumes dos Indigenas do Distrito de Inhambane. Acompanhado de um vocabulario em Shitsua, Guitonga e Sishope* (Lourenço Marques: Imprensa Nacional, 1910).

Este último funcionário, nomeado em 1915 director da referida Secretaria, lançou as bases para um novo inquérito etnográfico.([180]) A grelha com que procurou descrever as populações — que desconheciam a agricultura e se mostravam impreparadas para aceder a uma economia de mercado, vivendo em tribos onde o chefe era visto como o principal elo de ligação às autoridades coloniais — manteve-se constante nas suas obras, durante o longo período de duas décadas em que esteve à frente da Secretaria. De notar que a sua substituição pelo director interino capitão Gomes Pereira foi seguida de um conflito em que de um lado estava o governador-geral José Pereira Cabral, irmão do referido António, e do outro, o mesmo capitão, considerado um muito entusiasta apoiante de Salazar e do Estado Novo, bem como um defensor dos interesses nacionalistas em Moçambique contra os interesses estrangeiros da Companhia. Isto é, de um lado pareciam estar os irmãos Cabral, do outro, o capitão Gomes Pereira, salazarista tanto quanto nacionalista.([181])

Por esclarecer está ainda o significado da criação, em 1926, de uma «Junta» Central do Trabalho e da Emigração, da inteira responsabilidade da Companhia de Moçambique. A esta competiria organizar e regulamentar, no seu território de Manica e Sofala, uma Direcção dos Negócios Indígenas, que teria a seu cargo tudo o que dissesse respeito ao controlo, desenvolvimento, condições de existência, trabalho e protecção da população indígena.([182]) No ano anterior, os chefes de circunscrição do território sob administração da Companhia de Moçambique tinham procurado extinguir a denominada Repartição do Trabalho Indígena, para ascenderem eles próprios a delegados da Direcção dos Negócios Indígenas.([183]) O certo é que, em 1927, António Cardoso de Serpa, director dos Negócios Indígenas, com uma experiência acumulada de duas décadas na administração de Manica, tomou posição

---

([180]) *Idem*, *Questionário Ethnográfico Acêrca da População Indígena da Província de Moçambique* (Lourenço Marques: Imprensa Nacional, 1916); *idem*, *Compilação de Todas as Disposições Legais em Vigor Referentes a Indígenas. Incluindo Regulamento da Secretaria dos Negócios Indígenas, Regulamento do Trabalho Indígena, Acôrdos e Convenções, Concessão de Terrenos* (Lourenço Marques: Secretaria dos Negócios Indígenas da Província de Moçambique – Imprensa Nacional, 1919); *idem*, *Raças, Usos e Costumes dos Indígenas da Provincia de Moçambique* (Lourenço Marques: Imprensa Nacional, 1925); *idem*, *Indígenas da Colónia de Moçambique*, *Primeira Exposição Colonial do Porto* (Lourenço Marques: Imprensa Nacional de Moçambique, 1934).

([181]) ANTT, Conselho de Ministros, Gabinete do Presidente, cx. 44, proc. 358/22, n.º 2: Francisco de Carvalho Mourão, carta para João Pinto da Costa Leite, sub-secretário de Estado das Finanças, s.d.

([182]) ANTT, CMZ-ADGL/H-F-A/001/0014/3. Companhia de Moçambique, n.º de ordem 2172, n.º 653–AO3, fl. 3.

([183]) ANTT, CMZ-ADGL/H-F-A/001/0035/40. Companhia de Moçambique, n.º de ordem 2193, RA40. «Conferência sobre o Problema Indígena, 15 a 23 de Dezembro e 1925», p. 3.

sobre as orientações relativas ao trabalho emanadas da Liga das Nações, na sequência do Relatório de Edward Ross.([184])

É que, desde pelo menos 1900, a Companhia de Moçambique tinha procurado levar a efeito o recenseamento da população por categorias — tendo em vista encontrar uma solução racional do «ponto de vista da mão de obra»; hesitando-se, apenas, em relação ao organismo a que competiria levar a cabo um tal levantamento, se deveria ser a denominada Inspecção Geral de Exploração ou se esse mesmo trabalho caberia à Repartição de Agrimensura.([185]) No entanto, parece que as autoridades do Estado não quiseram alienar as suas obrigações em matéria de recenseamento, tomando por base o arrolamento das palhotas por circunscrição e a respectiva identificação das terras ou régulos, como se demonstra para Sofala.([186])

Em 1910, tomando por base Timor, Júlio Celestino Montalvão e Silva tornou ainda mais explícita a relação entre a questão da mão-de-obra e a do conhecimento das populações, sintetizando o que era partilhado por muitos outros: «O futuro das colónias não está no seu povoamento só, está sim no seu desenvolvimento agrícola, comercial e industrial.»([187]) Em Angola, nos meses de Fevereiro e Março de 1912, Alberto Osório de Castro, juiz da Relação de Goa, adaptou localmente um questionário etnográfico lançado pelo Institut Ethnographique Internationale de Paris, tendo em vista a criação de um Museu Etnográfico e Arqueológico de Angola e Congo. Nele, voltou a citar o autorizado Arnold van Gennep, como já o tinha feito em nota a um dos seus livros de poesia (*Flores de Coral*, Díli, 1910), pois o etnógrafo francês reparara na ausência de estudos etnográficos sobre a África Portuguesa. Uma situação que, no seu entender, contrastava com os estudos dos alemães sobre

([184]) Eric Allina, *Slavery by Any Other Name: African Life under Company Rule in Colonial Mozambique* (Charlottesville e Londres: University of Virginia Press, 2012), pp. 81, 123, 160–162.

([185]) ANTT, CMZ-ADGL/H-F-A/001/0016/9. Companhia de Moçambique, n.º de ordem 2174, n.º 758–AQ9. «Cópia de ofício da sede, dando conta da organização de um quadro da população do Território da Companhia, elaborado pelo Serviço de Estatística a partir de elementos fornecidos pelos relatórios, solicitando ainda colaboração de alguns serviços do Território para suprirem eventuais insuficiências e erros, contribuindo assim para a recolha de dados mais precisos».

([186]) ANTT, CMZ-ADGL/H-F-A/001/0033/35. Companhia de Moçambique, n.º de ordem 2191, n.º 1035–BJ35. «Ofício do governador dirigido ao administrador-delegado sobre recenseamento indígena, incluindo os seguintes documentos: resumo do arrolamento de palhotas e da população indígena; relatório e mapa do recenseamento da mesma circunscrição, em triplicado», 26/09/1907.

([187]) J. G. Montalvão e Silva, *A Mão d'Obra em Timor: Breve memória sobre o seu território, clima, produção, usos e costumes indigenas, indústria, agricultura e comércio* (Lisboa: Tipografia A Editora, 1910).

a África e a Oceânia, dos holandeses sobre a Insulíndia, dos norte-americanos sobre os ameríndios e filipinos, dos ingleses sobre todo o seu império e dos franceses sobre as suas colónias africanas (Clozel e Delafosse, a que só faltou acrescentar Villamur, para a Costa do Marfim, Bruel para o Congo, Gebhard sobre os Fouta Djalon e a Escola de Argel sobre a Argélia e Marrocos). Assim, na ausência de lugares de etnólogos oficiais, que existiam nalgumas colónias inglesas e na Insulíndia governada por holandeses, impunha-se que todos os funcionários de Angola se interessassem pelo estudo das «populações semi-civilizadas» de Angola, aplicando-lhes o «método comparativo ou etnográfico».

A cultura etnográfica de Osório de Castro já se tinha feito notar na sua passagem por Timor e era visível nas trocas epistolares e partilha de interesses com Camilo Pessanha — o poeta que Fernando Pessoa e os modernistas tanto prezaram e que se envolvera no estudo da língua e da cultura chinesa. A etnografia servia a Alberto Osório para se posicionar contra o racismo de Gobineau, propondo a valorização da civilização timorense e das suas diversas formas de mestiçagem (com portugueses e chineses). Por isso mesmo, apreciou os semicivilizados timorenses. É que, para ele, todas as grandes invenções da Humanidade tinham sido realizadas, em Timor, antes de os Padres da Missão de Larentuca terem chegado a Lifau. Tratava-se de «uma civilização pastoral e agrícola completa, com um curioso esboço de monarquia electo-hereditária, e manifestações estéticas notáveis». Donde as questões: «Os semi-civilizados serão ramos caducos da árvore humana, que vão desprender-se e perecer, ou reservas de seiva para o futuro? Se a evolução não é mais que uma atitude de luta para a adaptação a um meio eternamente cambiante, não será de elementar prudência humana não desperdiçar essas reservas de seiva? Que me perdoe Gobineau.» Em suma, a mestiçagem, sobretudo os semicivilizados, trazia uma nova seiva a um mundo degenerado, longe, muito longe se estava de considerar que a degenerescência era uma consequência da falta de pureza da raça.([188])

([188]) Alberto Osório de Castro, *Questionario Ethnographico Ácêrca das Populações Indígenas de Angola e Congo* (Luanda: Imprensa Nacional de Angola, 1912), pp. 3–5. Para mais informações sobre o autor, o seu modo de ler A. van Gennep e a qualificação dos timorenses como semicivilizados; *idem*, *Obra Poética*, organização António Osório, intr. José Carlos Seabra Pereira, vol. I (Lisboa: Imprensa Nacional – Casa da Moeda, 2004), pp. 408–411. Para Camilo Pessanha e as suas relações com Alberto Osório, ver Diogo Ramada Curto, *Para que Serve a História?* (Lisboa: Tinta-da-China, 2013), pp. 155–161. Leroy-Beaulieu distinguia entre selvajaria, barbárie e civilização, considerando que «não se devem confundir com os bárbaros, porém, os povos do Sul ou do Oriente da Ásia, como os índios, chineses e indo-chineses, que se encontram há séculos num estado de plena civilização, mas que não conhecem as nossas artes mecânicas recentes, os nossos métodos científicos e as nossas instituições políticas»,

Em Angola, Norton de Matos, pouco tempo depois de ter tomado posse como governador, elaborou uma proposta de criação da Secretaria dos Negócios Indígenas, enviada para apreciação do ministro das Colónias, em Julho de 1912. Nela, especificou que «a riqueza principal da província» era constituída pelos seus habitantes, a que se deveria fazer chegar os benefícios da civilização; por isso, afigurava-se-lhe urgente a organização de um serviço orientado para «a cadastração dessa riqueza e os estudos e investigações necessários para base e orientação das medidas que é mister para pôr no seu verdadeiro pé tão descurado assunto». Logo em Abril de 1913 se procedeu à criação provisória dos Serviços dos Negócios Indígenas, à frente dos quais passou a estar José de Oliveira Ferreira Dinis, formalmente nomeado secretário dos Negócios Indígenas em Novembro do mesmo ano, tendo a mesma Secretaria sido regulada por portaria de 30 de Janeiro de 1914. Ferreira Dinis organizou os serviços, ao mesmo tempo que defendeu os interesses na mão-de-obra angolana partilhados pelos roceiros de São Tomé e Príncipe. Argumentou de maneira clara que existiam crimes de escravatura em Angola, tal como em Londres se praticavam roubos e assassinatos; porém, em qualquer dos casos, tais crimes eram punidos pelos respectivos códigos, procedendo as autoridades a proceder contra os delinquentes e a entregá-los ao poder judicial. Com base nesta argumentação, dava resposta à campanha internacional de difamação, desencadeada por missionários norte-americanos, na qual o Estado colonial era acusado «de não reprimir ou consentir a prática da escravatura». O seu principal legado foi um volumoso tomo de orientação tão etnográfica quanto racista, do qual consta uma série de projectos sobre recrutamento e trabalho indígena, intitulado *Populações Indígenas de Angola* (Coimbra: Ministério das Colónias, Imprensa da Universidade, 1918).

Eram muitas as razões que pesavam na organização do conhecimento das «raças indígenas». A este respeito, Ferreira Dinis não era original quando repetia, de maneira peremptória, inspirado, directa ou indirectamente, em Jules Harmand: «Sem indígenas não há colónias, porque não há produção

---

Marnoco e Sousa, *Administração Colonial – Prelecções feitas ao curso do 4.º anno juridico do anno de 1905–1906* (Coimbra: Tipografia França Amado, 1905), p. 407. Rui Enes Ulrich atendeu à mesma diversidade de populações, nativos ou indígenas que constituíram os povos a colonizar pelos ibéricos, sem hesitar em falar que no caso português se assistiu à «superioridade [de civilização] em vários aspectos dos dominados sobre os próprios dominadores»; neste mesmo quadro, considerou que só os espanhóis se assinalaram «pelas violências contra os indígenas»; e não negou que os portugueses, por capacidade mercantil, se tivessem envolvido no tráfico dos escravos, «tão normal era esse comércio em todos os povos e tão antiga a sua tradição», ver «Colonizações Ibéricas», in *A Questão Ibérica* [Conferências na Liga Naval Portuguesa, Abril de 1915], ed. António Sardinha (Lisboa: Tipografia do Anuário Comercial, 1916), pp. 203–204.

nem impostos para o governo, não há agricultura. Nem indústria para os colonos, nem comércio para os negociantes. Nas colónias tropicais, onde a população é quase exclusivamente agrícola, o verdadeiro colono é o indígena.»([189]) É que as possibilidades de os colonos europeus se aclimatarem e entregarem aos trabalhos agrícolas do campo pareciam ser muito escassas; a excepção era constituída por um número diminuto de regiões com uma extensão limitada; por isso, importava conhecer o indígena, nos seus usos e costumes, precisamente porque era nele que residia o principal elemento de prosperidade da colónia. Conforme defendera Paul Samuel Reinsch, citado por Ferreira Dinis, seria inútil transferir para as colónias as instituições do Estado metropolitano — numa lógica que era considerada centralizadora e assimiladora, seguindo o presumido modelo do colonialismo francês —, pois o negro africano não podia ser civilizado através da destruição das suas instituições nativas.([190]) Uma política colonizadora teria de manter a preponderância das autoridades indígenas, sem derrogar hábitos, costumes, ideias e religião das populações indígenas, «substituindo gradualmente os seus processos administrativos por outros mais perfeitos»; associando, no fundo, o «espírito do branco que pensa» e tutela benevolamente ao «braço do negro que executa»([191]). Ao extinto regime monárquico imputava Ferreira Dinis a responsabilidade por ter descurado por completo tais princípios da política indígena, sobretudo em Angola — «o desprezo pelas autoridades foi tanto que em algumas circunscrições os chefes gentílicos deixaram de existir»([192]).

Importava, pois, não atribuir aos indígenas direitos de cidadania que não tinham, nem reclamavam. Fazê-lo, revelava ligação a falsos princípios, uma vez que os outros Estados coloniais nem sequer o praticavam. A França distinguia entre os indígenas que estavam em condições de aceder à cidadania e todos os outros, em maioria, reduzidos à condição de súbditos. A Alemanha, por sua vez, promulgara disposições restringindo o estatuto dos mestiços, que reduziam à condição de indígenas todos os mestiços nascidos depois da promulgação das disposições reguladoras deste mesmo assunto; além de ter proibido os casamentos entre europeus e indígenas e tomado medidas contra a propagação dos mesmos mestiços. Quanto à Inglaterra, esta parecia querer

---

([189]) Ferreira Dinis, *Negócios Indígenas – Relatório do 913*, *op. cit.*, p. 17.

([190]) *Ibidem*, p. 18. [cita o decreto de 31 de Maio de 1887, que, ao organizar o distrito do Congo, mandava proceder ao estudo dos usos e costumes indígenas, e as recomendações feitas no mesmo sentido nas portarias de 9 de Novembro de 1896 e 30 de Novembro de 1905]; Paul S. Reinsch, *Colonial Government: An Introduction to the Study of Colonial Institutions* (Nova Iorque: The Macmillan Company, 1902); *idem*, *Colonial Administration* (Nova Iorque: Macmillan Company, 1905).

([191]) Ferreira Dinis, *Negócios Indígenas – Relatório do 913*, *op. cit.*, p. 23.

([192]) *Ibidem*.

manter, através do «domínio do mundo por indivíduos da sua raça, a supremacia do colono branco, sem se deprimir em ligações que reputam degradantes»([193]). Inspirado nos mesmos princípios de separação e hierarquização das raças, Ferreira Dinis também defendia uma separação espacial, em contexto urbano e suburbano, entre o centro europeu e os bairros indígenas. Estes últimos deveriam seguir um plano com ruas largas, com habitações higiénicas e confortáveis. As terras deveriam ser facilmente drenadas e proibido o despejo dos lixos nas ruas. Em causa estava, sobretudo, a criação de condições e higiene que permitissem o combate à doença do sono. Brigadas sanitárias e exemplos de criação de campos de segregação para os indivíduos atacados de tripanossomíase em Dezembro de 1912, na circunscrição de Noqui, distrito do Congo, completam o quadro das divisões existentes.([194])

O cadastro da população indígena, além dos grupos, raças e tribos, também incluía o inventário da sua riqueza. Na sequência da adopção em Angola, desde 1911, do regime da concessão de terrenos — que vigorava, em Moçambique, desde 1907, aparentemente sem resultados —, 405 hectares já tinham sido atribuídos. Era preciso continuar, pois o inventário elaborado demonstrava que não era suficiente o que já tinha sido feito. Concluindo, «precisamos de desenvolver e fomentar a riqueza indígena, aconselhando, e se tanto for preciso obrigando o indígena a cultivar persistentemente, segundo a região em que vive, as culturas que mais apropriadas e proveitosas lhe podem ser»([195]). Menos conhecido, porque publicado numa revista, é o relatório de Ferreira Dinis referente a 1916.([196]) Enfim, a experiência administrativa acumulada por Ferreira Dinis em Angola veio a ser transferida para a Guiné, onde reorganizou os Serviços dos Negócios Indígenas, em 1918.([197])

([193]) *Ibdem*, p. 29.

([194]) *Ibidem*, pp. 96–98, 207.

([195]) *Ibidem*, p. 38. Em Moçambique, no Território de Manica e Sofala, sob a administração da Companhia de Moçambique, até finais de 1910, tinham sido concedidos por arrendamento e aforamento 323 hectares; número que, em finais de 1920, subiu para 984 hectares (quase 60% a portugueses, o resto a estrangeiros), «Compânhia de Moçambique – Relatorio Curioso», *Revista Colonial*, ano 10, II série, n.º 11 (Maio, 1922), pp. 345–346.

([196]) José de Oliveira Ferreira Dinis, «Província de Angola – Negócios Indígenas – Relatório do Anno de 1916», *Revista Colonial*, ano 5, n.º 56 (25 de Agosto, 1917), pp. 151–153; n.º 57 (25 de Setembro, 1917), pp. 167–177.

([197]) *Idem*, «Província da Guiné – Negócios Indígenas – Instalação dos Serviços», *Revista Colonial*, ano 7, n.º 73 (25 de Janeiro, 1919), pp. 215–220, 243–254; *A Política Indígena na Guiné Portuguesa* (Lisboa: Bertrand, 1946).

3

Amadeo, Botto, Pessoa, Almada, Sarah Affonso

Pelo menos duas gerações de académicos e de zelo universitário interpõem-se entre nós e o trabalho desenvolvido por um conjunto de poetas, intelectuais e artistas do denominado modernismo. Será que as condições de especialização e de presumida neutralidade que nos rodeiam nos impedem de compreender as suas obras no seu contexto de origem, que é também o da intencionalidade dos seus autores? Ou será que o fascínio suscitado por essas mesmas obras — ditas de vanguarda, provenientes de uma boémia que a academia estiolou ou tem dificuldade em entender — nos tolda o juízo? Que dizer, então, dessa contradição entre o sentido protofascista de muitas obras modernistas e a dificuldade que existe, hoje, em perceber essa sua extrema politização? Este capítulo procura responder a estas questões, começando por reconstituir algumas das articulações entre os que reivindicaram para si o estatuto de vanguarda modernista e os que adoptaram as ideias reaccionárias, de Maurras e outros, abrindo as portas ao integralismo.

Mas não são só os modos de politização que interessaram os que se impuseram pela poesia, ensaio ou artes plásticas. Discursos e formas de expressão tidos por reaccionários podem conter em si, nem que seja em potência, modos de pôr em causa a fronteira entre o normal e o patológico, ou seja, entre a razão e a loucura. Aliás, é nesta articulação do modernismo ou das vanguardas com a loucura que se descobrem melhor as contaminações do discurso literário ou artístico por parte de um discurso médico-científico, mais propriamente, psiquiátrico. Muitas outras articulações enquadram os discursos das vanguardas modernistas, como se refere neste capítulo. A circulação internacional, capaz de construir hierarquias e determinar relações de centro e periferia entre diferentes centros urbanos, foi estabelecida entre Paris, o Rio de Janeiro, Porto Alegre, Lisboa e Madrid. Ao cosmopolitismo urbano opuseram-se, por sua vez, tendências regionalistas, acarinhadas pelo retorno às tradições campestres. Por sua vez, assistiu-se à emergência de novas culturas do corpo, ligadas à dança ou aos jogos circenses, de trapézio e outros. Verificou-se também uma maior abertura à homossexualidade, por parte dos que integraram essas mesmas vanguardas. Resta saber até que ponto se pode demonstrar a intuição de que as mesmas vanguardas, pelo menos nas artes plásticas, procuraram excluir as mulheres do seu universo de experimentações. Neste panorama, Sarah Affonso apresenta-se como uma excepção, pelo seu trabalho pioneiro e pela capacidade que teve de se impor, bem antes da sua relação com Almada Negreiros.

Uma das articulações que requer maior atenção diz respeito à relação que o modernismo manteve com o que, à força de não se encontrar melhor expressão, se designa de primitivismo inspirado em formas simbólicas africanas. Em Portugal, nas décadas iniciais do século XX, em que se discorria acerca das políticas coloniais e do conhecimento das populações indígenas, um conjunto de propostas artísticas e literárias instaurou uma ruptura modernista. De facto, em Paris e noutras cidades europeias, escritores e artistas como Picasso inspiraram-se em esculturas africanas, revelando «um apelo carismático pelas "formas bárbaras" por parte da imaginação plástica e musical», incluindo nelas o *jazz* e a dança.([1]) Contudo, em Portugal, o carácter explosivo de tais empréstimos a culturas tidas como primitivas foi escasso ou quase insignificante.

Já foi bem notado o desinteresse a que Almada Negreiros, nascido em São Tomé de mãe negra, votou os artistas africanos e são-tomenses.([2]) Foi preciso esperar pela Exposição Colonial do Porto de 1934, para que o mesmo Almada desenhasse uma máscara africana, de inspiração picassiana, num livro organizado por Diogo de Macedo e Luiz de Montalvor. Antes disso, o fantasma sul-africano de Fernando Pessoa — na expressão

([1]) George Steiner, *In the Bluebeard's Castle or Some Notes Towards a Re-definition of Culture* (Londres: Faber and Faber, 1971), p. 53.

([2]) António Ambrósio, *Almada Negreiros Africano* (Lisboa: Editorial Estampa, 1979), p. 187.

de Alfredo Margarido numa das suas aguarelas — não passou disso mesmo, sem chegar a ter qualquer impacto. E, em *A Idade do Jazz-Band* (1922) de António Ferro, o elemento porventura mais importante é a capa de Bernardo Marques que representa um músico ou cantor negro. Só, talvez, Alberto Osório de Castro — em convergência com Wenceslau de Morais no Japão e Camilo Pessanha na China — desenvolveu um trabalho consciente de procurar noutras culturas, a começar pelos indígenas de Timor, uma nova seiva para um mundo degenerado.

Se se quiser uma voz e, porventura, uma mais forte tomada de posição africana, será preciso começar por se reparar na colaboração do são-tomense Mário Domingues no jornal anarquista *A Batalha*, em 1919, e reconstituir o sentido de algumas das suas obras de ficção, a começar por *O Preto do Charleston: Novela* (Lisboa: Guimarães, 1930). José Luís Garcia, com base em cerca de vinte anos de pesquisas, acaba de publicar uma antologia dos seus textos que saíram entre 1919 e 1928, antecedida de um estudo introdutório (*A Afirmação Negra e a Questão Colonial*, Tinta-da-China, 2022).

Porquê essa ausência generalizada de elementos ditos primitivos nas novas correntes modernistas, do cubismo ao futurismo? Porquê um modernismo truncado, porque amputado da etnografia colonial, então em curso, com o seu interesse pelas culturas ditas primitivas? Uma resposta encontra-se no prefácio de 1923 que Carlos Malheiro Dias antepôs à edição brasileira da citada obra de Ferro. O que estava em causa, no interesse pelo *jazz*, não era a valorização das culturas africanas, pelo menos, na sua expressão musical. O que ali se visava era incitar a mocidade nacionalista a seguir «um estadista da nova geração», numa nova política de dominação imperial capaz de demonstrar que Portugal não era um país pequeno. Seriam os Estados Unidos de Portugal, espalhados pelos quatro cantos do mundo, incluindo o pagode búdico de Macau, os minaretes de Pangim, as selvas da Zambézia, as minas de diamantes de Angola e as colunas maravilhosas do Mosteiro dos Jerónimos.

Uma resposta, que fica por explorar, encontra-se na relação do modernismo com um outro tipo de elementos etnográficos, mais precisamente, os que serviram à representação do povo e da sua expressão artística. O historiador da arte Joaquim de Vasconcelos — a par de interpretações relacionadas com o românico português, com a circulação de artistas e dos seus modelos nos séculos xv e xvi, e com a sequência de compositores, músicos e coleccionismo musical — procurou identificar uma série de artes consideradas menores, mas que mantinham uma estreita relação com a produção industrial. Pertenciam a este último domínio as rendas de Vila do Conde e Peniche, de Viana do Castelo e Aveiro, os tapetes de Urros, as filigranas de Gondomar, as olarias e cerâmicas, bem como outras artes regionais.(3) Porém, as vanguardas modernistas, mesmo quando se inspiraram nalguns elementos considerados populares, tais como as cores e os trajes minhotos, não procuraram dirigir ou aperfeiçoar a denominada arte popular.(4)

Amadeo e a política do modernismo

Quais as origens culturais do comunismo e do fascismo? Enquanto a obra de Marx e o marxismo-leninismo surgem como respostas óbvias para explicar a Revolução Russa de 1917 e a implantação de regimes comunistas, as raízes ideológicas do fascismo e do nazismo afiguram-se mais fluidas e as suas influências intelectuais são mais difíceis de reduzir a um único autor. Alguns falam de Sorel, Maurras, Valois, Carl Schmitt ou de Heidegger, outros procuram as causas do fascismo em movimentos que se estenderam no tempo, tais como o eugenismo, o imperialismo, o corporativismo, o integralismo e o modernismo. Sobre cada um destes *ismos*, quantas discussões! Será que todos os modernismos contribuíram para a construção de regimes autoritários, na primeira metade do século XX? Custa a crer que assim tenha acontecido. Embora seja necessário demonstrá-lo, pois só assim poderão ser evitadas algumas ratoeiras. O centenário da morte do pintor Amadeo de Souza-Cardoso (1887–1918) serviu de fio condutor para identificar três dessas ratoeiras.

A primeira das ratoeiras é constituída por uma recusa em perceber a orientação política que assumem os escritores e artistas modernistas. Críticos e historiadores de arte e da literatura, interessados em fazer salientar o seu universo de referências estéticas ou literárias, mostraram-se incapazes de colocar o trabalho dos artistas e escritores modernistas no interior de um campo de funcionamento mais vasto, do qual não podem estar ausentes lutas pela distinção social e a participação em sistemas produtivos, políticos e de crença. Porém, o enaltecimento da forma não pode fazer esquecer um contexto altamente politizado. Tão-pouco autoriza operações de despolitização dos que se tomam por modernistas.

João Gaspar Simões insistiu no facto de Fernando Pessoa nunca se ter desinteressado da política; sem esconder o seu posicionamento antidemocrático

(3) Carlos Passos, *Joaquim de Vasconcelos*, sep. de *Boletim Cultural da Câmara Municipal do Porto*, vol. XIII, fascs. 1–2 (Porto, 1950), pp. 6–7; Sandra Leandro, *Joaquim de Vasconcelos: Historiador, crítico de arte e museólogo. Uma ópera* (Lisboa: Imprensa Nacional – Casa da Moeda, 2014).

(4) José Régio, «Nota sobre arte popular», *Vila do Conde – Boletim Cultural da Câmara Municipal de Vila do Conde*, n.º 3 (1961), pp. 31–34.

e anti-republicano, com Afonso Costa a representar o cúmulo da demagogia partidária, sustentou de forma certeira que, apesar do monarquismo, Pessoa não apoiou o integralismo nem aceitou as ideias de Maurras; sublinhou, ainda, o facto de não ter aderido ao fascismo e de que a sua «não era uma mentalidade fascista»; para concluir com a ideia de que o «carácter messiânico da concepção política do poeta da *Mensagem*» acabava por revelar «grandes pontos de contacto com a mística "nacionalista" do "fascismo"»([5]). Porém, uma das maiores estudiosas da obra de Fernando Pessoa, Maria Aliete Galhoz, foi, talvez, quem melhor enunciou o ponto de vista que aqui se recusa e que tem sido partilhado por muitos outros estudiosos. Refiro-me a uma passagem em que atribuiu aos grandes vultos do modernismo português um desinteresse pela política.([6]) Mas será possível associar em bloco os modernistas a um tipo de apolitismo? Ou, como Eduardo Lourenço sustentou, teremos mesmo de nos ficar por um Pessoa «extraordinário poeta do "lado ausente de todas as coisas"»([7])? Creio que não.

Numa carta enviada de Paris para um tio rico, Amadeo revelou o seu interesse pelas ideias de Charles Maurras. Foi nesta sequência que exaltou o seu entusiasmo nacionalista e a sua adesão à causa monárquica. Escrita a 28 de Abril de 1914, nela atacam-se as manobras maçónicas de Cunha e Costa, o advogado republicano por excelência, com grande presença nos jornais. De forma tão peremptória quanto eloquente, Amadeo participou do bota--abaixo da República, considerando que a única razão de existência desta se devia ao facto de serem poucos os portugueses que tinham verdadeira consciência da razão de serem monárquicos. Nas suas palavras e tirando partido de um trocadilho: «Por não sabermos ser monárquicos enxovalhamos o trono, por querermos sê-lo sem saber sofremos ainda a República e por ser e saber sê-lo depende o bem da pátria.» Ao seu nacionalismo monárquico acrescia a expressão da força e entusiasmo, com que acreditava em Portugal: «Eu sou talvez dos poucos que vejo, na nossa raça, extraordinárias qualidades naturais que uma peçonha de dissolução desuniu.» Ou, numa formulação ainda mais contundente: «Na história da Europa o nome de Portugal será incomparavelmente maior ao inglês.»

Por que razão esta carta, revelada em livro de Fernando Pamplona publicado em 1983, conhecido de todos os estudiosos de Amadeo, não suscitou a atenção que merece? Terá existido um propósito deliberado de a ignorar, para não afrontar a questão da orientação política de um dos maiores

---

([5]) João Gaspar Simões, *Vida e Obra de Fernando Pessoa (História de uma Geração)*, vol. II – *Maturidade e Morte* (Lisboa: Bertrand, 1950), pp. 284–287, 296.

([6]) Maria Aliete Galhoz, *Orpheu 2* (Lisboa: Ática, 1984), pp. XXI, LXI–LXII.

([7]) Eduardo Lourenço, *Ocasionais I* (Lisboa: A Regra do Jogo, 1984), p. 116.

representantes do modernismo português? O certo é que declarou a sua adesão aos ideais de Maurras, logo, da causa monárquica, e opôs-se ao legado da Revolução Francesa, de que a República era herdeira, subentendendo-se assim o apoio ao integralismo. Não por acaso, o referido Cunha e Costa chega a ser qualificado por Amadeo de cristão-novo, reproduzindo desta maneira e à escala portuguesa o desprezo racista anti-judaico dos militantes da Action Française contra Dreyfus. Nesse mesmo 1914, Aires de Ornelas, director do *Diário Nacional*, que participara nas campanhas de África às ordens de Mouzinho de Albuquerque e fora ministro da Marinha e Ultramar de João Franco (1906–1907), publicou *As Doutrinas Políticas de Charles Maurras*. E, em litígio com esta orientação política, embora no mesmo campo conservador e monárquico de disputa pela verdadeira expressão da tradição nacional portuguesa, Alberto de Monsaraz e António Sardinha fundaram a revista *Nação Portuguesa: Revista de Filosofia Política*, onde se aconselhava a leitura de Maurras, Barrés, Sorel, Le Bon e outros.([8])

Alguns meses antes, numa carta de Dezembro de 1913, já tinha confessado ao tio o seu horror à «horda pedreiro-livre», a sua admiração pela «força disciplinada da Alemanha» e a sua antevisão de uma paz europeia acompanhada de um expansionismo imperial além-fronteiras.([9]) E, em Setembro de 1915, lamentou em carta para Robert Delaunay, enviada de Manhufe, estar longe da guerra e não poder viver essa experiência empolgante. O tédio seria uma consequência dessa distância, logo, impunha-se qualquer coisa de mais forte. Talvez por isso mesmo Amadeo rematasse com a exclamação: «Je suis militariste!»([10])

A exposição «Pessoa. Todo arte es una forma de literatura», que teve lugar em Madrid, no Museo Reina Sofía, de Fevereiro a Maio de 2018, comissariada por João Fernandes e Ana Ara, procurou fugir a uma segunda ratoeira em que geralmente caem os estudos sobre o modernismo. Decisiva foi a participação no seu catálogo de Antonio Sáez Delgado, autor de uma tese importante.([11]) Refiro-me aos diferentes modos de dissociação entre

---

([8]) Sobre o conflito entre Aires de Ornelas e Sardinha, ver AbdoolKarim Vakil, «Representations of the "Discoveries" and the Imaginary of the Nation in Portuguese Integralism», *Portuguese Studies*, vol. 11 (1995), pp. 133–167, *maxime* pp. 156–161.

([9]) Fernando Pamplona, *Chave da Pintura de Amadeu* (Lisboa: Guimarães, 1983), pp. 66–69.

([10]) Paulo Ferreira, *Correspondance de quatre artistes portugais: Almada Negreiros, José Pacheco, Souza-Cardoso, Eduardo Vianna avec Robert et Sonia Delaunay* (Paris: PUF, Fondation Calouste Gulbenkian, 1981), p. 75.

([11]) Antonio Sáez Delgado, *Órficos y Ultraístas. Portugal y España en el diálogo de las primeras vanguardias literarias (1915–1925)* (Mérida: Editora Regional de Extremadura, 1999).

o campo da arte e da literatura. Uma dissociação que é determinada pelas barreiras impostas por falsas especializações disciplinares em que a universidade se enredou, mas que não corresponde aos métodos de trabalho e às relações estabelecidas entre artistas e escritores, conotados directamente ou em contacto com o movimento modernista. Ao chamar a atenção para a figura de Santa-Rita Pintor enquanto representante do futurismo, mais do que Pessoa, Jacinto do Prado Coelho colocou há muito a necessidade de pensar em conjunto as artes e as letras.([12]) Porém, o ensimesmamento no interior de supostas áreas estanques tem constituído um obstáculo à compreensão do elevado grau de politização das obras dos escritores e dos artistas das primeiras décadas do século XX. Assim se entende o fechamento na literatura e, dentro desta, a construção de sucessivas barreiras por géneros, com subdemarcações que separam, por exemplo, o ensaísmo da poesia. O mesmo se passa na arte, quando se distingue, em autores como Almada Negreiros, a produção escrita das artes plásticas.

Claro que será necessário compreender quais as razões que levaram à construção de tais barreiras, que em boa hora a exposição do Reina Sofía pretendeu ultrapassar, e que não foram apenas criadas pelas especializações disciplinares, impostas pela vida académica.

Primeiro, são inúmeras as reivindicações de subjectividades e isolamentos, por parte dos escritores e artistas da época, que favorecem a imagem de que o seu trabalho se efectuava em vaso fechado. Por exemplo, Manuel Laranjeira, em carta de Fevereiro de 1908, para António Carneiro, auto-representava-se do seguinte modo: «Encerramo-nos orgulhosamente na nossa esplendorosa e deserta torre de marfim e consolamo-nos com a nossa improfanável solidão» (Arquivo Histórico da Câmara Municipal de Espinho). De notar que o sentimento de incompreensão do artista ou do escritor em relação à sociedade está longe de ser uma criação do início do século XX, remontando pelo menos à literatura europeia posterior a Rousseau.([13]) De qualquer modo, o escritor como o artista é ao mesmo tempo um homem solitário e um homem social.([14]) Os cruzamentos, colaborações, hierarquias e conflitos que entre escritores e artistas se estabeleceram apontam para a existência de um campo artístico que ultrapassa, em muito, as auto-representações dos artistas e os escritores. Estas figuras de um campo cultural e artístico só existem em função das suas próprias relações de sociabilidade, conforme argumentaram

([12]) Jacinto do Prado Coelho, *Diversidade e Unidade em Fernando Pessoa* (Lisboa: Editorial Império, 1949).

([13]) Lionel Trilling, *Sincerity and Authenticity* (Cambridge, Mass.: Harvard Universitry Press, 1972).

([14]) Raymonde Moulin, *Le marché de la peinture en France* (Paris: Minuit, 1967), p. 15.

Monica Pimenta Velloso, em relação ao modernismo carioca, e Cássia Silveira, ao analisar o modernismo gaúcho, a partir de Porto Alegre.([15])

Este campo situava-se num eixo que integrava Lisboa e outras cidades portuguesas, mas continuava a ter Paris e outras capitais, a começar por Madrid, como centros de maior aprendizagem e consagração. Sem, com isso, se cair no estribilho absurdo da ideia de uma mera imitação francesa, como alertou há muito Pierre Hourcade.([16]) Talvez mais próximo do que foi recentemente tentado a respeito do modernismo gaúcho em torno do modo como se imaginava em Porto Alegre o que se passava em Paris ou no Rio de Janeiro.([17])

Depois, a consulta das cartas trocadas entre dois dos maiores vultos do modernismo português, Mário de Sá-Carneiro e Fernando Pessoa, favorece a imagem de que ambos se centraram exclusivamente nos seus projectos literários. A ponto de se poder pensar que as suas vidas são passíveis de ser reduzidas às suas obras. Trata-se de uma imagem porventura ilusória que favorece a desinserção de ambos num campo de relações mais vasto.

Existe uma terceira e última razão favorecedora de barreiras entre as artes e a literatura, com consequências mais gerais na percepção do sentido político de cada uma destas áreas da criação. É que, se existiu uma incompreensão generalizada do meio literário em relação ao modernismo, talvez seja possível considerar que essa mesma resistência ainda foi maior no que respeita às artes plásticas. Concretamente, Aquilino Ribeiro, que andou por Paris nos mesmos anos de Amadeo, descreveu o círculo dos artistas que por lá andavam, mas acabou por eleger como expoente máximo Leal da Câmara (*Páginas do Exílio: Cartas e crónicas de Paris*, ed. Jorge Reis, Lisboa: Vega, 1988, vol. I). Veiga Simões, no balanço que fez da vida literária, artística

---

([15]) Monica Pimenta Velloso, *Modernismo no Rio de Janeiro: Turunas e Quixotes* (Rio de Janeiro: Fundação Getúlio Vargas Editora, 1996); Cássia Silveira, *Tudo é novo sob o sol: modernidade e trocas literárias nas primeiras décadas da República*, tese de doutoramento (Campinas: Universidade Estadual de Campinas, 2013), pp. 5–8.

([16]) Pierre Hourcade, «Panorama du modernisme littéraire en Portugal», *Bulletin des Études Portugaises*, n.os 1–2 (Coimbra: Imprensa da Universidade, Janeiro/Maio, 1931), pp. 69–78, *maxime* p. 77.

([17]) Cássia Silveira, *Tudo é novo sob o sol...*, *op. cit.*, p. 48: «Esse universo simbólico que era parte integrante dos mundos literários periféricos gerava identificação com as vidas inventadas pelos escritores em suas obras, uma identificação com o próprio universo ficcional. Não era só a Paris narrada nos romances e poesias do *fin-de-siècle* que povoava a imaginação dos escritores das províncias brasileiras, mas também as personagens descritas nesses romances que possibilitavam a criação de um modo de pensar o que era um escritor. Em um nível nacional, o Rio de Janeiro, Capital Federal recentemente modernizada, também alimentava as expectativas de como seria a vida em uma grande cidade, repleta de cidadãos cosmopolitas, e com uma vida literária agitada e moderna.»

e cultural, revelou a sua quase total incompreensão em relação ao papel que já estavam a desempenhar as vanguardas modernistas (*A Nova Geração: Estudo sobre as tendencias actuaes da literatura portuguesa*, Coimbra: França Amado, 1911). Em contraste com o que veio a escrever, em 1912, na revista *A Águia*; e sobretudo mais tarde quando falou dos modernistas russos, na *Contemporânea* (vol. I, n.os 1–3, 1922, pp. 99–103). O escritor Manuel Laranjeira, que manteve relações de amizade com artistas tais como António Carneiro, Artur Loureiro e Amadeo de Souza-Cardoso, mostrou a sua consideração máxima pelo primeiro, sem descurar as potencialidades do último. E Fernando Pessoa, no plano do *Orpheu*, n.º 3, referiu que este número incluiria «quatro *hors-textes* do mais célebre pintor avançado português — Amadeo de Souza-Cardoso»([18]).

Abra-se, aqui, um parêntese para referir que o conhecimento das relações de Laranjeira com Carneiro — conhecidas a partir de um pequeno conjunto de cartas publicadas pelo poeta Alberto de Serpa e de um texto que aquele dedicou ao pintor, recolhido em *Prosas Perdidas* — poderá vir a ser alargado e revisto. A Câmara Municipal de Espinho, numa manifestação exemplar de interesse cultural, adquiriu para o seu Arquivo Histórico, à Livraria Académica do Porto, um conjunto inédito de cartas de Laranjeira. Por exemplo, se até agora se sabia, através das cartas já publicadas, que Laranjeira aconselhara Amadeo a seguir mais os conselhos de Carneiro, o que as cartas, ainda inéditas, revelam é que, na estada de Carneiro em Paris, em 1908, para a apresentação das suas obras no «Salon», Laranjeira garantia a ajuda de Amadeo. Servia, assim, de intermediário entre os dois pintores, assegurando até o seguinte: «Ontem mesmo escrevi ao Amadeo Cardoso sobre a apresentação dos seus trabalhos ao Salon. O Amadeo fará tudo o que for necessário, pois ele mesmo se prontificou a isso na ocasião da sua partida para Paris» (Espinho, 15 de Fevereiro de 1908).

Os exemplos tirados da correspondência de Manuel Laranjeira têm, ainda, a vantagem de nos incitar a pensar na existência de grupos ou de relações que envolveram escritores e artistas, mas que não podem ser reduzidos à simples rotulagem do modernismo. Ou seja, as relações de afinidade estabelecidas entre Laranjeira, Carneiro e Amadeo escaparam aos limites das escolas ou movimentos culturais. Resta saber até que ponto tais afinidades, relações e rivalidades também são condicionadas por aspectos económicos, de sobrevivência ou de angariação de fundos ou por diferenças de possibilidades económicas (como sucedeu, talvez, com a impossibilidade de Laranjeira partir para Paris, ao contrário do que sucedeu com Amadeo e Carneiro).

([18]) Fernando Pessoa, *Cartas a Armando Côrtes-Rodrigues*, ed. Joel Serrão (Lisboa: Editorial Confluência, 1945), 80.

Os Estudos Pessoanos são os que, dentro das investigações sobre as vanguardas modernistas das primeiras décadas do século XX, mais desenvolvimento têm tido. Aos vários projectos de edição, a uma bibliografia que continua a crescer a um ritmo exponencial, a um envolvimento na análise de Pessoa dos maiores estudiosos da literatura comparada, soma-se uma revista internacional, disponível *online*, publicada pela Universidade de Brown e outras. Neste mesmo oceano de referências eruditas e de interpretações arrojadas, qualquer balanço historiográfico corre o risco de deixar escapar este ou aquele estudo. E de não perceber uma nova articulação da produção poética ou ensaística de Pessoa, com outras áreas, seja o esoterismo, a história das ideias ou a sociologia política.

Aliás, o próprio Pessoa procurou classificar a sua obra, não se limitando essas suas tentativas a exercícios de heteronímia. Por exemplo, em carta para Armando Côrtes-Rodrigues de Setembro de 1914, fala da poesia de Reis e Álvaro de Campos (ambos «futurista-silenciosos»), deixa à parte Alberto Caeiro e acrescenta: «O que principalmente tenho feito é sociologia e desassossego.» Se o *Livro do Desassossego* estava já em curso, na sociologia, revela que tinha em mãos uma «Teoria da República Aristocrática», além de escritos sobre a guerra e «sobre as forças vivas, nacionais e civilizacionais em acção»([19]).

Jorge de Sena demonstrou, desde a década de 1940, que Pessoa não foi um colaborador do regime de Salazar e da Ditadura; pelo contrário, deu provas de anti-salazarismo.([20]) Onésimo de Almeida deu conta desse esforço, num livro sobre a *Mensagem*, no qual sublinhou a influência de Sorel.([21]) Entretanto, Alfredo Margarido retomara a questão das ideias políticas de Pessoa, em artigo de 1971. Argumentou que Pessoa, ao escrever na revista *A Águia*, em 1912, sobre a «Nova Poesia Portuguesa», declarara que a futura criação da «raça portuguesa», em matéria política, se afastava da democracia moderna; passando, nos anos seguintes, a reforçar a sua própria versão do aristocratismo e do nacionalismo. Por sua vez, Joel Serrão, nas décadas de 1970 e 1980, publicou e estudou os ensaios de Fernando Pessoa, insistindo no modo ambíguo e contraditório de este último se posicionar politicamente. Defendeu, então, que Pessoa se aproximara «da plataforma sociocultural e política da qual, oportunamente, o fascismo descolaria»; mas, ao mesmo

---

([19]) *Ibidem*, p. 23.

([20]) Arnaldo Saraiva, *Fernando Pessoa e Jorge de Sena* (Porto: Edições Árvore, 1982), pp. 14–23 [com todas as indicações bibliográficas]; Jorge de Sena, *Fernando Pessoa & C.ª Heterónima*, vol. II (Lisboa: Edições 70, 1981), pp. 67–79.

([21]) Onésimo Teotónio de Almeida, *Pessoa, Portugal e o Futuro* (Lisboa: Gradiva, 2014; 1.ª ed. 1987).

tempo, advertiu que tal não significava «ser classificado como um pensador de índole ou tendência fascista»([22]). Mais recentemente, José Barreto alargou o *corpus* dos textos de Pessoa onde são visíveis as suas posições políticas e retomou pontos de vista próximos dos de Joel Serrão, polemizando contra os pontos de vista de Margarido, tido como um perigoso marxista, e de alguns dos seus seguidores (Manuel Villaverde Cabral e António Costa Pinto). Uma polémica surda e escusada, cujo alcance dificilmente pode ultrapassar os muros universitários.

Se se sair do domínio dos estudos sobre Pessoa para abordar a questão mais geral da orientação política das vanguardas modernistas, não será que a margem para as ambiguidades, as contradições e as incertezas diminui?

A referida carta de 1914 de Amadeo de Souza-Cardoso para o tio parece não levantar dúvidas. A menos que se aceite que a carta era mero expediente para agradar ao tio e, com isso, alcançar alguma retribuição, sempre necessária a quem pretendia viver em Paris, com *atelier* e boémia em Cité Falguère. A intenção de Amadeo era a de adesão aos ideais nacionalistas, racistas e autoritários. Claro que a sua amizade por Laranjeira, que se bateu pela implantação da República e chamou a si a defesa dos pobres, poderá ajudar a matizar essa mesma orientação. No plano da recepção, o que se afigura estranho é a pouca atenção que a mesma carta suscitou, pelo menos entre os estudiosos da obra de Amadeo. Ansiosos por valorizar a arte que Hitler considerou ser símbolo de degeneração, os estudiosos do modernismo procuraram, talvez, esquecer as responsabilidades que os movimentos de vanguarda tiveram nas origens do fascismo; pelo menos, tal como Ian Buruma argumentou mais recentemente, as divisões entre arte de esquerda e de direita, nas décadas de 1920 e 1930, são mais fluidas do que a simples oposição entre a arte modernista ou degenerada e os corpos nus de heróis clássicos apreciados por Hitler.([23])

De qualquer modo, a análise da politização de escritores e artistas — independentemente do sentido assumido pelas suas obras — não poderá ser evitada ou posta debaixo do tapete. São inúmeros os casos na história e nas ciências sociais de temas e problemas que foram esquecidos ou considerados irrelevantes, pelo facto de o seu estudo não se afigurar conveniente ao reconhecimento da disciplina que deveria ter a seu cargo o seu estudo; é que, na estrutura dicotómica de um pensamento reducionista, a seriedade está na elevação da arte e do artista genial, contra o lado baixo e desprezível que pode

---

([22]) Joel Serrão, *Fernando Pessoa: Cidadão do imaginário* (Lisboa: Livros Horizonte, 1981), pp. 102–103.

([23]) Ian Buruma, «Art of a Degenerate World», *New York Review of Books*, vol. LXV, n.º 14 (27 de Setembro, 2018), pp. 78–84.

ser atribuído aos negócios políticos.([24]) Porém, os historiadores não têm de sofrer ou tomar as dores dos modernistas, sobretudo quando estes favoreceram a criação de regimes autoritários e fascistas. Mais: conforme argumentou recentemente Cássia Silveira a respeito do modernismo literário gaúcho, os escritores utilizaram a escrita para chegar a outros fins «que não aqueles que dizem respeito unicamente ao meio de produção literária, unicamente à arte e à estética. A literatura, tanto em um caso quanto em outro, torna-se uma peça num jogo que não [o] exclusivamente literário, mas que se torna sobretudo político»([25]).

Nesse sentido, insistir na orientação política — sobretudo conservadora ou reaccionária — assumida por artistas e escritores modernistas tem uma força análoga à de muitas análises sociológicas sobre arte e literatura. Ou seja, na medida em que se dessacralizam ou profanam esses mesmos domínios, revelando as políticas do modernismo, contraria-se a ideologia dominante, que é aquela que valoriza o carácter totalmente autónomo, único, insubstituível e irredutível da obra de arte ou literária. De igual modo, uma história social ou uma sociologia histórica da arte e da literatura, que inclua os editores de livros e os galeristas de arte — capazes de interpretar as conotações políticas assumidas pelos agentes envolvidos e de tratar em conjunto o campo das suas relações —, poderá ultrapassar a fixação numa única escola ou movimento, tal como o das vanguardas modernistas. A exemplo do que sucede com o sociólogo político que não pode escolher uma única de várias ideologias em confronto, também o sociólogo da arte ou da literatura talvez não se deva fixar numa única ideologia literária e artística.([26]) A este respeito, Roberto Nobre argumentou, em 1958: «Uma das singularidades da época [1920] estava em que, paradoxalmente, nos dois extremos políticos de então, anarco-sindicalismo e integralismo, os avançados em ideias sociais eram, em geral, reaccionários na arte, enquanto os conservadores [...] se mostravam entusiastas dos revolucionarismos estéticos e ansiavam por ir beijar a mão dum rei entre decorações futuristas.»([27])

([24]) Eric Dunning, «Prefácio», in Norbert Elias, *A Busca da Excitação*, trad. de Maria Manuela Almeida e Silva (Lisboa: Difel, 1992) pp. 14–17.

([25]) Cássia Silveira, *Tudo é novo sob o sol...*, *op. cit.*, p. 11.

([26]) Raymonde Moulin, *Le marché de la peinture en France*, *op. cit.*, pp. 12, 15, 18.

([27]) Roberto Nobre citado por Vasco Rosa, «Roberto Nobre, São Brás de Alportel, 1903 – Lisboa, 1969», in *Roberto Nobre: Designer gráfico e ilustração / Graphic designer and illustration*, pref. de José Bártolo (Lisboa: MUDE, 2015), p. 125.

Integralismo e modernismo

Com base no arquivo de família dos descendentes de Amadeo de Souza-Cardoso, Luís Pimenta de Castro Damásio, no seu livro sobre o grande pintor de Amarante, revelou novos documentos que confirmam o posicionamento político do pintor.([28]) Assim, numa carta para o seu tio Francisco, enviada de Paris em 4 de Abril de 1914, referiu-se com evidente entusiasmo a *L'avenir de l'intelligence* de Charles Maurras. Depois, escreveu: «Atravessa-se em arte um igual período de demolição como em política, mas a mim o que me interessa é a construção e trabalho para dias que virão.» Reiterando a sua adesão à monarquia, explicitou que nem os velhos monárquicos, nem os miguelistas, perdidos em intrigas mesquinhas, contavam. E concluiu: «Há alguns homens, sim, isolados, capazes de uma acção mas quê! paralisados no seu isolamento. D'aqui conclui-se que só sangue novo, sangue intacto da monarquia decadente e da república demolidora e infecta.»([29])

A politização das vanguardas modernistas constitui um problema que está longe de se encontrar resolvido. O cerne da questão consiste em saber como e até que ponto autores de linguagens estéticas e literárias, que visavam instalar rupturas, adoptaram orientações políticas da mais diversa ordem. Em 1925, o crítico espanhol Guillermo de Torre pôs o dedo na ferida ao escrever que a «tendência populista, militarista e de ambições imperialistas, que abria o Futurismo no plano da sua actuação política, se encontrava condensada num livro de Marinetti, intitulado *Democracia Futurista*[,] o qual, examinado com cuidado, revelar-nos-ia curiosas analogias com o vago ideário fascista, que Gorgolini tinha tentado codificar, imposto por Mussolini em 1922»([30]).

([28]) Luís Pimenta de Castro Damásio, *Amadeo, Vida e Arte*, pref. Armando Malheiro da Silva (Amarante: Município de Amarante, 2018).

([29]) Um trecho desta natureza, que reivindica «sangue novo», tendo em vista a criação de uma nova ordem política, pode ser aproximado das inúmeras passagens dos autores conotados com o Integralismo Lusitano. Tal como escreveu Luís de Almeida Braga, *O Culto da Tradição. Conferência realizada na Associação Católica do Porto na noite de 26 de Março de 1916* (Coimbra: França Amado, 1916), p. 50: «Todos os problemas da vida portuguesa se resumem hoje num problema de ordem e disciplina interna. O mal íntimo de que sofremos está na origem do poder governativo, que não permite uma segura continuidade de acção. "O povo é um soberano que não pede senão de comer, dizia Rivarol; sua majestade está tranquila quando digere" [...]. Sob o nome de integralismo, nacionalismo, classicismo, tradição, é sempre a mesma busca ansiosa dum mesmo ideal: dar à pátria, extenuada numa orgia imensa de desordem, uma disciplina em que de novo encontre a força e a glória perdida.»

([30]) Guillermo de Torre, *Literaturas Europeas de Vanguardia* (Madrid: Caro Raggio, 1925), p. 262; *idem*, *História das Literaturas de Vanguarda*, vol. I (Lisboa: Editorial Presença, 1972), pp. 228–233.

Em Portugal, mais recentemente (1982), Artur Portela Filho foi directo ao assunto, quando argumentou que a República só muito escassamente conseguiu mobilizar os artistas, adoptando uma estética «oitocentesca»; assim não entendeu, tão-pouco suscitou, «os homens da arte livre, os humoristas/ /modernistas, os futuristas»; e estes últimos acabaram por viver «cultural e ideologicamente à margem do novo regime», tendo-se muitos deles virado contra a República e teorizado poeticamente a sua «apetência pela solução autoritária»([31]).

Em edição recente dos ensaios políticos de Fernando Pessoa (Tinta-da--China), José Barreto retomou a questão, discutindo um conjunto de trabalhos, publicados desde a década de 1970, nos quais se argumentara que Pessoa não andou longe do fascismo. António Valdemar, em artigo publicado no *Expresso*, recuou a José Osório de Oliveira, intelectual ligado aos círculos da propaganda do Estado Novo (mas apesar de tudo considerado menos fascista que seu irmão, João de Castro Osório, o qual também procurou apropriar-se da obra poética de Camilo Pessanha), para traçar um itinerário subtil das diversas leituras políticas do autor de *Mensagem*.

Aproveitando as lições de Portela, José Barreto e Valdemar, mas procurando sair do universo pessoano, será possível encontrar muitas outras provas da politização dos escritores e artistas que participaram nas vanguardas modernistas de inícios do século XX. Refiro-me às enormes afinidades existentes entre os círculos dos integralistas e os dos modernistas. As ligações de colaboração ou cumplicidade, entre ambos os lados, eram de tal ordem que se afigura chocante não terem merecido uma maior atenção por parte dos que se têm dedicado ao estudo de cada um desses movimentos. Claro que nem os integralistas nem os modernistas podem ser vistos como um bloco. Existem especificidades de carácter e de orientação política que impedem generalizações abusivas. Acrescente-se, também, que o dinamismo dos repertórios e das linguagens de cada um desses movimentos era enorme. Por isso, qualquer abordagem dos cruzamentos entre os dois movimentos implica uma delimitação cronológica muito precisa.

O período aqui em causa vai das revistas *Orpheu* (1915) à *Contemporânea* (1922). Ou seja, da criação da *Nação Portuguesa* (1914), dirigida por Alberto de Monsaraz, até ao momento em que António Sardinha assumiu o cargo de director, incluindo, a partir de 1917, do jornal intitulado *Monarquia*, no qual militaram Sardinha, Monsaraz e Luís de Almeida Braga. Trata-se, pois, de um período de pouco mais de uma meia dúzia de anos, em plena Primeira República. Identificar o modo como as linguagens modernistas

---

([31]) Artur Portela, *Salazarismo e Artes Plásticas* (Lisboa: Instituto de Cultura e Língua Portuguesa, 1982), pp. 20–21.

se cruzaram com os apelos integralistas à monarquia absoluta, ao culto de D. Miguel ou da tradição, aos modelos conservadores e antidemocráticos da Action Française, de Charles Maurras e Henri de Massis, e à justificação de nacionalismos agressivos, baseados na biologia ou em alegadas heranças culturais imutáveis, afigura-se, hoje, uma tarefa essencial.

Fernando Pessoa, numa carta para o seu amigo, o poeta açoriano Armando Côrtes-Rodrigues, datada de Agosto de 1923, referiu-se aos tempos do *Orpheu* com uma consciência aguda de tudo o que tinha mudado em oito anos: «Tanta saudade — cada vez mais tanta! — daqueles tempos antigos do *Orpheu*, do paulismo, das intersecções e de tudo o mais que passou!» E acrescentou, sublinhando o sentido da distância: «V. tem visto a *Contemporânea*? É, de certo modo, a sucessora do *Orpheu*. Mas que diferença! Que diferença! Uma ou outra cousa relembra esse passado; o resto, o conjunto...»([32]) O que teria mudado realmente nesse intervalo de tempo? As mudanças registadas limitar-se-iam ao universo estético-literário ou incluiriam também uma maior participação no debate político? A julgar pela colaboração de alguns integralistas na *Contemporânea*, poucas dúvidas existem de que as inovações nos aspectos formais estavam, agora, associadas a agendas políticas. Senão, vejamos.

Almada Negreiros tinha anunciado a *I Conferência Futurista* a 11 de Abril de 1917 e a mesma tivera lugar a 14 do mesmo mês.([33]) A sua agressividade que recuava ao *Manifesto Anti-Dantas* só encontrou paralelo no que António Sardinha escreveu sobre hereditariedade e degenerescência, fazendo a defesa inequívoca da monarquia, contra «a ideia consagrada entre nós pela frase de colarinhos engomados do senhor dr. Júlio Dantas» (*A Monarquia — Diário Integralista da Tarde*, ano I, n.º 132, 23-07-1917). Ao lado de Sardinha, Alberto de Monsaraz não hesitou em defender com unhas e dentes Almada e Santa-Rita. Contra os encarceramentos dos loucos promovidos pela legislação republicana, Monsaraz tomara o partido dos dois artistas de vanguarda, escrevendo um depoimento no jornal *A Monarquia* (ano I, n.º 54, 16-04-1917), de que foi o primeiro director. Acusar a arte moderna de loucura, argumentou, seria completamente descabido.

([32]) Fernando Pessoa, *Cartas a Armando Côrtes-Rodrigues*, ed. Joel Serrão (Lisboa: Editorial Confluência, 1945), p. 82. Na sequência da publicação desta correspondência, Castro Soromenho publicou um artigo que incluiu uma entrevista a Armando Côrtes-Rodrigues, ver, deste, «Encontro com poeta do *Orpheu*», *Portvcale. Revista de Cultura*, 2.ª série, vol. 3, n.º 16–17 (Julho/Outubro, 1948), pp. 208–211.

([33]) Fernando Rosa Dias, «Afinal o que foi e quem estava na Sessão Futurista», in *Santa-Rita Pintor: Polémicas e controvérsias*, ed. Fernando Rosa Dias (Lisboa: Documenta, 2019), pp.141–185.

Resta saber que outras cumplicidades existiram entre Monsaraz, Almada e Santa-Rita. O investigador Nuno Simões Ferreira foi quem melhor reconstituiu a cronologia da vida de Alberto de Monsaraz, sublinhando o seu envolvimento nos episódios ocorridos em Janeiro de 1919: implantação da Monarquia do Norte no dia 19; e o assalto republicano a Monsanto em 24, com derrota para os monárquicos. Monsaraz ficou gravemente ferido neste último acontecimento, tendo-se exilado em Paris no Inverno de 1919–1920. Ali, comprou um restaurante que funcionou como um autêntico albergue de monárquicos exilados.([34]) O facto de Almada também ter vivido em Paris, nos mesmos anos em que Monsaraz e muitos dos exilados monárquicos por lá andaram, será mera coincidência? Vale a pena explorar esta hipótese, sem esquecer que uma das colaborações de Monsaraz na *Contemporânea*, escrita em francês, foi relativa ao mundo dos *dancings*, que Almada tão bem conheceu como pintor e sobre os quais escreveu em *O Nome de Guerra*.([35]) Sobre outro integralista, Luís de Almeida Braga, Arnaldo Saraiva indica que este proferiu, em 1921, uma conferência sobre o nacionalismo em São Paulo e é bem possível que «tenha contribuído para estimular o nativismo dos modernistas (alguns deles futuros integralistas...)»([36]). Contudo, não se esqueça a crónica humorística de André Brun, em 1925, na qual traçou o retrato de um imaginário Venceslau Borreguinho, «o pontífice do ultrasupramodernismo» — a «mais avançada escola literária e artística, caminhando ainda à frente dos modernistas, futuristas e outros camaradões»([37]). O longo cortejo dos literatos descrito pelo humorista não tinha outra função além da de insinuar que todos eles aspiravam à celebridade.

Sardinha, Monsaraz e muitos outros criaram uma Junta Central do Integralismo Lusitano, em 1916. Segundo as investigações pioneiras de Manuel Braga da Cruz, desde essa data até 1922, foram constantes as tentativas destinadas a dotar o movimento de um peso político activo e interventivo.

([34]) Nuno Simão Ferreira, *Alberto de Monsaraz e o Integralismo Lusitano: Pensamento e acção*, sep. de *Lusíada-História*, II série, n.º 2 (2005), pp. 253–308, *maxime* pp. 268, 270–271; *idem*, «Alberto de Monsaraz e a Vaga dos Nacionalismos e dos Radicalismos Político-Autoritários Europeus do Pós-I Guerra Mundial: Um rumo até ao Fascismo?», *Lusíada-História*, II série, n.º 4 (2007), pp. 5–75.

([35]) Alberto de Monsaraz, «Le Dancing», *Contemporânea*, dir. José Pacheco, vol. I, n.os 1–3 (Lisboa: Imprensa Libânio da Silva, 1922), pp. 109–111.

([36]) Arnaldo Saraiva, *O Modernismo Brasileiro e o Modernismo Português. Subsídios para o seu estudo e a para a história das suas relações* (Lisboa: Imprensa Nacional – Casa da Moeda, 2014), p. 89.

([37]) André Brun, *Os Meus Domingos*, 2.ª série (Lisboa: Guimarães & C.ª Edirores, 1925), p. 62.

A criação do Núcleo Micaelense de Propaganda Integralista inseriu-se nesse processo de institucionalização do movimento, a uma escala regional e provincial. O seu principal responsável foi Armando Côrtes-Rodrigues, colaborador do *Orpheu* (1915) e amigo pessoal de Fernando Pessoa, com quem manteve regular correspondência. Segundo Eduíno de Jesus, Côrtes-Rodrigues, após o escândalo suscitado pela *Orpheu*, refugiara-se nos Açores — «ainda nessa altura literariamente imerso no seu plácido sono histórico»([38]). Sardinha não escondeu o seu contentamento com uma tal adesão, escrevendo em jornais açorianos, mas também em *A Monarquia*, acerca da adesão ao Integralismo Lusitano de um «dos mais estimáveis espíritos da geração nova», que também era muito apreciado nos meios eclesiásticos de S. Miguel (3 de Fevereiro de 1917).([39])

Pessoa, através de um dos seus heterónimos, distanciou-se de tais agendas, fazendo uso das suas recorrentes ambiguidades. Assim, Álvaro de Campos, no *Ultimatum* (1917), propôs: «Em Política: A abolição de toda a convicção que dure mais que um estado de espírito, o desaparecimento de toda a fixidez de opiniões e modos-de-ver; desaparecimento, portanto, de todas as instituições que se apoiem no facto de qualquer "opinião pública" poder durar mais de meia hora [...]. A solução de um problema num dado momento histórico será feita pela coordenação ditatorial [...]. Abolição total do passado e do futuro como elementos com que se conte, ou em que se pense, nas soluções políticas. Resultados finais: Em Política: Monarquia Científica, anti-tradicionalista e anti-hereditária.»

Entre as diferentes convicções dos integralistas encontrava-se a defesa do regionalismo (mas já Unamuno notara, em finais do século XIX, que «as literaturas regionais costumam despertar com os ventos cosmopolitas»([40])). É, aliás, nesta sequência que deverá ser entendida a preocupação pelos temas do localismo, do municipalismo e da descentralização. Em Novembro de 1917, *A Monarquia* revelou um projecto organizado de modo sistemático, associado a uma série de conferências promovidas pela Liga Naval, que incluíam o estudo das características geográficas de cada uma das províncias, seguido de abordagens à sua etnografia, economia rural e fabril, história e património. Hipólito Raposo chegou a contactar Côrtes-Rodrigues para falar sobre os Açores. Porém, só chegaram a ter lugar as conferências relativas

---

([38]) *Antologia de Poemas de Armando Côrtes-Rodrigues* (Ponta Delgada: Arquipélago, 1956), p. 95.

([39]) Carlos Cordeiro, *Nacionalismo, Regionalismo e Autoritarismo nos Açores Durante a I República* (Lisboa: Edições Salamandra, 1999), p. 111.

([40]) Miguel de Unamuno, *En Torno al Casticismo*, 4.ª ed. (Madrid: Espasa-Calpe, 1957), p. 121.

ao Minho (Luís de Almeida Braga), Alentejo (Pires de Lima) e Beira Baixa (Hipólito Raposo).([41])

A literatura regionalista servia vários propósitos e, a julgar pelo envolvimento nela de muitos escritores que nada tinham que ver com o Integralismo, constituiu-se em movimento ao serviço de muitos. Primeiro, contrariava as modas estrangeiras, sem se mostrar contrária ao nacionalismo (e sem deixar de depender de modelos também eles vindos de fora).([42]) Depois, ocupava um papel de relevo ao serviço de projectos políticos de autonomia. Por último, opunha-se a formas de viver moderno, pois baseava-se num elogio das formas de vida campestres. Em 1924, no mesmo ano em que Vitorino Nemésio publicou um livro de contos intitulado *Paço do Milhafre*, marco da literatura regionalista açoriana, Côrtes-Rodrigues saiu-se com o livro de poemas *Em Louvor da Humildade*, que foi tomado como representação da «alma açoriana»([43]).

Na mesma altura, Côrtes-Rodrigues sistematizou o seu programa regionalista, ideologicamente católico e tradicionalista.([44]) Foi, aliás, essa mesma orientação que levou Pessoa ao desespero e a exprimir publicamente, em 1935, «o desejo de que Côrtes-Rodrigues se não embrenhe demasiado, como de há tempos se vem embrenhando, no catolicismo campestre, pelo qual facilmente se aumenta o número de vítimas literárias da pieguice frustre e asiática de S. Francisco de Assis, um dos mais venenosos e traiçoeiros inimigos da mentalidade ocidental» (*Sudoeste*, n.º 3).([45]) Claro que o ponto de vista crítico de Pessoa nada tinha de original, pois também no Brasil, nomeadamente em São Paulo, em 1921, os modernistas não se opunham só ao passado, ao romantismo, ao realismo e à escola parnasiana, mas também atacavam o regionalismo literário, que se tinha posto de moda: o intelectual deslumbrado com a metrópole cosmopolita desprezava «as letras caipiras» e os «assuntos sertanejos»([46]).

Também Ronald de Carvalho, carioca, colaborador de *A Águia* e da *Alma Nova*, e co-director brasileiro do *Orpheu*, ao lado de Luiz de Montalvor, se inspirou em Maurras. Contra o decadentismo simbolista e os seus sentimentos

---

([41]) Marcus Noronha da Costa, «Cartas de Integralistas a Armando Côrtes-Rodrigues», *Boletim do Museu da Ilha Graciosa*, n.º 6 (Abril, 1996), p. 121; Carlos Cordeiro, *op. cit.*, pp. 221–222.

([42]) Charles Le Goffic, *Les origines de la littérature régionaliste en France* (Coimbra: Coimbra Editora, Publications de l'Institut Français au Portugal, 1930).

([43]) Carlos Cordeiro, *op. cit.*, p. 233.

([44]) *Ibidem*, p. 235.

([45]) *Ibidem*, p. 236.

([46]) Mário da Silva Brito, *História do Modernismo Brasileiro*, vol. I — *Antecedentes da Semana de Arte Moderna* (São Paulo: Edição Saraiva, 1958), p. 176.

desordenados, Maurras procedera à sua denúncia, no já referido livro *L'avenir de l'intelligence*.([47]) Foi o que escreveu Ronald de Carvalho, no mesmo ano em que teve lugar a Semana de Arte Moderna de São Paulo. Em 1935, Montalvor não deixou de lhe fazer o elogio fúnebre.([48])

Com base nestes dados dispersos, é possível ver com clareza. Porém, talvez já seja possível perceber — um século depois e em paralelo com a experiência dos dias de hoje — como é que os repertórios políticos mais autoritários se cruzaram com novas linguagens estéticas e culturais. Colaborando na destruição de uma sociedade democrática então em lenta construção, à escala da Europa, quantas coisas mudaram desde o início da Grande Guerra até à ascensão de Mussolini!

Uma República das Letras: o grupo da Praça da Misericórdia de Porto Alegre

Sete amigos reuniam-se na Praça da Misericórdia de Porto Alegre, em inícios do século XX. Quem eram, como se definiam e quais os principais acontecimentos da vida desse grupo? Álvaro Moreyra, Felipe de Oliveira, Homero Prates e Eduardo Guimaraens publicaram obras em prosa e em verso. Carlos de Azevedo, Antonius e Francisco Barreto nunca o fizeram, apesar de terem participado activamente nessas reuniões em que se conversava e declamava até altas horas. A prática de uma vida boémia — sem muitas regras e, sobretudo, sem corresponder a modelos literários a cumprir — afigurava-se como uma das características da vida do grupo. A seu lado, uma série de auto-representações inclui imagens das misérias e das dores dos poetas ou escritores, em sofrimento permanente devido à fome e ao tédio. Coexistindo com as marcas da vida boémia e do sofrimento, numa situação que é muitas vezes a de hostilidade ao burguês cumpridor e normalizado, este mesmo grupo parece representar a cultura de uma elite em processo de alargamento. E que, por isso mesmo, aspira a guiar-se por padrões de centros maiores, como o Rio de Janeiro, Lisboa e Paris.

Tal como é contada por Cássia Silveira, a história deste grupo de escritores e intelectuais não corresponde a uma única escola ou movimento literário, sendo difícil a sua redução a manifestações tanto de simbolistas como de modernistas, ou de autores interessados nas correntes regionalistas.

([47]) Ronald de Carvalho, *Pequena História da Literatura Brasileira*, 2.ª ed. (Rio de Janeiro: F. Briguiet, 1922), p. 365.

([48]) Luiz de Montalvor, *«Para o túmulo de Fernando Pessoa» e Outras Prosas*, ed. Arnaldo Saraiva (Lisboa: Ática, 2015), pp. 79–85.

Neste sentido, Silveira afasta-se do padrão de estudos relativos à formação do movimento modernista no Brasil ou à organização da Semana de Arte Moderna de São Paulo. Ou seja, o laboratório constituído pelas trajectórias dos sete gaúchos, longe de ser delimitado por uma corrente estética ou de natureza formal, adquire uma dimensão que é mais propriamente sociológica, porque indicadora de um campo de relações. Assim, este livro procura reconstituir não só as relações que entre si mantiveram os membros do grupo da Praça da Misercórdia, mas também as que são possíveis de estabelecer entre eles e outros contextos.

Um dos dados respeitantes ao Rio Grande do Sul, necessário para compreender o contexto em que emergiu esse mesmo grupo, consiste no levantamento das 92 obras de ficção ali publicadas, entre 1900 e 1910, por diferentes tipografias e editoras. A acompanhar um tal movimento editorial desenvolveu-se uma preocupação pelos suportes do *design* gráfico, conforme se constata nos livros de Álvaro Moreyra. Depois, foi na escolha de alguns temas e no estabelecimento de algumas rupturas que este mesmo grupo se afirmou. Começando pela identificação destas últimas, será de reparar que o estilo de vida boémia — acompanhado de reivindicações de que competia à literatura tratar apenas da arte e dos estados de alma dos artistas, nas suas misérias e situações de decadência — não era um dado novo. Contra um tipo de literatura romântica, comprometida com a missão de constituição de uma nação brasileira, erguera-se um círculo decadente no Rio Grande do Sul, do qual fizeram parte Marcello Gama, Zeferino Brasil e Pedro Velho (cap. 2). O que equivale a dizer que o grupo da Misericórdia de Porto Alegre não foi o primeiro a assumir um estilo de vida boémia. Pois, tal como argumenta Cássia Silveira, «a boémia parece ter sido uma condição de literatos e pintores vinculados a muitos grupos» (cap. 3).

Necessário será, igualmente, que se repare num outro processo que também é mais de continuidade do que de ruptura. O padrão analisado pelo sociólogo Sérgio Miceli diz respeito aos escritores paulistas que se afirmam como produto de uma estratégia de reconversão por força do desaparecimento do capital de que a família dispusera em tempos ou, então, pela incapacidade de herdar esse mesmo capital.([49]) Porém, no grupo da Praça Misericórdia de Porto Alegre será possível encontrar escritores que tanto estavam ligados às oligarquias rio-grandenses, como sucedia com Homero Prates (que, não por acaso, aderiu a uma estética regionalista), como com outros que não eram oriundos de famílias com grande capacidade económica, pertencendo a camadas médias. No entanto, o padrão de afirmação dos escritores, nas suas lutas de afirmação pessoal e de ascensão, parece ser mais o de

([49]) Sérgio Miceli, *Intelectuais à brasileira* (São Paulo: Companhia das Letras, 2001).

articular relações familiares herdadas com aquelas que foram adquiridas ao longo da vida (cap. 7).

Uma das funções sociais da literatura no Rio Grande do Sul, em inícios do século XX, foi a de procurar mudar o modo como essa vasta região se imaginava a si própria. De um viver associado rural, guerreiro e, por isso mesmo, violento para uma sociedade mais domesticada, caracterizada pela polidez e a urbanidade. A visita e as conferências do popular escritor Coelho Netto ao Rio Grande do Sul, em 1906, participaram desse projecto ambicioso. Porém, tal como é empreendida por Cássia Silveira, a sua análise revela muitas outras facetas, uma vez que, a respeito desse episódio, «havia aqueles que tentavam mudar a imagem do Rio Grande e de sua intelectualidade perante o restante do país; havia as pequenas e locais disputas; e havia ainda os esforços de um certo coronel por mudar a sua própria imagem em nível social» (cap. 6).

A partida de Álvaro Moreyra e Felipe de Oliveira para o Rio de Janeiro em 1909, bem como a sua integração no meio literário carioca, constituído em torno da revista *Fon-Fon!*, mediatizada por Mário Pederneiras, constitui uma outra fase da vida do grupo. É com base na análise de um conjunto de obras literárias que este livro procura pensar esse mesmo meio. As obras literárias que falam dele são, sobretudo, *A conquista* (1899) do escritor maranhense Coelho Netto, onde se procura descrever o grupo boémio carioca; *Mocidade morta* (1899) de Luiz Gonzaga Duque Estrada, em que se criticam os procedimentos da Academia Imperial de Belas Artes; *Recordações do escrivão Isaías Caminha* (1909), romance com que se estreia Lima Barreto, falando dos preconceitos raciais e dos clientelismos necessários da sociedade brasileira, incluindo no meio da imprensa carioca.

Do conjunto de problemas que essas obras sugerem, dois há que se destacam. Por um lado, trata-se de perceber que o peso das academias da capital (de Belas Artes ou de Letras) na consagração dos escritores, com a respectiva criação de um meio de acesso restrito, levou à formação de estratégias alternativas de afirmação e reconhecimento. Assim se compreende a criação de revistas literárias de vida efémera, nomeadamente no período situado entre 1890 e 1900. Por outro lado, ao contrário do que sugerem as referidas obras de Coelho Netto e Gonzaga Duque, nas quais se tende a exacerbar a representação de grupos de escritores em unidades completamente fechadas, muitas dessas revistas mostram a maleabilidade desses grupos e os limites postos às suas rivalidades. Isto é, foram inúmeras as formas de colaboração e de coexistência entre escritores que, só aparentemente, pertenciam a diferentes igrejinhas (cap. 3).

Em 1913, Álvaro Moreyra e Felipe de Oliveira viajaram, pela primeira vez, pela Europa, onde conviveram com os escritores cariocas Rodrigo Otávio Filho e Ronald de Carvalho. A viagem ao Velho Continente, sobretudo a Paris, afigurava-se central no modo de os escritores se imaginarem a si próprios. Na passagem das representações à experiência vivida, acumulavam-se as imagens, transmitidas pelos próprios romancistas e poetas franceses, conhecidas desde as reuniões na Praça da Misericórdia. À Paris dos *cabarets* e da boémia nocturna sucedia-se a imagem da cidade crepuscular, posta de acordo com um estado de alma decadente, que incluía referências à tristeza, à morte e à doença. Marcado por esta mesma experiência, Moreyra dedicou ao seu amigo Felipe de Oliveira *Um sorriso para tudo* (1915). Livro no qual os personagens parecem ser pessoas perdidas, conforme sintetiza Cássia Silveira: «Bêbados, mulheres viciadas em cocaína, *clowns*, bailarinas, príncipes, actores e actrizes, músicos, escultores, quase sempre artistas.» A inspiração encontrava-se na *Commedia dell'Arte*, com o seus Arlequins, Pierrots e Colombinas. Manuel Bandeira no seu *Carnaval* (1917), Olegário Mariano em Água *Corrente* (1917), Paulo Menotti del Picchia em *Máscaras* (1920), Felipe de Oliveira em *Lanterna verde* (1926) e, de novo, Álvaro Moreyra em *A Boneca Vestida de Arlequim* (1927) voltaram às personagens e trataram os temas da cocaína, da loucura, da tristeza e da solidão, sem esquecer a velocidade dos automóveis na cidade moderna (caps. 4 e 5).([50])

Uma leitura da história do grupo da Misericórdia de Porto Alegre feita por Cássia Silveira implica atenção a um itinerário que vai do Rio Grande do Sul ao Rio de Janeiro e, a partir daqui, chega às viagens pela Europa, com paragens em Lisboa, Paris ou Bruges. Mas, tal como vai contada neste livro, essa mesma história contém em si uma permanente reflexividade metodológica, e não só, em duas áreas decisivas. A primeira diz respeito à necessidade de fugir ao círculo vicioso das análises do estético ou do literário feitas em

([50]) Do lado português, a propósito da «rapidez» da viagem de automóvel, de Chaves para Montalegre, que só permitiu «"olhar" para os locais por onde passávamos», ver José Leite de Vasconcelos, *Por Trás-os-Montes: Notícia de uma excursão* (Lisboa: Imprensa Nacional de Lisboa, 1917), p. 29. António Ferro foi, talvez, quem mais sublinhou a velocidade do automóvel, numa «época febril, em que a Vida só se compreende no movimento: num automóvel, num comboio, num aeroplano — nunca a pé», *As Grandes Trágicas do Silêncio: Conferência de arte realizada no Salão Olímpia, na tarde de 1 de Junho de 1917*, 2.ª ed. (Lisboa/Rio de Janeiro: 1922), p. 32. Depois foi a vez de Álvaro de Campos escrever, em 1928, o poema «Ao volante do *Chevrolet* pela estrada de Sintra». E Ferro voltou ao tema, ao encenar as suas conversas com o ditador, dentro de um automóvel, *Salazar: O homem e a sua obra* (Lisboa: Empresa Nacional de Publicidade, 1933). No entretanto, Georges Valois encontrou as origens do fascismo em Sorel e anunciou que o fascismo representava uma concepção total e moderna da vida nacional, da mesma forma que «o Estado parlamentar era uma coisa que tinha o mesmo valor de um carro de bois ao lado de um automóvel», *Le fascisme* (Paris: Nouvelle Librairie Nationale, 1927), p. 14. Sobre a relação entre meios de transporte rápidos e as artes, mantêm-se válidas as perspectivas de Pierre Francastel, *Art et technique aux XIXe et XXe siècles* (Genebra: Éditions Gonthier, 1964; 1.ª ed., 1956), pp. 174–176.

função exclusiva de correntes artísticas ou literárias. Assim, um dos argumentos principais deste livro consiste em ultrapassar o padrão de estudos centrado numa única corrente, para procurar compreender grupos e configurações de escritores que adoptam várias opções estéticas (do simbolismo ao modernismo ou ao regionalismo). Ou seja, o objectivo é o de integrar a análise da literatura no interior de um campo mais vasto do trabalho intelectual e das relações estabelecidas entre os agentes de uma mesma geração. Uma segunda área de permanente interrogação encontra-se nas implicações políticas dos posicionamentos dos escritores. Estas oscilam entre um reivindicado projecto da arte pela arte, no qual se faz sentir um deliberado apolitismo, sem «satisfações políticas a prestar», e o envolvimento político no período posterior à Grande Guerra (conclusão). Resta saber, ao certo, qual a conotação assumida por esse mesmo interesse pela vida política.

Lida a partir de Lisboa — e da «agitação estéril desse meio lisboeta», como escreveu, em 1916, Camilo Pessanha —, a história do grupo de escritores gaúchos de inícios do século XX suscita questões tanto de natureza comparativa como relativas à circulação de pessoas e modelos literários.([51]) Claro que as comparações entre escritores e intelectuais — por um lado, de Porto Alegre, São Paulo, Rio de Janeiro e, por outro lado, de Lisboa — têm merecido a atenção de outros investigadores, interessados em explorar as relações que entre todos eles se estabeleceram. Um dos casos a ter em conta é o de Ronald de Carvalho — o carioca que viajou pela Europa ao mesmo tempo que Álvaro Moreyra e Felipe de Oliveira — ter sido o director brasileiro do *Orpheu* (1915), ao lado de Luiz de Montalvor. É certo que este último morara no Rio entre 1912 e 1915. Mas a colaboração de escritores brasileiros em revistas portuguesas não era um dado inédito. Conforme sistematizou Arnaldo Saraiva, num estudo importante, tanto as revistas mais nacionalistas e menos cosmopolitas, de mais longa duração, como foram *A Águia* (1910–1932), órgão do movimento «A Renascença Portuguesa», ou a *Atlântida* (1915–1920), contaram com a colaboração de brasileiros ou de intelectuais portugueses que se estabeleceram no Brasil. Porém, conforme o mesmo investigador do modernismo português e brasileiro especificou: «Quantitativamente, é indubitável que o luso-brasilismo do *Orpheu* não pode comparar-se ao da *Atlântida*.» De igual modo, a avaliar pelos dados recolhidos pelo mesmo Arnaldo Saraiva, a força exercida pelos círculos intelectuais brasileiros sobre os portugueses terá sido talvez bem maior do que aquela que funcionou no sentido inverso. Tudo isto, pese

([51]) Camilo Pessanha, *Cartas a Alberto Osório de Castro, João Baptista de Castro, Ana de Castro Osório*, ed. Maria José de Lancastre (Lisboa: Imprensa Nacional – Casa da Moeda, 1984), p. 116.

embora o facto de o gaúcho Eduardo Guimaraens surgir como um dos colaboradores do *Orpheu 2*, ao lado de Fernando Pessoa, Mário de Sá-Carneiro e Santa-Rita Pintor.([52])

Outro dos aspectos a ter em conta diz respeito à evolução das relações entre escritores e movimentos literários tal como se configuraram dos dois lados do Atlântico. Segundo Saraiva, tais relações eram mais estreitas em finais do século XIX e inícios do século XX do que vieram a ser no período posterior a 1915. No período que correspondeu à polémica suscitada pela publicação no Rio de Janeiro de *A Mulata* (1896) de Carlos Malheiro Dias, haveria uma intensidade de relações culturais luso-brasileiras, causada pelo impacto que tiveram no Brasil as obras de Camilo, Eça, Fialho, António Nobre e, até, Eugénio de Castro. Paralelamente, será possível constatar que eram vários os portugueses que participavam na imprensa brasileira, entre os quais João de Barros. Do mesmo modo, um grande número de autores brasileiros colaborava na imprensa portuguesa. A esta configuração terá sucedido uma outra, definida pela *Fon-Fon!* e pelo *Orpheu*, onde, apesar das trocas, as colaborações cruzadas entre os dois lados do Atlântico diminuíram.([53])

Duas últimas notas, para concluir. A primeira inspira-se no modo como Álvaro Moreyra descreveu a sua passagem por Lisboa. «Em 1913, saciei uns desejos românticos: ir à Europa, ver Bruges, morar em Paris... Sendo eu absolutamente do "outro tempo", nunca mais voltei dessa viagem... Passei em Portugal, com Felipe de Oliveira e Araujo Jorge, uma semana contente. João de Barros não nos abandonou um instante. Apresentou-nos a tudo e a todos. De manhã surgia no hotel de programa pronto.» Mais adiante, parece dar a entender que a sua maior identificação se fazia com um dos temas caros ao modernismo, quando escreveu: «A minha geração, apesar de tudo o que sempre a puxou para o tempo, foi do espaço. Creio que isso veio dos Bailados Russos, que carregavam para as maiores invasões. Eles fizeram a nossa educação sentimental [...]. Todas as artes se juntavam nos Bailados Russos, e a influência deles foi profunda sobre a época, em tudo.» Para finalmente representar a sua geração como sendo a do *Fon-Fon!*, a revista carioca fundada por Gonzaga Duque, Lima Campos, Mário Pederneiras, «tida por

---

([52]) Arnaldo Saraiva, *O Modernismo Brasileiro e o Modernismo Português. Subsídios para o seu estudo e para a história das suas relações* (Lisboa: Imprensa Nacional – Casa da Moeda, 2014), pp. 45, 100–133; Adolfo Casais Monteiro, «Identidade e diferença do Modernismo português e brasileiro», in *idem*, *Figuras e problemas da literatura brasileira contemporânea*, pref. de Antonio Candido (São Paulo: Instituto de Estudos Brasileiros da Universidade de São Paulo, 1972), pp. 27–46.

([53]) *Ibidem*, p. 105; Carlos Malheiro Dias, *A Mulata*, ed. Alexandre Pinheiro Torres (Lisboa: Arcádia, 1975).

simbolista»; concluindo nunca ter tirado «do coração a cidade onde nasci [Porto Alegre]»([54]).

Como interpretar esta auto-representação da trajectória de Álvaro Moreyra, na qual se conciliam elementos de natureza tão díspar? O romantismo associado à viagem pela Europa, as ligações em Lisboa ao João de Barros da revista *A Atlântida*, que estava nos antípodas do modernismo do *Orpheu*, o fascínio pelo *ballet* russo, o simbolismo da *Fon-Fon!* e o apego à cidade natal são tudo elementos que não parecem formar um todo coerente. Pelo menos, são peças difíceis de encaixar numa discussão que oponha os que defendem a pertinência de modelos interpretativos das vanguardas, baseados numa lógica policêntrica *versus* os que empolam a existência de relações determinantes entre centros propagadores de modelos e periferias que os consomem e se deixam por eles influenciar.

Por último, em 1922, ano decisivo na história do modernismo paulista, Ronald de Carvalho publicou a sua *Pequena História da Literatura Brasileira*. Nela pretendeu expor os caminhos da literatura brasileira nas últimas décadas. Os ataques proferidos em relação ao naturalismo e ao simbolismo decadentista afiguram-se claros. Em contraposição a tais correntes, o autor apresentou um retorno ao regionalismo e ao tratamento do sertanismo. Paralelamente, esclareceu, «os tipos do interior, os homens que, das florestas amazónicas aos pampas do Rio Grande do Sul, vão fixando as características étnicas e antropológicas do Brasil, começaram a ser estudados com mais carinho e penetração». Esta insistência numa perspectiva de contornos nacionalistas é feita, por um lado, em termos de um corte com os «centros de quem recebíamos um poderoso influxo», permitindo à literatura brasileira livrar-se «das imitações serôdias de Eça de Queiroz ou Jean Lorrain»; por outro lado, também existe uma ruptura com o carácter afectado das alegorias do sentimento, que o simbolismo de Cruz e Sousa consagrou.

Em que nome se estabeleceu a última ruptura? Foi através da evocação dos ideais da força e da clareza nacionalista propagandeados por Charles Maurras, em *L'avenir de l'intelligence* (1905). E, num texto cujo sentido está por analisar em todas as suas implicações, Ronald de Carvalho — o director brasileiro do *Orpheu* — não expôs só a sua adesão às ideias do mentor da Action Française e do integralismo. Também se mostrou, paradoxalmente, contrário aos preconceitos racistas de um certo arianismo já em voga. Ora, é nesta ambivalência de adesão aos ideais de força do integralismo e de dúvidas frente ao racismo que talvez se encontre reflectido o posicionamento político de um dos intelectuais que conviveu de perto com alguns dos escritores

([54]) Álvaro Moreyra, *As amargas, não... (Lembranças)* (Rio de Janeiro: Editora Lux, 1954), p. 44, 50, 52, 61.

da Praça da Misericórdia de Porto Alegre. Conforme escreveu, a respeito do poeta Cruz e Sousa: «Corria-lhe as veias aquela gota amargurada de sangue africano que um certo prurido de arianismo duvidoso rejeita com intolerância, ou somente admite com uma reserva condescendente e superior. Ao revés de Bernardino Lopes, que se comprazia em transfigurar a pobreza, cobrindo-a de púrpura patrícia, Cruz e Sousa possuía um perfeito conhecimento da situação a que a sua pretensa inferioridade étnica reservara o meio em que vivia. Seu individualismo, por vezes atrevido, era o amargo fruto dos preconceitos que o comprimiam por todos os lados.»([55])

Botto heterónimo de Pessoa?([56])

Entre 1922 e 1923, Pessoa saiu em defesa do seu amigo António Botto. Publicou-lhe uma segunda edição das *Canções*, na Olisipo, e escreveu vários manifestos em defesa da sua confessa homossexualidade. Num deles, elevou as justificações ao nível de uma estética com raízes na Grécia clássica, sublinhando que a arte se justificava pelo seu alcance estético e não pela adopção de morais com um valor fugaz e burguês: «Quantas obras de Arte não se teriam de banir se nela se exigisse a mais burguesa moralidade!» Noutra ocasião, Álvaro de Campos, heterónimo de Pessoa, pôs em causa essa mesma argumentação — fundada na estética e na referência aos gregos — para afirmar que era pela própria frontalidade da acção, por uma espécie de virilidade homossexual, que Botto tinha de ser respeitado.

A defesa de Botto por parte de Pessoa pertence a uma engrenagem polémica que reúne outros intervenientes (e que se prolongou no tempo, até pelo menos 1926).([57]) Um movimento de estudantes católicos, com Pedro Teotónio Pereira, futuro embaixador e putativo substituto de Salazar, a reivindicar uma nova Inquisição, incluindo censura, queima de livros e folhetos impressos como os de Botto. Uma muito previsível intervenção do jornalista Álvaro Maia, em nome da moral e do catolicismo mais ortodoxo, contra a frouxidão — «imundície», «podridão», etc. — de Botto. O desenvolto contra-ataque de Raul Leal, a colocar-se ao lado de Pessoa e de Botto,

([55]) Ronald de Carvalho, *Pequena História da Literatura Brasileira* (2.ª ed., Rio de Janeiro: F. Briguet e Companhia Editores, 1922), pp. 365–366, 381–382.

([56]) Recensão de Zetho Cunha Gonçalves (org.), *Notícia do Maior Escândalo Erótico-Social do Século XX em Portugal* (Lisboa: Letra Livre, 2014).

([57]) Maria Helena Santana e António Apolinário Lourenço, «No leito. Comportamentos sexuais e erotismo», in *História da Vida Privada*, dir. José Mattoso, vol. IV – *A Época Contemporânea*, Irene Vaquinhas (coord.) (Lisboa: Temas e Debates, Círculo de Leitores, 2011), pp. 285–287.

chamando a Maia «torto e feio», e atacando «esses pulhas, esses theotónios de merda». Leal, talvez o mais irónico e gozão, elevou a homossexualidade a criação divina — o que deve ter irritado supinamente os católicos! A apreensão pelo Governo Civil de Lisboa do livro de Botto, bem como de *Sodoma Divinizada* (1923) de Raul Leal e *Decadência: poemas* (1923) de Judith Teixeira. E, ainda, o artigo de 1926 da autoria de Marcello Caetano, que ressuscitou o embate entre pederastas e católicos, para festejar esse grande momento quando «o Leal e o Botto e a Sra. Judith Teixeira foram todos para o Governo Civil onde, sem escolha, se procedeu à cremação daquela papelada imunda, que empestava a cidade».

De toda esta polémica, Zetho Cunha Gonçalves organizou uma antologia, na qual incluiu as peças mais importantes, antecedendo-as de um estudo introdutório em que dá o seu a seu dono. Por exemplo, a defesa de Botto a cargo de Pessoa foi interpretada por Jorge de Sena num quadro de heteronímia. Ou seja, ao defender o amigo, Pessoa dava sentido à sua própria pulsão homossexual, logo, Botto terá sido para Pessoa uma das suas identidades. Também José Barreto é reconhecido nos seus estudos pioneiros acerca desta polémica. Aliás, os conhecimentos que este último tem acumulado acerca do tempo de Pessoa suspeito serem uma autêntica mina, ainda por explorar. Não deixa Zetho Gonçalves de pregar pelo menos uma farpa, quando põe a descoberto que, na edição da Gallimard-Pléiade das obras de Pessoa, o editor confundiu alhos com bugalhos, apresentando como sendo de Pessoa a tradução para francês de poemas de Botto feita por aquele. Diga-se, de passagem, que, já em 2006, Luís Filipe de Castro Mendes fizera o mesmo tipo de reparo a Richard Zenith, quando este se referiu a um poema traduzido de Botto como sendo de Pessoa. Estranha-se, ainda, dado o zelo de Zetho, a omissão da bibliografia da cuidadosa edição das *Canções* de Botto feita por Jerónimo Pizarro e Nuno Ribeiro (Guimarães, 2010), pois dela constam apêndices da autoria de Pessoa e outros materiais que completam os que agora se publicam.

A leitura desta antologia sugere três tipos de inquérito. O primeiro diz respeito ao sentido das clivagens que polémicas e casos como este suscitaram. Entre a tolerância progressista de Pessoa e as posições moralistas de católicos, tais como Álvaro Maia, Teotónio Pereira e Marcello Caetano, será possível ver uma divisão entre progressistas e apoiantes de modelos autoritários suportados por estruturas eclesiásticas? Ora, uma questão desta natureza pode até parecer anacrónica, formulada por quem já conhece o modo como evoluíram alguns dos intervenientes na polémica. De qualquer modo, estamos longe de poder pensar que os modernistas alinharam todos com Botto e Pessoa e que os que abriram as portas ao fascismo se lhes opuseram em bloco. Ferro, modernista e mais tarde também fascista, elogiou as *Canções* de

Botto no *Diário de Lisboa* em 1921 (segundo comunicação pessoal do José Barreto). De igual modo, Júlio Dantas, tal como outros escritores republicanos de então, a começar por Manuel Teixeira-Gomes, protegeu e manifestou também uma enorme tolerância em relação a António Botto. A respeito das mesmas clivagens e do modo nem sempre claro como uma série de casos se politizou, importaria comparar a mesma polémica com outros acontecimentos de grande repercussão, precisamente pelos mesmos anos. Tenho em mente as discussões, na opinião pública, do crime de Serrazes (1920–1922), o dos Malafaias, em que interveio o célebre advogado Cunha e Costa, bem como o caso da organização de uma nova orquestra pelo célebre maestro Francisco de Lacerda, em que se comprometeu António Sérgio e a revista *Homens Livres* (1923). Nesta última publicação, Sérgio procurou, aliás, gerar um consenso entre integralistas e seareiros — pelo menos em relação a questões essenciais como as da «decadência física e apatia moral»([58]).

Uma segunda linha de investigação, próxima da primeira, pode ser formulada com mais clareza: católicos e fascistas organizavam-se já, no início da década de 1920, para se demarcarem dos frouxos e denunciarem os homossexuais que por aí andavam a coberto da criação artística e literária modernista? Creio que não, embora pouco se saiba acerca da polícia dos costumes em Portugal, cujas acções boçais não eram com certeza suscitadas por grandes ideias ou valores intelectuais. Mais, segundo comunicação pessoal do José Barreto, que passo a citar, «a campanha de moralização dos "theotónios", em Fevereiro/Março de 1923, foi directamente inspirada em igual campanha, com queima de livros imorais, realizada em Itália nas semanas anteriores. Mas não foram só católicos, monárquicos e simpatizantes do fascismo a alinhar aqui em tais campanhas, que visavam basicamente descredibilizar a República. O governador civil de Lisboa, major Viriato Lobo, que era maçon e afonsista (morreu no exílio, em Buenos Aires, em 1932), alinhou com os "theotónios" e foi ele quem mandou queimar os livros apreendidos. Já o Agatão Lança, maçon e deputado afonsista que tinha sido governador civil de Lisboa em 1921–1922, parece que protestou no parlamento contra a apreensão e queima dos livros. Havia, portanto, várias linhas de clivagem a funcionar ao mesmo tempo».

([58]) António Sérgio, «Mas isso discutiremos na *Seara Nova* (e na *Nação Portuguesa* os Integralistas) se for preciso: porque esta tribuna dos *Homens Livres* é para as ideias que nos são comuns», *Homens Livres*, n.º 2 (12 de Dezembro, 1923), p. 15; *idem*, «Decadência física e apatia moral», pp. 8–9 (sobre o projecto de construção de um *stadium* para a juventude académica de Coimbra): «É que físico, intelectual, moral são três aspectos de uma só energia, de uma única força orgânica». «Pedimos, pois, aos dois partidos uma atitude conciliatória, para que se possam satisfazer os ideais de toda a gente. Para quê combater, quando é possível a cooperação?»

Também não acredito que — apesar dos constantes apelos à virilidade do ditador e à energia mais ou menos militarizada dos seus apoiantes — os horrores oficiais à homossexualidade da parte do Estado Novo e da Igreja tivessem sido sempre traduzidos em repressão. Pelo contrário, em 1946, José Osório de Oliveira publicou duas cartas que lhe foram dirigidas por Mário de Andrade, numa das revistas publicadas pelo Secretariado de Propaganda Nacional. Nelas, o autor de *Macunaíma* (1928) assumiu a sua homossexualidade, revelando a sua «feminilidade» e celebrando, no «amor do todo», a sensualidade do seu corpo em comunhão com os índios da Amazónia. Andrade justificava-se com a sobreposição de identidades que em si coexistam, uma espécie de desdobramento do seu próprio eu ou de uma heteronímia que os portugueses associam logo a Fernando Pessoa, mas cujas origens bebem em muitas outras fontes. As cartas, confessionais, foram, pois, publicadas num órgão da cultura oficial do Estado Novo, por alguém que, não sendo homossexual, tinha fortes preocupações estéticas.

Última questão: se esta antologia está organizada em função de um contexto essencialmente português, o que fica por conhecer melhor é o modo como determinados temas e modelos de comportamento, incluindo as relações homossexuais, são uma consequência directa de uma circulação internacional de ideias e de práticas. O que equivale a perguntar se a homossexualidade promovida e autorizada por círculos modernistas e artísticos do primeiro quartel do século XX, como sugerem alguns textos de Pessoa, não será sobretudo consequência de um cosmopolitismo da tolerância. E a onda de repressão que lhe corresponde não será ela também influenciada por tendências internacionais, do eugenismo ao anti-semitismo e ao nacionalismo militarista mais exclusivo? Ora, estamos ainda longe de conseguir responder a questões desta natureza, pois, apesar dos inúmeros materiais à nossa disposição, pouco sabemos da circulação concreta de autores tais como Blaise Cendrars e tantos outros. E dificilmente se pode aceitar reproduzir nas nossas próprias análises o horror ao que vinha de fora. Este, na expressão bem reaccionária e nacionalista de Álvaro Maia, acabou por se traduzir na referência a «todas as porcarias vindas da estranja no domínio da literatura, da filosofia, da arte, da política [que] tiveram o aplauso dos nossos pseudo-pensadores e Portugal andou, jogado por todos os judeus do pensamento, ao sabor das flutuações da moda»([59]). Enfim, para que possa ser possível alargar o questionário das questões em causa, teremos sempre de partir de *dossiers* e de estudos como o que Zetho Cunha Gonçalves soube organizar.

([59]) Álvaro Maia, *Vento sobre a charneca... Portugal de ontem, de hoje e de amanhã*, vol. I, pref. de Hipólito Raposo (Lisboa: Edições Gama, 1944), p. 110.

Sexologia e modernismo: em torno do mundo *gay* de António Botto

> ... o amor sem pudor é o verdadeiro;
> E se rompe, viril, de qualquer lado,
> Desejoso de sonho e de prazer,
> Tanto pode abraçar uma donzela
> Mordendo-lhe os mamilos virginais
> Como beijar o sexo do primeiro
> Adolescente que passe...
>
> António Botto, *Canções*, 1941, p. 255
> [citado e condenado pelo médico Luís Duarte Santos, *Sexo invertido?*, 1943]

O último livro de Anna Klobucka, professora da Universidade de Dartmouth, no Massachusetts, intitula-se *O Mundo Gay de António Botto* (Documenta, 2018). Reivindica-se de uma linha de estudos assinalada, em Portugal, pelo livro *Indisciplinar a Teoria: Estudos gays, lésbicos* e *queer* (Fenda, 2004), organizado por António Fernando Cascais. E apoia-se numa vasta bibliografia construída, internacionalmente, desde a década de 1960, por Michel Foucault. Este, ao lado de muitos outros, ao mesmo tempo que assumiu a sua condição homossexual, analisou as ligações existentes entre os diferentes micropoderes, institucionais e discursivos, que impuseram uma divisão entre o normal e o patológico.

O argumento principal de Klobucka é o de que a obra literária de António Botto (1897–1959) se constituiu num discurso poético sobre pulsões e sentimentos homoeróticos, contribuindo, desde 1920, para dar voz ao processo de emancipação de que resultou o movimento LGBT. Mais: a visão cosmopolita de Botto — radicada, primeiro, no modernismo de Pessoa, Almada e Raul Leal — alargou-se, depois, às suas relações, concretas ou imaginadas, com o conhecido coreógrafo de *ballet* Nijinsky, o poeta espanhol García Lorca e o escritor brasileiro Lúcio Cardoso, autor de *Crónica da Casa Assassinada* (1959). Todos eles pioneiros no assumir da homossexualidade. Devido às relações com o último e Drummond de Andrade, o exílio carioca de Botto, em lugar de ser considerado apenas como um período de aflição e penúria, deve passar a ser visto como um dos grandes momentos de afirmação de uma cultura *gay*, partilhada por escritores e artistas de vanguarda.

Este livro procura, ainda, inscrever a obra e a vida de António Botto num contexto internacional — que se inicia no último quartel do século XIX, prolongando-se com uma maior intensidade desde a década de 1920 —, em que se assistiu à multiplicação de «discursos de resistência e afirmação homossexual» (p. 232). A publicação, em Portugal, de uma série de tratados de sexologia, que incluem o tratamento da homossexualidade, participa do mesmo contexto, onde se multiplicam os modos de controlo e os tipos de resistência. Assim sucedeu, sempre segundo Klobucka, com os tratados da nova *scientia sexualis*, publicados entre 1896 e 1926, cujos autores foram os médicos Adelino Silva, Egas Moniz, Arlindo Camilo Monteiro e Asdrúbal de Aguiar.

As fontes principais de Klobucka são os livros de Botto, as obras literárias e científicas de alguns dos seus contemporâneos, e jornais e revistas que incluem traços da recepção do autor de *Canções*. De lado, deixa explicitamente a colaboração de Botto no jornal *Os Sports* e no *Mundo Desportivo*, a qual estava referenciada e foi recolhida num trabalho académico de Maria da Conceição Fernandes; nessa colaboração encontram-se «críticas de teatro, cinema e livros entremeadas com contos, poemas, pequenos quadros da vida lisboeta e relatos pessoais (por exemplo sobre uma atribulada viagem a Sintra)»([60]). Porém, uma das suas principais descobertas resulta de um trabalho sistemático de análise de fragmentos inéditos, que se encontram no espólio do autor. Concretamente, o arquivo de Botto serve a Klobucka para demonstrar uma realidade ficcionada pelo próprio autor, constituída pelas suas relações cosmopolitas e uma megalómana e narcísica projecção internacional. Por exemplo, as cerca de quatrocentas cartas de García Lorca para Botto nunca existiram, a não ser na imaginação deste último. Por outras palavras, a realidade que está no arquivo de Botto consiste na invenção de uma ficção.

Duas ideias do livro de Klobucka merecem ser discutidas. A primeira diz respeito ao modernismo, em geral, como movimento de vanguarda, capaz de contribuir para dar voz à homossexualidade. A obra poética de António Botto — numa linha que se diz remontar à revista *Orfeu*, envolvendo directamente Fernando Pessoa, defensor acérrimo das *Canções* — representou a inscrição de um discurso homoerótico no movimento modernista das primeiras décadas do século XX. Um dos momentos mais intensos dessa mesma relação terá acontecido entre 1921 e 1922, em torno da publicação das primeiras edições de *Canções*, e culminou com um artigo de Pessoa, em defesa da obra e da homossexualidade de Botto, na revista *Contemporânea* (n.º 3). A intensidade da polémica opôs modernistas, tais como Pessoa, Botto, Raul Leal

([60]) Anna Klobucka, *O Mundo Gay de António Botto* (Lisboa: Documenta, 2018), pp. 37–38. Maria da Conceição Fernandes, *António Botto, Vida e Obra: Novas contribuições*. Dissertação de Mestrado, vol. II – *Anexo* (Lisboa, UNL-FCSH, 1994), pp. 32–68; *idem*, *António Botto: Um poeta de Lisboa. Vida e obra. Novas contribuições* (Lisboa: Editorial Minerva, 1998), p. 53–55.

e Judith Teixeira, a católicos conservadores, a começar por Álvaro Maia e os jovens militantes Pedro Teotónio Pereira e Marcello Caetano.([61])

Contudo, em lugar de qualificá-la como modernista, não será mais adequado colocar a poesia de Botto ao lado das composições de Afonso Lopes Vieira? Duvido, igualmente, de uma leitura tão apoteótica quanto vanguardista do modernismo e ponho em causa uma interpretação que transforme Botto num herói, devido ao seu estatuto de pioneiro e, depois, de resistente num processo que culminou, nos nossos dias, nos direitos reconhecidos aos membros da comunidade LGBT. Explico-me melhor, mas desde já esclareço que o meu cepticismo, ao questionar as interpretações que se baseiam na aclamação de heróis ancestrais da actual cultura *gay*, não pretende atingir os que lutam, hoje, pela liberdade, direito à auto-afirmação e «empoderamento».

Na base das minhas dúvidas encontra-se o facto de o movimento artístico e literário modernista ter sido formado por muitos elementos próprios de uma sociedade conservadora. No caso de uma revista como a *Contemporânea*, será mesmo possível descobrir que os membros e ideários do movimento integralista, que abriu as portas ao fascismo, se articulavam com autores que tinham colaborado no *Orpheu*. Quanto aos modos de luta dos modernistas não só em relação aos homossexuais, como no que dizia respeito às mulheres, muitas opiniões tendiam a reproduzir estereótipos bem machistas.

Terá, alguma vez, Mário de Sá-Carneiro saído do armário e utilizado a sua obra literária para afirmar explicitamente a sua homossexualidade? A própria defesa da homossexualidade de Botto levada a cabo por Pessoa, à luz dos modelos da Antiguidade Clássica, não constituirá um modo demasiado mitigado, sobretudo estético, de fazer reconhecer como legítimas as relações entre pessoas do mesmo sexo? E que dizer do que Almada Negreiros escreveu de forma chocante, em 1917: «É preciso educar a mulher portuguesa na sua verdadeira missão de fêmea para fazer homens» (*Ultimatum Futurista*)?

Porventura mais evidente é saber se será mesmo verdade que o modernismo serviu de discurso de resistência ao Estado Novo? A julgar pelo livro de Klobucka, Botto, enquanto autor modernista, representou a voz da resistência frente ao discurso católico, moralista e de controlo social do Estado Novo. Porém, são inúmeros os casos em que o modernismo, em lugar de resistir, parece ter colaborado com o Estado Novo. Foi o que sucedeu com António Ferro, Almada ou mesmo com Diogo de Macedo e outros. De igual modo, é também vasta a galeria dos colaboradores do Estado Novo que entraram tanto nos domínios da homossexualidade como nos de uma maior liberdade sexual.

([61]) Sobre o contexto em que esta luta se insere e a sua representação, em termos que não abonam o modernismo, ver Pedro Theotónio Pereira, *Memórias: Postos em que servi e algumas recordações pessoais* (Lisboa: Verbo, 1972), pp. 39–43.

Dois exemplos de carácter textual: o primeiro encontra-se no opúsculo de Diogo de Macedo, que veio a ser director do Museu Nacional de Arte Contemporânea a partir de 1944, *14 Cité Falguière* (1930), no qual o autor descreve as suas experiências de *bacchanalia*, vividas na sua juventude, em Paris, ao lado de Modigliani; o segundo caso está nas cartas de intensíssimo sentido homoerótico do escritor e ensaísta Mário de Andrade, publicadas por José Osório de Oliveira numa revista do SNI, no ano da morte do seu autor (*Atlântico*, nova série, n.º 2, 1946, pp. 1–7).([62])

Através dos dois casos acabados de citar, quer a liberdade sexual, quer a experiência homossexual fazem parte de um tipo de comportamento. Nele, os seus praticantes concedem a si próprios a permissão de transgredir para se distinguirem socialmente ou para afirmarem o seu estatuto de artistas. Ou seja, a distinção social do artista autoriza a fuga à norma, gerando uma situação que, sem ser necessariamente de apolitismo, foge aos mecanismos da antinomia do controlo, imposto do alto, *versus* resistência por parte de um comportamento livre e emancipado.

A segunda ideia do livro que importa discutir encontra-se no modo de conceber um processo de controlo social, frente ao qual a vida e a obra de Botto representariam um caso de resistência e de emancipação livre, na defesa pioneira do que veio a constituir uma cultura *gay*. Segundo Klobucka, há dois momentos desse processo. O primeiro é formado pela referida série de tratados de sexologia, os quais já foram estudados.([63]) Os autores dessa *scientia sexualis* são médicos. O mais conhecido deles é Egas Moniz, cujo livro sobre a matéria conheceu doze edições, desde que foi publicado em 1901–1902. À série, será de acrescentar a obra, menos conhecida, do médico Francisco Ferraz de Macedo, *Os Devassos Concupiscentes e Sodomitas. Pathologia e crimes. Apontamentos anthropologicos e criminologicos segundo os processos modernos* (1905).

Mas o que mais importa reter é que, tal como explica Klobucka, «a sexologia finissecular e modernista» desempenhou duas funções: por um lado, entendeu, como se se tratasse de um desvio patológico, a pulsão homoerótica; por outro, deu a conhecer, de um modo descritivo, diríamos quase etnográfico, as práticas não heterossexuais. Onde esta dupla função atingiu o seu ponto de maior intensidade, a ponto de se poder falar de uma espécie de duplicidade, foi no livro do médico Luís Duarte Santos, intitulado

([62]) José Osório de Oliveira, «Música brasileira», *Portvcale. Revista de Cultura*, vol. V, n.º 29 (Setembro/Outubro, 1932), pp. 210–212 [nota em que o autor coloca Mário de Andrade, com o seu *Ensaio sobre música brasileira*, ao lado de Oliveira Viana e Capistrano de Abreu, enquanto inquiridor da identidade brasileira].

([63]) Paulo Drumond Braga, *Filhas de Safo* (Alfragide: Texto, 2011).

Sexo Invertido? Considerações sobre a homossexualidade (Coimbra: Casa do Castelo, 1943).

Klobucka conclui que, na obra de Luís Duarte Santos, se encontra uma das maiores condenações da obra de Botto, duas décadas depois dos ataques que tiveram lugar em 1921–1922, em pleno Estado Novo. Desde a primeira página, quando citou um poema homossexual e, hoje, até pedófilo, Luís Duarte Santos pretendeu condenar o autor das *Canções*. No entanto, o ainda regente de cursos na Universidade de Coimbra cumpria um programa de medicina legal e social, bem mais subtil do que uma mera condenação do «sexo invertido». Para ele, o importante era criticar aqueles que encontravam, na biologia e em características inatas, uma justificação para a homossexualidade, enquanto patologia; a lésbica e o homossexual do sexo masculino tinham de deixar de ser considerados como doentes (conforme sucedera nos tratados de sexologia anteriores, analisados por Paulo Drumond Braga, *Filhas de Safo*, p. 74).

Luís Duarte Santos, defendendo a necessidade de responsabilizar os que optavam por práticas homossexuais, restituía-lhes a dignidade que mereciam. Ao mesmo tempo, a sua obra — tal como os tratados de sexologia anteriores — incluía um repositório de experiências homossexuais. Algumas delas surgiam associadas a movimentos intelectuais, a começar pela obra de Freud, as análises de Gregorio Marañón e a referência a algumas revistas berlinesas da República de Weimar. Estas últimas eram, aliás, já conhecidas por um defensor da liberdade para os homossexuais, «desde que não prejudique a liberdade de outrem»([64]).

A sexologia da época comportava uma diversidade de tipos e de práticas — activos e passivos, efeminados ou não, cruzando famílias e hierarquias sociais — que sugerem a existência de uma diversificada cultura homossexual. Por exemplo, na década de 1930, Ladislau Batalha apresentou como patológico o romance da vida de Florêncio (*Florêncio: Romance patológico*, Livraria Central de Gomes Carvalho, s.d.). A sua homossexualidade, vivida inicialmente de forma encapotada, parecia ter acabado com um casamento por conveniência, com uma menina de famílias bem. Porém, ao fim de algum tempo, não conseguindo consumar o casamento, Florêncio acabou por pedir à mulher para se vestir de rapaz. A ver se conseguia... Mas nem assim foi capaz de ter relações sexuais com a mulher. No final, acabou por se divorciar e por se libertar de uma vida que era, para ele, um logro. Será o livro de Ladislau Batalha o diagnóstico certeiro de uma patologia, como à primeira vista se afigura, ou o testemunho de

([64]) Jaime Brasil, *A Questão Sexual* (Lisboa: Casa Editora Nunes de Carvalho, 1932), pp. 82, 101.

uma certa permissibilidade em relação ao modo de espreitar a vida singular de quem se liberta?([65])

Em suma, o poder de um discurso homoerótico — baseado num movimento artístico e literário ou numa disciplina da ciência médica — terá mesmo sido decisivo no processo emancipatório de reconhecimento social da homossexualidade? Não terão os verdadeiros «resistentes» sido os grupos, que nos urinóis, nos cinemas ou nas casas de fado, incluindo marujos e soldados, construíram o espaço necessário para a sua autonomia moral e os seus modos de liberdade sexual? E se o Estado Novo pôs sob vigilância os urinóis públicos e outros espaços, para policiar a homossexualidade dos «pobres»([66]); essa mesma vigilância deveu-se, também, a um Estado que, sem ser panóptico, estava longe de ser permissivo, e a uma sociedade na qual os modelos familiares impunham evacuar as evidências do sexo do espaço público, logo conduzindo a uma intervenção tanto nos urinóis, como no controlo sobre a prostituição de rua. Última questão, a respeito da visão exagerada do poder da literatura, segundo os seus estudiosos: mais do que o resultado da produção de textos ou do exemplo de um simples pioneiro isolado, a criação de uma cultura *gay* — longe de ser resultado de um processo de resistência ao controlo do Estado Novo — não terá sido favorecida pela existência de bolsas, como em qualquer sociedade repressiva, cujo apolitismo lhes permitia escapar ao controlo do Estado?

A dor do fado, a pátria madrasta e António Botto

Que o fado nasceu um dia para cantar a dor dos que partem do torrão e dele sentem saudades parece ser uma evidência. Mais complicado é perceber quem partiu e quem chegou, de onde e para onde, em busca de um destino melhor ou simplesmente fugindo às misérias da pátria madrasta, para reencontrar outros sofridos sentimentos feitos de amor e desencontros. Quem é ou já foi emigrante, sabe-o bem. E, pela experiência vivida de tantas partidas e separações, sentidas tantas vezes à flor da pele, não precisa que ninguém lho explique. Entre a dor do deslocado e o seu sentido de pertença à aldeia ou ao bairro, até à sua expressão, por uma conjugação de música, poesia

([65]) Acrescente-se o caso de Tomás Ribeiro Colaço, *A Folha de Parra* (Lisboa: Imprensa Nacional — Casa da Moeda, 2003; 1.ª ed., 1930), pp. 86–90, quando Ricardinho sente uma pulsão homossexual e erótica na Avenida, que não se chega a concretizar, e pp. 179–186, acerca de João, «robustíssimo afilhado» do narrador, com quem passeia pela mata.

([66]) Ana Clotilde Ferreira, «O Estado Novo e a repressão da homossexualidade, 1933–1943», *Ler História*, n.º 70 (2017), pp. 161–181.

e interpretação, multiplicam-se as formas de criatividade e de inspiração numa linhagem. Mas o fado, tal como o viver das gentes, só numa pequena parte se alimenta da tradição e da saudade. Acima de tudo, ele é um modo de expressão onde a poesia é cantada. Por isso, alguns dizem que somos um país de poetas. Pessoalmente, tenho dúvidas, pois prefiro olhar para o outro lado e descobrir a faina de tanta gente que se entregou, no duro, ao trabalho, sempre em busca de um destino melhor para si e para os seus. Porém, é importante reconhecer as lutas pelas quais o fado passou no último século. Lutas que começam com um quadro de um pintor com aspirações a identificar o povo e a nação, que contaram com a participação do poeta António Botto, amigo de Fernando Pessoa, e culminam, nos dias de hoje, na voz do gigante Camané. Lutas que têm de ser narradas, para compreendermos o que foi e o que é o fado.

Comecemos por olhar para *O Fado*, que é uma pintura a óleo de grandes dimensões de José Malhoa. Dela existem duas versões, de 1909 e 1910, que retratam uma cena da Mouraria. Uma das telas pode ser vista no Museu do Fado. Foi comprada pela Câmara Municipal de Lisboa, em 1917. Em tempos da Primeira República, essa aquisição revelou uma intenção clara de dar voz ao povo. A outra está na posse de um coleccionador particular. À guitarra, provavelmente de faca na liga, Amâncio, de alcunha «O Pintor», canta o fado. Adelaide da Facada — assim chamada por ter no rosto uma cicatriz da boca à orelha, causada por uma naifada, que não se vê — olha para ele, extasiada. Só lá falta o gato, cego de um olho e mau, conforme contou o «Pintor Fino», pois era assim que Malhoa era chamado na Rua do Capelão, para distingui-lo do outro, o que andava no gamanço.

Malhoa passou trinta e cinco dias a estudar a Mouraria e onze meses a pintar. Armanda, a meretriz, não queria mostrar o seu decote, nem o seu companheiro a deixava. E, como reparou o historiador Paulo Henriques, «a lassidão da pose íntima e o desarranjo da roupa da mulher completam-se no aprumo janota do amante aplicado na execução do fado»([67]). Além das figuras, lá estão representados: o vaso de manjerico, o leque com as bandarilhas, o registo do Senhor dos Passos, o espelho partido de uma chinelada, os cigarros na mão dela e na orelha dele, a cortina a tapar uma das portas, o banco corrido e desconfortável. Depois, foram muitas as exposições em que *O Fado* figurou, a começar pela Exposição Universal de São Francisco, em 1915. O seu nome mudou várias vezes. Em francês, *Sous le charme*. Em inglês, *The Native Song*. Na Argentina, talvez por contaminação do tango, *Será verdad?* Qual o significado desta representação? Decorrido mais de um século, como poderemos interpretar o olhar do pintor, topado como fino, sobre o mundo das

([67]) Paulo Henriques, *José Malhoa* (Lisboa: Edições INAPA, 1996), p. 64.

tabernas, da prostituição e dos faias da Mouraria? Quando pintava a dor ou a desgraça dos outros, nesse mundo da miséria, do álcool e da violência dos homens sobre as mulheres, será que Malhoa se pintava a si próprio? Ou apenas pretendia ganhar distância, para satisfazer uma clientela elevada? E, hoje, ao olhar para *O Fado*, será legítimo apreciar a estética de um pintor que foi considerado como capaz de identificar a nação, exibindo o tipo de sofrimento, de desigualdade social e de género que hoje denunciamos a cada passo?

José-Augusto França considerou que «Malhoa teve o público da sua necessidade»([68]). Um público burguês, mais do que aristocrático, disposto a abrir os cordões à bolsa para comprar telas caras, talvez como só os novos-ricos brasileiros o conseguiam fazer. Acrescente-se, porque a sugestão é boa, público urbano e rico que queria espreitar a vida dos outros, ao mesmo tempo que se sentia já distante do mundo rural, das festas e das aldeias, bem como dos *bas-fonds* citadinos e populares: das procissões às bebedeiras, dos barbeiros às matanças de porcos, ou dos foguetórios à apanha da castanha. E não seria a Mouraria, com as suas Severas, a continuação de uma aldeia, para onde vinham as Salomés, que depois iam servir de criadas ou caíam na prostituição? Esta foi, aliás, a história que José Rodrigues Miguéis passou décadas a escrever, como se fosse uma história contemporânea de Portugal centrada na capital. Uma história que procedia à maneira de Malhoa, focada nas classes baixas. É que Malhoa, «ao pintar o povo, não o arrebica nem falseia», como escreveu Manuel de Sousa Pinto.([69])

Claro que o naturalismo, capaz de fixar uma realidade genuinamente popular, ainda por cima em torno do fado, tinha raízes anteriores. Por exemplo, *Os Maias* de Eça de Queiroz incluem várias referências à fadistagem lisboeta. Seria ainda possível alargar o inquérito acerca do interesse pela cultura popular, a começar pelas suas produções artísticas, nomeadamente das artes decorativas, a muitos outros autores e disciplinas, da Etnografia à História da Arte. Em todas elas, será possível assistir ao mesmo olhar imposto de cima — que simultaneamente espreita, estetiza e se distancia dos gestos, dos rituais e dos entretenimentos populares —, associado ao comportamento das classes baixas. Tal como se a produção de uma identidade nacional — ou dos símbolos e representações com base nos quais ela é construída — dependesse da afirmação de uma marcante desigualdade social e cultural.([70])

([68]) José-Augusto França, *Malhoa o Português dos Portugueses & Columbano o Português sem Portugueses* (Lisboa: Bertrand, 1987).

([69]) *Livro de Homenagem ao Grande Pintor José Malhoa* (Lisboa: Sociedade Nacional de Belas Artes, 1928), p. 33.

([70]) Léon Poinsard, *A Mulher na Sociedade Moderna. Conferencia realisada na Sociedade de Geographia de Lisboa em 7 de Junho de 1909*, trad. de Joana de Almeida Paula Nogueira (Lisboa: José Matos Braancamp, 1909), p. 15: «Vi de perto os vossos camponeses

Só mais tarde, pela mão de um poeta da envergadura de António Botto, foi possível fugir aos termos acabados de descrever em torno de *O Fado* de Malhoa. O interesse e a sensibilidade de Botto pelo fado, associado ao mundo das tabernas e da prostituição, percorre as suas *Canções*. Cito ao acaso: «Por ti, no meu suplício de esquecer/ O teu corpo maldito — essa divina/ E vil perturbação dos meus sentidos/ Embebedei-me à noite nas tabernas/ E adormeci nos braços das que vendem/ Os movimentos já desiludidos...» Nos versos do poeta, não há distância, nem condescendência, muito menos espreitadela em relação ao mundo popular, do fado, das tabernas e da putaria. Pelo contrário, Botto sentia-se — pelo menos era esta a imagem que pretendia transmitir — acolhido por elas, a ponto de só nos seus braços conseguir descansar. Ou seja, a curiosidade etnográfica de quem olhava de cima para a sorte dos que considerava seus inferiores, como sucedera com Malhoa, deu lugar, na poesia de Botto, a uma espécie de partilha entre diversos tipos de sofrimento. À condescendência de Malhoa para com o povo e o seu fado, Botto opôs a comunhão do poeta com todos os que sofriam abandonados à sua sorte miserável.

O sentido do poema de Botto corresponde, ainda, à ideia que se encontra numa das suas crónicas. Note-se que esta não consta das listas de obras do célebre autor das *Canções* (um desconhecimento bem revelador do desleixo a que tem andado sujeito o nosso património literário). Inserida numa rubrica que durou pouco, intitulada «Página de António Botto», a crónica intitulava-se «Variações em Ré-maior» e foi a primeira de cinco numa publicação desportiva, intitulada *Stadium*, n.º 475 (tendo as outras sido publicadas nos números seguintes, até ao número 479, entre Junho e Julho de 1941). A referida crónica começa desta maneira: «Ontem à noite, apeteceu-me ouvir o fado à guitarra. Em surdina, uma saudade chorava dentro de mim — uma saudade qualquer.» Com base nesta entrega, Botto declarou não estar interessado em investigar «a origem desse espinho literário com raiz na alma humana». A sensibilidade poética ficava, assim, acima do intelecto, como argumento de abertura da crónica.

Logo depois, Botto expôs as suas exigências poéticas para com o mundo do fado. Fadistas, letras e músicas dessa «lusíada canção», «doce cantiga portuguesa» ou «trova nacional» tinham de se alinhar por quem demonstrava rigor e sensibilidade, na interpretação à guitarra dos «versos do povo». Era o que sucedia com a voz da Hermínia, «recortada, inteligente»; o «travo marítimo, insinuante, velado» da Maria Albertina; «o timbre sombrio, delicadíssimo,

e os vossos operários, porque estudei minuciosamente um grande número de famílias. Que bom povo este: brando sóbrio, laborioso! Só deseja trabalhar para sair do círculo de pobreza que o aperta, pobreza que ele suporta com paciente resignação, mas de que o traço um pouco doloroso se percebe nos seus fados melancólicos.»

quente» da Amália; a «voz emotiva e a maneira inconfundível» do Alfredo Marceneiro; «a exuberância sugestiva» do Filipe; «a nostalgia» do Proença; ou, ainda, «a magoada incerteza» do jovem Manuel dos Santos. Entre os poetas populares que mais prezava, citou os nomes de Gabriel, Henrique Rego, Carlos Conde, Brito, Montóia, Neves e Linhares. Todos eles — e mais uns quantos que permaneceram na sombra — representavam um modo de «dar à guitarra o seu lugar e ao fado a sua verdadeira e nobre expressão».

Porém, o espectáculo a que Botto assistiu não correspondia, infelizmente, à mesma elevação poética e musical. Pelo menos naquela noite de chuva miudinha, em que se sentiu impelido a entrar numa dessas casas onde se cantava o fado, não foram os versos do povo que escutou. O que viu e ouviu não passou de um mero modo de «abandalhar o fado com tantas facilidades». A começar por se tratar de que «era uma história imbecil toda impingida em falsete por uma feia mulher que me fez dó — coitadinha! Muito aplaudida, voltou; e voltou a "assassinar" o "Corrido" e o "Mouraria"». Mais adiante, acrescentou o poeta dobrado de cronista, «a "prima" deu uma fífia. O cantador ergueu o busto, atou as mãos atrás das costas, abriu a goela, tossiu, e numa voz de catarro gemeu o "fado Magala"».

Não era só nas casas de fado que se cantava, tantas vezes, sem qualquer exigência nem rigor poético. Segundo Botto, todos os canais de rádio recorriam à transmissão de fadunchos. Por exemplo, do fado da «Dor de Dentes», pelo nóvel cantador Ezequiel Marmelada... E, concluía Botto, multiplicavam-se os fados e fadinhos, «num cortejo de lamentos, de lamúria sem beleza alguma e sem altura emotiva, esfrangalhando o gosto de viver, arrasando a nossa sensibilidade, estragando a nossa paciência num dobre de infelicidades, e com a grave ameaça de uma ou outra indigestão fermentada pelos sons... Que massada e que chatice!»

Deste breve exercício, duas conclusões se retiram. Primeiro, ao olhar distante de Malhoa sobre o mundo do fado — pese embora o seu naturalismo —, Botto contrapôs um olhar bem diferente. Um olhar que era, ao mesmo tempo, de partilha e de comunhão pelas vidas sofridas, com as quais o poeta se identificava. Mas, simultaneamente, um olhar revelador de uma enorme exigência poética e musical que não se compadecia com atitudes de condescendência para com aqueles que, lá por estarem nas casas de fado ou cantarem na rádio, estavam longe de conseguir representar, só por si, «a doce cantiga portuguesa». A segunda conclusão diz respeito aos termos da comparação entre o que se passou com o fado na primeira metade do século XX e o que veio a suceder depois. Visões como a de Malhoa contribuíram para se ter do fado a noção de que o mesmo funcionava como um instrumento ideológico para alienar o povo — uma espécie de circo destinado a fazer suportar a miséria, dolorosa, mas feliz e boémia, onde entravam putas, rufias, machos e bebedeiras de vinho. Entregue a si mesmo e partilhando uma espécie de cultura de deslocados, na qual o bairro substituíra a aldeia, a imagem do povo alienado veio a corresponder aos três F do Estado Novo, a saber, fado, futebol e Fátima?

A acreditar em dois grandes momentos de rejeição do fado, ao longo do século XX, protagonizados pelo campo político oposto, assim parece ter sucedido. É que tanto Lopes-Graça — tão interessado em introduzir elementos populares ou folclóricos na música erudita — desprezou o fado como os grupos de resistência política dos anos 1960 em diante, protagonizados por cantores e baladeiros, também pouca ou nenhuma atenção começaram por dar ao fado. Porém, a qualidade poética das letras de O'Neill e Mourão-Ferreira, mas sobretudo a criatividade de compositores como Alain Oulman, a par dos grandes mestres da guitarra (Chainho, Fontes Rocha e Nery) e de todo um grupo de intérpretes de enorme qualidade — hoje, tão bem representados por Camané —, acabaram por se impor. Não foi por acaso que José Mário Branco e Sérgio Godinho se renderam, há muito, ao fado e também contribuíram para a sua renovação. Enfim, entre os grandes poetas interessados na valorização dos poetas e letristas populares, António Botto foi crucial e pioneiro na identificação do carácter único que tinha, e tem, de ser atribuído ao fado.

Revisitar Almada Negreiros

Com a centelha que se lhe reconhece, António Valdemar contou algumas pequenas histórias sobre Almada e Paris (*Expresso*, 04-02-2017). Em «Paris sempre — no regresso de Almada Negreiros», a narrativa de uma série de episódios permite esclarecer algumas das relações familiares, de amizade ou de ódio mantidas por Almada, bem como perceber, talvez a uma nova luz, os compromissos ideológicos assumidos pelo mesmo. Um saber vasto, baseado na acumulação de memórias pessoais, como sucede com Valdemar, tem a vantagem de tornar concreto aquilo que, à primeira vista, parece abstracto. Historietas e anedotas permitem, pois, uma espécie de descida à terra, acabando por pôr o dedo na ferida. Tudo isto para profanar domínios, constituídos pelas esferas do que é considerado estético e literário, as quais aspiram tantas vezes a ser colocadas num plano intocável da transcendência, para assim escapar a um olhar mais crítico, capaz de interpelar as artes e as letras.

Ao inspirar-me no artigo de Valdemar, a minha intenção não é a de louvar ninguém. Nem Almada, nem o próprio. Apenas pretendo aproveitar-me das historietas, para reflectir sobre quatro questões. E, neste exercício, não escondo ser o louvor o pior modo de prestar homenagem a alguém (Jorge de Sena *dixit*).([71]) Por outras palavras e tal como Juan Goytisolo disse acerca de Antonio Machado: não só o empenho em elevar o poeta aos cumes da perfeição não corresponde à realidade, como querer estender o manto da sua grandeza às suas muito discutíveis opiniões sobre vida e literatura apenas serve para prolongar «a reverência beata e acrítica» dos seus admiradores.([72])

Que relação teve Almada com África? Trata-se de uma questão básica, uma vez que Almada era meio-africano. A mesma questão implica, também, que se pergunte, em termos mais genéricos: onde é que está a influência do «primitivismo» africano no modernismo português? João Bigotte Chorão foi quem melhor chamou a atenção para o local onde nasceu que fez dele um «menino africano», obrigado a aclimatar-se a Lisboa, depois da morte prematura da mãe; e pôs o dedo na ferida, pois «não se descobre em Almada nenhum rasto africano»([73]). De facto, Almada nasceu numa roça em São Tomé, de pai branco — administrador colonial, escritor e jornalista — e de mãe mulata nascida em São Tomé, mas de família roceira vinda de Benguela. Almada veio para Portugal com dois anos. Através de diversos episódios contados por Valdemar, ficamos a saber que, em adulto, manteve sempre com o seu pai uma distância propositada, apesar de terem coincidido em Paris. Numa outra situação, também são referidos os comentários racistas que Almada proferiu em relação a um dos seus inimigos, nascido em Cabo Verde, e a quem chamou «cor de café-com-leite» — Martinho Nobre de Melo, professor de Direito, ministro durante o Estado Novo, e que veio a ser director do *Diário Popular*. Sem querer entrar nas razões psicanalíticas que explicarão uma certa recusa das origens africanas, o que se afigura importante é discutir se a sua obra manteve com África uma relação de desinteresse. Um desinteresse, aliás e como já foi notado, extensivo aos artistas africanos e são-tomenses: Costa Alegre, poeta, Viana da Mota, músico, e Pascoal Viegas Vilhete, mais conhecido como «Canarim», pintor.([74])

Numa altura em que o primitivismo de matriz africana serviu de inspiração ao modernismo de Picasso e Modigliani, será que o fantasma africano de Fernando Pessoa, educado na África do Sul, foi simplesmente recusado por Almada? Ou poder-se-á dizer que a relação inexistente com o seu pai chega para explicar a quase ausência de África da obra do artista dobrado

---

([71]) Onésimo Teotónio de Almeida, *Despenteando Parágrafos* (Lisboa: Quetzal, 2015), p. 134.

([72]) Juan Goytisolo, *Obras Completas*, vol. VI – *Ensayos literarios (1967–1999)* (Barcelona: Galaxia Gutenberg, 2009), pp. 922–923, 927.

([73]) João Bigotte Chorão, *Galeria de Retratos* (Porto: Lello, 2000), pp. 57–69.

([74]) António Ambrósio, *Almada Negreiros, Africano* (Lisboa: Estampa, 1979), pp. 187–189.

de escritor? De notar que o seu pai — estabelecido em Paris como jornalista e correspondente de *O Século*, após a grande Exposição Universal de 1900, e que se casou com uma francesa, pois enviuvara da mãe dos seus filhos em 1896 — era autor de uma *Historia Ethnographica da Ilha de S. Thomé* (Lisboa, 1895) e de outros trabalhos sobre as ilhas e as colónias portuguesas. Os seus livros e artigos corresponderam ao início e acompanharam uma das grandes discussões de âmbito internacional sobre as plantações de cacau e a mobilização de contingentes de mão-de-obra, em regime de trabalho forçado ou daquilo que era tido como escravatura moderna.

Ou seja, os anos que precederam *O Orfeu* (1915) foram de constante discussão em torno do projecto colonial português, muito em especial de São Tomé e de Angola, envolvendo sobretudo os modos de exploração das populações africanas. Conforme notou Rámon Gómez de la Serna, quando visitou Lisboa em 1915, em cartas para a sua tertúlia madrilena do Café de Pombo: Portugal olhava para o mar e estava impregnado da riqueza das suas colónias. Aliás, quem tinha compreendido bem esta mesma situação teria sido o poeta Antonio Machado, ao escrever: «Portugal es solo un pretexto para tener un pie en Europa.»([75]) Em correspondência com as imagens produzidas pelo Estado colonial acerca dos «indígenas» e trabalhadores africanos, diversos círculos intelectuais e movimentos culturais expuseram as suas ideias. Modernistas e futuristas, a começar por Fernando Pessoa com o seu fantasma sul-africano, não se envolveram muito no elogio ou na reutilização de formas inspiradas na arte africana. Contudo, Carlos Malheiro Dias, no prefácio à publicação de *A Idade do Jazz-Band* de António Ferro, incitou os jovens a lutar pela modernização dessa pátria minúscula, mas que tinha dois milhões de quilómetros quadrados de território dispersos em quatro continentes, «que só esperam por um estadista da nova geração que os articule em Estados Unidos de Portugal». Um ano depois da publicação da sua *História da Colonização Portuguesa do Brasil*, Malheiro Dias sublinhava a energia da nova geração, representada por Ferro. Este, por sua vez, no seu referido manifesto, pretendeu aglutinar três grandes fontes de vitalidade moderna: a influência da América, sociedade urbana e industrial cuja velocidade era mais do que notória; a da Arte negra; e a dos Bailados Russos. Porém, ainda neste manifesto, Ferro, ao mesmo tempo que valorizava e reconhecia a influência da arte africana sobre a arte moderna, colocava-a no patamar mais baixo e rudimentar da história da arte. Mais concretamente, os negros eram por ele considerados como manipansos, talvez por acreditarem em feitiços, e postos ao lado das crianças e dos loucos:

([75]) R. Gómez de la Serna, *Obras Completas*, vol. XX — *Escritos autobiográficos* (Barcelona: Círculo de Lectores – Galaxia Gutenberg, 1998), p. 374.

> A influência da arte negra sobre a arte moderna torna-se indiscutível. A arte moderna é a síntese. Os negros tiveram sempre o instinto de síntese. Os negros ficaram na infância — para ficarem na verdade. A criança é a abreviatura da Natureza. As crianças, os doidos e os negros são os rascunhos da Humanidade, as teses que desenvolveu e complicou. Não há escultura de Rodin que tenha a verdade de um manipanso.([76])

Há alguns — poucos — traços da presença ou da valorização de África, na obra de Almada, que impõem um estudo sistemático sobre o tema. Refiro-me ao auto-retrato parisiense, de 1919, na colecção Amaral Cabral (*Contemporânea*, vol. I, n.os 1–3, 1922, p. 4), à capa satírica de Almada para o livro de Cunha Leal de ataque a Norton de Matos, os desenhos da mãe, sem data, e de uma mulher num bar, n.os 385–387 da exposição da Gulbenkian.([77]) Porém, um dos principais contributos de Almada para a valorização da arte africana foi tardio e surgiu como resposta a uma iniciativa oficial.

Trata-se de um facto que não pode ser ignorado ou posto debaixo do tapete por quem estuda Almada. Data de 1934, na altura em que um dos intelectuais mais orgânicos do Estado Novo, António Mendes Correia, organizou no Porto uma Exposição Colonial, acompanhada de um colóquio sobre antropologia colonial. Nesse mesmo ano, Diogo de Macedo editou um livro de algum aparato gráfico intitulado *A Arte Indígena Portuguesa*, com uma bela capa de Almada, fotografias de Mário Novais, San Payo e Alvão.

Ora, as ideias de Macedo acerca dos artistas e da arte indígena só são compreensíveis no interior de um projecto colonial português, racista, não podendo ser confundidas com uma orientação minimamente autónoma ou emancipada da cultura africana. Por sua vez, mesmo na década de 1930, Almada não saiu de perspectivas bem eurocêntricas e que endossam «como boa a lógica do imperialismo colonial»([78]). Talvez por isso mesmo, ou seja, reproduzindo a omissão de escritores e artistas da época em estudo, José-Augusto França, em *Os Anos Vinte* (1992), quase não aborda temas relacionados com o império colonial, África e o racismo. Macedo, no referido livro de 1934, depois de contar o modo como Picasso e Modigliani impulsionaram

([76]) António Ferro, *A Idade do Jazz-Band* (S. Paulo: Oficina Gráfica Monteiro Lobato, 1923) p. 67.

([77]) Acrescente-se o cartaz para «Os Chocolates da Fábrica Suíça», *Contemporânea*, dir. José Pacheco, vol. II, n.os 4–6 (Lisboa: Imprensa Libânio da Silva, 1922), p. 5.

([78]) Gustavo Rubim, «A promessa da Europa», in *José de Almada Negreiros: Uma maneira de ser moderno* (Lisboa: Museu Calouste Gulbenkian, 2017), pp. 58, 60. Para uma referência tardia ao fazedor de estatuetas numa aldeia africana, considerado mais importante do que o feiticeiro, ver o «Diálogo» em que participa Almada Negreiros, publicado numa revista integralista e de forte conotação monárquica, *Cidade Nova*, 5–6 (Coimbra, 1950), p. 283.

o gosto pelo coleccionismo da arte africana, escreveu: «Deixemos os pretos cultivar a sua arte com a sua especial significação social, étnica e até estética, para não lhes estragarmos a sua verdadeira razão de ser.» O apelo à preservação de culturas tribais, diferentes mas inferiores, afigurava-se-lhe bem distinto do que tinha sido assumido um quarto de século antes por Picasso, que se aproximou da retórica anticolonial usada por anarquistas e socialistas nos debates acerca da África francesa.([79]) Porventura mais moderna era a concepção exposta, na mesma altura, por Henrique Galvão, o qual considerava que a «arte indígena» era mais primitiva do que bárbara. Ao mesmo tempo, sublinhou a sua capacidade para influenciar novas correntes artísticas europeias: «A arte dos negros espelha já na Europa um certo império. Apossa-se do senso estético das populações dos colonizadores e consegue adeptos em artistas de renome; Modigliani realiza uma obra baseada na estética dos negros e os judeus russos Zadkine [e] Lipchitz descobriram nela os segredos da composição das suas esculturas.»([80])

Que diferença existe, pois, entre a expressão tardia de Almada e o interesse, bem mais precoce, de Ramón Gómez de la Serna quando, em Lisboa, colecionava estatuária africana na Feira da Ladra e não só! Claro que tal interesse se conjugava no espanhol — «o espírito mais fulgurante da nova geração do seu país» — com várias considerações acerca das crianças negras de pé descalço que abundavam em Lisboa.([81]) Bem como com uma espécie de satisfação racista, ao constatar que a Espanha era um país com poucos negros: «Não que os negros sejam maus, nem depreciáveis, de modo algum, mas é melhor assim, brancos, pobres e sós, e a cidade toma um aspecto mais puro.» Uma coisa que, no seu entender, não sucedia em Lisboa.([82])

Acrescente-se, ainda, que Macedo tinha andado por Paris, antes da Grande Guerra, onde conhecera Amadeo e Modigliani. E, numas memórias desses mesmos anos, que andam esquecidas, contou sem pudor a história dos bacanais a que assistiu e em que participou, nesse mundo dos *ateliers* parisienses (*14, Cité Falguière*, Seara Nova, 1930). Mas o certo é que Macedo estava, na altura da publicação do referido livro, numa trajectória que iria terminar no compromisso que assumiu com o Estado Novo. Dez anos depois, foi nomeado director do Museu Nacional de Arte Contemporânea.

([79]) Patricia Leighten, «The White Peril and *L'Art Nègre*: Picasso, Primitivism, and Anticolonialism», *The Art Bulletin*, vol. 72 (1990), pp. 609–630.

([80]) Henrique Galvão, *O Livro da Exposição. 1.ª Exposição Colonial Portuguesa* (Porto, 1934), p. 10. Na verdade, Lipchitz nasceu na Lituânia.

([81]) José Osório de Oliveira, «A verdadeira literatura portuguesa», *Nação Portuguesa*, 3.ª série, n.º 11 (1926), p. 473.

([82]) Ramón Gómez de la Serna, *Cartas desde Portugal Crónicas de* El Día. *Dos Viajes a Portugal (1917–1918)*, ed. María Balmori (Madrid: Albert Editor, 2013), pp. 83, 94, 163.

No caso de Almada Negreiros, como pensar a relação entre a sua obra artística e as relações entre géneros? Uma das histórias contadas por António Valdemar envolve a deslocação a Portugal, entre 1917 e 1918, da companhia dos Bailados Russos de Serguei Diaghilev e o impacto, em Almada, dos seus espectáculos em Lisboa. O mesmo impacto não poderá ser dissociado do contexto social lisboeta, em que se assistia a duas grandes discussões. Por um lado, existia um debate recorrente de carácter moral, que atravessou toda a República e entrou pelo Estado Novo, acerca da vida depravada, da boémia e das relações dos patriarcas ou chefes de família com as suas respectivas amásias. De António Sérgio, nas páginas da revista *A Águia* (1915), a Raul Brandão em *Vale de Josafat* (1933, mas revisto em 1928), encontram-se ecos de tal indignação moralizante, frente a uma espécie de dissolução dos costumes a que era urgente pôr cobro. Por outro lado, colocou-se o caso da homossexualidade de António Botto, defendida por Fernando Pessoa e Raul Leal, em *Sodoma Divinizada* (ed. Aníbal Fernandes, Babel, 2010), que foi objecto de um ataque feroz por parte de meios católicos, encabeçados pelos jovens Marcello Caetano e Pedro Teotónio Pereira.([83]) Por último, não se esqueça a grande revolução percebida por Augusto de Castro, no que respeita ao comportamento das mulheres: o mundo posterior à Primeira Grande Guerra introduzira uma profunda ruptura, criara uma nova mulher, a Eva também chamada Sexo 1933.([84])

Nesse mesmo contexto, interessaria perceber melhor a posição de Almada, que, em 1917, escreveu de forma, hoje, chocante: «É preciso educar a mulher portuguesa na sua verdadeira missão de fêmea para fazer homens» (*Ultimatum Futurista*). Que se veio a casar, em 1934, quando contava 41 anos de idade, com a grande pintora que foi Sarah Affonso, é um dado que interessará ter em linha de conta. Não só para perceber o que ficou para trás, enquanto experiências de uma juventude prolongada, como também para compreender as desigualdades que, de modo mais ou menos involuntário, acabaram por se impor na relação com a sua mulher. Esta, depois de duas experiências de vida e de trabalho em Paris, na década de 1920, reconheceu não ter sido fácil continuar a pintar, dadas as obrigações que assumiu de dedicação à família e ao marido.([85]) Como notou Bigotte Chorão, «não dispunha de um estúdio para si, faltavam-lhe os meios e os estímulos, e a confiança nela própria» (*Galeria de Retratos*, *op. cit.*, p. 66).

([83]) Zetho Cunha Gonçalves, *Notícia do Maior Escândalo Erótico-Social do* Século *XX em Portugal* (Lisboa: Letra Livre, 2014).

([84]) Augusto de Castro, *Sexo 33 ou a Revolução da Mulher (Idílios e ironias)* (Lisboa: Empresa Nacional de Publicidade, 1933), p. 160.

([85]) Maria José Almada Negreiros, *Conversas com Sarah Affonso* (Lisboa: Arcádia, 1982).

Mais do que um simples caso individual, determinado por um casamento ou uma relação a dois, não se constituiu Sarah Affonso num novo exemplo, de uma longa série, em que as mulheres são pura e simplesmente excluídas do campo artístico? Assim, os movimentos ditos de vanguarda, do modernismo ao surrealismo, não se terão caracterizado por um recorrente modo de exclusão das mulheres do campo artístico. Compreender esta mesma operação é tanto mais urgente, quanto o panorama da pintura portuguesa do século XX veio a alcançar com Vieira da Silva e Paula Rego, o máximo do nosso cânone. As referidas vanguardas parece que se configuraram como um modo de continuar a hegemonia dos homens, excluindo as mulheres. O que equivale a dizer que o modernismo continuou a impor as suas práticas bem patriarcais, não se tendo constituindo numa ruptura, pelo menos, em relação ao reconhecimento das mulheres artistas.

Atenção: ao procurar insinuar que existiu uma exclusão das mulheres do campo artístico, não adopto a corriqueira e sexista afirmação de que, na literatura portuguesa, de Eça ao neo-realismo, a mulher parece ter sido excluída. Foi o que defendeu António Alçada Baptista, quando sustentou que «a mulher atingiu em Eça de Queiroz o seu ponto mais baixo» e considerou que, no neo-realismo, a luta antifascista não concedia à mulher sequer o direito à pulsão sexual; rematando com uma bizarra formulação: «As letras portuguesas têm-se recusado a entrar no cerne do enigma da situação amorosa e têm-se limitado, nos seus melhores textos, a denunciar a sua incomodidade sem qualquer inovação [...], indesculpavelmente, a criação literária portuguesa parece ter-se limitado a glosar a cultura do sistema sem a pôr minimamente em questão.»([86])

Qual a relação entre o modernismo e a oposição à república ou a adesão ao fascismo?([87]) Eduardo Lourenço defendeu que Almada, apesar de tudo e a começar pelo ensaio *Direcção Única* (1932), se afastou da «tentação fascista em que soçobrou o seu primeiro ídolo Marinetti»; porém, o mesmo Lourenço não deixou de limitar as excentricidades de Almada a um contexto bem preciso, quando escreveu que «ele foi o escândalo que a época pedia e merecia»([88]). Também Gustavo Rubim veio, mais recentemente, sublinhar que Almada procurou o seu lugar à parte, ao teorizar, em 1935, que «a primeira meta da Arte é a sua autonomia»([89]).

([86]) António Alçada Baptista, introdução a Almada Negreiros: *Nome de Guerra*, in *Obras Completas*, vol. II, 2.ª ed. (Lisboa: Imprensa Nacional, 1992), pp. 14–15.

([87]) Mark Antliff, «Fascism, Modernism, and Modernity», *The Art Bulletin*, vol. 84, n.º 1 (Março, 2002), pp. 148–169.

([88]) Eduardo Lourenço, «Almada, ensaísta?», in *Obras Completas*, vol. V (Lisboa: Imprensa Nacional, 1992), p. 19.

([89]) Gustavo Rubim, in *José de Almada Negreiros: Uma maneira de ser moderno* (Lisboa: Museu Calouste Gulbenkian, 2017), p. 62.

Numa perspectiva diferente, Jorge de Sena, Alfredo Margarido e Manuel Villaverde Cabral vincaram que, no período entre as duas guerras, existiu uma correlação entre o modernismo literário-artístico e a formação de uma ideologia autoritária. E António Valdemar insistiu em elementos novos acerca da relação de Almada com Homem Cristo Filho, desde 1915, e da sua colaboração na revista *Ideia Nacional*.([90]) De facto, já Rodrigues Miguéis, ao referir o modo como tinha sido bem recebido pelos mais jovens o movimento em torno da *Seara Nova*, logo após o fracasso do sidonismo e das tentativas monárquicas de 1919, dera a entender o que estava em causa nessa espécie de deriva modernista. Nas suas palavras: «Podiam rir-se de nós os "modernistas" do Chiado, alheios ou superiores aos azares da política: o apolitismo que é quase sempre uma política de sinal contrário (ou resulta nela), só os levaria à desvitalização e ao isolamento.»([91]) E Jorge de Sena considerou que Almada foi membro da vanguarda da sua geração, «colhida que foi nas pretensões a um renovo aristocratizante da arte e da literatura acima da mediocridade humanitarista e pequeno-burguesa, entre uma descrença na democracia liberal e o fascínio por propostas autoritárias de organização política»([92]).

Abra-se, aqui, um parêntese para procurar perceber como é que a influência de correntes anti-intelectuais, mais próximas do intuicionismo de Bergson, se impôs em Portugal. Por estranho que possa parecer, foi numa sala da Universidade de Coimbra que um jovem jurista, Paulo Merêa, denunciou e reagiu contra «o desprezo dos sentimentos populares e tradicionais, a redução do mundo psicológico ao puro intelectualismo [...] — características duma filosofia moribunda e que não tem direito a reviver». Em nome de um «idealismo crítico», Merêa falava das novas tendências, «originais e palpitantes», que se faziam sentir «já nas concepções morais e religiosas, já nas manifestações estéticas, já mesmo na esfera da ciência propriamente dita». No seu campo disciplinar, a preferência expressa ia para a vasta obra sociológica e criminológica do «grande Tarde» e para o «verdadeiro tratado de filosofia do direito» de Maurice Hauriou; contra o pseudopositivismo da escola italiana que assimilava a pena a uma mera função de higiene social, as críticas de morte, materialistas, de Duguit e Ferri, ao direito subjectivo.([93])

([90]) Miguel Castelo-Branco, *Homem Cristo Filho: Do anarquismo ao fascismo* (Lisboa: Nova Arrancada, 2001).

([91]) José Rodrigues Miguéis, *O Espelho Poliédrico* (Lisboa: Estampa, 1983; 1.ª ed., Estúdios Cor, 1973), p. 25.

([92]) Jorge de Sena, «José de Almada Negreiros» [1977], in *idem*, *Estudos de Literatura Portuguesa*, vol. III (Lisboa: Edições 70, 1988), p. 164.

([93]) Paulo Merêa, «Idealismo e Direito» [Coimbra: França & Arménio, 1913], *idem*, *Estudos de Filosofia Jurídica e de História das Doutrinas Políticas* (Lisboa: Imprensa Nacional – Casa da Moeda, 2004), pp. 75–77; *idem*, «O "Pluralismo" no Direito Público (A propósito

Também no caso de Almada existem ambiguidades a ter em conta que atenuam ou até contrariam a referida correlação. Eduardo Lourenço percebeu-as bem (mas não serão as mesmas ambiguidades extensivas ao caso de Ezra Pound, também ele uma personalidade excêntrica e fazendo constantes provocações?). O certo é que, em Portugal, a partir de 1926, a tendência da Ditadura e, depois, do Estado Novo destinada a gerar consensos artísticos e intelectuais levou a uma espécie de absorção dos modernistas pelo regime. No caso de Almada Negreiros, nomeadamente das suas obras publicadas entre 1932 e 1933, conforme percebeu Fernando Cabral Martins, «torna-se claro que a sua aparente proposta de suspeito nacionalismo em consonância estado-novista, erigindo a superação dos conflitos sociais em nome de um ideal único comum, tem que ter, afinal, uma leitura de artista»(94).

Resta saber, frente a uma política cultural capaz de integrar os modernistas, até onde foi a cumplicidade ou colaboração dos próprios artistas e escritores. Muitos deles, por necessidade ou opção, não se fizeram nada rogados. António Ferro e, talvez ainda mais, os filhos de Ana de Castro Osório souberam bem gerir esse mesmo consenso, servindo-se das suas afinidades com o movimento modernista e exacerbando a dimensão do nacionalismo lusitano — de que os ensaios de Almada estão pejados. Podendo sempre objectar-se que na base de tal consenso estava o simples facto de os artistas que não colaborassem com o Estado Novo ficarem sem ter de comer. Foi o que, em boa medida, sucedeu com Almada, que não teve uma vida fácil, com rendimentos garantidos, nem tão-pouco contou com o apoio do pai ou da família.

A propósito da recepção do modernismo pelo Estado Novo, abro aqui um outro parêntese para contar uma pequena mas bem verídica história, ocorrida no início da década de 1960. Quem ma contou era, então, um menino que vivia em Arganil, no seio de uma família muito culta. Pelos meses de Verão, era costume receberem a visita de monsenhor Moreira das Neves, que vinha na companhia de Eurico Dias Nogueira, primo da sua avó, uma espécie de delfim da nova geração eclesiástica. As visitas ocorriam quando os últimos se inteiravam de que o pai, grande latinista, leitor de Português em várias universidades espanholas, vinha de férias. Moreira das Neves considerava-se, então, o grande divulgador de Fernando Pessoa e, de certo modo, do modernismo. Eram horas e horas a debitar e a declamar. Fazia sempre questão de

---

de um livro de Hauriou)» [*Dyonisos*, Coimbra, série 1, n.º 5, 1912], *ibidem*, pp. 79–88. Sobre a relação da filosofia de Bergson com a vanguarda modernista, ver Mark Antliff, *Inventing Bergson: Cultural Politics and the Parisian Avant-Garde* (Princeton: Princeton University Press, 1993).

(94) Fernando Cabral Martins, «A cidade mágica portuguesa», in Ramón Gómez de la Serna, *Marginálias*, desenhos de Almada, ed. Fernando Cabral Martins (Lisboa: Bedeteca de Lisboa, Assírio & Alvim, 2004), p. 20.

ler o *Manifesto Anti-Dantas* de Almada, numa espécie de consagração dos seus dotes histriónicos. Tudo isto até era engraçado. Mas o menino, que tinha então nove, dez, onze, até talvez aos quinze anos, percebia muito bem o que ele queria dizer. Um belo dia, o pai esgotou a paciência. Nunca apreciara Fernando Pessoa, nem os modernistas. E, não se sabe bem a que propósito, atirou à queima-roupa: «Monsenhor, as ciências filológicas regem-se por outros critérios. Não são teologia e muito menos liturgia.» A relação esfriou, a partir dali, e as visitas foram sendo cada vez mais espaçadas. Porém, no final daquele serão, sempre presidido pela avó, quando os eclesiásticos se retiraram, o menino comentou para o pai: «Era escusado.» Ao que o pai respondeu: «Ó Maria de Lurdes, entrega o rapaz ao tio, que ainda chega a cardeal!»

Última questão: entre a circulação de estrangeiros por Portugal ou a simples importação de modelos estéticos e literários, qual a verdadeira experiência internacional de Almada? António Valdemar refere a curta estada de um ano em Paris, entre 1919 e 1920, quando Almada teve de trabalhar como bailarino, insistindo também no facto de que, até ao final da sua vida, se manteve a par do que por lá sucedia, nem que fosse com base na leitura da revista *Paris Match*. Ao nível das artes e das letras, Almada representaria então uma espécie de Paris em Lisboa, ou seja, uma espécie de internacionalização por correspondência, um tanto superficial. Claro que se poderá sempre objectar que o próprio tinha consciência da estreiteza do terrunho e nunca se coibiu de falar disso.

Conforme declarou, numa conferência de 1926, intitulada *Modernismo*: «É viver que é impossível em Portugal.» Neste sentido se deverá entender a experiência de Paris — onde o seu pai viveu e voltou a casar, mas onde pai e filho não se encontraram — e dos cinco anos de vida e trabalho em Madrid, entre 1927 e 1932. Uma intenção de viver fora que Gómez de la Serna antecipara, em carta de Lisboa de 1915, quando se referiu aos jovens literatos portugueses, denominados «novos», como desejosos de se juntar à tertúlia do Pombo em Madrid.([95]) E que, mais especificamente, pôde constatar já em 1924, em *La Sagrada Cripta de Pombo*, quando traçou um primeiro retrato de Almada, como um de «los que han passado por Pombo»([96]). Foi, aliás, graças à sua intervenção que Almada passou a colaborar, a princípio com «algunos dibujos semanales», no jornal *El Sol*.([97])

([95]) Ramón Gómez de la Serna, *Obra Completa*, vol. XX (Barcelona: Círculo de Lectores, Galaxia de Gutenberg, 1998), p. 376.

([96]) Juan Manuel Bonet, «Ramón-Almada, al Limón», in Ramón Gómez de la Serna, *Marginálias*, desenhos de Almada, ed. Fernando Cabral Martins (Bedeteca de Lisboa, Assírio & Alvim, 2004), p. 9.

([97]) BNP, Espólios, N12/461–21: Ramón Gómez de la Serna, carta para Ana de Castro Osório, 7 de Abril de 1927.

Enfim, o ponto de vista defendido por Valdemar, com o qual concordo, corresponde bem às relações entre centros e periferias de produção artística e intelectual, nas quais Portugal e os seus agentes parecem ocupar posições de dependência. Ramón Gómez de la Serna — que citou Blaise Cendrars para dizer que «a crítica de arte é tão imbecil como o esperanto» —, malgrado a consideração que tinha pelo «clarividente artista português Almada», só o referiu muito de passagem e a propósito de Picasso e da sua estilização de Pierrot, para falar da «sua obsessão de capricho frente à obsessão arlequinesca de Picasso»([98]).

De igual modo, no prefácio à *Leviana* (1929; 1.ª ed., 1921) de António Ferro, o referido escritor espanhol notou que as rupturas ocorridas no meio literário de Lisboa dependiam do que se passava fora de Portugal: «É importante perceber este apagar da memória na vida de Lisboa, por parte dos que têm a ambição de grandes talentos, dos grandes representantes das literaturas estrangeiras, dos emissários magistrais de alguma parte, para compreender o sentido da figura de Ferro, de uma persistência indutora, capaz de estabelecer uma ruptura»([99]).

É evidente que a genialidade de Fernando Pessoa determinou — a partir da sua descoberta pelo modernismo brasileiro, cuja importância foi, por sua vez, percebida logo a partir de 1920, por Cendrars e Marinetti — uma reversibilidade da geografia e de tais relações de dependência.([100]) Todavia,

([98]) Ramón Gómez de la Serna, *Obras Completas*, vol. XVII — *Retratos completos (1941–1961)* (Barcelona: Círculo de Lectores, Galaxia de Gutenberg, 2004), pp. 870–871. Em texto reunido em 1919, mas publicado anteriormente, Carlos Malheiro Dias, sem esconder a sua preferência, foi mais longe e sugeriu a existência de vários centros europeus de onde irradiavam tendências. Por um lado, estava a França, com os seus vícios a atacar a juventude, no fundo, uma «amoralidade incurável» e um materialismo que inutilizara a mesma juventude para «as grandes acções viris». Isto é, «a mocidade francesa exauria-se no tango, no amor, na morfina, na cocaína e no éter», acabando por ficar «esteticamente depauperada por uma arte decadente e mórbida». No fundo, «era a juventude idólatra dos bailados russos, da Duncan, da pintura futurista e cubista, incapaz de se medir na arena com a sanidade e a musculatura germânicas». Por outro lado, estavam os universitários alemães que, além da sua virilidade militar, «locupletavam de ciência exacta a espessa massa cerebral», *A Esperança e a Morte* (Lisboa, Rio de Janeiro: Sociedade Literária, Companhia Editora Americana, 1919), p. 62.

([99]) Ramón Gómez de la Serna, *Obras Completas*, vol. XVI – *Ensaios* (Madrid: Círculo de Lectores, Galaxia de Gutenberg, 2005), p. 983.

([100]) A publicação de *Vida e Obra de Fernando Pessoa*, 2 vols. (Lisboa: Bertrand, 1950), da autoria de um dos críticos da *Presença*, João Gaspar Simões, marca um outro momento da recepção de Pessoa e dos seus usos. Poderá mesmo dizer-se que, após o projecto editorial da Ática de Luiz de Montalvor, destinado a canonizar o modernismo, o estudo sobre Pessoa, no seu cosmopolitismo e ligações a Mário de Sá-Carneiro, da autoria de Gaspar Simões, constituiu um dos modos de pôr em causa esse «nacionalismo de orgulhosa cepa provinciana» no caso de Almada Negreiros, por maior que seja o interesse que tenhamos na sua obra — incluindo o «polimorfismo» que lhe atribuía Pessoa em 1913 —, será sempre difícil apelar à mesma reversibilidade. Ou seja, com base em Almada, será difícil argumentar que o modernismo português não foi marcado pela «dicotomia centro-periferia». E possa ser, em alternativa, concebido em termos policêntricos, por fazer parte de uma «rede transnacional». Mais: Almada, tal como Pessoa, Ferro e muitos outros escritores ou artistas do modernismo, incorporou bem tais dependências. E cada um, à sua maneira, procurou ultrapassá-las através de contactos internacionais e do desenvolvimento de perspectivas cosmopolitas.

Por isso, discordo do argumento principal que foi corajosamente proposto por Mariana Pinto dos Santos, curadora da grande exposição sobre Almada Negreiros na Fundação Calouste Gulbenkian — *José de Almada Negreiros: Uma maneira de ser moderno* (Lisboa: Museu Calouste Gulbenkian, 2017, p. 11). Não ponho em causa que se trata de um argumento sedutor, por contrariar a ideia de um único centro da produção artística e literária, localizado em Paris. Artistas e escritores, como Picasso e o próprio Blaise Cendrars, investiram na própria ideia de policentrismo. Este último fê-lo, por exemplo, publicando a *Anthologie nègre* (1921) e passando grandes temporadas no Brasil, onde dedicou belas páginas, «com uma emoção surda e forte, à condição dos negros nas plantações»([101]). Porém, nem Amadeo, nem muito menos Almada conseguiram escapar à ideia de um modernismo português periférico.([102]) Considerar que ambos participaram de relações em rede — que não correspondem às estabelecidas entre centros e periferias — é forçar a realidade, a bem da aplicação de uma teoria. Que só pode ser validada se se descontextualizar a produção artística, em relação à criação literária coeva, e se se esquecer o contexto social e político, do qual dependiam as possibilidades de existência de um público e de um mercado autónomos. Tudo a bem da aplicação de uma teoria e de um conflito de gerações que abra espaço para a afirmação de investigadores mais jovens. Mais: se o modernismo português, representado por Almada, não tivesse sido tão marginal, com certeza não teria ficado de fora da importante reflexão de Guillermo de Torre, que não descurou Ramón Gómez de la Serna, com quem manteve relações e trocou

---

que indignou os defensores oficiosos do regime. Ver, a este respeito, *Os Cadernos de Manuel Anselmo*, vol. I, fasc. III (Janeiro/Fevereiro, 1960), p. 242.

([101]) Claude Roy, *O Homem em Questão*, trad. António Ramos Rosa (Lisboa: Publicações Europa-América, 1967), p. 339.

([102]) Antonio Sáez Delgado, *Órficos y Ultraístas Portugal y España en el Diálogo de las Primeras Vanguardias Literárias (1915–1925)* (Mérida: Editora Regional de Extremadura, 1999); Ellen Sapega, «Portugal», in *The Cambridge Companion to European Modernism*, ed. Pericles Lewis (Cambridge: Cambridge University Press, 2011), pp. 139–150.

informações sobre Larbaud.([103]) Não sei se uma novela como *Fermina Márquez* (1910) de Larbaud não conterá em si uma resposta quase alegórica, pois toda acção se desenvolve no colégio católico de St. Augustin, em Paris, para o qual vem estudar a jovem colombiana Fermina, tal como outros jovens sul-americanos. Numa palavra, apesar de todo o cosmopolitismo de Larbaud, Paris continuava bem no centro do seu mundo.([104])

A minha discordância em relação a um conceito e a uma teoria, porém, não afecta o que me parece mais importante. Ou seja, trata-se de uma exposição a não perder, acompanhada de um catálogo cujos estudos são exemplo de uma bem organizada colaboração interdisciplinar, que nos ajuda a compreender melhor os pontos que aqui procurei formular, bem como outros aspectos da obra multifacetada de Almeida Negreiros.

Na resposta a um artigo que escrevi intitulado «Revisitar Almada», Mariana Pinto dos Santos não aceitou a minha crítica ao seu argumento, que se afigura pouco consistente, acerca da existência de um modernismo policêntrico. Trata-se de uma resposta bem organizada, reveladora de um trabalho de reflexão sério que muito agradeço. No entanto, receio que haja, entre nós, uma divergência maior que se mantém, além de existirem alguns pontos menores que não posso deixar de notar.

A nossa diferença não está na substância (a obra e a trajectória de Almada Negreiros, objecto da exposição por ela organizada com brio), mas na perspectiva (que modela a história da arte, em geral, ou dos modernismos, em particular). Ou seja, Mariana Pinto dos Santos concorda comigo, na substância, quando diz «que Paris foi para Almada, como para tantos outros artistas, um centro». Neste ponto principal, não discutimos, convergimos. E será mesmo escusado falar de «dependência subalterna» — um conceito que nunca utilizei, apesar de me ser imputado.

Porém, discordo quando escreve que, independentemente do objecto de análise que tem à sua frente, a «história da arte [...] tem de descentralizar o seu discurso e problematizar a (já referida) dicotomia centro-periferia». No seu entender, para efectuar esse mesmo descentramento, seria necessário recorrer ao conceito de rede. Insisto, Mariana Pinto dos Santos não pretende discutir tanto o caso de Almada, quanto o de uma história da arte que tem de se descentrar da «dicotomia centro-periferia», para pensar a noção de rede

([103]) Guillermo de Torre, *Literaturas Europeas de Vanguardia* (Madrid: Caro Raggio, 1925), pp. 43–46 [o exemplar da Biblioteca Nacional de Portugal, em Lisboa, é dedicado pelo autor a João Gaspar Simões, Vitorino Nemésio e Afonso Duarte, «mis buenos y líricos amigos de Coimbra»]; BNP, Espólios, N12/461–22: Ramón Gómez de la Serna, carta para Ana de Castro Osório, 5 de Agosto, 1927.

([104]) Valéry Larbaud, *Fermina Márquez*, trad. Maria Emília Vassalo (Lisboa: Edição Livros do Brasil, s.d.).

como «o circuito de informação que se move e que chega a diferentes lugares onde é diferentemente interpretada e recriada».

Confesso que preferia discutir mais a substância, neste caso, Almada, para fugir das perspectivas teóricas consideradas como uma norma e ultrapassar a prioridade atribuída aos conceitos em detrimento do trabalho analítico propriamente dito. De qualquer modo, e para me manter dentro do vocabulário de Mariana Pinto dos Santos, gostaria de dar sempre prioridade à análise do «contexto da produção artística», em lugar de forçar à viva força a introdução de modelos teóricos de circulação em rede. Tanto mais que estou longe de ter compreendido a sua fundamentação e genealogia — dos antropólogos de Manchester à história da ciência? A ponto de suspeitar que a história da arte os pode estar a utilizar de um modo bem superficial, mais concretamente, como o equivalente de uma série de leituras e recepções dispostas horizontalmente. Sem nunca chegar a considerar que contextos e actores sociais se organizam hierarquicamente, mantendo entre si relações desiguais.

Centrando-me sempre na principal divergência, não percebo como podemos estar de acordo em relação à substância (Almada tinha Paris como um centro), para depois divergirmos tão abissalmente no que respeita à perspectiva. E, supondo que estamos não só de acordo, como certos em relação ao essencial da interpretação de Almada, porque será tão grande a nossa diferença de perspectiva? Qual de nós estará errado?

No modo como entendo o ofício de historiador, as teorias, tal como os métodos — longe de se constituírem como um fim em si mesmo —, só se justificam pelos resultados que são capazes de produzir. Aprendi-o com outros historiadores e cientistas sociais interessados em desenvolver as suas investigações numa base analítica, onde as luzes das teorias ou os ensinamentos de métodos, comparativos ou outros, só se impõem em função do que analisamos empiricamente, enquanto resposta a problemas pertinentes, e recorrendo a demonstrações que resultem em provas e argumentos claros. Alguns escritores têm adoptado também a defesa de uma perspectiva parecida, colocando a sua prática da escrita sempre à frente e não se deixando enclausurar em modelos, correntes ou teorias (Rodrigues Miguéis, por exemplo, escreveu a este respeito páginas admiráveis). Aliás, consoante a natureza do problema e a dimensão do objecto, situação ou caso, a análise histórica pode suscitar diferentes tipos de explicações. Umas vezes convocando a descrição, a narrativa, ou incindindo sobre o exame de um único quadro ou artefacto; outras apelando a raciocínios mais hipotético-dedutivos, capazes de suscitar a utilização de instrumentos de medida, factos de repetição ou outros laboratórios.

Mariana Pinto dos Santos não partilha do mesmo entendimento do ofício de fazer história. A perspectiva teórica que deseja para a história da arte afigura-se-lhe mais importante do que a análise do seu objecto: a trajectória e a obra de Almada. A este respeito, não existem diferenças entre o que vem agora dizer e o que já tinha sustentado na introdução ao belo catálogo da exposição da Gulbenkian. Foi por isso que, de forma crítica e frontal, escrevi, na conclusão ao meu artigo, que me parecia haver na referida introdução de sua autoria uma tentativa de «forçar a realidade, a bem da aplicação de uma teoria».

Onde existe novidade na resposta de Mariana Pinto dos Santos — uma novidade que confirma o meu receio acerca de um uso errado de perspectivas teóricas — é no seu imediato interesse em enquadrar um conjunto de problemas por mim sugeridos, de forma bem concreta e analítica a respeito de Almada, numa série de «teorias pós-coloniais e feministas». Mais uma vez a nossa divergência é abissal, pois não consigo pensar nem utilizar perspectivas ou quadros teóricos como se estes formassem um conjunto equivalente a uma filosofia política normativa, desligada de uma prática analítica. Tão-pouco reconheço, como fazendo parte do nosso ofício, a necessidade de seguir esta ou aquela teoria, tal como se estas fossem bandeiras a escolher, independentemente dos problemas, análises e fontes de que dispomos.

Para mais, em lugar de procurar responder ao desafio de pensar Almada em função de um conjunto de problemas — relações do modernismo com a arte africana, com as questões de género e com Estados autoritários ou movimentos fascistas —, Mariana Pinto dos Santos refugia-se numa espécie de pedestal teórico em que se pretende encerrar com o seu modo de entender a história da arte. Chego a pensar que uma tal preocupação teórica, enquanto modo de fugir a uma história baseada em problemas, contribui para manter Almada numa espécie de pedestal das artes e das letras, de onde não sai, nem pode ser tocado…

Até aqui, pois, com toda a clareza e para que não haja dúvidas, a nossa divergência essencial: não em relação à substância, mas enquanto à perspectiva teórica. Claro que existem outras divergências, mas são menores. Por exemplo, não percebo como se pode seguir uma trajectória de forma não cronológica (!). Os resultados são, aliás, complicados em relação ao fantasma africano de Almada. Uma vez que as referidas exposições de Diogo de Macedo de 1934 e a de Ernesto de Sousa de 1946 ocorreram num período tardio.([105]) Ora, aqui, recordo, o problema — quase ausente do catálogo — não é só o de saber o que pensava Diogo de Macedo acerca da arte africana, é também a relação de Almada e de todo o modernismo português com África. Uma relação, insisto, no caso de Almada, tardia ou lacunar.

([105]) Vera Mariz, «A colecção de "Arte Negra" de Diogo de Macedo – Uma tentativa de valorização num contexto pleno de "gargalhadas" e "indiferença"», in *Colecções de Arte em Portugal e no Brasil nos Séculos XIX e XX: Perfis e trânsitos*, eds. Maria João Neto, Marize Malta (Casal de Cambra: Caleidoscópio, 2014), pp. 231–246.

Há, ainda, outras divergências menores, que atribuo à adopção involuntária por parte de Mariana Pinto dos Santos de um estilo professoral. Ridículo! Pela parte que me toca, o mesmo nunca me comoveu, nem comoverá. Que «a noção de "rede transnacional" (foi) também mal-entendida por DRC». Que «DRC retira conclusões de alguns depoimentos anedóticos, faltando confrontá-los com documentação e a obra plástica do artista». Como se uns permanecessem no domínio das anedotas, para outros assumirem o verdadeiro confronto com os documentos... E, a fechar, a insinuação de que tudo se resolveria com «uma leitura mais atenta do catálogo e uma visita menos apressada à exposição».

Não posso esconder que fiquei desiludido com todos esses tiques de *magister dixit* manifestados por quem soube organizar tão bem uma exposição sobre Almada Negreiros. Tais tiques de estilo não favorecem a criação de relações críticas de aprendizagem, nem a de um debate público, nas quais estou francamente empenhado. Pelo contrário, funcionam como uma espécie de areia para os olhos que nos impede de ver e discutir as questões de fundo. As quais, do meu ponto de vista, se encontram num uso errado de perspectivas e modelos teóricos, incapazes de dar conta do «contexto da produção artística» de Almada Negreiros. Enfim, não passam de sinais da reprodução académica de um autoritarismo que facilmente projectamos em gerações anteriores, mas que não conseguimos ver, muitas vezes, quando os mesmos tiques se encontram dentro de nós.

Valéry Larbaud e os nossos brandos costumes

Está por fazer a história do moralismo em Portugal no século XX. Sem ela, arriscamo-nos a não conseguir compreender o caldo ideológico que está nas origens do salazarismo e que alimentou o Estado Novo. Não se esqueça que o caso do «Ballet Rose», em 1967, com caçadas a meninas de catorze anos, envolvendo um ministro de Salazar, insere-se nesse tipo de história. Entendendo-se, aqui, por moralismo os apelos a um comportamento dito normalizado. Por exemplo, em 1914, no jornal *Mundo Moral* — publicado em nome das Ligas Anti-alcoólica, Anti-tabagista e da Liga Portuguesa da Moralidade Pública —, considerava-se ser absolutamente necessário «desalojar desta terra os livros de aventuras, eróticos, banais e pornográficos» (redactores Luciano Silva e Eduardo Moreira, n.º 5, 01-03-1914, p. 2). Em sua substituição, importava difundir a «sã literatura que crianças, meninas, senhoras e mancebos possam ler afoitamente sem perigo de mancharem a sua honra ou de se prostituírem por qualquer forma, devido à existência de publicações despidas de toda a moralidade» (*Ibid.*). Uma das maiores preocupações recaía sobre postais e fotografias obscenos, expostos em montras para a rua. O seu conteúdo pornográfico constituía um atentado à moral pública, e por isso o mesmo jornal já tinha iniciado uma campanha, convidando uma série de lojas a censurá-las.

O moralismo não provinha apenas dos meios eclesiásticos. Outros círculos, nomeadamente de republicanos, convergiam na mesma atitude. Por exemplo, Augusto Casimiro, referindo-se à participação de Portugal na Campanha da Flandres durante a Primeira Grande Guerra, denunciou as hesitações nos processos de decisão política em relação ao apoio dos portugueses. E procurou situar tais responsabilidades — ou a falta delas, nos tempos de um Sidónio germanófilo e hesitante — num quadro caracterizado pela «indisciplina moral, a amoralidade, a intoxicação política, o abandalhado dos caracteres, [que] só nos dá a magoada impressão dos organismos que nada retemperará, perdidos de miséria e inércia e esquecidos de si no mais vil desvario»([106]).

Seria talvez fastidioso, mas necessário, compilar os apelos à normalidade feitos em livros e jornais da época. A obra de Raul Brandão, por exemplo, está pejada de denúncias relativas à dissolução dos costumes. No final da década de 1920, ao falar das grandes mudanças, lá elencou o fim da família, ao lado do egoísmo e da «febre de gozar», tudo protagonizado pelas «grandes oligarquias políticas, económicas e financeiras». Mais: que o jogo tomara «uma importância capital nesta sociedade que se dissolve». E às condenações da roleta seguiam-se as das práticas sexuais devassas — o grande barómetro da mesma dissolução. Por um lado, escreveu, «o pecado sexual já não é pecado». Por outro lado, impunha-se reconhecer que Lisboa, apesar de ter sido sempre uma terra depravada, nunca o fora tanto como naquele momento. Passara a ser «uma cloaca». E a prová-lo estava o facto de, no anterior Carnaval, ter havido «um grande baile de pederastas numa escola da Graça». Simultaneamente, publicavam-se «livros de versos dedicados a homens por homens, e entre os manifestos e folhetos espalhados figura a *Sodoma Divinizada*»([107]).

A acreditar num tal discurso moralista, novos-ricos, jogo, roleta, mulheres depravadas e homossexuais à solta caracterizavam a «cloaca» em que Lisboa se transformara. Quando é que se iniciara tal processo ou, pelo menos, quando é que surgira a percepção moralista de que estava em curso uma dissolução dos costumes? Raul Brandão, por volta de 1928, sustentou que tudo começara há cerca de vinte anos (*Ibid.*, p. 97). O que supunha recuar até à morte de

---

([106]) Augusto Casimiro, *Nas Trincheiras da Flandres (1917)*, 4.ª ed. (Porto: Renascença Portuguesa, 1919), p. 12.

([107]) Raul Brandão, *Vale de Josafat — Obras completas* (Lisboa: Relógio D'Água, 1998), pp. 94–135.

D. Carlos (1908) e da subsequente implantação da República (1910). Trata-se de uma cronologia discutível. Sinais de uma degenerescência, cruzados com preocupações científicas ou religiosas, podem ser encontrados muito antes. Por exemplo, o médico Ferraz de Macedo — contemporâneo da discussão médico-legal do crime do Dr. Urbino de Freitas, que, com amante em Lisboa, fora acusado de envenenar com uns bombons a família do Porto — publicou, em 1902, um pequeno livro intitulado *Os Devassos: Concupiscentes e sodomitas, pathologia e crimes*. Muitas outras percepções de degenerescência e decadência dos costumes poderiam ser apontadas. Porém, a periodização de Brandão funciona como uma hipótese destinada a fazer a história não só do discurso moralista relativo à dissolução dos costumes, mas também do processo que viu nascer uma modernidade constituída por novas práticas, movimentos e instituições.

Entre nós, José-Augusto França, Irene Vaquinhas, José Barreto e Paulo Drumond Braga são, hoje, quem mais sabe acerca do processo no qual modernidade e moralismo se confrontaram. Em 1917, foi o crime de Serrazes, no solar dos Malafaias. Em 1918, Alfredo da Cunha, director do *Diário de Notícias*, acusou a mulher de loucura, por esta ter fugido para Santa Comba Dão com o motorista.([108]) Em 1923, a Liga de Acção dos Estudantes de Lisboa desenvolveu uma campanha de sentido moralizador contra a homossexualidade e um livro de António Botto. Este fora publicado pela editora Olisipo de Fernando Pessoa, em 1922, e em sua defesa saíra Raul Leal no referido panfleto, *Sodoma Divinizada*. Acrescente-se que, ao longo da década de 1920, se multiplicaram, de Lisboa ao Estoril, os tais estabelecimentos nocturnos, as grandes festas e a ideia de que estava em curso uma desbunda sexual.

Não estou seguro de que os factos acabados de referir — onde se misturam crimes, escândalos causados pela homossexualidade, pornografia e vida nocturna lisboeta — se constituam numa série. Tão-pouco me parece que os mesmos ajudem, só por si, a descentrar a análise histórica dos juízos morais da própria época. Nem sequer considero que a linha divisória entre o bem e o mal — atribuindo a círculos católicos e conservadores uma espécie de monopólio por excelência do moralismo, como sucedeu no caso da condenação de António Botto — coincida com as divisões políticas que levaram à implantação do salazarismo e do Estado Novo. Neste quadro, as divisões parecem ser mesmo mais imprecisas. Tendo para isso contribuído a existência de solidariedades e cumplicidades da época, hoje difíceis de imaginar.

([108]) Luís Bigotte Chorão, *Para Uma História da Repressão do Anarquismo em Portugal no Século XIX seguido de «A Questão Anarchista» de Bernardo Lucas* (Lisboa: Letra Livre, 2015), p. 14 (com indicações bibliográficas sobre o processo do *chauffeur*).

A conferência sobre Maurice Scève, no Teatro de São Carlos, em 20 de Fevereiro de 1926, pelo escritor francês, cosmopolita e viajante Valéry Larbaud talvez ajude a compreender melhor o sentido do moralismo cuja história pretendo fazer.([109]) Guillermo de Torre tinha, no ano anterior, fixado o seu retrato de «gran viajero europeu»([110]). A organização do evento esteve a cargo da União Intelectual, seguindo-se-lhe um banquete, com espectáculo de variedades e provavelmente *dancing* no Bristol Club. Larbaud estava instalado no Avenida Palace. Foi nele que recebeu o erudito hispanista Marcel Bataillon, que ensinava e investigava em Portugal, ao mesmo tempo que se encarregava das relações culturais com a França. Em companhia das suas respectivas mulheres, assistiram das janelas a uma manifestação política, a 2 de Fevereiro. Nos seus hábitos de homem rico e livre, Larbaud comentou que a comida no hotel era «pseudo-française de palace», mas que ainda não estava preparado para se aventurar à descoberta dos restaurantes portugueses.

Quase meio século decorrido, Bataillon ainda recordava a conversa que tinha tido no hotel com Larbaud. Este confessara-lhe a sua admiração pela erudição e o verdadeiro culto que sentia pelo trabalho de tradução, a ponto de lamentar não ter seguido a profissão de professor universitário. A disciplina académica ter-lhe-ia equilibrado os excessos de liberdade que a sua condição desafogada, de herdeiro da exploração das águas de Vichy, lhe permitiu.([111]) Larbaud visitou a Biblioteca Nacional, onde adquiriu o volume do *Guia de Portugal* sobre Lisboa, e ficou impressionado ao ver os Primitivos do Museu de Arte Antiga. Calcorreou as ruas da Baixa e do Chiado até ao Largo Camões. Considerou o Terreiro do Paço «a mais bela praça da Europa». Foi ao teatro, onde percebeu cerca de 20% do que ali se disse. Viajou até ao fim de todas as linhas de eléctrico, para descobrir os arredores da cidade. Não deixou de visitar o Jardim Zoológico. Todavia, o seu principal encanto foram as varinas de pés descalços da Ribeira, com os seus corpos de estátua comparáveis ao da jovem República portuguesa.

Num desses passeios, deixou-se encantar pelo corpo esplendoroso de uma delas. Tal era a beleza da varina que chegou a pensar em lhe dar uma larga quantia em dinheiro — «privando-se de muitas coisas e renunciando à compra

---

([109]) Bernard Delvaille, «Valéry Larbaud et le Portugal», in *Valéry Larbaud. Lisbonne. Fondation Calouste Gulbenkian. 17 décembre 1973 – 6 janvier 1974*, pp. III–VI; Monique Kuntz, «Valéry Larbaud et le Portugal», in *idem*, pp. 155–175; Guilherme de Castilho, *Presença do Espírito*, *op. cit.* (Lisboa: INCM, 1989), pp. 203–205.

([110]) Guillermo de Torre, *Literaturas Europeas de Vanguardia* (Madrid: Caro Raggio, 1925), p. 373.

([111]) Marcel Bataillon, «Avant-propos», in Valéry Larbaud, Alfonso Reyes, *Correspondance 1923–1952* (Paris: Librairie Marcel Didier, 1972), pp. 11–12.

de livros» — para a poder ver nua. Conforme confessou — num registo marcado por um sexismo banal, muito comum nas referências às mulheres dos relatos de viagem escritos por homens —, sentia uma enorme necessidade da nudez feminina. Tal como outros, que dependiam da música, da poesia, dos perfumes ou do espectáculo da floresta e do mar, Larbaud entendia existir um paralelo entre o estudo do nu feminino e o que se aprendia nos livros ou com a música.([112]) Difícil será, pois, aceitar que o entusiasmo de Larbaud pela beleza física, corporal, de uma varina resultava de uma qualquer «sagacidade digna de um oportuno sociólogo» e que, mais do que a representação da República portuguesa, se tratava de uma estátua viva «de todo um povo que teve o mar por berço»([113]).

Na sua descrição de Lisboa, há que notar uma outra continuidade, estabelecida através da escrita, entre a beleza do corpo nu de uma mulher do povo, que o francês considerava estar ao alcance da sua bolsa, e os brandos costumes portugueses. Larbaud pensou no agradável que era viver num pequeno país como Portugal: «Um país onde se é feliz e onde — acreditava — se pode viver agradavelmente.» Ou, numa outra formulação, porventura mais precisa: «A alegria portuguesa é uma lenda, mas a *politesse* portuguesa, a doçura dos costumes portugueses são uma realidade.»([114]) Não por acaso, Guillermo de Torre escrevera, em 1925, que Larbaud traçava uma sucessão de panoramas, numa coerente visão cosmopolita: «Larbaud reza un rosario

---

([112]) Sobre as lembranças de Larbaud «das raparigas eleitas que falavam línguas volúveis com uma doçura esquecida», ver Claude Roy, *O Homem em Questão*, trad. António Ramos Rosa (Lisboa: Publicações Europa-América, 1967), p. 258. A «majestade incomparável» das varinas, em contraste com os vestidos cor de miséria, notada por Larbaud, foi sublinhada por Guilherme de Castilho, *Presença do Espírito*, *op. cit.*, p. 204. Poucas décadas depois, Gilberto Freyre queixava-se do desaparecimento das varinas de Lisboa; o facto devia-se, por um lado, ao processo de europeização em curso na capital e, por outro, à repressão policial que pesava não tanto sobre elas, mas sobre os seus pés descalços, *Aventura e Rotina: Sugestões de uma viagem a procura das constantes portuguesas de caráter e ação* (Rio de Janeiro: José Olympio, 1953), pp. 69–71. Sobre representações de varinas que passam de Cesário Verde, em «O Sentimento de um Ocidental», para as imagens de Alberto de Sousa, José Tagarro, Sarah Affonso e Stuart Carvalhais, ver Adolfo Faria de Castro, *Impressões de Arte – Crónicas sôbre figuras e factos da Arte Portuguesa, de 1925 a 1935* (Coimbra: Coimbra Editora Limitada, 1936), pp. 170–171; Maria José Almada Negreiros, *Conversas com Sarah Affonso* (Lisboa: Arcádia, 1982), p. 115; Maria João Gomes Pedro, *Sarah Affonso: Vida e obra*, vol. I (Lisboa: Universidade de Lisboa, Faculdade de Belas Artes, «Tese de Mestrado em Teorias da Arte», 2004), pp. 121–122; *Portugal: Breviário da pátria para os portugueses ausentes*, pref. António Ferro (Lisboa: Edições SNI, 1946), pp. 388–389 (Stuart Carvalhais, *Varinas* (desenho), Museu Nacional de Arte Contemporânea).

([113]) João Palma-Ferreira, *Pretérito Imperfeito* (Lisboa: Estúdios Cor, 1974), p. 263.

([114]) Valéry Larbaud, *Œuvres complètes*, vol. I (Paris: Gallimard, 1950), p. 259.

de ciudades. Nos confiesa que "así como otros tienen recuerdos de amores, él tiene recuerdos de ciudades".»([115])

Todos estes comentários acerca dos brandos costumes, proferidos por quem exigia requintes no trato e se assumia como um *dandy* ou um *flanêur*, correspondem, também, ao modo como Larbaud foi recebido no São Carlos — durante a sessão presidida por António Sérgio e com Ramón Gómez de la Serna na mesa — e no banquete que se lhe seguiu. Difícil será, mesmo, dizer o que provocou nele uma maior impressão: se a capacidade da sua audiência — que compreendia perfeitamente a língua francesa e mostrava um total à-vontade com a cultura francesa — para o acompanhar nas suas disquisições sobre um poeta quinhentista da cidade de Lyon, interessado no amor e no neoplatonismo; se o banquete e o espectáculo no Bristol Club. Conforme ele próprio escreveu, «o banquete foi uma inolvidável manifestação de simpatia em relação à literatura francesa»([116]).

Logo na abertura do banquete do Bristol, ainda se estava na degustação do *consommé*, já as dançarinas espanholas cercavam a mesa. Seguiram-se os tristes fados, acompanhados por ilustres guitarristas e cantores. Caloroso foi também o acolhimento proporcionado a Valéry Larbaud por intelectuais e artistas dos mais diferentes quadrantes. É que, se a sessão no São Carlos fora presidida por António Sérgio, demo-republicano, ligado ao Grupo da Biblioteca Nacional e à *Seara Nova*, a União Intelectual Portuguesa aglutinava gente de quadrantes opostos. A começar por João de Castro Osório, que publicara em 1922 um dos textos portugueses mais importantes de doutrina fascista — *A Revolução Nacionalista*.

No banquete em homenagem a Larbaud, estiveram também: Almada Negreiros (que recitou o seu poema «Histoire du Portugal par Cœur», que publicara na *Contemporânea*, n.º 1, Maio de 1922), Guilherme Felipe, pintor (que lhe ofereceu um quadro onde todos os convivas escreveram o seu nome), José Osório de Oliveira (autor do divertido *menu*, em que os nomes dos pratos evocavam os títulos dos seus livros), António Ferro (considerado detentor de uma fantasia análoga à de Joseph Delteil), o referido Bataillon e Gómez de la Serna (que acabou por botar discurso, fazendo a ponte entre Portugal e Espanha). Tudo isto se passou num espaço onde «o mobiliário, a decoração,

([115]) Guillermo de Torre, *Literaturas Europeas de Vanguardia* (Madrid: Caro Raggio, 1925), pp. 374–375.

([116]) Larbaud, *Œuvres complètes*, vol. I, *op. cit.*, p. 267. Os banquetes, na sua dimensão literária, têm uma história antiga a que o Café de Pombo, em Madrid, deu nova vida, Ramón Gómez de la Serna y Puig, *Pombo: Biografía del célebre café y de otros cafés famosos* (Barcelona: Editorial Juventud, S. A., 1960), pp. 173–207.

os frescos» formavam um «conjunto totalmente moderno, e mesmo de extrema vanguarda»([117]).

Orgulhoso, Larbaud enviou a Gaston Gallimard o *menu* do banquete, onde figuravam os «Escalopes Nouvelle Revue Française». Uma evocação da revista literária publicada pela própria editora Gallimard, que era bem conhecida em Lisboa. Alguns dias depois, Larbaud ainda foi visitar o seu amigo Ramón Gómez de la Serna ao Estoril e, logo após, partiu para o Bussaco. Foi em busca do mesmo requinte, mas de uma maior tranquilidade, para poder escrever, conforme confessou a Paulhan, seu amigo e correspondente.([118]) Um ano depois, Larbaud reuniu os textos relacionados com Portugal num *Caderno*, no qual incluiu oito gravuras da pintora nascida em Portugal de pais belgas Mily Possoz (Sans Pareil, 1927), os mesmos foram também integrados no livro *Jaune, bleu, blanc* (NRF, 1927).

Ramón Gómez de la Serna estava bem relacionado com os meios literários de Paris, incluindo neles o mesmo Larbaud e Rémy de Gourmont. Em 1919, também ele fora agraciado com um banquete em sua honra, no Cercle Littéraire Internationale (*Automoribundia*, 1948, cap. 51). Acerca de Gourmont, Blaise Cendrars escreveu, mais tarde: «Ele não cria, liberta.»([119]) Aníbal Fernandes traduziu-o para português e Paula Mendes Coelho identificou-o como uma das leituras de Pessoa. Foram as suas cartas, reunidas no livro *Pensées d'une amazone* (1919), com dezenas de edições, que em parte inspiraram Gómez de la Serna no tratamento do lesbianismo. E a insólita figura de Natalie Clifford Barney (1876–1972), destinatária de Gourmont, serviu com certeza de modelo para a Palmyra, personagem de Gómez de la Serna. Porém, Chez Palmyre era também o «queer nightclub» da Place Blanche de Paris, que Colette frequentou e descreveu.([120])

Desde 1915 que o grande escritor madrileno descobrira o Chiado e, depois, o Estoril, onde construiu um *chalet*, primeiro chamado «El Retiro», depois «El Ventanal», com dinheiro da herança paterna e de uma lotaria (*La Quinta de Palmyra*, Madrid, Biblioteca Nueva, 1923; *Automoribundia*, cap. 64).([121]) Muito mais tarde, Rodrigues Miguéis conservou viva a passagem de

([117]) *Ibidem*, pp. 267–270.

([118]) V. Larbaud, Jean Paulhan, *Correspondance 1920–1957*, ed. Jean-Philippe Segonds (Paris: Gallimard, 2010), p. 42; Larbaud, *Allen*, pref. Christian Giudicelli (Paris: Bleu Autour, 2016), p. 140.

([119]) «*J'écris*. Écrivez-moi»*: Correspondance Blaise Cendrars Jacques-Henry Lévesque 1924–1959* (Paris: Ed. Denoël, 1991), p. 126.

([120]) Anna M. Klobucka, «Palmyra's Secret Garden: Iberian (Dis)Connections, Portuguese Modernism, and the Lesbian Subject», *Luso-Brazilian Review* (Dezembro, 2013), pp. 31–52.

([121]) Concepción Núñez Rey, *Carmen de Burgos,* Colombine*: En la Edad de Plata de la Literatura Española* (Sevilha: Fundación José Manuel Lara, 2005), p. 532.

Gómez de la Serna pelo Estoril, bem como a de Larbaud por Portugal.([122]) Carmen de Burgos, companheira de Gómez de la Serna, deixou uma descrição dessa mesma descoberta de Portugal em *La Flor de la Playa*, quando o lugar de eleição de ambos era ainda a Praia das Maçãs (ed. Concepción Núñez Rey, Castalia, 1989; 1.ª ed., 1920). O mesmo fez em *El Retorno: Novela espiritista*, com capa de Leal da Câmara (Lisboa: Lusitania Editora, 1922).([123]) No Estoril, viveram ambos algumas temporadas entre 1922 e 1925. Numa situação de aperto financeiro, em 1926, venderam a casa. No prefácio à novela de António Ferro *Leviana* (1929), Gómez de la Serna referiu-se à sua experiência portuguesa de isolamento e boémia nos seguintes termos: «Tenho que pernoitar muito e talvez definitivamente na Pompeia viva dessa costa do Estoril e temos que salpicar, com os Colares guardados nas caves profundas, as comidas de um optimismo indiferente, solitário e refractário ao mundo inteiro.»([124])

Na sua passagem por Portugal, Larbaud não queria perturbar o amigo no seu refúgio junto ao mar. Pois achava que o espanhol trabalhava no duro, sozinho, sem parar. Comparou-o, nisso, a James Joyce, que conhecia e cuja tradução do *Ulisses* acabou por rever. Em francês, tinham saído duas traduções de Gómez de la Serna com prefácios de Larbaud: *Échantillons* (1923) e *La veuve blanche et noire*, em tradução de Jean Cassou (1924). Porém, Larbaud acabou por perceber que o amigo não vivia totalmente isolado, pois estava bem relacionado com os novos artistas e escritores portugueses que o acolhiam e admiravam, em Lisboa, no café Arcádia.([125]) Guillermo de Torre considerava que Gómez de la Serna tinha «una indiscutible prioridade vanguardista», quanto mais não fosse pela sua *Primera Proclama de Pombo* (1915) — «sonoro petardo subversivo, donde chisporrotean sus más acres invectivas contra el público y contra las jerarquias estabelecidas»([126]). E comparava, já em 1925, a poesia de Borges a Marinetti e Cendrars, pela sua capacidade «para condensar originalmente sus sensaciones urbanas»([127]). António Ferro tinha prefaciado, em jeito de elogio rasgado, a novela de Gómez de la Serna *A Ruiva* (Lisboa: Lusitânia Editora, 1923).

([122]) José Rodrigues Miguéis, *O Espelho Poliédrico* (Lisboa: Estampa, 1983; 1.ª ed., Estúdios Cor, 1973), p. 109.

([123]) O mesmo Leal da Câmara, numa «Colecção para as Crianças», ilustrou um conto tradicional português de Ana de Castro Osório, «La princesa muda», tradução de Carmen de Burgos (Lisboa: Tipografia Lusitânia, 1921).

([124]) Ramón Gómez de la Serna, *Obras Completas*, vol. XVI – *Ensaios* (Barcelona: Círculo de Lectores, Galaxia Gutenberg, 2005), p. 986.

([125]) Valéry Larbaud, *Œuvres complètes*, vol. I, *op. cit.*, pp. 263–4.

([126]) Guillermo de Torre, *Literaturas Europeas de Vanguardia* (Madrid: Caro Raggio, 1925), pp. 43–44.

([127]) *Ibidem*, p. 65.

Uma prova dessas relações estreitas, nos círculos literários da capital, por onde circulavam muitos escritores estrangeiros, encontra-se num postal, enviado de Lisboa, em 1924, para Gómez de la Serna em Madrid, assinado por um colectivo notável constituído por Jorge Luis Borges, o seu cunhado Guillermo de Torre, crítico literário e ensaísta, e António Ferro.([128]) Este era o primeiro Borges, próximo das *Inquisiciones* (1925), onde, através de Torres Villarroel, passava de Espanha a Portugal; longe se estava ainda das *Ficciones* e de *El Aleph*. Notou-o Palma-Ferreira, quando elencou o mundo do refinamento literário e intelectual da América do Sul anterior a Ernesto Sabato, García Márquez, Vargas Llosa, Onetti. Dele fizeram parte, além do primeiro Borges: Archibald Olson Baranabooth (se duplo de Larbaud, viajante e milionário sul-americano), o poeta colombiano José Asunción Silva, o mexicano Alfonso Reyes, Augusto Briga, Salvador Díaz Mirón, Gabriel Valdés e José Santos Chocano.([129])

Entre o seu imenso labor literário e as cartas de Lisboa para os amigos do Café de Pombo, de Madrid, Ramón Gómez de la Serna publicara, em 1923, a novela *La Quinta de Palmyra*.([130]) A esta obra, Larbaud chamou, na dedicatória a um texto escrito no Bussaco, «sinfonia portuguesa». A *Quinta* tinha no centro um palácio frente ao mar, que não ficava longe de Lisboa. Nela vivia Palmyra Talares, uma solteira, bela e rica, que não tencionava casar-se. Seduzida, primeiro, por Armando Vivar, que acabou por deixá-la, teve depois vários amantes: o primeiro foi o engenheiro Fausto, o segundo, um judeu norte-americano chamado Samuel, ao qual se seguiu Félix, um pianista português, e, por último, o próprio narrador. Depois de ter convalescido do acidente que teve com um último amante, o capitão de marinha Bonaventura, Palmyra ficou na companhia de Lucinda, uma amiga lésbica, que foi viver para a sua Quinta. O último capítulo, intitulado «Biombo final», no qual se

([128]) Carlos García, Martín Greco, *Escribidores y Náufragos. Correspondencia Ramón Gómez de la Serna/Guillermo de Torre, 1916–1963* (Madrid, Frankfurt am Main: Iberoamericana-Vervuert, 2007), p. 66; sobre os conhecimentos pouco precisos de Guillermo de Torre acerca do modernismo português, ver Antonio Sáez Delgado, *Órficos y Ultraístas. Portugal y España en el diálogo de las primeras vanguardias literarias (1915–1925)*, *op. cit.*, pp. 304–306; *idem*, «Fernando Pessoa, el ultraísmo y la pintura», in *Pessoa. Todo arte es una forma de literatura*. Catálogo da Exposição do Museo Nacional Centro de Arte Reina Sofia, 7 de Fevereiro/7 de Maio de 2018, comissários João Fernandes e Ana Ara (Madrid: Departamento de Actividades Editoriales del MNCARS, 2018), p. 266.

([129]) João Palma-Ferreira, *Pretérito Imperfeito*, *op. cit.*, p. 252.

([130]) Ramón Gómez de la Serna, *La Quinta de Palmyra*, ed. Carolyn Richmond, com longa introdução (Madrid: Espasa-Calpe, 1982); Anna M. Klobucka, «Palmyra's Secret Garden: Iberian (Dis)Connections, Portuguese Modernism, and the Lesbian Subject», *Luso-Brazilian Review*, vol. 50, n.º 2 (2013), pp. 31–52.

alude ao facto de as duas amigas terem ficado juntas, impede que o leitor continue a praticar o voyeurismo que atravessa toda a novela, abrindo-lhe as portas à imaginação.

O ponto de união entre os novos escritores e artistas portugueses — incluindo Ferro, Sérgio, Almada, Guilherme Felipe e os filhos de Ana de Castro Osório, a que se poderiam acrescentar António Soares, Eduardo Viana e Leopoldo de Almeida, representados pelas suas pinturas — acabou por ser o Bristol Club. «O Bristol, que a *Contemporânea* incensava.»([131]) O banquete e o subsequente espectáculo de Fevereiro de 1926, que contou com a participação activa de Larbaud e Gómez de la Serna, foram também um ponto alto para o seu proprietário Mário de Freitas Ribeiro. O Bristol acabou por ser associado ao mundo da prostituição e da cocaína da década de 1920, mas as intenções de Freitas Ribeiro e o seu interesse pelas artes e pelos novos artistas e intelectuais eram de um outro teor. Alberto de Monsaraz descreveu o ambiente num poema em francês publicado em 1922.([132])

Também *Nome de Guerra* de Almada, escrito em 1925 e publicado em 1938, se constituiu num retrato da vida nocturna, onde jogo e clubes surgiam associados; sem esquecer esse retrato de Judite, por quem Antunes se apaixonou, com o seu corpo «bastante viril e, sem por isso, ser masculino»([133]). E conforme escreveu Gómez de la Serna de Almada: «En los cabarets de Lisboa, que son como dorados palacios assaltados por la galanteria, Almada revolotea sobre los decotes y oferece las rosas que pilla en las mesas en que se celebra el banquete del gran negocio [...]. Almada Negreiros es el artista que resume la delicadeza, la inquietud y el diletantismo de Lisboa. Es ese artista sin salida al que le importa es vivir la gracia de su ciudad y andar en zancos por las calles que dan a la luna y subirse a una verja para alcanzar una flor.»([134])

Reinaldo Ferreira (pseudónimo: Repórter X), em *A Virgem do Bristol Club* (*O Primeiro de Janeiro*, 1930), contou a história de Palmira, órfã que

---

([131]) José-Augusto França, *Os Anos Vinte em Portugal: Estudo de factos sócio-culturais* (Lisboa: Presença, 1992), p. 164; Carina Infante do Carmo, «José Régio e Carlos Queiroz: cartas trocadas. Correspondência inédita dos tempos da "Presença", *Colóquio/Letras*, n.os 140–141 (Abril, 1996), pp. 101–131, *maxime* p. 130. «Bristol Club Dancing: O único onde a gente se diverte» [reclame de publicidade], *Eco dos Sports. Grande Revista Semanal*, ano II, n.º 67 (10 de Julho de 1927), p. 9.

([132]) Alberto de Monsaraz, «Le Dancing», *Contemporânea*, dir. José Pacheco, vol. I, n.os 1–3 (Lisboa: Imprensa Libânio da Silva, 1922), pp. 109–111.

([133]) Ellen W. Sapega, *Ficções Modernistas: Um estudo da obra em prosa de José de Almada Negreiros 1915–1925* (Lisboa: ICALP, 1992), pp. 97–117; José-Augusto França, *Os Anos Vinte em Portugal*, *op. cit.*, p. 145.

([134]) Ramón Gómez de la Serna, «Prólogo», in José de Almada Negreiros, *Nombre de Guerra*, trad. e notas de Sonia Ayerra e David Santaisabel (Sevilha: Olivo Azul, 2008), p. 8.

foi entregue ao padrinho, Leopoldo Faustino. O mesmo personagem — tal como se fosse uma recuperação da heroína de Gómez de la Serna — também é chamado Palmirinha. O padrinho era director do Banco Internacional Português, com muitas influências e interesses, nomeadamente no Teatro do Parque. No livro, há referências tanto a uma rede de angariação de prostitutas, como à circulação de cocaína na noite de Lisboa. Mas o Bristol aparece como um mundo à parte. A sua grande frequência era essencialmente burguesa, com uma mesa à qual se juntavam pintores e jornalistas, camaradas de tertúlia: entre eles «o pintor, o Saraiva». Leopoldo Faustino, quando a menina tinha quinze anos, tentou aproveitar-se da sua posição de tutor. Foi então que Palmira fugiu de casa do padrinho, para não se submeter aos seus intentos. Como não encontrou outro emprego, para sobreviver, trabalhou como corista no Teatro do Parque, até que Faustino fez com que a despedissem.

«Nunca Palmira sentira tão enterradas na carne, as garras do padrinho, como naquela ocasião... E que lhe viessem falar em civilizações, em liberdades, em paraísos sociais do século XX! Que diferença existirá entre uma escrava apetecida por um senhor medieval e ela, uma mulher livre de uma capital europeia, cobiçada por um senhor do feudo do oiro — do feudo da época?» (*A Virgem...*, p. 121). Mas o certo é que Palmira voltou a arranjar um novo trabalho, desta feita como *papillon* no Bristol Club.

O livro gira em torno da influência que Palmira exercia sobre os homens, ganhando muito dinheiro, sem se deixar corromper. O Bristol era um clube da moda, com acompanhantes que não eram prostitutas, uma vez que ninguém as obrigava a sair do clube com os clientes. Uma das angariadoras de meninas também por lá andava. Mas, insista-se, o clube não integrava a mencionada rede de prostituição. Era diferente. Único, tal como Palmira também o era. Em suma, num romance sobre o exercício da virtude em ambientes corrompidos, a virtuosa heroína acabou por enriquecer como acompanhante, pois recebia muito dinheiro e prendas, que utilizou para salvar meninas da prostituição. Devendo ainda acrescentar-se que, se o Bristol era um espaço corrompido, as intenções de Mário Ribeiro, seu proprietário, eram bem modernas. Talvez por isso o livro seja dedicado «A Mário Ribeiro, o fumador do sonho da nova pombalização de uma Lisboa Moderna e Europeia. — *Repórter X*».

No final, tudo se conjuga. António Ferro e António Sérgio acabaram por conviver no mesmo banquete do Bristol, participar na mesma festa e fazer parte da mesma União Intelectual. Na sua caracterização da harmonia e dos brandos costumes lusitanos, Larbaud não estava totalmente errado. E uma história do moralismo da mesma época que não leve a sério os referidos brandos costumes — enquanto representação das elites e de estrangeiros, para justificar ou esconder profundas desigualdades de género e de classe — ficará incompleta.

Se os brandos costumes diluíram as visões demasiado moralistas, também ajudaram a criar uma espécie de consenso, feito de indefinições e de ambiguidades entre partes opostas. Foi o que aconteceu quando, já na década de 1930, Ladislau Batalha contou a história de um outro caso de enorme ambiguidade (*Florêncio: Romance patológico*, Lisboa: Livraria Central de Gomes Carvalho, s.d.). Apresentando como patológico o seu romance, narrou a vida de Florêncio, que terminou com um final feliz. Será o livro de Ladislau Batalha o diagnóstico certeiro de uma patologia, como à primeira vista se afigura, ou o testemunho de uma enorme permissibilidade relativa ao modo de espreitar a vida singular de quem se liberta?

Não é uma pergunta de resposta fácil. Porquê? Talvez por os brandos costumes, já bem entrado o Estado Novo, estarem para ficar...([135])

Loucos, modernistas e selvagens

Em 1900, o médico psiquiatra Miguel Bombarda (1851–1910) publicou uma obra de polémica contra o jesuitismo. Nela, constatou a força social que ordens e congregações religiosas tinham assumido nos anteriores vinte anos, a par da influência crescente que passaram a exercer na educação e na administração dos cuidados de saúde. Mas a sua principal constatação era que os jesuítas, tal como os criminosos, deveriam ser analisados pela ciência moderna. Ou seja, impunha-se estudá-los à luz dos ensinamentos da Antropologia Criminal e da Psiquiatria. Bombarda via «no misticismo jesuítico uma forma paranóica que, embora incurável, devia ser isolada nos manicómios, pelo mal que faz à humanidade». Por isso, a sociedade tinha de se proteger das «tendências malfazejas» dos jesuítas, recorrendo ao seu «internamento manicomial». Conforme já tinha sugerido em relação aos criminosos, para os quais projectara, em trabalho anterior, o seu envio para uma «ilha bem perdida por esses mares, onde não possam prejudicar, nem procriar», propunha, agora, que se fizesse o mesmo com os jesuítas.([136])

As origens intelectuais do republicanismo têm sido estudadas por vários historiadores. António Araújo, Luís Bigotte Chorão e Tiago Pires Marques, entre outros, procuraram compreender o modo como várias disciplinas científicas, tanto penológicas como de medicina psiquiátrica, moldaram os

([135]) Sobre Ladislau Batalha, ver Nuno Medeiros, *O Livro no Portugal Contemporâneo* (Lisboa: Outro Modo Cooperativa Cultural, 2018), p. 85–86.

([136]) Miguel Bombarda, *A Sciencia e o Jesuitismo. Replica a um padre sabio* (Lisboa: Parceria António Maria Pereira, 1900), p. 188.

discursos políticos na transição do século XIX para o XX, tendo sido postas, pelo menos em parte, ao serviço da causa republicana.

O caso de Miguel Bombarda é tanto mais interessante quanto o seu assassinato, no Hospital de Rilhafoles, constituiu uma das causas próximas da proclamação da República, em 5 de Outubro de 1910. Os seus conhecimentos psiquiátricos, ao lado das suas relações e do seu prestígio, representavam as forças modernizadoras que, em nome da ciência, militavam do lado republicano. Porém, as suas ideias, partilhadas por muitos outros, longe de se limitarem ao âmbito restrito da psiquiatria, ambicionavam reformar a sociedade no seu todo. E, talvez mais importante, elas foram objecto de apropriações políticas autoritárias, que nada tinham que ver com valores republicanos e democráticos.

Júlio de Matos (1856–1922) partilhou com Bombarda as mesmas preocupações científicas em relação à psiquiatria, bem como a mesma oposição frente à influência da Igreja na educação. De modo porventura mais exacerbado, associava às prostitutas e aos criminosos a prática de uma religiosidade, com consequências no seu comportamento anti-social. Além de constatar que a «regressão mística de certos alienados», observados do ponto de vista da psiquiatria, coincidia «com a inesperada aparição de tendências cruéis, eróticas ou cleptómanas»([137]). No seu *Manual das Doenças Mentais*, de 1884, enunciara uma dupla queixa. Por um lado, o atraso em que Portugal se encontrava fazia com que os internamentos de loucos não fossem devidamente acompanhados por médicos com formação psiquiátrica adequada. Por outro lado, o mesmo atraso colocava os médicos portugueses numa posição de inferioridade em relação às investigações desenvolvidas noutros lugares, mais avançados. Por estas duas razões, era necessário que os médicos portugueses avançassem nas suas pesquisas, sem subserviência ao que se fazia lá fora.

O pensamento de Júlio de Matos caracterizou-se pela crença nos valores do progresso, fundados no avanço do conhecimento científico positivo, bem como na necessidade de desenvolver uma política com base na ciência. A legislação penal e sanitária estava, no seu entender, no centro de uma concepção progressista da vida social. Competia às elites, educadas com base na ciência, conduzir os destinos da sociedade, orientando-a em função dos ideais do progresso. Que essas elites eram constituídas por «muito poucos, só os mais perfeitos, só os mais diferenciados das raças superiores», era uma constatação quase evidente, face a duas realidades.

Primeiro, a minoria constituída por tais elites civilizadoras contrastava com «a inadaptação dos selvagens à vida complexa e às exigências da

---

([137]) Júlio de Matos, «Prefácio do traductor», in Raffaele Garofalo, *A Superstição Socialista* (Lisboa: Livraria Clássica Editora, 1904, p. LXX.

civilização», acabando estes por sucumbir, em face das raças superiores. Segundo, se tal acontecia na competição entre as raças — ficando implícita a identificação dos selvagens com a raça negra —, o mesmo acontecia dentro da raça branca associada à velha Europa. É que só aqueles que estavam em contacto com os génios, dispondo de «uma larga cultura literária», se poderiam impor. «Os outros, a maioria, o imenso número, vivem confinados no tempo e no espaço, alheios a tudo o que não seja o seu imediato e próximo interesse material.»([138])

Tal como os selvagens se mostravam inadaptados à civilização moderna, os seres inferiores — também eles «inadaptados», segundo a expressão de Gustave Le Bon — acabavam por ser vencidos. A sua miséria afigurava-se evidente, no interior de um regime de concorrência onde só os mais capazes podiam triunfar. Assim, a sua única resposta consistia em integrar «os batalhões colectivistas», apostados em destruir «uma ordem social que implacavelmente tende a eliminá-los». Três tipos de miseráveis, inadaptados ou seres inferiores eram considerados: os operários, tidos como inábeis e preguiçosos, com salários ínfimos; a massa dos degenerados, cuja inferioridade se devia a doenças hereditárias; e, por último, os que deviam a sua inaptidão «a uma educação viciosamente dirigida», também designada como «imprópria e inadequada educação literária»([139]). Eram os últimos os mais perigosos, porque os mais sectários das hostes socialistas. Formavam uma espécie de «proletariado intelectual» alimentado pelo ressentimento.([140])

Paula Morão chamou a atenção para a tese de licenciatura do escritor Júlio Dantas, na Escola Médico-Cirúrgica de Lisboa.([141]) Defendida em 1900, com o título *Pintores e Poetas de Rilhafoles*, o livro foi dedicado a Miguel Bombarda, o psiquiatra que tinha a sala do hospital, de que era director e onde dava as suas lições, decorada com «*gouaches* e carvões de proveniência manicomial».

Fora com base no exemplo e no magistério de Bombarda que Dantas se lançara no estudo da produção estética, tanto do ponto de vista artístico, como no que dizia respeito à produção literária. A psiquiatria permitia compreender «todos os ramos da mentalidade humana» a uma nova luz. Através dela, era possível penetrar todos os domínios: da arte à história, da sociologia à política. Nada ficava de fora do seu raio de alcance. Assim, Dantas não

---

([138]) Júlio de Matos, «Prefácio do traductor», in Raffaele Garofalo, *A Superstição Socialista* (Lisboa: Livraria Clássica Editora, 1904, p. LX.

([139]) *Ibidem*, pp. LXI–LXII, LXV.

([140]) *Ibidem*, pp. LXIII.

([141]) Paula Morão, «Revisitando Júlio Dantas, em torno de 1915», *Colóquio/Letras*, n.º 190 (Setembro, 2015), pp. 81–89.

hesitava em escrever que o médico tinha, então, «o seu lugar marcado na crítica das manifestações artísticas e intelectuais coevas e, também, o que é deveras importante, na crítica e filosofia históricas». E mais adiante acrescentou: «Para que a educação de um crítico de arte assente sobre bases sólidas, é preciso partir da estranha e monstruosa arte dos manicómios para a arte oficialmente cotada.»

E como podia fazer o psiquiatra essa transferência de competências do manicómio para o salão de arte? Percebendo que certos traços da arte dos loucos, sobretudo na pintura, também estavam presentes nas obras dos génios ou grandes talentos, a saber, no simbolismo, na regressão, na cromofilia e, ainda, em certos delírios já sistematizados pela psiquiatria, sobretudo nos casos de paranóia erótica e de paranóia ambiciosa.

Neste mesmo quadro de transferências e paralelos, as conclusões a que Dantas chegou acerca do trabalho de muitos escritores e pintores permitiu-lhe uma generalização: as suas obras eram o produto de uma mentalidade degenerada e paranóica. Pior: «A grande maioria tarada das multidões aplaude uns e outros, pintores e poetas, ferida exactamente pelo que há de insano na obra, pela extravagância, pelo excessivo pessoalismo, pela exterioridade brilhante dos panejamentos na pintura, do enroupamento da linguagem na poesia decadente.» A discussão das ideias de Dantas, inspiradas em Bombarda e Júlio de Matos, aconteceu, primeiro, no campo dos saberes médicos (Psiquiatria, Medicina-legal, Antropologia Criminal). O médico António Mendes Correia dedicou-lhe uma dissertação intitulada *O Genio e o Talento na Pathologia (Esboço critico)* (Porto: Imprensa Portuguesa, 1911), que incorporou, depois, na parte final do seu livro de fôlego intitulado *Os Criminosos Portugueses. Estudos de Anthropologia Criminal* (Porto: Imprensa Portuguesa, 1913, reedições de 1914, 1918). Embora seja sempre de ter em conta que as acusações de que já a poesia dos simbolistas estaria ao nível dos loucos de Rilhafoles remontavam a 1891, no vol. 6 de *Os Gatos* de Fialho de Almeida, e, uma vez aplicadas aos poetas modernistas do *Orpheu*, as mesmas denúncias terão vida longa, com Albino Forjaz de Sampaio e João Ilharco.([142])

No entanto, usos e discussões sobre os saberes psiquiátricos tinham há muito transcendido o campo restrito dos saberes médicos, para penetrarem a esfera política. Com as suas posições militantes de progressistas, Bombarda e Júlio de Matos tinham aberto essa via. Por exemplo, na sessão de 18 de Maio de 1914, no Senado da Primeira República, Ladislau Piçarra usou da palavra para tratar de um atentado, na Covilhã, a um engenheiro da Companhia dos

([142]) Albino Forjaz de Sampaio, *Homens de Letras* (Lisboa: Guimarães, 1930), pp. 15–16, 19–27, 190, 196; Francisco Rebelo, «Álvaro de Campos Louco Epiléptico», *Colóquio/Letras*, n.º 113/114 (Janeiro, 1990), pp. 99–104.

Caminhos de Ferro. No seu entender, a sociedade portuguesa caracterizava-se por uma falta de disciplina, a qual era particularmente evidente entre as classes trabalhadoras. Sempre que um director de fábrica, de empresa ou de um qualquer organismo do Estado tentava impor qualquer tipo de ordem, debatia-se com a oposição dos seus empregados.

No caso em questão, fora um trabalhador que atentara contra a vida do seu superior. Para o orador em causa, tal oposição só podia ser entendida como um acto perpetrado por anormais. Ora, segundo a evocada ciência psiquiátrica, os indivíduos dividiam-se entre normais e anormais, sendo que estes últimos não podiam andar em liberdade. Tinham de ser internados, de forma que fossem sequestrados da sociedade. Claro está, tudo isto depois de terem sido sujeitos a um exame acerca das suas faculdades psíquicas. Por isso, impunha-se a criação de institutos de educação para anormais ou, pelo menos, de colónias agrícolas, onde pudessem trabalhar e angariar o seu próprio sustento.

Em 1915, na sequência da publicação do *Orpheu*, de Fernando Pessoa e outros modernistas, Júlio Dantas escreveu, na imprensa, que, nas páginas dessa revista, os psiquiatras tinham «abundante matéria de estudo». Ao mesmo contexto em que essa denúncia foi proferida, pertence a correspondência dos anos 1914 e 1915 trocada entre o governador civil de Lisboa e o director do Manicómio Miguel Bombarda. O primeiro considerava que era grande o número de loucos recolhidos diariamente nos calabouços do Governo Civil, daí que os mesmos devessem ser hospitalizados ou transferidos para um depósito anexo ao manicómio; o segundo revelava que eram os polícias e as próprias famílias que os denunciavam às autoridades, quando muitos deles não se constituíam sequer em perigo para a ordem pública. É que, longe de serem agressivos, muitos eram apenas «dementes apáticos ou delirantes tranquilos, crónicos e incuráveis», logo, não deviam ocupar um lugar no manicómio. Tanto mais que este último estava superlotado com 857 alienados.([143]) Quinze anos depois da publicação da sua tese, Dantas transferiu as suas críticas azedas à poesia dos decadentes, simbolistas e nefelibatas (analisadas, em profundidade, por José Carlos Seabra Pereira), para os trabalhos dos modernistas e futuristas. Almada Negreiros respondeu-lhe, no célebre *Manifesto Anti-Dantas*. Em 1916, Luís da Câmara-Reys voltou à carga, para acusar os do *Orpheu*, nomeadamente Amadeo e Santa-Rita, de «um notável desequilíbrio mental»([144]). Em 1923, Assis Esperança continuava

([143]) ANTT/ADLSB/AC/GLE/E-B/001/0232, Pasta 90.

([144]) Luís da Câmara-Reys, «Notas de Lisboa», *Gazeta de Notícias* [Rio de Janeiro], ano 41, n.º 333 (29 de Novembro de 1916), cit. por João Macdonald, «Passageiro clandestino: a percepção exótica de Santa-Rita Pintor nos anos 10 e 20, e uma singularidade madrilena», in

a depreciar o valor do teatro de Dantas, considerando-o não só comparável às criações das mulheres, como constituindo uma espécie de «bugigangas»([145]).

Menos conhecida é a intervenção, posterior, sobre o «Futurismo indígena» de Alberto de Monsaraz.([146]) Indigna-se o autor pelo facto de a República ter promulgado uma lei, em 11 de Maio de 1914 (na sequência de um outro diploma de 1911), que permitia internar os loucos e os anormais. Bastava, para isso, uma denúncia. No seu entender, os visados eram todos aqueles que não conseguiam entender as liberdades republicanas, a começar pelos monárquicos, nos quais se incluía. Ou seja, a perseguição política movida pela República tinha incorporado os saberes da Psiquiatria e da Criminologia. Assim, sem a revogação de um tal disparate, era possível que os «bons futuristas» Almada Negreiros e Santa-Rita — «artistas cheios de sinceridade na sua obra e fé no futuro», cuja exposição acabara de inaugurar — pudessem ser objecto de ameaças, por parte de quem os acusava de serem simplesmente uns loucos. Monsaraz, monárquico e integralista, punha-se do lado dos futuristas contra os usos que republicanos e democratas faziam da psiquiatria.

Mas será possível restringir os usos dos saberes psiquiátricos à República, imputando-lhe o máximo de responsabilidades na criação de modos de confinamento ou de internamento dos loucos? Penso que só a custo e correndo o risco de continuar a demonizar a República, para efeitos bem anacrónicos e relacionados com as lutas políticas dos dias de hoje.([147]) Por sua vez, no Brasil, Lima Barreto atacou António Ferro em 1922, nas páginas da revista *Brazilea.* Satirizou sobre as «novidades forçadas» do modernismo, comparando-as a actos de loucura, já conhecidas do «Hospício dos Malucos, onde há grande cópia de orotomanos [*sic*] e exibicionistas»([148]). As vidas longas que tiveram os médicos Júlio Dantas e António Mendes Correia, colaboradores militantes do Estado Novo, só por si contrariam tais ideias feitas. O primeiro, além de escritor e presidente da Academia das Ciências, foi autor de um vasto plano de *Assistência Psiquiátrica* (Lisboa: Assembleia Nacional, 1945). O segundo foi, desde 1919 até à década de 1950, o grande mentor das políticas racistas coloniais, inspiradas sempre nos conhecimentos da Antropologia Física e Criminal.

Santa-Rita Pintor: Polémicas e controvérsias, ed. Fernando Rosa Dias (Lisboa: Documenta, 2019), pp. 34–36, *maxime* p. 35 [com outras referências interessantes à associação entre modernismo e loucura].

([145]) Assis Esperança, *Noite de Natal* (Lisboa: Livrarias Aillaud & Bertrand, 1923), p. XI.

([146]) *A Monarquia – Diário integralista da tarde* (16–4–1917).

([147]) Manuel Curado, «O ataque aos tribunais pelos psiquiatras portugueses de oitocentos», *Diacrítica: Revista do Centro de Estudos Humanísticos Universidade do Minho*, n.º 21, 2 (2007), pp. 103–115.

([148]) Luiz Ruffato, «Lima Barreto contra os "futuristas"», *Rascunho. O jornal de literatura do Brasil*, n.º 248 (Dezembro, 2020).

Luís Cebola, outro dos discípulos de Bombarda, director do Hospital do Telhal desde 1911, denunciou, logo em artigo de 1928, o que estava a suceder com o tratamento dado aos criminosos. No afã de eliminar a obra da República, os presos já não usavam o ridículo capuz dos tempos da Monarquia, mas permaneciam em total isolamento e eram alvo de constante coerção persecutória. Propunha, por isso, que se instituíssem «colónias para os grandes criminosos e recidivistas de comprovada robustez, internando em manicómios especiais os delinquentes loucos e detendo em cadeias-oficinas os pequenos delinquentes»([149]). Em suma, o internamento dos loucos, a par dos métodos de regeneração dos criminosos pelo trabalho, não era propriamente mau, pelo menos em comparação com as práticas com as quais se queria substituir a obra da República.

Enfim, o médico Egas Moniz, numa conferência proferida na Sociedade Nacional de Belas Artes, em inícios de 1930, na altura da inauguração de uma exposição do Grupo Silva Porto, estabeleceu um claro contraste: por um lado, estavam Silva Porto e Carlos Reis, com as suas representações vibrantes da natureza e a sua arte equilibrada; do outro estava uma genealogia de cruzamentos entre a pintura e a loucura, onde se sucediam El Greco, Goya, Van Gogh e o seu amigo Gauguin, Picasso e Kandinsky. Sobretudo os cubistas e expressionistas, debruçados sobre si mesmos, num paralelo que só poderia ser explicado com base no inconsciente estudado por Freud, aproximavam-se das «pinturas dos esquizofrénicos». Para compreender as suas representações, insistiu, «as manifestações picturais dos dementes esquizóides não são mais obscuras». A ponto de todos eles lhe trazerem à memória a «galeria de um colossal asilo de alienados»([150]). Terá a recepção de Freud em Portugal ao longo da década de 1930, nomeadamente a sua recepção nos meios literários e da crítica de arte, contribuído para alterar esta perspectiva?([151])

([149]) Luís Cebola, *Psiquiatria Social* (Lisboa: Livraria Central de Gomes de Carvalho, Editor, 1931), p. 61.

([150]) Egas Moniz, *Os pintores da loucura*, sep. do *Archivo de Medicina Legal*, 3 (Lisboa: Instituto de Medicina Legal, 1930). As críticas de Júlio de Matos, em conjunto talvez com Egas Moniz, aos escritores modernistas remontavam a 1911, ver João Lobo Antunes, *Egas Moniz: Uma biografia* (Lisboa: Gradiva, 2010), pp. 109–110; Denise Maria Borrega Pereira, *Visões da Psiquiatria, Doença Mental e República no Trabalho do Psiquiatra Luís Cebola (1876–1967): Uma abordagem histórica nas encruzilhadas da Psiquiatria, Ideologia Política e Ficção em Portugal na primeira metade do século XX*. Dissertação de Doutoramento (Universidade Nova de Lisboa, Faculdade de Ciências e Tecnologia, 2015), p. 316.

([151]) Luís Varela Aldemira, *A Arte e a Psicanálise: O caso Freud: Leonardo da Vinci: Inconsciente na vida artística: Os sonhos e a inspiração: Três conferências realizadas na SBA* (Lisboa: Oficinas da Sociedade Industrial de Tipografia, 1935).

Sarah Affonso e a pintura «nada igual» à de Almada

Em 2019, Sarah Affonso (1899–1983) saiu, finalmente, da sombra em que permanecera no panorama das artes plásticas em Portugal do século XX. Duas exposições, um colóquio e um livro de estudos, que lhe são dedicados, assinalam o *annus mirabilis* em relação à memória de uma das mais originais artistas plásticas portuguesas. Na Gulbenkian, Ana Vasconcelos, que já em 1999 tinha organizado uma exposição intitulada «Sarah Affonso: Memória de Viana» (Câmara Municipal de Viana do Castelo), voltou a articular parte da obra daquela mulher artista com uma espécie de etnografia do Minho (v. Ana Soromenho, *Expresso*, 06-07-2019). E, em Setembro, com curadoria de Maria de Aires Silveira e Emília Ferreira, inaugurou no Museu Nacional de Arte Contemporânea uma grande exposição do conjunto da sua obra, intitulada «Sarah Affonso. Os dias das pequenas coisas».

Todas essas iniciativas em torno de Sarah Affonso permitiram retirá-la da menoridade a que parecia ter sido relegada. A qual só era explicável pelo desconhecimento generalizado da sua vida e obra, para o qual contribuíram os equívocos gerados em torno da figura do seu marido, José de Almada Negreiros, escritor e artista, considerado um dos expoentes do modernismo português. Mais evidente parece ser o facto de a grande explosão de criatividade e de participação em várias exposições de Sarah Affonso ter coincidido com o período da sua relação com José Tagarro (1902–1931).

Desta feita, o cânone português — do qual constam Josefa de Óbidos, Aurélia de Sousa, Maria Helena Vieira da Silva, Menez, Paula Rego, Lurdes Castro e Helena Almeida — será alargado a Sarah Affonso. Para a revisão do cânone, que está em curso, tem sido decisivo o trabalho das curadoras já mencionadas, bem como de muitas outras investigadoras, historiadoras da arte e de uma directora do Museu Gulbenkian tão inteligente quanto foi Penelope Curtis. Doravante, o seu esforço conjunto, em torno de uma estratégia destinada a acabar com as discriminações de género, terá de ser dedicado a outras artistas. Mily Possoz, Ofélia Marques, Maria Keil, Alice Jorge, Clara Menéres, Teresa Magalhães ou Luísa Correia Pereira aguardam um trabalho sistemático de investigação e divulgação que as retire do olvido e só tem uma explicação: a discriminação de género.

Escusado será repetir, aqui, os principais traços biográficos respeitantes à formação e trajectória de Sarah Affonso. O seu itinerário, até um período relativamente tardio, nada tem que ver com Almada Negreiros. E o que se afigura urgente esclarecer, de um ponto vista biográfico, é a sua relação de trabalho, para não falar amorosa, com o seu colega, desenhador e grande retratista, autor de um dos mais perturbantes auto-retratos da pintura portuguesa, José Tagarro. Só depois da sua morte prematura surgiu Almada. O casamento tardio aconteceu em 1934, quando Sarah contava 35 anos e uma rica experiência como artista.

Tal facto deverá ajudar a pensar Sarah Affonso de um modo mais autónomo não só em relação a Almada, como no que diz respeito ao modernismo. Uma história da arte muito limitada e atrasada, por ter sido pouco sensível a categorias de género — para mais, incorporada numa memória familiar, capaz de refutar todas as alternativas biográficas que ponham em causa a última versão estética e política posta a circular —, dificulta o trabalho de reconstituição da trajectória independente daquela que foi uma das artistas portuguesas mais originais do segundo quartel do século XX. Tremendas, mas a merecer tratamento sério, são as insinuações de carácter e de saúde, feitas no diário de Hein Semke (Abysmo, 2016), acerca de Almada, mas que acabam por envolver Sarah.

Uma carta de Tagarro, datada de 5 a 15 de Dezembro de 1929, escrita para José Rodrigues Miguéis e existente no seu espólio (Providence, John Hay Library), logo após a exposição colectiva com Sarah, no Salão Bobone, constitui prova dessa independência e originalidade. Depois de descrever o que sucedera com as suas vendas, feitas apenas a amigos e conhecidos, Tagarro comentou o que sucedera com Sarah Affonso: «Desta vez não irritou tanto e vendeu oito coisinhas»; mesmo assim, «não conseguiu mais do que ganhar para a casa e moldureiro»([152]).

Meio século decorrido, num depoimento à nora, citado à saciedade enquanto chave de leitura da obra de Almada e de Sarah Affonso, mas que necessitaria de ser analisado de forma crítica, esta última parece mostrar a mesma independência de carácter, voltando a afirmar a sua autonomia e busca de originalidade. Aliás, a pressão da entrevistadora, para transformar o testemunho da sogra num depoimento acerca de «Mestre Almada», acabou por irritar a entrevistada.

Uma pequena história extraída dessa entrevista afigura-se bem esclarecedora. Conta Sarah que recebera a visita de uma senhora que, ao olhar para os seus quadros, lhe disse: «A sua pintura é igual à do Almada.» Segundo Sarah, a senhora procurava, apenas, ser simpática. Mas o certo é que uma tal comparação a magoava: «Que me venham dizer que a minha pintura é igual à dele, isso ofende-me, sobretudo porque ele tem um grande nome. E isso foi das coisas que me fez parar. Havia sempre alguém a dizer: "A sua pintura é igual

([152]) Providence, Rhode Island, Brown University, John Hay Library, Ms 89.7. Box 5, F 5. Sobre a exposição na Galeria Bobone, ver Luís do Montejunto, *Pintor José Tagarro (1902–1931)* (Cartaxo: Câmara Municipal do Cartaxo, 2002), p. 32; Maria João Gomes Pedro, *Sarah Affonso: Vida e obra*, vol. I (Lisboa: Universidade de Lisboa, Faculdade de Belas Artes, «Tese de Mestrado em Teorias da Arte», 2004), p. 122.

à do Almada". E não é nada igual» (Maria José Almada Negreiros, *Conversas com Sarah Affonso*, Arcádia, 1982, p. 113).

Numa longa carta para o escritor Manuel Mendes, datada de 21 de Agosto de 1931, Sarah Affonso revelou um enorme entusiasmo pela sua pintura, que considerava a única coisa que realmente lhe interessava (Arquivo Mário Soares, reprodução em Maria João Gomes Pedro, *Sarah Affonso. Vida e Obra*, Tese de Mestrado, UL, Faculdade de Belas Artes, 2004, vol. III). Com um quadro quase pronto — «do melhor que tenho feito», pois «é ainda cheio de contrastes, mas o colorido vai-se tornando mais delicado e é muito mais feminino» —, confessou: «Estou contente com a minha pintura, porque começo a entrar no caminho que procuro.» Quanto aos bordados, tinha-os posto de lado: «Neste género só sei fazer santos, e isto não está de acordo com a minha maneira de sentir.»

Sem misturar os géneros, pelo contrário, hierarquizando a importância da pintura, frente aos bordados, Sarah Affonso foi mais longe na declaração da sua forma de vida: «Não me resignava a viver agarrada ao rol da mercearia e da lavadeira.» Ou seja, o trabalho artístico era o que estabelecia a sua autonomia e independência, aquilo que verdadeiramente a realizava. Por isso acrescentou, em relação à organização dos seus dias, com uma ponta de ironia e salvaguardando o facto de se poder tratar de «palavrório de ocasião»: «De manhã, sou senhora burguesa, de tarde menina intelectual [...] e eu sou da raça casmurra, quanto mais dificuldades, mais garras tenho de reagir.»

Na Costa da Caparica, à hora em que escrevia aquela carta, que eram sete da manhã, parecia ter feito as pazes com a vida: «Neste momento estou reconciliada.» Estava bem-disposta, dormira de um só sono, tinha a janela aberta para um sol muito agradável e um céu muito azul. O que parecia não suportar eram as actividades do quotidiano. Sabia que aí vinham, quando a «criada» lhe batesse à porta, a perguntar-lhe o que se faria para o almoço e a dizer que o peixe estava caro.

«Diabo! E eu que estava a pensar em pintura, em exposições, a sonhar com uma vida mais elevada e mais bela... e lá tenho eu de descer das nuvens e pegar no livro das despesas: pão, tanto; carvão, tanto... E, talvez você não acredite, sou uma dona de casa exemplar. E quantas vezes dou por mim na cozinha, a mexer um tacho de doce ou um petisco para o jantar, olhando para o relógio e a contar os minutos, para se não estragar o ponto, com o mesmo interesse, com a mesma consciência, com que componho as tintas e procuro as complementares.»

Outro dos pontos assinalados por Sarah Affonso estava no contraste entre a sua vida na Costa e o quotidiano de Manuel Mendes. Imaginava-o a «subir o Chiado, entrar na Brasileira, ir até à cisterna onde o Feyo trabalha e sonha, tudo muito desarrumado, muito cheio de pó, a cheirar a bafio... depois vai à Seara e volta à Brasileira...». Enfim, uma vida que não lhe permitia ir visitá-la à Costa da Caparica, que também era chamada de Praia do Sol, onde ela o esperava acompanhado de Berta Mendes, do escultor Barata-Feyo e de Francisco Mendes (irmão de Manuel).

Para o fim da carta, ficaram as tristezas. A principal estava relacionada com a morte do amigo comum, José Tagarro: «Encheram-se os olhos de lágrimas com o que me disse da mãe do nosso amigo José Tagarro. É na verdade extraordinário. Recebi há dias uma carta de Maria em que me diz que a Mãe me queria visitar e que qualquer dia vêm à Costa. Fiquei muito impressionada, porque pensei que não é só por mim que aqui querem vir. É porque esta era terra de que o Zé gostava tanto e aqui vinha muitas vezes. Agora penso que talvez seja para me falar do neto. Em todo o caso, é muito triste para mim esta visita. Não é egoísmo, é sintoma [de] grande cobardia pelo sofrimento meu e dos outros.»

Seria ousado e, em parte, errado procurar neste documento a chave da obra e vida de Sarah Affonso. Porém, alguns elementos que nele se encontram deverão suscitar uma investigação acerca de quatro aspectos. Primeiro, é patente a convicção de Sarah em relação à busca de originalidade da sua obra pictórica; ela é estabelecida em contraste com o trabalho sobre os bordados; e reivindica-se de uma perspectiva feminina, o que na linguagem possível da época revela uma atenção às diferenças de género. Segundo, é notória e assumida a força com que ela se entregava a um trabalho individual, sem querer perder tempo com as sociabilidades mundanas de A Brasileira ou das conversas da *Seara Nova*, como parecia acontecer com o seu interlocutor. Terceiro, afigura-se evidente o aparente contraste entre o trabalho artístico criativo e a gestão do quotidiano; um contraste, aliás, que era anterior ao casamento com Almada, mas que ela própria parecia ter resolvido, pelo menos na época, numa espécie de síntese em que as actividades culinárias eram equiparadas ao trabalho oficinal de preparação das tintas. Em quarto e último lugar, fica, mais uma vez, assinalada, mas ainda permanece por esclarecer nos seus contornos afectivos, a relação intensa de Sarah Affonso com Tagarro. Até onde foi a cumplicidade entre ambos, não se pode deduzir do profundo sofrimento causado pela morte daquele que foi muito mais do que um pintor oriundo do Cartaxo.

No pequeno catálogo da exposição da Gulbenkian, bem certeiro é um dos argumentos do antropólogo António Medeiros: nos tempos do auge da «moda do Minho», que aconteceu na década de 1930, a obra de Sarah Affonso, mais do que constituída por memórias da sua infância minhota, foi tributária do «que ela pôde aprender em Paris e com o círculo dos seus amigos e conhecidos em Lisboa». Ou seja, mais importante do que pensar a sua obra em função de um qualquer projecto etnográfico, será contextualizá-la em relação a outras obras. A partir daqui, algumas considerações se impõem e, mesmo que seja difícil chegar a conclusões definitivas, a ideia central consiste em desvincular o significado da obra de Sarah Affonso de um qualquer projecto etnográfico.

Medeiros tem investigado a fundo a «moda do Minho» e, mais em particular, do traje à vianesa. Três livros, publicados sucessivamente em 2003, 2006 e 2009, fazem dele um dos maiores conhecedores da relação entre nacionalismo e etnografia, do último quartel do século XIX ao Estado Novo. Em colaboração com João Alpuim Botelho, escreveu *Uma Imagem da Nação. O Traje à Vianesa* (Câmara Municipal de Viana do Castelo, 2009). E, conforme este último notou, as *Lavadeiras com Bois* de Sarah Affonso «não são representadas com o traje à vianesa» (*Ibid.*, p. 299). A este respeito, importa lembrar que o traje minhoto foi alvo de uma apropriação pelo Estado Novo, mais concretamente pelo SNI, depurado da «roupa de uso» e objecto de uma aproximação folclorista de cariz estético, tendo em vista a «criação de uma imagem esteticamente atractiva do mundo rural»([153]).

O mesmo se podia dizer do desenho, sem título nem data, de uma mãe com um menino ao colo, de seio à mostra e coração de filigrana de Viana. Na sua nudez, descobre-se mais a imagem de uma mulher sem traje de espécie alguma, talvez mais próxima da Rosita da Exposição Colonial do Porto de 1934. O que equivale a dizer que, longe de ser etnográfica, a pintura de Sarah Affonso se constituiu numa forma de subversão, precisamente, num momento em que o Estado Novo se apropriava dos símbolos da identidade regional minhota. Resta saber se, nesta operação de subversão — situada muito para lá de um projecto etnográfico ou subvertendo os seus fundamentos —, o que contou foi o contacto com a pintura mais onírica de Marc Chagall ou, como sugere o catálogo da Gulbenkian, com as obras modernistas de Tarsila do Amaral, Mário Eloy ou os Delaunay. Enfim, o que mais parece contar nas representações pictóricas que incluem símbolos do Minho é o seu carácter subversivo em relação aos seus usos lineares por parte de uma cultura oficial e dos mecanismos da propaganda, mais ou menos modernista, suscitados pela acção de António Ferro.

([153]) Vera Marques Alves, *Arte Popular e Nação no Estado Novo: A política folclorista do Secretariado da Propaganda Nacional* (Lisboa: Imprensa de Ciências Sociais, 2013), pp. 145–147.

4

Mulheres escritoras

Numa tirada demasiado celebrativa, Jorge de Sena sustentou duas ideias fortes, em relação à literatura portuguesa coeva da ditadura de Salazar (1926–1974). Por um lado, argumentou, tal como se a prática da escrita carregasse consigo uma carga de oposição, durante quase cinquenta anos, «nenhum escritor de qualidade abertamente apoiou o regime»([1]). Por outro lado, sustentou que, se as mulheres escritoras também fizeram parte de uma tal dissidência literária e intelectual, «a sociedade, se aceitou as mulheres como escritoras, nas profissões e nos cargos públicos, não gostou de vê-las a usufruir abertamente a sua libertação como mulheres»([2]). Florbela Espanca, Irene Lisboa e Maria Lamas, todas nascidas no início da década de 1890, integravam uma primeira geração. Maria Archer, nascida em 1905, uma segunda. Seguiram-se-lhe Sophia de Mello Breyner, «um dos maiores poetas do século em português», activista política nos anos 1950 (melhor seria ter dito no final desta década), Natália Correia, Agustina, Fernanda Botelho e Maria Judite de Carvalho, nascidas num arco temporal que vai de 1919 a 1928.

([1]) Jorge de Sena, *Estudos de Literatura Portuguesa*, vol. III (Lisboa: Edições 70, 1981), p. 150.

([2]) *Ibidem*, pp. 150–151.

Impossível ficar indiferente frente ao argumento de Sena: a dissidência literária, incluindo a que foi protagonizada por mulheres, foi durante o salazarismo mais fácil de admitir do que a emancipação das mulheres. Tal como se um regime autoritário e fascista, sustentado pelas suas lógicas de valorização da família patriarcal, tivesse sido obrigado a excluir do seu horizonte ou, simplesmente, a reprimir a resistência no feminino. Os pequenos ensaios e estudos de caso sobre mulheres que integram este capítulo não estão todos alinhados com o argumento de Jorge de Sena. Tão-pouco formam uma resposta sistemática ao que ele defendia, nem pretendem demonstrar o contrário do seu argumento principal.

Os argumentos explorados neste capítulo são mais dispersos, ambíguos e contraditórios, e por isso afiguram-se menos atractivos. Uma primeira abordagem da afirmação das mulheres enquanto escritoras é feita com base na prática do memorialismo; porém o levantamento feito revela que são as mulheres mais conservadoras, aristocratas ou oriundas das classes mais altas que assumem um papel pioneiro. Será, com certeza, um exagero, mas afigura-se digna de considerar como hipótese que, no momento em que as vanguardas literárias e os círculos intelectuais continuam a ser um monopólio masculino, as mulheres aspiram à sua distinção em exercícios onde experimentam outras subjectividades. Aliás, a experimentação por via da escrita e de outras formas simbólicas parece ser uma das características de muitas mulheres. Por exemplo, Maria Archer escreveu obras de ficção acerca da realidade portuguesa e lançou-se numa etnografia das colónias, mais concretamente, de Angola. Já Maria Lamas soube articular uma etnografia visual, baseada na prática da fotografia, com um combate pela dignificação das mulheres e a denúncia da sua exploração.

Para quem queira aprofundar percepções femininas sobre Portugal, não faltam os nomes e as obras, que aqui vão reduzidos a três exemplos: a fotógrafa alemã Helga Glassner, a escritora francesa Simone de Beauvoir e aquela que foi uma grande colaboradora da *The New Yorker* e autora de meia centena de livros, Emily Hahn. Se a primeira folclorizou as classes populares e deu de Portugal uma imagem fundada nos grandes monumentos, a segunda revelou o modo de funcionamento da sociedade lisboeta e do Portugal de pé descalço, enquanto a autora de *China to Me* denunciou o comportamento machista e discriminatório das elites portuguesas. Difícil será reduzir a um único ponto de vista estas representações de Portugal no feminino.

Não menos variado é o panorama das mulheres que mostraram, pelo menos em determinadas ocasiões, afinidades com o regime de Salazar e com posicionamentos políticos mais conservadores. No entanto, Maria da Graça Freire — irmã de Natércia Freire, cujo poder se fez sentir no interior do campo literário pela sua capacidade de controlo da página literária do

Diário de Notícias — escreveu um romance onde a questão racial é posta a nu. Sophia de Mello Breyner, na década de 1950, mostrou a sua solidariedade para com o regime e a chamada Questão de Goa. E Agustina Bessa-Luís foi capaz de instalar a sua dissidência iconoclasta no seio de uma visão conservadora, construída em torno das famílias, nomeadamente as do Norte de Portugal.

Um último apontamento deste capítulo baseia-se na obra de uma grande escritora que não publicou um único livro e cuja obra se encontra espalhada por milhares de cartas — Maria da Graça Amado da Cunha. Mais conhecida como pianista e intérprete de Lopes-Graça, mantendo relações privilegiadas com os círculos da oposição a Salazar, ela é aqui apresentada nas suas ligações a Rodrigues Miguéis e a Ilse Llosa. Em qualquer dos casos, a sua posição socialmente privilegiada permitiu-lhe uma independência de pensamento e de acção que Mariana Maurício se encontra, neste momento, a investigar com maior profundidade.([3])

Memorialismo, conservadorismo e feminismo

Numa série de crónicas de 1971, Vitorino Nemésio elencou as mais importantes memórias escritas em português. De José Liberato e Francisco de Aragão Morato a Luz Soriano e ao conde do Lavradio, ou de Thomaz de Mello Breyner a Norton de Matos e Cunha Leal, foi em Raul Brandão que encontrou um dos melhores exemplos do género. Entre nós, a escrita de memórias foi cultivada mais do que se julga. Ao longo do século XIX, as mesmas proliferaram. Que não se argumentasse, pois, com a sua escassez, como sucedia com muitos críticos. Defendeu-o Nemésio, contra muitos que argumentam precisamente no sentido contrário. No seu entender, o que estava em causa era só a indiferença, por parte dos leitores e editores, em relação a elas.([4])

No interior da tradição memorialística portuguesa, a orientação mais frequente é conservadora. Trata-se de uma hipótese que necessita de ser demonstrada. Primeiro, por se tratar de uma prática de escrita centrada no universo familiar, enquanto legado das preocupações pela genealogia, no seio

([3]) Mariana Maurício, «Uma autobiografia escrita à máquina. As cartas da pianista Maria da Graça Amado da Cunha (1919–2001)», *Colóquio/Letras*, n.º 209 (Janeiro, 2022), pp. 137–161.

([4]) Vitorino Nemésio, *Jornal do Observador*, ed. Artur Anselmo (Lisboa: Imprensa Nacional — Casa da Moeda, 1999), pp. 34–39, 43–45.

de linhagens e relações de parentesco.(5) Conforme escreveu a marquesa de Rio Maior (1841–1920): «Em variadíssimos casos, por exemplo, descobri que pessoas que me inspiravam e mereciam confiança e amizade especiais estavam de alguma forma ligadas a mim, por parentescos, ou afinidades em tradições comuns.»(6) Em segundo lugar, as memórias são conservadoras porque tendem a ser testemunho de um individualismo antigo, para não dizer arcaizante. Este último surge, quase sempre, temperado pela linguagem das virtudes, usada no confronto com a representação de um mundo tão mudado, muitas vezes considerado hostil, visto a partir de longe, de um qualquer exílio — externo ou interno — ou de uma experiência que vitimizou os próprios autores. A reprodução desse conservadorismo fazia-se por via das famílias e do enaltecimento das suas histórias, mas também — insista-se — através de demonstrações de um individualismo antigo.(7) Radicava, ainda, num pro-

(5) Paula Morão, «Prefácio», in Marcello Mathias, *Diário de Paris 2001–2003* (Lisboa: Oceanos, 2006), p. II.

(6) *Memórias da Marquesa de Rio Maior* (Lisboa: Parceria António Maria Pereira, 1930), p. 167.

(7) Não foi por acaso que, em 1916, em tempos de resistência à República, o Pe. Valério Cordeiro publicou, em Pontevedra, *Memorias da Última Condessa de Atouguia Manuscrito Autobiográfico Inédito*. Tratava-se de um manuscrito que reabilitava os Távoras, defendia os jesuítas e elogiava a alta nobreza do século XVIII, ver a edição recente *A Última Condessa de Atouguia. Memórias autobiográficas*, prefácio de Ibsen Noronha (Porto: Caminhos Romanos, 2017). Genealogia, parentesco e «caturreiras» familiares, à mistura com um horror pelas modernices, incluindo a utilização daquela que era à época a nova telha de Marselha, também se encontram nas memórias, acompanhadas da publicação da correspondência, da condessa de Povolide, *A Nossa Junqueira* (Aveiras de Baixo, 1959), p. 40 (sobre o horror à telha de Marselha), p. 46 (recorda-se a figura do avô, D. João da Câmara, que estava longe de corresponder às descrições dos fidalgos de Eça, Camilo e Júlio Dinis — que oscilavam entre «o fidalgo austero e orgulhoso, respondendo altivamente ao seu Rei» e a figura do «tarado, depravado e arruinado»; D. João da Câmara era, na opinião da neta, quase um santo, ou seja, correspondia na perfeição à figura do «fidalgo virtuoso, que sabia compreender a dor dos infelizes, que sabia repartir com os desgraçados o pouco que possuía, que tirava dos seus ombros o único capote que tinha para o pôr nas costas de um pobre, que ia a pé do Rossio à Junqueira, porque tinha dado os últimos vinténs que deveriam pagar o Americano»). Também nas lembranças de um outro monárquico, deixadas em manuscrito, se nota o horror aos endinheirados do Brasil, cuja fortuna permitia a um deles «ter moradia sua, camarote em S. Carlos, chalé em Sintra e ser um dos maiores contribuintes da sua freguesia», ver João Jardim de Vilhena, *Recordações de um Velho de Boa Memória (1895–1908)* (Lisboa, 1963), p. 7. No entanto, a respeito deste mesmo ambiente, Juliette Lamber registou, nas suas memórias, que em Portugal a generalidade das casas só recebia a própria família; só a velha aristocracia tinha o costume de dar grandes festas, porém, os seus salões mantinham-se fechados aos burgueses com títulos recentes e aos novos-ricos; só alguns celibatários desta última qualidade eram admitidos, na condição de não se casarem com uma burguesa titulada de fresco, ver Madame Adam (Juliette Lamber), *La patrie portugaise: souvenirs personnels*, 3.ª ed. (Paris: G. Havard Fils, 1896), p. 319. Acerca

fundo sentido das deferências, impostas por uma hierarquia social rígida. Uma percepção, aliás, tão profunda quanto naturalizada, sobretudo, no caso de memórias escritas por mulheres. É o caso de Branca de Gonta Colaço (1880–1945), que tinha «em projecto e creio que principiado um livro de Memórias que a morte veio interromper»([8]).

Branca de Gonta editou as *Memórias da Marquesa de Rio Maior*. No prefácio desse livro, coube à marquesa contar o choque representado pela implantação da República, recordando os serões passados no Palácio da Anunciada, ao longo dos invernos de 1913 a 1918. Revelou então a admiração que tinha pela marquesa, considerada distante não só por uma questão de idade, mas também por uma atitude e posição que reconhecia como sendo superiores. Nas suas palavras: «A despeito da diferença de idades, e de categorias sociais, o meu espírito encontrava no seu demasiado encanto [...]. O seu cuidado máximo era apagar qualquer vislumbre de superioridade fidalga, [pois], por todas as linhas de seus avoengos, desconhecia os preconceitos de casta.»

Nas suas memórias, Olga de Moraes Sarmento (1881–1948) contou a sua infância infeliz. O pai, um oficial do exército, delapidara o património, graças às suas aventuras amorosas, e acabara por se separar da mulher. Esta passou mal, tendo sido obrigada a vender tudo o que lhe restava em casa. Incluindo uma colcha que a pequena Olga levou a casa de uma família de posses. Anos volvidos, depois de um casamento fugaz com um jovem oficial e de uma viuvez precoce, a consciência profunda da decadência da família de origem acabou por ser compensada por uma acumulação de referências a outras mulheres e homens de alta-roda: a duquesa de Palmela, mecenas das artes, benfeitora dos pobres e amiga de Sarah Bernhardt e Eleanora Duse; Maria Amália Vaz de Carvalho, autora da biografia do duque de Palmela; a condessa de Proença-a-Velha, com o seu salão, onde não faltava Teófilo Braga, apreciado pela sua erudição (aliás, Olga já prestara homenagem à mesma condessa, em livros de 1906 e 1909); a grande investigadora da literatura portuguesa que foi Carolina Michaëlis; a já referida Branca de Gonta, que lhe apresentou Virgínia Vitorino, que ainda hoje representa um caso de lesbianismo emancipado; a elegante Maria Luísa Pinto Barreiros; o conde de Sabugosa; o conde da Foz, ao lado de outros grandes boémios como Júlio Mardel, D. João da Câmara; Thomaz de Mello Breyner, conde de Mafra; o escultor Teixeira Lopes; e Afonso Lopes Vieira. O regicídio não ficou esquecido e toda a família real foi lembrada, com

---

do mesmo individualismo antigo, ligado a questões de honra e do bom nome, ver Miguel de Unamuno, *En Torno al Casticismo*, 4.ª ed. (Madrid: Espasa-Calpe, 1957), pp. 88–89.

([8]) Branca de Gonta Colaço, *Abençoada a Hora em que Nasci* (Lisboa: Parceria António Maria Pereira, 1945), p. 18; p. 121: «No beija-mão da saudade», dedicado à rainha D. Amélia.

enorme dedicação, indo a devoção mais elevada para a rainha D. Amélia (cujas cartas do exílio Olga publicou). Uma particular atenção é, ainda, dada à Lisboa dos palácios e das grandes festas, como aquela que deu Helena Castelo Melhor (princesa Robert de Broglie).

Olga defendeu-se dos que a acusavam de snobismo. Argumentou que só lhe interessavam as elites do espírito, do sangue ou das tradições e, finalmente, do instinto. Mas sublinhou que este último era equivalente ao povo, de modo que deixasse de fora desse triângulo as «camadas intermédias onde se infiltra e instala a chamada "burguesia"». Ou seja, o que estava em causa era o fascínio por uma alta-roda, finíssima, o à-vontade com o povo e o desprezo por uma burguesia de meia-tigela. As memórias de Olga representam, também, uma exibição de cosmopolitismo *chic* e aristocrático: do Brasil, onde privou com toda a aristocracia, a Nova Iorque, e, na Europa, de Madrid a Paris, sem esquecer muitos outros países e capitais, e uma peregrinação a Lourdes. Mais os trinta anos do que denominou «um afecto perfeito» com a baronesa de Zuylen, filha dos barões de Rothschild, que ajudou a sair da França ocupada pelos nazis e que, só assim, foi salva das «torturas de Dachau». Cinematográfica e terna é a descrição do modo como a baronesa, que partira antes de Biarritz, esperou pela amiga, muito provavelmente sua amante, na fronteira espanhola, junto ao seu *Rolls Royce*. Vieram juntas para Portugal, mas acabaram nos Estados Unidos. Finda a guerra, voltaram ambas para Lisboa.

Foi sobre a Lisboa do final dos anos 1940 que escreveu: «Não me habituo, não me habituarei nunca, a esta espécie de aridez mental a que parecemos voluntariamente condenar-nos, a este ambiente de "senhoras vizinhas" que tudo rege segundo os seus códigos do preconceito, a este "parece mal", a esta singular suspeita necessária ou ácida desconfiança com que andamos todos a olhar uns para os outros.»([9]) Segundo as mesmas memórias, teriam também de ser considerados, na geração anterior, Eça, Fialho, Ramalho e Bordalo; os seus contemporâneos Malheiro Dias, Lopes Vieira, José de Figueiredo e Raul Lino; e, ainda, os Leitão de Barros, João Couto, Diogo de Macedo, Aquilino (com a sua «rudeza nativa»), Amélia Rey-Colaço e João Villaret. Quanto a salões, que não faltavam em nenhuma cidade que se prezasse, Olga só contava com as excepções de quem abria as suas requintadas casas aos artistas: a marquesa de Cadaval, cujo empenho na elevação do gosto musical continua a ser hoje reconhecido de modo consensual; e Elisa de Sousa Pedroso, filha dos condes de Carnaxide e presidente do Círculo de Cultura Musical.([10])

([9]) Olga de Moraes Sarmento, *As Minhas Memórias* (Lisboa: Portugália Editora, 1948), pp. 354–355.

([10]) *Idem*, *Arte, Literatura & Viagens* (Lisboa: Livraria Central, 1909), pp. 59–63 [sobre Elisa de Sousa Pedroso].

O snobismo extremo de Olga de Moraes Sarmento explica a sua capacidade para abraçar causas emancipatórias. Fosse do ponto de vista do género e, mais concretamente, da sua relação com a baronesa de Rothschild. Fosse em relação às desigualdades raciais, fundadas na escravatura. Tal como escreveu, ainda jovem, com evidente exagero: «A emancipação dos escravos da América do Norte deve-se a Henriqueta Stowe, com a publicação do seu belo livro *Uncle Tom's Cabin* — genial criação cuja influência social foi tanta que podemos considerá-la como um dos mais importantes agentes da realização desse passo gigantesco do progresso e da civilização.»([11])

Fernanda de Castro (1900–1994), mulher de António Ferro, contou nas suas memórias que a sua iniciação no campo literário fora feita graças às leituras e encorajamentos que merecera de Branca de Gonta, de Luzia Grande e do conde de Sabugosa. Luzia (1875–1945) é, nas mesmas memórias, equiparada a Katherine Mansfield, com quem tinha «parecenças de irmã». Fernanda de Castro e Teresa Leitão de Barros (1898–1983) — esta nas suas funções de testamentária literária oficial — publicaram uma única obra póstuma de Luzia, intitulada *Dias que Já Lá Vão* (1946). Trata-se de um livro que integrou a colecção da Tavares Martins, dirigida por António Ferro, na qual foram publicadas tanto traduções como originais, e que, pelo menos na sua programação, chegou a contar com a colaboração de outras mulheres. Foi o caso de Rachel Bastos, mulher de José Osório de Oliveira, autora de alguns romances importantes, hoje totalmente esquecidos; de Maria Archer, que se encontrava num dos momentos de maior sucesso literário; de Oliva Guerra; de Natércia Freire; e da muito mais jovem Sofia de Mello Breyner Andersen, que ainda assinava deste modo, quando anunciou a tradução de *Benção* de Claude Sylve.

Por publicar, segundo os principais estudiosos de Luzia, ficaram as memórias e sua a volumosa correspondência, cuja localização importaria apurar, tendo em vista a edição, sobretudo, do livro que se encontrava pronto, intitulado *Pelos Caminhos da Vida, Jornal I*.([12]) Autora de uma série de livros de forte sentido autobiográfico, Luzia casou-se muito jovem, na Madeira, mas divorciou-se, em Novembro de 1911, de um marido que a maltratava. «Seulette, seulette, sans compagnon ni maître...», como escreveu nas suas memórias inéditas. Desde então, dividiu-se em viagens pela Europa; a frequência de salões literários, onde primava pela elegância, como era o caso do que manteve, em Lisboa, a Santa Catarina, Maria Amália Vaz de Carvalho;

([11]) *Idem*, *Problema Feminista* (Lisboa, 1906), pp. 33–34.

([12]) José Martins dos Santos Conde, *Luzia, o Eça de Queiroz de Saias* (Portalegre: Edição de autor, 1990); Cláudia Sofia Silva Neves, *O Reino Encantado de Luzia: A crónica da vivência e a eterna busca do «Eu»* (Lisboa: CLEPUL, 2017).

e uma extrema solidão, que talvez explique o carácter introspectivo da sua obra, associada a uma saúde débil. Augusto de Castro chamou-lhe o *Eça de Saias*, devido à sua capacidade para observar e ironizar sobre os usos e costumes de Lisboa.([13]) Ou, como ela própria se definiu: «Espectadora das comédias do mundo», sobretudo da sociedade da mais alta-roda que frequentou em Lisboa, Funchal e Portalegre.([14])

O seu feminismo assumiu contornos próprios. Consoante escreveu em forma de carta: «Tu bem o sabes, eu não suporto aquelas escritoras de quem se diz: têm a inteligência viril, escrevem como um homem... Com esta minha perigosa mania de evocação, ouço-lhes logo a voz grossa, vejo-as de peitilho de goma, colarinho alto, bengala e cachimbo.»([15]) Em *Cartas d'uma Vagabunda*, Luzia assumiu, em pleno, a sua atitude irreverente, quando escreveu: «Por distracção e... talvez por um bocadinho de implicação também, faço sempre o contrário do que o código elegante manda fazer.» E num dos seus últimos livros, *Última Rosa de Verão (Cartas de mulheres)*, de 1940, Luzia meteu-se na pele de Ana Guiomar, a quem fora atribuída a tarefa de educar Nuno, primo de uma amiga e com metade da sua idade. Apesar das diferenças, educadora e educando apaixonaram-se, num quadro que é o do amor impossível. A irreverência estava, precisamente, no direito à paixão por parte da mulher mais velha, que queria fugir às convenções.

Enfim, da marquesa de Rio Maior, editada por Branca de Gonta, a Olga de Morais Sarmento ou a Luzia Grande e, mais perto de nós, a Fernanda de Castro, as memórias foram um instrumento de afirmação social e literária das mulheres. O seu conservadorismo, as suas ligações a uma cultura política monárquica ou a sua proximidade com os círculos do Estado Novo não se constituíram em obstáculo a tomadas de posição irreverentes e a processos de emancipação feministas. Pelo contrário, o conservadorismo das mesmas memórias funcionou tal como se a distinção social só pudesse ser sustentada por quem tinha a segurança e a autoconfiança para transgredir em relação às normas vigentes e ao medo do parece mal. Resta saber se as memórias conservadoras escritas por mulheres integravam uma tradição memorialística portuguesa ou estavam relacionadas com modelos que transcendiam a cultura literária nacional. É o que sugere a referida colecção «Contemporâneos» dirigida por António Ferro, ao publicar várias traduções, como a do *Diário* de Katherine Mansfield. O mesmo se diga do acto de dissimulada irreverência, na mesma colecção, constituído pela tradução, por Oliva Guerra, de

([13]) *Diário de Notícias* (13/12/1956).

([14]) Luzia Grande, *Dias que Já Lá Vão* (Porto: Livraria Tavares Martins, 1946), p. 239; *idem*, *Cartas do Campo e da Cidade* (Lisboa: Portugália, 1923).

([15]) *Idem*, *Cartas do Campo e da Cidade*, *op. cit.*, p. 195.

O Homem É Forte, da autoria de Corrado Alvaro — romance que fora publicado originalmente em 1938 e merecera a censura dos regimes fascista e nazi, respectivamente, em Itália e na Alemanha.

De qualquer dos modos, ficam por reconstituir, em toda a sua extensão, as raízes de um certo feminismo conservador, que passa por Ana de Castro Osório, mas que lhe é anterior, alimentando-se de uma visão cosmopolita e das trocas que as traduções ou a literatura estrangeira favoreciam. Num texto de crítica da literatura feminina, pouco conhecido, num longo estudo sobre a vida e a obra de Charlotte Brontë, da autoria de Cláudia Campos, explica-se o modelo: respeito pela educação religiosa e preconceitos de província, recusa em compreender a filosofia contemporânea, afastamento do moderno movimento literário, horror pelo ateísmo, hostilidade ao movimento político por nele se manifestarem as tendências mais avançadas e diversas da infância, «conservando ela [refere-se a Charlotte Brontë] até à sua morte o seu velho *torysmo* anglicano»([16]).

Maria Archer e a força da oposição

Maria Archer nasceu em 1899, em Lisboa, onde morreu em 1982, no Asilo de Marvila. Viveu também em Moçambique e Angola. Conheceu um longo exílio no Brasil, onde padeceu inúmeras dificuldades de subsistência. Casou cedo e divorciou-se ao fim de poucos anos. Não voltou a casar. Enquanto mulher independente, arcou com o estigma social e familiar que lhe foi imposto pelo Portugal de Salazar. O facto de as histórias da literatura e da cultura lhe dedicarem pouca ou nenhuma atenção não me espanta. Os critérios que organizam tais histórias sempre foram e continuam a ser depreciativos da produção intelectual e criativa das mulheres.

Em Portugal, a academia continua a acantonar os estudos de género. A universidade portuguesa — essa nova versão do «alguidar de lacraus», para utilizar a expressão de Rodrigues Miguéis acerca do meio intelectual português, pejado de formas nada subtis de imposição de uma censura interna — quase não consegue reflectir sobre a desigualdade de género de que padecem a sociedade e a cultura portuguesas. Por exemplo, os estudos sobre mulheres escritoras continuam a ser, sobretudo, da iniciativa de mulheres, tantas vezes desqualificadas por se entregarem a uma causa considerada menor, por parte dos numerosos militantes do politicamente incorrecto. Porém, há muito a aprender com as pesquisas, bem informadas, acerca das perspectivas de

([16]) Cláudia Campos, *Mulheres (Ensaios de psychologia feminina)* (Lisboa: M. Gomes. Editor, 1895), p. 213–214.

género, realizadas por investigadoras da nossa literatura tais como Ana Paula Ferreira, Anna Klobucka, Cecília Barreira, Paula Morão e Vanda Anastácio.

Em 1946, Maria Archer escreveu *Casa sem Pão*. O seu terceiro romance, com mais de quatrocentas páginas. Enquanto escritora, tinha razões para fazer um balanço positivo da sua actividade. Dois anos antes, publicara *Ela É Apenas Mulher*, que conhecera já duas edições. Por sua vez, em 1945, saíra outro dos seus romances, intitulado *Aristocratas*, também já em segunda edição. Para trás ficava uma série de quatro novelas, desde que se iniciara nas lides literárias em 1935, na cidade de Luanda, com *Três Mulheres*. Por essa mesma altura, Maria Archer desenvolveu os seus interesses etnográficos, mas sem deixar de considerar que os africanos eram sub-humanos, pois escreveu: «O negro é ainda o homem selvagem, homem da idade do ferro... cheio de virtudes simples como um animal qualquer.»([17]) As suas publicações de teor ensaístico sobre o império colonial português foram muitas, a começar por *Sertanejos* (Lisboa: Cosmos, «Cadernos Coloniais», n.º 9, 1936). Ficaram espalhadas por livros, folhetos e artigos em revistas tanto de orientação oficial como ligadas a círculos da oposição. Na linha dos contactos inicialmente estabelecidos com Gilberto Freyre por José Osório de Oliveira, Maria Archer escreveu, nas páginas da *Seara Nova* (XVII, n.º 536–537, 1937), um ensaio pioneiro sobre aquele sociólogo brasileiro. Mais tarde, na década de 1950, quando este último prefaciou uma das suas compilações sobre etnografia colonial, não hesitou em compará-la aos estudos de Margaret Mead e das grandes antropólogas do seu tempo.

Seria interessante explicar por que razão as suas obras relativas às colónias assumiram contornos etnográficos, enquanto a matéria dos romances era sobretudo urbana e se transformou numa crítica à posição das mulheres das famílias burguesas, identificadas por Archer como fazendo parte do seu próprio meio social de origem. Nesta divisão, nota-se um claro contraste: por um lado, o peso das realidades coloniais parece não dar margem para nenhum devaneio ficcional; por outro, a falta de liberdade ou o carácter artificial das famílias burguesas, apostadas em representar o seu estatuto social e em parecer bem, parecem só poder ser descritos por via do romance. No âmbito da sua profissionalização como escritora, a esses dois géneros Maria Archer juntou alguns trabalhos de tradução, caso de *Cândido* de Voltaire. E, em 1943, com Braanca de Gonta Colaço, publicou umas *Memórias da Linha de Cascais*.

Várias razões sugerem que *Casa sem Pão* foi um marco na carreira de Maria Archer, enquanto escritora e mulher independente, capaz de se opor

---

([17]) Maria Archer, «A carta», *O Mundo Português*, n. 2 (Janeiro, 1935), p. 7, cit. por Gerald J. Bender, *Angola sob o Domínio Português*, trad. Artur Morão (Lisboa: Sá da Costa, 1980), p. 205.

tanto aos artifícios da moral burguesa como de um Estado Novo que tanto presava o poder paternal dos chefes de família. Conforme indicou, numa das longas epígrafes ao livro, citando André Gide: «O valor do escritor encontra-se ligado à força revolucionária que o anima ou, mais exactamente (uma vez que não sou tão louco para apenas reconhecer valor artístico aos escritores de esquerda), à sua força de oposição.»

Tal citação tinha implicações de vária ordem. Sem deixar de fazer a apologia do envolvimento dos escritores na acção política, Archer pretendia ir mais longe. Ou seja, a «força da oposição», enquanto espelho da autonomia da escrita literária, surgia como uma categoria mais vasta do que os ideais revolucionários protagonizados exclusivamente pelos escritores militantes de esquerda. Através da mesma citação de Gide, a escritora distanciava-se, também, dos que colocavam todo o trabalho de escrita neo-realista ao serviço de uma militância revolucionária, sem atender a essa força maior de oposição representada pelas próprias capacidades da literatura — entendida esta como construção ficcional baseada na linguagem.

Vale a pena reconstituir a trama do mesmo romance, para interpretá-lo como um exercício de oposição. Nele, descreve-se a história de várias famílias, unidas por um casamento, desde a queda da Monarquia até à década de 1940, em pleno Estado Novo. O foco nas famílias e nas casas começa em Pedrouços. Ali residiam duas famílias que se vieram a unir por casamento e que, depois da morte dos seus respectivos patriarcas, passaram a morar na mesma casa, no bairro lisboeta de Santos. Os ambientes que se respiram nessas casas são confinados, tal como sucedeu em *O Lustre* (1946) de Clarice Lispector, com quem Maria Archer privou. E, tal como se tudo se passasse de portas adentro, com excepção dos contactos feitos pela criadagem ou por via dos fornecedores que vinham à porta. No centro da história está o namoro, o noivado, o casamento e, até, a ameaça de divórcio quando Adriana e Eduardo já passavam dos sessenta anos. Só este último, o marido, representava um outro tipo de geografia que extravasava a casa. Era o que sucedia com o seu emprego no banco da Baixa, as digressões pelos cafés ou clubes, as amantes, a última das quais instalada no Bairro das Colónias, e as passeatas ao domingo pelas praias da Linha, a começar na Cruz Quebrada. Antes dele, logo no início do romance, só o seu sogro, coronel, apanhava o eléctrico para vir trabalhar em Lisboa. E, mais ao longe, Gustavo, irmão de Adriana, militar, enriqueceu em África durante toda uma vida — trazendo para o romance uma experiência naturalizada de vida colonial.

A trama do romance demonstra o carácter artificial, e por isso mesmo falso, das famílias burguesas: sob a capa das aparências, do fazer de conta e da defesa de uma honra que, no limite, aspirava a alcançar um estatuto de nobreza, a única coisa que existia era a intenção de fazer um bom casamento que trouxesse conforto e riqueza às famílias, sempre ameaçadas por gastos crescentes e pelo espectro do declínio. No drama da representação das aparências, um marido como Eduardo podia ter as suas amantes, desde que Adriana não soubesse. Quando esta descobriu a existência de Luísa, uma rapariga com meias curtas, à inglesa, que podia ser neta do marido, já um velho a arrastar os pés, quebrou-se o verniz. A amante foi acusada de ser uma rameira! Todas as anteriores agressões sexuais de Eduardo — envolvendo as criadas, a própria cunhada ou, mesmo, o seu gosto necrófilo, quando frequentava a morgue para experimentar os corpos das virgens — não contavam, desde que mantidas em segredo. Só o escândalo da dita rameira precipitou a decisão de Adriana de se divorciar e de ir em frente com outras decisões mais drásticas. Adriana acabou por assassinar a sogra, que sempre protegeu as atitudes do filho, mesmo quando estas pareciam um atentado ao bom nome da família.

A casa que resulta da união das duas famílias e que acaba por não ter pão é a de Adriana e Eduardo. Os negócios falhados deste último, as sucessivas amantes de casa posta, as suas perdas à batota, as dívidas, as pândegas, as desonestidades no banco que, se não o levaram ao desemprego, o impediram de subir, as trafulhices nas vendas de imóveis ou as mentiras em casa com as comissões obtidas nos negócios, tudo isto encontra uma espécie de sucedâneo dentro de casa. De facto, a permanente falta doméstica de dinheiro leva Adriana a contrair dívidas na padaria, no talho ou na mercearia, a ensinar as criadas a dissimular o pagamento aos fornecedores que batiam à porta, a adiar durante anos os próprios salários às criadas, que aprenderam a comprar produtos baratuchos e a pôr no prego as jóias e brilhantes. Tudo isto culmina com Adriana a chamar ferros-velhos e antiquários que começaram por comprar móveis e antiguidades, para pôr alguma comida na mesa, e com a sogra de guarda ao piano. Este não podia ser despachado tão cedo, pois podia servir para pagar o seu enterro. O enterro da velha, entenda-se, que Adriana acabou por envenenar e, com frieza, sufocar, deu-se ao mesmo tempo que procurava fazer o mesmo com o marido.

O indiscutível declínio da família do coronel, pai de Adriana, que habitava em Pedrouços numa casa independente, torna-se bem patente na falta de pão em casa. Quase até à última, todos procuraram manter as aparências de estatuto — o parecer bem —, para não provocar escândalo, para que não fosse posta em causa a honra de Adriana. Esta era a guardiã da casa, dessa esfera onde tinha de ser preservada a respeitabilidade da família, representada para o exterior pelo patriarca. Mas que, na sua esfera mais privada, tinha no centro a figura quase sagrada da mulher e mãe. As famílias de Eduardo e Adriana surgem, também, associadas a uma indiscutível filiação monárquica, que passou pela República até alcançar o Estado Novo.

A força do seu conservadorismo é tão grande quanto o romance não procura ser muito explícito no modo de abordar matérias de política e religião. Esta última surge praticamente reduzida ao oratório da velha com as imagens dos santos, que é trocado por patacos logo após a sua morte. Talvez uma das teses do romance esteja nessa espécie de apolitismo de uma família que procura a todo o custo manter as aparências, centrada no poder do *pater familias*, que tem de ser alimentado pela casa até ao final, mesmo quando já não consegue contribuir para a mesma. No fundo, um chefe de família que, uma vez descoberto o seu adultério, se recusa a aceitar o divórcio ou faz valer os seus direitos absolutos sobre a mulher, confirmados pela lei.

Não é fácil explicar as mediações ou relações de causalidade existentes entre uma casa, situada numa esfera privada burguesa, caracterizada por um evidente apolitismo, e um Estado absoluto, autoritário. A não ser que se tome em linha de conta o poder conferido por este último à figura do patriarca que, nos seus desvios e comportamentos feitos à socapa, sempre procurou manter as aparências do bom funcionamento da casa. De uma casa, sublinhe-se, composta por uma família alargada, onde sogros e cunhadas que ficaram por casar continuam a fazer parte da mesma unidade. Teoricamente, tudo sustentado pela figura do patriarca. As «criadas» também integram essa suposta unidade. Porém, o modo como são tratadas e despedidas — mesmo quando se trata de criadas consideradas de família — oscila entre a sua equiparação à da escravatura e o de serem vistas como mais uma boca a comer, logo, uma fonte de despesa que pode ser dispensada a qualquer momento. A desobediência ou leve resistência afiguram-se uma outra justificação para o despedimento, sem mais desculpas. E o referido atraso nos pagamentos dos ordenados só contribui para manter viva a prática efectiva da exploração e a ideia de dependência, sem direitos.

Sobre o conjunto da obra de Maria Archer, a investigadora brasileira Elisabeth Battista compilou informação importante num livro intitulado *Maria Archer: O legado de uma escritora viajante* (Edições Colibri, 2015). A respeito de *Casa sem Pão*, escreveu: «Neste romance, há ruptura com o convencional, pois discute o tema da sexualidade feminina, a perversidade nas relações conjugais e a identidade feminina da personagem principal desafiam a moral da época» (p. 39). Embora não partilhe essa leitura do livro, que só foi publicado em 1947, consigo compreender o argumento. Para mim, a questão — talvez mesmo a tese — não é que haja «ruptura com o convencional». Aliás, trata-se sobretudo do contrário: a intenção do romance é de tornar bem explícito o que é convencional. Resta saber se o convencional, na experiência de uma família burguesa, não se reduzia, sobretudo, ao teatro das aparências, em contraste com a fragilidade da condição económica — a casa sem pão. Há, também, que reconhecer o modo aberto como se descreve a vida sexual dentro de casa e a dos vários intervenientes, muito em especial a do marido. É aqui que se quebram as inibições em falar do que se passa. Ou seja, a ruptura com o convencional reside no modo de descrever, de forma nua e crua, a sexualidade da casa.

Para Eduardo, desde o noivado, era a permissibilidade em apalpar a jovem criada, em ter relações com a futura cunhada, em praticar a necrofilia na morgue, frequentar prostitutas ou manter amantes. Para Adriana, o que mais contava era a defesa da honra e do respeito, o facto de ter conhecido um homem só, as relações sexuais muito espaçadas, debaixo dos lençóis, numa mera função de reprodutora e mãe de dois filhos, e os juízos ferozes acerca da sexualidade dos outros — tidos como umas «porcarias», mais ou menos animalescas, que lhe causavam asco. Adriana acabou, assim, por se anular nas suas pulsões sexuais, e o casal, embora dormisse na mesma cama, vivia totalmente dissociado, de costas voltadas. O macho satisfazia-se fora de casa. Só uma vez, numa festa em Pedrouços, depois de anos sem ter relações, ao olhar para um bailarino de flamengo, Adriana sentiu subir em si a pulsão. Mas o seu olhar, de tão evidente, provocou logo a repreensão da sogra, debaixo do pretexto do que os outros poderiam pensar.

Curiosamente — de um modo que se afigura bastante perturbador para quem pretenda reconstituir o significado do romance —, é no relatório do censor dos Serviços do SNI, que levou à apreensão do livro pela PIDE e à sua proibição por vinte anos, que se encontra uma leitura bem pertinente de *Casa sem Pão*.([18]) Também aqui, ao contrário do que pensa Elisabeth Battista, não foi por incapacidade «de compreender os meandros da representação artística na literatura, [que] o aparelho de controle do pensamento da ditadura do Estado Novo apreendeu, sem grandes explicações, mais uma obra da escritora». Segundo o relatório do censor, entretanto localizado e que fornece uma explicação, foi o «realismo» da autora, sobretudo a sua preocupação em descrever cenas sexuais — as tais «porcarias» de que falava Adriana —, o que mais o perturbou. Ou seja, o aparente apolitismo do romance não deve ter passado despercebido, nem tão-pouco conseguiu ludibriar o olhar do censor. Mas o mais condenável no romance foi a forma realista como nele se narravam as relações sexuais. O censor não teve, por isso, pejo de entrar no controlo da esfera da casa e da privacidade. O autoritarismo do Estado que ele representava justificava a invasão dessa mesma esfera, com o objectivo de reinvestir o macho do poder absoluto que lhe cabia. O censor procurou, a todo o custo, restabelecer a ordem na casa. Denunciar que tudo não passava de um mundo de aparências, para mais, sem capacidade económica para se auto-sustentar, por esconder tantas «porcarias», era um insulto — uma intolerável

([18]) ANTT, SNI, Censura, Caixa 423, Processo 80.

«força de oposição» na expressão usada por Maria Archer — mais do que suficiente para justificar a proibição do livro e acabar por votar a autora ao exílio e à miséria.

Como argumentou, mais recentemente, Inês Brasão: «O Estado Novo travou, e atrasou, a formação de uma relação do eu para com o seu corpo. Às boas mulheres, boas portuguesas, pugnou que guardassem o sexo, disciplinassem o sexo e silenciassem o sexo, mas consentindo o machismo adúltero e a mulher-mercadoria. Ainda hoje teremos uma noção pouco esclarecida do impacto causado por estas formas de repressão da sexualidade na formação das mentalidades.»([19])

Para concluir, talvez valha a pena contar uma história, com certeza parcial, que ouvi na infância, já na década de 1960. Versava sobre a mãe de uns amigos da minha família. Teria a mania dos homens. Era uma tarada sexual, tida por ninfomaníaca. No final nos anos 1950, a sua loucura pelos homens era de tal ordem, sempre a fugir e a abandonar os seus filhos pequenos, que a família do marido resolveu interná-la numa casa de correcção. Para corrigir o seu comportamento, é claro! Levei décadas a compreender o significado dessa medida repressiva. A versão contada provinha do lado do marido, sobre o qual pesavam suspeitas de homossexualidade. Este tipo de comportamento considerado desviante, com o estigma que implicava, teria origens no facto de o sogro (o pai do marido) ter morrido muito novo. Suicidara-se por ter sido alvo de uma sindicância, como oficial da Marinha, devido a suspeitas de uma relação com um marujo. Tudo isto era contado à mesa, em minha casa. E o certo é que a tal mãe fora internada, dizia-se, a seu pedido, no Bom Pastor. Para seu próprio bem... Porém, dali tinha acabado por fugir para o longínquo Brasil, onde acabou por reconstituir a sua família e acolher, mais tarde, um por um, os filhos que a procuraram no seu exílio, longe das más-línguas familiares, quando entraram em idade adulta.

Só mais tarde percebi o que era isso do Bom Pastor. Uma casa de correcção, a cargo das Mónicas, onde se acolhiam prostitutas. Procurei mesmo interessar algumas alunas a estudar essa mesma instituição. No início da década de 1990, pelo menos duas alunas minhas bateram à porta do Bom Pastor com o objectivo de consultar os seus arquivos. Não passaram da porta. Que não havia registos, nem quaisquer documentos, foi-lhes dito. Pessoalmente, nunca saberei se aquela mãe terá mesmo ido parar a essa casa, para ser «reeducada». Tal a força da história que ouvi na minha infância, acredito que, pelo menos, fosse essa a intenção da família do marido, que era a única fonte da nossa informação. Tratava-se de procurar a sua reeducação, para que se

([19]) Inês Brasão, *Dons e Disciplinas do Corpo Feminino* (Lisboa: Deriva e Outro Modo, *Le Monde Diplomatique*, 2017).

reconstituíssem as convenções e o teatro das aparências. Felizmente, percebi, muito depois, que a sua fuga, o seu exílio brasileiro — análogo ao que Maria Archer experimentou, mas destituído de carga política —, acabou por ser o modo de aquela mãe se libertar de um Portugal opressivo, com uma moral dupla para com homens e mulheres.

As Mulheres do Meu País de Maria Lamas: um livro pioneiro

O livro *As Mulheres do Meu País*, da jornalista, escritora e fotógrafa Maria Lamas (1893–1983), foi publicado pela Actuális, entre 1948 e 1950. Trata-se do retrato de um país suportado, em larga medida, pelo trabalho feminino. De Norte a Sul, sobretudo nos campos, nas minas e no litoral, da pesca às salinas, as mulheres são representadas pondo de lado os modelos, mais ou menos idealizados, centrados na família, no espaço doméstico ou nas práticas religiosas. O que mais importa é associá-las às duras condições em que trabalhavam, bem como às suas atitudes mais modernas. O que equivale a dizer que o livro dá a conhecer inúmeras situações caracterizadas pela exploração e a pobreza. Ao mesmo tempo, a autora esforçou-se por criar uma consciência colectiva acerca das desigualdades e injustiças, promovendo uma visão emancipada, livre e feminista das mulheres portuguesas.

A Câmara Municipal de Torres Novas tem dedicado várias iniciativas destinadas a pensar a intelectual Maria Lamas e a reflectir sobre a sua experiência de vida. Entre elas, contam-se: a publicação de um livro colectivo, com importantes colaborações de Teresa Joaquim e Maria Leonor Machado de Sousa; um pequeno livro biográfico da autoria de José Gabriel Pereira Bastos; bem como a organização de exposições, a começar pela que decorreu na Assembleia da República. A estas, há que somar as investigações centradas na análise das fotografias incluídas em *As Mulheres do Meu País*, que foi objecto de uma cuidada reedição (Caminho, 2002). Refiro-me às pesquisas levadas a cabo por Alexandre Pomar (publicadas no seu blogue, dedicado à história da fotografia) e Manuel Villaverde Cabral (*Comunicação Pública*, n.º 23, 2017). Mais para trás ficam: a biografia da autora por Maria Antónia Fiadeiro (Quetzal, 2003), a publicação da sua correspondência com Eugénio Ferreira, advogado e intelectual estabelecido em Luanda desde a década de 1940 (Campo das Letras, 2004) e as actas de um congresso que lhe foi dedicado, organizado pelo Movimento Democrático das Mulheres, num livro coordenado por Regina Marques (Colibri, 2008). Enfim, o seu enorme espólio, à guarda da Biblioteca Nacional, apesar de já ter suscitado algumas investigações parcelares, sugere o pouco que ainda se sabe acerca de Maria Lamas e o muito que temos a aprender com a sua consulta.

Setenta anos decorridos desde o início da publicação de *As Mulheres do Meu País*, vale a pena perceber até que ponto a obra revestiu um carácter pioneiro em relação às lutas políticas actuais interessadas nas questões de género. À luz dos estudos e das discussões recentes, alguns problemas se colocam, na esperança de que encontrem resposta em investigações mais aprofundadas sobre a autora, a obra em causa e o seu tempo.

O primeiro problema diz respeito às principais causas e motivações que levaram Maria Lamas a projectar um livro sobre o trabalho das mulheres, começado a publicar em Maio de 1948. Em 1945, envolveu-se com o MUD e o Conselho Nacional das Mulheres Portuguesas (CNMP). No ano seguinte, foi eleita presidente desta última organização, que realizou, em Janeiro de 1947, na Sociedade Nacional de Belas Artes, uma exposição sobre «Livros Escritos por Mulheres». Dada a sua actividade no CNMP, João Pereira da Rosa, proprietário de *O Século*, obrigou-a a deixar a direcção da revista *Modas e Bordados*, em Junho de 1947, na qual trabalhara desde 1929. Em Julho de 1947, o governador civil de Lisboa encerrou o CNMP, evocando a sua inutilidade. A resposta de Maria Lamas surgiu alguns meses depois, quando, em colaboração com alguns amigos, criou a Actuális, assumindo a sua direcção literária (Novembro de 1947). Em 1948, o seu envolvimento na campanha para a candidatura à presidência de Norton de Matos esteve na origem das suas sucessivas passagens pela prisão de Caxias, ao longo de 1950.

É certo que uma cronologia explica pouco, sobretudo porque supõe a selecção de uns factos em detrimento de outros. A este respeito, será impossível esquecer que, no âmbito das suas actividades de direcção da revista *Modas e Bordados*, Maria Lamas fora agraciada pelo Presidente Carmona, em 1934, com o grau de Oficial da Ordem de Sant'Iago da Espada. De igual modo, em 1936, separou-se do seu segundo marido, um jornalista monárquico com quem se casara em 1921 (o seu primeiro casamento durara de 1911 a 1919).

Estes dados cronológicos são os de uma mulher emancipada, que já contava com dois divórcios (a que se pode acrescentar uma relação amorosa com o escritor Ferreira de Castro, na transição dos anos 1920 para a década de 1930). Conforme escreveu, em carta de 6 de Março de 1947, ao advogado e intelectual estabelecido em Luanda, Eugénio Ferreira, rejeitando a campanha da imprensa católica que considerava o CNMP «um perigo de morte para a mulher e a moral»: «Quem me dera na Selva! Quem me dera em Paz para escrever os meus livros. Sinto-me sufocar por vezes. A desorientação é tremenda e o mal que aflige o mundo agrava-se de hora em hora.»([20])

([20]) *Cartas de Maria Lamas*, introdução e notas de Eugénio Monteiro Ferreira (Porto: Campo das Letras, 2004), p. 39.

Aliás, todas as suas cartas para o amigo de Luanda revelam que, para Maria Lamas, não era só a liberdade, sentida na construção de um discurso contra o Estado Novo (baseado no papel das mulheres e no trabalho), que estava em jogo; o que essa correspondência expressa é a intenção de aceder a uma liberdade, no plano subjectivo, em ligação com um companheirismo feito de partilhas íntimas hoje difíceis de imaginar. Acrescente-se, também, o facto de ter procurado, após a Segunda Guerra, conciliar o ideal da «redenção da humanidade pelo Amor», fundado tanto no cristianismo, em que fora educada, como no comunismo.([21]) Tudo isto, apesar de os seus descendentes se mostrarem mais avessos a aceitar o peso que terá tido, nas motivações e nas decisões de Maria Lamas, a sua adesão aos ideais comunistas, muito em particular a sua militância no Partido Comunista.

Será, ainda, possível pensar que, após a Guerra, ao abraçar a causa da resistência a Salazar, aproximando-se do comunismo, Maria Lamas se terá mostrado mais sensível às correntes neo-realistas. A este respeito, Manuel Villaverde Cabral argumenta que o neo-realismo, enquanto arma de combate, entroncava no realismo soviético; logo, existiu uma sequência que foi da militância comunista ao neo-realismo de oposição ao fascismo; incluindo neste um contradiscurso fotográfico, «diametralmente oposto à propaganda do regime, segundo a qual a mulher, rica ou pobre, seria a "fada do lar", de acordo com a retórica estado-novista da "casa portuguesa"» (*Comunicação Pública*, vol. 12, n.º 23, 2017). Porém, Alexandre Pomar mostrou-se crítico desta leitura, quando considerou, por um lado, que a inspiração neo-realista seria mais norte-americana do que soviética; por outro lado, que se afigurava errado ou prematuro atribuir ao PC «a condução da criação intelectual e artística» (blogue).

Talvez seja de pensar na existência de uma nova configuração cultural e editoral que enquadrou a edição, em fascículos, de *As Mulheres do Meu País*. Entre os novos projectos editoriais que surgiram entre o fim da Segunda Guerra (1945) e a candidatura de Norton de Matos (1949), porventura um dos que teve uma duração mais longa foi o *Mundo Literário* (53 números, de Maio de 1946 a Maio de 1948). Capaz de estabelecer articulações de vária ordem entre correntes e grupos diversos interessados na oposição ao regime, tal publicação periódica revelou um grande cuidado gráfico, bem distinto das revistas literárias anteriores. De igual modo, o mesmo projecto foi concebido à margem das editoras existentes e, sobretudo, das publicações oficiais de carácter cultural. Entre estas últimas, contavam-se, em fim de ciclo, *Mundo Português* (1934–1947) e, sobretudo, *Atlântico*, de António Ferro e José

([21]) José Gabriel Pereira Bastos, *Maria Lamas, Mulher de Causas (Biografia breve)* (Torres Novas: Edição do Município de Torres Novas, 2017), p. 61.

Osório de Oliveira (1942–1950), com esmerado aparato gráfico e com interesses por temas muito heterogéneos.

A editora Ática, de Luiz de Montalvor — o célebre editor do *Orpheu* em 1915, que conseguira, desde a década de 1930, publicar e institucionalizar o modernismo de Fernando Pessoa e Mário de Sá-Carneiro —, revelava a sua proximidade aos círculos do poder. Em 1947, José Osório de Oliveira, tão modernista quanto salazarista, publicou ali um *Panorama da Literatura Portuguesa* (Ática, 1947) e João Gaspar Simões lançou, em fascículos, uma obra colectiva intitulada *Perspectiva da Literatura Portuguesa do Século XIX*, ilustrada com cuidadas gravuras em madeira do pintor Abel Manta (Ática, 1947–1948).

Paralelamente, pelo menos dois autores envolveram-se em projectos editoriais relacionados com as colónias, em cuja elaboração entravam fotografias, ilustrações e grafismo. Castro Soromenho publicou a sua obra monumental, *Maravilhosa Viagem dos Exploradores Portugueses* (Terra Editora, 1946), com fotografias suas em grande formato, centradas na representação da vida indígena e com a ambição de cobrir todas as etnias de Angola. Entretanto, Henrique Galvão publicou, em vários volumes e edições, as suas viagens por África, com ilustrações de Fausto Sampaio (1942, 1944, 1948), bem como um livro intitulado *Antropófagos*, com ilustrações de José de Moura (*Jornal de Notícias*, 1947), além de outras obras de carácter mais memorialístico e político: *Irreverência: Notas à margem da política e dos costumes* (1946), e *Por Angola: Quatro anos de actividade parlamentar: 1945–1949* (1947).

No mesmo quadro, definido pelo interesse em representar os povos colonizados, há que acrescentar as publicações do Centro de Estudos da Guiné, dirigido por Avelino Teixeira da Mota. Talvez por isso não seja de estranhar que, desde o início do seu projecto *As Mulheres do Meu País*, Maria Lamas tivesse chegado a pensar em preparar um volume à parte, «em que a vida da mulher indígena [fosse] fixada, na sua verdade simples e viva!»([22]).

A história da ilustração do livro em Portugal na segunda metade do século XX tem registado enormes progressos graças aos excelentes estudos de Jorge Silva (que promete obra de síntese), Pedro Piedade Marques e Vasco Rosa. Numa retrospectiva rara acerca do tema, publicada há mais de meio século, Judite Ferrão foi pioneira. Duas das suas listas de nomes de artistas merecem reflexão. Integravam a primeira os artistas que caminhavam «na vanguarda da arte etiquetada de "modernista" com todos os seus "ismos", como Fernando Lanhas, Victor Palla, Lima de Freitas, Júlio Pomar e Manuel Ribeiro de Pavia». Na segunda lista, encontrava-se o importante contingente das mulheres artistas: Raquel Roque Gameiro, sua irmã Mamia e sua filha

([22]) *Cartas de Maria Lamas*, *op. cit.*, p. 45.

Guida Ottolini, Mily Possoz, Alice Rey Colaço, Alice de Azevedo, Maria Clementina Manta, Sarah Affonso, Maria Keil, Maria Franco, Laura Costa e Ofélia Marques.

Depois de dar notícia destes dois conjuntos de artistas, agrupados por géneros, Judite Ferrão considerou ser a ilustração «um género difícil que requer não só conhecimento profundo de desenho, base de toda a beleza gráfica, mas igualmente uma vasta cultura geral, permitindo interpretar e por vezes ampliar o que os textos focam». O ilustrador prolongava, assim, a obra do escritor. Ao mesmo tempo, sempre segundo Judite Ferrão, o artista-ilustrador tinha de se conjugar com o técnico de artes gráficas, tendo em conta o tipo de papel a utilizar na impressão do livro que serviria de suporte aos seus desenhos.([23])

Neste âmbito, as fotografias de Maria Lamas, tal como as dos fotógrafos cujas imagens reproduziu, devem ser consideradas como fazendo parte de um projecto editorial que conciliava: o texto, nomeadamente o das extensas legendas das fotografias, com ilustrações, algumas delas, em cuidada reprodução em extratexto, de desenhos e pinturas de artistas conhecidos, e com grafismo a duas colunas de texto, integrando desenhos de Fernando Carlos. Neste caso de conjugação de modos de representação diversos, a ideia de conjunto predomina sobre a autonomia desta ou daquela disciplina ou arte. Mais: se a fotografia domina em termos de quantidade, em comparação com o desenho e a pintura, um dos principais elementos da sua valorização encontra-se nas legendas que as acompanham (em comparação, por exemplo, com as fotografias étnicas do citado livro de Castro Soromenho, onde as legendas são reduzidas ao mínimo).

Quanto ao aparato artístico, fora de qualquer perspectiva exaustiva, identificam-se quatro tipos de orientação, segundo o posicionamento dos artistas. A primeira de sentido naturalista, elevado a cânone da arte portuguesa, inicia-se com os pintores do século XIX Silva Porto, Malhoa, Sousa Pinto, Miguel Ângelo Lupi, Marques de Oliveira, e com alguns que prolongaram as suas convenções, como Varela Aldemira. A segunda orientação é constituída por um conjunto de pintores desafectos ao fascismo, cujo estilo parece oscilar entre as convenções de um segundo modernismo e as do neo-realismo: Roberto Nobre, Júlio Pomar, Abel Salazar, Manuel Ribeiro de Pavia, Abel Manta e Guilherme Felipe. Porém, um terceiro conjunto, apesar de mais pequeno, inclui trabalhos de dois artistas coniventes com o regime de Salazar: Eduardo Malta e Severo Portela Filho. Por último, *As Mulheres do Meu País* encerram com a reprodução de trabalhos de duas artistas, hoje menos conhecidas precisamente por serem mulheres: Maria Clementina Carneiro de Moura e Estrela Faria.

([23]) *Estrada Larga*, vol. 2 (Porto: Porto Editora, s.d.), pp. 208–214.

Enfim, como bem notou Villaverde Cabral, «é lícito considerar este livro como parte integrante de um discurso claramente adverso ao regime». Por isso, tal como escreveu Maria Antónia Fiadeiro, «concluído o álbum, a editora quase vai à falência: o livro é silenciado pela imprensa e pela publicidade, poucas recensões saem nos jornais, a crítica fica quase totalmente ausente. O nome de Maria Lamas está no *Index*, o livro será perseguido, tal como a sua autora»([24]). E, no entanto, importa lembrar que Maria Lamas bem se empenhara para colocar o seu texto e as fotografias captadas com uma *Kodak* numa obra de tão grande aparato gráfico e artístico.

O Portugal dos monumentos e a folclorização da pobreza de Helga Glassner

Em 1942 foi publicado em Berlim um álbum fotográfico sobre Portugal, da autoria da fotógrafa alemã Helga Schmidt-Glassner (1911–1998). A informação disponível sobre a autora é escassa e não há notícias precisas sobre as condições em que o livro foi elaborado. Com base numa nota introdutória da autoria de Pedro Tovar de Lemos, conde de Tovar, ministro plenipotenciário em Berlim de 1941 a 1945, percebe-se que não se trata de obra de propaganda encomendada pelo governo português. Na opinião do diplomata, entusiasta defensor da nova ordem mundial que se antevia com a vitória alemã, as imagens do «bonito livro» contribuiriam para dar ao povo alemão uma boa ideia das «belezas naturais, arquitectónicas e folclóricas de um país que tem amor ao seu passado». Para o conde de Tovar — empossado no lugar de representante de Portugal na Alemanha, que fora ocupado por Alberto da Veiga Simões entre 1933 e 1940, substituído durante uns escassos meses por Francisco Nobre Guedes —, foram as reminiscências do passado as que mais seduziram a objectiva da fotógrafa.

Mesmo assim, Tovar lamentava que, ao lado da memória dos feitos dos portugueses de outros tempos, não figurassem «mais algumas fotografias evocadoras do esforço dos portugueses de hoje». Muito concretamente, o livro não dava conta das «impressionantes realizações efectuadas nos últimos anos sob a direcção do seu grande chefe Oliveira Salazar». Acrescentando algumas palavras de circunstância acerca da função do livro como capaz de ajudar a criar «uma atmosfera de compreensão e de estima entre dois povos», Tovar não se conformava que a obra modernizadora de Salazar tivesse ficado fora do álbum. De facto, uma única excepção confirmava a regra do livro: a fotografia da fachada principal do Instituto Superior Técnico.

([24]) Maria Antónia Fiadeiro, *Maria Lamas: Biografia* (Lisboa: Quetzal, 2003), p. 146.

Das cerca de 150 fotografias reunidas, a maior parte dizia respeito a monumentos e vistas tanto de cidades, como de paisagens naturais. Os Jerónimos, o Bom Jesus do Monte em Braga, a Biblioteca Joanina da Universidade de Coimbra ou a janela do Convento de Cristo de Tomar fazem parte de um itinerário que começa em Caminha e termina em Lagos. Por sua vez, os retratos — divididos por regiões, com as mulheres, crianças e idosos a trabalhar de pé descalço junto aos animais ou em trajes de festa — põem a descoberto um país no qual se acentuavam os traços folclóricos e rurais.

Aqui ou ali, são as moçoilas do Minho, em traje a rigor, que dançam, com as suas correntes de ouro e as suas arrecadas. Depois vêm as parelhas de bois, com as suas cangas ricamente trabalhadas, que penetram na cidade, como acontecia em Braga e no Porto. Em Peniche, por comparação, as cangas dos carros de bois usados na doca não exibem nenhum trabalho estético. Na Nazaré, de novo, os bois ajudam a puxar barcos de pesca, tal como sucedera nesse país descrito, no século XIX, por Ferdinand Denis, cuja interrogação Raul Brandão reformulou em *Os Pescadores* (1923): «Que estranho país é este onde os bois vão lavrar o próprio oceano?» Mas, ao lado do folclore, são as condições de trabalho que mais surpreendem. Por exemplo, tanto na Nazaré como nas salinas de Aveiro, as crianças são vistas a trabalhar ao lado de mulheres de pé descalço.

Traduzida do alemão, eis o que diz a legenda de uma das fotografias da Nazaré: «Quando os barcos regressam da pesca, mulheres, crianças e velhos começam a trabalhar. Faça vento ou chova sentam-se na areia, separam os peixes pelo tipo e tamanho e colocam-nos em salmoura. A secagem das redes e o seu remendar é outra tarefa diária. A seguir, as mulheres e as raparigas vão com grandes cestos à cabeça cheios de peixe, vendê-lo nas imediações.»

O lamento do conde de Tovar, acerca da ausência de modernidade de um álbum centrado nos monumentos do passado e nalgumas imagens mais ou menos folclóricas do povo, não só tinha fundamento, como ainda era acentuado pelas imagens de um país atrasado, onde as mulheres andavam descalças e as crianças eram compelidas a trabalhar para fugir à fome. Tovar, repare-se bem, tinha sido enviado para apagar a triste memória que Veiga Simões tinha deixado em Berlim, depois de uma longa permanência como principal diplomata português na Alemanha de Hitler. Os relatórios enviados para Portugal deste último, que Lina Madeira publicou de modo exemplar, denunciaram a existência de campos de concentração desde muito cedo e colocaram a questão judaica de maneira bem objectiva. O seu teor acabou por ser conhecido em Berlim, a ponto de o seu autor ter sido declarado *persona non grata*, seguindo-se a sua expulsão da diplomacia. Já Tovar, depois de ter participado, em 1940, no inquérito a Aristides de Sousa Mendes, cônsul em Bordéus, apresentou-se como favorável ao nazismo e a Hitler, sugerindo que seria inevitável o apoio de Portugal à «limpeza do judaísmo» para manter as boas relações com a Alemanha.

O álbum em causa não se envolvia, aparentemente, em questões tão intrincadas. O seu significado, como notou o conde de Tovar, girava em torno da dicotomia passado glorioso e monumental *versus* representação das gentes por regiões, num registo folclorizado e tendendo para uma espécie de estetização da pobreza. Talvez se pudesse, ainda, acrescentar que a simplicidade das gentes, do povo propriamente dito, fosse compensada com um elogio da sua autenticidade e força. É o que parecem atestar os sorrisos das moças, algumas caras rugosas e curtidas, como a de um pescador idoso da Nazaré ou de uma mulher de Leiria precocemente envelhecida, e a fotografia final do livro representando os campinos do Ribatejo, à desfilada.

A quem interessava a representação da nação portuguesa, amputada dos seus esforços de modernização, que punha a nu, estetizando, um país pobre, virado para o passado e os seus monumentais lugares de memória? O conde de Tovar, seu potencial mecenas ou talvez intermediário, enquanto diplomata, para efeitos da campanha fotográfica que trouxe a Portugal Helga Glassner, foi o primeiro a denunciar que era parcial a visão veiculada pelo álbum fotográfico. Resta saber qual a intenção de uma fotógrafa, que fora treinada para representar arte e arquitectura. Procuraria ela, apenas, transferir para o caso português a sua experiência, acumulada desde 1936, no âmbito das campanhas lançadas a partir de Berlim e que se destinavam a preservar, pelo registo fotográfico, os monumentos e obras de arte que a guerra poderia destruir? Uma experiência, aliás, que da Alemanha se tinha alargado a outros países e cidades da Europa Central, onde Glassner desenvolveu outras campanhas fotográficas, tendo algumas delas alcançado o formato de livro.

Já foi sublinhado que, desde a década de 1930, outras mulheres fizeram de Portugal o seu estúdio a céu aberto, construindo outras representações do país.([25]) Helga Glassner integrou essa mesma série. E, embora não se saiba quem organizou a sua campanha e como é que ela decorreu, o certo é que, na sua base, se encontrava a sua experiência de vida, centrada em Berlim. Foi a partir daquela cidade, marcada, em 1942, pela guerra, pelos incitamentos à violência e pelas notícias que ali chegavam acerca do genocídio em curso, que se desenvolveu um sentido apurado de preservação do passado. Preservação dos grandes monumentos e obras de arte, com base no registo fotográfico, em contraste com as destruições determinadas pela guerra e pela violência do Holocausto. Logo, preservação das obras máximas de uma civilização em risco de sucumbir, em face da violência da guerra, do extermínio e da força das destruições.

([25]) Filipa Lowndes Vicente, «Para onde olharam elas? – Portugal visto por mulheres estrangeiras», *Público* (10 de Março de 2019).

Por isso, será de argumentar que, para Glassner, a dicotomia que contava não era bem aquela de que Tovar falava na sua nota introdutória, opondo o passado monumental às obras de modernização. A dicotomia por ela sugerida era de um outro teor, ou seja, frente a um cenário de violência e destruição, com o qual a modernidade se confundia, o mais importante era apelar aos monumentos do passado, preservando-os e colocando-os ao lado das tradições populares e folclóricas. Deverá este apelo ser considerado um modo de idealização da nação portuguesa, em particular, e de todos os nacionalismos, em geral? Sim, na condição de também serem consideradas idealizações as tentativas destinadas a valorizar as tendências modernizadoras contidas no planeamento dos Estados autoritários e fascistas.

De qualquer modo, afigura-se bem difícil compreender e interpretar a já referida sobreposição de duas imagens. Por um lado, a representação de um povo, nos seus usos e costumes, nas suas festas e modos de trajar, nas suas danças folclóricas e na variedade dos seus artefactos, incluindo as cangas dos bois ou os barcos rabelos a transportar as pipas do vinho do Porto. Por outro lado, a labuta das lavadeiras no rio, o transporte do sal da Ria pelas mulheres de pé descalço, a mulher de pés grossos que conduz uma parelha de bois no Porto, as crianças a trabalhar na praia ao lado dos adultos, o esforço hercúleo dos pescadores a puxar os barcos do mar e, ainda, a sombria banca de peixe na Ribeira do Porto. A ter em conta esta última divisão, entre o que é da ordem do folclore e o que compromete práticas laborais e situações de miséria e exploração, será mesmo possível sustentar que as imagens bonitas são só as do folclore e que as fotografias sobre a última condição são uma mera forma de estetizar a pobreza, tentando tornar bonito aquilo que é feio?

Ao mesmo tempo que as questões se multiplicam e nem todas encontram uma resposta linear, impõe-se considerar um último contexto que dá significado a todas estas representações do povo. Trata-se do conjunto de olhares que, em Portugal, mas também à escala de muitas outras nações, procuraram representar o povo, desde o romântico século XIX, mas prosseguindo por diferentes configurações, ao longo do século XX. Situadas muito além das possibilidades abertas pela técnica, mas mantendo estreita relação com os efeitos de reprodução visual, fotográfica e cinematográfica, e muitos outros tipos de discursos — literários, disciplinares e até musicais —, as representações de um povo ou de uma nação foram atravessadas por diferentes tensões. No álbum de Helga Schmidt-Glassner, será possível detectar o rasto de duas dessas tensões, a partir de termos já enunciados.

A primeira diz respeito às relações entre o alto e o baixo. De um lado, ficava a cultura dos monumentos ou das obras de arte, sedimentada no passado e já consagrada. Do outro, a cultura popular, antropológica, folclórica ou etnográfica, estudada por disciplinas que as elites articularam com a autoridade das instâncias académicas, mas que também foram descritas pelos escritores, cujas obras reivindicavam para si o qualificativo de literário, nos géneros ou correntes de romance regional ou do muito contestado neo-realismo. A acreditar no conde de Tovar, o álbum de Glassner eliminava essa tensão e tratava em plano de igualdade a história e a etnografia, entendendo esta na sua expressão mais folclórica.

A segunda tensão diz respeito à dimensão física, racial ou corporal, a que se procurou associar o estudo do povo, por contraposição à investigação sobre os seus usos e costumes. Esta última em conformidade com a passagem de uma antropologia física para uma antropologia cultural e social atenta aos aspectos étnicos e à dimensão cultural, tanto na sua expressão material como enquanto rede de significados e de formas simbólicas. Num contexto de expansão do império nazi, em curso no ano 1942, onde o racismo ariano se impunha aos judeus, mas também a outros povos, iria o álbum de Glassner a contracorrente? Mais concretamente, ao insistir na identidade nacional expressa em monumentos históricos e nos modos de vida do povo, com as suas diferenças regionais, distanciava-se do racismo biológico e encontrava uma via alternativa ao que se vivia na Alemanha. Ao mesmo tempo, parecia submeter as representações do corpo, das crianças, das mulheres e dos velhos, às condições económicas e sociais de pobreza em que se vivia, a lavrar o mar mas também de pé descalço.

Por mais sedutora que possa ser a última interpretação, em que uma mulher fotógrafa a trabalhar na capital do império nazi teria construído um discurso fotográfico à margem do racismo, insista-se, não foi assim que o conde de Tovar viu o álbum. Para este último, as bonitas fotografias de Glassner, ao concentrarem-se no passado e no folclore, desprezando o esforço modernizador de Salazar, rebaixavam a nação. Fixando Portugal num passado imemorial, de onde não se movia, e, como se não bastasse, dispondo de um povo transformado num dado mais ou menos exótico, vivendo da terra e do mar, talvez a verdadeira mensagem fosse outra. Porventura o que Glassner terá querido dizer é que só numa aliança com a Alemanha, ou numa Europa equiparada ao império nazi, este país atrasado do Sul do Velho Continente, posto sob tutela, se poderia modernizar.

Portugal de pé descalço

No final da Segunda Guerra Mundial, Simone de Beauvoir (1908–1986) publicou uma reportagem sobre Portugal. A visita ao nosso país decorreu de 27 de Fevereiro a inícios de Abril, tendo a reportagem — que saiu, em Abril de 1945, no jornal *Combat*, dirigido por Albert Camus — sido assinada por

Daniel Secrétan. O uso do pseudónimo destinava-se a não comprometer o seu cunhado, Lionel Roulet, que trabalhava no Instituto Francês em Portugal, e a sua irmã Hélène, pintora, ambos a viverem em Portugal. Afinal, fora a convite do instituto que viera a Portugal, para proferir uma série de conferências, ao que parece bem pagas, sobre a Ocupação. A mesma reportagem já foi estudada por João Medina e José Carlos Vilhena Mesquita, sobretudo nas suas ligações com a vida cultural de Faro e a criação de *Afinidades: Revista de cultura luso-francesa* (1942–1946).

A descrição de Portugal feita por Simone de Beauvoir tinha o propósito claro de avaliar a situação social de um país que se encontrava sob o governo autoritário de Salazar. A principal constatação era a de que se tratava de uma sociedade dividida entre ricos e pobres, a tal ponto que, em sete milhões, só 10% é que comiam (uma passagem, aliás, repetida em *Les mandarins*, 1954). A fome era uma característica de Norte a Sul de Portugal, do Porto a Lisboa, e era visível por todo o lado, mesmo nos portos piscatórios. Em Braga, Beauvoir ficou chocada quando ouviu da boca de algumas crianças que nada tinham para comer. E, tal como concluiu em *La force des choses* (1963), contra as «patacoadas sobre o mistério e a melancolia da alma portuguesa», na tradução de João Medina, «as pessoas são tristes porque têm fome»([26]).

Uma constatação desse tipo não era só um modo de pôr em causa o regime político de Salazar. Apesar de muitos, com os quais Beauvoir contactou, considerarem que o autoritarismo era temperado por uma atitude paternal, que impedia os excessos do fascismo, o que existia era uma estrutura social caracterizada por tanta fome e injustiça, reveladora do enorme poder da classe minoritária, rica e educada, que apoiava Salazar. Tal como argumentara, em 1935, Paul Descamps, que escreveu um livro sobre Portugal favorável a Salazar, em Portugal a Ditadura era temperada, mas como Simone de Beauvoir denunciou em *Les mandarins* (1954), «o paternalismo de Salazar» era uma vergonha com a qual os americanos não queriam acabar por este lhes vender as bases militares dos Açores.

No seu entender, a pobreza até se agravara durante os anos da Guerra. Se os portugueses podiam ser considerados, de há muito, pobres, a partir de 1939 a inflação crescera 140%, enquanto os salários só tinham aumentado 35%. Os próprios representantes do partido único, a União Nacional, denunciavam a situação dos homens não poderem ir trabalhar porque não tinham de comer. E se a ração diária de pão deveria ser de 500 gramas, em muitas regiões era impossível sequer encontrar pão. Com os salários existentes, carne, ovos, leite ou vegetais não entravam no cabaz de compras dos trabalhadores. Os únicos produtos em abundância eram as laranjas e a sardinha.

([26]) João Medina, *Salazar em França* (Lisboa: Ática, 1977), pp. 96, 121.

Em muitas regiões só se comia pão escuro e sopa com umas folhas de couve. Uma dieta caracterizada pela falta de proteínas, a que acrescia a ausência de vitaminas, responsável por uma espécie de escorbuto, levava a uma generalizada queda dos dentes e problemas médicos de vária ordem.

Soldados e funcionários, dependentes do Estado, não viviam melhor. Simone de Beauvoir contou a história de uma guarnição militar enviada para os Açores, onde os soldados morriam à fome. Fora o que escrevera, nos certificados de óbito, o médico responsável, o que lhe valeu ir para a prisão, pois os seus superiores hierárquicos não queriam que fosse tornada pública a verdadeira causa da morte dos soldados. Noutra ocasião, descobriu-se que uma série de cabeças de porco, compradas para alimentar os operários do Barreiro, estavam podres, pejadas de vermes. Mas, em lugar de terem sido deitadas fora ou simplesmente queimadas, as mesmas foram revendidas por um baixo preço para abastecimento dos militares. E o despenseiro não hesitou em comprá-las...

Mal alimentada, mas também mal vestida e calçada. Simone de Beauvoir não deixou de referir a lei ou o hábito inculcado que proibia à população andar descalça dentro de Lisboa. Nos subúrbios e no resto do país, só a burguesia andava calçada. Por isso, era frequente as pessoas andarem com feridas nos pés ou com ligaduras velhas. Em *Les mandarins*, Beauvoir acabou mesmo por escrever que, em Portugal, toda a gente andava descalça. Isto a propósito de ter encontrado, pelas vielas da parte velha de Lisboa, mulheres descalças, a assar sardinhas, e ter sentido o cheiro do peixe, que, talvez por já não ser muito fresco, era mais intenso do que o do azeite quente.

A mesma miséria ou as mesmas faltas eram extensivas às roupas ou, melhor, aos trapos que serviam de vestuário. Impressionante, a este respeito, foi ver o modo como as crianças se cobriam mesmo no Inverno. A repórter não conseguiu esquecer o que vira no Porto: crianças, cheias de frio, à chuva, cobertas com sacos de serapilheira, à cata de comida nos caixotes do lixo. Depois, punha-se o problema da habitação. Lisboa, por exemplo, estava rodeada por uma imensa zona, onde se vivia praticamente ao ar livre. As barracas eram feitas de madeira ou zinco, e nelas tremia-se de frio durante o Inverno. Dentro das cidades, as casas superlotadas não tinham arejamento. No Porto, junto ao rio, as condições de insalubridade eram a regra. Também a electrificação era muito precária: a média europeia de 550 kw por habitante/ano, andava pelos 200 kw em Espanha, mas em Portugal ficava-se pelos 60 kw.

O nexo causal ou, melhor, o círculo vicioso ficava estabelecido: a miséria, manifestada através da fome, das barracas, das casas insalubres e do frio, gerava, por sua vez, situações horríveis. As meninas de catorze, ou mesmo de doze anos, podiam obter uma licença para se prostituir, sem para isso precisarem de autorização paterna. O Estado encontrava nas mesmas licenças uma fonte substancial de rendimento. Os números falavam por si: das 194 prostitutas tratadas numa certa clínica, 43% eram menores. Em termos gerais, a saúde pública caracterizava-se pela difusão da tuberculose e da sífilis, com as mulheres parecendo velhas aos 25 anos e o recrutamento militar dos jovens considerando como aptos para todo o serviço só 50% dos inspeccionados. Porventura ainda mais grave, existia uma baixíssima taxa de natalidade de 2,5% e uma mortalidade situada nos 12,5%, o que tinha levado a um decréscimo da população de 10%, entre 1939 e 1941 (investigações recentes, no entanto, corrigem estes números, colocando, em 1940, a taxa de natalidade em 2,4% e a de mortalidade em 1,55%).([27])

Na sua reportagem, Simone de Beauvoir refutou qualquer modo de naturalizar a miséria que se vivia em Portugal. Ou seja, não aceitou a ideia de que Portugal fosse pobre porque sempre assim acontecera, tão-pouco achou que o clima e o solo fossem determinantes nos limites impostos à criação de riqueza. Para ela, era o regime político que estava em causa, bem como a falta de vontade dos ricos em contribuir para mudar fosse o que fosse. Estes últimos, argumentou, sabiam bem que a sua riqueza era apenas fruto de uma exploração desenfreada. Os níveis de concentração da riqueza eram chocantes, com uma classe média de funcionários públicos e professores também muito depauperada e atingida pela inflação dos anos da Guerra. Um dos sinais de tal concentração e da promiscuidade mantida entre os ricos capitalistas e o regime de Salazar fora descoberto pouco antes, tendo passado a constituir um escândalo sem consequências: um ex-ministro das Colónias fazia parte da administração de trinta e duas companhias. Ora, o governo nada fazia para equilibrar os salários, baixíssimos, e os lucros fabulosos obtidos pelos capitalistas.

Por último, pode dizer-se que o abismo entre ricos e pobres descrito por Simone de Beauvoir se reflectia em duas situações que tinham grande impacto em quem vinha de fora, sobretudo, de Paris. Por um lado, só no centro de Lisboa poderiam ser encontradas lojas opulentas, uma vez que todas as outras eram simplesmente miseráveis. Foi, aliás, nessas mesmas lojas que ela pôde comprar uma série de presentes para os seus próximos e se deparou com a existência de uma abundância e de um luxo inexistentes na França saída da Guerra. Tal como insistiu, em dois livros posteriores, Portugal era um país pobre onde havia pessoas muito ricas (*Les mandarins*, *La force des choses*).

Por outro lado, Simone de Beauvoir aludiu ao fosso entre ricos e pobres no cemitério do Alto de São João. Aos primeiros, correspondiam as capelas

---

([27]) Maria João Valente Rosa e Cláudia Vieira, *A População Portuguesa do* Século XX (Lisboa: Imprensa de Ciências Sociais, 2003).

e os mausoléus com os nomes de família gravados; aos segundos, uma espécie de vala comum, cabendo a cada corpo um simples número. Através de uma tal divisão social, era evidente o violento e brutal contraste entre ricos e pobres.([28])

A reportagem sobre Portugal aqui resumida levanta várias questões de interpretação.([29]) Limito-me a apontá-las enquanto hipóteses de leitura. É que, por mais objectivos que sejam os factos, eles encontram-se sempre sujeitos a um conflito de interpretações. Um dos problemas de interpretação diz respeito à relação entre realismo e literatura. Isto porque, como já foi notado, Simone de Beauvoir reutilizou muitas das suas ideias sobre Portugal em livros posteriores, onde romance e autobiografia se misturaram. Mas onde a ideia da escrita surge sempre associada a uma forma de acção ou de resistência — enquanto modos de responsabilidade da parte do escritor sobre os quais, pelos mesmos anos, Sartre procurou teorizar.([30]) Neste sentido, longe se está de aceitar a ideia defendida por um dos seus críticos, para quem as memórias de infância da escritora não retinham «as paisagens, os interiores, os vestidos, as características que dão fisionomia a uma época, tudo o que situa no tempo uma recordação, tudo o que fala de um clima social»([31]).

Depois, é evidente que a preocupação em denunciar situações de injustiça, violência ou desigualdade em sociedades ibéricas debaixo de regimes autoritários, como sucedeu no caso da reportagem, deixou na sombra a União Soviética. Mais concretamente, Simone de Beauvoir e o seu companheiro de uma vida, Jean-Paul Sartre — por fidelidade ou companheirismo em relação ao PC, ao contrário de Albert Camus —, contribuíram para uma espécie de pacto de silêncio que caracterizou a atitude de muitos intelectuais franceses nostálgicos da Revolução Russa.([32]) Embora seja de recordar que a viagem de Simone de Beauvoir a Portugal correspondeu à partida de Sartre para os EUA; um facto que entristeceu a sua companheira e que se agravou depois de ele ter encontrado uma amante.([33]) Outra das questões consiste em perceber

---

([28]) Simone de Beauvoir, «Le Portugal sous le régime de Salazar», *Combat*, 23 e 24 de Abril de 1945, in *Les écrits de Simone de Beauvoir*, eds. C. Francis e F. Gontier (Paris: Gallimard, 1979), pp. 317–323.

([29]) Maria Filomena Mónica, *O Olhar do Outro – Portugal: Do século XIX ao século XX* (Lisboa: Relógio D'Água, 2020), pp. 276–285.

([30]) Gisèle Sapiro, *La responsabilité de l'écrivain: Littérature, droit et morale en France, XIXe–XXIe siècles* (Paris: Seuil, 2011), pp. 677–688.

([31]) Claude Roy, *O Homem em Questão*, trad. António Ramos Rosa (Lisboa: Publicações Europa-América, 1967), p. 299.

([32]) Tony Judt, *Past Imperfect: French Intellectuals, 1944–1956* (Berkeley: University of California Press, 1992), cap. 6.

([33]) Maria Filomena Mónica, *O Olhar do Outro…*, *op. cit.*, p. 276.

até que ponto os relatos de viagem escritos por mulheres, nas suas diferenças de género, permitem ou não ir mais longe na percepção das desigualdades sociais.

Mas o problema que, por ora, merece uma maior atenção consiste em saber se a percepção do contraste entre ricos e pobres terá ou não sido um argumento monopolizado pela esquerda, marxista e revolucionária, contrária aos regimes autoritários. À primeira vista, mas só mesmo num olhar de relance, feito à pressa, parece que sim. Tanto mais que a interpretação da sociedade portuguesa presente na reportagem de Beauvoir corresponde bem a um esquema marxista. Nele, os pobres opunham-se aos ricos, tal como uma classe explorada — vivendo na miséria e sem instrumentos para uma tomada de consciência, capaz de impulsionar a revolução — se encontrava no lado oposto aos que possuíam o poder. Por sua vez, no topo, a classe rica apoiava e determinava um regime autoritário enquanto poder capaz de acautelar os seus interesses, sobretudo os seus monopólios e empresas, mantidos à custa de salários baixíssimos. Por detrás desta interpretação da sociedade, é possível detectar o peso de um modelo marxista centrado na luta de classes.

Todavia, são vários os elementos que levam a matizar a ideia de que as preocupações sociais foram, apenas, um apanágio da esquerda, de inspiração marxista. Os grupos conservadores partilhavam com as autoridades, nomeadamente com a polícia, o medo que poderia advir do assalto dos pobres às cidades; e a sua resposta constituía-se num convite à repressão da mendicidade.([34]) Exemplos e modelos destinados a acabar com a mendicidade, instituindo o chamado «trabalho útil obrigatório», proliferavam; por exemplo, a lei de 19 de maio de 1917 promulgada pelo Estado de West Virginia circulava numa publicação oficial portuguesa em 1919, oferecendo um quadro bem tentador para a organização do Estado português da Primeira República.([35]) Trata-se de um processo que necessita de ser compreendido historicamente e que parece ter passado por muitos avanços e recuos. Por isso, não se afigura fácil interpretar a passagem da esmola religiosa, por se constituir em acto de misericórdia a ser extinto, para a repressão da ociosidade, aproveitamento da força de trabalho, nem que fosse por métodos coercivos, e, quando necessário, detenção em casas de correcção. Fernando Jasmins Pereira falou da passagem da caridade privada para o serviço público, na idade contemporânea;

([34]) *Gazeta dos Caminhos de Ferro*, ano 46, fasc. 4, n.º 1084 (16 de Fevereiro de 1933), p. 119: «Repressão da mendicidade: Parece que vamos finalmente pôr fim a esse vergonhoso assalto que os pobres pedintes nos fazem nas ruas e nos restaurantes da capital.»

([35]) «Trabalho Útil Obrigatório», *Boletim da Previdência Social*, ano II, n.º 7 (Outubro a Maio, 1919), pp. 277–280, *maxime* p. 279 [calculava-se em cerca de 400 000 o número de «ociosos ou parasitas» portugueses].

e Maria Antónia Lopes considerou, em relação aos finais do século XVIII e inícios da centúria seguinte, que Silvestre Pinheiro Ferreira e José Félix Nogueira, entre outros economistas sociais, se envolveram no estudo da mendicância e vagabundagem resultantes de situações de pobreza, procurando planificar a assistência e organizar as formas de previdência.([36]) No entanto, o seu esforço não foi além da esfera das ideias doutrinais. Podendo até pensar-se numa espécie de Antigo Regime da esmola por misericórdia que se prolongou no tempo e não foi interrompido por uma reforma laica da assistência, feita em conformidade com as necessidades dos novos mercados laborais. Conforme se propôs em meados do século XIX, seria necessário pegar em toda a classe de homens indigentes, e das duas, uma: ou se faziam transportar para São Tomé, onde eram necessários braços para trabalhar em diferentes tipos de culturas ou no aperfeiçoamento das vias públicas; ou se lhes distribuía trabalho nas obras públicas do país, «debaixo de penas severas»([37]). Numa outra periodização da mesma passagem fala-se de um processo que ia da pobreza sagrada, em que a esmola actuava como dádiva no interior de um sistema de trocas, em que o pobre correspondia à figura de Cristo, ao tratamento da mendicidade como um desvio — «um problema social de uma sociedade que quer modernizar-se»([38]).

O certo é que o agravamento do fosso entre ricos e pobres, desde a crise de 1929 e, sobretudo, durante os anos da Guerra — com as inerentes formas de concentração da riqueza —, esteve bem presente nos diagnósticos de muitas outras sociedades que nada tinham de marxistas. Foi o que sucedeu em relação aos Estados Unidos e a Inglaterra.([39]) Em Portugal, desde a segunda metade do século XIX que a literatura, a imprensa e uma nova cultura visual — manifestada através da pintura e da fotografia — se tinham tornado num terreno fértil para denunciar situações de pobreza urbana e rural. Será, também,

([36]) Fernando Jasmins Pereira, «Assistência na Idade Contemporânea», in *Dicionário de História da Igreja em Portugal*, dir. A. A. Banha de Andrade, vol. I (Lisboa: Editorial Resistência, 1980), pp. 686–717; Maria Antónia Lopes, *Pobreza, Assistência e Controlo Social: Coimbra (1750–1850)*, vol. II (Viseu: Palimage Editores, 2000), pp. 281–282.

([37]) José Borges Pacheco Pereira, *Reflexões sobre Pauperismo ou as Classes Indigentes da Sociedade* (Braga: Tipografia de Domingos José da Cunha, 1857), pp. 39–41.

([38]) Susana Trovão Pereira Bastos, *O Estado Novo e os seus Vadios: Contribuição para o estudo das identidades marginais e da sua repressão* (Lisboa: Dom Quixote, 1997), pp. 37–59, *maxime* p. 47 [capítulo republicado in *O Espectro da Pobreza: História, cultura e política em Portugal no século XX*, eds. Frederico Ágoas e José Neves (Lisboa: Mundos Sociais, 2016), pp. 9–26].

([39]) Grace Abbott, *From Relief to Social Security: The development of the New Public Welfare Services and Their Administration* (Chicago: The University of Chicago Press, 1941); R. H. Tawney, *Equality*, 4.ª ed. (Londres: George Allen, 1952; 1.ª ed., 1931).

importante investigar como é que as descrições e estudos sobre Portugal, muito em particular, os que foram publicados em língua francesa, desde o início do século XX, contribuíram para denunciar ou, pelo menos, retratar uma sociedade pobre e atrasada. Um inquérito desta natureza terá de considerar, pelo menos: *Le Portugal inconnu* de León Poinsard (1910), *Le Portugal et ses colonies* de Angel Marvaud (1912) e o já referido *Le Portugal: la vie sociale actuelle* de Paul Descamps. Este último — com origens numa escola sociológica mais atenta aos modos de integração do que aos conflitos de classe e, por isso mesmo, valorizadora do papel da família e das lógicas do parentesco — não deixou de descrever o arcaísmo de um Portugal que continuava a ser essencialmente rural.([40])

Por último, importa lembrar que, em 1940, quando Christian de Caters — filho do barão Louis de Caters — publicou o seu retrato de Portugal, não escondeu a sua simpatia por Salazar, cuja obra lhe parecia facilitada pelo atraso em que se encontrava a economia nacional. De igual modo, do alto das suas simpatias aristocráticas, também notou a distância imensa que existia entre as mulheres das classes altas de Lisboa — sofisticadas, atentas à moda e revelando conhecimentos cosmopolitas — e as camponesas vergadas pelo trabalho. Tratava-se, para ele, de uma distância paralela à que existia entre os

([40]) A mesma preocupação sociológica e de políticas públicas, destinada a compreender a questão social e a desenvolver uma biopolítica centrada no conhecimento da população, no sentido de Michel Foucault, encontra-se no tratamento das questões da higiene individual e colectiva. A referência a um Ministério da Higiene surge na «Carta do Dr. Alves de Azevedo» a José Pacheco, *Contemporânea*, vol. 1, n.os 1–3 (Maio/Julho, 1922), p. 42. Depois, as mesmas ideias constam do Programa da Liga Portuguesa de Profilaxia Social (educação física, doenças venéreas, tuberculose, alcoolismo, cancro, puericultura, degenerados mentais, higiene do trabalho, regulamentação do casamento, repressão do aborto, da prostituição e da pornografia, legislação sobre higiene conforme os preceitos modernos de defesa das raças), *Boletim da Liga Portuguesa de Profilaxia Social*, n.º 1 (Porto, 1929), p. 7; *Conferências da Liga Portuguesa de Profilaxia Social*, séries 1–7 (Porto: 1933–1952); publicações dispersas, tais como Armando Narciso, «A Liga Portuguesa de Profilaxia Social», *Revista Clínica, Higiene e Hidrologia*, ano III, n.º 4 (Abril, 1937), pp. 95–99; Rolla B. Hill, «Algumas considerações sobre saúde pública: Organização e métodos de trabalho», *Revista Clínica, Higiene e Hidrologia*, ano V, n.º 5 (Maio, 1939), pp. 155–161; Américo Cortez Pinto, «Esboço duma organização de Assistência e Profilaxia Social da Raça», *Revista Clínica, Higiene e Hidrologia*, ano VII, n.º 9 (Setembro, 1941), pp. 281–286; e outras iniciativas, incluindo a campanha promovida e publicada em livro, desde a década de 1930, pela mesma Liga Portuguesa de Profilaxia Social, *O Pé Descalço: Uma vergonha nacional que urge extinguir* (Porto: Imprensa Social, 1956), *maxime* pp. 125–127. Numa perspectiva idêntica, que é igualmente de biopolítica, «Congresso Nacional de Ciências da População», *Trabalhos da Sociedade Portuguesa de Antropologia e Etnologia*, vol. IX, fascs. 1–2 (1939), pp. 108–113; «Congresso Nacional de Ciências da População», *idem*, vol. IX, fasc. 3 (1941), pp. 153–167; Congresso Nacional de Ciências da População, *Resumo das Memórias e Comunicações* (Porto: [Imprensa Portuguesa] 1940).

camponeses, «rústicos pobres e mal-vestidos [...] analfabetos» e os estudantes de Coimbra ou os homens cultos de Portugal. Entre uns e outros, abria-se todo um abismo: da rusticidade passava-se para a afabilidade extrema e, num desejo de bem parecer, para uma hospitalidade magnânima numa ânsia de agradar a quem vinha de fora. É certo que os extremos, segundo Caters, estavam unidos pela mesma cultura da simpatia. Tudo isto, para que não se pensasse que havia em Portugal traço de uma qualquer luta de classes. No entanto, o mesmo Caters não pôde deixar de reparar que a divisão era tão extremada que, quando se punham lado a lado o pobre e o rico, «parecia que se estava em presença de um ser de uma outra espécie»([41])!

Emily Hahn: escritora e aventureira

Faz vinte anos que a escritora norte-americana Emily Hahn morreu. Contava 92 anos. Enquanto mulher, livre e emancipada, teve uma vida cheia. As suas viagens e reportagens — primeiro, pelos Estados Unidos, depois, por Itália, África e o Extremo Oriente — fizeram dela uma das mais prolíficas escritoras norte-americanas. Entre 1929 e 1996, ou seja, durante quase setenta anos, contribuiu para a revista *New Yorker*, com duas centenas de artigos, histórias e poemas. Também publicou mais de meia centena de livros. Face a tudo o que escreveu, Rebecca West, escritora e jornalista britânica, não hesitou em dizer que, se ela fosse um homem, a sua reputação teria sido bem maior. Acrescente-se que o facto de os seus escritos, pouco previsíveis, desafiarem todo o tipo de categorização também contribuiu para o seu esquecimento.

Dos livros sobre a China que estabeleceram a sua reputação como escritora, o mais importante intitulou-se *China to Me* (1944). Foi nele que escreveu as memórias de quase uma década passada no Extremo Oriente. O seu fascínio por Xangai foi tal que chegou a dizer ser aquela cidade chinesa a mais importante de todas as cidades do mundo. Nela, tudo podia acontecer. As festas, o diz-que-diz, a vida nos clubes, os milionários russos e esse número impressionante de 30 000 refugiados judeus. Também se referiu às enormes diferenças de percepção da China, registadas entre as comunidades de americanos e britânicos. No seu entender, aqueles, no seu principal jornal, *Shangai Evening Post and Mercury*, mostravam uma curiosidade genuína em conhecer o povo chinês, enquanto os britânicos pareciam ser incapazes de compreender os chineses. Era a conclusão que Emily Hahn retirava da leitura do *North China Daily News*, com o qual chegou a colaborar. Ou seja,

([41]) Louis de Caters, *Portrait du Portugal* (Paris: Plon, 1940), pp. 63–64, 128, 139.

nas páginas deste último jornal britânico, os chineses eram referidos, quase exclusivamente, como camponeses, criados, lojistas ou, às vezes, como descendentes dos imperadores de Pequim. Mas não se passava disso. Um tal desprezo, manifestado em artigos e notícias, correspondia bem ao que sucedia na vida social da comunidade inglesa, a qual era só para brancos, de classe alta, sem mistura com locais. O racismo ou discriminação dos britânicos em relação aos chineses era notório.

Mickey, como era tratada no seu círculo mais íntimo, chegara a Xangai acompanhada da irmã Helen, em 1935. Cedo arranjou um namorado chinês. Sinmay Zau era um belo homem. Foi ele quem lhe mostrou uma outra cidade, uma China bem diferente. Apresentou-a a centenas de amigos, com os quais se reunia sempre à volta da mesa e em torno de inúmeros projectos. Muitos deles falavam um inglês perfeito e não escondiam a sua admiração pela América e a Inglaterra. Mickey também foi presença habitual no salão das segundas-feiras em casa de Anna von Schubert, uma mulher da Estónia casada com um negociante bem-sucedido. Ali jantavam regularmente seis ou sete homens solteiros e conversava-se até às onze da noite. Foram esses encontros regulares que suscitaram o rumor de que o que ali se passava eram orgias, como ela própria registou com uma nota de evidente ironia.

Um dia, no círculo de amigos de Sinmay, surgiu a ideia de publicar uma revista literária destinada a um maior cruzamento e compreensão do Ocidente com o Oriente. Um dos amigos, John Wu, educado em Harvard, fazia questão em falar inglês com um forte acento chinês. O mesmo se passava com Sinmay, poeta e editor. Todos sentiam, de forma crescente, a ameaça da presença bélica dos japoneses e reconheciam que a Inglaterra estava disposta a alienar, em seu favor, as parcelas que fossem necessárias do território chinês, para se conseguir manter a paz. Os diplomatas britânicos, por sua vez, receavam sobretudo o perigo dos comunistas e não tanto o dos japoneses. Por isso mesmo, só os japoneses eram admitidos no Clube Britânico de Xangai, ao contrário dos chineses, que nele não podiam entrar.

Com a invasão japonesa de Xangai, a tipografia e os principais bens de Sinmay passaram para as mãos de Emily Hahn, para evitar que fossem confiscados pelo invasor. Assim se salvou a sua preciosa livraria, com manuscritos da época Ming. Foi também nesta mesma sequência, e para evitar complicações com as autoridades japonesas, que Mickey e Sinmay se casaram. Será, por ora, escusado insistir nas experiências de consumo de ópio que Emily Hahn partilhou com Sinmay e o seu círculo. Faziam parte do alargamento dos horizontes e de um mundo de sonhos pelo qual Mickey sempre se deixou tentar. Será também melhor não moralizar o facto de que, quando os dois se conheceram, Sinmay era um homem casado e com cinco filhos. Isto por ser difícil reconstituir, hoje, à luz dos nossos preconceitos, o sentido das experiências, aventuras amorosas ou cumplicidades intelectuais de então. A intensidade e abertura com que Emily Hahn viveu tudo isso só encontra paralelo no romance que se lhe seguiu, quando se apaixonou pelo chefe dos serviços secretos britânicos em Hong Kong, um homem também casado: o conhecido historiador dos impérios português e holandês Charles Ralph Boxer.

Na sequência da invasão japonesa da China, Boxer foi detido. A primeira filha de ambos nasceu em 1941. Mickey nunca faltou às visitas, até 1943, quando teve de regressar aos Estados Unidos na companhia da filha. Só em 1945, com a libertação de Charles Boxer, puderam casar. A respeito desta relação, Emily Hahn percebeu cedo no que estava metida quando se apaixonou. Teria ela de abdicar da sua carreira e interesses em favor do marido? Por que razão seria obrigada a descentrar-se dos seus sentimentos e dos seus prazeres para passar a viver em função de um homem que representava comportamentos tão convencionais que só podiam ser alvo de repúdio? A resposta a estas duas questões encontra-se no que escreveu, em 1944:

> Não sei como é que o Charles se sente. Não o compreendo de todo, nem vale a pena tentar, porque isso seria uma impertinência. Fico chocada quando dois amantes se intrometem nas emoções do outro. E se eu me preocupasse em seu nome ou lhe tomasse as dores, acabaria por ser menos feliz do ponto de vista de mim própria. O folclore britânico e a história da família de Charles estão cheios de exemplos de mulheres que eram nobres, que compreenderam os seus maridos e que lhes negaram elas próprias o amor, sempre que tal foi julgado necessário para as carreiras dos seus pares.([42])

O certo é que, uma vez em Inglaterra, o casal foi viver para Conygar, a casa de família que Boxer herdara em Dorset. Seguiu-se a entrada deste último, como professor de História, no King's College, em Londres. A vida familiar, à qual se juntou uma segunda filha, nascida em 1948, foi por ela descrita em *England to Me* (1949).

Com uma rara franqueza em relação ao modo como a desigualdade de género parecia imperar no seu casamento, falou abertamente da sua relação e no modo como o marido procurava impor as suas ideias e formas de controlo. Disputas entre ambos sobre aspectos financeiros não foram por ela escamoteadas nos seus livros. Absorvido pelas suas leituras, Boxer pouco falava, excepto quando bebia. O aborrecimento era uma constante. O importante, lamentou-se Emily, era que não faltasse ao marido dinheiro para a compra de livros raros, destinados a enriquecer a sua biblioteca nos assuntos que

([42]) Emily Hahn, *China to Me*, *op. cit.*, p. 208.

andava a investigar. E, pouco a pouco, os seus livros transformaram-se numa subtil justificação do que veio a acontecer: logo em 1950, Mickey voltou para Nova Iorque e, sem que o casal se tivesse separado oficialmente, passou a visitar e a corresponder-se com o marido e as filhas pequenas, que ficaram em Inglaterra.

Em *England to Me*, Mickey descreveu uma visita a Portugal, durante o Verão, acompanhando o marido em missão de estudo por arquivos e bibliotecas. Acutilantes são as observações sobre os encontros sociais. No fundo, um círculo de amigos, constituído por militares e membros das classes altas, que formava «uma das comunidades mais formais da velha Europa». Boxer conhecera muitos deles em Macau. A coisa boa era que, pelo menos em Portugal, Boxer parecia comportar-se de forma mais solta, em relação à sua austeridade britânica, sendo mais capaz de manifestar as suas emoções. Era o que acontecia quando caía nos braços dos seus amigos portugueses — «only the gentlemen friends, though». Só entre aristocratas se sentia confortável. Quanto a falar de política, a regra de Boxer era nunca tocar no assunto. As mulheres ficavam num grupo à parte, baixas, vestidas de preto, como que excluídas, mas não necessariamente submissas, pelo menos não tanto como seria de esperar. E foi em relação a todo esse círculo do marido que Emily Hahn considerou os portugueses «the most historically minded people I know». A ponto de mais parecer que viviam dentro de um museu. Ora, foi no mesmo museu, virado para o passado, que ela própria acabou por encerrar o marido.

Depois, traçou o retrato de um país rural, tal como o viu num almoço que teve lugar numa grande quinta portuguesa, fora de Lisboa. Era uma sociedade de senhores e de camponeses. Estes últimos, numa condição servil, criados de uma casa onde trabalhavam e se preocupavam com o bem-estar dos patrões, divertindo-os com músicas e danças. Porém, a situação destes últimos era, no seu entender, idêntica à da escravatura. Por tudo isto, sobretudo pela inexistência de uma classe média, numa sociedade dividida entre ricos e pobres, quase feudal, impunha-se a comparação com as partes mais conservadoras da sociedade chinesa. Muito concretamente, existia uma sociedade composta por uma massa analfabeta de camponeses e por trabalhadores de colarinho branco — sempre debaixo de uma enorme pressão para guardar as aparências e conseguir arranjar comida num momento de aumento exponencial do custo de vida — que tinha no extremo oposto os ricos ou milionários. No meio, nada existia.

A grande diferença entre Portugal e a China encontrou-a Emily Hahn quando o próprio senhor da casa — ao café, enquanto fumava um charuto e bebia uma aguardente velha — lhe falou na esperança que tinha numa revolução. É certo que explicações demasiado lineares acerca de cruzamentos entre situações vividas, relações íntimas e projectos de escrita são de evitar. No entanto, é difícil fugir a um cruzamento desses, quando se lê um outro livro de Emily Hahn, *Love Conquers Nothing: A Glandular History of Civilization*. Publicado em 1952, trata-se de uma história das mulheres que procede por estudos de caso e pretende abarcar um período longo, da Grécia Antiga ao século XX. Charles Boxer — reconheceu Emily Hahn — forneceu-lhe materiais que lhe permitiram escrever sobre a rainha Ginga de Angola no século XVII. Mas o mais importante é registar que, logo na abertura do livro, o leitor se confronta com uma paródia ao método pretensioso dos historiadores, preocupados excessivamente com bibliografias e arquivos.

As mesmas páginas iniciais também podem ser lidas como um desabafo ou uma espécie de descrença no Amor, que nada conquista, a ponto de se poder dizer que «homens felizes não fazem história». Em confronto com o Amor, seria sempre a Ambição a ganhar e comandar o curso da história. Por esses mesmos anos, também Boxer, com o seu espírito conservador, atribuía à «tenacidade» — protagonizada pelos chefes militares, nobres capitães dos impérios holandês e português — o curso da história, nomeadamente, as vitórias.

Haverá uma conclusão a retirar de tudo isto? Mesmo que não se trate de uma lição e que não seja possível alcançar a formulação de uma qualquer máxima de moral hedonista, importa celebrar a extravagante liberdade de Emily Hahn: as suas aventuras, o seu mundo que nada tinha que ver com a austeridade e contenção britânicas do marido, a sua necessidade de reconquistar o seu próprio espaço — «a room of one's own» —, longe do opressor poder masculino, a sua enorme capacidade de escrita e o sucesso que com ela obteve. Estaria tudo isto muito à frente do seu tempo, a ponto de gerar uma incompatibilidade, um afastamento, e de se constituir numa ameaça em relação à mente conservadora de Charles Boxer?

Parece que sim. Embora seja de admitir que o caso de Emily Hahn estivesse longe de ser único ou excepcional. Mas será sempre mais fácil compará-lo com outras mulheres escritoras e jornalistas, como sucedeu com a sua contemporânea Pearl S. Buck (1892–1973). Educada na China, mas de uma família de missionários norte-americanos, ganhou em 1932 o Pulitzer e, em 1938, o Nobel da Literatura. Pelo meio, divorciou-se do marido, um economista norte-americano também ele estabelecido na China. É que muitos homens lidavam — então mais do que agora — mal com o sucesso intelectual e profissional das suas próprias mulheres.

O reverso, ou talvez a vingança, mesmo que involuntária, de tudo isto encontrei-o, há vinte anos, na notícia da morte de Emily Hahn publicada na *New Yorker*, em 1997.([43]) Uma verdadeira celebração da sua vida, das

([43]) Roger Angell, «Ms. Ulysses», *The New Yorker* (10 de Março de 1997), p. 52.

suas aventuras e da sua obra. O facto de ter sido casada com Charles Boxer nenhuma relevância mereceu, pois limitou-se a duas linhas. Na altura, achei estranho, por ser apenas, para mim, a mulher do historiador dos impérios. Hoje, depois de ter lido os seus livros, parece-me justo e normal. Mas não me esqueci desse poema que ela escreveu em Hong Kong, durante um jantar de cerimónia, e que dedicou ao futuro marido, por quem se tinha apaixonado:

In mirror's, lakes, and in lover's eyes
We seek our lonely being, and this is love;
[...] Narcissus died of self-desire, not knowing
The secret of our love, the vital breath.
[...] Then must I die? In fright my blood is flowing.
Within your eyes law fails, the word's untrue
I cannot see myself but only you

Maria da Graça Freire: dos brancos pobres ao racismo

Em *A Primeira Viagem* (Parceria António Maria Pereira, 1952), Maria da Graça Freire (1918–1993) contou a história de dois jovens que casaram por procuração, em Portugal, tendo a mulher ido juntar-se ao marido em Angola. Ele com um salário baixo, de funcionário dos Caminhos de Ferro, ela com um filho para criar, conformando-se com o alojamento dispensado pela Companhia. A ausência de um futuro, sequer de um projecto, parece determinar a falta de sentido da vida desses *poor whites* em situação colonial. Resta saber até que ponto a autora foi influenciada pelo neo-realismo de um Erskine Caldwell, cujo livro *Estrada do Tabaco* fora traduzido por Adolfo Casais Monteiro, na década de 1930. Ou se a interrogação sobre as classes baixas de brancos, a começar pela dificuldade em emprestar às suas vidas qualquer marca de heroísmo, não constituiu um tema mais difuso, impossível de reduzir a uma mera influência individual.([44])

([44]) A referência aos *poor whites* surge, também, no trabalho clássico sobre história da escravatura de Eric Williams, *Capitalism and Slavery*, D. W. Brogan (intr.) (Londres: Andre Deutsch, 1975; 1.ª ed., 1944), pp. 9–29. Em Portugal, a preocupação era constante em relação aos brancos nas colónias, Diogo Ramada Curto, *O Colonialismo Português em África: De Livingstone a Luandino* (Lisboa: Edições 70, 2020), pp. 334, 511–512. Atente-se nos reparos que os mesmos europeus mereceram, em 1909, em São Tomé: «Arrastam aqui uma existência miserável, porque, sem trabalho, sem recursos, e minados pelas febres, são forçados, para não morrerem de fome, a estender a mão à caridade pública, esmolando de porta em porta», Augusto Nascimento, «Conflitos de europeus em São Tomé e Príncipe em 1910», *Revista Internacional de Estudos Africanos*, n.os 12–13 (1990), pp. 57–97, *maxime* p. 60. Repare-se: no

O enredo de *A Terra Foi-lhe Negada* (Portugália, 1958) também é construído em torno de um jovem casal. A diferença é que se trata, agora, de uma relação inter-racial: Floriano, natural de Angola, estudante e músico de *jazz*, namora e casa com Inês, que conheceu em Lisboa. Estava convicto de que a Segunda Guerra acabara com os preconceitos raciais, pois os soldados negros norte-americanos tinham demonstrado que todos eram iguais. Por isso, os brancos da Guiné ou de Angola também tinham de ultrapassar tais preconceitos, sobretudo porque havia negros educados superiormente, como sucedia com muitos escritores e padres.([45])

---

facto de os colonos brancos serem acusados de padecerem de ignorância, indolência, negligência e esquecimento dos seus próprios interesses, por parte de administradores em Moçambique, por volta de 1910, em testemunhos recolhidos por Eric Allina, *Slavery by Any Other Name: African Life under Company Rule in Colonial Mozambique* (Charlottesville e Londres: University of Virginia Press, 2012), pp. 39–40; na referência que lhes fez Joaquim Basílio Cerveira e Sousa de Albuquerque e Castro, *Relatório Apresentado ao Congresso da República na Sessão Legislativa de 1912–1913 pelo Ministro* (Lisboa: Imprensa Nacional, 1912), p. 63 («emigração de braços, desprovida de capital, que tão necessário é, e de energias e aptidões que o possam suprir [...], se não são taberneiros, é quase certo encontrá-los cingindo o terçado de guarda da alfândega ou da polícia civil»); na caracterização de que são alvo por parte de Henrique Correia da Silva, pai do escritor Joaquim Paço d'Arcos, em 1925, ANTT, CMZ-ADGL/H-F-A/001/0035/40. Companhia de Moçambique, n.º de ordem 2193, RA40. Henrique Correia da Silva, 26 de Dezembro de 1925, p. 2 [«o grosso da população de agricultores europeus junta ao facciosismo do seu interesse uma grande escassez de ilustração»]; na sua ausência, por inibição intencional, nas representações fotográficas de justificação do colonialismo, concretamente, nos álbuns de grande difusão sobre Moçambique de 1929, conforme notou Cristina Nogueira da Silva, «O registo da diferença. fotografia e classificação jurídica das populações coloniais (Moçambique, primeira metade do século XX)», in *O Império da Visão: Fotografia no contexto colonial português (1860–1960)*, ed. Filipa Lowndes Vicente (Lisboa: Edições 70, 2014), pp. 75–76; na menção que suscitam a Vicente Ferreira, *Estudos Ultramarinos*, vol. IV – *Colonização e diversos* (Lisboa: Agência Geral do Ultramar, 1955), p. 302; ou, ainda em Janeiro de 1974, num relatório confidencial, «Sabe-se como, em Angola, numerosas famílias europeias vivem com notáveis dificuldades económicas. Nem são raros os casos em que, dados os hábitos criados e necessidades a enfrentar, a situação de tais famílias possa considerar-se mais precária que a de muitas famílias africanas», ANTT, SCCIA, liv. 188. [007/0003], «Relatório especial de informações n.º 1/74, A juventude de Angola perante o momento actual», p. 85.

([45]) Sobre as reacções racistas suscitadas pela moda do *jazz*, após a Primeira Grande Guerra, ver *Memórias do Professor Thomaz de Mello Breyner 4.º Conde de Mafra 1869–1880* (Lisboa: Parceria António Maria Pereira, 1930), p. 202: «Os batuques de origem *yankee* e negróide, tão apreciados no período estonteante e confuso após a Grande Guerra, dançados por militares com uniformes de *kaki* ou por civis de colarinho mole, calças arregaçadas e sapatos amarelos, ainda quando acolhidos em casas limpas, esses batuques quase selvagens, vão felizmente desaparecendo para se voltar às danças de gente branca bailadas por homens de casaca ou de grande uniforme.»

Uma herança apropriada indevidamente por um tio, em Luanda, explicava que Floriano tivesse de viver da música. Conforme ajuizou, com desprezo racista, o pai da Inês, ele não passava de um «preto do *jazz*». Assim, nas vésperas do casamento, lembrou à filha:

> — Já pensaste que os teus filhos podem ser pretos, de carapinha e nariz achatado? Vamos Inês, isso não passa de capricho teu. Põe uma pedra no assunto, que eu não quero nódoas negras na família.

Mais tarde, quando Floriano foi hospitalizado com risco de vida, o pai de Inês voltou à carga:

> — Tem paciência, minha filha. É mulato e bonda. Odeia os negros e odeia os brancos. Agora, depois de vir de África, ainda vai ser pior. Julga que está a tratar com pretas.

A própria Inês, que respirava uma inocência correspondente ao seu sincero amor e atracção por Floriano, também desejava que os filhos fossem mais claros. E o mesmo se passou com a mãe de Floriano, «filha de soba» e que fora mãe em resultado de uma relação extraconjugal: «Ah, cá, meu filho casar com branca chiua (bonita, queria dizer), e ter filha branca.»

No entretanto, Inês e Floriano casaram e estabeleceram casa com criada, em Lisboa. Não tardou que Floriano fosse apanhado nas suas aventuras amorosas. A saída para a infidelidade consistiu na partida para Angola, com o pretexto de ali poder recuperar a herança e prosseguir o negócio de café criado pelo pai.

De Luanda, as perspectivas da partida de Inês começaram a gorar-se. Floriano desaconselhava-a de empreender a viagem: «A um rapaz mulato da Alfândega que casou com uma branca, apedrejaram a casa na noite do casamento.» Ao mesmo tempo, o idealismo de Floriano não esmoreceu, apesar da situação acanhada em que vivia: «Os patacos ganhos aqui não resolvem nada, visto tu não poderes vir. O tio queixa-se dos pretos, e ouvem-se coisas tremendas a propósito da agitação na África do Sul, mas os brancos devem procurar neles próprios a culpa do que possa vir a acontecer.»

Com a distância entre a metrópole e a colónia, mas sobretudo longe de Floriano, Inês uniu-se cada vez mais à filha. Na cor da pele da menina, pensava, estava a prova de uma maior parecença quer com ela, quer com a sua mãe e avó. O regresso de Floriano a Lisboa — com «o ar dos emigrantes que regressam vencidos, como se viessem vestidos de ilusões esfarrapadas» — não atenuou a distância que entre eles se tinha cavado. Da parte de Floriano, a indiferença em relação à filha conjugava-se com «um autoritarismo desesperado e inútil perante as suas birras de criança». Não por caso, Inês começou a sentir o cheiro de Floriano, lembrando-se das palavras do pai, quando procurara impedir que prosseguisse a sua relação: «Negro fede a sanzala.»

Um dia, em casa de um tio de Floriano — um general que considerava o regresso do sobrinho de Angola uma «mariquice» —, ouviram ambos o discurso de que em Portugal todos os cidadãos gozavam das mesmas regalias, «sem diferença de raças nem de castas». Para Inês, tratava-se apenas de «palavras que despertavam no peito uma raiva muito grande».

A maior denúncia do mesmo tipo de discurso surgiu, então, na boca de Romero, um amigo de Floriano, que Inês sabia ser um «comunista perigoso»:

> — Vocês estão cegos. A colectividade, o bem da colectividade, a igualdade, é poeira lançada aos olhos dos parvos… Trata-se do expansionismo de um povo que pretende dominar o mundo, servindo-se para isso de uma bem dirigida mitificação.

Foi também através de Romero que Inês acabou por saber até que ponto Floriano se tinha politizado em África:

> O produtor indígena explorado pelo intermediário, a diferenciação de classes e de raças levavam-no então a tomar com ardor a defesa dos negros. [Floriano] Também mostrava um conhecimento razoável de quanto dizia respeito ao regime prisional e às prisões que, não sei como, adquirira. Talvez de leituras.

Floriano ia mesmo mais longe do que todos aqueles que pensavam ter chegado o tempo de os negros se unirem, envolvendo-se na causa da sua emancipação e na denúncia das injustiças. A sua cólera era, acima de tudo, um grito de ódio, pois só restava aos homens «abraçarem-se ao ódio, perfilhar o ódio, aceitar o ódio como sendo a grande, a única força, e odiar também».

Depois de o marido ter estado internado no hospital para uma operação ao fígado, Inês e Floriano instalaram-se numa vila ribatejana, onde ela fora colocada como professora primária. De início, Inês tinha medo de como naquele meio — «onde apenas se podiam contar duas classes, a dos pobres e a das grandes casas inchadas de bens» — o iriam receber. Floriano começou por entrar numa sociedade de exploração de uma farmácia, onde ficou a trabalhar, mas desleixou-se na assinatura da escritura. O seu sócio, pouco limpo nos negócios, levava uma vida de jogatana e aventuras. Floriano reproduziu o padrão, arranjando uma nova amante. Quando o confessou à mulher, devastada na sua posição de espelho de virtudes e de exemplo de uma vida de sacrifícios, gabou-se: «Elas gostam de mim porque eu sou mais homem do que os outros, um homem[,] percebes? Um verdadeiro macho.»

A morte da única filha de ambos desfez, entre eles, o laço de amor alimentado por Inês. Floriano ausentara-se da vila e, por falta de vigilância, Teca veio a morrer. Inês culpava-o e começou a convencer-se de que o seu pai tinha razão. A separação era o único caminho que lhe restava. «Unira-me a um homem com os defeitos de uma raça inferior e que do sangue branco só aproveitara os maus elementos.» O seu marido surgia-lhe como a encarnação do mal: «Era um demónio negro e da sua boca escorria ódio.»

Uma nova reviravolta aconteceu. Floriano chorou e explicou a Inês que a sua distância se explicava por nunca ter recebido amor de mãe. Ganhou finalmente um concurso como funcionário público, para vir trabalhar para um grémio e ocupar uma casa em Lisboa. Mas, ao procurar esclarecer o seu estatuto de sócio na farmácia da vila, viu-se escorraçado e insultado como «um pretalhaz de arribação». Acabou por ser posto na rua e, ao reagir, foi parar à cadeia. Entretanto Inês ficara grávida de Abel.

«Abel nasceu em Julho. Ao ver o meu filho fiquei desolada. Muito escuro, tinha abundante cabelo crespo que se espalhava sobre a testa, quase até ao nariz. Ao contrário da irmã, Abel era mulato.» Floriano mostrava por ele grande ternura, ao contrário do que acontecera com a irmã. «Irritava-se quando eu me lamentava de ele não ser tão claro e de feição tão fina como a irmã.»

Em Outubro, com Floriano já fora da prisão, dois agentes da PIDE revistaram a nova casa do casal e levaram Floriano para interrogatório. A sua amizade com Chico Martins levantara suspeitas de simpatias comunistas. Valeu-lhe o tio, general, graças ao qual foi libertado.

Entretanto, Inês progrediu no magistério. Floriano teve mais uma nova aventura, com uma empregada de um consultório médico. Era ela quem prendia «o interesse e a animalidade de Floriano», o que humilhava Inês, nos seus vinte e sete anos, muito mais nova do que a «velha». Um dia, foi escorraçado da vila onde a amante vivia, perseguido até casa e apedrejado. Estava bêbado e Inês ainda ouviu que lhe gritavam: «Se torna a aparecer na "vila", regamo-lo com petróleo e deitamos-lhe fogo.»

Com a morte súbita e inesperada de Floriano, vítima de uma síncope, acaba o romance. Ao fechar do caixão, ele «deixava de ser a nódoa da família». Já Inês, acabou por entrar na capela, num acto de refúgio no catolicismo.

Como interpretar este romance? Será ele uma denúncia do racismo e simultaneamente dos modos de discriminação da mulher no interior do casamento, a par do reconhecimento do direito da mulher ao prazer sexual representado pela suposta animalidade de um negro? A considerar válida esta interpretação, seguindo uma interessante leitura da obra de Maria da Graça Freire proposta por Ana Paula Ferreira (Universidade da Califórnia, Irvine), é a própria ideologia do Estado Novo que parece ser posta em causa. De facto, cada uma «das mensagens disseminadas pelos órgãos de propaganda do regime é simultaneamente mimetizada e disputada num discurso dialógico que acaba por iluminar não só as discriminações resultantes da ordem da diferença mas a desmoralização que a todos atinge»([46]). À alegria no lar e retorno aos valores tradicionais, aos projectos de colonização branca fundados na família portuguesa e à ausência do racismo em Portugal, Maria da Graça Freire contrapôs a família desagregada, um marido com amantes, um racismo difuso e projectos ou viagens às colónias que falhavam constantemente. Nesta perspectiva, compreende-se que faça dizer a Inês: «Não nasci para galinha de pernas atadas.»

Porém, o facto de Floriano surgir como um falhado — um bêbado, um mulato capaz de suscitar atitudes racistas, um marginal que acabou preso, amigo de comunistas, uma espécie de encarnação do demónio que só a PIDE conseguiu controlar e um tio general safar, a ponto de a sua morte ocupar no romance o lugar de um final feliz — sugere um sentido contrário à tese da denúncia do racismo e da discriminação das mulheres. Tal como José Palla e Carmo argumentou, a propósito de um outro romance de Maria da Graça Freire, «fica-nos, como romance, uma obra psicologística de cunho tradicional, embora revestindo a enganosa aparência de um progresso em profundidade no exame dos problemas da condição humana»([47]).

Para fundamentar esta última interpretação, poder-se-á sempre argumentar que a ligação de Maria da Graça Freire ao regime de Salazar foi uma constante. É o que se verifica se tivermos em conta que, tal como a sua irmã, Natércia Freire, com responsabilidades no *Diário de Notícias* de Augusto de Castro, também o seu segundo marido, Antero de Miranda Mendes, foi colunista do mesmo jornal. O reconhecimento que Maria da Graça mereceu da parte de Amândio César, um especialista em literatura ultramarina ligado à Agência Geral do Ultramar, também indicia a mesma cumplicidade. E Roberto Nobre não deixou de gozar com a cadeia de protecções de que Maria da Graça beneficiou, bem como com o conjunto de banalidades que proferiu em entrevista ao *Diário de Notícias*, as quais só poderiam servir para ilustrar um certo «pirismo»([48]). Ao 25 de Abril, Maria da Graça reagiu de modo ressentido, passando a publicar em edições de autor, como sucedeu com um pequeno livro sobre Mouzinho de Albuquerque e um outro de

([46]) Ana Paula Ferreira, in Pedro Sena Lino, *Só a Viagem Responde: Sobre Maria da Graça Freire* (Benavente: Câmara Municipal de Benavente, 2003), p. 177.

([47]) José Palla e Carmo, *Do Livro à Leitura: Ensaios de crítica literária* (Lisboa: Publicações Europa-América, 1971), p. 198.

([48]) Ferreira de Castro, Roberto Nobre, *Correspondência (1922–1969)*, ed. Ricardo Alves (Sintra: Editorial Notícias, Câmara Municipal de Sintra, 1994), p. 170.

memórias, assinado em colaboração com o seu falecido marido (*O Nosso Tempo Verde de Nós Dois: Palavras*, 1990). Mas é, sobretudo, na sua correspondência com a irmã e nessa obra inédita que se encontra por estudar — sugestivamente intitulada «Reino do Diabo», que tem por fundo a transição para a democracia e o fim do império — que poderão ser encontrados ecos de uma reacção aos novos tempos.([49])

Frente a um conflito tão contrastado de interpretações, vale ainda a pena sugerir uma outra hipótese acerca do significado da obra de Maria da Graça Freire, muito em particular do romance *A Terra Foi-lhe Negada*: num regime em que a censura institucional e interna se encontrava bem enraizada, os que falavam a partir de dentro pareciam ter o direito de transgredir, a ponto de porem em causa os fundamentos da ideologia luso-tropicalista, a par do machismo, e de poderem falar naturalmente do modo como a PIDE perseguia os comunistas. Ou seja, a transgressão só parecia ser acessível aos que não se constituíam em ameaça para o próprio Estado Novo. E os que mais colaboravam com o regime eram os que mostravam o seu cepticismo e descrença em relação aos fundamentos ideológicos do mesmo. Só assim se pode compreender que muitas passagens do mesmo romance, se tivessem sido escritas por um oposicionista ao regime, teriam levado à censura do livro e à perseguição do seu autor.

Sophia de Mello Breyner e a Índia Portuguesa

A defesa patriótica da então chamada Índia Portuguesa foi o tema escolhido por Afonso Botelho, monárquico e integralista, para o suplemento da revista *Cidade Nova*, publicado em finais de 1954. Nesta edição, Sophia de Mello Breyner publicou uma primeira versão do poema «Caminho da Índia». Mais camoniano do que pessoano, o poema constitui-se numa celebração épica dos antigos heróis que se deram em sacrifício pela gesta dos descobrimentos e das navegações. Contrariando o «exército dos ventos», fazendo com que as tempestades lhes dessem passagem, «na rota de todos os portos», e ultrapassando naufrágios e «lemes quebrados», foram os «capitães mortos» que abriram caminho para a Índia.

Entre a celebração e a memória dos sacrifícios pelos quais passaram os antigos capitães, o mesmo poema revela três outras características. A primeira diz respeito a uma clara consciência de que era na história dos feitos do Oriente que se encontrava a principal justificação do caminho a percorrer no

([49]) Biblioteca Nacional, Espólio 48, caixa 34: «Reino do Diabo» — Romance; caixa 7: Correspondência de Maria da Graça para Natércia Freire.

futuro. Ou seja, contra os ventos da história e dos processos de descolonização em curso, como acontecera com o fim do Império Britânico na Índia em 1947, os sacrifícios sofridos pelos antigos capitães portugueses tinham de ser honrados e reconhecidos por quem tinha nas suas mãos os caminhos do futuro.

Depois, há uma prioridade que o poema estabelece, tal como se a ideia precedesse a acção. É: «Tudo o que foi [*sic*] primeiro pensamento/ Desejo de ser e de conhecimento.» E mais adiante repetem-se as palavras «Desejo de conhecimento». Ou seja, o conhecimento é anterior aos feitos heróicos cometidos pelos capitães durante as tempestades e os naufrágios.

Por último, a intenção de localizar a acção dos heróis — dos já referidos capitães mortos — surge associada à produção de um efeito cromático, que inclui o azul, o branco e o verde. Assim, proclama-se «que no mar azul se perca o vento, que nossa seja a nossa própria imagem». São estes versos que servem para atribuir um lugar excepcional ao Império Português. E ao mesmo excepcionalismo pertencem, no final do poema, outras evocações dos capitães e dos náufragos «azuis» que são lembrados e homenageados: «No fundo do mar profundo,/ Com seus brancos ossos/ E seus verdes destroços/ Marcaram o caminho».

Nesse mesmo ano, o poema «Caminho da Índia» foi publicado num livro da autora intitulado *No Tempo Dividido* (Guimarães, 1954). Existem nele várias alterações, de um ponto de vista gramatical, mas que não alteram a substância do poema. Há, porém, uma substituição que coloca vários problemas de interpretação. Trata-se do verso «Com seus brancos ossos», que foi modificado para «Com seus braços ossos». Uma mudança destas não terá sido, com certeza, uma gralha, uma vez que foram introduzidas outras palavras e feitas substituições que apontam para um trabalho deliberado sobre a versão inicial do poema.

Mais: na última versão do poema publicada em vida da autora, o verso manteve a expressão «braços ossos», difícil de entender dada a sua falta de nexo, que alterou o efeito cromático obtido com a referência a várias cores (*No Tempo Dividido*, Caminho, 2003, p. 44). Além disso, nesta mesma edição foram suprimidos os dois versos já citados, que criavam uma precedência do pensamento em relação à acção: «Tudo o que foi foi primeiro pensamento/ /Desejo de ser e de conhecimento.» Esta última versão foi seguida na edição póstuma da *Obra Poética* (Assírio & Alvim, 2015).

Como interpretar a alteração do adjectivo «brancos» para o substantivo «braços», na caracterização dos sacrificados capitães mortos e dos náufragos? Que razões poderão explicar a necessidade de apagar a referência à cor dos ossos — e, subentenda-se, talvez, à da pele branca, numa adesão a valores de diferença racial — quando a orientação seguida pelas políticas coloniais tinha passado a privilegiar a ideia de uma comunidade plurirracial?

Um dos primeiros exercícios de interpretação do poema, aqui gizado, tem em vista reconstituir o seu significado inicial, aproximando-o da intencionalidade da autora, à data da sua redacção e primeira publicação na revista *Cidade Nova*. Isto é, o significado de um poema nem sempre pode ser associado às camadas de leituras e às alterações que sobre ele incidiram, o mais importante é começar por reconstituir o seu sentido original. Tão-pouco se procura, aqui, interpretar o poema em função do trabalho que nele se revela entre contaminações camonianas e aproximações à poesia de Pessoa (estudadas com rigor e profundidade por Isabel Almeida, in *Sophia de Mello Breyner Andresen. Actas do Colóquio Internacional*, org. Maria A. Sousa Tavares, Porto Editora, 2013, pp. 252–262).

O certo é que o trabalho de reconstituição do significado e do contexto originais retira ao poema a sua aura mais etérea, com a qual se tende a confundir o valor intrínseco do discurso poético, para submetê-lo aos tratos da análise histórica. É que, se um poema foi inicialmente escrito e publicado num número de revista organizado sob o lema, escrito em letras garrafais, «A Cidade Nova defende a Índia Portuguesa», dificilmente a sua interpretação poderá esquecer esse mesmo quadro inicial.

Talvez seja de começar por lembrar que, nesse mesmo número da revista, colaborou Francisco de Sousa Tavares, com quem Sophia de Mello Breyner estava casada desde 1946. O seu texto, igualmente de exaltação patriótica e imperial, intitulava-se «A Morte e a Índia». Nele se indica que estava em causa a «ofensa brutal ao sangue e à integridade da Pátria», perante a qual «o homem português apelou para a verdade de si próprio». E qual era esta verdade? No seu entender, era a capacidade de heroísmo, de serviço e de sacrifício, que já tinham suscitado uma «reacção máscula e cavalheiresca», tudo isto em defesa de uma comunidade espiritual na qual se alicerçava uma convivência política.

Uma tal verdade, com os valores que lhe estavam associados, transmitia-se pela Poesia, no seu «mais alto sentido carismático». Só a Poesia podia ser verdadeiramente entendida pelo povo. Sousa Tavares di-lo seguindo uma genealogia bem romântica, que tomava o povo como depositário das verdades, contra as elites que viviam delas dissociadas.([50]) O «abastardamento

([50]) O povo como fonte de inspiração literária e depositário de verdades ou identidades constituiu-se num tema cuja formulação não se extinguiu com o romantismo. Nas décadas posteriores à Segunda Guerra, vários autores conotados com o neo-realismo — situados em quadrantes políticos bem opostos ao dos monárquicos e integralistas — glosaram-no. O impacto da literatura norte-americana do século XX contribuiu, igualmente, para a difusão do mesmo tema. Neste contexto, um autor russo como Tchekhov também foi visto como assumindo «que só e apenas no Povo estava o riquíssimo favo de onde o artista pode e deve extrair o mel que conduz à conquista difícil da Beleza consequente», José Ferreira Monte, «Prefácio», in *Antologia do Conto Moderno: Tchekhov* (Coimbra: Atlântida, 1962), p. XV.

burguês das classes dirigentes» e o divórcio de todo «o sinal espiritual autêntico», em que as mesmas elites viviam, seriam os principais responsáveis pela formação de uma «sociedade bastarda e não culta arredada da Verdade criadora e poética sob todas as suas formas».

Essa mesma sociedade bastarda caracterizava-se pela inversão sistemática dos valores. Concretamente, tinha suscitado «o culto do mau na arte e na vida, o imperialismo do dinheiro, e o ódio à inteligência, à independência e ao sentido vertical do homem»([51]). E, num registo mais apocalíptico, chegara-se ao «culto da Besta, consagrado aliás no já mal disfarçado império das sociedades mais ou menos secretas de raiz triangular e argentária».

O que, para Sousa Tavares, explicava o «drama da Índia» era o espírito calculista, interesseiro e materialista da sociedade burguesa. Assim, escreveu que o drama da Índia punha a descoberto a «nossa própria verdade», pois não se tratava de responder à «alta de café ou compra de monopólios». Pelo contrário, o que estava em causa era «o apelo ao heroísmo, ao regresso do homem português à sua consciência nacional e cívica, com o seu chamamento de Império»([52]).

Chegado a esse momento de reivindicação de valores imperiais e espirituais, Sousa Tavares assumiu que tudo o que lhes fosse contrário — a começar pelo espírito calculista do burguês, de uma superficialidade atroz — era, «para nós monárquicos, agir em plano de traição». Por isso mesmo, os monárquicos da *Cidade Nova* manifestavam a sua inequívoca solidariedade com o Governo da República, por este ter já definido uma política e «uma linguagem que são de Portugal». Ao serviço de Deus e da Pátria, monárquicos e republicanos tinham de marchar juntos, sem espaço nem tempo para traições. Tal como afirmou Afonso Botelho noutro artigo do mesmo número da revista, onde elegia o marxismo, e não o espírito burguês, como o seu principal inimigo porque causador da anexação de Goa à União Indiana: republicanos e monárquicos tinham de estar unidos no mesmo «calor patriótico», cantando o mesmo hino!

O tempo das críticas à administração colonial, tal como o da dissensão relativamente ao Governo, não era o de Sousa Tavares. Todas as medidas de excepção

([51]) Marcello Duarte Mathias, a respeito de *O Mundo à Minha Procura* de Ruben A., escreveu que este último «teve o mérito raro de procurar emancipar-se dum universo destituído de horizontes [...]. A burguesia nacional dos anos 40 e 50 — embora seja difícil formular comparações em domínios destes — era certamente a mais inculta da Europa de então», *A Memória dos Outros: Ensaios e crónicas* (Lisboa: Gótica, 2001), p. 68.

([52]) Aliás, da poesia de Sophia como um «chamamento» já Sousa Tavares falara no artigo que dedicou a um dos seus primeiros livros (*Acção*, n.º 189, 30 de Novembro de 1944). Termo reutilizado nas observações mais recentes de uma investigadora, «tudo produzindo um chamamento e um fascínio inapeláveis para quem lê», Paula Morão, «Mulheres escritoras nos anos 30 e 40», in *História da Literatura Portuguesa*, vol. 7 – *As Correntes Contemporâneas*, eds. Óscar Lopes e Maria de Fátima Marinho (Lisboa: Alfa, 2002), p. 142.

que o Governo entendesse tomar se justificavam a bem da Nação, incluindo a de reservar para si «o monopólio da verdade informativa e o segredo total das medidas de acção». Impossível seria aceitar «que qualquer limitação de ordem social, económica, financeira ou política viesse perturbar o sereno apelo de heroísmo que da alma portuguesa renasce ao ruído confuso da agressão indiana». O espírito de luta e de acção, «que foi o espírito de formação do Império, seja o da sua defesa». Acrescentando: «Já algures lhe chamámos "clima de guerra".»

Sem querer argumentar que Sophia de Mello Breyner se limitou a traduzir em linguagem poética a exortação à guerra e o chamamento de Império desenvolvidos em prosa pelo seu marido, reconheça-se que não há grandes dissonâncias entre as ideias do poema e as expostas no artigo. Em ambos o passado imperial legitima o futuro do Estado colonial do presente; e os sacrifícios de capitães mortos e de náufragos correspondem à mesma mística e ao fervor investido em verdades antigas que nada tinham que ver com o calculismo do espírito burguês ou a evocação de limitações orçamentais. A grande diferença — que acabou por ser abolida na edição de 2003 — consiste, no poema, na explícita precedência da ideia em relação à acção. Enquanto o artigo de Sousa Tavares se orienta em função da urgência dos feitos militares, a ponto de considerar que todas as medidas excepcionais poderiam vir a ser tomadas, para não pôr em causa a unidade da Pátria.

A interpretação de um poema que proceda por aproximação a outros textos, escritos por autores diversos, não pretende diminuir a qualidade estética do objecto em análise. O método seguido inspira-se, aliás, num exercício de aproximação, cruzamento e comparação ensaiado por Paula Morão a respeito das memórias autobiográficas de Sophia de Mello Breyner e do seu primo Ruben Andresen Leitão (*Sophia de Mello Breyner Andresen. Actas do Colóquio Internacional*, pp. 104–119). Maria Andresen Sousa Tavares sugeriu, também, a necessidade de prolongar esse mesmo tipo de exercícios, aproximando a poesia de sua mãe à de Teixeira de Pascoaes, Ruy Cinatti, João Cabral de Melo Neto, Murilo Mendes, Jorge de Sena, Miguel Torga e Eugénio de Andrade. À escala de uma revista como a *Cidade Nova*, Cinatti e Sena — além das colaborações mais passageiras de Ruben A. e das referências entusiásticas a Agustina Bessa-Luís — são os nomes dos poetas e escritores que também ali colaboraram. Sofia de Melo Breiner Andersen, pois era assim que inicialmente assinava, já tinha colaborado com Cinatti e Sena, nos *Cadernos de Poesia* (com uma primeira série em 1940–42, uma segunda em 1951 e uma última em 1953).([53])

([53]) Luís Adriano Carlos, «A Geração dos Cadernos de Poesia», in *História da Literatura Portuguesa*, vol. 7 – *As Correntes Contemporâneas*, eds. Óscar Lopes e Maria de Fátima Marinho (Lisboa: Alfa, 2002), pp. 235–268, *maxime* pp. 259–262.

Com Sena, Sophia de Mello Breyner partilhou, na *Cidade Nova*, interesses pela poesia brasileira. O primeiro escreveu sobre Manuel Bandeira e Sophia sobre Cecília Meireles.([54]) A correspondência entre ambos foi publicada mais tarde e, estranhamente, reporta apenas a um período mais tardio, quando o comportamento político de ambos se alterou (Guerra & Paz, 2006).([55]) Resta saber se não existiram cartas trocadas entre Sena e Sophia antes de 1959. Nessa mesma correspondência publicada, com Sena já no exílio do Brasil e dos Estados Unidos, Sophia de Mello Breyner definiu a sua posição como sendo contrária a Salazar. Mesmo assim, a propósito de Agustina, que não era «nem salazarista, nem fascista», em 1962, marcou os limites do seu antifascismo, ou seja, não se poderia ostracizar Agustina, como faziam muitos escritores e intelectuais, pois não se podia «criar em nome do anti-fascismo um novo fascismo» (*Correspondência 1959–1978*, p. 43).

Quanto a Cinatti, graças à sua experiência de engenheiro silvicultor, o seu apego ao império colonial era enorme. E tanto dedicou poemas aos heróis portugueses que, em Goa ou Timor, tombaram na defesa do Estado colonial, como saiu «Em favor do timorense» (*Cidade Nova*, IV série, Julho de 1956, n.º 5).

No entanto, para se perceber melhor o sentido do poema «Caminho da Índia» e dessa pequena mudança ou autocensura de «brancos ossos» para «braços ossos», outras aproximações se impõem. Refiro-me ao impacto das medidas legislativas e constitucionais de 1953, que transformaram o império colonial em Províncias ultramarinas de uma mesma nação, bem como à adopção de ideias multiculturalistas de assimilação luso-tropical, opostas a qualquer tipo de racismo, representado pela cor branca. Claro que, se o sentido da poesia em causa de Sophia de Mello Breyner foi sujeito a evidentes circunstancialismos, também será de considerar que ela própria alterou os seus posicionamentos. Duvido que as condições em que colaborou, na década de 1950, numa revista em que pontificava Afonso Botelho, monárquico, integralista e apoiante da Filosofia Portuguesa de Álvaro Ribeiro, se pudessem ter mantido nos anos 1960. A correspondência publicada entre Sena e Sophia de

([54]) Sobre Cecília Meireles, ver José Osório de Oliveira, «Cecília Meireles – inéditos», *Fradique*, ano II, n.º 95 (28/11/1935), p. 1; Fernanda de Castro, *Ao Fim da Memória*, vol. I – *Memórias (1906–1939)* (Lisboa: Verbo, 1986), pp. 186–189.

([55]) Talvez a grande mudança política de Sophia de Mello Breyner tenha ocorrido por alturas da publicação de *Mar Novo* (Guimarães, 1958), segundo informação oral de Guilherme d'Oliveira Martins, e tivesse sido aclarada pelo livro de Francisco de Sousa Tavares *Combate Desigual: Ensaios de sociologia portuguesa* (Porto, 1960), que me foi indicado por Vasco Rosa. Seria, ainda, de analisar a relação de Sousa Tavares com o Ministério das Corporações e os seus interesses pela sociologia, que eram partilhados por outros funcionários do mesmo ministério.

Mello Breyner — com tantas referências à necessidade de uma oposição não comunista ao regime de Salazar — demonstra-o à saciedade. E, no entanto, que não se esconda o contexto inicial que dá sentido ao poema «Caminho para a Índia», nem se esqueça o significado da alteração de «brancos ossos» em «braços ossos».

Agustina: o conhecimento do mundo

A leitura da nova e cuidada edição do livro de Agustina sobre a Revolução de Abril e os dois anos «de cerco» que se lhe seguiram pode ajudar a ultrapassar uma antinomia que geralmente se impõe na interpretação de textos com valor literário.([56]) Refiro-me à simples oposição entre significados externos *versus* internos, pela qual se dividem os melhores críticos, assumindo por vezes posições extremadas. De facto, para alguns, o que mais parece contar é a precisão objectiva dos que conseguem desmontar o sentido de um campo, com os seus agentes, discursos e acções, passíveis de ser interpretados a partir de fora. Enquanto, para outros, a literatura, a começar pela poesia, tem de ser lida como algo de mais específico, um saber só ao alcance dos iniciados e dos que intuitivamente têm olho para captar o significado interno dos textos. Sublinhar uma tal oposição implica deixar de fora a análise da intencionalidade dos que podem ser considerados grandes escritores, sobretudo quando estes conceberam as suas obras como um modo de conhecimento do mundo. Ora, não será o próprio alcance desse mesmo conhecimento — incluindo nele o envolvimento dos próprios autores numa luta infindável entre questões de forma e de conteúdo — que corresponde à grandeza dos escritores e das suas obras?

Recapitule-se a trama do livro. Uma série de famílias de proprietários do Douro serve de pano de fundo às acções e, sobretudo, à caracterização psicológica de um conjunto de personagens que viveram os anos de 1974 a 1976 de modo bem diverso. Por exemplo, Piedade Aureliano acabou «cansada de amigos e inimigos, tudo lhe parecia duma pavorosa mediocridade». Josué, um jornalista e escritor estabelecido em Lisboa, frequentador do Grémio Literário desde antes de 1974, gostava de exibir as mulheres como uma espécie de troféus. Em 1976, quando contava quase trinta anos de idade, teve de se conformar com o fim da imaginação revolucionária: «Que ninguém discuta porque uns são poupados e outros castigados. Que ninguém discuta se uns vencem e outros perdem!» Por sua vez, Nor, grande putanheiro, acaba por

([56]) Agustina Bessa-Luís, *Crónica do Cruzado Osb.*, nota editorial de Alberto Luís, fixação do texto do mesmo com Lourença Baldaque (Lisboa: Guimarães, 2015).

se casar com Antónia, mulher independente e livre, de passaporte e livro de cheques na mão. Um desfecho que aponta não para um castigo, em relação àquele que sempre procurara nas mulheres obediência, mas para a sua submissão a um novo tipo de matriarca, destemida e desempoeirada — «a prostituta da nova grande Babilónia».

Aos tipos psicológicos correspondem, quase sempre, tipos de famílias. Umas dadas à magistratura, outras ao comércio, a mandar os filhos estudar fora, à conservação dos solares, etc. A insistência numa realidade social composta, sobretudo, por famílias revela bem uma realidade rural do Norte e do Douro. Só a pouco e pouco, já com meio livro percorrido, Agustina faz entrar em cena os interesses das classes. As suas considerações têm, então, valor de hipóteses sociológicas: que a classe média e as classes populares lutaram, durante a Revolução, mais pela satisfação de «regalias materiais» do que pela liberdade; e que era nas classes ricas que se encontrava uma «força potencial das esquerdas», devido sobretudo a dissidências no seio familiar, mas também «porque o direitismo durara de mais na soma das gerações».

Descontando as considerações sobre a estrutura social e as suas bases familiares, os tipos de mulheres e de homens, que se multiplicam ao longo do livro, só competem com o número de aforismos, tão do agrado da autora de *A Sibila*. Tipos e máximas sucedem-se, de forma intermitente e quase simétrica. Ao retrato de um personagem segue-se, quase sempre, uma multiplicação de sentenças, com um sentido de avaliação psicológica e de juízo moral e político. Talvez esteja, aqui, na referida mistura, o verdadeiro estilo de Agustina: tão psicológico quanto sentencioso. Para os que procuram sobretudo acção nos livros de ficção, uma tal forma de escrever leva ao desespero. Em muitas alturas, pode mesmo aborrecer. É que uma moral sentenciosa parece ir no sentido contrário das convenções cinematográficas da acção que invadiram a criação literária.

No entanto, o melhor de Agustina encontra-se nas passagens carregadas das tais máximas e sentenças. De um notório conservadorismo avesso às celebrações revolucionárias? Nem todas, e, embora a maioria assim deva ser considerada, muitos são os juízos em que o leitor fica convencido da falta de preconceitos da escritora. Mais, ainda: em muitos dos casos, valores e tomadas de posição revelam sobretudo um enorme conhecimento do mundo, acerca do marcelismo, da revolução, da descolonização, do feminismo, etc.

Claro que a explícita alusão a obras, tais como as *Mémoires d'outre tombe* (1849–1850) de Chateaubriand ou *L'ancien régime et la révolution* (1856) de Tocqueville, cria um quadro de referências avesso à Revolução, mais concretamente, à Revolução Francesa. Contudo, em ambos os casos, o conservadorismo aristocrático de ambos os escritores franceses surge associado ao carácter inevitável das mudanças ou ao bem fundado dos métodos por eles utilizados. Chateaubriand, por exemplo, no texto que serve de epígrafe ao livro, reconhecia que a imobilidade política era impossível de alcançar e que a mudança se impunha, acrescentando que a venerável memória pelos vestígios dos nossos antepassados não implicava necessariamente que devêssemos ser retrógrados. E que dizer da ideia de que, em Portugal como no Ocidente, se deixaram de encontrar grandes homens? Não será esta mais uma reverberação do que Tocqueville dizia dos tempos democráticos, que seriam também os da formação de uma cultura de massas amorfa e de impossibilidade de um individualismo original?

Enfim, no quadro literário construído neste livro, quaisquer que sejam os juízos, máximas e sentenças proferidos, haverá o direito de os impor? Poderão eles constituir-se em argumentos de autoridade, a bem de uma suposta verdade? Agustina, com o seu cepticismo, pensa que não. Chega mesmo a considerar, a fechar o seu livro, que «a influência é sempre um rebaixamento do destino humano». E acaba por concluir com uma nota de pessimismo — acerca da sua capacidade para influenciar com os seus conhecimentos os seus próprios leitores, mas de uma contenção exemplar para todos os que andam por aí inchados com as suas verdades —, citando Santo Agostinho: «Se quando eu morrer não tiver convencido ninguém, é porque a minha vida foi um êxito.» Ora, não será este um modo particular de Agustina revelar o seu enorme conhecimento do mundo?

Agustina: vida, morte e família de Teixeira de Pascoaes

Em 1958, Agustina Bessa-Luís publicou *O Susto*. O livro pode ser descrito como uma biografia ficcionada de Teixeira de Pascoaes, falecido seis anos antes, que responde no romance pelo nome de José Midões. O poeta, a família, os que dela dependiam e os seus amigos aparecem com os seus nomes mudados. Através desta simples alteração dos nomes, Agustina passa da biografia ao romance, ou seja, cava para si um espaço de liberdade criativa, que é próprio da ficção. As suas interpretações deixam de estar amarradas à realidade. A necessidade de contar, tal e qual, como se passaram as coisas e como eram as suas personagens na vida real deixa de existir. Da mesma forma, desaparece a necessidade de se fazer prova do que se diz. A biografia deixa de fazer parte da história, para entrar no domínio mais propriamente literário.

Trata-se, pois, de uma biografia romanceada. Perturbante, diga-se desde já. Que não corresponderá propriamente ao que foi a vida de Pascoaes. Mas que, por paradoxal que pareça, adquire uma força explicativa porventura maior do que se Agustina se tivesse limitado a escrever a biografia de Pascoaes. Se não escondo a minha admiração quanto ao livro — logo a abrir este texto que se pretende crítico, e por isso pouco ou nada apologético —, também não disfarço a minha incapacidade para explicar por que razão foi preciso esperar sessenta anos pela sua reedição. Felizmente, graças aos cuidados de Francisco Vale, da Relógio D'Água, saiu sem gralhas e com um prefácio de António Feijó, que inclui informações úteis acerca da sua recepção mais imediata e das relações de Pascoaes com Pessoa. Reconheça-se que, sem as notas do prefácio, não teria ido ler a troca de cartas entre Agustina e o irmão de Teixeira de Pascoaes, publicadas no «Suplemento Literário» do *Jornal de Notícias* em 15 e 22 de Janeiro de 1959. João Teixeira de Vasconcelos, chamado Cipriano no livro em causa, sentindo-se agravado com tantas distorções, saiu em defesa do defunto irmão e da sua família, escrevendo que o verdadeiro susto fora ele que o sentira frente a quem ousara tocar na «figura agigantada do Pascoaes».

Ao que Agustina respondeu, uma semana depois, numa prosa tão suculenta quanto truculenta, à maneira de Camilo, que é uma afirmação peremptória da liberdade da escrita:

> Quando ouvir que alguém detracta os seus e insinua misérias dos que lhe são caros, na sua presença, assente-lhe duas bordoadas e arrume o caso assim. Ao mesmo tempo que limpa uma mancha, pode castigar um mentiroso. Mas com as figuras mentirosas dos meus livros não se meta, nem que se trate do leão da Nemeia, do touro de Creta, das hidras múltiplas de não sei que terra; às vezes eu própria estou por baixo da pele desses animais, e arranho, e escorneio, e lanço veneno. Isso é comigo e com todo o mundo. Consigo e com a causa de Pascoaes, em particular, nunca é (*JN*, 22-01-1959).

A violência de uma tal resposta poderá ajudar a explicar, pelo menos em parte, a razão de o livro não ter sido reeditado durante um tão longo período de tempo. Para mais, tocar na figura de Pascoaes e querer ter a Guimarães como editora não seria tarefa fácil. De qualquer modo, Agustina sabia bem com quem lidava e não hesitou em falar de bordoadas, nem que fosse para assustar, ao mesmo tempo que se refugiou num jogo acerca do estatuto do livro enquanto compilação de «figuras mentirosas».

João Teixeira de Vasconcelos tinha publicado um único livro, intitulado *Memórias de um Caçador de Elefantes* (Porto: Maranus, 1924), com o patrocínio do irmão e dos que lhe eram próximos. Ao reeditá-lo, em 1957, numa versão muito ampliada, com uma primeira parte sobre a «África vivida», revelou que andara pelo Norte de Angola em inícios do século, como chefe de posto, e contou mais histórias de caçadas e dos modos de exercício do poder colonial. Difícil será escolher entre a versão de 1924 e, a pretexto dos novos episódios narrados em 1957, quando já sopravam em África os ventos de mudança, o quadro de tiradas racistas — acerca da «pretalhada» — que compõem a obra publicada do irmão de Pascoaes.([57])

Quando Agustina retrata D. Corina, mãe do poeta José Midões, como filha de uma crioula, a única dúvida com que o leitor fica é a de saber se a insinuação da ascendência negra de Pascoaes estava em Angola, pela alusão à «mulherzinha de tipo colonial», ou numa qualquer brasileira de torna-viagem, sugerida na passagem acerca da «raça de outros mares» (para retomar o rasto de uma figura central de *Lição ao Mestre* de António Augusto Teixeira de Vasconcelos, em 1875, também ele antepassado da família de Pascoaes). Aliás, é nessa mesma condição que radicava o modo violento com que a avó beliscava as criadas por um recado mal entregue ou lhes esfregava nas ventas a roupa mal lavada, enquanto corrigia os netos a golpes de vara nas orelhas. Mas se na avó a origem crioula resultara em violência, na mãe dera em sovinice. Dona Corina é, assim, retratada como uma administradora fria e racional, exploradora dos mais pobres e dependentes, a quem mal dava de comer, que soube amealhar, para sustentar em Lisboa o fausto de uma família que vivia com parcimónia na Casa da Obra. O desamor recíproco entre esta mãe e o poeta José Midões constitui outro dos traços do livro. Quanto à irmã do Poeta, chamada Rita, apesar do seu pretenso snobismo, as mesmas origens crioulas deram-lhe para manter um ou dois amantes, além de uma família numerosa, que vivia também com fausto e criadagem entre Lisboa e Sintra.

Cipriano, com o qual se identifica o irmão de Pascoaes, embarca para África e São Paulo. Exila-se no Amazonas, devido talvez à sua militância na Carbonária. Irrequieto, putanheiro e doidivanas, homem de acção até ao fim. Por duas vezes, interfere nos amores platónicos ou idílicos do irmão, que nunca se chegaram a concretizar, a não ser em sonhos. Por uma vez, Cipriano manteve relações sexuais com uma das desejadas. No fim da vida do irmão, quando se instalou na Casa da Obra, a procurar gerir já a posteridade e memória do Poeta, assediou a ainda jovem Belina, a filha da criada Pité, que José Midões adorava. De resto, já velho, andava sempre à cata de raparigas muito pobres que nem por possuírem «patas cascudas» deixavam de acreditar «na lenda do filho do patrão que um dia descobre nelas a felicidade».

([57]) Está por fazer o inventário das memórias de colonos, militares e administradores coloniais, como as memórias do Mirrado da Chíbia, muito conhecido pelo seu chicote, numerosa prole e «dares e tomares com as autoridades» locais, cf. António de Quadros Flores, *Recordações do Sul de Angola 1914–1929*, pref. de Norton de Matos (Guimarães: Livraria Oliveira, 1952), pp. 77–81. Sobre caçadas em África, cf. Teodósio Cabral, Abel Pratas, Henrique Galvão, *Da Vida e da Morte dos Bichos: Subsídios para o estudo da fauna de Angola e notas de caça*, 5 vols. (Lisboa: Francisco Franco, 1933–1944); *A Caça no Império Português*, 2 vols. (Porto: Primeiro de Janeiro, 1943–1945); António de Quadro Flores, *op. cit.*, pp. 185–210.

Onde terá ido Agustina buscar provas ou inspiração para a existência de tanto sangue negro e de tanta presença de África na família de Pascoaes? Não sei ao certo se se trata de «figuras mentirosas», pois não têm lá muito de mitológico. Nem me parece que seja pertinente alegar que foi por uma espécie de intenção perversa que Agustina procurou chapar nas ventas do autor de um dos livros mais racistas da cultura portuguesa — as referidas *Memórias de um Caçador de Elefantes* — o facto de, afinal, a sua família ter raízes africanas. O mais provocador é que, num livro pejado de referências à vida rural, à natureza e ao Marão, África esteja tão presente. Esta surge não só na linhagem a que o Poeta pertence, mas também nas alusões aos descendentes de negreiros em todo e qualquer lar burguês; noutro lugar, refere-se um patrão de manadas de negros, numa clara alusão aos trabalhos na economia de plantação; e ainda a figura de Esperança, a criada preta de Rita, irmã do Poeta, que acabou por se instalar no solar da Casa da Obra.

António-Pedro Vasconcelos, realizador de cinema, escreveu de forma certeira que «Pascoaes não cabe nos figurinos em voga no seu tempo: nem o protesto neo-realista, nem a provocação modernista. A isso se deve a sua má reputação: Pascoaes não é actual. Faz parte de uma família de espíritos notáveis, de nobres anarquistas, que fez ninho algures entre Douro e Minho e donde saiu a seiva mais fecunda da nossa cultura: António Nobre ("a nossa melhor poetisa", dizia ele), Raul Brandão, seu companheiro e amigo, mas sobretudo Camilo, *O Penitente*, de quem ele descreveu, comovido, o calvário em páginas inspiradas; mas também Souza-Cardoso, Oliveira, Agustina e, porque não, o Zé do Telhado»([58]).

Poderia ainda ter acrescentado ao elenco Aquilino ou mesmo Torga (o Pessoa que Coimbra não teve, no dizer um tanto venenoso de um amigo meu). Quando escreveu o seu livro, Agustina sabia bem a que genealogia intelectual, mais ou menos telúrica ou campestre, sempre em comunhão com as profundidades da montanha, pertencia Teixeira de Pascoaes. Por diversas vezes no seu livro, dá a entender que o largo círculo de intelectuais que frequentavam a sua casa («o poeta que os homens de letras nunca haviam de admitir»), bem como as leituras diversas a que a sua obra esteve sujeita dificilmente poderiam negar a Pascoaes uma postura de insubmisso. Contra as modas literárias, pela solidão. Contra os ímpetos de consagração determinados pelo Estado Novo e a favor da liberdade republicana. Em comunhão com os mais pobres e desfavorecidos e procurando, sempre, dar voz até aos que poderiam ser considerados os mais tolos. Assim foi Pascoaes, «com o coração tomado pela natureza». O poeta dessa saudade que, antes de ter

([58]) António-Pedro Vasconcelos, «Apresentação», in Teixeira de Pascoaes, *S. Paulo* (Lisboa: Assírio & Alvim, 1984), pp. 12–13.

sido apropriada por caminhos ínvios pela gelatinosa Filosofia Portuguesa, foi objecto de tratamento sério por José Marinho.([59])

Mas a leitura de *O Susto* só com esforço confirma uma grande admiração de Agustina pela figura do Poeta. Pelo contrário, há no livro demasiados elementos destinados a rebaixar a aura do gigante místico que vivia em comunhão com a natureza. João Teixeira de Vasconcelos, apesar de racista, talvez tivesse razão para se indignar. A busca de solidão por parte de José Midões surge como resposta a uma incapacidade de o Poeta se relacionar, sobretudo, com as mulheres. Por sua vez, a sua incapacidade para concretizar e consumar sexualmente as suas relações amorosas, que permanecem sempre num estado idílico, nunca chega a ser objecto de insinuação de uma atracção homossexual por parte do Poeta. Porém, o contraste com a atitude do irmão, sempre pronto e disponível para mais uma aventura, deixa no ar a suspeita. A tudo isto acrescente-se, no final da vida do Poeta, uma espécie de substituição do desejo por outras mulheres, pela companhia da sobrinha Mercês e da já mencionada filha da criada, que é retratada como a angelical Belina. À harmonia sentida por estas duas figuras — que mantêm com o Poeta uma relação vertical de submissão, bem longe das possíveis relações horizontais que ele nunca conseguiu manter — corresponde a existência, entre ambas, de um ódio intestino e profundo, transformado em rivalidade donde nem sequer as bofetadas estiveram ausentes.

Se a bondade não é sensual, sobretudo, para as mulheres — conforme argumenta Agustina, feita analista da psicologia feminina, numa das incursões sentenciosas do seu livro, que são, apesar de tudo, em menor número do que nas suas outras obras —, ela própria não pretendeu ser bondosa nesta obra. Resta saber se, por um efeito de compensação, a sua bondade pode ser tomada como um acto de provocação sensual, frente a uma figura onde esta parece não existir. Assim se entende o propósito de rebaixar Pascoaes, retratando-o, mais à sua família, nos seus comportamentos e atitudes mais terrenos. Não esquecendo as acusações de sangue africano (virando o racismo do irmão contra a própria família), o desamor sentido pela mãe autoritária em relação aos filhos, as disfuncionalidades da família donde os amantes não estavam ausentes, nem tão-pouco as putas famélicas que sonhavam com o filho do patrão.

A tudo isto, entenda-se, como sinal de um propósito destinado a rebaixar o Poeta e a retirá-lo da sua solidão e da sua união mística pela natureza, seria necessário acrescentar dois outros aspectos, que mereciam ser analisados com maior profundidade. Por um lado, a voz que Agustina dá aos mais

---

([59]) José Marinho, *Teixeira de Pascoaes: Poeta das origens e da saudade e outros textos*, ed. Jorge Croce Rivera (Lisboa: Imprensa Nacional — Casa da Moeda, 2005).

miseráveis, por exemplo, aos criados Macário ou Gaspar, incluindo os seus comportamentos mais violentos. Uma voz porventura tão grande, salvaguardadas as devidas proporções, quanto aquela que é concedida ao próprio Poeta e mesmo à sua comparação e rivalidade com Álvaro do Carmo, ou seja, com Fernando Pessoa.

Por outro lado, seria preciso perceber melhor esse outro personagem que surge na Casa da Obra e que passa pelo nome de Janos, o rapaz polaco, com o qual se confunde a figura de Albert Vigoleis Thelen, tradutor de Pascoaes e escritor (mas que também se identifica como artista). Muito antes do estudo de Olívio Caeiro sobre Thelen e de a sua correspondência com Pascoaes ter sido publicada pela Assírio & Alvim, em 1997, as referências ao mesmo eram esparsas. O médico Eduardo de Oliveira, irmão de Ernesto Veiga de Oliveira, deixou algumas marcas da passagem de Thelen pela casa de Pascoaes, durante os anos da Segunda Guerra (*Monólogo*, vol. I, 1957, p. 69). Ora, também Janos contribuiu não para elevar ao nível do sagrado, mas para trazer o Poeta à terra. Conforme Thelen escreveu a Pascoaes, em Agosto de 1942, acerca da «Travanca medieval em pleno século vinte» e «desta pobre gente»: «O Pascoaes não faz ideia que sofrimento me causa Travanca onde estou para curar-me.»([60])

Maria da Graça Amado da Cunha: pianista e escritora

Maria da Graça Amado da Cunha (1919–2001) é, hoje, uma quase desconhecida. Porém, quando a sua correspondência for publicada, a pianista passará a ocupar, na história da literatura e da cultura portuguesas do século XX, um lugar que ultrapassará, em muito, o seu estatuto de intérprete destacada do compositor Fernando Lopes-Graça. As notas que consegui coligir a seu respeito não dão conta da sua real dimensão. Por isso, é com algum pudor, mas com enorme respeito pela sua memória, que as publico. Que me desculpem a pressa. O objectivo é o de chamar a atenção e querer saber mais a seu respeito, e, sobretudo, dispor de mais cartas trocadas com os seus numerosos correspondentes.

Tenho a impressão de que a documentação recolhida, até agora, constitui apenas a ponta de um icebergue do muito que há para compilar e estudar. Refiro-me à sua correspondência, um género que não é necessariamente menor: com Manuel Mendes, no Museu do Chiado, consultável na Fundação Mário Soares; com José Rodrigues Miguéis, depositada na John Hay Library

---

([60]) Albert Vigoleis Thelen, *Cartas a Teixeira de Pascoaes*, ed. António Cândido Franco (Lisboa: Assírio & Alvim, 1997), pp. 98–99.

(Brown University, Providence, Rhode Island); e com Alberto Lacerda, esta mais recentemente doada pelo seu filho, o pintor Pedro Avelar, àquela mesma Fundação. Sei, também, por informação do compositor Luís Tinoco, que a Antena 2 guarda nos seus arquivos uma meia dúzia de entrevistas com a mesma pianista.

As cartas que consegui ler de sua autoria levam-me a pensar nela como escritora. Desconhecida enquanto tal, sem livros publicados, mas revelando na sua correspondência uma riqueza de linguagem, ironia, humor, capacidade descritiva e sinceridade despretensiosa na comunicação, que merecem o estatuto de obra literária. Quando se proceder à edição de tal correspondência, o seu estudo terá de ser guiado por critérios que não se esgotem na mera apreciação literária. Ou seja, será necessário ter presente uma história literária que saiba cruzar vida intelectual e política, sem descurar a importante dimensão musical.

Em Portugal, sobretudo em Lisboa, ao longo do século XX, as solidariedades e clivagens entre grupos de elite surgem bem representadas na correspondência daquela que se considerava uma discípula de Vianna da Motta. Será fácil perceber que quem alinhou com Lopes-Graça teve de se distanciar de outros círculos e de outros compositores. E foi neste quadro que se dividiram grupos, facções e casas. De um lado, estaria a família Freitas Branco, germanófila, sidonista e monárquica, na Rua de «O Século», mais os saraus à Lapa em casa do conhecido médico Leonardo Castro Freire. Do outro, penso que estaria a casa do Professor Pulido, sem a mesma preparação musical, em torno da qual gravitavam Lopes-Graça e o Partido Comunista. Tudo conjecturas de ouvir dizer, às quais se acrescentavam algumas associações e os contributos decisivos, porque muito mais internacionalizados, da marquesa de Cadaval, no período posterior à Segunda Guerra.([61])

Os Amado da Cunha estavam ligados a Arouca e começaram por morar no Lumiar. A partir da década de 1950, as referências a esta última casa — numa quinta comprada pelos grandes vinhateiros do Douro, Macedo Pinto e Meneses Faro, avós de Maria da Graça — são substituídas, na correspondência, pela casa do Campo Grande. Mas é ao universo das casas grandes, das famílias extensas, onde viviam sobretudo muitas pessoas de idade, servidas por muita gente, que constantemente se alude. A noção de casa remetia, em princípio, para um universo confinado, onde tradições, normas e moral se impunham sobre o comportamento individual. Aqui e acolá, na

([61]) Cerca de 1920, em Lisboa, os salões literários eram organizados por Veva de Lima, Elisa de Sousa Pedroso, Carlota de Serpa Pinto, Branca de Gonta Colaço e Madalena Martel Patrício, ver Fernanda de Castro, *Ao Fim da Memória*, vol. I – *Memórias (1906–1939)* (Lisboa: Verbo, 1986), p. 133.

correspondência em causa, é possível descobrir alguns traços de uma forma de controlo imposta pelo que parecia mal lá em casa. Na sua caracterização, a família do Lumiar seria mais afecta ao sidonismo e a sentimentos monárquicos, logo, pouco entusiasta da República e, depois de 1926, dos círculos da oposição. O conservadorismo político era acompanhado de uma espécie de atavismo social. E Maria da Graça, depois de casada, sentiu bem que o seu direito a uma carreira como pianista, intérprete de Béla Bartók e Lopes-Graça, lhe era coarctado pela má-língua familiar que sobre ela pesava. É que não ficava bem a uma mulher de boas famílias trabalhar...

As origens aristocráticas da casa do Lumiar, com ascendentes nas quintas do Douro, não impediam as relações ou, pelo menos, o ouvir falar de outras famílias, também elas organizadas nas suas casas grandes. Assim sucedia com a referida casa do prestigiado médico e professor Pulido Valente. Outra das casas era a das filhas do Dr. José de Castro, irmãs de Álvaro de Castro, que presidiu a dois ministérios, antes de 1926. Casa cujos conforto, requinte e bom gosto Maria da Graça só reencontrou fora de Portugal. Esta última casa dispunha de uma grande colecção de pintura portuguesa e era aquecida por várias salamandras — um luxo moderno que contrastava com o frio que rapava a maioria das famílias ricas portuguesas, um pormenor que não ficou esquecido numa das suas cartas.

Mau grado a sua devoção à República, misturada com uma espécie de religião caseira, mas profundamente anticlerical, as «Senhoras Castro» passaram a ser visita do Lumiar e a família passou a ser recebida na Rua Eduardo Coelho, pelo Dr. José de Castro, que «nunca pôs os pés no Lumiar». Por inteligência da avó, havia como que um «pacto de não-agressão»: não se falava de política, para que, depois de 1926, não viesse ao de cima o contraste entre sidonistas-monárquicos, em maré alta no Estado Novo, e os vencidos republicanos. Desde então, a cultura e a curiosidade de ambas as irmãs foram consideradas por Maria da Graça como uma espécie de entrada num outro universo, mais emancipado e esclarecido. Conforme Maria da Graça escreveu a Manuel Mendes, em 1964, «quem quebrou o pacto, fez perguntas, e se passou de armas e bagagens para o campo delas... fui eu, à medida que fui crescendo».

Aliás, essa mesma carta, para Manuel Mendes — cuja casa, com sua mulher Berta, ao Restelo, tinha outros contornos —, mais parece um relato, à maneira de Proust, acerca das «Senhoras Castro». Quando das suas visitas ao Lumiar, chegavam de táxi. Dona Maria Benedita — «toda deformada, pelo reumatismo gotoso, ajudada a sair de um táxi, com enorme dificuldade» pelo pai de Maria da Graça — «gostava de se antecipar ao pasmo ou à piedade das pessoas troçando sempre de si própria, amesquinhando-se, alcunhando-se de "a boba", "o monstro", e outros horrores assim». E D. Maria do Resgate, «muito alta, também com ar de ter sido bonita, de feições finas e lindo cabelo, mas com um ar quase masculino, fosse pelos eternos fatos de saia e casaco, sempre larguíssimos e cortados a direito, pelos sapatões de salto raso, ou pelo andar desembaraçado, de estrangeira, tudo coisas que eu nunca tinha visto nas senhoras que me rodeavam». Por outras palavras, «nunca foram velhas, aquelas senhoras»!

Dona Maria do Resgate esteve para casar com José Leite de Vasconcelos, mas o assunto tinha-se transformado num autêntico tabu, a ponto de não se lhe poder pronunciar o nome dele. No ano em que Maria da Graça entrou no Conservatório, onde foi aluna de Vianna da Motta, D. Maria do Resgate ofereceu-lhe o retrato do mestre, que conhecera em Berlim, pintado por Columbano. Também lhe contou muitas histórias, como a dos vários casamentos de Vianna da Motta e de quando vinha tocar a sua casa, frente a um pequeno auditório. Não deixou de referir outras figuras e respectivas casas, como as de António Sérgio, João e António Arroio e João de Deus. Este último, considerado «grande amigo da casa, íntimo, assim como os seus descendentes». Foi «pela mão da Resgate» que Maria da Graça ainda chegou a visitar a sua casa, à Estrela, e a conhecer a viúva.

A Resgate morreu em Agosto de 1953. As duas irmãs eram tão unidas e de uma ternura tal que se julgou que D. Maria Benedita não iria aguentar. Mas o certo é que resistiu durante mais dez anos. Fechou-se em casa, nunca mais saiu à rua, mandou arrancar as salamandras e deixou de aceitar à sua mesa fosse quem fosse. Condenava-se como cobarde, por não ter a coragem de se suicidar. Não resisto a citar esse outro parágrafo de prosa descritiva, em cuja leitura encontro, hoje, o mesmo prazer que na leitura de muitos dos contos da escritora Teresa Veiga:

> Sozinha naquele casarão gelado, quase cega, levantava-se às seis da manhã... e esperava a morte todos os dias. Ainda a visitavam algumas pessoas: a minha mãe e a minha tia, uns vagos parentes, uns vizinhos. Eu ia lá sempre que me era possível. E a coisa estranha desta emparedada, que se condenou a quase não comer, a ter frio, a nunca mais se sentar numa cadeira confortável, a dormir num colchão duro, a não descer a escada até à porta da rua — era a continuação do interesse do que se passava pelo mundo! Lia com uma dificuldade terrível: só via de um olho, e mesmo esse via tão mal que só podia ler com uma lupa grossíssima. Mas lia tudo! As mesmas revistas. O *Match*, livros que iam saindo, tudo! Há tempos telefonou-me (coisa que fazia imensas vezes, talvez quando se sentisse desesperadamente só) a pedir-me que lhe levasse a encíclica do João XXIII! Estava a par de tudo, até as anedotas que correm! Ouvia casmurramente a Emissora (só noticiários, porque nunca mais consentiu música dentro de casa) e depois tinha fúrias tremendas. Telefonava para lá e descompunha-os — como

telefonava às pessoas que admirava ou respeitava. Ao telefone «despejava» o saco do que tinha a dizer e não se dava ao trabalho de ouvir a resposta. Viveu a campanha eleitoral de 58 como se dela dependesse a sua salvação; e quando lhe chegavam rumores de novidade telefonava-me: «quando é que a menina pode cá vir explicar-me umas coisas?» Até comunicados dos estudantes quis ler, e o que tudo isso a interessou! Tomava tudo a peito, e tomava imediatamente partido, mas com verdadeiro fanatismo, quer para sim, quer para não.

Além do universo das casas, Maria da Graça Amado da Cunha viajou por muitos outros mundos. Manteve relações mais individualizadas e assumiu várias formas de intervenção. Em 1947, tomou posição ao lado de outras mulheres — a começar pela artista Maria Keil, no âmbito do MUD e do seu respectivo movimento das mulheres — contra o Tarrafal. Mas é na sua correspondência com o escritor José Rodrigues Miguéis que surge como uma grande leitora e interlocutora daquele que é hoje pouco conhecido porque o mercado editorial ditou outras tendências e impôs outras hierarquias, malgrado a sua grande dimensão como escritor.

Exilado em Nova Iorque desde 1935, Rodrigues Miguéis partilhou com Maria da Graça manuscritos e livros em preparação. Esta retribuiu-lhe com uma sinceridade tão simples quanto eloquente. É que também Rodrigues Miguéis se afigurava avesso ao pretensiosismo na maneira de escrever. A par de ter procurado, a partir da Segunda Guerra, mas sobretudo com a entrada na década de 1950, distanciar-se tanto dos formalismos impostos pelos modelos neo-realistas, como da militância comunista.

Foi numa carta para Maria da Graça que Rodrigues Miguéis se sentiu à vontade para escrever, em 1964, acerca de Jorge de Sena, com quem manteve troca de correspondência e que, em 1959, lhe fizera o elogio rasgado([62]): «Em conflito com toda a gente, para entrar no país teve de telefonar ao Caetano, porque a PIDE lhe recusou entrada... Há nele este terrível *trend* da autodestruição, que é nosso. Se os americanos lessem (alguns devem ter lido) os horrores que ele escreve dos EUA sem os conhecer, sem os ter vivido (ao contrário deste seu criado) decerto que o teriam já empandeirado. É isso que ele quer? Ser vítima? Expulso pelo FBI, que imensa glória não seria! Que acolhida triunfal!»

Em 1970, quando Miguéis estava bem envolvido na publicação dos seus livros com a Editora Estúdios Cor — onde trabalhava José Saramago, como editor e revisor de provas —, Maria da Graça comentou, a respeito do manuscrito *A Múmia*: «Sim, acho que esta *Múmia* retoma o fio da *Páscoa*, e ainda

([62]) Jorge de Sena, «José Rodrigues Miguéis» [*O Estado de S. Paulo*, 29/08/1959], in *idem*, *Estudos de Literatura Portuguesa*, vol. I (Lisboa: Edições 70, 1981), pp. 213–216.

bem! A *Páscoa c'est du grand* Miguéis! E quanto à repetição de temas, como diz, é sempre assim, não é verdade? A Vieira da Silva pinta sempre o mesmo quadro (creio mesmo que ela própria o diz), o Proust contou sempre a mesma história, desde o Jean Santeuil ao fim da *Recherche*, o Joyce *idem* — e a lista nunca mais acaba.»

O livro fora construído lentamente, durante décadas. Miguéis estava descontente com o editor, com quem mais contactava na Estúdios Cor: José Saramago. Parecia-lhe que a editora não o tratava como ele merecia, quando era ele o autor que mais vendia. E, apesar de se ter correspondido com Saramago, desde o início da década de 1960, confiava mais na leitura dos seus amigos, incluindo Maria da Graça. Foi a ela que Miguéis mandou que Saramago pedisse o manuscrito de *A Múmia*. Saramago, numa carta que é estranho não ter sido incluída na correspondência publicada entre ambos (ed. José Albino Pereira, Caminho, 2010), declara não saber o seu endereço e que a responsabilidade pelo atraso na entrega era dela: «A Maria da Graça ainda não me mandou o manuscrito e eu não lhe sei o endereço nem o número de telefone. Tinha-os aqui, numa agenda antiga, mas deu-lhe o diabo sumiço. Queira dizer-me onde posso comunicar com ela.» Miguéis explode ao ler a carta, sentia que estava a ser boicotado e que os seus projectos eram simplesmente adiados, e por isso escreveu à margem: «Único!»

Durante os anos de 1974–1975, Rodrigues Miguéis e Maria da Graça, cúmplices, comungaram das mesmas ideias e da mesma resistência frente às explosões de analfabetismo e de oportunismo. Miguéis voltou a pensar que era alvo de boicote, pois sentia-se votado ao desprezo e ao esquecimento. A 26 de Fevereiro de 1975, escreveu à sua amiga: «Fui excluído do *Diário de Lisboa* pela *cuadrilla* dos Saramanguitos & Cia.» Em Março, Maria da Graça respondeu-lhe, a consolá-lo: «A vaga, o vagalhão de mediocridade, de incultura, de grosseiro analfabetismo que inunda esta terra, mete medo. Ou dá vontade de rir a quem ainda tem o recurso-refúgio de uma biblioteca e de um *pick-up*. E eu, público anónimo, consumidora-egoísta-feroz, sinto alegria e orgulho de não ver misturados com esta ralé os poucos nomes realmente ilustres que esta terra ainda tem e entre os quais está o seu.»

Alguns meses depois, em inícios de Setembro de 1975, Maria da Graça voltou à carga e, em carta para Nova Iorque, perguntou: «E os nossos amigos? Que tristeza! Ter de assistir às tristes figuras que um Zé Gomes [José Gomes Ferreira] anda a fazer, um homem que NUNCA mexeu o dedo mindinho para NENHUMA acção durante os 48 anos de salazarismo, e agora "acorda" comunista intransigente e obediente! E não lhe cai a cara de vergonha por continuar a escrever no *Diário de Notícias*, no eternamente sabujo *Notícias* onde o Saramago consegue ser mais sabujo do que o Augusto de Castro! E não lhe cai a cara de vergonha com o silêncio da Sociedade de Escritores, a que preside, sobre a ameaça de nova censura proposta pelo Suíno, também conhecido por Jesuíno.»

Em suma, o objectivo destas notas soltas é limitado. Trata-se, apenas, de chamar a atenção para a necessidade de editar, de forma sistemática, a correspondência de Maria da Graça Amado da Cunha. Impõe-se tratá-la como testemunho de uma época, com uma trajectória própria, de modo que se possa apreciá-la não só como grande pianista, mas também como intelectual e escritora. E, se na introdução à edição da correspondência de Miguéis com Saramago, se argumenta que as cartas escritas por aquele que veio depois a ser premiado com o Nobel demonstram que ele já se revelava como escritor na década de 1960, isto é, antes da publicação de *Levantado do Chão* (1980). Isto além de se procurar criar a ilusão de que existia uma relação de paridade entre dois escritores (quando o que existia era uma troca entre um escritor e um editor e revisor de provas), ao mesmo tempo que se descontextualiza a sua relação, sem nunca se explicar a razão do seu final e o que pensava Miguéis acerca de Saramago, sobretudo, após 1974. Se assim é, dizia, mais razão teremos para pensar que Maria da Graça Amado da Cunha — que nunca escreveu um livro — não foi só uma grande interlocutora de Miguéis, mas também uma escritora que ele respeitava. Um respeito feito de cumplicidades, que talvez fosse derivado de ela não recorrer aos artifícios pseudo-literários e sentenciosos que Saramago procurava impingir nas suas cartas e para os quais Miguéis não tinha qualquer tipo de pachorra.

Ilse Losa e uma visita à Foz Velha do Porto

O comboio chegou atrasado a Campanhã. Paulo Torres Bento, da editora Afrontamento, oferecera-se para me ir buscar. Levou-me até ao outro lado da cidade. Que hospitalidade! Alexandra Losa, rodeada dos seus cães, esperava-nos na sua casa da Foz Velha. Veio à porta para nos receber. A sua figura impressionou-me. De cigarro na mão e de uma elegância a que os seus oitenta anos acrescentaram uma beleza ainda maior. Na sala, onde se encontrava o enorme *dossier*, que era muito maior do que eu supunha, um pequeno óleo de Eduardo Luiz, do início da década de 1950, ainda antes de ter rumado a Paris, retratava uma rapariga loira. Disse-me que fora seu apaixonado. Que a quisera primeiro pintar, ainda antes de a conhecer. Seguiu-se uma espécie de namoro proibido, pois era demasiado jovem. Riu-se... E sentámo-nos à volta da mesa, a conversar.

Fiquei à sua frente, com o Paulo à minha esquerda. Começámos a falar acerca da sua mãe, a escritora Ilse Losa (1913–2006). Do modo como esta chegara, na década de 1930, ao Porto, onde já estava o seu irmão. Da sua condição de judia, agnóstica, que fugira da Alemanha, de onde escapou por milagre, para ali encontrar refúgio. Vieram também à baila as ideias esquerdistas do seu pai, o arquitecto Arménio Losa, cujos trabalhos marcaram a cidade nortenha. Mas não deixei para o fim a pergunta que tanto desejava fazer: como é que Maria da Graça Amado da Cunha (1919–2001), a pianista e autora de uma enorme correspondência pela qual me interesso, desde que descobri a sua correspondência com Rodrigues Miguéis, conheceu Ilse Losa? Alexandra não se lembrava de como começara essa amizade que durou décadas. Às cartas sucediam-se as visitas, sobretudo quando Maria da Graça ia ao Porto para interpretar composições musicais de Fernando Lopes-Graça. Da pianista, como executante de Béla Bartók, nada podia adiantar. As relações de amizade que o pai, o arquitecto Losa, manteve com o arquitecto Francisco Keil do Amaral, marido da artista plástica Maria Keil, poderiam ser uma pista, para se conseguir perceber as relações com gente culta de Lisboa.

Da sua mãe, guardou a imagem de como se interessava por cartas. Em recebê-las e em escrevê-las, num tempo anterior ao das comunicações rápidas, do *email* para a frente. A ponto de, mesmo no final da vida, quando a doença de Alzheimer tomou, pouco a pouco, conta dela, ficar sempre à espera da chegada do correio. Tudo isto numa altura, trágica, em que já não podia escrever, devido à doença, e eram poucas ou nenhumas as hipóteses de alguém lhe responder. Entretanto, Paulo falou da dedicação da Afrontamento a Ilse Losa, cuja literatura infantil começará a ser reeditada em 2023. Da minha parte, fixei-me nas ligações de Ilse Losa à Alemanha. Na memória, tinha e continuo a ter a viagem de regresso empreendida por Ilse e por ela narrada em livro, depois da Segunda Guerra, quando se reuniu com as antigas colegas do Liceu Schiller onde estudara (*Encontro no Outono*, Portugália, 2.ª ed., 1966). Uma delas tinha servido de guarda em Auschwitz. Impossível esquecer-me desse pormenor, descrito com a frieza correspondente com que a mesma exercera as suas funções. Se essa fora a viagem à Alemanha da escritora acompanhada da família, quando partiram num carro que se avariou várias vezes para voltar a seguir viagem, Alexandra não conseguiu precisar. Mais importante era recordar a relação com a sua mãe, que com ela começou por falar alemão, até ao dia em que Alexandra lhe pediu para deixar de o fazer. É que ser loira e alemã, no Porto, dos anos 1940–1950, não era fácil. Tanto mais que, em casa, pelo facto de o pai não falar alemão, a língua de comunicação diária era o português. Por isso, o alemão de Alexandra acabou por ficar reduzido à aprendizagem de umas quantas canções, que decorou a partir de um livro que sua mãe lhe deu e que ainda conserva.

E como era Maria da Graça? Alexandra guardou dela a imagem de uma mulher forte, bem constituída e afirmativa. Peremptória, até, quando visitava o Porto. Com Ilse, Maria da Graça partilhava o mesmo desejo de estar em contacto e de se corresponder. As cartas trocadas, como mostrava o *dossier*, posto ali à minha frente, foram muitas e extensas. Quanto ao momento inicial da sua amizade, será que o elo inicial fora estabelecido por Rodrigues Miguéis? Alexandra não tinha a certeza. Também pensou que os Keil tinham casa em Canas de Senhorim. Os Amado da Cunha passavam temporadas em Arouca. Porém, tanto uns como outros vinham de Lisboa. Quanto ao Porto, a situação dos círculos mais intelectuais era diferente. Ali, conforme Paulo acrescentou e ouvi pela primeira vez, Ilse estava em pólo diverso do de Agustina Bessa-Luís. O arquitecto Losa estava mais perto do PC. Era, pelo menos, um *compagnon de route*. Enquanto falavam, ao folhear as cartas trocadas entre Ilse e Maria da Graça, saltou-me o nome de José Gomes Ferreira. Será que foi ele quem estabeleceu a ligação entre ambas? Nada disse, mais interessante foi aprender que Ilse e Agustina eram duas mulheres em destaque no Porto, no plano literário. Estimavam-se mutuamente. Porém, entre as suas obras literárias, os pontos de contacto não parecem ser muitos.

Mais próximo de Ilse estaria Óscar Lopes, que lhe revia os textos, segundo informação de Alexandra. O resultado está à vista: uma escrita depurada, sem floreados, atravessada pelo olhar de quem veio de fora, para se exilar e fugir à violência da perseguição e do Holocausto. Uma escrita de quem não perde tempo com rodeios de estilo, pois tem muito para contar. O irmão de Ilse, pouco depois da sua chegada, partiu para os Estados Unidos, onde fez fortuna, mas voltava a Portugal todos os anos para coleccionar pintura. Uma espécie de gesto de gratidão em relação ao país que o acolheu, em anos difíceis, apesar de os herdeiros terem acabado por dispersar o impressionante acervo que conseguiu reunir. Tudo isto segundo Alexandra. Bem diferentes eram — à luz da matriz mais cosmopolita, progressista e de esquerda, representada por Ilse Losa — as características de Agustina. Não se estranhem, por isso, algumas farpas do grande historiador e crítico literário Óscar Lopes em relação ao carácter sentencioso e aforístico, pejado de doutrina, de Agustina.

Fui relê-lo e constatei que, apesar de reconhecer na obra de Agustina grandeza e de a comparar a Fialho e Raul Brandão, considerou que as máximas sentenciosas, que enchem os seus livros, se inscreviam num plano da doutrinação conservadora, «sem jogar no tabuleiro da discussão, da razão, que é sempre o tabuleiro do progresso». Por isso, Óscar Lopes inscreveu a autora de *A Sibila* numa linha de literatura sentenciosa, tradicionalista e provinciana, onde também figuravam Camilo e Pascoaes. Ou, através de uma formulação mais longa, numa genealogia donde não estão ausentes as relações com «uma filosofia ética ou sentenciosa que repete, sem novidade nem encanto, a filosofia literária da filosofia da intuição absoluta e também da filosofia selvícola que fez época entre as duas guerras mundiais, que fez, até, malfadadamente, política, e que ainda sobrevive como expediente ideológico dos *teddy boys* ou dos "*paras*" Jeune Nation»([63]).

Ainda perguntei a Alexandra se Mécia, irmã de Óscar Lopes, e o marido, Jorge de Sena, fizeram parte do círculo das relações de sua mãe. Mas a minha pergunta falhou o alvo. Ao Porto e à sua vida intelectual pertenciam, isso sim, outras figuras. Alexandra Losa lembrava-se da figura imponente de Jaime Cortesão e das suas sobrinhas, que conhecera por serem mais da sua idade. A proximidade não era muita e impunha-se voltar à conversa acerca do *dossier*. Impressionante, repito, pela sua grandeza. Muito maior do que os núcleos que consultei relativos às trocas epistolares de Maria da Graça Amado da Cunha com Miguéis e às cartas que a mesma dirigiu a Manuel Mendes.

Uma vez que a Afrontamento tem, quase pronta, a edição de um volume da correspondência de Ilse Losa com cerca de setenta escritores([64]), era de considerar que a edição das cartas trocadas entre Maria da Graça Amado da Cunha e Ilse Losa pudesse ser considerada como obra autónoma. Alexandra compreendeu o meu interesse e, por isso, estava disposta a entregar-me, logo ali, o *dossier*. Sensibilizou-me uma tal prova de confiança, mas preferi aceitar a oferta do Paulo de digitalização do mesmo *dossier*. Quanto ao destino a dar ao acervo de Ilse Losa, ainda tentei chamar a atenção para a necessidade de encontrar o melhor arquivo ou biblioteca pública que fosse possível. Mas tive medo de arriscar a minha opinião. Como sempre, a questão é muito delicada, por envolver a memória das famílias e a linha ténue que separa o público do privado, competindo aos poderes locais desenvolver todos os esforços para conservar viva, logo, catalogar e promover a memória dos seus escritores. Alexandra sublinhou, a este respeito, que a Câmara de Esposende se tem mostrado muito eficaz. O estudo rigoroso sobre Ilse Losa de Ramiro Teixeira, editado com esmero pela Associação dos Jornalistas e Homens de Letras do Porto, constitui talvez uma das melhores homenagens à escritora e um poço de informações para todos os que queiram saber mais acerca dela. Alexandra não escondeu que perdeu o rasto ao seu exemplar: sumiu, depois de alguém lho levar. Felizmente, tenho o meu a bom recato. Sei bem que livro emprestado é livro perdido.

As horas passaram rapidamente. A conversa à volta do *dossier* tinha-me feito esquecer a hora de regresso. Despedimo-nos à pressa. Desta vez os cães já não puderam sair. Ainda lhe disse o quanto tinha gostado de a conhecer.

Na volta, pela Ribeira do Porto em direcção ao Freixo e a Campanhã, comecei por pensar nessa extensa galeria de mulheres escritoras pelas quais

---

([63]) Óscar Lopes, *Os Sinais e os Sentidos* (Lisboa: Caminho, 1986), pp. 172–173.

([64]) Karina Marques, ed., *Ilse Losa: Estreitando Laços. Correspondência com os pares lusófonos (1948–1999)* (Porto: Afrontamento, 2018).

me interesso: além de Maria Archer e Maria Lamas, Ilse Losa e Maria da Graça Amado da Cunha. Todas resistentes e exiladas. Com excepção da última, sem livros, nem um exílio político para contar, mas uma pianista que importa descobrir como escritora e lutadora pela liberdade. Depois, falámos da Afrontamento, da sua história e do seu presente, com uma tipografia e uma distribuidora a funcionarem em pleno, da articulação com tantos projectos de livros e do desprezo dos poderes públicos pela edição. Um desprezo que se baseia numa profunda ignorância por parte de quem tem responsabilidades, acrescentei. Resultado de quem prefere encolher os ombros e deixar andar, tal como se o mercado editorial, para lá dos grandes aglomerados, estivesse condenado a desaparecer. Tudo a bem de uma política cultural feita de uns tantos salamaleques e dos eventos de encher o olho, áulicos e de circunstância, à laia de *cocktails* com pastelinho quente na mão. Vieram-me, então, à memória os preparativos para a participação portuguesa na Feira do Livro de Guadalajara — um esbanjar à tripa-forra! Porém, não me pareceu que Paulo Torres Bento — neto de Flausino Torres, editor, professor e intelectual bem comprometido na vida cultural de Caminha — fosse de baixar os braços. A Afrontamento do Porto vai continuar e vencer todas as adversidades.

O tráfego era imenso. De um lado e do outro, tudo parado. Havia jogo no Dragão. E não era garantido que eu chegasse a tempo ao comboio. Talvez só conseguisse ir no seguinte. Mas a oportunidade de ter conversado com Alexandra Losa, de ter aprendido tantas coisas, sobre ela e a sua relação com a mãe. A sua generosidade. O modo como me acolheu em sua casa, começando por dizer, a sorrir, que tempo era o que não lhe faltava. Tudo isso constituiu para mim uma lição de vida e pouco me ralava se perdesse o comboio. Aliás, se tal tivesse acontecido, mudaria radicalmente de planos e, sem hesitar, teria ido jantar cedo ao Aleixo.

5

Intelectuais e artistas no Estado Novo

Está em curso — e não parece dar sinais de abrandar — uma discussão pública sobre o valor do Estado Novo. Que foi bom, que foi mau, sobretudo, que foi melhor do que outros... A comparação com outros regimes empresta a esta mesma discussão características que se assemelham a um debate científico, ao qual não deixam de se associar dúvidas, hipóteses e provas documentais. São três ou, talvez, quatro os padrões utilizados para medir o valor do Estado Novo: a República de 1910 a 1926, os fascismos europeus no sentido lato do termo (de Mussolini a Franco ou a Hitler), o regime democrático saído do 25 de Abril de 1974 e, ainda, as comparações entre salazarismo e marcelismo.

Aquele que é o principal ideólogo da direita conservadora, Jaime Nogueira Pinto, escreveu as páginas mais importantes de depreciação do regime de Marcello Caetano, atribuindo-lhe a máxima responsabilidade em pôr fim ao salazarismo. Antes ou acima dele, dois outros intelectuais conservadores ensaiaram abordagens diferentes. Jorge Borges de Macedo procurou nos conflitos de opinião e nas divergências do Absolutismo, de D. Manuel I a Pombal, uma justificação oblíqua para os regimes autoritários com que colaborou. Enquanto Adriano Moreira se deixou alucinar pela ideia de que, se tivesse sido ele o escolhido por Salazar, com a bênção divina, a transição para a Democracia teria sido pacífica, imaculada, pois não teria arcado com as feridas causadas pela revolução.

Tais comparações têm sempre em mira valorizar ou desvalorizar o regime de Salazar. Para isso, baseiam-se em indicadores específicos, podendo recorrer a dados sobre finanças públicas ou economia, número de escolas e frequência do ensino, vítimas mortais ou presos por perseguição política, obras públicas (da hidráulica às pontes, a culminar com a Ponte Salazar ou Sobre o Tejo, do restauro dos monumentos nacionais aos 24 km de auto-estrada, em 1974, dos hospitais aos tribunais), etc. Não por acaso, a maior parte destas comparações retoma um dos temas predilectos da própria propaganda do Estado Novo. Sobretudo em comparação com os supostos confusionismo parlamentar, instabilidade ministerial e violência da Primeira República, a celebração da obra feita pelo Estado Novo resultou, antes de mais, de um trabalho concertado empreendido pelos seus principais colaboradores, desde a década de 1930 (e que muitos historiadores de ofício, hoje, retomam sem terem em conta as origens do seu próprio trabalho).

Contudo, há uma história do Estado Novo que se situa para lá destas lógicas da celebração ou da contracelebração, como argumentaram, há mais de dez anos, Nuno Domingos e Victor Pereira, num livro que é já um marco (*O Estado Novo em Questão*, Edições 70). É que tais lógicas servem, apenas, para prolongar ou, até, para reproduzir velhos debates entre colaboradores e resistentes, que pouco adiantam ao conhecimento analítico da sociedade e do Estado no tempo de Salazar. Um dos domínios que poderia ser tomado como um laboratório privilegiado de análise é o da sexualidade. Esta envolve camadas de subjectividade, articuladas com comportamentos, que não encontram tradução na objectividade dos números e de indicadores quantitativos, propícios à comparação. Isto é, trata-se de um território por excelência da vida íntima, envolvendo práticas e representações que só muito genericamente entram na esfera de controlo do Estado e da Igreja. Claro que se poderá sempre fantasiar acerca dos tempos da desbunda dos anos vinte, das polémicas em torno do mundo *gay* de António Botto e do *jazz*, do jogo e da prostituição do Bristol, descritas por Almada Negreiros mais tarde, em pleno Estado Novo, como registo da memória de um tempo que tinha sucumbido ao moralismo de Salazar. De igual modo, no fim do ciclo, também se poderá especular sobre o significado, no período pós-1974, da explosão da literatura pornográfica, antecedida pela vasta circulação das obras de José Vilhena.

Contudo, será sempre difícil ou muito arriscado passar do universo do meio literário e das suas representações para o dos comportamentos, nas suas esferas mais subjectivas. De qualquer dos modos, nunca se julgue que aquilo que não pode ser medido e comparado não existe ou não teve relevância nos tempos que se tomam como objecto de estudo. Pelo contrário, poderá mesmo argumentar-se que será nessas esferas da intimidade que se encontram tanto os modos mais eficazes de regulação dos comportamentos como os de resistência aos dispositivos de controlo e vigilância dos corpos. Mas que sabemos nós da sexualidade, na infância ou na idade adulta, nas suas práticas hétero ou nos seus modos de libertinagem, durante o Estado Novo? Poderá a imagem da repressão da masturbação do jovem seminarista de *Manhã Submersa* (1954) de Vergílio Ferreira ser generalizada? E como interpretar a ideia de que existiu um aumento exponencial da procura de médicos psiquiatras, a ponto de se falar de uma «inflação psiquiátrica», ao longo da década de 1960?(1)

Uma história social da oposição ao Estado Novo

Manuel Braga da Cruz foi pioneiro na construção de uma história da oposição ao Estado Novo. Num longo artigo publicado em 1983, considerou que a caracterização das ditaduras, situadas entre regimes totalitários e autoritários, deveria tomar em conta os contornos assumidos pelos movimentos que se lhes opuseram. O regime de Salazar viciava, na prática, o princípio representativo e electivo, que estava consagrado na Constituição. Isto é, não favorecia a liberdade política e procedia à aplicação de «rígidos mecanismos de controlo que lhe desvirtuaram a natureza». Neste quadro, os principais marcos de uma história da oposição foram: as eleições de 1949, quando Norton de Matos foi candidato à Presidência da República; as de 1958, disputadas por Humberto Delgado; e as de 1969, que corresponderam à liberalização marcelista. Braga da Cruz argumentou, também, que terão existido pelo menos cinco oposições distintas, sem fronteiras rígidas: a comunista, a mais fácil de identificar; uma linha liberal-republicana, que tendeu a desaparecer com o início da Guerra Colonial em 1961; uma linha socialista-democrática; uma outra popular-monárquica; e uma católico-democrática.

Dawn Linda Raby, num livro publicado em 1988, retomou a abordagem de Braga da Cruz, introduzindo nela duas variantes. Por um lado, sublinhou a existência de duas grandes formações. Uma delas correspondia à organização do Partido Comunista; outra traduzia-se num tipo de populismo militar, constituído em torno dos generais Norton de Matos e Delgado, bem como na tradicional «oposição democrática» dos republicanos, socialistas e liberais. Por outro lado, pôs a tónica não tanto no quadro constitucional do regime e nos seus possíveis consentimentos, mas nas incapacidades dos próprios movimentos oposicionistas, em termos de resistência activa. Muito em particular, nos anos de 1959 a 1962, ou seja, entre a campanha de Delgado

(1) João Seabra Dinis, *Perspectiva Humana* (Lisboa: Portugália, 1966), p. 217.

e o primeiro ano da Guerra Colonial em Angola, essa mesma debilidade ficara bem demonstrada em face das medidas repressivas do Estado Novo.(2)

Desde a publicação desses dois estudos pioneiros, a história da oposição ao Estado Novo tem tomado vários caminhos. Algumas biografias revelaram modos de operar mais individualizados ou mais consequentes no sentido de ligarem os indivíduos a organizações ou movimentos. Encontra-se, neste último caso, a biografia de Álvaro Cunhal da autoria de José Pacheco Pereira. Já as biografias sobre Veiga Simões, de Lina Madeira, sobre Henrique Galvão, de Francisco Teixeira da Mota, e sobre Cunha Leal, de Luís Farinha, acentuaram os aspectos mais individualizados da dissidência.

Outras investigações concentraram-se no estudo de tendências, grupos ou instituições. A Igreja — dos meios eclesiásticos às iniciativas de leigos — suscitou uma atenção particular. É que, se o colaboracionismo oferecido pela Igreja em relação ao Estado Novo se apresentou como uma característica do fascismo em Portugal, também tem sido possível rastrear os diferentes modos de oposição ao regime com origem na mesma Igreja. De Abel Varzim a D. António Ferreira Gomes, bispo do Porto, dos sindicatos católicos integrados na própria ordem corporativa do Estado Novo à Acção Católica e aos discursos sociológicos de denúncia das desigualdades, as pesquisas têm-se sucedido (Manuel Braga da Cruz, Vítor Neto, José Barreto, Nuno Estêvão Ferreira, Inácia Rezola, Paulo Fontes, António Araújo, Duncan Simpson).

Igualmente fértil tem sido o campo de estudos sobre o meio literário, a circulação de livros e o trabalho editorial. Diferentes tradições disciplinares têm convergido para demonstrar a intensa politização da produção e uso de impressos e discursos literários. A genealogia destas investigações remonta às perspectivas críticas de Óscar Lopes ou Alfredo Margarido sobre o neo-realismo, mas tem conhecido uma intensidade exemplar graças a uma renovada história das práticas culturais. Os diferentes modos de oposição, resistência ou dissidência, captados muitas vezes a uma escala mais micro do que macro, apontam para o que Jorge Ramos do Ó, num estudo sobre os anos de António Ferro, denominou como sendo da ordem da «reversibilidade das relações de poder» (João Pedro George, Nuno Medeiros, Frederico Ágoas, Nuno Domingos, Luís Trindade).

Outra área de uma história social da oposição ao Estado Novo pode ser enunciada como uma tensão entre dois pólos. Por um lado, são os movimentos de trabalhadores, nas suas greves e modos de expressão, dos operários estudados por Fátima Patriarca aos trabalhadores rurais analisados

---

(2) Dawn Linda Raby, *A Resistência Antifascista em Portugal: Comunistas, democratas e militares em oposição a Salazar, 1941–1974*, trad. Beatriz Oliveira (Lisboa: Salamandra, 1990), p. 235.

por Paula Godinho. Ambos os casos correspondem a agendas mais vastas de uma sociologia dos trabalhadores várias vezes ensaiada, de João Freire a José Madureira Pinto, Virgílio Borges Pereira e Bruno Monteiro. Por outro lado, há que ter em conta que a economia moral e a cultura política, muitas vezes anarquista, dos movimentos de trabalhadores foram objecto de sucessivas apropriações. A este propósito, organizações como o Partido Comunista e outros partidos têm merecido a atenção de uma nova geração de historiadores (João Madeira, José Neves, Miguel Cardina).

Uma das tentativas mais sistemáticas de estudo das eleições e dos movimentos de oposição foi conduzida por Mário Matos e Lemos, com a colaboração de Luís Reis Torgal. Por sua vez, o politólogo Tiago Fernandes, no seu estudo sobre a Ala Liberal durante o marcelismo, exemplificou como se poderiam encontrar formas de oposição consentida, no interior da Assembleia Nacional. Quanto aos estudos sobre movimentos de estudantes em oposição ao Estado Novo, têm sido várias as investigações ao longo das últimas décadas (de Rui Bebiano a Álvaro Garrido e Guya Accornero). Embora uma das questões que se continua a colocar diga respeito às razões e ao modo como a oposição ao Estado Novo, que conduziu ao seu fim, tiveram origem nas fileiras militares.

Uma primeira síntese da história da oposição ao Estado Novo, tão corajosa quanto prolixa, foi ensaiada por Irene Flunser Pimentel. Na contramão de um projecto de síntese, António Araújo seguiu o método do estudo de caso, escolhendo como seu laboratório o atentado a Salazar de 1937. A descrição densa que construiu acerca do evento e da sua preparação pôs em causa a ideia de uma frente de oposição onde convergiriam anarquistas, comunistas e republicanos radicais. Não se julgue, porém, que as questões levantadas por uma história social de oposição à Ditadura se esgotam num compromisso entre síntese e estudos de caso, quando o que parece estar em causa é uma discussão sobre a natureza dos problemas, das unidades de análise e dos métodos, sem nunca excluir deste mesmo horizonte uma permanente interrogação sobre a natureza das fontes e sua utilização.

Ora, um dos problemas que se colocam a uma história da oposição à Ditadura envolve a própria unidade a partir da qual se define a antinomia entre ordem e desordem. A operação fica facilitada se se tomar apenas em consideração aquilo que se define como uma ordem política; porém, quando se adoptam, como ponto de partida, processos mais vastos, cruzando dimensões de morfologia social, afigura-se possível fugir a uma espécie de essencialismo do político e da oposição ao político. A este propósito, Nuno Domingos e Victor Pereira desenvolveram uma das mais inovadoras agendas de investigação, com implicações não só na compreensão do Estado Novo, como da história social dos movimentos que se lhe opuseram.

O outro problema prende-se com a necessidade de comparar os regimes fascistas, sem cair nas visões, também elas essencializadas, do excepcionalismo deste ou daquele caso. Uma rica linha de pesquisa respeitante à comparação de regimes autoritários e fascistas foi desenvolvida por Hermínio Martins, Manuel de Lucena, Alfredo Margarido, Manuel Braga da Cruz, António Costa Pinto e Francisco Palomanes. A principal questão consiste em saber não só como se comparam os fascismos, recorrendo a inevitáveis tipologias e variáveis, como também como se comparam os movimentos de oposição, de dissidência ou resistência por eles suscitados.

Asilo Político em Tempos de Salazar: Os casos de Humberto Delgado e Henrique Galvão (Edições 70, 2019) é o último livro do historiador e jurista Luís Bigotte Chorão. O rigor das suas investigações, a sua erudição e capacidade de inovar, as suas suculentas notas de pé de página, tudo qualidades já largamente demonstradas em livros anteriores que cobrem a história política e do Direito dos séculos XIX e XX, voltam a manifestar-se. O exercício a que se propôs é, como sempre, multifactorial, tendo em vista a reconstituição das condições em que se asilaram Humberto Delgado e Henrique Galvão. O primeiro, na sequência das eleições de 1958; o segundo, depois de ter sido preso e de uma espectacular fuga. O primeiro envolveu o embaixador brasileiro Álvaro Lins; o segundo, o embaixador argentino Ernesto Pablo Mairal. Ao concentrar-se na história do curto período que medeia entre o fim da década de 1950 e o início da década seguinte com o célebre assalto ao *Santa Maria*, o livro parece esgotar o assunto. Os fundos do Arquivo Histórico Diplomático são explorados minuciosamente. Mas a grande novidade, do ponto de vista documental, está na correspondência entre Galvão e Pablo Mairal, cujos originais estavam à guarda da família, e que são publicados em apêndice. Documentação que é, aliás, completada por uma bibliografia pouco comum, entre nós, sobre a situação política da Argentina na época.

A reconstituição minuciosa do pedido de asilo dos dois dissidentes, que partem para o exílio para se envolverem nas actividades da oposição, toma também em consideração dois outros aspectos. Por um lado, a dimensão literária de Galvão e de Álvaro Lins. Por outro, as discussões jurídicas sobre o estatuto do asilo, com impacto em questões do Direito Internacional Público. Menos desenvolvida fica a dimensão da comunidade de portugueses do Brasil que acolheram Delgado e sobre a qual Galvão, desde a sua estada em Buenos Aires, pensava em termos de apoio para as suas acções de resistência. Conforme esclareceu Francisco Teixeira da Mota, na sua biografia de Henrique Galvão, «o trabalho político que lhe interessava, um efectivo combate à ditadura portuguesa, não era possível [em Buenos Aires]: não existia uma comunidade de imigrantes significativa na Argentina e a sua ligação com Humberto Delgado fazia-se por carta, com correios lentos e incertos. Só no Brasil, onde se encontrava Delgado e onde existia uma grande comunidade de portugueses, seria possível preparar acções eficazes contra Salazar» (Oficina do Livro, 2011, pp. 297–298).

Uma história social da oposição à Ditadura tem de reconstituir esta comunidade a partir das suas formações, tanto carioca como paulista, das suas clivagens e dos agentes que sobre elas deram informações. De facto, Douglas Mansur da Silva, ao escrever *A Oposição ao Estado Novo no Exílio Brasileiro 1956–1976* (ICS, 2006), não prestou a devida atenção ao trabalho desenvolvido em torno de Edgar Rodrigues e da Editora Germinal.(3) O mesmo acontecera no tomo de Heloísa Paulo «Aqui também é Portugal», onde são poucas as referências a Edgar Rodrigues (Quarteto, 2000, p. 516). A orientação libertária, anarquista, antinacionalista e anticomunista deste último valeu-lhe o esquecimento. Porém, nunca será de mais lembrar que o mesmo desempenhou um papel fundamental na comunidade de oposição à Ditadura portuguesa, com uma frente larga que incluiu Delgado e Galvão, enquanto autores da Germinal. Uma comunidade que precedeu outras, desenvolvidas em Paris, na Argélia ou na Suíça. Enfim, uma comunidade de opositores que se debatia com muitos portugueses.

Outro reconhecido historiador das instituições políticas e jurídicas, e renovador da história do Portugal tardo-medieval, Armando Luís de Carvalho Homem, dedicou-se, desde cedo, a questões de natureza historiográfica. O seu trabalho sobre Gama Barros, historiador das instituições administrativas, cuja data de publicação remonta a 1985, constitui exemplo desse labor reflexivo fundado no estudo dos que nos precederam no ofício de fazer história. É que sem o conhecimento do modo como trabalharam os nossos antepassados — dos seus métodos e dos resultados analíticos e sintéticos por eles alcançados — dificilmente o nosso próprio labor poderá progredir. O mesmo se diga acerca dos modos práticos de fazer reconhecer a autoridade no interior do campo académico, em que, na nossa própria experiência de vida, a história e as disciplinas que com ela se relacionam acabaram por ficar confinadas. A este respeito, a história dos trajes dos lentes, que publicou em 2006, tem para o mundo universitário um valor similar ao das cabeleiras, enquanto objecto de uma história da cultura e da civilização, segundo o historiador holandês Johan Huizinga. Com base nessa experiência anterior, pode o autor afirmar a necessidade de empreender uma «genealogia dos saberes e dos meandros da vida intelectual e universitária portuguesa do século que passou» (p. 62). Aliás, estes são termos equivalentes aos fixados numa lição célebre acerca da ordem do discurso por Michel Foucault.

---

(3) ANTT, PIDE/DGS, SR 1805 (vol. 1) (NT 2351): Processo de Roberto das Neves (com referências ao trabalho editorial), fls. 172–174.

Em *Revisitação de uma Polémica: António Sérgio e Mário de Albuquerque* (Casal de Cambra: Caleidoscópio, 2019), o autor interroga-se sobre uma polémica entre dois autores que andavam esquecidos. O primeiro, António Sérgio, porque a configuração dos saberes e das disciplinas universitárias tende a esquecer os praticantes do género mais flexível do ensaio. O segundo, Mário de Albuquerque, porque a própria transformação do campo académico, talvez por vir a privilegiar a investigação sobre o ensino, parece relegar para um segundo plano ou fazer desaparecer os professores universitários cuja prática não corresponde a critérios hodiernos. Facto — este último — que mostra uma «reduzida preocupação com a filiação dos saberes» (p. 63). No entanto, as reacções de Sérgio à tese de doutoramento de Albuquerque, intitulada *O Significado das Navegações e Outros Ensaios* (1930), tal como foram expostas em pelo menos duas edições do vol. IV dos *Ensaios*, incluindo as suas variantes, merecem ser revisitadas, logo, interpretadas e explicadas. É que o debate que essas mesmas reacções supõem, a que se convencionou chamar polémica, são expressão de um pensamento crítico e empenhado em impor uma argumentação mais pertinente ou racional. Simultaneamente, as mesmas reacções — correspondendo ao período que decorre entre 1930, data de publicação da obra de Albuquerque, e 1934, ano em que saiu a primeira edição do tomo IV dos *Ensaios* de Sérgio — terão de ser vistas em comparação com outras engrenagens polémicas, sem descurar o processo de criação do chamado Estado Novo.

Para Armando de Carvalho Homem, as polémicas foram fulgurantes no século XIX, e a primeira metade do século XX prolongou os moldes herdados de Oitocentos; porém, na segunda metade de Novecentos, a prática intelectual de polemizar quase ficou reduzida à interrogação sobre o neo-realismo e, na historiografia, a refregas muito pontuais; sobretudo nas últimas décadas do século XX, a intensidade das polémicas decaiu (pp. 62–63). Será que o implícito nesta explicação de um processo no qual se sentem as oscilações de sentido em torno das polémicas é que, à medida que os saberes foram monopolizados pela vida universitária, a actividade de crítica, exercida de forma mais difusa junto de círculos mais alargados de leitores de jornais e de revistas, acabou por perder a sua função e a sua relevância esmoreceu? Ou seja, terão os mecanismos de controlo e de reconhecimento deixado de estar presentes numa esfera pública, onde a imprensa e a produção editorial ocupavam um lugar central, para passar a depender exclusivamente da interacção e das hierarquias internas à vida universitária? Neste sentido, será possível falar de um certo empobrecimento das práticas intelectuais, uma vez que estas, quando submetidas às disciplinas do *Homo academicus*, perdem a sua carga de vigilância crítica e parecem deixar de estar sujeitas a um escrutínio permanente.

Jorge Borges de Macedo — que investiu as últimas décadas da sua vida na concretização de um projecto historiográfico de orientação revisionista, de forte conotação conservadora — construiu uma versão bem diferente da história das polémicas e do seu lugar na cultura portuguesa. Atribuiu-lhes uma função estruturante, enquanto constante de longa duração que remontava ao século XV e se prolongou pelos XVII e XVIII. Na sua espampanante adjectivação, considerou que tiveram um «papel insofismavelmente positivo» e definiu-as como «uma presença vigorosa». Chegado o século XIX, as polémicas teriam ficado sujeitas a dois processos, sempre segundo Borges de Macedo: por um lado, o liberalismo, com o seu periodismo ligado a clientelas, fez com que a polémica se circunstancializasse; por outro lado, o mesmo liberalismo interrompeu «a percepção do processo essencial da sua continuidade». Isto é, as polémicas em que se envolveram Herculano, Camilo e Antero, longe de poderem ser consideradas uma novidade — posta em relação com a invenção de uma nova esfera pública —, só têm valor se forem pensadas na sua «rica ligação aos temas básicos da cultura portuguesa dos séculos XVII e XVIII». E quais eram esses «temas básicos», definidos por uma agenda reaccionária e tradicionalista que sonhava, numa filiação bem integralista, com um Antigo Regime contrário às noções de decadência? Eram os que tinham uma ligação aos problemas da sociedade portuguesa tal como tinham sido definidos no século XVIII: «O nexo entre nacionalismo e cultura, a questão do crescimento económico e o problema galicano e clerical.» Era nesta ligação aos temas do passado que teriam de ser vistas as polémicas do século XIX que se prolongaram até ao início da década de 1930. Um dos principais desvios aos mesmos «temas básicos» tinha sido desenvolvido, a partir de 1880, pela propaganda republicana, contra a Monarquia e a Igreja. Porém, implantada a República, chegou-se à conclusão de que o programa de combate essencialmente político nada resolvera, o regime não conseguiu concretizar o que a propaganda prometera. Foi, então, que «o cansaço da política trouxe o "regresso" dos interesses culturais, renovando-se a historiografia, o interesse pela língua, a preocupação pelos debates literários»([4]).

([4]) Jorge Borges de Macedo, «Significado e evolução das polémicas de António Sérgio: A ideologia da razão (1912–1930)», *Revista de História das Ideias*, vol. 5, t. I (1983), pp. 471–531, *maxime* pp. 471–474. Seria importante cotejar a argumentação de Borges de Macedo, sobretudo o seu modo de denegrir o século XIX, com as ideias dos integralistas católicos, para constatar até que ponto as suas ideias carecem de originalidade. Por exemplo, a respeito do liberalismo do século XIX, com uma imprensa, «aonde iam fundear o inútil cavername literário todos os falhados, contanto que fossem dotados da mais ampla charlatanice e tivessem como escopiário as boas graças dos políticos de profissão», ver Álvaro Maia, *Vento Sobre a Charneca... Portugal de ontem, de hoje e de amanhã*, vol. I, pref. de Hipólito Raposo (Lisboa: Edições Gama, 1944), p. 232. Acerca dos ataques generalizados ao «século XIX que

Para Borges de Macedo, seria escusado procurar em António Sérgio um defensor da República.([5]) Em particular no período de 1919 a 1926, a mesma República era negada «no domínio das ideias, nos critérios de governação, na escolha e na manutenção das forças colectivas, nas formas de reconstituição do país em qualquer campo que nele fosse considerado»([6]). O que equivalia a dizer que se passaram a excluir os «elementos republicanos e parlamentares nocivos» para restaurar o país. E a prova estava em que Sérgio, tanto, em 1918, no programa de *Pela Grei*, como, em 1921, na *Seara Nova*, defendeu um governo de técnicos; enquanto a *Nação Portuguesa*, dos integralistas, fez duras críticas ao parlamentarismo. Porventura mais importante, sobretudo com a aproximação de 1930, teria sido o debate de Sérgio com Cabral de Moncada. Sérgio fora, então, o arauto da razão e das deduções abstractas, contra o interesse realista pelo particular e pelo concreto, pensado em articulação com as reformas financeiras de Salazar já em curso. Em suma, segundo Borges de Macedo, Cabral de Moncada estava certo «quanto à insuficiência dos valores da razão»([7]). No terreno, o fracasso da revolução militar democrática em 26 de Agosto de 1931 representou uma autêntica ruptura: o exército afastou-se do Partido Republicano. Os partidos da oposição passaram a considerar «os confrontos sociais como arma política privilegiada», situação que acabou por pesar nas novas polémicas em que Sérgio diversificou posições.([8])

Mais: o racionalismo de Sérgio, sempre segundo Jorge de Macedo, negava o concreto da tradição. Esta teria de ser vista nas linhas de continuidade de um «corpo colectivo» que continuava «a ir ao encontro de problemas muito próximos dos que interessavam à sociedade portuguesa desde os tempos que se seguiram à guerra da independência nacional (1640–1668)». E, num resumo de tais problemas definidores da tradição, Borges de Macedo elencava, num estilo que tinha tanto de obscuro como de inconfundível: «A necessidade dos privilégios, ao lado da inevitabilidade do seu abuso, a necessidade da sua vigilância, a superioridade das "letras" sobre as "armas", a desconexão entre

foi estúpido», por parte de uma juventude fascista, ver Armando Marques Guedes, *Páginas do Meu Diário* (Lisboa: Editorial Enciclopédia, 1957), p. 32.

([5]) António José Saraiva já o tinha lembrado, em crónica no *Diário de Notícias* de 1979, ao escrever: «António Sérgio, decidido adversário da República do 5 de Outubro, que o rejeitou, também sonhou com uma ditadura esclarecida, com outro projecto, em que o homem inteligente fosse ele», *Escritos de Saturno: Escritos sobre o tempo que passa*, 2.ª ed. (Venda Nova: Bertrand, 1985), p. 326.

([6]) Jorge Borges de Macedo, «Significado e evolução das polémicas de António Sérgio...», *op. cit.*, p. 517.

([7]) *Ibidem*, p. 528.

([8]) *Ibidem*, p. 529.

a cultura popular e a cultura erudita, a "sensibilidade à promoção social", o conflito entre sinceridade e vantagem, as urgências e as temáticas do ensino, a predominância do escol lisboeta sobre o País, a resistência que ele oferecia a esta hegemonia.» Frente a todos estes temas, os republicanos, desde 1880, tinham discutido o governo e o padre, intensificando a «paixão pelo político e pelo anticlerical», mas despromovendo os temas de uma tradição cultural portuguesa.([9])

Revisionista e de escrita embrulhada, Jorge Borges de Macedo teve o mérito de estabelecer uma agenda política e cultural hoje disputada por muitos que não possuem a mesma bagagem nem são capazes de usar com tanto à-vontade as famigeradas lições da história. A sua argumentação, note-se bem, baseava-se em dicotomias de fácil apreensão: o racionalismo de Sérgio, na prática equiparado ao materialismo e aos estudos económicos e sociais, opunha-se a uma cultura tradicional (que agora ressurge sob a capa de filosofia portuguesa); e os projectos de criação de uma sociedade moderna, democrática e igualitária contrariavam séculos de uma desigualdade justificada pela «necessidade de privilégios». Aliás, é na partilha calorosa desta última urgência que, na actualidade, se encontram os que falam abertamente das suas pulsões racistas, homofóbicas e de distinção de classe.

Macedo era, por sua vez, herdeiro de uma visão das polémicas do século XX que difundira tais dicotomias, numa pobreza de pensamento bastante confrangedora. Por exemplo, Pedro Teotónio Pereira falara de forma apocalíptica acerca dos «conceitos demasiadamente materialistas de uma civilização que se esqueceu das coisas do espírito» e acrescentou que tanto no mundo capitalista como no ensaio bolchevista esse mesmo materialismo, em especial o culto da máquina, conduzira «à desordem e à penúria em que se debate o mundo moderno»([10]). Antero de Figueiredo — como demonstrou Óscar Lopes — retomara o D. Sebastião pio e quixotesco de Malheiro Dias, para se opor à figura do louco, insuportável, porque nos antípodas do racionalismo de Sérgio.

Por sua vez, Malheiro Dias, numa carta para Osório de Oliveira, que se encontra no espólio deste último na BN, denunciara todo e qualquer racionalismo — nomeadamente o das Finanças de Salazar — para evocar, de forma entusiástica, a necessidade de convocar as forças carismáticas, a exemplo do que faziam Hitler e Mussolini. E Francisco Costa, em *Cárcere Invisível* (1949; última edição com prefácio de José Carlos Seabra Pereira, Paulus Editora, 2018), ao romancear a figura do seu parente, António Júdice, primo-irmão de sua mulher (*António Júdice Visto no Quadro de Fátima*, separata de *Laikos*, 1980), retomou os termos da mesma antinomia, contando a história

---

([9]) *Ibidem*, pp. 473–474.

([10]) Pedro Teotónio Pereira, *Organização Corporativa* (Lisboa, Edições SPN, 1935), p. 15.

de um comunista materialista, atraído pela Rússia, que se converteu ao catolicismo na prisão. Termos, diga-se de passagem, que justificam que um descendente de Júdice oponha, ainda hoje, ao racionalismo materialista de Bento de Jesus Caraça a sua própria figura, incongruente mas com orgulho explícito, de cavaleiro quixotesco (entrevista de Clara Ferreira Alves a José Miguel Júdice, *Expresso*, 20 de Julho de 2019).

Poderá a narrativa acabada de resumir acerca das polémicas, enquanto laboratório destinado a compreender algumas das constantes da cultura e da política portuguesa, servir de chave para situar o debate em que se envolveram Mário de Albuquerque e António Sérgio? Creio que não, e o livro em causa, *Revisitação de uma Polémica*, demonstra-o à saciedade.

Primeiro, estamos longe de poder aceitar que o liberalismo e a sua herança, pelo menos até aos anos 1930, possam ser vistos como um período de excepção, um interregno ou hiato, em relação a linhas constantes e essenciais da cultura portuguesa. O argumento, que só uma mente tortuosa como a de Borges de Macedo poderia sustentar, é que o liberalismo e o parlamentarismo (no interior do qual se incluía a Primeira República) suscitaram desvios em relação a supostas linhas de força que o Estado Novo pura e simplesmente retomou.([11]) Tal como se o bem fundado do Antigo Regime tivesse podido ser recuperado durante o regime fascista de Salazar, contrapunham-se, às forças preocupadas com a modernização do país, as que se constituíam em bloqueio. O importante eram as linhas de continuidade, a força da tradição, uma cultura essencializada, logo, a capacidade para esbater confrontos a bem de uma suposta identidade portuguesa.

Em segundo lugar, a acusação de circunstancialismo — ainda por cima concebido como tendo estado ao serviço de meras clientelas, detectado nas polémicas de Oitocentos — impediu-nos de pensar como autênticas, na sua força progressista e revolucionária, as propostas elaboradas pela Geração de 1870 ou pelo Grupo da Biblioteca Nacional e dos seareiros, com Sérgio, Jaime Cortesão e Raul Proença à cabeça. Na base dessa mesma acusação encontra-se uma intenção explícita de diluir os projectos de modernização da sociedade portuguesa. Em benefício do quê? À primeira vista, para dar vantagem, de modo não muito encapotado, às visões mais tradicionalistas — quer estas passassem pela defesa dos privilégios, quer se consubstanciassem na profundidade acerca do que é concreto e verdadeiro de Cabral de Moncada, contra o idealismo racionalista de Sérgio.

Em último lugar, Borges de Macedo criou artificialmente uma dicotomia entre os malefícios da propaganda republicana (antimonárquica e anticlerical)

([11]) Também António José Saraiva viera a terreiro, em 1979, para atacar a Primeira República e Afonso Costa, ver *Escritos de Saturno...*, *op. cit.*, pp. 324–325.

e os investimentos dos intelectuais numa esfera cultural, constituída à margem e até contra as discussões políticas. No âmbito desta dicotomia artificial, Sérgio, com o seu interesse pela história, pela sociologia e pela cultura, representaria um virar de costas à política. A argumentação utilizada é, a este respeito, falaciosa, pois parte de um suposto cansaço de Sérgio pela actividade política ou politiqueira, com a qual se pretende confundir uma denegrida Primeira República. Aliás, só a custo e embarcando em divisões analíticas muito artificiais Borges de Macedo pôs de lado os sucessivos comprometimentos de Sérgio com a República e, depois de 1926, os exílios e prisões a que o mesmo foi sujeito. Por isso, o carácter operatório de uma dicotomia que separa o político do que é cultural acaba por ser insignificante.

Mais produtivo poderia ser entrar em linha de conta com o impacto, em Portugal, de uma obra como a de Julien Benda, *La trahison des clercs* (1927). Uma obra que Raul Proença tomou, de modo pioneiro, como uma crítica à Action Française, ao fascismo e ao nazismo. Para este, tal como para Sérgio, era necessário que «uma élite de letrados» se dedicasse «(sem participar na vida política e partidária) a uma obra de doutrina, de crítica, de polémica e de apostolado social»([12]). Era a defesa da figura do intelectual desinteressado, mas comprometido, precisamente, «contra a Barbárie que avança» e que Benda tinha identificado com a noção de paixão política, no capítulo inicial do seu livro. Ora, entre outras acusações proferidas por Sérgio em relação a Albuquerque, lá está a de este ser, além de reaccionário, um «alucinado pela "paixão política"» (*Revisitação de uma Polémica*, pp. 51 e 66). Tudo isto nos antípodas dos intelectuais que, tal como os sacerdotes com coleira, agiam sem fazer barulho, pois o «silêncio era o ideal do despotismo»([13]). Claro que Proença, tal como Sérgio, mais parecia defender a figura elitista do «aristocrata da boa consciência, sujeito à mais austera disciplina da razão», numa espécie de «sublimação republicana do conceito tradicional de nobreza»([14]). E, conforme escreveu Óscar Lopes, esse mesmo elitismo aristocrata também explica o facto de se ter ironizado acerca da incoerência e do servilismo plebeu dos integralistas face às doutrinas de Maurras.

Uma última nota diz respeito ao modo de conceber o campo intelectual na década de 1930. Escrito por um professor catedrático, o livro de Carvalho Homem acentua o papel da universidade e do seu modo de funcionamento. Com coragem, chega a trazer a terreiro o anedotário, mais ou

---

([12]) Raul Proença, *Polémicas*, ed. Daniel Pires (Lisboa: Dom Quixote, 1988), p. 726 [*Seara Nova*, n.º 153, 21 de Março de 1929].

([13]) *Ibidem*, pp. 726–727.

([14]) Óscar Lopes, *Entre Fialho e Nemésio: Estudos de literatura portuguesa contemporânea*, vol. I (Lisboa: INCM, 1987), p. 252.

menos disfuncional, que caracteriza a vida académica, sem deixar de referir o lugar nele ocupado pelas histórias de alcova. A preocupação é certeira e corajosa, pois não põe de parte aspectos que são aparentemente considerados menos elevados, mas que porventura explicam melhor do que outros o real funcionamento — disfuncional — das instituições. E, no entanto, o campo das relações entre intelectuais da década de 1930, que outros estudiosos de Sérgio também têm procurado reconstituir nas suas hierarquias e diversidade de géneros, só muito marginalmente se centrava na universidade.([15])

Um dos guias mais seguros para demonstrar a marginalidade da universidade no interior de um campo de relações entre intelectuais encontra-se em *A Calçada da Glória* (Rio de Janeiro: Livraria Agir, 1947), do monárquico Tomás Ribeiro Colaço, romance à *clé* começado a publicar no semanário *Fradique*, em 1934. Nele, conta-se a vida e carreira de Antero Chumbo, na interpretação de José-Augusto França uma recriação de António Ferro. Mas com numerosos traços que talvez escondam alusões à figura de Fernando Pessoa, sobretudo no que respeita a uma suposta virgindade e a uma indefinição ideológica. Sucedem-se as iniciativas de Antero Chumbo na criação de uma revista literária, na autoria de uma peça teatral, na colaboração com a imprensa, na promoção de um banquete em sua própria homenagem, na escrita de um romance, no concurso a um prémio literário e até no jogo de apreciação do próprio romance por afamados críticos. Em todos estes aspectos das relações intelectuais e políticas, a universidade não figura.

Curiosamente, também para António Sérgio o facto de o seu opositor ter escrito uma tese académica, inicialmente, ou seja, na edição de 1934 dos *Ensaios*, não surge como um dado relevante. Só na edição de 1959 acrescentou Sérgio uma nota em que sublinhou: «A tese a que aqui se responde não mereceria discussão se ela não fosse um documento típico sobre a nossa realidade universitária. De facto, o autor, graças a ela, foi admitido no corpo docente da Faculdade de Letras de Lisboa.»([16]) Ressentimento não contido de Sérgio em relação ao mundo académico em que tentou entrar, desde 1911, mas onde não conseguiu ser admitido, e com o qual manteve sempre relações de uma sobranceria de quem procurava dar lições? Ou, simplesmente, resultado de uma nova configuração em que a universidade passou a assumir outras responsabilidades no interior de um campo intelectual em reestruturação? Talvez uma das melhores respostas esteja no livro de Armando de Carvalho Homem que procura não só definir

([15]) João Príncipe, *Quatro Novos Estudos sobre António Sérgio* (Vale de Cambra: Caleidoscópio, 2012), pp. 83–85.

([16]) Sérgio, *Ensaios*, t. IV (Lisboa: Guimarães, 1959), p. 241.

o sentido de uma polémica, mas também reflectir sobre o estatuto de quem por ofício tomou a seu cargo esse trabalho lento e paciente de explicação analítica. Um livro, enfim, cuja leitura recomendo em tempos de uma indústria das polémicas que continua a dar frutos, a julgar pelas novas reputações de fabrico recente!

Aquilino revisitado

O livro de José Carlos Seabra Pereira *Aquilino – a escrita vital* (Verbo, 2014) constitui um excelente roteiro da obra de Aquilino Ribeiro (1885–1963), nos seus aspectos estilísticos, temáticos e ideológicos. Porém, não é de leitura fácil, nem recomendável a principiantes. As duas primeiras partes, relativas à «poética vitalista» e aos «paralipómenos aquilianos», estão repletas de um jargão complicado e de uma sintaxe demasiado arrebicada que levarão um leitor menos preparado a desistir. Porém, deixados de lado tais vícios, será de atentar em três das virtudes do livro.

Primeira virtude: o modo claro como o autor estrutura e desenvolve o seu argumento. Antes de mais, trata-se de reconstituir o ponto de vista do autor. Como dizia Aquilino, citado por Seabra Pereira, «entrever o escritor na estrutura própria». Tarefa que implica tanto uma análise dos discursos, ou seja, da escrita e dos temas tratados por aquele (nas duas primeiras partes), bem como a sua interpretação à luz das posições que assumiu no interior de um campo literário atravessado por conflitos (como sucede na parte terceira do livro em apreço). Por outras palavras: intencionalidade e contexto constituem os dois fios condutores, que se completam entre si, de uma análise literária e cultural. Através deste procedimento, o estudioso da obra literária dobra-se de historiador da cultura, na dimensão própria que é a da criatividade literária. Ora, só através destes instrumentos analíticos se poderá compreender aquela que foi considerada, por Óscar Lopes, a «segunda grande figura literária portuguesa» do século XX, logo após Fernando Pessoa.

A segunda virtude encontra-se nas explicações do projecto de uma «escrita vital» atribuído a Aquilino. E o que quer isto dizer? Seabra Pereira recusa-se a responder a esta questão através de uma única definição, mas procede muito correctamente de modo analítico. No fundo, trata-se de uma maneira de compreender como é que a escrita de Aquilino capta perspectivas antagónicas; «de genuinidade lusitana e cosmopolitismo parisino, de cepticismo anatoliano e gana elementar de viver, de enraizamento telúrico e erudição clássica, de vernaculidade intencionada e polifonia estílistica». Mais: a obra de Aquilino afunda as suas raízes numa genealogia que remonta aos esforços racionalistas e libertinos do Iluminismo, mas também está repleta de manifestações dos «novos intuicionismos» e dos «ímpetos do desejo»([17]). No mesmo sentido, de explorar dimensões antagónicas no interior da obra de Aquilino — que só aparentemente pode ser considerada de retorno à terra e à província, por parte de quem se prezava de ser um «céptico civilizado» —, encontram-se os diferentes elementos que diferenciam a sua obra tanto dos escritos de tradicionalistas reaccionários como de neo-realistas progressistas, ou ainda dos sucedâneos do «queirosianismo academizado»([18]).

Onde as tensões e os antagonismos atingem um dos seus pontos altos, na análise de Seabra Pereira, é na religião e no suposto anticlericalismo de Aquilino. Ora, segundo o mesmo estudioso, o encontro «da obra aquiliniana com o mundo religioso e eclesial não reside em anticlericalismo; e quando ganha cambiantes anticlericais trata-se apenas da incidência, nesse domínio (como em todos os outros), do espírito irreverente e crítico, irónico ou satírico, de matriz libertino-iluminista, que anima todo o discurso inconformista de Aquilino». Ou seja, «esse vector que, assim, não se confunde com estreito propósito anticlerical, é bem mais complexo e multifacetado». De novo, parece ser nesse mesmo vector que se encontra uma «escrita vital».

Última virtude do livro: a capacidade de Seabra Pereira para explicar que a modernidade de Aquilino vive do cruzamento entre uma cultura cosmopolita europeia, de raiz francesa, e outra de sentido local e rural, cujas descrições e alusões são irreverentes e sardónicas. À margem do modernismo do *Orpheu*, Aquilino — com a sua experiência de cidadão do mundo e a sua cultura de estrangeirado (por exemplo, *Páginas do Exílio*, 2 vols., ed. de Jorge Reis, Vega, 1988) — tanto põe em causa imagens idealizadas relativas à harmonia da vida nos campos, como se interroga acerca da urgência da modernização das aldeias. Estas eram por ele descritas como um mundo de almas bárbaras, onde se aprendiam os «instintos capitais», mas de onde não estava excluída uma violência exercida ao ritmo do quotidiano

---

([17]) Sobre a mesma relação entre intuicionismo bergsoniano e racionalismo realista, com inclinação para sublinhar a última dimensão em Aquilino, cf. Alexandre Pinheiro Torres, *Romance: O mundo em equação* (Lisboa: Portugália Editora, 1967), pp. 186–193.

([18]) Os esforços destinados a reduzir a obra de Aquilino à representação de uma única expressão tiveram sempre uma enorme carga política. Em 1960, por exemplo, Manuel Anselmo, salazarista convicto e apoiante da PIDE, quando estava ao rubro a campanha de apoio a Aquilino Ribeiro para Prémio Nobel da Literatura, teceu duras críticas à sua obra literária. Começou por desvalorizar a sua extensão ou quantidade, para depois se fixar no modo como ela desvalorizava a gente portuguesa: insultando reis e príncipes, inventando um Camões e outros personagens históricos sem respeitar as fontes, mostrando, ainda por cima, predilecção pelas vidas de «assassinos, violadores, ladrões, contrabandistas, padres femeeiros, bêbados, burlões e *mesdames* de figurino barato», *Os Cadernos de Manuel Anselmo*, vol. I, fasc. III (Janeiro/Fevereiro, 1960), p. 226.

(feita de homicídios, agressões, arruaças e de práticas de justiça pelas próprias mãos).

Em suma, a análise da obra de Aquilino empreendida por Seabra Pereira é poderosa. Dá que pensar. E convida os leitores a voltar a ler a obra de Mestre Aquilino. Tão poderosa, aliás, que dispensaria as referências ao modo como a escrita de Aquilino se constitui em «antecipação da narrativa pós-moderna». Uma antecipação, sublinho, que não explica nada. Enfim, uma análise poderosa, a do operoso Seabra Pereira, que faz com que o leitor fique com água na boca e exija — provavelmente mais ao editor do que ao autor — que, numa próxima edição deste livro, não corte as notas e o aparato bibliográfico. Pois não há nenhum critério, nem razão comercial que possam justificar uma tal censura.

Alberto da Veiga Simões: historiador e agente internacional na Segunda Guerra Mundial

Três dos maiores historiadores europeus foram perseguidos durante as grandes guerras do século XX. A ponto de algumas das suas obras só poderem ser compreendidas à luz desse mesmo contexto de perseguição e luta. O belga Henri Pirenne (1862–1935) conheceu as prisões alemãs durante a Primeira Guerra, onde escreveu uma história da Europa, muito crítica do expansionismo germânico, que só veio a ser publicada postumamente. Marc Bloch foi preso e fuzilado por pertencer à Resistência francesa na Segunda Guerra. Deixou em manuscrito *L'étrange défaite* — um dos maiores manifestos da consciência cívica e do sentido da responsabilidade dos intelectuais europeus frente aos regimes autoritários do século XX. Fernand Braudel passou parte da Segunda Guerra internado num campo de concentração nazi. Foi lá que escreveu *O Mediterrâneo e o mundo mediterrânico na época de Filipe II* (tradução portuguesa na Dom Quixote). Nesta obra-prima, o historiador francês relativizou a importância dos acontecimentos políticos — dos quais ele próprio era vítima, pois encontrava-se preso — para sublinhar o papel determinante ocupado nos processos históricos pelas grandes estruturas geográficas, económicas e civilizacionais. A esta pequena lista poder-se-iam somar os nomes de muitos intelectuais judeus, tais como Erich Auerbach, Hannah Arendt ou Norbert Elias. A maior parte deles conheceu os caminhos do exílio, com pontos de chegada variados, indo de Istambul aos campos universitários norte-americanos. E as suas obras carregam as marcas da perseguição de que foram alvo ou mesmo do Holocausto.

Entre os intelectuais perseguidos pelo Estado Novo contam-se alguns dos mais importantes historiadores portugueses. Até muito tarde, ao contrário do que sucedeu com Pirenne, Bloch e Braudel, os portugueses trabalharam à margem das instituições académicas, uma vez que se confrontaram com uma inserção tardia do ensino e da pesquisa histórica na universidade. António Sérgio, ensaísta movido por um espírito de síntese que o levou a abraçar a história, e Jaime Cortesão, talvez o maior historiador português da primeira metade do século XX, foram alvo de perseguição pelo regime de Salazar. Por isso, ambos enveredaram pelo exílio, fugaz no caso do primeiro, mais prolongado no do segundo.

Só com a entrada em cena de gerações mais novas, os historiadores portugueses passaram a trabalhar na universidade, o que espoletou novas formas de perseguição em relação aos que não se encaixaram nas expectativas oficiais do Estado Novo. Nestes casos, a demissão ou marginalização dos que resistiam ao «bom» funcionamento da instituição académica anteciparam a necessidade de fuga ou o exílio. Foi o que sucedeu com Vitorino Magalhães Godinho quando rumou a Paris. Enquanto os que se acomodavam ou favoreciam as lógicas do regime — os historiadores Damião Peres e Virgínia Rau, o jurista Adriano Moreira, o geógrafo Orlando Ribeiro ou o economista dobrado de sociólogo Adérito Sedas Nunes — abriram as portas à institucionalização académica da pesquisa.

Alberto da Veiga Simões (Arganil, 1888 – Paris, 1954), intelectual e historiador, pertenceu à geração de Sérgio (1883–1969) e Cortesão (1884–1960). Licenciado em Direito pela Universidade de Coimbra, entrou, cedo, para a carreira diplomática. Entretanto, colaborou na imprensa, publicou os primeiros livros, incluindo poesia, memórias da vida estudantil coimbrã, teatro e os resultados dos primeiros passos dados na investigação histórica. Entre os últimos, destaca-se um estudo sobre as recentes tendências literárias, publicado com o título *A Nova Geração: Estudo sobre as tendências actuaes da literatura portuguesa* (Coimbra: França Amado, 1911). A sua participação na revista *A Rajada* (1912), ao lado de Vergílio Correia e do muito jovem Almada Negreiros, revela também a sua activa participação em movimentos literários e artísticos. Poucos anos depois, em resultado da sua colocação na Amazónia brasileira, os seus relatórios foram publicados em formato de livro, constituindo-se num monumento de análise económica e social (*Dàquem & dàlem mar: Portugal & a Amazónia: estudo de política económica*, Manaus: Tipografia Livraria Palais Royal, 1916, 417 pp.; *Interesses Portugueses na Amazónia*, Lisboa: Tipografia do Anuário Comercial, 1917, 101 pp.).

O seu prestígio como diplomata foi reconhecido politicamente, o que lhe valeu a pasta de ministro dos Negócios Estrangeiros num governo que não foi além dos cinquenta e nove dias, em 1921: «O tempo suficiente para publicar a sua reforma» (Lina Madeira, *O Mecanismo de (Des)Promoções do MNE: O caso paradigmático de Aristides de Sousa Mendes*, Faculdade de Letras da

Universidade de Coimbra, 2013, p. 68). Uma reforma que, segundo informação que me foi prestada por Mário Matos e Lemos, incidiu na reorganização dos serviços consulares.

A partir de 1926, Veiga Simões remeteu-se para uma posição mais discreta dentro do MNE, foi colocado na Europa e concentrou-se nas suas investigações acerca dos primórdios da expansão portuguesa. A ele se deveu a ênfase posta na figura do Infante D. Pedro, cuja biografia terá deixado em manuscrito, em oposição à figura de recorte salazarista do Infante D. Henrique, enquanto príncipe casto. Em andanças por várias capitais europeias, na companhia da sua mulher — D. Maria Antónia, uma das divas da geração do Bristol —, proferiu conferências, entre 1931 e 1932, na Haia e em Bruxelas, as quais foram reunidas em livro sobre relações internacionais, publicado em francês (*Les nouvelles orientations de la politique économique internationale*, Paris: Librairie du Recueil Sirey, 1932).

Em 1933, Veiga Simões foi nomeado ministro plenipotenciário em Berlim (Portugal não tinha na Alemanha representação ao nível de embaixada). Nos seus relatórios para Lisboa, passou a analisar a ascensão de Hitler. As políticas de expansão imperial alemãs, conforme escreveu de Berlim em Abril de 1938, assentavam no «primarismo confortável da doutrina nazista» (*apud* Lina Madeira, *Alberto da Veiga Simões: Esboço biográfico*, Quarteto Editora, 2002, p. 272). A sua oposição ao nazismo era, pois, inequívoca. Advertiu também que Portugal se deveria demarcar da Alemanha e optar por um alinhamento com a França e a Grã-Bretanha. A partir de 1938, a sua correspondência com o MNE revela um envolvimento directo na concessão de vistos a judeus que procuravam emigrar e fugir da política racista do *Reich*. Porém, não se sabe quantos vistos terão sido passados por sua iniciativa, nem em que condições concretas. Em Lisboa, nos círculos do MNE e da PVDE, existiam interpretações diferentes acerca da mesma política de concessão dos vistos, a par de diferentes sensibilidades em relação à figura de Veiga Simões.

César de Sousa Mendes, irmão gémeo de Aristides, ministro dos Negócios Estrangeiros em 1932–1933, foi inimigo de Veiga Simões. Para César Mendes, «Veiga Simões estava associado a tudo aquilo que ele desprezava na I República, como as clientelas políticas e a discriminação contra os monárquicos como ele próprio» (Rui Afonso, *Injustiça. O caso Sousa Mendes*, Caminho, 1990, pp. 193–197, *maxime* p. 194). César não se coibiu de perseguir o ex-ministro da Primeira República, na sua passagem pelas Necessidades, instaurando-lhe um processo disciplinar e acusando-o de ligações aos comunistas franceses (Lina Madeira, *Alberto da Veiga Simões*..., pp. 171–172; *idem*, *O Mecanismo de (Des)Promoções do MNE*..., pp. 394–396). A ascensão e queda de César Mendes do cargo de ministro dos Negócios Estrangeiros surgiu, aliás, num contexto de intrigas nas Necessidades que transcendiam em muito a sua inimizade com Veiga Simões. Valeu-lhe o laço forte que tinha com Salazar e o facto de se poder vangloriar de ter trabalhado para «o triunfo do 28 de Maio» (Lina Madeira, *O Mecanismo de (Des)Promoções do MNE...*, pp. 381–383).

A antipatia de César Mendes em relação a Veiga Simões era recíproca e manifesta. E a mesma animosidade, embora em menor escala, era partilhada pelo seu irmão gémeo, Aristides (*idem*, pp. 194–195). Numa carta particular para a mãe, datada de Novembro de 1924, César refutou as acusações de Veiga Simões respeitantes à sua participação em movimentos monárquicos e, lembrando um folheto da autoria do irmão gémeo que servia na carreira consular, intitulado «Para a história», escreveu: «O infame», referindo-se a Veiga Simões, «nem o Aristides poupa e acusa-o de espião dos monárquicos quando esteve na Galiza» (Lina Madeira, *O Mecanismo de (Des)Promoções do MNE...*, p. 327). Em 1925, César participou numa cabala para desacreditar Veiga Simões. Um caso que se arrastou pelos jornais, com acusações feitas ao último na imprensa monárquica acerca do seu envolvimento em práticas de corrupção, homossexualidade e *ménage à trois,* num processo que foi inconclusivo por falta de provas (Rui Afonso, *Injustiça...*, p. 195). Foi neste contexto que Veiga Simões esbofeteou, tendo acabado por matar, Aníbal Soares, jornalista e director do *Correio da Manhã* e, depois, do *Diário Nacional*, mais conhecido enquanto autor da novela *Ambrósio das Mercês: Memórias* (1903, com prefácio de Carlos Malheiro Dias).

Será ainda de notar que tais conflitos e animosidades tinham, em geral, como contrapartida relações com amigos comuns, mantidas em função de interesses partilhados. Assim terá acontecido com o escritor e historiador da literatura Fidelino de Figueiredo, que manteve contactos tanto com César Mendes como com Veiga Simões. Existem cartas do último para Fidelino que foram publicadas, enquanto este último ficou a dever a César Mendes, pelo menos, a notícia de uma tapeçaria representando Vasco da Gama, existente no Museu de Estocolmo (*A Épica Portuguesa no Século XVI*, São Paulo, 1950, p. 167).

O certo é que, em Julho de 1940, Veiga Simões foi suspenso do seu posto, que serviu durante quase oito anos, e obrigado a abandonar Berlim. Em Fevereiro de 1946, chegou a ser readmitido no MNE e nomeado embaixador na China de Chiang Kai-shek. Um cargo que se recusou a servir por se tratar de uma nomeação para um país extra-europeu de um ex-diplomata que tinha servido num país como a Alemanha. A recusa valeu-lhe a demissão da carreira diplomática, embora seja difícil pensar nela sem que tivessem existido conversações prévias de Veiga Simões com o próprio Salazar. É que, na geopolítica mundial da época, a China de Chiang Kai-shek, sobretudo na sua oposição ao Japão, tinha o valor de potência mundial, a par dos Estados Unidos, da Grã-Bretanha e da Rússia.

Por explicar ficam outros factos de diferente relevância, mas que sugerem o pouco que conhecemos das andanças internacionais e da real dimensão de Veiga Simões como intelectual, historiador, político e agente internacional. Refiro-me, antes de mais, à sua longa permanência em Berlim, entre 1933 e 1940, o que sugere interesse de Salazar pelo seu desempenho enquanto diplomata. Ou seja, o que levou o Estado Novo a manter, num posto tão importante quanto era Berlim, um diplomata conotado com a Primeira República ou mesmo com os círculos da oposição? Esta é, antes de mais nada, a questão que se coloca.

Depois, muito pouco se sabe acerca dos seus últimos catorze anos de vida, os quais decorreram desde a sua suspensão e passaram pela sua demissão, por não ter ocupado o posto para o qual foi nomeado em 1946. Uma informação enigmática, que me foi em tempos comunicada pelo Professor João de Castro Nunes, já falecido, mas que permanece por confirmar em termos de prova documental, revela que, logo após a Segunda Guerra, Veiga Simões se encontrava próximo de Molotov, ministro dos Negócios Estrangeiros da União Soviética. Tal proximidade traduziu-se no facto de terem sido vistos no mesmo camarote da Ópera de Paris e de Veiga Simões ter integrado a delegação soviética em importantes encontros internacionais que se seguiram à Segunda Guerra. A confirmarem-se tais factos, o que levou Veiga Simões a ir tão longe no apoio manifestado ao bloco soviético?

Importa também não perder de vista a sua vida parisiense: a biblioteca que ali reuniu, a sua amizade com Merícia de Lemos (1913–1996), poetisa e mulher do grande antiquário internacional Jacques Kugel (1912–1985), e as suas relações com os círculos do antiquariato internacional. Terão ou não algumas das obras provenientes dos museus russos — como as que foram reunidas por coleccionadores, nomeadamente magnatas norte-americanos — passado pelas suas mãos, enquanto intermediário?

Por último, não esqueço as informações orais que, há mais de vinte anos, Ferreira da Costa, da antiga Livraria Sá da Costa, me facultou acerca de Veiga Simões. Falou-me, então, dos cadernos em manuscrito que chegou a ver, os quais continham algumas das suas obras inéditas, entre as quais a biografia do Infante D. Pedro (1392–1449). Acrescentou, também, um desabafo acerca das excentricidades de Veiga Simões, quando fazia, daquela livraria ao Chiado, o seu escritório. Não sei como conciliar os hábitos mundanos e citadinos de Veiga Simões, por parte de quem andara pela Europa, com a ideia de que a sua casa de Arganil permaneceu durante anos sob apertada vigilância por parte da polícia secreta de Salazar. Mas o mais importante é pensar que a grande cumplicidade do casal Veiga Simões — que subsistiu às difamações de que Alberto da Veiga Simões foi alvo em meados da década de 1920 — talvez ajude a compreender o suicídio da mulher, ocorrido em casa do empresário Amadeu Gaudêncio dois anos depois da morte do marido. Ou seja, um caso de paixão e desespero!

Desde que Vitorino Magalhães Godinho, na introdução aos *Factores Democráticos na Formação de Portugal*, volume primeiro das obras completas de Jaime Cortesão, se referiu às investigações históricas de Veiga Simões — sublinhando a sua originalidade e colocando-as a par das do próprio Cortesão —, existe um interesse dos meios historiográficos pela sua obra. Aliás, as obras de ambos foram elogiadas por historiadores como Lucien Febvre e Fernand Braudel. Mais recentemente, as principais publicações de Veiga Simões foram reunidas num pequeno livro, em edição cuidada, pelo historiador Marques de Almeida. Paralelamente, foi-lhe dedicada uma minuciosa biografia, e a sua autora, Lina Madeira, prestou um grande serviço ao publicar os referidos relatórios de Berlim. A mesma historiadora é também autora de uma monumental e bem conduzida tese sobre Aristides de Sousa Mendes, na qual a solidez da investigação arquivística destrói, em definitivo, mitos e invenções acerca do cônsul de Portugal em Bordéus. Nesta mesma sequência, importa notar que algumas investigações têm aprofundado a estada de Veiga Simões em Berlim, enquanto diplomata, e discutido as razões da sua demissão.

Quanto aos relatórios de Veiga Simões sobre a Amazónia, trata-se de documentos que estão por estudar, à luz das tendências económicas daquela vasta região, no primeiro quartel do século XX, a começar pela produção e comercialização da borracha. Pouco ou nada se sabe acerca das suas sociabilidades intelectuais, muito em particular da sua proximidade com o historiador da arte Vergílio Correia (com correspondência trocada entre ambos conservada na Torre do Tombo). Foi, aliás, Câmara-Reys quem se referiu aos seus bens e papéis, mais aos da sua mulher, como tendo sido doados «à viúva de um seu outro amigo, de vida tão curta, Vergílio Correia», mas o certo é que a sua biblioteca acabou por ser leiloada em Paris.([19]) Terão os descendentes de Vergílio Correia conservado os célebres manuscritos? Há cerca de trinta anos, foi-me garantido que sim, mas perdi o rasto e os contactos.

Outros núcleos de correspondência e de manuscritos são conhecidos: as suas cartas para António Sardinha estão na biblioteca da Universidade Católica; a sua correspondência com Fidelino de Figueiredo encontra-se no Instituto de Estudos Portugueses da Universidade de São Paulo; as suas trocas epistolares com Rocha Madahil foram localizadas por Lina Madeira na Biblioteca Municipal de Coimbra; Daniel Pires coleccionou algumas cartas suas; e comprei, há anos, uma colecção das suas cartas para Domingos

---

([19]) Câmara-Reys, in Veiga Simões, *Estudos de História*, ed. A. A. Marques de Almeida (Lisboa: Centro de História da Universidade de Lisboa, 2004), p. 27.

Lavadinho, director do Arquivo de Elvas, ao falecido Silveira, alfarrabista na Rua da Misericórdia. Porém, a grande expectativa, em termos de materiais inéditos e de correspondência privada para a sua mãe, além de registos fotográficos que poderão provar o seu envolvimento a nível internacional depois de Berlim, diz respeito ao acervo reunido pelo professor e arqueólogo João de Castro Nunes, cuja catalogação e tratamento se impõem.

Se o pouco que conhecemos de Alberto da Veiga Simões continua a estar rodeado de incertezas, estou convencido de que a sua grandeza intelectual, tanto quanto a sua coragem moral e política, sugerem algumas hipóteses interpretativas, que futuras investigações terão de verificar. Um aspecto de particular sensibilidade diz respeito à sua actuação em Berlim. Ao coligir informação e escrever pormenorizados relatórios, Veiga Simões desmontou a construção de um sistema político totalitário, nazi, e denunciou, precocemente, uma política racista ligada à organização de campos de concentração.

Quanto à concessão de vistos a judeus, trata-se de um facto documentado na sua correspondência para o MNE. Uma correspondência, como não poderia deixar de ser, pejada de ambiguidades de sentido que importa ler com cuidado, incluindo uma espécie de jogo retórico derivado de o seu autor estar consciente de que se encontrava sobre uma corda bamba, que acabou na sua suspensão do cargo de ministro plenipotenciário em Berlim. Por apurar está ainda o número de vistos que passou em Berlim, no centro do furacão, e por interpretar estão as suas referências, na correspondência com Lisboa, aos interesses que deveriam sustentar uma política de concessão de vistos, que nada deveria ter de humanitário, pois apenas se deveria atender à protecção aos mais ricos (importante, a este respeito, é mais uma vez a interpretação fundada numa certeira crítica das fontes de Lina Madeira, *Alberto da Veiga Simões*..., pp. 195–196).

As comparações que têm sido feitas entre Veiga Simões e Aristides de Sousa Mendes no que respeita à atribuição de vistos a judeus também merecem um exame atento. O primeiro, ministro plenipotenciário, da carreira diplomática, tinha responsabilidades bem diferentes das atribuídas a um cônsul de carreira; e Berlim, no centro do império nazi, não era Bordéus. Não caberá, aqui, passar em revista os estudos de Avraham Milgram, Irene Pimentel, Cláudia Ninhos e Ansgar Shaefer, que procuraram fazer comparações entre a actuação de ambos. Sobre as operações de mitificação de Aristides de Sousa Mendes enquanto opositor de Salazar, não poderão ser ignoradas as opiniões dos embaixadores Carlos Fernandes e João Hall Themido. Este último insistiu no conhecimento que haveria nas Necessidades do fluxo anormal de refugiados na fronteira, causado pela concessão de vistos, que os cálculos mais irrealistas elevaram até 30 000 e que, segundo relatos britânicos, incluiriam vistos pagos (*Uma Autobiografia Disfarçada*, Instituto Diplomático, 2008, pp. 169–174).

O mais importante é que dispomos, hoje, de estudos bem documentados da autoria de Lina Madeira. Neles ficam demonstrados dois argumentos principais. Primeiro ponto: a concessão de vistos por parte de Aristides Mendes em Bordéus corresponde a um quadro processual e legal que era integrado e conhecido por Salazar e pelo Estado Novo, incluindo pela PVDE. Por isso, o mito de um Aristides opositor de Salazar e capaz de actuar individualmente, de modo isolado, é uma invenção tardia que a análise histórica rigorosa não confirma. Pelo contrário, as afinidades dos gémeos Sousa Mendes com o Estado Novo foram muitas. Segundo ponto: a política de neutralidade seguida por Salazar obrigou a que, uma vez passados os vistos, Aristides fosse deixado cair, para que o Estado português pudesse ser ilibado e não perdesse a face. Conforme provou Lina Madeira, referindo-se à intervenção capital daquele que era, então, embaixador em Madrid, Pedro Teotónio Pereira: «Ilibava-se o embaixador de Portugal em Madrid, culpava-se o cônsul, de carreira, em Bordéus» (*O Mecanismo de (Des)Promoções do MNE...*, p. 468). Acrescente-se ainda que, durante o tempo em que foi alvo de um processo disciplinar, Aristides foi suportado pelos irmãos, César e um outro, pois esteve sem salário nos meses após ter sido colocado na disponibilidade; a pena de inactividade durante um ano valeu-lhe um corte de metade do vencimento; mas, ao fim de um ano, recuperou a totalidade do salário (*Ibid.*, p. 470).

Por todas estas razões, talvez valha a pena suspender os juízos acerca de Veiga Simões e as comparações com Aristides Mendes, pois estas acabam por diminuir a grandeza daquele, além de se basearem numa leitura demasiado linear da sua correspondência oficial com Lisboa. Ao procurar outros ângulos de interpretação, esclareço, corro o risco de que o meu fascínio pela figura em causa — ou seja, a minha convicção de que sob a capa de uma personalidade excêntrica se escondem grandeza e heroísmo — interfira com o rigor crítico e analítico. Ora, o modelo a seguir, fundado em provas e verificações documentais, deverá inspirar-se na investigação rigorosa de Lina Madeira sobre Aristides de Sousa Mendes.

Da perseguição, demissão e exílio de Veiga Simões não resultou a escrita de nenhuma grande obra de história (como aconteceu com Pirenne, Bloch ou Braudel). Porém, algumas passagens da sua correspondência revelam que o seu interesse pela investigação histórica se manteve vivo ao longo da década de 1940. Nas suas cartas, há mesmo indícios de que andava à cata de documentação que demonstrasse a existência de plantações de cana-de-açúcar no Sul de Portugal já no século XV. Talvez tentasse, a todo o custo, prosseguir as suas investigações acerca dos primórdios do capitalismo à escala do Atlântico. Porém, as condições de instabilidade em que se encontrava e possivelmente a atracção suscitada por um envolvimento directo nos grandes assuntos de política internacional não lhe permitiram prosseguir o trabalho rotineiro requerido pela investigação e escrita da história.

Ao contrário de Braudel — que privilegiou o estudo das grandes estruturas de formação e desenvolvimento do capitalismo, apelando à longa duração e ao processo de construção da modernidade —, Veiga Simões acabou por ser sugado pelo ritmo nervoso dos acontecimentos políticos do seu tempo. Ou seja, a sua participação nos grandes eventos internacionais desviou-o do seu laboratório de historiador.

Quanto ao seu envolvimento político, diga-se, de passagem, que já anteriormente se queixara, em carta de Agosto de 1927, do «Pátio das osgas da política nacional» e assumira: «O pouco do muito que desejo fazer ao meu país, só lho posso fazer cá fora.» Acrescentando: «Tenho vivido, de alguns anos para cá, numa trepidação constante. Entreguei-me demasiado a duas coisas absorventes: a política e a diplomacia» (Lina Madeira, *Alberto da Veiga Simões...*, p. 267).

Tão-pouco se poderá dizer que a sua oposição ao regime de Salazar tenha sido determinada, apenas, por uma militância demo-republicana. Talvez fosse mesmo melhor falar a este respeito, como numa carta de Veiga Simões para António Maria Monteiro, nos valores do «republicanismo» e do «patriotismo sempre moço», associado à «fé imaculada nos destinos da pátria» (Colecção de Daniel Pires). Foi o que sucedeu com António Sérgio e Jaime Cortesão, autênticos heróis pela sua coragem moral e política. Ambos vilipendiados pelos seguidores de António Sardinha, tais como Manuel Múrias, que se referiu com inusitada violência e desprezo em relação ao primeiro, aludindo à sua «impermeabilidade craniana [...] que outros de meias letras arvoram em mentor da inteligência portuguesa» (*Nação Portuguesa*, 3.ª série, 1925, n.os 7–8, p. CXLIV).

Os contactos de Veiga Simões com a União Soviética — determinados, talvez, pela ideia de que um alinhamento com o Leste seria a grande forma de oposição aos regimes autoritários, de inspiração nazi e fascista — sugerem uma outra ideia de resistência, concebida a uma escala internacional, da qual veio a resultar a Guerra Fria. Dúvidas também existem — apesar do pouco que se sabe do seu empenho na concessão de vistos, contra as ordens recebidas de Lisboa — a respeito do modo como Veiga Simões concebeu a protecção aos judeus nos anos finais que serviu em Berlim. Porém, a ter em conta a teia de ligações internacionais que foi estabelecendo, Veiga Simões mais parece ter passado a ser um agente com capacidade para operar a nível internacional. As suas ligações a Molotov, apesar de terem sido referidas para um período posterior, sugerem que a esfera em que ele passou a operar era de um outro alcance. É que a actuação de Veiga Simões só a custo pode ser reduzida a um mero confronto pessoal no interior do regime de Salazar, bem como aos termos da antinomia constituída pela perseguição racista desencadeada pelo nazismo *versus* a resistência dos judeus.

Em suma, a hipótese de trabalho que aqui sugiro e que investigações rigorosas terão de confirmar é que Veiga Simões considerou e agiu como se a Segunda Guerra não se explicasse, apenas, pelo Holocausto — embora estivesse bem consciente da dimensão de tal barbárie e precocemente a tivesse denunciado —, mas como um conflito internacional do qual resultou a Guerra Fria. Nesse mesmo conflito, terá Veiga Simões alinhado com o bloco soviético, acabando por voltar as costas à Europa e aos Aliados, com as suas tradições parlamentares e demo-republicanas? Terá ele pensado que a União Soviética se constituía no garante de oposição aos regimes autoritários, nazis ou fascistas, como defendeu, até ao fim da vida, esse outro grande historiador de inspiração marxista, Eric Hobsbawm? São estas as interrogações que ficam por esclarecer.

Não se exclua, porém, a possibilidade de o mesmo Veiga Simões ter chegado a actuar como uma espécie de agente duplo. A ponto de Salazar, logo que pôde, após a Segunda Guerra, o ter nomeado para um posto tão vital — para Portugal e para os seus interesses no Extremo Oriente — quanto a China. A confirmarem-se tais hipóteses, é de reconhecer que talvez não se consiga apontar outro português com a lucidez e a visão para se transformar num agente internacional e com a capacidade para sobreviver à Segunda Guerra, actuando entre as duas novas grandes potências (mais recentemente, só José Cutileiro (1934–2020) se terá erguido ao mesmo estatuto de grande negociador internacional).

Última nota, a respeito de possíveis comparações a fazer entre Veiga Simões e Aristides Mendes: não será que ambos acabaram por representar duas modalidades diferentes de pôr em prática a mesma política de neutralidade adoptada por Salazar? Por um lado, Veiga Simões, na sua longa estada em Berlim, parece ter representado a figura do diplomata capaz de manter Salazar objectivamente informado por quem era explicitamente contrário ao nazismo. Doutro modo, não fosse o desejo de recolher a mesma informação, afigura-se muito difícil que Salazar o tivesse mantido num posto tão sensível quanto o da Alemanha durante um período tão longo quanto crucial. Mais: o seu envolvimento na questão dos vistos a judeus ricos, à primeira vista, não revelará que a política de simpatia e atracção de Salazar em relação ao nazismo não incluía todas as suas componentes; muito em particular, ficava de fora o racismo antijudaico que dificilmente podia ser partilhado pelos meios oficiais portugueses.

Por outro lado, o cônsul Aristides de Sousa Mendes — que, a par do seu irmão gémeo, era um apoiante do Estado Novo e nunca parece ter tomado posição contra o nazismo — agiu em Bordéus em conformidade com a política de neutralidade de Salazar. Por isso, foi capaz de facilitar o exílio de uns milhares de judeus, num momento decisivo do avanço das tropas nazis em território francês. Aliás, ambos foram suspensos dos seus postos, para que Salazar pudesse prosseguir a sua política de neutralidade. Ambos acabaram por ser readmitidos nas suas carreiras e só Veiga Simões foi demitido sem ter direito a uma pensão. Entretanto, os contactos internacionais deste último, mais os seus alinhamentos individuais, permitiram-lhe encontrar outras saídas e outros modos de vida. Pelo caminho, abandonou ou não conseguiu concretizar os seus projectos de investigação histórica. E, na falta de herdeiros directos, sempre na companhia de sua mulher, terá tido uma vida mais solta e aventurosa, porventura, mais livre de preconceitos.

Talvez por isso não se constitua nem num enigma, nem num modo gratuito de o rebaixar aceitar como verdadeira, e não despicienda, uma outra informação que também me foi transmitida por Ferreira da Costa, da antiga Livraria Sá da Costa. Já na década de 1950, quando conseguiam passar por Lisboa, aos fins de tarde, Alberto da Veiga Simões e Maria Antónia subiam o Chiado e, ao virar da esquina, já na Rua da Misericórdia, depois da igreja do Loreto, davam um pé de dança no Bico Dourado... A velha tradição do Bristol não desparecera! E, se importa saber ao certo se era Shegundo Galarza ou Eugénio Pepe quem ali tocava, mais importante se afigura perceber como é que a grandeza de alguém como Veiga Simões era compatível com os prazeres da vida mundana. Longe, muito longe — felizmente — dos que pretendiam fazer crer que só na austeridade solitária dos gabinetes se poderiam assumir responsabilidades sérias de condução da vida pública, pois só assim se conseguia alcançar a famigerada elevação sagrada, associada a uma suposta seriedade moral, própria da vida monástica.

O neo-realismo literário nunca existiu?

Eugénio Lisboa pôs o dedo na ferida acerca do movimento neo-realista na literatura portuguesa. Por um lado, argumentou vai para quarenta anos que as «fraquezas programáticas dos neo-realistas não foram felizmente levadas a sério pelos seus praticantes». Ou seja, as suas obras não se submeteram ao desprezo pela forma que alguns dos pioneiros e teóricos do movimento sustentaram com inegável arrogância. Por outro lado, sublinhou que o neo-realismo foi expressão de uma grande «generosidade de intenções» no acordar do país para a sua própria realidade nacional. A mesma generosidade, que levou muitos dos escritores neo-realistas a desprezarem os valores estéticos, acabou por ser denunciada pelos «escritores de esquerda mais nova», os quais, paradoxalmente, cultivaram na literatura «a inacessibilidade do texto»([20]).

Em 1928, Ferreira de Castro deu voz aos *Emigrantes*, quando *Tortilha Flate* de Steinbeck só é de 1935 e *As Vinhas da Ira*, de 1939. Tratava-se de um trabalho pioneiro, como bem notou Roberto Nobre: «Era o neo-realismo, embora então ainda assim não estivesse crismado.»([21]) Por sua vez, em 1940, Alves Redol escrevera no início de *Gaibéus*: «Este romance não pretende ficar na obra de arte como obra de arte. Quer ser, antes de tudo, um documentário humano fixado no Ribatejo. Depois disso, será o que os outros entenderem.» No mesmo ano, Alexandre Cabral teorizou no mesmo sentido: «O romance deve ser uma transladação da vida real, com seu quê de heroico, de artístico ou mesmo depravado.»([22]) Enquanto Álvaro Cunhal, em polémica aberta com o movimento da *Presença*, parodiou o título de um dos livros de José Régio, *Encruzilhadas de Deus*, opondo-lhe a *Encruzilhada dos Homens*. Qual a estrada a seguir, perguntou? Uns pensavam que a melhor maneira de se libertarem da necessidade de escolher se encontrava na busca da solidão, no pregar do cansaço e do desalento, ou no próprio umbigo. Conforme escrevera Régio: «Bem sei que sou o meu único fim.» Outros, pelo contrário, sempre segundo Cunhal, procuravam fazer da obra literária um instrumento comprometido de luta, ou seja, o veículo para exprimir «uma posição política e social e que toda ela faz propaganda seja do que for (inclusivamente do próprio umbigo)»([23]). Régio respondeu ao ataque de Cunhal, desmontando o ridículo da operação e de ter sido tomado «por um apóstolo da auto-adoração umbilical. Isto é: do entaipamento na tal Torre, do auto-estrangulamento na personalidadezinha inchada e particular, etc.»([24]). Repudiou, então, o ataque dos mais jovens neo-realistas à *Presença*, insinuando que se tratava de «um excesso de juventude» posto ao serviço de Estaline, mas que também poderia servir os interesses de Hitler.

Do outro lado da barricada, ou seja, do lado mais conservador e oficial, Augusto de Castro, director do *Diário de Notícias*, denunciava o facto de

---

([20]) Eugénio Lisboa, *Poesia Portuguesa do «Orpheu» ao Neo-Realismo* (Lisboa: Instituto de Cultura e Língua Portuguesa, 1980), pp. 91–92.

([21]) Roberto Nobre, «O Escritor e Manuel Bouça», in Ricardo Alves (org.), *Ferreira de Castro e Roberto Nobre: Correspondência (1922–1969)* (Sintra: Editorial Notícias, Câmara Municipal de Sintra, 1994), p. 235.

([22]) Alexandre Cabral, *Ferreira de Castro: o Seu Drama e a Sua Obra* (Lisboa: Portugália Editora, 1940), p. 80.

([23]) José Régio, *Seara Nova*, n.º 615 (1939), pp. 285–6, in Carlos Reis, *Textos Teóricos do Neo-Realismo Português* (Lisboa: Seara Nova-Comunicação, 1981), pp. 92–97.

([24]) José Régio, *Presença* (Novembro, 1939), in *Páginas de doutrina e crítica da «Presença»* (Porto: Brasília Editora, 1977), p. 352.

a literatura portuguesa ter sido invadida por «um estranho bacilo, que se chama, segundo parece, *balzacocus*». Este produzia a «romancite», devastando ambos os sexos. E, com exagero irónico, atirou: «Dois terços da população portuguesa, aproximadamente, são hoje constituídos por novelistas.» Para ele, com excepção de três ou quatro escritores, que não chega a nomear, haveria que evitar esta banalização e saber distinguir o trigo do joio. Quantidade não era qualidade, e o fenómeno não passava de uma espécie de amadorismo totalmente desqualificado. Em suma, haveria que parar a todo o custo com a confusão e proclamar: «A literatura, à direita — o roubo poético e a marmelada [inspirados no realismo de Balzac], à esquerda.»([25])

Vinte anos depois, Óscar Lopes repetiu os termos da antinomia estabelecida por Cunhal, desenvolvendo-a numa visão mais elaborada: de um lado ficava o idealismo individualista de Régio; do outro, o realismo materialista, com o qual simpatizava.([26]) Claro que, ao longo do século XX, muitos outros manifestos e antinomias foram enunciados com o objectivo de separar as águas e definir os movimentos, ridicularizando os adversários. Por exemplo, António Ferro, no seu elogio de Jean Cocteau, argumentou que o modernismo estava «para a literatura e para a arte como os ditadores para a política»([27]). No seu entender, os modernistas promoviam «a desordem para conseguir a ordem». João Gaspar Simões, na sua introdução a *Os Meninos Diabólicos* de Cocteau, generalizou: «Não poderás entender as mais belas obras da literatura dos últimos cinquenta anos sem te convenceres de que a literatura é uma iluminação do que no homem há de mais perturbado e íntimo» (Editorial Inquérito, 1942, p. 15). Por sua vez, Thomaz de Figueiredo repetiu uma série de ideias feitas ao retratar os futuristas e os que neles se inspiraram, tendo em vista a publicação de uma nova revista literária (a *Presença*?) de «tão estrambólica literatura», pejada de «pachouchadas e pacholices»; ao mesmo tempo, considerou que os seus membros eram tidos por cocainómanos.([28]) E o crítico salazarista Manuel Anselmo não teve dúvidas em falar de uma larga conspiração marxista, capaz de atrair escritores e artistas, que funcionava como uma espécie de «Internacional literária e estética». Os seus principais temas eram: «A defesa do homem espezinhado pelas empresas capitalistas; a liberdade sexual dos seres; a nova esperança proletária; o combate às várias alienações do homem,

([25]) Augusto de Castro, *A Tarde e a Manhã* (Lisboa: Empresa Nacional de Publicidade, 1949), pp. 45–50.

([26]) Óscar Lopes, *Modo de Ler. Crítica e interpretação literária*, vol. 2 (Porto: Inova, 1969), p. 368.

([27]) António Ferro, *Praça da Concórdia* (Lisboa: Empresa Nacional de Publicidade, 1929), p. 137.

([28]) Thomaz de Figueiredo, *Nó Cego* (Lisboa: Guimarães, 1950), pp. 342–343, 367.

sem esquecer a religiosa; a defesa das novas formas da arte, no intuito de aniquilar o velho e sempre vivo humanismo clássico, etc.»([29])

Apesar dos confrontos entre as diferentes posições, insista-se, poucos foram os escritores neo-realistas que respeitaram o desprezo pela forma literária, em benefício do conteúdo realista, bem como a redução do estatuto de escritor ao do militante comprometido numa causa política revolucionária. Fernando Namora, por exemplo, em 1961, referiu-se ao neo-realismo como um «movimento [que] era demasiado estreito para nele caberem as suas figuras mais inquietas ou mais dotadas»([30]). De igual modo, sucederam-se as declarações do mesmo género enunciadas por escritores conotados com o neo-realismo — que não se confinaram a uma espécie de cartilha, baseada no desprezo pelos valores estéticos e no simples recurso à escrita acerca das realidades ditas populares como um instrumento de luta revolucionária, de conotação marxista.

Será difícil fazer um inventário exaustivo das análises que demonstram que a cartilha neo-realista nunca foi cumprida, ou que nem sequer existiu. Em 1958, Óscar Lopes, a propósito de uma palestra proferida por Mário Dionísio, com quem partilhava a mesma simpatia política e estética pelo movimento em causa, referiu-se à «estagnação da arte realista quando sujeita ao preceptismo burocrático»([31]). Bem de fora do movimento, Eduardo Lourenço sublinhou, em 1968, com base na análise de um poema de Carlos de Oliveira, o afastamento do autor «das comuns preocupações da mitologia literária do neo-realismo»([32]). Mário Dionísio também se insurgiu contra a existência de um molde neo-realista.([33]) E, em 1972, Jorge de Sena,

([29]) *Os Cadernos de Manuel Anselmo*, vol. I, fascículo III (Janeiro/Fevereiro, 1960), p. 177. Muito antes, já Nataniel da Costa tinha denunciado o carácter reaccionário dos ensaios de Manuel Anselmo, *Mundo Literário*, n.º 31 (7 de Dezembro de 1946), pp. 8 e 15; *idem*, n.º 35 (4 de Janeiro de 1947), p. 13.

([30]) Fernando Namora, «Esboço histórico do neo-realismo», sep. de *Memórias da Academia de Ciências de Lisboa* (Lisboa, 1961).

([31]) Óscar Lopes, *Modo de Ler*, vol. 2, p. 37.

([32]) Eduardo Lourenço, *Obras Completas*, vol. II — *Sentido e forma da poesia neo-realista*, 1968 (Lisboa: Fundação Calouste Gulbenkian, 2014), p. 208.

([33]) Mário Dionísio, introdução a Carlos de Oliveira, *Casa na Duna*, 3.ª ed. (Lisboa: Portugália, 1964; 1.ª ed., 1943). Segundo José Cardoso Pires, o posicionamento de Mário Dionísio em relação ao neo-realismo datava de *Ficha 14* (1944), «que seria um aviso ao futuro da literatura que então se fazia em nome do conservantismo temeroso do modernismo ou do romantismo social de expressão populista. *Ficha 14* é hoje uma referência histórica do debate literário do nosso tempo e *O Dia Cinzento*[,] uma colectânea de contos exemplares indispensáveis à trajectória do neo-realismo, quer pela carga subjectiva que comportam, quer pela temática, citadina e pequeno-burguesa, que lhe introduzem», *Dispersos*, ed. Vasco Rosa, vol. 1 — *Literatura* (Lisboa: Dom Quixote, 2005), pp. 115–116.

insurgindo-se contra uma nova apreensão do livro de Luandino Vieira *Luuanda*, escreveu um depoimento no qual esvaziou deliberadamente a obra do seu sentido político, para empolar o seu lado literário. Por isso, escreveu que se tratava de «uma obra literária, colectânea de contos, cujo carácter pertence indubitavelmente ao âmbito da literatura de ficção, e na qual não parece de modo algum possível ver específicas implicações de ordem "política, económica e social"»([34]).

Mário Sacramento preferiu falar de realismos no plural e de um movimento dialéctico que se veio a revelar contrário aos seus propósitos iniciais, sem esquecer o investimento nos aspectos estilísticos por parte do neo-realista Carlos de Oliveira.([35]) Jacinto do Prado Coelho comparou a primeira (1953) com a quarta edição (1969) de *Uma Abelha na Chuva*, que tiveram pelo meio a experiência do *nouveau roman*, para verificar as muitas inovações estilísticas introduzidas pelo autor.([36]) E Alexandre Pinheiro Torres, *compagnon de route* do mesmo movimento, serviu-se da citada epígrafe programática de Alves Redol para sustentar que a mesma nunca foi tomada demasiado à letra, pois sabia bem que, «para uma obra pertencer à Literatura[,] tem de nela haver a procura de uma forma que tenha significado por si própria»([37]).

Nesta sequência, António Pedro Pita, um dos maiores estudiosos actuais do mesmo movimento, tem chamado a atenção para as leituras divergentes do materialismo histórico, referindo-se à «heterogeneidade interna do neo-realismo» ou às «heterogeneidades *congénitas* que percorrem, desde o final

([34]) *Luandino. José Luandino Vieira e a sua obra (Estudos, testemunhos, entrevistas)* (Lisboa: Edições 70, 1980), p. 301. No prefácio à primeira edição de *Novas Andanças do Demónio*, datada de 1964, Sena referiu-se de forma sucinta ao neo-realismo, argumentando que os seus próprios contos não seriam apreciados por causa do «preconceito do "realismo", com que a cultura portuguesa esconde o seu total divórcio das realidades e a sua inócua inoperância», *Antigas e Novas Andanças do Demónio* (Lisboa: Edições 70, 1978), p. 261. De notar que, mais recentemente, se voltou a sublinhar a mesma dimensão literária de *Luuanda*, acrescentando que, além disso, o que o livro contém é «um repositório de elementos da cultura angolana oral (*misoko* e *maka*), uma memória do quotidiano de Luanda e da cultura dos musseques enquanto afirmam este microcosmos como metáfora identitária da nação», Inocência Mata, «As Estórias de *Luuanda* como "Fábulas Angolanas": Entre disjunções e confluências», *Diacrítica: Revista do Centro de Estudos Humanísticos da Universidade do Minho*, n.º 28, 3 – *Dossier 50 anos de «Luuanda»* (2014), pp. 31–50.

([35]) Mário Sacramento, *Há uma Estética Neo-Realista?* (Lisboa: Dom Quixote, 1968), pp. 63, 75.

([36]) Jacinto do Prado Coelho, *Ao Contrário de Penélope* (Lisboa: Bertrand, 1976), pp. 31–34.

([37]) A. Pinheiro Torres, *Os Romances de Alves Redol* (Lisboa: Moraes, 1979), p. 20; para uma outra interpretação da mesma epígrafe, ver Sacramento, *Há uma Estética Neo-Realista?*, *op. cit.*, p. 47.

dos anos [19]20, as reflexões políticas e teóricas daqueles que (como Bento Gonçalves, Bento de Jesus Caraça, José Rodrigues Miguéis), em diferentes lugares, produziam opinião que se transformava em força material»([38]).

José Rodrigues Miguéis pode ser conotado com o movimento neo-realista pelas posições que tomou nos anos 1930. José Régio foi, talvez, dos primeiros a responder-lhe nas páginas da *Presença* (n.º 44, Abril, 1935), destacando «o papel capital do indivíduo como indivíduo na criação artística», contra uma concepção da literatura dependente da «realidade social e moral do seu tempo»([39]). Poucos anos depois, é sabido, Miguéis mudou de posição e é extenso o rol das suas tomadas de posição contra uma cartilha que desprezasse a forma e permanecesse reduzida às causas revolucionárias. As críticas deste teor alcançaram um ponto alto no anexo ao seu *O Milagre Segundo Salomé* (Estúdios Cor, 1975) e encontram-se espalhadas pela sua correspondência privada. Também escreveu, a 28 de Março de 1974: «Estes que têm remorsos e, em prosa ou verso, se censuram de ouvir Bach ou Bartók, só porque há fome e miséria no mundo — como se a Música, a Poesia, a Literatura, as Artes fossem pecados, armas da opressão e do obscurantismo, ou tivessem por missão única abolir ou remediar os males da vida — sempre me fazem pensar em Sartre: *La littérature ne fait pas le poids* (na abolição da fome). E o que é que o faz? Porque canta a pobre ceifeira de Pessoa? Se não houvesse Homero, o *Cântico dos Cânticos*, Dante, Camões, Beethoven ou Boulez, haveria menos fome? Seria melhor o mundo? Mais felizes os homens, ou menos ferozes? E haveria pensadores, salvadores?...»([40])

Frente a tantos sinais de heterodoxia, de incumprimento ou do extravasar de uma suposta cartilha programática neo-realista, poder-se-á mesmo perguntar: será que o neo-realismo literário nunca existiu? Claro que seria excessivo argumentar nesse sentido. Antes de mais, porque sempre existiu 1) uma espécie de autoconsciência e de solidariedade política entre aqueles que participaram do movimento, 2) acrescida de uma produção teórica e crítica sobre o mesmo, 3) e ainda de uma canonização celebrativa do mesmo movimento. Do outro lado do Atlântico, em meados de 1943, Sérgio Milliet não tinha dúvidas quanto à mudança em questão, do modernismo ao neo-realismo. Para ele, era mais do que visível a emergência de uma nova estética, representada por uma geração, apenas pressentida por alguns elementos da Semana de

---

([38]) António Pedro Pita *et al.*, in *Batalha pelo Conteúdo: Movimento neo-realista português, exposição documental*, 2007, p. 28; *idem*, «Inventar o sentido do tempo: Eduardo Lourenço e o "neo-realismo" como problema», in Lourenço, *Obras Completas*, II, p. 21.

([39]) Jacinto do Prado Coelho, *Ao Contrário de Penélope* (Lisboa: Bertrand, 1976), p. 261.

([40]) José Rodrigues Miguéis, *Aforismos e Desaforismos de Aparício*, eds. Onésimo Almeida e Leonor Simas Almeida (Lisboa: Círculo de Leitores, 1996), p. 39.

Arte Moderna de 1922 e do movimento nordestino. A suas principais características eram, além de uma profunda atitude crítica diante da vida e da arte: «A volta ao social, o desapego às escritas puristas, a pesquisa da expressão ainda que em detrimento do equilíbrio, o espírito de síntese, o horror à sinonímia barata, o recato na adjectivação, etc.»([41])

Em 1969, Cardoso Pires lamentou a morte de Alves Redol, numa carta escrita de Londres para Carlos de Oliveira, que traduzia bem os laços existentes entre os membros do movimento. Traçando uma linha divisória entre os sentimentos de pertença ao grupo, em confronto com os outros, sobrepôs aspectos de luta política e modos de sociabilidade intelectual, quando escreveu: «Nenhum escritor português deste século foi escolhido, como ele [Redol], para símbolo e ódio dos fascistas. E apesar disso, não desvairou um só instante, nunca o vimos em oportunismos por mais discretos que fossem e a sua amizade foi sempre uma coisa certa e calorosa. Carlos, eu estou a escrever por escrever, para desabafar. A esta distância sinto-me hoje pela primeira vez só e preciso tocar a mão de um companheiro. É isso, vamos ficar sem o nosso querido Redol. Como não estará satisfeita a esta hora a canalha das "elites" literárias que tanto o maltratou em vida? Ou não terá consciência disso? Quando é que nós todos começaremos ao tiro e ao pontapé nesses *gangsters* que nos vão destruindo os amigos um por um?»([42]) Seis anos antes, na introdução a uma nova antologia dos seus contos, Cardoso Pires já discorrera sobre o facto de uma literatura preocupada com a realidade da fome ter passado de moda: «Hoje os exotismos da fome perderam a ênfase bíblica. Já nem seduzem sequer os escritores populistas — os mais exigentes, entenda-se.»([43])

Entre as teorizações e as defesas do movimento neo-realista, o livro de Alexandre Pinheiro Torres intitulado *Romance: O mundo em equação* (Portugália, 1967) ocupa um lugar central. O seu último capítulo é dedicado à análise de «três romancistas neo-realistas portugueses: Alves Redol, Carlos de Oliveira, José Cardoso Pires». Um ano depois, Mário Sacramento também

([41]) Sérgio Milliet, *Diário crítico (1940-1943)* (São Paulo: Editora Brasiliense Ltd.ª, 1944), p. 109.

([42]) Vila Franca de Xira, Arquivo do Museu do Neo-Realismo, A/25, caixa 63, doc. 20. Manuel Anselmo representou bem a violência suscitada pela recepção dos romances de Alves Redol nos círculos afectos ao salazarismo. A respeito de *Uma Fenda na Muralha*, escreveu: «O Sr. Alves Redol continua a chamar romances aos seus panfletos comunizantes com que pretende missionar os trabalhadores, acenando-lhes com a redenção social. Esta nova reincidência confirma, como os livros anteriores, a fragilidade dos seus dons e a fria intenção dos seus propósitos apostolizantes», *Os Cadernos Manuel Anselmo*, vol. I, fascículo III (Janeiro/Fevereiro, 1960), p. 233.

([43]) José Cardoso Pires, *Jogos de Azar* (Lisboa: Arcádia, 1963), p. 11.

não teve dúvidas em escrever, em resposta à pergunta por ele próprio formulada, «que há uma literatura neo-realista é inegável» (*Há uma Estética Neo-Realista?*, Dom Quixote, 1968, p. 27). Situou, então, o movimento numa genealogia que, entre nós, remontava a Eça, cujos contornos se teriam melhor definido pelos anos 1920, passando pela experiência de apego à terra e ao mundo dos campos e das serras de Aquilino Ribeiro, mas cuja dimensão revolucionária se intensificara com a Guerra Civil de Espanha.

Também não foi por acaso que, mais recentemente, Vasco Pulido Valente — ao insistir nos contributos de Cardoso Pires para a renovação de um gosto pela língua — acabou por insinuar que o neo-realismo não ficou tão caduco quanto outras tendências literárias (*De Mal a Pior*, Dom Quixote, 2016, pp. 516–519). Outros sinais reveladores de que a agenda neo-realista de conhecimento do povo — e de denúncia das situações de exploração, fome e miséria — não envelheceu encontram-se, hoje, noutros campos tão díspares da investigação quanto a história, as ciências sociais e a fotografia. Ou seja, a mesma agenda neo-realista parece ter sido adoptada por outros discursos de conhecimento do mundo.

Por exemplo, a exposição das fotografias etnográficas do conhecido historiador da arte Vergílio Correia — organizada por Miguel Pessoa e Vítor Serrão, na Torre do Tombo — recolocou a questão do conhecimento das populações rurais na década de 1920. Tal como se uma etnografia visual — feita por um até agora desconhecido fotógrafo, republicano e maçon, que se opôs à Ditadura, e chegou a ser preso no Aljube — pudesse antecipar o movimento neo-realista das décadas de 1930 e 1940. Retenham-se, como ponto alto da mesma exposição, o retrato de uma mulher transmontana, descalça, sem expressão, com uma canga à cabeça para transporte de bilhas, e um outro retrato de um rancho alentejano de mulheres, rapazes, raparigas e crianças, esmagados pelo trabalho. Em ambos, o fotógrafo substitui o escritor, mas o movimento parece ser o mesmo. As preocupações da filologia pelo romanceiro popular e pelas sociedades rurais da geografia humana, respectivamente de Carolina Michäelis e de Amorim Girão, também terão inspirado Vergílio Correia.

Porém, tal como veio a dizer Mário Sacramento, «no caso do neo-realismo, [existe] uma autodialéctica de classe pela qual o escritor, quase sempre de origem e interesse pequeno-burgueses e urbanos, procura identificar-se com as massas trabalhadoras, de uma maneira geral rurais» (*Há uma Estética Neo-Realista?*, p. 50). Sobre a mesma capacidade do escritor penetrar a vida do povo, Irene Lisboa escreveu páginas pioneiras de reflexão. Nelas, ora se aproximou, ora se distanciou, com um profundo sentido crítico, do neo-realismo. Tal como sucedeu com as fotografias de Vergílio Correia, também ela representou as mulheres, em particular dos malteses, «com um enorme cansaço e com uma cor terrosa», parindo «onde calhasse, mais miseravelmente que um animal» (*Apontamentos*, 1943, pp. 193–194). E Júlio Pomar, num artigo de 22 de Dezembro de 1953 que foi, ainda, de fidelidade absoluta à doutrina do neo-realismo, a respeito da obra plástica de Abel Salazar, referiu a representação das mulheres do Norte «idênticas a si mesmas, sujas, e heróicas no ritmo de trabalho que as esmaga e ao mesmo tempo as une»([44]).

A canonização do neo-realismo literário veio a culminar na criação de um museu em Vila Franca de Xira. O dinamismo e capacidade de organização de tal instituição — já demonstrados em sucessivas mostras, livros e catálogos, bem como no impecável tratamento dos espólios dos autores — são hoje um facto da cultura portuguesa. Um facto museológico de grande envergadura que colocou, de forma inteligente, aquela cidade ribatejana no mapa da vida intelectual portuguesa. Ao mesmo tempo, pôs em causa não só a centralidade de Lisboa, como também as práticas de consumo das elites e não só, as quais parece que se esgotam em modos de vida confinados às rotinas do trabalho, do consumo em grandes superfícies, futebol, televisão e, para alguns, famigeradas férias no Algarve.

Até Outubro de 2017, esteve aberta ao público no Museu do Neo-Realismo uma bem elaborada exposição dedicada a «Carlos de Oliveira: A parte submersa do icebergue». O seu curador principal, Osvaldo Silvestre, coordenou uma equipa alargada, bem orientada para o trabalho colectivo. Da visita à mostra, dividida por núcleos e atravessada por aspectos lúdicos nem sempre fáceis de alcançar quando se trata de expor espólios literários, retive três aspectos principais.

O primeiro diz respeito à pequena dimensão da obra publicada de Carlos de Oliveira, obsessivamente reescrita, num processo de depuração levado ao extremo. Que tal obra é apenas a ponta de um icebergue de uma oficina da escrita mais vasta e de um esmerado cultivo da forma, afigura-se mais do que evidente. Aliás, as mesmas preocupações formais são extensivas aos projectos de traduções (a começar pelo plano de Carlos de Oliveira de traduzir a totalidade dos sonetos de Shakespeare), bem como ao gosto pelo aspecto gráfico das mesmas obras, nomeadamente as capas de Lima de Freitas, Sebastião Rodrigues e outros. No seu contributo para o catálogo da mesma exposição, mais uma vez a respeito da poesia de Carlos de Oliveira, Rui Mateus retomou a ideia de conciliação dos contrários, há muito detectada por Eduardo Lourenço. Para ele, a poesia do autor de *Uma Abelha na Chuva* «congraça

---

([44]) Júlio Pomar, «A tendência para um novo realismo entre os novos pintores», in *Estrada Larga*, vol. 2 (Porto: Porto Editora, s.d.), p. 42. Agora também in *Notas sobre uma Arte Útil. Parte escrita I* (Lisboa: Documenta e AMJP, 2014), pp. 285–89.

as duas vias inconciliáveis da criação poética portuguesa em meados do século XX: a que prolongava a linha ortodoxa do neo-realismo e a que, com raízes mais ou menos formadas no presencismo, pugnava pela autonomia da arte e pela libertação do discurso estético das amarras da ideologia e da inscrição na luta social» (*Carlos de Oliveira: A parte submersa do icebergue*, p. 136).

O segundo aspecto que a exposição sugeriu diz respeito ao modo como, através do trabalho sobre a escrita e circulação de manuscritos e de provas tipográficas, Carlos de Oliveira foi impondo «um certo magistério discreto e subterrâneo» (p. 139). A ponto de se poder considerar que este, «sem sair muito do mesmo sítio» (p. 148) e da sua tertúlia de café em Lisboa, ao Saldanha, com extensão de raio limitada ao restaurante A Colina, assumiu um lugar central. Muitas das cartas que se encontram no seu espólio confirmam a mesma ideia de um «magistério discreto», reconhecido pelos seus pares, fossem eles escritores ou artistas. Tudo isto, sem que tal implicasse exclusão, pelo contrário, contando com a participação activa da sua mulher, Ângela, mau grado esta ter permanecido na sombra. Aliás, a respeito dos movimentos de escritores e das suas sociabilidades predominantemente masculinas ao longo do século XX, impõe-se indagar o papel das mulheres ou a sua exclusão — um terceiro aspecto sugerido pela exposição em causa, tão relevante quanto os anteriores.

Última nota: a exposição «Alexandre Cabral: Memória de um resistente», organizada por António Pedro Pita e Odete Belo, encerrou em Junho de 2017 no Museu do Neo-Realismo. A publicação do respectivo e importante catálogo precedeu a mostra sobre o mesmo escritor neo-realista e grande estudioso da obra de Camilo Castelo Branco que decorreu na Biblioteca Nacional de Lisboa, ao Campo Grande. Tal precedência, determinada pelo facto de o museu de Vila Franca ter à sua guarda o espólio de Alexandre Cabral, confirma a capacidade de organização da mesma instituição. Como escreveu há muito Óscar Lopes a respeito do Porto, é preciso que também Vila Franca de Xira não continue «a alienar cada vez mais o seu dinamismo cultural a favor da Capital»([45]). Mais: o dinamismo cultural e intelectual, centrado num importantíssimo museu, daquela cidade ribatejana deveria servir de exemplo para que muitas cidades de província rompessem, de vez, com a bizarra herança de enormes estádios de futebol... às moscas.

([45]) Óscar Lopes, *Modo de Ler*, vol. 2, *op. cit.*, pp. 111–112.

Estado Novo, anticolonialismo e censura

Não é fácil fazer a história da censura durante o Estado Novo. Uma lista dos obstáculos que podem ser apontados, para fazer essa mesma história, transforma uma investigação desta natureza num exercício hesitante e pejado de dúvidas. Porém, em lugar de desistir antes de começar, a evocar as complexidades de um qualquer mar turbulento, em que se pode naufragar a qualquer instante, vale a pena pensar a questão a partir de alguns casos concretos. A primeira dificuldade consiste em perceber a concorrência entre instituições diversas que tinham a seu cargo o controlo, a vigilância e a propaganda da informação. Algumas análises históricas têm argumentado que a censura visava, sobretudo, o controlo das massas ou das classes subalternas, em contraste com os círculos mais elitistas, de intelectuais, relativamente aos quais os mecanismos de censura se mostravam, talvez, mais permissivos. Por esclarecer fica o modo como a censura operava no mundo rural, fracamente alfabetizado: mostrando maior permissividade do que nos meios urbanos? Ou sem sequer se manifestar, uma vez que aí operavam, sobretudo, os aparelhos de controlo tradicionais, a saber, o clero, os professores, os caciques, etc.

Outras análises têm procurado compreender o sentido assumido pelas mudanças operadas ao longo do tempo. Note-se, porém, que argumentos acerca do endurecimento progressivo em relação ao que se passou, como já foi sugerido em relação à década de 1930, ou de uma suposta abertura, como terá sucedido nos anos do marcelismo — «por efeito de uma certa descompressão censória», na expressão de Óscar Lopes —, são difíceis de demonstrar.([46]) Neste caso, são enormes os riscos de tomar as próprias representações da época, nomeadamente os discursos de funcionários que se pronunciaram em nome do Estado Novo e das suas instituições de censura, como indicadores de uma tendência ou de uma qualquer mudança. Por outras palavras, existe o perigo de reproduzir por via analítica as visões parciais de uma época, protagonizadas por quem tinha a seu cargo o controlo das próprias operações de censura.

Uma segunda dificuldade — com que se debatem as análises históricas mais minuciosas, centradas em estudos monográficos e orientadas para a reconstituição de contextos precisos — está em saber fugir a perspectivas revisionistas, interessadas em lavar a cara ao Estado Novo, identificando os espaços da dissensão, a multiplicidade de vozes e, até, a abertura, tudo aspectos que podem ser detectados no funcionamento de um regime autoritário.

([46]) Óscar Lopes, «Reflexões de leitura», in Álvaro Cunhal, pseud. Manuel Tiago, *Até Amanhã, Camaradas*, edição ilustrada por Rogério Ribeiro (Lisboa: Edições Avante!, 1980), p. IX.

A este propósito, será sempre difícil definir a censura, uma vez que, por um lado, existia a censura de um ponto de vista estrito, isto é, os serviços de censura; por outro, uma censura mais vasta e difusa que abrangia outros aparelhos de controlo de que a primeira fazia parte. Muitas vezes não se percebe exactamente se estamos a falar de uma, da outra ou de ambas.

Uma última dificuldade merece maior atenção: como situar as operações de censura, incluindo o trabalho dos agentes e das instituições a ela ligados, no interior de um campo de relações que formavam um sistema mais alargado de informação? A circulação, mas também o tipo de mensagens — incluindo nelas os discursos literários —, afigura-se aqui essencial. Se se quiser compreender como funcionava esse mesmo sistema, será de reparar no facto de os discursos que circulavam no interior dos meios oficiais obedecerem a critérios de censura diferentes dos que se aplicavam às mensagens capazes de formar uma opinião pública.([47])

Por exemplo, a representação das colónias ou das províncias ultramarinas foi um dos temas de maior sensibilidade durante o Estado Novo. Mais especificamente, o recurso ao trabalho indígena foi objecto de intensas discussões nos círculos oficiais. Desde o final da década de 1930, os relatórios de denúncia da exploração de mão-de-obra em regime de escravatura, escritos por Henrique Galvão, circulavam pelos ministérios, nomeadamente pelo gabinete de Salazar. Mas foi só em meados da década de 1950 que esses mesmos relatórios passaram a integrar um novo discurso anticolonial e anti-racista promovido por jornalistas ingleses como Basil Davidson, académicos norte-americanos como Marvin Harris e James Duffy, e revistas francesas como a *Présence Africaine*. Durante pouco mais de uma década, Galvão denunciou as situações de quase escravatura em Angola, mas fê-lo no interior dos círculos oficiais. É claro que não se tratava de uma voz isolada. O mesmo tipo de denúncia também se encontra na exposição ao ministro das Colónias feita, em 1951, pelo próprio governador-geral de Angola, José Agapito da Silva Carvalho, acerca das condições de escravatura impostas na Lunda pela Diamang.([48])

Em gabinetes e em círculos administrativos ou burocráticos, as vozes dissonantes e críticas não equivaliam necessariamente a uma forma de oposição

([47]) Por exemplo, em 1966, quando foi apreendida e alvo de um processo judicial a *Antologia da Poesia Portuguesa Erótica e Satírica*, o instrutor do processo procurou, a todo o custo, desmontar a autonomia do literário evocada pelos defensores da obra que, assim, se pretendiam retirar de qualquer tipo de escrutínio público. Assim, o mesmo instrutor do processo argumentou que a obra tinha sido publicada «com mero intuito de explorar a desmoralização (sobretudo da juventude) sob o disfarce de apologia da liberdade, boa-fé, consciência límpida, obra de erudição, de criação e de civismo», ANTT, Tribunal Plenário, 4.º Juízo Criminal do Tribunal da Comarca de Lisboa, Proc. 90/1966, cx. 89, fl. 60v.

([48]) ANTT, Arquivo Oliveira Salazar/CO/UL – 61, Pt. 3.

ou de resistência. Tão-pouco se pode dizer que uma tal pluralidade de vozes pudesse ser tomada como sinal de uma qualquer abertura ou, sequer, como indicador da dissolução de um regime ditatorial. Uma das melhores provas dessa separação de esferas — formadas pelos círculos oficiais e pelas instâncias mais alargadas estabelecidas no contacto com a opinião pública — encontra-se no facto de, quando Henrique Galvão e Carlos Selvagem se pronunciaram publicamente acerca da Diamang, no seu volume sobre Angola, precisamente em 1952, se lhe terem referido como a primeira das «grandes empresas económicas» que contribuíam para «a colonização de Angola», ou seja, «a mais notável empresa privada de Portugal e a que mais extensa e superiormente tem afirmado sentido e capacidade colonizadoras», podendo ser considerada muito simplesmente «uma espécie de nona Província à margem do conjunto político»([49]).

Essa diferença — se não duplicidade — entre, por um lado, o que se dizia, criticamente, em circuitos restritos ou oficiais e, por outro lado, aquilo que eram as tomadas de posição públicas, muitas vezes envolvendo as mesmas pessoas, parece ter sido uma característica imposta pelo Estado Novo. Não será, por isso, de estranhar que outros intelectuais, durante a década de 1960, tenham continuado a falar e a escrever de modo diferente, consoante os circuitos restritos — dentro dos quais podiam criticar as políticas seguidas e exprimir as suas dissensões — ou a esfera controlada de uma opinião pública, muito mais modelada pelos mecanismos da censura e da propaganda.

No caso de Henrique Galvão, importará recuar à sua obra *Antropófagos* (1947). Nela, tratou de modo exótico os «indígenas». Um facto que sugere que, nas obras publicadas, o autor evitou abordar um trabalho indígena que reproduzia antigas formas de escravatura. O caso de Galvão é, portanto, significativo, por revelar como é que o mesmo tema era tratado de modo diferente consoante os espaços da sua circulação, mas também por pôr a descoberto um modo de duplicidade à escala de um mesmo autor, o qual parece mostrar mensagens diferentes consoante as suas audiências.

Seria a mesma duplicidade o resultado de uma censura interiorizada, cuja responsabilidade era assumida individualmente? Ou seria, antes, o produto de condições estruturais que afectavam o mesmo sistema de informação? Na base da formulação destas questões está a tensão entre escolhas individuais no interior de um campo que impõe as suas próprias determinações. Ora, é essa mesma tensão — entre o que é da ordem individual, aqui concebida à escala do autor ou de obras singulares, e o que pertence às limitações estruturais — que importa compreender a partir de outras obras.

([49]) Henrique Galvão e Carlos Selvagem, *Império Ultramarino Português – Monografia do Império*, vol. III – *Angola* (Lisboa: Empresa Nacional de Publicidade, 1952), p. 354.

Terra Morta, de Castro Soromenho (1910–1968), teve uma complicada história editorial, cruzada com a da censura. A Editorial Inquérito chegou a anunciar a obra em 1944. Porém, a sua primeira edição só aconteceu no Rio de Janeiro, cinco anos mais tarde (Casa dos Estudantes do Brasil, 1949). Francisco Tenreiro deu conta desta mesma edição, considerando que através dela o autor instituía um corte na sua obra literária: para trás ficavam as sondagens aos povos africanos, sobretudo aos Lundas e aos chamados Kiokos, «a origem das tribos, as fomes, as arbitrariedades de sobas e sobetas, a escravidão intertribal, as guerras cruéis, a decadência dos impérios»; já em *Terra Morta*, ter-se-ia passado da antropologia para a sociologia, procurando seguir os processos, as interacções, os contratos, a miscigenação; colonos e comerciantes «arrastam pelo sertão um rosário de aviltações entregues ao carinho da negra e cheios de filhos não legitimados»; depois, os colonos morrem na miséria, a negra como que regressa ao passado e os mulatos, objecto de um enorme desprezo pelos brancos, transformam-se em revoltados; os funcionários, por sua vez, são peças de um tabuleiro que não controlam; «os indígenas vivem marginalmente»; e a vila mais parece ser um barril de pólvora.([50])

O livro foi traduzido para francês por Violante do Canto, em 1956 (a mesma tradutora traduzira, dois anos antes, *Esteiros*, de Soeiro Pereira Gomes), com prefácio de Roger Bastide, que, por sua vez, traduzira para francês, em 1952, *Casa Grande e Senzala*, de Gilberto Freyre. Uma hipótese interpretativa acerca desta mesma tradução publicada pela Gallimard, que carece de verificação, foi sugerida por Alfredo Margarido: com esta tradução, Bastide e Braudel, que teria sido quem redigiu o prefácio assinado por Lucien Febvre, propunham que a França deveria adoptar na Argélia uma política idêntica à que fora utlizada pelos portugueses no Brasil, de forma que se alcançassem os excelentes resultados postos em evidência por Freyre (não haveria aqui, sempre segundo Margarido, uma enorme contradição entre a mestria da análise histórica do próprio Braudel e a sua «ingenuidade socio-política»?).([51]) O certo é que Bastide voltou a manifestar o seu interesse pelo autor em *L'Afrique dans l'œuvre de Castro Soromenho* (Paris: Pierre Jean Oswald Éditeur, 1960). Foi, aliás, na sequência do interesse francês pelo livro, associado ao prestígio de Bastide, que o mesmo saiu à luz, pela primeira vez, em Portugal, na Arcádia, em Julho de 1961, ano em que a Guerra Colonial começou em Angola. Apesar de ter circulado, o livro foi apreendido e vendido à socapa.

([50]) Francisco Tenreiro, «Um romance de Castro Soromenho», *Portvcale*, 2.ª série, vol. 5, n.º 25–27 (Janeiro/Junho, 1950), pp. 130–132.

([51]) Alfredo Margarido, «A história da etnologia crítica francesa», *Revista Internacional de Estudos Africanos*, n.º 12–13 (1990), pp. 469–472, *maxime* p. 470.

A narrativa localiza-se na fronteira de Angola com o antigo Congo Belga, em Camaxilo, na Lunda, perto da província de Malange, correspondendo ao cenário onde se iniciaram as revoltas do Norte de Angola no primeiro trimestre de 1961. O livro trata das condições em que os trabalhadores eram contratados para ir servir a Diamang, no distrito da Lunda. Colonos, administradores, cipaios, capitas, sobas, sobetas e a população negra das senzalas viviam num microcosmos que não permite generalizações, tal como lembrou Bastide. As contradições do presente, entre movimentos de exploração capitalista da borracha e do algodão, e inevitáveis processos de destribalização, mais a violência na imposição do imposto ou o terror que esperava os contratados que migravam, para ir trabalhar no garimpo dos diamantes, fazem deste livro um retrato pouco favorável da visão que os círculos oficiais pretendiam dar de Angola e do que se considerava ser, mais do que um projecto colonial, a presença de Portugal no Ultramar. As chuvas, a fome e as mortes culminam em *Terra Morta* com o simbólico incêndio da casa da administração e com a mudança da sede administrativa para Caungula. O colonialismo visto a partir de Camaxilo, retomado pelo autor em *A Chaga*, era isso mesmo: uma terra queimada. Tal como escreveu, em 1949, Casais Monteiro, «não é colonização nem é nada — apenas a cega exploração, ao sabor de interesses vários, e em que a pátria não passa de um nome vago que serve de pretexto às depredações e às ignomínias»([52]).

A mesma oposição à visão oficial já tinha sido notada. Em 1945, a Direcção-Geral de Censura encarregara o major Ávila Madruga de examinar o livro, tendo este acabado por proibi-lo. A insistência na violência que caracterizava a situação colonial, a exploração em regime de autêntica escravatura da força de trabalho e a clara oposição ao que era a imagem idealizada do projecto colonial português constituem alguns dos argumentos, evocados pelo censor, para proibir a sua publicação. Nas suas palavras:

> «Romance da vida africana no interior de Angola. Com episódios de pouco interesse, descreve-se a vida dos pequenos funcionários civis nos postos administrativos e a vida nas aldeias indígenas do interior da colónia. Em todas as narrações transparece a existência precária e pouco dignificante dos pequenos funcionários e a miséria de vida primitiva e de abandono dos indígenas. Mostra-se a penúria da população negra, explorada e massacrada pelos brancos que só têm a única preocupação de cobrar impostos e recrutar homens para trabalhos nas minas, arruinando as povoações e reduzindo cada vez mais a maior desgraça a existência dos pobres indígenas.

([52]) Adolfo Casais Monteiro, *O Romance (Teoria e Crítica)* (Rio de Janeiro, José Olympio Editôra, 1964), p. 396.

> Vê-se a vida ociosa e viciosa dos funcionários, os abusos e despotismo exercido sobre os negros.
>
> Demonstra-se a escravatura exercida por brancos portugueses e evidencia-se a miséria dos velhos colonos que lutam sem auxílio a par dos negros que definham e emigram para outras colónias onde lhes dão terras a [*sic*] sementes sem terem de pagar imposto.
>
> Pela péssima propaganda da nossa administração colonial, da triste vida dos nossos funcionários e do abandono è exploração, por nós, dos negros, com que, ao ler-se este livro, se fica, sou de opinião que não deve ser autorizada a publicação deste romance por deletério e contrário à nossa acção colonial.»([53])

António Mendes Correia, ideólogo do regime colonial salazarista, feito escritor de contos angolanos com pretensão literária em fim de vida, procurou virar o bico ao prego. Num dos seus contos, acentuou a importância das lutas intertribais; e, depois de descrever que havia grupos ou tribos que colaboravam com o Estado colonial, enquanto outros se insurgiam contra o pagamento de impostos aos brancos, acabou por descrever o mal fundado dos que se revoltavam quando «os brancos com os seus cipaios tentarem impedir a nossa guerra justa»; nessa ocasião, dando voz aos revoltosos, atribuiu-lhes a intenção de «cair sobre eles e matar também os Chefes de Posto»([54]). Por outras palavras, a ideologia oficial também recorreu à estratégia de dar voz aos colonizados, para assim conseguir justificar que a conflitualidade intestina dos africanos justificava a existência de um Estado colonial que os tutelasse e governasse.

Existe um segundo caso, à escala de um único autor, em que as mesmas condições estruturais permitiram a emergência, mas também a determinação, de escolhas e de mensagens individuais. Em 1959, Alfredo Margarido pronunciou-se — numa publicação afecta ao regime — acerca do patriotismo anacrónico do republicano Augusto Casimiro, num balanço sobre o ensaio ultramarino.([55]) Sustentou, então, que a atitude de Casimiro em *Angola e o Futuro: Alguns problemas fundamentais* (Lisboa: Livrolândia, s.d.) era a de um poeta-soldado, passível de ser resumida nos seguintes termos: «E sou pela epopeia, ao serviço de Portugal e do Futuro!» Porém, segundo o mesmo

([53]) http://ephemerajpp.com/2011/12/12/censura-relatorio-no-2805-18-de-abril-de-1945-relativo-a-terra-morta-de-castro-soromenho/#jp-carousel-51017, última consulta em 5 de Janeiro de 2016.

([54]) António Mendes Correia, *Contos e Novelas Angolanos* (Coimbra: Coimbra Editora, 1955), p. 310.

([55]) Sobre a estratégia de Margarido em participar em publicações oficiais ou visadas pela Censura, ver Iva Delgado, Carlos Pacheco, Telmo Faria, eds., *Humberto Delgado e as Eleições de 58* (Lisboa: Vega, 1998), p. 592.

Margarido, faltava a Casimiro «uma melhor estruturação dos problemas e, sobretudo, um conhecimento da realidade angolana» «dos nossos dias». O seu livro não era mais do que um «livro saudade», o qual pouco podia servir a «quantos, armados de aparelhos finamente calibrados, se debruçam sobre a realidade ultramarina» (*Estudos Ultramarinos*, 1959, n.º 3, pp. 297–303).

Para Margarido, uma perspectiva mais pertinente encontrava-se no livro de José Redinha *Etnossociologia do Nordeste de Angola* (Agência Geral do Ultramar, 1958). Embora este não tivesse penetrado tão profundamente como seria de desejar na realidade circundante, mostrava que as sociedades indígenas do Nordeste angolano possuíam «uma estrutura social intensamente institucionalizada, e uma rede complexa de inter-relações». Neste âmbito, era compreensível que, dado o individualismo em questão, os homens se recusassem ao trabalho — o que era erradamente considerado pelas autoridades como uma espécie de preguiça —, correspondendo aos «quadros típicos do mundo europeu, ocidentalizado, onde o indivíduo não dispõe de tão larga possibilidade de afirmação». No mesmo ensaio, Margarido tratou ainda da identidade linguística dos grupos dominados colonialmente, questão que retomou em 1961 na introdução a uma antologia de Kafka. Esta última tradução expunha, aliás, um modelo claro de revolta contra todos os tipos de autoritarismo.(56)

Nesse mesmo ano, no estilo do *nouveau roman*, Margarido publicou *A Centopeia*. A narrativa organiza-se em torno de um colonialista que divide o seu tempo entre a varanda, distinta da senzala, e o bar da povoação. Alguns aspectos descritos envolvem: a lentidão com que o personagem central actua frente à doença de um seu dependente; o seu isolamento no interior do Norte de Angola, longe dos aglomerados urbanos, o seu alcoolismo, a sua resistência ao controlo exercido pelos administradores da companhia para a qual supostamente trabalhava, e o facto de ser retratado pelo encarregado do bar como querendo «ser o único senhor do destino de todos nós e que ninguém te fosse à mão» (*A Centopeia*, Guimarães Editores, 1961, p. 145). Através de todos estes traços, o romance denunciava a forma desagregada, ou seja, pouco coerente e integrada, do colonialismo português; situava-se, pois, nos antípodas das formas de integração e dos discursos institucionalizados que outros pretendiam escrever acerca de situações do mesmo género. No ano em que a guerra rebentou, a publicação de um tal romance anunciava a impossibilidade de prolongar qualquer tipo de colonialismo.

Apesar de não ter sido apreendido o romance, Margarido foi alvo de perseguição. Em Agosto de 1961, refugiou-se na Embaixada do Brasil, que se

(56) Alfredo Margarido, «Prefácio», in Franz Kafka, *Antologia de Páginas Íntimas* (Lisboa: Guimarães Editores, 1961), p. 16.

demarcou da política colonial portuguesa em relação a Angola.([57]) O poeta Carlos Cunha, que ali trabalhava, e os escritores José de Melo e Thomaz de Figueiredo acusaram-no de plágio. Argumentaram, maliciosamente, que *No Fundo deste Canal* e *Centopeia* copiavam *Le planetarium* e *La jalousie*, de autoria, respectivamente, de Nathalie Sarraute e Alain Robbe-Grillet. Uma comparação entre *A Centopeia* e a muito mais visual, fotográfica ou fílmica novela *La jalousie* (Paris: Minuit, 1957) — na qual se encontram, por sua vez, alusões à novela africana e colonial de Graham Greene *The Heart of the Matter* (1948) — revelaria que não existia plágio nenhum. Inspiração não se confunde com cópia. Embora se possa dizer que alguns elementos da novela de Sarraute inspiraram Margarido: o mesmo sentido caótico das cenas, derivadas da ausência de uma estrutura, cuja ligação se afigura como um enigma (embora a cronologia pareça mais consistente em Margarido); a varanda da casa da plantação de bananeiras num lugar indeterminado em África ou nas Antilhas; a bebida ou alcoolismo de quem a dirige; a mesma distância entre os personagens e o seu meio; e a relação longínqua com os indígenas.

Porém, o relatório da PIDE referia-se ao «vergonhoso plágio» que teria levado todos a afastarem-se de Margarido, a ponto de Figueiredo ter proposto que este saísse da Sociedade de Escritores. Tudo isto, concluía-se, por razões exclusivamente literárias, relacionadas com o plágio, e não por razões políticas: «Assim, verifica-se que a atitude de Alfredo Margarido tem unicamente por base o querer furtar-se à vergonha de ver-se condenado na opinião pública, sob o aspecto literário, e ainda porque este facto lhe acarretaria a saída da Guimarães Editora Ltd.ª, onde é consultor literário, e a impossibilidade de "pontuar" nos colóquios e escrever artigos para jornais, de que vivia aliado a uma bolsa que recebia do Ministério do Ultramar.»([58])

Não foi esta a primeira vez, nem a última, que Margarido se viu acossado tanto por outros escritores e intelectuais, como pelas instituições do Estado Novo. Uns anos antes, Mário-Henrique Leiria pronunciara-se sobre o seu carácter insuportável: «Porque o indivíduo tem tomado posições e botado falações que demonstram a cacosidade acima citada e apanhado indigestões de leão de comédia, aconteceram coisas assaz de assustar qualquer incauto cidadão que ainda acredita nas pessoas, coisas que levaram ao aparecimento de delírios fraseológicos do indivíduo que chegam a arremedar o pidesco.»

([57]) ANTT, Arquivo Oliveira Salazar/CO/PC, 81, fl. 81v. Sobre a protecção continuada dos chamados «hóspedes», a caminho do exílio, da Embaixada do Brasil em Lisboa, por parte dos embaixadores Álvaro Lins e Negrão de Lima, ver o relato da conversa deste último com o ministro Franco Nogueira, em 09-04-1963, ANTT, AOS/CO/NE-30B, n.º 27, fl. 143; o mesmo, em 03-10-1963, quando existiam 13 asilados na mesma embaixada, ANTT, AOS/CO/NE-30B, n.º 33, fl. 160.

([58]) ANTT, AOS/CO/PC – 81, fl. 97.

Em causa estava a presença de Margarido numa antologia de poemas, uma vez que muitos outros escritores não queriam estar a seu lado. E, para arrematar, Henrique Leiria colocou-o, mais uma vez, na categoria dos «leões de comédia armados em caçadores de emprego chorudo, nem que seja como serventuários do chamado Estado Novo»([59]).

O certo é que Margarido acabou por se exilar em França, em 1964, onde Castro Soromenho já se encontrava, também por motivos de perseguição política, desde 1960. Este último, na defesa de posições claramente anticoloniais, colaborou, ao lado de Mário Pinto de Andrade e de outros (como Margarido, que participou indirectamente), no número especial que a revista *Présence Africaine* (n.º 42, 1962, 3.º trimestre) dedicou a Angola. Resta saber: o que terá mudado entre 1944 e 1961, na perspectiva da censura e do sistema de informação, mas também do ponto de vista dos autores, para que dois livros tão assumidamente anticoloniais como *Terra Morta* e *A Centopeia* tivessem sido publicados em Lisboa? *A Chaga* de Castro Soromenho, pelo contrário, só conheceu uma primeira edição no Brasil, em 1970, dois anos depois da morte do seu autor. Alguns indicadores apontam para que os anos do final da Segunda Guerra e a segunda metade da década de 1940 fossem marcados por um apertar da censura, até à célebre expressão evocada por José Régio, em 1949 — *o medo é que guarda a vinha* («O recurso ao medo», in *Depoimento contra Depoimento* [primeira série], ed. António Sérgio *et al.*, Serviços Centrais da Candidatura do Sr. General Norton de Matos, Campanha Eleitoral da Oposição, 1949, pp. 59–60). Digo-o com hesitação, para reiterar a dificuldade que existe em estabelecer sentidos de conjunto para as mudanças operadas ao nível da censura. E com o mesmo cepticismo pergunto: terão os últimos anos da década de 1950 e o início dos anos 1960 representado um momento de dissolução em que o regime deixou de acreditar em si próprio, como já foi sugerido por quem colaborou e conhecia o regime por dentro, abrindo espaço para a dissensão, logo, para a publicação dos referidos livros?

Mais uma vez, as generalizações são difíceis, mas vale a pena arriscar uma hipótese interpretativa. Por exemplo, Álvaro Cunhal datava de 1958, ano em que Aquilino publicou *Quando os Lobos Uivam*, o mês em que «mais de dois milhões de portugueses participaram em grandiosas manifestações políticas de rua, exigindo a demissão do governo de Salazar»([60]). E, nesta sequência, talvez com um certo exagero, concluiu que «o regime fascista» não conseguiu «abafar ou neutralizar o pujante movimento literário e artístico democrático»

([59]) Museu do Neo-Realismo (Vila-Franca de Xira), Espólio literário de Carlos de Oliveira, A/3, caixa 42, doc. 26: Carta de Mário-Henrique Leiria para Armindo Rodrigues, Carcavelos, 2 de Novembro de 1957.

([60]) Álvaro Cunhal, *Obras Escolhidas*, vol. II (Lisboa: Edições Avante!, 2008), p. 427.

(*Ibid.*, p. 430). Neste sentido, será que, algures entre 1958 e 1961, terão existido condições estruturais para que uma obra como *Terra Morta*, pronta desde 1944, saísse à luz do dia, para ser de novo proibida e apreendida?

Última nota: é através da reconstituição de pequenos episódios editoriais como os acabados de analisar, bem como da actuação de escritores como Castro Soromenho e Alfredo Margarido, que podemos fazer a história de uma cultura política contrária ao colonialismo. Pelo menos de um dos seus capítulos, para, assim, conseguirmos fugir ao estribilho de que o nosso colonialismo foi melhor do que o dos outros. Só através dessa mesma história — atenta aos resistentes, que sofreram com sucessivas privações, na prisão e no exílio, mas que não abafaram as suas denúncias acerca da escravatura, do racismo e do colonialismo — poderemos fugir, também, ao modo superficial como se anunciam, hoje, algumas rupturas.

É que, na ausência de um conhecimento histórico relativo a tudo o que esteve na contramão do colonialismo, ficam criadas as condições necessárias para a repetição de genealogias intelectuais que têm tanto de imaginário quanto de arbitrário. Por exemplo, salta-se de Frantz Fanon — sem dúvida, pioneiro em explorar os aspectos subjectivos da opressão colonial ou, melhor, o modo como o colonialismo determinou a formação da própria subjectividade — para a instalação artística contemporânea. Tal como se os movimentos nacionalistas e anticoloniais nunca tivessem existido e fosse possível eliminar etapas, a coberto de um discurso teórico pós-colonial banalizado, reduzido a um número limitado de referências e de autores utilizados como simples bandeiras. Ou tal como se, na ausência do rigor da análise histórica, fosse possível inventar rupturas, manipular os exercícios de uma memória atrabiliária, estabelecendo amnésias ao sabor dos interesses do momento, tudo a bem de uma suposta criatividade.

José Osório de Oliveira: um intelectual fascista ao serviço do colonialismo?

A relação do Estado Novo com os intelectuais do seu tempo é uma questão que, do ponto de vista da análise histórica, está longe de se encontrar resolvida. A ideia generalizada de que o regime político era de direita, mas, dentro dele, existia uma ditadura cultural de esquerda afigura-se discutível.([61]) Tanto mais que ela serve de justificação a um suposto pluralismo, que caracterizaria

([61]) É o que repete, de forma acrítica e sem qualquer base analítica, Jaime Nogueira Pinto, um devoto de Salazar e do salazarismo, «O século de Salazar», *Observador* (24 de Julho de 2020).

um Estado Novo pouco autoritário, flexível e aberto a diferentes correntes de opinião. Difícil também de aceitar é a ideia de que o campo intelectual seria todo de esquerda, não tendo o regime conseguido atrair muitos escritores, talvez com excepção do que sucedeu nas artes plásticas.

A via mais fácil de inquérito consiste em reduzir o papel dos escritores e intelectuais às estratégias da propaganda política oficial. Porém, terá o regime de Salazar e Caetano instrumentalizado, apenas, uns tantos profissionais da escrita, colocando-os ao seu serviço, para, no extremo oposto, perseguir ou censurar os que lhe resistiram? Fora da simples dicotomia controlo/resistência, não terão existido outras relações entre políticos e intelectuais, porventura mais de acordo com o que realmente se passou e capazes de escapar à oposição esquemática propaganda *versus* censura?

Uma resposta a estas questões permitirá ultrapassar a antinomia propagandistas/opositores. Talvez ajude, também, a reconstituir a genealogia dos intelectuais de direita e das suas ideias. Um trabalho que se impõe levar a cabo para compreender não só o passado, como também o presente. É que uma cultura dita conservadora, tradicionalista e de direita surge, hoje, alinhada com os modelos da economia de mercado ou com algumas referências superficiais à filosofia política do liberalismo ocidental. Porém, essa mesma cultura política de direita apresenta-se, paradoxalmente, destituída de uma genealogia ou, tão-pouco, de uma mera curiosidade pela sua própria história. Esta última, se tanto, surge reduzida a uma série de simplificações esquemáticas, para consumo dos devotos, em regime de catecismo imposto como um acto de obediência que não admite discussão.([62])

A razão que explica essa amnésia poderá ser encontrada no simples facto de a cultura da direita portuguesa ser, actualmente, muito pouco culta. Uma debilidade resultante de essa mesma cultura se ter constituído em oposição aos intelectuais, em geral, conotados com a esquerda. No limite, a cultura da direita revela, apenas, uma relação ressabiada com os famigerados passados de juventude de esquerda, experimentados por gerações que incorporaram uma versão espontânea da atitude dos vencidos da vida. É neste panorama ou, melhor, neste deserto que reinam alguns, poucos, intelectuais de direita. Entre os seus pares, aliás, basta a exibição de uma estante com meia dúzia de livros para que quem tem um olho seja considerado rei…

Claro que outras razões podem ser aduzidas para explicar a referida amnésia, a começar pelo facto de o controlo de determinadas instituições — das academias à imprensa ou a certas instituições universitárias — permitir modos de reprodução, logo de continuidade, capazes de fazer com que a referida cultura de direita possa prescindir do recurso à genealogia de indivíduos

([62]) *Ibidem.*

isolados e das suas ideias. O controlo das instituições configura poderes que existem pelo simples facto de serem exercidos. Com a entrada no poder de certas instituições, os eleitos acumulam títulos e atributos de distinção social. E contentam-se em reivindicar um certo sentido institucional, que em geral não passa do teatro do sobrolho levantado. No fundo, um arrufo de seriedade, num teatro de faz-de-conta, comandado por fidelidades pessoais, clientelas, mexericos e queixinhas infantis aos padrinhos.

Sem mais. Tal como se o círculo se fechasse, prescindindo do recurso às ideias. A ponto de só os desapossados de esquerda — sem títulos e instituições que lhes assegurem a sua própria continuidade — sentirem a necessidade constante de procurar a sua linhagem intelectual, recuando no tempo para suprir as carências da institucionalização e, porventura, do poder de que não dispõem. Um simples estudo de caso não resolve uma amnésia. Tão-pouco visa propor uma genealogia completa de figuras e ideias. Mas serve de exemplo a um modo de compreender — a partir de fora — as relações entre o Estado Novo e os intelectuais.

Nos territórios da Lunda concessionados à Companhia dos Diamantes de Angola, o sociólogo brasileiro Gilberto Freyre constatou que não havia nenhum traço da convivialidade luso-tropical. Tão-pouco encontrou, nas terras do Norte de Angola, os elementos próprios da integração de uma sociedade patriarcal.([63]) O que existia, naquela exploração capitalista e intensiva da mão-de-obra africana, era racismo. Ou até *apartheid*, tal como o praticavam belgas e sul-africanos. Facto, aliás, que os defensores da Diamang não negaram quando se insurgiram contra as misturas de pretos com brancos, nestes mesmos termos, e se pronunciaram contra a miscigenação confundida com a propalada capacidade de adaptação luso-tropical. Uma vez publicada em livro, a denúncia de Freyre caiu mal nos círculos oficiais do Estado Novo e na Diamang. O autor viajara pelo Império Português a convite do então ministro do Ultramar, Sarmento Rodrigues, que se sentiu traído nos seus propósitos de angariar o apoio de um intelectual tão prestigiado nos círculos internacionais quanto Gilberto Freyre. O antropólogo Nuno Porto estudou em profundidade o assunto, num livro admirável com um título de tese académica: *Modos de Objectificação da Dominação Colonial: O caso do Museu do Dundo, 1940–1970* (Fundação Calouste Gulbenkian, Fundação para a Ciência e a Tecnologia, 2009). Noutro lugar, discuti algumas das interpretações do autor.([64]) Limito-me a reconstituir, aqui, o sentido do debate entre o ponto de vista de Freyre e o dos defensores da Companhia dos Diamantes.

([63]) Gilberto Freyre, *Aventura e rotina: Sugestões de uma viagem à procura das constantes portuguesas de caráter e ação* (Rio de Janeiro: Livraria José Olympio Editora, 1953).

([64]) *Mulemba — Revista Angolana de Ciências Sociais*, n.º 10, Novembro de 2015.

A resposta às denúncias de Gilberto Freyre em relação à Companhia dos Diamantes, que incluíam referências a uma atmosfera de suspeição, de controlo ou mesmo de terror criada pelos seus dirigentes, competiu a José Osório de Oliveira (1900–1964). Nuno Porto apresentou-o como o introdutor da obra de Freyre ao público português e que tal teria sucedido, em 1938, nas páginas de *O Mundo Português*; considerou também que, depois de visitar a Lunda em 1953, Osório preparou uma série de respostas a Gilberto Freyre, começadas a publicar logo no ano seguinte; além de ter sido responsável pela organização de várias exposições europeias de arte *tchokuê*, sendo que a mais importante dessas respostas veio à luz em 1958, num álbum fotográfico sob o formato de livro, intitulado *Flagrantes da Vida na Lunda*.

Mas, afinal, quem era José Osório de Oliveira? Para Nuno Porto, foi um dos principais responsáveis pela disseminação da obra de Freyre, a soldo da Diamang, que sentia um fascínio pela arte *tchokuê* e pelo Museu do Dundo. Porém, era destituído de capacidade para levantar questões acerca do extermínio das condições sociais de produção da arte e da cultura que estudava, fotografava e exibia nos salões internacionais. Ora, tanto estas pinceladas biográficas podem ser consideradas redutoras da vida e obra de José Osório, como se afigura injusta a avaliação das suas capacidades, enquanto intelectual profundamente comprometido com o Estado Novo e com as suas políticas coloniais.

Não se esqueça, também, que David Mourão-Ferreira, depois de escrever sobre José Osório «que tinha a idade do século em que vivemos», não hesitou em qualificá-lo: «Era talvez o mais completo "homem de letras" da nossa literatura.»([65]) Seria também necessário apreciá-lo, tanto como leitor e criador literário, capaz de versar vários géneros, como na sua condição de homem de acção. De igual modo, João Bigotte Chorão comparou José Osório com o irmão, João de Castro Osório, para concluir, sem lhe poupar elogios, que lhe parecia ter sido «literariamente mais feliz, com a sua clara prosa de sobriedade clássica»([66]). Em ambos os casos, constituídos por apreciações de críticos de relevo, é a qualidade literária dos seus textos e dos seus ensaios que é posta em destaque. Atenuado fica o envolvimento político de José Osório, incluindo a sua participação em movimentos nacionalistas, ao contrário do que sucedeu com o seu irmão.

Funcionário colonial e da Agência Geral das Colónias, José Osório vivera no Brasil, onde seu pai, Paulino de Oliveira, republicano ali exilado no final da Monarquia, serviu como cônsul de Portugal em São Paulo (1911–1914). Depois ocupou diversos lugares e postos coloniais, em Moçambique

([65]) David Mourão-Ferreira, *Hospital das Letras* (Lisboa: Guimarães, 1966), p. 258.
([66]) João Bigotte Chorão, *O Espírito da Letra* (Lisboa: Fundação Lusíada, 2004), p. 170.

e Cabo Verde. As ligações de sua mãe, Ana de Castro Osório, aos meios republicanos talvez expliquem por que razão manteve ligações com os círculos da oposição ao Estado Novo, nomeadamente com os seareiros e, entre eles, com António Sérgio, até ao início da década de 1930. Porém, as suas crescentes afinidades com a política cultural do Estado Novo nos domínios coloniais, e não só, foram inequívocas. Bem representadas ficam, por exemplo, através do seu envolvimento em revistas como *Descobrimento* (1931–1932), dirigida por seu irmão, João de Castro Osório, sidonista e fascista confesso, mas de que ele era editor([67]); *Mundo Português* (1934–1947); e, sobretudo, *Atlântico* (1942–1950). Em 1936, José Rodrigues Miguéis confessava, em carta eloquente para Rodrigues Lapa, que lhe apetecia descompor José Osório, «por muitos motivos (atitudes políticas, literatura frouxa — refiro-me ao livro de reportagem africana) e esse insuportável, perpétuo pleito em prol da família (dele)»([68]).

No inverno da vida, Malheiro Dias sentiu na pele o esquecimento a que a sua obra foi votada.([69]) Um esquecimento quebrado em 1935, pelo convite para embaixador em Madrid. No entanto, em 1937, porventura sentindo-se investido do prestígio de uma longa carreira literária e dos muitos contactos no Brasil, confessou que depositava grandes esperanças em José Osório. Apesar da diferença de idades, o primeiro partilhava com o segundo uma afinidade importante: ambos estavam «contra os que "exploradores do patriotismo" promovem uma campanha antibrasileira»([70]). Mas o mais importante, para Malheiro Dias, era que Osório — ao lado de Mário de Albuquerque — conseguisse dar corpo à verdadeira «Revolução Nacional» que estava por cumprir. O objectivo era que Portugal se aproximasse dos rasgos de Hitler e Mussolini, afastando-se das vistas estreitas de Salazar, preocupado *ad nauseam* com a economia. O modelo a seguir era o do fascismo. Por isso, a criação cultural e artística do Estado Novo afigurava-se-lhe lamentável. Pois não havia nela «uma nota inédita, uma vibração criadora». Parecia que a política cultural, promovida por António Ferro, se ficava pelas exibições de indumentária regionalista, isto é, pelo folclore. Foi o que Malheiro Dias escreveu numa carta, com estatuto de testamento político, para José Osório: «Não passamos

---

([67]) Manuel Arnao Metello, «Notas biográficas», in João de Castro Osório, *Poesia Lírica* (Lisboa: Nova Arrancada, 2007), pp. 5–59.

([68]) *Correspondência de Rodrigues Lapa. Selecção*, eds. Maria Alegria Marques *et al.* (Coimbra: Minerva, 1997), p. 75.

([69]) Joaquim Paço d'Arcos, «Carlos Malheiro Dias escritor luso-brasileiro. Comunicação apresentada ao IV Colóquio Internacional de Estudos Luso-Brasileiros, na Universidade da Baía, em 1959», sep. da *Revista «Ocidente»*, vol. LX (Lisboa, 1961), p. 60.

([70]) João Bigotte Chorão, *Carlos Malheiro Dias na Ficção e na História* (Lisboa: Biblioteca Breve, 1992), p. 83.

de cenografia [...]. Somos pobres e não podemos imaginar essa revolução nacional à maneira de Hitler e Mussolini. Economias! Economias! Mas podíamos submetê-la a um ideal nacional de educação artística.»([71])

As relações entre Malheiro Dias e Osório remontavam, pelo menos, a 1924 e estão documentadas na carta-prefácio com que o primeiro abriu um opúsculo deste último, intitulado *Literatura Brasileira* (Porto: Lúmen, 1926). Depois de ter participado na promoção da literatura, da cultura e do crioulo cabo-verdianos, na década de 1930, Osório multiplicou, a partir de 1940, as suas publicações acerca das literaturas africanas e da cultura brasileira. Entre as influências que reclamava estava a do modernista Blaise Cendrars, que publicara em 1921 a *Anthologie nègre*, dedicada à literatura africana. Na sua antologia de ensaístas brasileiros, Osório incluiu Gilberto Freyre (que conhecia pessoalmente desde 1930 e com quem trocou correspondência desde 1931). Na mesma década de 1940, a sua rede de contactos nacionais e internacionais foi explorada na *Atlântico*, revista lançada e dirigida por António Ferro, mas da qual José Osório foi secretário do primeiro ao último número e, muito provavelmente, o principal mentor. Desde 1952, aquele que poderia ser considerado um dos intelectuais orgânicos do Estado Novo passou a trabalhar em missões patrocinadas pela Diamang. Um dos objectivos era contrariar a denúncia de Gilberto Freyre. Pelo teor da argumentação utilizada, muito mais dura do que nos seus livros, pode colocar-se a seguinte hipótese: a resposta, subscrita pelo comandante Ernesto de Vilhena (1876–1967), administrador-delegado da Companhia dos Diamantes, coleccionador de arte e grande bibliófilo, foi preparada por Osório numa espécie de jogo literário próximo da heteronímia, tão ao seu gosto. O mesmo se diga do guião *Argumento do Filme Intitulado «O Romance do Luachimo-Lunda, terra de diamantes»*, no qual também se sente a mão de José Osório, apesar de este nunca ser designado como autor.([72])

Nem por sombras se pretende traçar, aqui, a biografia de Osório de Oliveira. Tão-pouco se procura fazer o elogio das suas qualidades, enquanto intelectual totalmente comprometido com o Estado Novo, para poder resgatar a sua memória do estatuto de menoridade e do esquecimento generalizado em que caiu. Apenas se chama a atenção para duas operações levadas a cabo por José Osório, as quais demonstram a sua vigilante consciência crítica em relação às condições de produção de sentidos culturais, em contextos bem

([71]) BNP, Espólios, N 24 – «Espólio de José Osório de Oliveira», n.º 190. Acerca das interpretações das ideias «fascizantes» de Malheiro Dias, em oposição ao seu «nacionalismo moderado», ver a defesa desta última leitura por Pedro Miguel Páscoa Santos Martins, «Carlos Malheiro Dias (1875–1941): Um escritor conservador», *Diacrítica: Revista do Centro de Estudos Humanísticos da Universidade do Minho*, n.º 16 (2001), pp. 105–133, *maxime* pp. 107–108.

([72]) BNP, SA 31103v.

determinados. Em qualquer dos casos, será impossível desligar a actuação de Osório de Oliveira de uma cultura de direita, conservadora, associada ao Estado Novo de Salazar.

A primeira operação situa-se quase nos limites da própria literatura, embora se lhe possa atribuir o estatuto de uma peça única de rara beleza. Trata-se de um exemplo extremo ou, pelo menos, perturbante. As cartas, confessionais, para Osório de Oliveira são datadas de 1934 e 1937.([73]) Numa delas, Mário de Andrade mostrou ao amigo como é que a sua escrita, tal como a sua convivência, assumindo um carácter deletério, faziam subir nele «a sombra dum suicídio de moço». Os nexos causais e as motivações são difíceis de traçar, mas de novo surgem ligados à confissão de uma discreta homossexualidade do autor da carta: «Não sei, meu amadíssimo Osório, si você continuará me aceitando assim tão negro, tão moralmente podre. Salva-se apenas que esta podridão eu guardo para mim.» As duas cartas de Mário de Andrade, com as revelações da homossexualidade do seu autor e respectivas justificações, fundadas no elogio da contradição da mesma personalidade, teriam menos importância se tivessem sido mantidas numa esfera privada. Mas Osório de Oliveira publicou-as numa revista do Secretariado da Propaganda Nacional dirigida por António Ferro e da qual ele próprio era o secretário de redacção.

Porquê? Para se distinguir, através de uma transgressão explícita, desviando-se claramente da cultura homofóbica do Estado Novo? Para se associar, de qualquer maneira, a um dos maiores nomes das letras brasileiras, demonstrando que com ele privara e nele encontrara a inspiração necessária para conjugar criação literária e ensaísmo, em particular de sentido etnográfico? Por entender que, mesmo no centro da cultura oficial fascista, existia uma margem clara para a dissensão, sobretudo quando esta surgia associada à produção de formas simbólicas ou literárias modernistas? Talvez por todas estas razões. Mesmo que seja difícil determinar o significado mais pertinente desse acto, dado o carácter extravagante que a publicação das duas cartas assume, será muito difícil considerar que ele resulta de uma qualquer falta de consciência, de uma espécie de *absent mind*.

A segunda operação encontra-se num dos últimos textos resultantes do envolvimento de Osório de Oliveira com a escultura *tchokuê*, bem representada no Museu criado pela Diamang no Dundo. Trata-se de um conto, intitulado «A Máscara», publicado inicialmente num jornal de província e, logo de seguida, num livro com o título ambíguo de *Tempo de Exílio* (1961). Como poderia um dos intelectuais mais influentes do Estado Novo, com

([73]) José Osório de Oliveira, ed., «Cartas de Mário de Andrade», *Atlântico — Revista luso-brasileira*, nova série, n.º 2 (1946), pp. 1–7; documentos referidos por Arnaldo Saraiva, *Colóquio/Letras,* n.º 15 (Setembro, 1973).

acesso privilegiado durante três décadas aos mais diversos meios de comunicação, falar de exílio a não ser por um artifício literário de criação de uma distância? A mesma questão é igualmente suscitada pelos títulos de outras obras suas publicadas pela mesma altura: *Sonho Inútil* (1957), *Fogueiras no Deserto* (1959) e *Ilha do Desencanto* (1963).

O conto descreve a biblioteca do próprio narrador, que simboliza a cultura europeia, «greco-romana, cristã ou racionalista», com os seus livros clássicos e retratos de escritores, tais como gravuras de Goethe ou Schiller. Vénus não faltava, na reprodução de um pintor italiano do Renascimento. Em contraste, pendurada numa das paredes, encontrava-se uma máscara africana. Qual o significado que se deveria atribuir à máscara «de bailarino das danças rituais africanas»? É a questão que o conto enuncia, como se se tratasse de um enigma. Ao longo da narrativa, insinuam-se algumas respostas. A máscara era a recordação de um tempo passado em África, uma experiência de vida que trazia um efeito de realidade ao intelectual que, agora, vivia rodeado dos seus livros. A máscara servia, também, para evocar uma cultura mais sensorial, associada a uma qualquer aventura amorosa, baseada na experiência sexual com uma jovem africana, que curiosamente falava francês e era capaz de libertar sentidos à flor da pele, ou seja, pulsões selvagens. Mas a máscara, que na imaginação do narrador se metamorfoseia ao longo do conto, representava também, no seu «génio maléfico», aquilo que era denominado, com todas as letras, de «ódio racial» dos africanos em relação aos europeus.

Histórias sobre máscaras *tchokuê* alcançaram o rubro, mais tarde, em *Muana Puó* (1978) de Pepetela.([74]) Mas a ter em conta que a publicação em livro do mesmo conto de José Osório corresponde ao início da guerra em Angola, em 1961, a máscara acabou por simbolizar a resistência africana à dominação colonial dos europeus. Ou seja, sob a forma imaginada de um conto, José Osório espreitou o ponto de vista dos inimigos, movidos pelo já referido ódio racial. Longe, mesmo muito longe, parecia estar do significado de uma suposta «harmonia multirracial» atribuído ao álbum de fotografias que publicara, intitulado *Flagrantes da Vida na Lunda*.([75])

Ambiguidade conferida pelo texto literário, sobreposição de significados acerca de um mesmo objecto ou de um simples acto, hesitação quanto à posição a tomar, ironia frente ao comprometimento e reivindicação de uma

([74]) Sobre máscaras africanas e o seu significado, ver, na sequência apontada, em tradução portuguesa, Ola Balogun, «Formas e expressão nas artes africanas», in Alpha I. Sow *et al.*, *Introdução à Cultura Africana*, nota prévia de Aida Freudenthal, trads. Emanuel Godinho, Geminiano Cascais Franco e Ana Mafalda Leite (Lisboa: Edições 70, 1980), pp. 37–94.

([75]) Nuno Porto, *Modos de Objectificação da Dominação Colonial: O caso do Museu do Dundo, 1940–1970* (Lisboa: Fundação Calouste Gulbenkian, Fundação para a Ciência e a Tecnologia, 2009), p. 576.

distância? O certo é que todas essas atitudes se parecem aproximar do teor de uma carta escrita por Mário de Andrade, em 1937, no início do governo de Getúlio Vargas. Claro que uma aproximação não pode ser tomada por uma explicação acerca do modo como José Osório pensava e agia politicamente. Assim, valha a verdade, trata-se mais de uma sugestão derivada do facto de Mário — ao discutir o carácter possivelmente fascista do regime em que o Brasil entrava, a par das hipóteses que tinha de continuar a ocupar um cargo público em São Paulo — ter desabafado com o amigo português que, em relação ao fascismo, ficava de fora, mas não totalmente:

> No fundo, Osório dear, acho tudo isso muito irritantemente engraçado [...]. Si chafurdar em desmandos fascistas: sairei. Sairei naturalmente trocando o posto por qualquer prisão ou coisa pior. Não, não imagino coisa pior porque o Brasil é amável, os Brasileiros gostam regularmente de mim, e os próprios fascistas têm um indiscreto xodó por mim, porque minhas pesquisas brasileiras, meu «nacionalismo» é facilmente confundível com o lá deles, paciência!... Mas, no caso, confesso que é preciso ter muita paciência [...].([76])

Victor Palla: arquitecto, escritor e fotógrafo

Quase seis décadas passadas sobre a primeira edição, em fascículos, de *Lisboa, Cidade Triste e Alegre*, da autoria dos arquitectos Victor Palla (1922–2006) e Costa Martins (1922–1996), a exposição sobre a obra, que decorreu no Museu da Cidade de Lisboa, comissariada por Rita Palla Aragão, permitiu um regresso à mesma para a procurar compreender. Em causa está o significado desse livro que foi preparado durante três anos e que resultou numa selecção de cerca de duzentas fotografias, das três mil que foram feitas pelos seus dois autores. Paralelamente à exposição, o jornal *Público* lançou uma reedição. Anunciados estiveram um catálogo e um ciclo de conferências, envolvendo Alexandre Pomar, André Príncipe, Mário Moura, Michel Toussaint, Luís Camanho, Paulo Catrica, Pedro Mexia e Teresa Siza. Vasco Rosa, no *Observador*, e Celso Martins, no *Expresso*, pronunciaram-se sobre o valor do livro em causa e da exposição que lhe é dedicada.

As fotografias de *Lisboa, Cidade Triste e Alegre* «nascem da cumplicidade intelectual de dois jovens arquitectos e da sua vertigem de liberdade, experimentação e risco», como sustenta o fotógrafo e investigador Paulo Catrica, na sua contribuição para o catálogo. Porém, gostaria de me concentrar na figura de Victor Palla, sem com isso menosprezar Costa Martins, seu colega

([76]) *Apud* Arnaldo Saraiva, *Colóquio/Letras*, n.º 15 (Setembro, 1973).

de profissão e co-autor do livro, para identificar alguns dos contextos principais que devem ser tidos em conta para compreender a obra em causa. A razão para esta escolha resulta do facto de me sentir mais familiarizado com o seu percurso, de grande eclectismo, revelador de uma curiosidade transbordante.

A matriz dessa mesma curiosidade encontra-se, antes de mais, em toda uma geração de arquitectos, formados em Lisboa, nascidos entre 1910 e o final da década de 1920: os mais velhos são Francisco Keil do Amaral, Frederico George e Rui Jervis de Atouguia, seguidos de Conceição Silva, Maurício de Vasconcelos, Formosinho Sanches, Manuel Tainha, Nuno Teotónio Pereira, Bartolomeu Costa Cabral e, mais ligado ao *design*, António Sena da Silva. A lista está longe de ser exaustiva, apesar de os seus membros se diferenciarem bem da geração anterior de Raul Lino, Porfírio Pardal Monteiro, Cotinelli Telmo, Carlos Ramos, Cristino da Silva, Cassiano Branco e Jorge Segurado.

Em cada membro da nova geração há um mundo único por descobrir. Por isso, longe se está da ideia de uma geração entendida como um bloco uniforme. Dito isto, existem aspectos partilhados pelos arquitectos que alcançaram uma fase de maturidade no pós-Segunda Guerra Mundial: uma atracção pelas diferentes correntes de modernismo arquitectónico, cujos modelos circulavam internacionalmente; uma grande abertura às artes plásticas, ao *design* e às experiências gráficas, incluindo a colaboração com artistas ou o facto de os próprios arquitectos também praticarem artes plásticas; uma defesa do trabalho liberal, independente do Estado, em tempos de autoritarismo, apesar do seu envolvimento em projectos financiados publicamente ou lançados por empreendedores privados; e, por último, uma atitude ideológica que é mais de oposição generalizada ao regime de Salazar do que de colaboração com o mesmo (contrariamente à geração anterior, sobretudo nos casos de Raul Lino e Pardal Monteiro).

É certo que, como sintetizou Nuno Domingos, «no pós-Guerra, o mesmo Estado corporativo iniciou uma abertura da economia, verificada numa integração internacional e na relação com instituições externas: importou e aplicou leis, métodos e técnicas de gestão da produção e dos seus enquadramentos sociais e laborais; formou especialistas em institutos, conselhos e em outros órgãos da administração pública. Criou condições institucionais para a produção de um conhecimento prático produzido por economistas, cientistas sociais, agrónomos, engenheiros, técnicos de recursos humanos, entre outros. Este escol circulava entre o país e as instituições internacionais, mas também entre o público e o privado»([77]).

([77]) Nuno Domingos, Recensão de Álvaro Garrido, *Queremos uma Economia Nova. Estado Novo e Corporativismo* [Lisboa: Temas e Debates, 2016], *Análise Social*, n.º 227, vol. LIII (2.º), pp. 499–507, *maxime* p. 503.

O trabalho dos arquitectos em causa inseriu-se, pois, nesse processo de criação de conhecimentos práticos, orientados para projectos de desenvolvimento e modernização. Mas do outro lado da técnica existia uma dimensão artística e poética. Por exemplo, para o altamente tecnológico Pavilhão Philips da Exposição de Bruxelas de 1958, o arquitecto Le Corbusier encomendou ao compositor Edgar Varèse um «poema electrónico». Da mesma forma, o livro em causa sobre Lisboa foi apresentado, um ano depois, como um «poema gráfico». Paralelamente, o Estado e as empresas, da mesma forma que suscitaram a multiplicação desse tipo de agentes que pretendiam controlar, financeiramente e não só, também se confrontaram com a sua autonomia. Uma autonomia que se afigurou tanto maior quanto relacionada com trabalhos de sentido liberal, sustentados de modo independente e exercidos à escala dos *ateliers*. E não só, pois também entravam, nesta categoria de unidades autónomas, os consultórios e escritórios relacionados com outras profissões liberais.

Ao longo da década de 1950, muitos desses *ateliers* concorreram entre si, ao mesmo tempo que dividiram encomendas públicas. Nos diários de Hein Semke, artista plástico alemão estabelecido em Portugal desde a década de 1930, encontram-se vários elementos que permitem reconstituir como é que os artistas e os seus *ateliers* dependiam de encomendas públicas e privadas, mas de uma forma geral viviam situações de grande precariedade, caracterizadas pela fome e falta de dinheiro que afectavam a sua autonomia. Em momentos de autêntica miséria, impunha-se ao artista visitar o arquitecto Pardal Monteiro e o historiador Luís Reis-Santos, ambos com capacidade para decidir acerca de encomendas oficiais. Queixando-se o autor dos diários dos benefícios atribuídos a Almada Negreiros, mau colega, a quem são atribuídas qualidades enquanto artista; e denunciando as vantagens que tinham os autênticos colaboradores do regime, como sucedia com Severo Portela Filho, autor de enormes painéis para os palácios da Justiça, de qualidade duvidosa.([78])

Seria preciso conhecer melhor em que condições laborais operavam artistas, arquitectos, profissionais liberais e funcionários públicos com conhecimentos técnicos e especializados, para perceber os seus modos de criatividade individual, de inovação e até de emancipação. Não basta distingui-los entre profissionais liberais e funcionários públicos, pois muitas vezes as diferenças entre essas duas esferas eram ténues, num mundo que era pequeno, pois a classe média era igualmente em número reduzido.

Ora é neste contexto que se insere, a partir de 1946, a criação do *atelier* de arquitectura de Victor Palla e Bento d'Almeida. Em parceria, realizaram

([78]) Hein Semke, *A Voz do Interior: Excertos do diário 1950–52, 1956–61*, trad., pref. e notas de Teresa Balté (Lisboa: Abysmo, 2016).

mais de setecentos projectos, tendo ficado célebres os de vários bares, cafés e restaurantes de Lisboa, nomeadamente o Galeto. Tal como escreveram Patrícia Bento d'Almeida e João Paulo Martins, havia nesse *atelier* uma intenção de realizar a obra de arte total, por isso existia um constante diálogo interdisciplinar, tendo em vista «a integração das artes plásticas na arquitectura»([79]). Júlio Pomar, António Domingues, José Dias Coelho, Sá Nogueira foram alguns dos artistas que colaboraram em obras projectadas pelo *atelier* em causa. Porém, a prática interdisciplinar não era um caso isolado, o mesmo se diga das relações de colaboração entre arquitectos e artistas ou entre vários arquitectos. É o que se depreende se se tiver em conta o que se passava, pela mesma altura, nos *ateliers* de Frederico George, Conceição Silva, Teotónio Pereira, etc.

Alguns textos sobre arquitectura publicados na revista *Almanaque* de Figueiredo Magalhães e Cardoso Pires são também reveladores da colaboração existente entre arquitectos, escritores e todos aqueles que procuravam pensar criticamente a cidade. António Sena da Silva incitava à reflexão sobre a casa, a fugir às modas importadas, mas também a escapar ao gosto pelas antiguidades, numa altura em que se assistia à construção de imensos empreendimentos, onde não faltavam «as sociedades de construções e urbanizações para "urbanizar" tudo o que lhes caia ao alcance» («esta era a cidade que nos deixaram...», *Almanaque*, Julho, 1960). Foi ele que influenciou a escrita de uma crónica satírica, em que se punham no mesmo plano os patos-bravos de Tomar e aqueles que importavam de Paris a moda de transformar as casas em *snack-bars*, com as paredes pintadas de várias cores, talvez numa crítica velada de Bento d'Almeida e Victor Palla («No reino de Pacheco», *Almanaque*, Outubro, 1960). Há outras denúncias dos patos-bravos que, vindos de Tomar, proliferavam na Amadora («Província de Tomar, capital Amadora», *Almanaque*, Março/Abril, 1961). E o Arquitecto Keil do Amaral escreveu, também em termos satíricos, uma suposta memória descritiva de uma casa a construir na Amadora, tendo ainda sido publicada uma carta assinada pelos patos-bravos da Amadora (*Almanaque*, Maio, 1961). Frente a tantos ataques aos patos-bravos, será possível pensar numa reacção motivada pela defesa da profissão, associada aos seus altos desígnios artísticos, e de ataque aos interesses capitalistas, envolvidos em qualquer projecto de construção.

Sem saber ao certo em que condições familiares foram educados Victor Palla e o seu irmão, um ano mais novo, José Palla e Carmo, será possível imaginar a margem de liberdade e de criatividade, nomeadamente na

([79]) *Victor Palla Bento d'Almeida: Arquitectura de outro tempo* (Lisboa: Caleidoscópio, 2017), p. 41.

aprendizagem do inglês, que lhes foi concedida. A sua colaboração estreita remonta à década de 1940. Ambos trabalharam, desde muito cedo, na edição de textos de autores anglo-americanos, traduzindo, escrevendo prefácios ou notas introdutórias e, no caso de Victor, desenhando as capas e cuidando do grafismo. Parte do seu cosmopolitismo e da sua originalidade encontrava-se no modo de articular as suas profissões com a literatura.

Quase sempre em colaboração com outros, Victor traduziu, prefaciou ou cuidou do grafismo das seguintes obras saídas na «Antologia do Conto Moderno», uma colecção da editora Atlântida, de Coimbra: Dorothy Parker (1945), William Saroyan (1947), Faulkner (1948) e Somerset Maugham (1957). Esta última antologia resultou da colaboração com o seu irmão, que também se estreara a editar livros em 1945, quando prefaciou e traduziu *O Tempo e a Ira* de John Osborne (Lisboa: Minotauro, 1945). Victor publicou, ainda, antologias noutras editoras, como sucedeu com *História do Conto Policial: Uma antologia* (Coimbra Editora, 1947) e *Modernos Contistas Americanos* (Portugália, 1947). Em 1959, de novo na Atlântida, editou *O que É a Ficção Científica?: Uma antologia* (1959). Pelo meio, num estilo de trabalho em equipa, que sempre o caracterizou nas diferentes áreas pelas quais espalhou a sua curiosidade, traduziu, em conjunto com José Cardoso Pires, a *Morte dum Caixeiro Viajante* de Arthur Miller, numa edição que começou por ser da responsabilidade do Grupo de Teatro Experimental do Porto (1954).

José Palla e Carmo, licenciado em Direito pela Universidade de Lisboa, seguiu uma carreira no Banco Nacional Ultramarino, onde ocupou funções de direcção. Paralelamente, envolveu-se, de forma mais sistemática do que Victor, na crítica e na criação literária (*Do Livro à Leitura*, Publicações Europa-América, 1971). Os seus livros de maior rasgo, assinados como José Sesinando, num registo humorístico que nada tem de ligeiro, revelam uma profunda formação literária — confirmada pelo facto de ter traduzido um livro de referência de teoria literária.

O que o livro e a exposição em apreço também revelam, além da colaboração de dois arquitectos em termos do trabalho fotográfico, é uma enorme sensibilidade literária. A ter em conta a selecção dos escritores e poetas que colaboraram no livro, talvez seja possível imaginar que Victor Palla se quisesse desvincular do neo-realismo. Isto é, não queria que as suas fotografias e as de Costa Martins servissem um projecto ideológico de denúncia da tristeza no viver das gentes divorciadas de preocupações estéticas, nas quais a beleza equivalia à alegria. Tão-pouco se lhes afigurava possível fazer encómios à figura dos trabalhadores e do trabalho, conforme tentaram Ferreira de Castro com as legendas e Roberto Nobre com os seus desenhos, num livro matricial, *A Epopeia do Trabalho* (Lisboa: Livraria Renascença J. Cardoso, 1926). José Rodrigues Miguéis já tinha feito essa mesma demarcação. Mas foi, sobretudo, através da publicação de poemas de Alexandre O'Neill, David Mourão-Ferreira, Eugénio de Andrade e Jorge de Sena que foi possível virar as costas ao neo-realismo.

Quanto ao lugar de destaque concedido a Rodrigues Miguéis, haverá que considerar duas outras dimensões da sua obra. Por um lado, na obra de Miguéis proliferam as representações sobre Lisboa.([80]) Por exemplo, *Saudades para a Dona Genciana* (Iniciativas Editoriais, 1956) constitui um olhar lá do alto da Avenida da Liberdade, para as enormes mudanças que se registaram em Lisboa desde o princípio do século. Um fabuloso desenho de Carlos Botelho acompanha a publicação do mesmo conto, que estava longe de ser neutro politicamente. É que as mudanças consideradas eram as do quotidiano, da gente comum, e não as impostas a partir de cima, protagonizadas pelas elites e pelos poderes instituídos. Por outro lado, há que considerar o envolvimento na edição e tradução de textos da literatura norte-americana, que aproximava os irmãos Palla do escritor português que mais tempo viveu nos Estados Unidos. É que Rodrigues Miguéis também traduziu para português Erskine Caldwell, Scott Fitzgerald e Carson McCullers, além de Stendhal e Dostoiévski.([81])

A demonstrar as afinidades literárias dos irmãos Palla com Miguéis, numa conferência proferida em 1964, José Palla e Carmo mostrou a sua falta de entusiasmo pela denominada *beat generation*, que considerava desafiliada do contexto social e orientada para o culto do anti-racionalismo, anticientismo, ocultismo, psicopatia e o consumo dos estupefacientes. Só reconheceu qualidade poética a Allen Ginsberg, desvalorizando William Burroughs e Kerouac. Um contraste grande, em relação à admiração sentida pela geração anterior que incluía Scott Fitzgerald, John dos Passos, Hemingway, James T. Farrell, John Steinbeck, Thomas Wolfe, Faulkner, Erskine Caldwell (com os seus brancos subdesenvolvidos, tanto material como espiritualmente), Robert Penn Warren, Carson McCullers, Truman Capote, Richard Wright, etc.([82]) A este respeito,

([80]) Teresa Martins Marques, *O Imaginário de Lisboa na Ficção Narrativa de José Rodrigues Miguéis* (Lisboa: Círculo de Leitores, 1996); Luísa Ducla Soares, ed., *Lisboa de José Rodrigues Miguéis* (Lisboa: Câmara Municipal, 2001).

([81]) Onésimo Teotónio de Almeida, coord., *José Rodrigues Miguéis: Lisboa em Manhattan* (Lisboa: Estampa, 2001), p. 248.

([82]) José Palla e Carmo, *O Romance Norte-Americano Contemporâneo* (Lisboa: Sociedade Portuguesa de Escritores, 1964), p. 32. A história do interesse em Portugal pelo romance e pelo conto norte-americano está por fazer, ver Francisco José Tenreiro, *Panorâmica da Literatura Norte-Americana* (Lisboa: Empresa Contemporânea de Edições, 1945); «Jornadas do Romance Americano», *Mundo Literário* (14-12-1946), pp. 7–8, 10; João José Cochofel, *Opiniões com Data* (Lisboa: Caminho, 1990), pp. 19–20 [Coimbra, Abril de 1945, sobre os contos de Mário Dionísio não serem, necessariamente, resultado de uma influência do neo-realismo norte-americano, por mostrarem uma dimensão mais subjectiva].

José Cardoso Pires, ao traduzir Horace McCoy, numa colecção co-dirigida por Palla e Carmo, explicou que só os ignorantes da literatura norte-americana limitavam as suas atenções a Caldwell, Hemingway, Steinbeck, Faulkner, sem atenderem à geração seguinte — que ainda não era a *beat generation* — incluindo Mailer, Maltz, Arthur Miller e o próprio McCoy.([83])

Artur Portela Filho foi dos primeiros a ironizar acerca dessa obsessão pelas traduções da literatura norte-americana no pós-guerra. Mas reduziu o seu efeito a um «realismo de chapa fotográfica, todo exterior de reportagem». À literatura norte-americana mandada vir em caixotes somou a ideia de uma fotografia feita no Chiado, mas regulada para «a gradação de Nova Iorque»([84]).

O último contexto a ter em conta diz respeito à emergência de uma nova cultura visual. No livro em causa, ela revela-se não só na profusão de fotografias, mas também na própria paginação do livro (com meias páginas, páginas dobradas, reenquadramentos, etc.). Na Europa posterior à Segunda Guerra, duas figuras promoveram um novo entendimento das artes. Refiro-me a André Malraux, com o seu *Museu Imaginário* (1947) — esse «corolário final da difusão das artes gráficas ao serviço do indivíduo que pode pagá-las para com elas pagar a sua solidão» (Jorge de Sena, «Prefácio», in André Malraux, *A Condição Humana*, Livros do Brasil, 1958, p. 8). E, também, a Kenneth Clark, o historiador de arte de Oxford, que assumiu a presidência do Art Council of Great Britain em 1953 e, no ano seguinte, a presidência da nova Independent Television Authority.

Mas uma nova cultura visual não se limitava a ensaiar novos olhares em relação ao passado e à história da arte. O seu principal dinamismo estava nos domínios da arquitectura, do urbanismo, do *design*, nas imagens gráficas, cinematográficas ou televisivas. Dependente de novas tecnologias, foi bem representada, em 1958, nesse microcosmos criado por Le Corbusier, que foi o Pavilhão Philips da Exposição de Bruxelas.

Como é que Portugal participou nesse novo regime visual? Os factos que podem ser indicados não se encontram todos ao mesmo nível, e por isso não têm todos a mesma relevância. Antes de mais, talvez seja de lembrar que a Fundação Calouste Gulbenkian viu os seus estatutos aprovados em 1956 e, a partir daqui, iniciou as suas actividades, que se afiguraram determinantes no domínio das artes e da cultura. Paralelamente, as primeiras emissões da Rádio Televisão Portuguesa arrancaram em 1957. O *Diário Ilustrado* foi criado em 1956, com um corpo de fotógrafos alargado. Entre eles, Eduardo Gageiro

---

([83]) José Cardoso Pires, «Nota», in Horace McCoy, *O Pão da Mentira* (Lisboa: Gleba: Colecção «Os Livros das Três Abelhas», s.d.).

([84]) Artur Portela Filho, «Gerturde Stein em Portugal», in *Nova Feira das Vaidades* (Lisboa: Ática, 1960).

impôs-se com os seus trabalhos de grande qualidade e com eles também participou no *Almanaque* (1959–1961) da Ulisseia, de Figueiredo Magalhães e Cardoso Pires. Pela mesma altura, num registo mais poético e permeável às convenções cinematográficas, Gerard Castello-Lopes iniciou a sua actividade como fotógrafo na década de 1950.

Do ponto de vista do grafismo, informado pelo que se fazia fora de Portugal e, ao mesmo tempo, inspirado em motivos populares, Sebastião Rodrigues iniciou o seu labor de *designer*. O seu envolvimento na já referida revista intitulada *Almanaque* constituiu-se num autêntico marco, a que se seguiu o seu contributo na criação da imagem gráfica da Fundação Calouste Gulbenkian.([85])

A Ulisseia — entre outras editoras, tais como a Portugália, a Estúdios Cor, talvez menos as Publicações Europa-América e, mais tarde, a Presença e a Arcádia — também mobilizou outros artistas gráficos (como João Abel Manta), fotógrafos e arquitectos. Por exemplo, Jorge Silva Melo, num texto disponível electronicamente, chamou recentemente a atenção para a qualidade da capa de Sebastião Rodrigues sobre fotografia do arquitecto Sena da Silva, para o livro de Alberto Moravia intitulado *Agostinho* (Ulisseia, 1959), em tradução de José Gomes Ferreira (que também colaborou em *Lisboa, Cidade Triste e Alegre*).

À nova cultura visual, que emergiu na década de 1950, também pertenceram algumas obras inspiradas no *Museu Imaginário* de Malraux. Refiro-me à obra, vendida em fascículos, de Mário Dionísio, *A Paleta e o Mundo*, 3 vols. (Europa-América, 1956, cuja publicação em fascículos data de 1955), e, de modo mais vincado, *As Maravilhas Artísticas do Mundo ou a Prodigiosa Aventura do Homem Através da Arte* de Ferreira de Castro, 2 vols. (Empresa Nacional de Publicidade, 1958). Porém, o carácter progressista destas duas obras, conforme me lembrou António Valdemar, fora precedido da obra de enorme aparato gráfico dirigida por um dos historiadores do Estado Novo, João Ameal, *Fátima, altar do mundo*, 3 vols. (Porto: Ocidental Editora, 1953–1955).

Em conclusão, o carácter inovador de *Lisboa, Cidade Triste e Alegre*, de Victor Palla e Costa Martins, poderá ser mais bem compreendido à luz dos três contextos acabados de referir. O primeiro diz respeito ao dinamismo existente no quadro dos *ateliers* de arquitectura, que permitiu ensaiar experiências e diálogos interdisciplinares que transbordaram dos conhecimentos

---

([85]) *Sebastião Rodrigues: Designer*, coord. Manuel da Costa Cabral, Maria do Carmo Marques da Silva (Lisboa: Fundação Calouste Gulbenkian, 1995); *Sebastião Rodrigues: O mais importante designer gráfico da segunda metade do século XX*, coord. José Bártolo (Matosinhos: Escola Superior de Arte e Design, 2016).

técnicos para abraçar todas as artes. O segundo, talvez o mais específico do trabalho de Victor Palla e do seu irmão José Sesinando, constituído por uma atitude crítica e criativa em relação à literatura, num momento que era de subversão em relação à norma neo-realista. Por último, há que não esquecer a hipótese de que, ao longo da década de 1950, se assistiu à emergência de uma nova cultura visual, na qual a fotografia ocupou lugar de destaque, impondo os seus modelos marcados pela influência de fotógrafos tais como Robert Capa e Henri Cartier-Bresson.

Em todos estes domínios da arquitectura, da literatura e de uma nova cultura visual, a personalidade de Victor Palla impôs-se, precisamente, em articulação com outros arquitectos, escritores e artistas com os quais colaborou. Ao lado da especificidade que lhe advinha do seu envolvimento na literatura, foi nas experiências de trabalho em equipa que a sua personalidade mais se revelou. Assim sucedeu no trabalho com Bento d'Almeida, com o seu irmão José Sesinando ou, ainda, com Costa Martins. Talvez por isso se lhe possa aplicar o que José Palla e Carmo escreveu, mais tarde, a respeito de um outro escritor, quando falou da existência de «subenredos alternados, mas paralelos e simultâneos no tempo dada a abolição da cronologia, dados os anacronismos em que mal se notara não fora a intencionalidade zombeteira que revestem muitos deles»([86]).

Nuno Medeiros: o Estado Novo e o mundo da edição

O campo dos estudos sobre o Estado Novo é, hoje, atravessado por um grande debate. Trata-se de um confronto entre os defensores de uma perspectiva de história política posta ao serviço de lutas contemporâneas e os que se reivindicam de um ângulo mais próximo das ciências sociais. Numa das suas versões mais frontais, mas porventura das mais ingénuas deste debate, Fernando Rosas expôs, recentemente, o seu desconforto em relação aos estudos que, influenciados pelas ciências sociais, padeceriam de uma «comum vulnerabilidade». Esta estaria presente nas classificações dos diversos tipos de autoritarismo, consideradas meras abstracções; e no facto de se acabar por «assumir o fascismo como uma espécie de corrente literária e intelectual que existiria por si só, como se os seus valores e ideais se manifestassem independentemente de condições objectivas e de uma base material e ideológica historicamente determinada»([87]).

([86]) José Palla e Carmo, «Breve nota sobre um romance inédito de Ruben A.», in Ruben A., *Kaos* (Lisboa: Imprensa Nacional – Casa da Moeda, 1981), p. 258.

([87]) Fernando Rosas, *Salazar e os Fascismos* (Lisboa: Tinta-da-China, 2019), p. 36.

No seu combate contra as ciências sociais e políticas, com as suas tipologias e aquilo que denomina de sociologismos, Rosas não está só. Partilha das mesmas apreensões e da mesma agenda de uma história comprometida politicamente com os historiadores que valorizam os sucessos do Estado Novo. Contudo, tem sobre estes a vantagem da distância, por ter exposto abertamente uma perspectiva comprometida com a esquerda, logo, contrária ao autoritarismo fascista.

No entanto, as interpretações do Estado Novo mais elaboradas teoricamente foram permeáveis aos ensinamentos das ciências sociais e políticas, incluindo nelas o recurso ao método comparativo, enquanto instrumento destinado a ganhar distância em relação à politização da história política. Hermínio Martins, José Cutileiro, Manuel de Lucena, Maria Filomena Mónica, Manuel Braga da Cruz e, sobretudo, António Costa Pinto foram os pioneiros, nas décadas de 1970 e 1980, de uma história do Estado Novo mais informada porque feita no contacto com as ciências sociais e políticas. Claro que, no interior desta perspectiva, se registaram diferentes prioridades na escolha dos temas e das escalas de análise. O mesmo se diga acerca do modo como, nesta mesma linha, novas gerações têm vindo a renovar os estudos mais promissores acerca do Estado Novo, conciliando o inquérito monográfico com o quadro comparativo.

O Estado Novo em Questão (Edições 70, 2010), organizado por Nuno Domingos e Victor Pereira, e no qual colabora Nuno Medeiros, constitui uma das tentativas para renovar a história do Estado Novo no contacto com as ciências sociais (é, aliás, nele que se encontram as críticas mais duras aos usos indevidos de tipologias e taxonomias, que Rosas repete). Porém, o desprezo a que são votadas perspectivas do Estado Novo inspiradas nas ciências sociais, por parte de Rosas, explica que nem sequer faça parte da bibliografia do seu livro mais recente.

Uma listagem dos estudos sobre o Estado Novo, próxima das ciências sociais, deverá começar por incluir as investigações relativas ao vinho e ao bacalhau (por Dulce Freire e Álvaro Garrido), aos mendigos e vagabundos (Susana Trovão e Maria de Fátima Pinto), emigrantes e «criadas» (Victor Pereira e Inês Brasão), operários, intelectuais e patrões (Bruno Monteiro e João Pedro George, para o caso dos escritores), e instituições de controlo, vigilância e legitimação do Estado (Jorge Ramos do Ó, Luís Nuno Rodrigues, Rita Carvalho, Luís Bigotte Chorão, Nuno Estêvão Ferreira, Rita Garnel, António Araújo, Diego Palacios e Paulo Silveira e Sousa).

A esta listagem, acrescente-se uma outra dividida por três grandes rubricas. A primeira diz respeito às questões macroeconómicas do atraso, da modernização e do desenvolvimento (inspiradas em Magalhães Godinho, Sedas Nunes e Pereira de Moura, aprofundadas por Álvaro Ferreira da Silva, Pedro

Lains, José Reis e Luciano Amaral). A segunda prende-se com a centralidade do império colonial (num campo em que Valentim Alexandre foi pioneiro, trabalham Nuno Domingos, Miguel Jerónimo, Fernando Pimenta, Cláudia Castelo, Bárbara Direito, José Pedro Monteiro, Teresa Furtado e Bernardo Cruz). Por último, considerem-se os estudos sobre a cultura (às abordagens sistemáticas de Luís Reis Torgal, sucederam-se as de Nuno Domingos, José Neves, Luís Trindade, Daniel Melo, Frederico Ágoas, Manuel Deniz Silva e Rahul Kumar).

As investigações de Nuno Medeiros sobre a história do livro, da edição e da cultura tipográfica, no século XX, têm vindo a questionar uma história política do Estado Novo feita na desconfiança das ciências sociais, políticas e económicas. A sua sociologia histórica ou história social do livro incide sobre as relações entre agentes e instituições, no interior do campo constituído pelo mercado dos bens impressos; ao mesmo tempo, procura pensar o trabalho desses mesmos agentes e as representações por eles produzidas. Nessa ambição relacional e sociológica, foge-se tanto à ilusão biográfica como à tentação de reduzir as determinações sociais a uma única instância, seja ela política ou económica. Mais: a exemplo do que Norbert Elias procurou fazer, ao estudar os processos de civilização com base no desporto e no lazer, Nuno Medeiros elege como objectos de estudo domínios considerados, à primeira vista, como menos importantes do que aqueles que se definem em função dos aparatos políticos ou das elites governamentais, mas com os quais mantêm relações de homologia.

O seu livro intitulado *O Livro no Portugal Contemporâneo*, numa colecção importante das Edições Outro Modo, integra a mesma agenda de uma sociologia histórica do livro. Os seus quatro longos capítulos, alguns já publicados noutros lugares, mas que agora surgem em versão revista, respondem a uma intenção problematizadora, concretizada num trabalho analítico exemplar. Porém, em lugar de procurar resumir, aqui, o que poderá ser apreciado através de uma leitura atenta, que o livro merece, concentrar-me-ei na enunciação desses mesmos problemas.

A primeira questão que o livro em apreço coloca é a de saber se a formação de uma cultura de massas se constituiu num veículo para as máquinas de guerra ideológica que difundiram mitos antiprogressivos.([88]) O que equivale a perguntar, de modo ainda mais sucinto: terá uma cultura de massas estado na origem do fascismo?

As componentes de uma cultura de massas tidas em conta por Medeiros são aquelas que se encontram relacionadas com a denominada literatura industrial, em folhetim e associada à publicação de jornais e revistas, a qual

([88]) Rogério Fernandes, *Ensino: Sector em crise* (Lisboa: Prelo, 1967), p. 149.

proliferou na segunda metade do século XIX (cap. 1), bem como a literatura policial, exemplificada pela colecção da Romano Torres, lançada em 1943, favorecedora da circulação internacional de modelos de escrita e de leitura bastante apolíticos (cap. 4). Aliás, neste último caso, que conjuga essencialmente traduções inglesas e norte-americanas com um trabalho criativo de escritores portugueses que se apresentavam sob pseudónimo, haverá um campo extenso para o desenvolvimento de alternativas à literatura neo-realista, também norte-americana, com Erskine Caldwell à cabeça.([89]) Resta saber qual dos dois termos da equação foi mais importante: o apolitismo do género do romance policial (suscitado pelos seus editores e procurado pelos leitores em massa) ou a complacência com que o Estado repressivo reagiu em face do mesmo género (como argumenta Medeiros).

O desprezo douto dos escritores que se auto-representavam como estando na posse dos mecanismos da distinção literária, em relação à denominada literatura industrial, mais preocupada com as vendas do que com o conteúdo, marcou um momento importante da constituição de uma literatura nacional, com Garrett e Herculano. Porém, a dissociação entre literatura nacional e literatura industrial, pouco prestigiada, porque massificada e suscitadora de modos de alienação, não terá sido resolvida pelo Estado Novo noutros termos? É que se pode pensar que o Estado Novo — longe de reivindicar para si uma qualquer estratégia de aproveitamento de uma cultura de massas, seguindo uma linha cara aos integralistas —, o que procurou foi difundir uma literatura em que figurassem os grandes escritores do século XIX.([90])

([89]) Francisco José Tenreiro, *Panorâmica da Literatura Norte-Americana* (Lisboa: Empresa Contemporânea de Edições, 1945), pp. 48–50. Sobre Tenreiro, ver Inocência Mata, *Diálogo com as Ilhas (Sobre cultura e literatura de São Tomé e Príncipe)* (Lisboa: Edições Colibri, 1998), pp. 50–53.

([90]) Importa, no entanto, não exagerar a antinomia entre salazarismo e integralismo, quando a sua relação era e permaneceu muito estreita. A obra onde, porventura, se afigura maior a intenção de recuperação da literatura oitocentista e das figuras de Herculano, Garrett, Eça, Fialho e Ramalho Ortigão, enquanto críticos do liberalismo parlamentar e do «pântano em que se tornara a nossa vida colectiva, chafurdando entre S. Bento e o Terreiro do Paço», da qual não estão ausentes simpatias monárquicas, é da autoria de Rodrigues Cavalheiro, *A Evolução Espiritual de Ramalho* (Lisboa: Livraria Clássica Editora, 1962), p. 231. Aliás, o trabalho dos integralistas de apropriação dos grandes escritores do século XIX fora precedido e foi sendo acompanhado pelo dos monárquicos. A este respeito, ver, a título de exemplo, o desabafo de Thomaz de Mello Breyner, conde de Mafra, na altura das comemorações em memória de Alexandre Herculano (26-04-1910): «Pobre memória de Herculano celebrada pela malandragem [republicana]. Só vi maltrapilhos e uma dúzia de estudantes»; «foi uma parada de forças jacobinas [....], fui aos Jerónimos de tarde ver destroçar a malandragem. Parecia que se tinham aberto um cento de prisões», *Diário de um Monárquico*, ed. Gustavo de Mello Breyner Andresen (s.l.: 1993), pp. 261, 262.

O segundo problema que o livro de Medeiros levanta é o de saber quais os limites da dominação do Estado totalitário, fascista, autoritário ou, simplesmente, salazarista. E a resposta é que o principal limite se encontra na autonomia do mercado que organiza o mundo da edição. Já Victor de Sá o intuíra.([91]) Tal como a separação entre esferas protege as interferências de umas em relação às outras, o mesmo se terá passado no mundo da edição durante o Estado Novo.

Assim, para compreender o Estado Novo, na sua relação com a cultura impressa, não basta perceber quais os mecanismos da censura, da propaganda ou dos prémios que foram capazes de interferir no mundo do livro, das revistas e dos jornais. É preciso reconstituir o modo de funcionamento das empresas e do mercado, tanto a partir dos seus interesses na obtenção de lucros como com base na organização familiar ou, ainda, em conexões que resultavam da participação em redes que operavam a uma escala internacional, nomeadamente entre Portugal e o Brasil (cap. 3). Se a insistência nos modos de autonomização de uma esfera propriamente editorial se constitui em argumento principal destinado a diminuir o peso excessivo da dominação política, os próprios editores, durante o Estado Novo, também se consideravam mais do lado da dissidência e não tanto como colaboradores do regime. Esta mesma constatação sugere um terceiro problema, passível de ser formulado como uma simples questão.

Será que o mundo da edição durante o Estado Novo, além de autónomo em relação ao poder político, representava uma cultura da dissidência? A resposta que Nuno Medeiros dá a esta questão está cheia de matizes, mas, de um modo geral, tende a ser positiva (cap. 2). Isto é, os editores eram, na sua maioria, dissidentes e não colaboradores do regime. No entanto, interrogo-me sobre a dimensão da amostra. Apesar da inédita enumeração de pequenas editoras comerciais do último capítulo, os editores estudados (Romano Torres, Coimbra Editora, Sociedade de Expansão Cultural, Gleba, Álvaro Pinto, Edições Dois Mundos, Livros do Brasil, Europa-América, Guimarães, Morais ou Verbo) não parecem ser suficientemente representativos. Ausentes estão a Ática e a Sá da Costa, a Portugália de Agostinho Fernandes e a Bertrand, sobretudo a partir da sua aquisição por Manuel Bulhosa, já bem entrada a década de 1960. Sem esquecer, porventura enquanto bastiões do conservadorismo nortenho, a Lello, a Porto Editora e a Livraria Civilização.

Ao alargar a amostra, talvez fosse possível pôr em causa a narrativa heróica do editor resistente — substituindo-a por outra na qual, entre colaboradores e resistentes, figuraria a do editor autónomo, mas conformado ou apolítico — e discutir a periodização duvidosa que o livro procura estabelecer. Refiro-me ao facto de Medeiros defender a existência de uma continuidade

([91]) V. de Sá, *Cultura e Democracia* (Braga, 1961), pp. 48–49.

entre a década de 1920 e o início dos anos 1970, ao mesmo tempo que, sublinhe-se, carreia muitos elementos que ajudam a pôr em causa essa mesma continuidade, a que a entrada de um grande conglomerado internacional, como o Círculo de Leitores, teria posto fim. Dois momentos, assinalados por duas situações que em muito transcendem o mundo das edições, afiguraram-se decisivos: os anos da Segunda Guerra Mundial e as mudanças em finais da década de 1950 e inícios da de 1960.

Um último problema que o livro coloca diz respeito à escala em que se fazem comparações e conexões em rede. Durante o Estado Novo, por exemplo, assiste-se a uma inversão dos fluxos da edição e dos agentes correspondentes, entre Portugal e Brasil. A antiga colónia, constituída em mercado para o livro produzido em Portugal até às primeiras décadas do século XX, teria sabido impor-se e ganhado em supremacia e capacidade de atracção, pondo em causa «o princípio histórico do direito à subordinação» do Brasil, a que os agentes portugueses do livro se arrogavam. Ao atraso estrutural português que caracterizaria a construção de um mercado para o livro, num país de analfabetos, sobrepôs-se a sua subalternização. No entanto, o que o livro acaba por não explicar é a relação entre redes de circulação, modelos editoriais ou géneros de grande difusão, e a sua instrumentalização por centros hegemónicos em detrimento de periferias retardadas.

Jorge de Sena e a liberdade do génio

Na abertura de um colóquio na Biblioteca Nacional sobre o ensaísmo de Jorge de Sena, António Feijó analisou o estudo do poema pessoano, de verso octossilábico, «Ela canta, pobre ceifeira». Análise bem fundada, circunscrita ao universo poético e literário, posta em relação com a defesa da homossexualidade de António Botto. No intróito à conferência, Feijó aludiu à consciência moral que Sena representara em vida. Os altos padrões de valores e a sua coragem constituíram uma referência para a geração de Feijó e parecem continuar a sê-lo, no momento de evocação da sua memória.

No sábado imediato, António Araújo publicou um longo artigo sobre as ideias políticas de Sena, no jornal *Público* (9 de Novembro de 2019). Argumentou, então, que o poeta e ensaísta não articulara um «pensamento estruturado sobre os desígnios pátrios». Ou, numa outra formulação, Sena não desenvolveu «um "pensamento político" sistemático e estruturado nem articulou uma concepção ideológica singular ou especialmente original». A inconsistência das ideias do poeta entrou em contradição flagrante, de acordo com Araújo, com os seus interesses pessoais. Primeiro, Sena defendeu, a todo o custo, a propriedade de uma casa que lhe tinha sido atribuída pelo Ministério das Corporações, no Restelo. No momento em que lhe foi retirada, por viver fora de Portugal há já alguns anos, Sena pediu ajuda a Eduardo Lourenço para interceder junto do ministro da tutela, que satisfez o seu pedido. Em segundo lugar, Sena procurou a cumplicidade do seu correspondente, na altura de um concurso universitário. Conforme revelou numa carta, o seu objectivo era impor um candidato que deveria ser do seu interesse, incapaz de o pôr em causa. Finalmente, na interpretação de Araújo, Sena não se opôs à ditadura brasileira, apesar de se poder contra-argumentar que a sua permanência no Brasil terminou em 1965, quando se mudou para os Estados Unidos. Logo, a sua estada não coincidiu com o endurecimento da ditadura, que se fez sentir a partir de 1968. Também se pode dizer ter sido no Brasil que Sena esteve mais próximo dos círculos portugueses da oposição. Em Novembro de 1959, segundo Jorge Fazenda Lourenço, começou «a colaborar no jornal oposicionista *Portugal Democrático* (São Paulo) e nas actividades do Centro Republicano Português de São Paulo e do Comité dos Intelectuais e Artistas Portugueses Pró-Liberdade de Expressão». Entre 1960 e 1963, integrou o conselho de redacção do *Portugal Democrático*.([92])

No que respeita à inconsistência do ensaísmo, Onésimo Teotónio de Almeida já alertara para o facto de os ensaios teóricos de Sena — sempre «entremeados de vergastadas nos deuses de barro da aldeia literária portuguesa» — revelarem que «nunca se pode esperar dele uma exposição teórica bem arrumada». Porém, a crítica de Onésimo, longe de ser uma espécie de bota-abaixo, surgiu matizada por uma comparação entre os vários géneros praticados por Sena. Constatando-se que o seu ensaísmo teórico não podia ser considerado uma área fundamental da sua produção escrita, uma vez que a sua actividade essencial era a de poeta, *scholar*, ficcionista e dramaturgo (*Colóquio/Letras*, n.os 125–126, 1993; *Despenteando Parágrafos*, Quetzal, 2015).

Não me parece, também, que se possa acusar alguém de não ter um pensamento político sistemático, quando o próprio enunciou, tantas vezes, que não respeitava escolas nem seguia uma única verdade. Apesar disso, admito que as incoerências políticas de Sena continuem a ser uma questão bicuda, a começar pela reconstituição do seu itinerário. Por exemplo, Jorge Fazenda Lourenço considerou que, em 1945, Sena era um oficial miliciano do exército que subscreveu as listas exigindo eleições livres; porém, não teria sido «deportado para o Tarrafal (Cabo Verde) por intervenção directa de Rui Ribeiro Couto, poeta e encarregado de negócios do Brasil em Portugal, junto de Salazar» (Jorge de Sena, *Entrevistas*, Babel, 2013, p. 14). Tenho muitas dúvidas em relação a uma tal ameaça de prisão no Tarrafal. Durante

([92]) Jorge de Sena, *Entrevistas* (Lisboa: Babel, 2013), p. 16.

as décadas de 1940 e 1950, não se afigura evidente que Sena tivesse estado afastado dos círculos intelectuais mais ligados ao regime. Foi a estada no Brasil que o levou, talvez, a assumir um estatuto de oposicionista. Mas, de novo, a sua consagração nas páginas de *O Tempo e o Modo*, em 1968, que lhe dedicou um número especial, revela o seu reconhecimento por parte de quem colaborava com o regime ou pretendia mudá-lo a partir de dentro.

Quanto à questão das cunhas para ficar com a casa e à jogada no concurso académico, direi, apenas, que a leitura das cartas trocadas com Eduardo Lourenço sugere que a reconstituição do contexto feita por Araújo está incompleta. Sendo de perguntar: não serão as provas dadas — envolvendo recurso ao sistema da «cunha», comprometendo o seu amigo e correspondente, Eduardo Lourenço — insuficientes para sugerir uma condenação pública de Jorge de Sena?

Ao retirar a Sena o estatuto de detentor da consciência moral que Feijó lhe atribuiu, Araújo reclamou para si a autoridade de julgar o próprio poeta, devido às suas contradições e à baixeza dos seus interesses. Longe de mim prolongar esta cadeia, reivindicando a autoridade de julgar Araújo, na sua condenação do próprio Sena. Os juízos de Feijó e Araújo, apesar de opostos, encontram-se no mesmo cumprimento de onda: o primeiro atribui a Sena a consciência moral e o segundo julga-o à luz desta última; por isso, o primeiro é muito positivo e o segundo, claramente, negativo.

Não escondo que, por uma assumida admiração em relação ao conjunto da obra de Jorge de Sena, me sinto mais próximo do ponto de vista de Feijó do que da condenação, porventura mais espectacular, de Araújo. Sena e a sua obra não podem ser descartados pelo facto de o seu pensamento político ser incoerente e destituído de grandeza, por ter ousado meter cunhas ao seu amigo ou não ter tido a coragem de ir contra a ditadura no Brasil. E já Onésimo de Almeida se mostrara crítico dos ensaios teóricos de Sena, incoerentes e cheios de escusadas «vergastadas», mas alertara para o facto de estes serem aspectos marginais em relação a outras partes da produção escrita do poeta.

Recorde-se que, no rol das críticas a Sena, Arnaldo Saraiva, num artigo publicado no *Expresso* (20 de Março de 1982), foi pioneiro no propósito de querer surtir o mesmo efeito espectacular e bombástico, visado por Araújo, mas restringiu-se à questão da suposta homossexualidade de Sena. Insinuação fácil de proferir com o visado morto, e por isso sem direito ao contraditório. Para mais, desligada da luta pela liberdade do corpo, logo da sexualidade que Sena sempre defendeu e que, por isso mesmo, não poderia ser vivida como se de um segredo se tratasse. Pouco importando, aliás, que o tipo de sexualidade em apreço pudesse ter sido uma prática efectiva, uma experiência arrumada no passado ou uma pulsão poética imaginada mas nunca concretizada.

Se a Inquisição voltasse, que diria de alguns poemas desse livro póstumo, intitulado *Dedicácias*, publicado por Mécia de Sena, em 1999? Mesmo tendo sofrido cortes — conforme informação de Onésimo, que teve acesso à versão integral —, muita coisa escapou digna da condenação pela fogueira. A título de exemplo, leia-se o seguinte poema: «Como a vida fode as mulheres mais/ do que um exército de caralhos. E lhes pela/ a cona da alma. Nada resta/ senão a córnea, egoísta, bruta, seca/ vagina recalcada para o dia a dia/ e um brilho de amor teimoso e raiva de senti-lo/ ao canto dos olhos com que mordem/ num só relance fugidio quanto alargue/ o horizonte para lá do gosto de mandar,/ torcer, impor, despedaça quem seja/ mais do que um osso esbugalhado na caverna delas./ A mulher vaca, a mulher girafa, a elefanta, a eléctrica, a macaca, a mesmo gente,/ até a Vitória de Samotrácia, se casasse,/ acabava nisto. Oh infelizes conas.»

Teriam os imaginados santos censores, se voltassem à Terra, dúvidas na interpretação de tal poema pejado de obscenidades? Creio que não. Embora considere que o poema mereça ser lido de outra maneira, para poder ser salvo e não condenado. É que não me parece que o mesmo possa ser confundido com um monte de obscenidades, nem com um qualquer antifeminismo feroz do poeta. Pelo contrário, trata-se de um autêntico manifesto do direito das mulheres ao seu próprio corpo e à sua sexualidade, contra as mutilações impostas pelo quotidiano do casamento e as castrações trazidas por quem se sujeite ao gosto de tudo querer controlar. Que se desenganem, por isso, aqueles que julgam ter Sena ousado ser obsceno para transformar a mulher num objecto, quando o que o poema revela é o direito das mulheres a lutarem pelo seu próprio corpo e pelo prazer, contra a chateza da vida e a sua transformação em controleiras, sempre à coca...

Entro sem rebuço pelo corpo e pelo modo como Sena pensava e sentia a liberdade de o usar, porque me parece que nada de mais longínquo estará da ideia de consciência moral. É que, se há nesta última noção dimensões que remontam à *Crítica da Razão Prática*, a ideia de uma consciência moral também me parece inseparável de um pensamento teológico e católico, que lhe emprestou vida nova. E, se assim for, pergunto: poderão intelectuais e escritores — nomeadamente os que mais defendem a liberdade do corpo — continuar a ser julgados à luz da consciência moral? Pessoalmente, creio que não e que melhor será encontrar outros critérios para dar sentido e julgar a vida e a obra de Jorge de Sena.

Foi com Alfredo Margarido que comecei a aprender a apreciar Sena, na sua dispersão e na sua pulsão criativa, sobretudo de poeta e investigador, incapaz de pactuar com a mediocridade (*Arquivos do Centro Cultural Português*, Fundação Calouste Gulbenkian, 1978). A esta mesma luz, estou convencido de que o orgulho de Sena — ao pretender afirmar-se como o melhor, ao mesmo tempo que vergastava os que o não compreendiam nem admiravam — significava algo mais do que um simples narcisismo. Tratava-se do resultado de uma dialéctica que, como ele próprio insistiu, apontava para uma dupla superação. De um lado, estava a relação da literatura com a cultura portuguesa e, por sua vez, com as outras culturas. Do outro, a relação do génio individual e criativo com aquilo que o transcendia ou, simplesmente, ultrapassava. Sena lutou por uma liberdade que não se compadecia com qualquer tipo de mediocridade. Esta última assumia muitas formas, incluindo nelas a literatice, a rotina burocrática ou pachorrenta, e a falta de trabalho duro e rigoroso.

Num dos seus estudos sobre Fernando Pessoa, Jorge de Sena comparou-o a Antero, Camões e, subentenda-se, a si mesmo. «Camões», escreveu, «foi dialecticamente muito mais arguto e mais lúcido do que nunca o foi Pessoa. Um e outro extremamente abstraccionantes e agudamente sensíveis ao próprio fluir do pensamento (o deles mesmo enquanto pessoas, e o do pensamento humano como tal enquanto observável neles), a poesia de ambos, independentemente das dissemelhanças evidentes, tem afinidades (e recíprocas divergências) muito curiosas. Ambos documentam casos últimos de refinada alienação psico-social (que, de certo modo, o Antero dramaticamente dividido entre a contemplação abstracta e a acção político-moral partilha com eles que igualmente tentaram não só fazer poesia mas influir na mentalidade nacional), em que a consciência recusa agonicamente o seu presente que ela substitui pela rememoração do passado ou pela invenção de uma experiência (quando não por uma visão transcendente que é dinâmica em Camões e é estática em Pessoa).»([93])

A comparação entre os dois grandes poetas prossegue, distinguindo Sena entre a supraconsciência de Camões (onde a matéria pura dialecticamente procura a sua forma) e a infraconsciência de Pessoa (com o seu «medonho entendimento do carácter fictício de qualquer formalidade dialéctica»). Mas o mais importante era compreender que ambos procuraram a sua superação, numa ânsia de alcançar algo de mais elevado ou genial. Foi sobre esta mesma grandeza que Sena discorreu, por exemplo, a respeito do poeta brasileiro Manuel Bandeira.([94]) Enfim, a luta de Jorge de Sena pela afirmação da grandeza dos poetas, da literatura e da cultura portuguesa, que era uma luta pela liberdade do génio, parece-me ser incompatível com noções como a da consciência moral. Esta apela à prática das virtudes, à moderação e até, talvez, a uma espécie de *aurea mediocritas*. Por isso, dificilmente pode servir de bitola para aferir quem lutou, com uma inquietação mais do que evidente, por afirmar o seu génio, o dos maiores poetas e o da cultura portuguesa.

([93]) Jorge de Sena, *Fernando Pessoa & C.ª Heterónima 1940–1978*, vol. II (Lisboa: Edições 70, 1982), pp. 43–44.

([94]) *Idem*, «Manuel Bandeira. Da poesia maior e menor», *Cidade Nova — Revista de Cultura*, V série, n.os 1–2 (1957), pp. 26–36.

6

Resistentes, pessimistas, lutadores

São políticos e intelectuais — que viveram com a Ditadura, resistindo--lhe, escapando-lhe ou autonomizando-se em relação aos seus modos de controlo — os oito homens comentados neste capítulo. No seu conjunto, não formam uma geração, embora seja evidente a concentração entre os que nasceram entre as décadas de 1930 e 1940. Álvaro Cunhal nasceu em 1913, mas é aqui incluído porque se trata de comentar as suas acções na década de 1960. Victor Cunha Rego é de 1933. José Cutileiro, do ano seguinte. Francisco Pinto Balsemão nasceu em 1938. António Barreto e Vasco Pulido Valente são, respectivamente, de 1942 e 1941. Onésimo nasceu em 1944 e Jorge Silva Melo, em 1948. Cunhal, Balsemão e, em menor escala, Barreto ou Pulido Valente, pelo menos em certos períodos posteriores a 1974, tiveram funções de governo ou estiveram envolvidos na oposição, embora os dois últimos tenham passado rapidamente para o jornalismo, enquanto comentadores políticos. Todos os outros, apesar de se terem oposto à Ditadura, dedicaram-se quase exclusivamente ao jornalismo, à investigação e ensino, à escrita e às artes cénicas.

A abordagem destes oito homens é heterogénea, desigual e baseia-se em materiais diferentes. Nos casos de Cunhal, Barreto e Onésimo, biografias escritas por outros servem de ponto de partida. O trabalho do biógrafo, quanto à selecção, estilo e tipo de focagem, interpõe-se entre a lente aqui utilizada e os figurões em causa. Mas, nos outros casos, são os próprios escritos dos figurões que servem de pasto para os exercícios adiante desenvolvidos. Claro que existe uma grande distância entre o trabalho do biógrafo e o registo mais pessoal, concretizado na crónica, nas memórias, no pequeno ensaio ou, caso extremo, na autobiografia.

E quais os efeitos, nos diversos tipos de escrita, das construções literárias, que tanto podem resultar numa elaboração ficcionada ou no olhar realista? Com tudo o que tem de subjectivo, a atribuição do qualificativo de literário, que implica capacidade para sobrepor e distinguir diferentes camadas de significados, só poderá ser aplicada: a partes do trabalho de Cutileiro, debaixo do pseudónimo de Kotter; à oficina de escrita de Silva Melo, o encenador que foi capaz de articular tantos mundos, incluindo o das artes plásticas; e a Onésimo, cuja escrita variada de natureza ensaística, acompanhada da oralidade de quem gosta de contar histórias, também tem muito de aproximação ao universo literário.

Só num caso o registo literário está contido não no exercício da escrita, mas no acto de leitura: refiro-me à biografia de António Barreto de autoria de Maria de Fátima Bonifácio. O figurão em causa, salvaguardo, não tem culpa que a autora da sua biografia — num afã de agradar ao amigo biografado — tenha derrapado, talvez de forma involuntária e nada consciente, numa série de lugares-comuns de outros tempos, os quais foram objecto de gozo por parte de Eça de Queiroz. A minha leitura dessa biografia — ao aproximar a enorme escorregadela de Bonifácio da figura inventada de Pacheco, personagem do convívio de uma outra, também inventada, que foi Fradique Mendes — limitou-se a pôr a nu a falta de cultura literária da biógrafa. Treinada como historiadora, não foi capaz de ultrapassar as barreiras da sua competência titulada, para se aventurar num registo mais literário.

Muitos outros intelectuais públicos poderiam ser aqui lembrados. Mas esclareça-se, mais uma vez, que o propósito nada tem de exaustivo, e por isso o apontar de lacunas ou o inventário das ausências não colhe. O objectivo visado neste capítulo é tão-só o de procurar verificar como é que, no interior de um regime ditatorial, se construíram espaços de dissensão, autonomia ou resistência. Já em democracia, afigura-se mais difícil perceber o que une os intelectuais: a denúncia das continuidades salazaristas, como acontece em parte com Cutileiro? O azedume frente a um país que não se moderniza, como partilham Pulido Valente e Barreto? O gosto em celebrar a liberdade, contra os legados do fascismo, mesmo que surjam novos bloqueios e tendências impostas por uma cultura do espectáculo, como sugere Silva Melo?

Álvaro Cunhal: a escrita de uma vida

Dez anos depois de publicado o terceiro volume, saiu o quarto da biografia política de Álvaro Cunhal, da autoria do historiador José Pacheco Pereira.(1) Com catorze capítulos em 469 páginas, este é o volume mais pequeno da obra, uma vez que os dois anteriores atingiram quase o dobro das páginas. No seu conjunto, trata-se do trabalho de uma vida, escrito com isenção por quem sempre assumiu uma trajectória política que nada tem de linear e é, hoje, uma figura pública dos meios de comunicação portugueses, respeitada pelo modo frontal como escreve e fala acerca da vida política nacional e internacional.

Os quatro volumes já publicados sobre Álvaro Cunhal constituem um dos estudos monográficos de maior relevo sobre a história do século XX português. E, sem dúvida, a mais importante biografia política, já publicada, sobre o mesmo período. Claro que avaliações do género são controversas e ainda mais o seriam se se tivesse em conta a biografia que Vitorino Magalhães Godinho escreveu sobre o seu próprio pai, que passou despercebida num panorama em que a crítica é incipiente.

Num momento em que a história, tal como tantas outras formas da vida cultural, tende a ser monopolizada pelas universidades, cabe a um historiador, dobrado de político, escrever uma das obras mais importantes da história contemporânea portuguesa. A tenacidade de José Pacheco Pereira e o modo como tem sabido preparar e estruturar a sua obra, recorrendo ao tratamento de períodos curtos e procurando identificar eixos temáticos que dão sentido à vida do biografado, constituem as chaves capazes de explicar esta situação. Mas é inevitável perguntar, mesmo que se fique sem resposta: que têm andado os historiadores académicos a fazer? É, pois, como resultado de uma investigação séria que esta obra merece ser lida e criticada. Conferir-lhe este estatuto, fundado na intencionalidade do próprio autor, permite ultrapassar a discussão acerca da escrita da história para o grande público — um tema extremamente ambíguo, por vezes perverso, manipulado por editores ao sabor das suas próprias incertezas e ignorâncias. Que não haja equívocos: as razões que asseguram a qualidade desta obra no seu conjunto nada têm que ver com o facto de ter sido escrita para ser acessível ao grande público; tão-pouco se pode argumentar que foi o perfil mediático do seu autor que catapultou a sua obra para os escaparates das livrarias. Pelo contrário, foram os critérios rigorosos da pesquisa e da escrita da história, tão elevados que nem sempre estão ao alcance dos historiadores universitários, que lhe permitiram alcançar o estatuto de obra de referência.

---

(1) José Pacheco Pereira, *Álvaro Cunhal — Uma Biografia Política*, vol. 4 — *O Secretário-Geral (1960–1968)* (Lisboa: Temas e Debates, Círculo de Leitores, 2015).

Este quarto volume, que cobre grande parte da década de 1960, acabou por ser publicado dez anos depois do anterior. Entretanto, saíram vários volumes das *Obras Escolhidas* de Álvaro Cunhal pelas Edições Avante! (t. 2, 2008; muito em especial o t. 3, 2008; e o t. 4, 2013). Sob a coordenação do seu director e membro do Comité Central do PCP, Francisco Melo, estas últimas *Obras* constituem um trabalho editorial que tem de ser reconhecido pelo seu rigor, ao lado do que já tinha sucedido com as *Obras Escolhidas* de Lenine. Assim, desde 2007, o PCP e as Edições Avante!, com o seu projecto de publicação das obras de Cunhal, adoptaram o mesmo critério cronológico seguido por Pacheco Pereira na sua «biografia política» e, antecipando-se, retiraram a esta última obra, muito em particular a este t. 4, relativo aos anos 1960, o seu *momentum*.

A vida política de Cunhal — desde que fugiu da prisão até ao marcelismo, com as suas passagens no exílio por Moscovo, Bucareste e Paris, onde continuou a viver na clandestinidade — foi profundamente marcada pela sua relação com a escrita. Na década de 1960, sem dúvida, na sequência dos muitos anos já passados no isolamento da prisão, Cunhal revelou-se um escritor extremamente prolífico. Um intelectual comprometido, como muitos dos resistentes à ditadura de Salazar gostariam de ter sido. Os textos que então escreveu ou publicou, embora em edições que tiveram circulação restrita, ou clandestina, constituem as peças essenciais — e de maior fôlego — da sua interpretação do marxismo-leninismo. A este respeito, *Rumo à Vitória* (1964) é, talvez, a obra essencial, mas de nenhum modo a única, conforme se pode verificar nos citados volumes das *Obras Escolhidas* das Edições Avante!

O que mais interessa aqui registar é que, entre 1960 e 1968, Cunhal publicou mais de um milhar de páginas, nas quais conciliou análise da situação política, social e económica com pensamento de carácter doutrinal. Ora, dada a dimensão da obra política escrita de Cunhal, os riscos de uma biografia política ficar presa aos próprios termos utilizados pelo biografado, nos seus escritos, são enormes. E, apesar de Pacheco Pereira ter muitas vezes procurado contextualizar os discursos de Cunhal através de uma reconstituição das suas acções e dos que com ele se relacionaram, seguindo os seus movimentos no exílio e na clandestinidade, o certo é que o modo de tratar a vida do seu biografado, muito em particular durante a década de 1960, surge demasiado marcado pelos termos utilizados por Cunhal nos discursos que escreveu durante esse mesmo período. A ponto de acabar por ser mais útil ler directamente os discursos de Cunhal do que a biografia política que sobre eles assenta.

Para ultrapassar os riscos que corre qualquer biografia de um escritor, que produziu textos considerados políticos, de ficar encerrada na repetição dos próprios termos dos discursos que toma por objecto, seria necessário encontrar uma outra distância. Esta necessidade de encontrar uma outra perspectiva afigura-se tanto mais urgente quanto o próprio escritor de discursos políticos também se envolveu, em paralelo, na criação de uma série de obras de sentido literário, elas próprias capazes de estabelecer um outro ângulo para as suas posições políticas. Pacheco Pereira não deixa de constatar a existência desse outro território, mais propriamente ligado à produção literária de Cunhal; mas, uma vez reconhecido esse outro território como a forma possível que Cunhal encontrou para elaborar a sua própria autobiografia, Pacheco Pereira descarta-se dele. Isto é, não o considera enquanto objecto ou dimensão analítica, passível de integrar a sua «biografia política». Pelo menos é o que acontece neste volume e nos anteriores.

Em suma, a biografia política em causa não conseguiu analisar os discursos políticos — e muito menos os literários — de autoria do biografado. Ora, este último manteve, sobretudo nos anos 1960–68 de que este volume se ocupa, uma relação obsessiva e omnipresente com a escrita. O autor da biografia limitou-se a reproduzir ou a resumir os próprios termos dos discursos do biografado que tomou como seu objecto, acabando por ficar neles enredado. Com esta mesma limitação, Pacheco Pereira submeteu-se à produção de sentidos dos textos que foram escritos como discursos de acção, versando sobre realidades concretas e objectivas. Submissão que acabará por contribuir para alimentar o mito da inteligência, do faro político e da profundidade intelectual do biografado. No fundo, um mito que conjuga, em torno da figura de Cunhal, tenacidade individual com capacidade para chefiar uma hierarquia burocrática partidária e, por sua vez, com o reconhecimento carismático junto das massas.

O centralismo democrático, o pragmatismo das alianças na luta contra o fascismo, a defesa do recurso à violência e à acção armada ou, numa outra escala, o modo de representar Humberto Delgado ou Francisco Martins Rodrigues são evocados na biografia a partir dos termos utilizados por Cunhal nos seus escritos. No único capítulo dedicado à Guerra Colonial — no qual trata das relações do PCP com os movimentos de libertação, com a mobilização militar e a deserção, deixando o leitor com água na boca, dado o impacto da guerra de África nos anos 1960 —, Pacheco Pereira cola-se demasiado à visão de Cunhal e do PCP por ele representado. Ora, estes últimos pretenderam fazer crer que os republicanos, com o seu Programa para a Democratização da República (1960–61), excluíam, do seu modo de entender a questão ultramarina, a independência. Ora, os subscritores de tal Programa, bem como outros republicanos com experiência colonial, a começar por Augusto Casimiro, também defenderam a autodeterminação dos povos e a independência das colónias. Ou seja, não se pode continuar a dizer que os republicanos democratas, liberais e burgueses, apoiaram em bloco a política colonial de Salazar em 1961 e só o PCP se lhe opôs abertamente (pp. 161, 287).([2])

Apesar de breves, três momentos desta biografia política, relativos à esfera mais privada e aos afectos de Álvaro Cunhal, são particularmente conseguidos: o das relações amorosas e conjugais de Cunhal, o da sua relação com a filha e a bela carta à irmã, no momento da morte do pai. A este respeito, seria tentador saber mais e procurar estabelecer uma ligação entre vida política e privada. Porém, dada a escassez de materiais para reconstituir esta última esfera, Pacheco Pereira, de modo equilibrado e contido, nem sequer enuncia tal tipo de especulações. Só no encontro com Mário Soares, quando ambos se encontraram no exílio, se voltou a fazer notar o gelo de Cunhal em face do seu antigo aluno, a quem não deu troco, quando este último lhe perguntou pela família.

Mas essa ausência de materiais sobre a esfera privada — entendida, talvez, como uma criação da burguesia, recusada pelo marxismo-leninismo — não será ela própria um acto deliberado? Uma construção largamente condicionada pelo mito comunista da dedicação democrática ao colectivo e às realidades sociais e económicas em que o indivíduo desaparece? Um mito que se alimenta de um esforço contínuo de auto-representação, mas que se afigura incompatível com a prática de quem teve uma relação tão forte com a escrita? É que a prática da escrita implica sempre solidão e um quotidiano marcado pela tranquilidade da esfera privada.

Últimas questões, a que esta biografia não responde: até que ponto Álvaro Cunhal — cuja actuação se confunde com a organização do Partido, com a sua tenacidade e pragmatismo, na organização do mesmo partido, no controlo dos traidores, nas alianças que procurou com outras forças e na consciência das etapas a percorrer até à vitória — foi o elemento decisivo que permitiu ao PCP implantar-se, na década de 1960, na sociedade portuguesa, como nenhum outro partido comunista europeu conseguiu? O que equivale a perguntar: foi, afinal, um homem sozinho que organizou um partido, apesar de o mesmo biografado ter sempre reivindicado a sua dissolução no interior do colectivo partidário ou no respeito pelas massas? Ou, pelo contrário, foram as condições estruturais — de um país habituado ao poder pessoal de um ditador, apoiado numa polícia secreta, que não contava com uma classe média nem com muitos círculos diversificados de uma opinião pública informada — que favoreceram a implantação de Cunhal e do seu partido clandestino? Ou, por último, foi a prosperidade da década de 1960 — tanto interna como nas colónias, que correspondeu à modernização industrial tardia, bem

---

([2]) Ideia repetida em Fernando Tavares Pimenta, *Portugal e o Século XX: Estado-Império e descolonização (1890–1975)* (Porto: Afrontamento, 2010), pp. 108–109.

como à própria guerra, com as suas formas de doutrinação nacionalista — que Cunhal e o seu partido temeram e à qual se opuseram, por reconhecerem, nessa mesma prosperidade capitalista, um modelo social contrário ao de uma sociedade marxista-leninista?

Francisco Pinto Balsemão: os anos de formação

Ao contar a sua vida, Francisco Pinto Balsemão dá uma lição de transparência e, até, de humildade (*Memórias*, Porto Editora, 2021, 999 pp.) Tudo virtudes que faltam na cultura política portuguesa. É que, aqui, os políticos têm-se afirmado geralmente pela sua adesão a ideologias, com as quais querem fazer crer que mantêm uma relação de coerência, mas acabam por esconder as suas vidas, mascarar ou jogar com as suas origens e dissimular as suas próprias histórias.

Estas volumosas memórias começam por fazer a crónica da sua família, do seu círculo restrito de amigos, da sua educação escolar e universitária, terminando no serviço militar. Herdeiro único pelo lado paterno, Balsemão passou a infância num enorme domicílio da Lapa, em Lisboa, onde viviam por andares os pais, tios e uma avó. Casa com jardim, quase uma quinta murada, com criadagem, hortelão, criação de galinhas, perus pelo Natal, mais as inevitáveis relações de vizinhança com merceeiros, carvoeiros e miúdos da mesma rua. Casa e família, onde de portas adentro também existiam mexericos, mas que se impuseram desde cedo como o lugar dos afectos concentrados no menino bem-amado. Tão amado que pôde partir em busca de outros horizontes.

Como em quase todas as famílias de posses e elevado estatuto, onde a burguesia dos negócios se aliara com a nobreza, existiam diferenças de riqueza e orientação política entre o lado materno e o paterno, que acabaram por convergir no salazarismo. Ao lado da mãe, Castro Pereira, composto por muitos tios e primos, mais ligados ao Turf e ao Tauromáquico, não faltava a origem numa bastardia de D. Pedro IV, o que explica a defesa familiar da Monarquia, caída em 1910.

Já do lado paterno, a militância republicana do avô parece ter estado associada a características mais empresariais, com origens na Guarda, que se vieram a desenvolver tanto do ponto de vista industrial quanto naval e colonial. Da família do pai, mais aberta e associada ao Grémio Literário, sobressai o tio Xico, que estudou em Leeds, e a avó Luzia, que, depois de viúva, casou segunda vez com um ministro do último governo da Monarquia, cujo nome nunca era pronunciado, por indesejado. O retrato da casa e da família não ficaria completo sem uma referência à mesa e às conversas ali havidas entre pai, mãe e filho, com uma refeição em inglês e outra em francês por semana.

Até aos dez anos de idade, Francisco Pinto Balsemão foi educado em casa pelas professoras de português, francês e inglês. Só à luz dos padrões habituais, este modelo educativo, centrado na família e em tutores privados, pode ser considerado um arcaísmo principesco. O certo é que ele estava bem estabelecido, entre as classes altas, em Portugal e por essa Europa fora. Neste caso, correspondeu a um modo de protecção em relação a um jovem sobre o qual recaíam muitas expectativas e que, aos dez anos de idade, foi estudar para o Liceu Pedro Nunes (1947/48 – 1953/54), onde esteve sete anos, até entrar na Faculdade de Direito de Lisboa. Além do futebol e do pingue-pongue, em que se sagrou logo campeão, fugiu às aborrecidas formaturas da Mocidade Portuguesa envolvendo-se na vela. Depois, nas férias passadas em Cascais, um barco a remos, que os pais lhe ofereceram aos 13–14 anos, ajudou a estimular nele a independência e a fazer boa figura junto das meninas da praia da Conceição.

Pela mesma altura, as Férias Grandes, passadas em Cascais, dividiam-se entre a praia e a Parada, um clube que impunha regras máximas de exclusivismo social. Por razões que, já à época, pareciam óbvias ao próprio autor, aos horizontes muito limitados da Parada, o então adolescente opunha a sua curiosidade pelo Dramático de Cascais, onde se fazia sentir a presença de raparigas. No fundo, era já a busca de um universo mais alargado que preocupava o jovem, sempre interessado no elemento feminino.

Aliás, a mesma preocupação em cultivar as amizades e procurar outros mundos — que não se restringissem à família, nem ao liceu, mas que se encontravam dependentes dos chamados tempos livres — foi plenamente desenvolvida com a entrada na faculdade. Uma entrada que deu azo ao aumento de cilindrada da mota e depois se traduziu na passagem para o carro, a permitir um alargamento da esfera de acção e das saídas nocturnas. O sentido das obrigações universitárias, com as quais sempre cumpriu, só foi interrompido pelo chumbo no 2.º ano: «Foi um dos maiores choques da minha vida», confessa, com sinceridade. Mas nem de perto, nem de longe, esse jovem que crescia e entrava na idade adulta considerou a Faculdade de Direito e o movimento estudantil como estando no centro do seu mundo.

O estudo, sobretudo depois do chumbo, era importante e nunca deixou de ser levado a sério. Porém, havia também as peregrinações nocturnas lisboetas, do Galo à Taberna Sevilhana, do Maxime ao Texas Bar, sem esquecer o Hot Clube. Uma espécie de escola da vida, necessariamente boémia, capaz de criar e ajudar a sedimentar laços de amizade para sempre. Só assim se compreendem: as histórias divertidas das noites passadas em Tossa de Mar, na Costa Brava, onde ele e os amigos conseguiram ficar por mais uns dias, tocando nos tempos mortos do conjunto musical residente a troco de bebidas e de noites bem passadas, rodeados das inevitáveis raparigas bonitas; ou a vitória à roleta em Monte Carlo, que pagou ao autor e aos seus amigos, já sem dinheiro, a viagem de regresso a Portugal.

Pinto Balsemão ainda frequentou o então chamado 6.º ano de Direito. Privou, então, com os professores mais conhecidos, todos eles ligados ao governo de Salazar: Marcello Caetano, Silva Cunha, Soares Martínez e Lumbrales. Porém, os ensaios que preparou para cada uma das cadeiras continham em si matéria controversa que punha em causa, por exemplo, a política colonial, o corporativismo ou o condicionamento industrial. Uma série de irreverências que o levaram, pura e simplesmente, à não conclusão do mesmo curso complementar.

Sem dúvida mais importante do que os conteúdos académicos é a longa evocação dos amigos que o acompanharam nos tempos da universidade. A Costa Reis, Morais Leitão, Ruella, André Gonçalves Pereira — todos já falecidos, mais ou menos da mesma idade — dedica as páginas mais tocantes dos primeiros capítulos das suas memórias. Trata-se de uma manifestação profunda do valor atribuído aos laços de amizade e do quanto, na sua vida, dependeu de um «reduzido círculo de amigos» (p. 107).

Através da última constatação acerca dos amigos e das cumplicidades partilhadas (dia e noite), descobre-se um dos fios condutores da vida de Francisco Pinto Balsemão: o da lealdade e exigência dela para com os amigos que lhe estão próximos. Por isso, será escusado especular sobre o sentido da honra e do respeito pela reciprocidade das trocas, e como é que tudo isto entronca numa genealogia das virtudes (mais do que de ideias ou ideologias). É que existe, num último momento da formação do autor das *Memórias*, um pormenor que pertence ao mesmo quadro de valores e que, por isso mesmo, não pode ficar esquecido, pois tem valor exemplar.

Nos três anos e meio que cumpriu de serviço militar, depois de uma recruta relativamente branda, como ele próprio confessa, Balsemão integrou, por convite, o gabinete de Kaúlza de Arriaga, subsecretário de Estado da Aeronáutica. Começou como aspirante e passou a alferes, tendo chegado a ajudante-de-campo e chefe de redacção da revista da Força Aérea, *Mais Alto*. Com Kaúlza, Balsemão diz que aprendeu a decidir, a inovar, a saber tratar simultaneamente de muitos assuntos, a fazer valer o prestígio da organização em que se encontrava, impondo-se nos diferentes canais políticos. Enfim, tal como num laboratório de uma primeira experiência laboral, a importância de quem chefia e sabe tomar decisões, com carisma, mas também com o sentido da racionalidade e da divisão do trabalho, Balsemão aprendeu muito com Kaúlza.

O registo dessa primeira experiência de trabalho e o elogio das indiscutíveis qualidades de Kaúlza, como militar e dirigente político, equivalem a um acto de reconhecimento e de coragem. No gabinete, aprendeu a saber lidar com uma organização militar (bem mais eficiente do que a do gabinete civil do ministro da Saúde, Soares Martínez, onde esteve como secretário, depois do serviço militar). As viagens que fez a Angola e Moçambique despertaram nele um amor por África. E os trabalhos na referida revista — inclusive as reportagens — lançaram-no no mundo do jornalismo e da imprensa periódica.

O sentido de gratidão e de respeito que Balsemão sempre manifestou em relação a Kaúlza surge bem documentado em duas situações. Primeiro, de 1969 a 1973, quando Balsemão integrou a chamada Ala Liberal, na Assembleia Nacional, começou por pedir conselho ao general, mantendo com ele relações positivas que estavam de acordo com a sua atitude reformista. Segundo, depois do 25 de Abril ou, melhor, do 28 de Setembro, quando Kaúlza foi preso, e depois, em 1977, quando fundou o MIRN, altura em que Balsemão se terá afastado definitivamente. Equívocos gerados pelo jornal *Expresso* também contribuíram para um ressentimento de Kaúlza em relação a Balsemão. No entanto, vem agora o autor das *Memórias* — com uma coragem pouco comum — reconhecer que o seu afastamento foi um erro e apresentar como que um pedido de desculpas póstumo. É que, nas suas palavras, haverá que reconhecer que Kaúlza não foi «o horroroso fascista em que alegadamente se transformou, ou o transformaram, depois do 25 de Abril» (p. 112).

Da leitura destas *Memórias* e *sub conditione*, será já possível chegar a algumas conclusões, com base nos primeiros quatro capítulos. A primeira é que nelas se recorre a um estilo que é, ao mesmo tempo, enxuto e descritivo, em que se afloram pequenas situações ou episódios. Neste, insinuam-se modos salutares de autodepreciação, ironia e humor. Tudo isso, como bem notou Marcello Caetano, com «clareza da exposição e da prosa» (p. 193). Só num ou noutro caso, curiosamente em referência às caçadas de África ou às noites de Luanda (pp. 48, 105), derrapa o autor num bem escusado mau gosto poético-literário. E pena é que assim tivesse acontecido, talvez por mau conselho, inadvertência ou placidez de editores ou revisores! Ou será isso o resultado do magistério de Baptista-Bastos, que o autor considera surpreendentemente tê-lo ajudado a melhorar a sua própria escrita (p. 138)?

Mais importante do que as questões de estilo: Balsemão auto-representa-se sem peias. Com coragem e sentido de honra, assume as suas origens, não escondendo ter nascido em berço de oiro e ter sido herdeiro único. De um modo quase exemplar para os seus descendentes, põe a tónica na ética de trabalho do seu pai, cujos resultados lhe permitiram um certo enriquecimento, a ponto de ter substituído o eléctrico e o andar a pé pelo carro com *chauffeur*. De igual modo, o jovem Francisco Pinto Balsemão procurou cavar para si uma margem de actuação que lhe permitisse superar as suas origens e aquilo que parecia estar determinado à partida. As peregrinações nocturnas, as viagens e a atracção pulsional e amorosa fazem parte desta maneira de sair de casa e de partir à conquista do mundo. De maneira nenhuma se limitou ao brocardo: o que o berço dá a tumba leva.

Amigo dos seus amigos, Balsemão sabe também reconhecer o papel daqueles que contribuíram para a sua formação e nele confiaram (pouco importando as divergências políticas, como demonstra o caso da sua relação com Kaúlza, descrita com pormenor). Enfim, bom aluno em casa, no liceu e na Faculdade de Direito, a sua formação parece ter sido muito mais devedora da sua relação com a família e com os amigos, enquanto fonte de afectos e de aprendizagem. Sem esquecer a lição memorável das noites no Galo, à saída do Parque Mayer, acompanhadas ao piano por Eugénio Pepe.

A «escola prática» onde Francisco Pinto Balsemão aprendeu política e muitas outras coisas foi o *Diário Popular*. Claro que existiram experiências anteriores, como as que se sucederam na Faculdade de Direito, na Força Aérea e nos dez meses no Ministério da Saúde. Porém, a entrada no mundo do trabalho, dos negócios e da política foi feita naquele jornal vespertino, de que o seu tio e o seu pai eram accionistas principais.

Em 1963, quando contava 25 anos de idade, ingressou no jornal, que fora criado em 1942. De início, na qualidade de secretário de redacção; depois, até à venda do jornal em Janeiro de 1971, dobrou-se de jornalista e chegou a administrador. O director do jornal, Martinho Nobre de Melo (1891–1985), catedrático da Faculdade de Direito de Lisboa e um dos teóricos do corporativismo, servia de escudo protector do regime salazarista, mas primava pela ausência. Balsemão percebeu cedo quais as frentes de combate que tinha diante de si: primeiro, competia-lhe ganhar a confiança do director; depois, era necessário conquistar a redacção, composta por 40 a 50 jornalistas, politicamente divididos; por último, tinha de saber defender os interesses de família face a um outro administrador, Guilherme Braga Brás de Medeiros (1912–1994), com ligações ao futebol.

Em jeito de balanço de vida, Balsemão descreve os seus contributos, no sentido de melhorar o jornal: divisão da redacção em secções; criação de uma rede de colaboradores; com tiragens crescentes e uma afirmação bem popular, ensaiou algumas tentativas destinadas a «puxar para cima» o jornal — foi o caso do *Suplemento Literário*, onde veio a conhecer e admirar Agustina, Vieira da Silva e Ruben A.; patrocínio de grandes reportagens, como a que empreendeu nos Estados Unidos ou a que incidiu sobre o baile de Antenor Patiño; convites para a entrada de mulheres no jornalismo, como sucedeu com Maria Antónia Palla; e muitas outras iniciativas, tal como a da recuperação do concurso «Miss Portugal», que desafiava as convenções ridículas de Salazar sobre fatos de banho, numa época em que o turismo se desenvolvia a olhos vistos.

Quanto às questões políticas propriamente ditas, a aprendizagem do *Diário Popular* revelou dois aspectos interligados. Por um lado, o dia-a-dia do jornal, feito no contacto directo com os jornalistas (cujos nomes, características e orientações políticas são objecto de uma cuidadosa descrição), fez com que tomasse «consciência de que existia um muro intransponível chamado Censura» (pp. 135, 147). Uma tal constatação levou-o a querer ir mais longe e a acreditar que a luta pela liberdade de informação fazia parte de um combate maior por todas as «outras liberdades, pela democracia e, portanto, pela mudança de Regime» (pp. 136, 148).

Por outro lado, Balsemão explica por que razão o jornal não terá dado a devida cobertura à questão ultramarina. Considera, então, reiterando uma opinião que é a todos os títulos consensual entre investigadores, que a Censura exercia sobre todas as notícias da Guerra Colonial um apertado controlo, em comparação com as que diziam respeito a quaisquer outros temas da actualidade. E acrescenta, de forma discutível e em contradição com o factor explicativo anterior, que existia, na década de 1960, um consenso mais alargado sobre o que se passava em África, não se encontrando ainda disseminada em Portugal uma visão anti-imperial, tal como veio a suceder nos anos 1970.

A primeira politização de Balsemão, na auto-representação que constrói ao longo das suas *Memórias*, não se limita à sua participação no *Diário Popular*. Ela vive da memória dos contactos que estabeleceu com outros políticos, que estiveram, em determinada altura das suas vidas, no centro de processos de tomada de decisão. Foi o que sucedeu, durante a década de 1960, nas relações que estabeleceu com três figuras a que atribui papel de relevo: Adriano Moreira, Mário Soares e Marcello Caetano.

No que respeita ao primeiro, com quem travou conhecimento desde que o entrevistou para a revista da Força Aérea, *Mais Alto*, as observações são genéricas. O seu papel na condução de reformas e, sobretudo, no suscitar de uma ideologia luso-tropicalista de integração e de representação do colonialismo português como algo de excepcional culmina com a ideia de que a mesma ideologia, valorizadora da cultura e língua portuguesas, veio a inspirar a criação da CPLP. Ao reformismo de Moreira, Balsemão faz suceder a sua influência em tempos de democracia, reconhecendo muito simplesmente que a lusofonia badalada em tempos pós-coloniais é o prolongamento de uma ideologia colonial.

Discordo dessa leitura, que se baseia na própria imagem que de si próprio Moreira forjou, mas não posso deixar de admitir que a mesma carapuça foi recentemente enfiada por um historiador de ofício, num exercício que pretende ser de análise e síntese histórica (que nada tem que ver com o registo mais pessoal próprio da escrita de memórias). Refiro-me a um artigo, em modo comemorativo, de Pedro Aires de Oliveira, no qual se faz o elogio declarado do reformismo de Adriano Moreira (*Público*, 12-09-2021). É que, sempre que a auto-representação ardilosa de Moreira é reproduzida, não só se fica com uma imagem mítica do passado, mas também, ao pôr-se o foco no seu presumido pacifismo reformista, se deixa na sombra o papel dos militares e combatentes, remetendo-os para a responsabilidade no uso da força e da violência.

Em relação a Mário Soares, que conheceu em 1968, depois do exílio em São Tomé, de cerca de oito meses, Balsemão confessa a sua solidariedade e o modo como o seu exemplo contribuiu para a sua própria politização. Mas foi a figura de Marcello Caetano que mais influência teve nessa politização. No clima da «Primavera Marcelista», quando se pensava numa transição para a democracia, sem necessidade de se passar por uma revolução, Balsemão viu com bons olhos o convite para integrar como independente as listas eleitorais da União Nacional. Passou, então, a fazer parte da denominada Ala Liberal na Assembleia Nacional, entre 1969 e 1973.

Do ponto de vista de quem escreve umas memórias, nas quais se cruzam aspectos da vida privada com amizades, impressões sobre conhecidos e dimensões relativas à esfera pública, dos negócios e da política, a primeira esfera é sempre a mais delicada. Porém, reconheça-se que há da parte de Balsemão uma extrema sensibilidade e transparência em saber reconhecer o fim de um primeiro casamento (1964–1971), do qual teve dois filhos, seguido de um curto período, conturbado do ponto de vista afectivo, mas que terminou com um segundo casamento que dura até hoje, perfazendo meio século. Uma mudança que corresponde, por sua vez: à sua participação na Ala Liberal, onde veio a ter dissabores tanto com colegas como com o próprio Marcello Caetano, que se mostrou sempre receoso de enveredar por uma via reformista, sobretudo no que respeitava aos direitos de liberdade de expressão; ao processo de venda do *Diário Popular* (Janeiro de 1971), o qual se afigura indissociável de um processo mais generalizado de compra de jornais e editoras por parte de grupos económicos e de bancos; e, por último, ao projecto de criação do semanário *Expresso*, cujo primeiro número saiu em Janeiro de 1973.

Bem interessante se afigura a ideia de que a Ala Liberal, que integrou outras figuras de relevo como Miller Guerra ou Sá Carneiro, interessadas numa espécie de terceira via, se caracterizou por um extremo individualismo, logo, por uma falta de unidade ou coesão. Deste individualismo e falta de coordenação, é bem revelador o episódio de Sá Carneiro que um dia lhe mostrou, já prontos, dois projectos de lei sobre o direito à reunião e à associação, pretendendo que Balsemão os subscrevesse de imediato, sem sequer lhe dar tempo para os ler (p. 201). Em contrapartida com essa falta de coordenação e de sentido de grupo, o *Expresso* surgiu, na opinião de Balsemão, como um projecto «que foi um factor de coesão dessa terceira via» (p. 202).

Do relato sobre a criação e o funcionamento inicial do *Expresso*, não estão ausentes duas farpas em Marcelo Rebelo de Sousa — sem «talento para gestor» e armado em *enfant terrible* quando pôs, irresponsavelmente, em risco a relação cordial que se procurava manter com a Censura (pp. 222, 235). Mas o mais importante são as questões de fundo cujo elenco consta do editorial da autoria de Balsemão, escrito no final do primeiro ano de vida do semanário. Por parte de quem tanto prezava a liberdade, o objectivo consistiu sempre em tornar viável, económica e empresarialmente, a produção de um semanário que se transformou, rapidamente, na principal arena de um espaço público e de uma sociedade civil em trânsito para a democracia.

A esse respeito, não se esqueça que a maior parte dos órgãos de comunicação eram propriedade de grandes grupos económicos (pp. 212–213, 243). Conforme explicou, recentemente, Mário Matos e Lemos: «Marcello Caetano procurou que os bancos comprassem esses jornais» para quebrar a sua atitude hostil ao Estado Novo.([3]) Assim sendo, sobravam poucos jornais que não estivessem enfeudados ao poder político-económico: o *Diário de Lisboa* e a *República*, os jornais desportivos, o *Jornal do Fundão*, o *Comércio do Funchal* e o *Notícias da Amadora*.

Tal como Balsemão escreveu no editorial quando o *Expresso* fez um ano de vida, eram muitos os inimigos do êxito alheio. Mas o certo é que o jornal tinha adquirido junto dos seus leitores os meios necessários para prosseguir de modo livre e independente, sem se ter de submeter a nenhum grupo económico, nem tão-pouco ter de se vergar ao controlo do poder político (pp. 242–245).

Neste sentido se compreende a satisfação com que, num artigo a todos os títulos raro e excepcional, Balsemão fez passar uma mensagem em que punha em causa a Guerra Colonial: não havia solução militar para o problema do Ultramar, por isso, sem se descortinar um desfecho ao fim de treze anos de guerra, a única certeza era a do custo da guerra que não só desviava, como impedia que investimentos fossem feitos na educação, saúde e infra-estruturas. Isto é, a guerra, ao impedir uma solução pacífica, hipotecava a modernização do país.

Enfim, a argumentação de Balsemão em relação à guerra não era muito diferente do que conhecia bem à escala do funcionamento do seu jornal. Isto é, da mesma forma que, para manter um jornal livre e independente, era preciso assegurar a sua viabilidade económica e empresarial, também para criar as condições necessárias para a transição para uma sociedade livre

([3]) Mário Matos e Lemos, «Para uma história da imprensa diária portuguesa no século XX», in *idem*, *Jornais Diários Portugueses do Século XX. Um dicionário*, 2.ª ed. (Coimbra: Imprensa da Universidade de Coimbra, 2020), p. 85.

e democrática era necessário suscitar o desenvolvimento económico e os investimentos públicos destinados à criação de um Estado social. Em suma, sem desenvolvimento não poderia haver democracia, da mesma maneira que, se o *Expresso* não fosse rentável economicamente, nunca poderia ser um órgão de comunicação livre e independente.

Victor Cunha Rego e uma edição quase exemplar

A edição dos escritos que andavam dispersos de Victor Cunha Rego (1933–2000) é quase exemplar, *Na Prática, a Teoria É Outra*, edição de Vasco Rosa e André Cunha Rego, prefácios de José Cutileiro, Otavio Frias Filho, Manuel de Lucena e José Miguel Júdice (Dom Quixote, 2018). Em cerca de 850 páginas, compilam-se os escritos iniciados em 1957, quando colaborou com o *Diário Ilustrado* e denunciou a situação em que viviam «os volframistas da montanha». Referiu-se, então, tal como se se tratasse de uma metáfora, às terras empobrecidas de Portugal e traçou um paralelo entre os mineiros e os ciclistas da Volta a Portugal. O neo-realismo andava perto. Segue-se um conjunto de textos redigidos no Brasil, destinados tanto à imprensa como à editora que criou em São Paulo, com a sua mulher. Neles se encontram quer os retratos e as fortes críticas à Ditadura de Salazar, quer as referências aos círculos da oposição — que incluíam a participação de Jorge de Sena no jornal paulista *Portugal Democrático*.

Em dado momento, Cunha Rego denunciou o projecto do PCP de chamar a si toda a oposição a Salazar. Ao Partido não interessava conceder direito de existência aos movimentos que estivessem além da unidade que eles próprios representavam, a começar pelas acções anunciadas por Henrique Galvão, ainda em 1960, antes do assalto ao *Santa Maria*. É neste quadro que se insere a nota pessoal de que o Partido Comunista traía a confiança daqueles que, na sua juventude, nele confiaram (p. 56). Porém, Victor Cunha Rego também atendeu ao ponto de vista dos comunistas, pois veio a publicar na sua editora as crónicas da resistência do célebre José Dias Coelho, assassinado pela PIDE em finais de 1961.([4])

Em 1962, ao escrever sobre Angola, retomou, a uma outra luz, a questão da unidade dos movimentos de libertação. Concluiu, então, que as divergências no modo de entender o nacionalismo, apesar de envolverem líderes com íntimas ligações a outros países africanos com experiência revolucionária (Mali, Argélia, Ghana, Guiné), iriam fazer com que a guerra se arrastasse

([4]) Logo impressas em 1974 pela Inova, do Porto, uma editora dirigida por gente afecta ao PCP.

por mais alguns anos, desde que Salazar se mantivesse no poder. Não se enganou. Mas foi sobre *A Guerra* de Raul Solnado, um monólogo levado à cena em São Paulo, devido ao êxito obtido em Portugal, que escreveu páginas de crítica contundente. Para ele, o que estava em causa nesse sucesso de bilheteira devia-se «ao facto de o monólogo servir para aliviar a consciência pequeno-burguesa de uma população cujos filhos continuam matando negros em África» (pp. 89–90). Ou seja, segundo ele, Solnado apenas contribuía para cobrir a guerra com a digressão das anedotas, desviando as atenções e impedindo que os portugueses tomassem verdadeira consciência da guerra em curso. Este apelo à tomada de consciência era extensivo ao modo como operava um Estado fascista — que tinha decidido travar uma guerra colonial, em que a violência começava por ser dada em espectáculo fortemente ritualizado (p. 90).

Em 1968, Cunha Rego, já bem estabelecido na *Folha de São Paulo*, voltou à carga sobre a oposição à Ditadura. Pela primeira vez, equiparou o «integralismo estalinista» dos comunistas ao salazarismo, pois ambos se encontravam mergulhados no passado e desprovidos de qualquer tipo de estratégia para quando viesse a morte do ditador. Por isso, arriscou uma nova antevisão: «A curto prazo, portanto, só a tropa se nos afigura capaz de salvar as aparências da ordem estabelecida» (p. 98). Só depois disso viriam os arautos da Europa, com o seu Mercado Comum, do neocolonialismo e da tecnocracia internacional. Simultaneamente, a reorganização da oposição teria de contar com o trabalho conjunto dos herdeiros da antiga tradição cooperativa, dos seareiros e de António Sérgio, dos comunistas e dos «homens, na maioria, jovens, saídos do catolicismo e dos sectores ligados ao regime» (*Ibid.*). Quanto a Marcello Caetano, primeiro-ministro, não lhe augurou um grande futuro (p. 102).

O sonho do fim da ditadura salazarista acontecia num quadro de experiência de vida caracterizado por uma grande integração na elite cultural e intelectual paulista, também ela envolvida num processo de resistência política. Ivonne Felman abriu, com certeza, portas ao marido — nem sempre fáceis de atravessar por parte de outros exilados —, que consolidou a sua carreira de jornalista. Mostrou-se particularmente atento às relações internacionais, exercitando uma espécie de cosmopolitismo que incluía a memória do nazismo e do Holocausto, num momento marcado pela Guerra do Vietname e pela Guerra Fria. O Brasil, muito em particular São Paulo, foi a sua grande escola de vida.

Do relato que traçou para a *Folha* dos acontecimentos vividos em Lisboa logo após o 25 de Abril de 1974, cedo sobressaiu um argumento: o golpe foi militar, mas a estrutura do Estado fascista, sobretudo as suas hierarquias mais elevadas, mantinha-se de pé; a visível radicalização à esquerda que sucedeu logo nos dias imediatos, conduzida por grupos que não tinham tomado parte no «processo revolucionário», poderia levar o país ao caos, o que suscitaria medidas repressivas por parte de Spínola e da Junta a que presidia; o risco de alienar os «oficiais liberais e sociais-democratas» que tinham conseguido que a Junta promovesse a formação de partidos era enorme; aguardava-se ainda com expectativa, segundo Cunha Rego, a chegada de Mário Soares a Lisboa e uma declaração do PCP, para que as eleições livres pudessem acontecer; mas o importante era respeitar o princípio de que só as Forças Armadas poderiam conduzir o processo (pp. 105–107).

Um ano depois, em Setembro de 1975, o diagnóstico era claro, em particular no respeitante à referida radicalização, com os «conselhos revolucionários», apoiados no PCP, a fazerem lembrar o terror de Robespierre. No meio de tantos elementos, Cunha Rego demonstrava uma capacidade única para perceber os diversos planos que estavam em causa: era necessário estabelecer novas relações entre o Estado e a Igreja; depois, tinha de se dar resposta ao desejo de acção dos conselhos de base, para que não se confundisse a democracia com as actividades de administração e gestão monopolizadas pelos partidos; outro plano existia na força determinante dos imperialismos em relação ao modo de condução da descolonização; e, por último, era preciso encontrar uma alternativa para a inépcia do IV Governo, considerando que só o PS poderia encontrar uma saída para o túnel, «corrigindo os efeitos das nacionalizações selvagens» (pp. 110–114).

A identificação, graças a Mário Mesquita, de um conjunto de editoriais não assinados, publicados no *Diário de Notícias*, entre finais de 1975 e 1976, mas que eram da autoria de Victor Cunha Rego, permitiu descobrir um dos seus lados, até então insondável. Refiro-me ao que escreveu a 24 de Dezembro de 1975 sobre o Natal e «o exemplo histórico de Cristo, símbolo do lutador pela justiça e do cumpridor da lei» (p. 200). Em tempo de pausa, das politiquices, dos ódios e das invejas, ou seja, da política com letra pequena, era necessário respeitar o calendário litúrgico e encarar a «questão política na sua dimensão nacional e comunitária», sustentada pelo «espaço de liberdade que é o lar de cada cidadão português». E o objectivo era alcançar o que os «cristãos consideram que é tarefa comum de todos os homens conceder significação e ordem à História, através da construção de uma sociedade melhor, mais justa e mais livre» (pp. 199–200).

Ou seja, a riqueza de Victor Cunha Rego talvez esteja em ter conseguido pensar e erguer-se para além do dia-a-dia e das tais lutas políticas, que o rodeavam e nas quais estava embrenhado. De então para cá, pelo menos do ponto de vista da escrita, o seu saber, a sua vasta cultura, a sua intuição a respeito da vida política, o conhecimento do mundo em boa medida construído com base nas relações estabelecidas a uma escala bem cosmopolita, só possível em São Paulo, todo esse turbilhão de acção e de opinião passou a ter um contraponto, que era simultaneamente ético e espiritual.

Goste-se ou não se goste dessa espécie de conversão — sobre a qual é urgente procurar saber mais, enquanto muitos dos seus próximos possam fazer depoimentos orais —, parece que ela se sobrepôs a todas as outras preocupações. Talvez por vir de dentro ou por estar ligada a urgências sentidas a uma escala mais pequena, do tal lar familiar de que nos falava no Natal de 1975, sem complexos nem ambiguidades. Talvez, até, por estar ligada a uma angústia que só sentem os que também pensam na morte. Por todas estas razões — mais hipotéticas, porque construídas com base na leitura do que escreveu, do que fundamentadas num conhecimento pessoal que nunca tive, pois nunca nos cruzámos —, seria levado a dizer que o Victor Cunha Rego posterior a 1974–1975 necessita de ser compreendido, primeiro, na sua dimensão ética e religiosa, e só depois enquanto animal político que continuou a ser até ao fim.

Ora, é por esta razão que considero haver uma nota de pretensiosismo, deslocado, no prefácio de José Miguel Júdice acerca da fundação do *Semanário*, que veio a ser dirigido por Cunha Rego (pp. 321–326). Na ânsia de aparecer e de entrar a todo o custo para a história, para falar de si próprio, das suas influentes relações e até do facto de ter sido bastonário da Ordem dos Advogados, Júdice conta a história desse almoço no Tavares Rico. E, com as minudências próprias de um arrivista, imagina que um novo mundo foi criado naquele almocinho fundador, que aconteceu em finais de 1980. Foi ali mesmo que se acabou com o Bloco Central e se promoveu a Aliança Democrática, enquadrada num futuro próximo cada vez mais à direita. Só por isso, o que não é pouco, as páginas de Júdice acabam por manchar este livro.

Claro que Cunha Rego, à frente do *Semanário*, continuou a fazer política e a exprimir as suas ideias. Mas o que mais impressiona é o facto de ter sido a partir de então que se consolidaram, nos seus escritos, preocupações bem mais profundas do que aquelas que costumam ser associadas aos actos de políticos de carne e osso. A sua elevação, repito-o, está precisamente nessa capacidade de escrever e de se comprometer com a fome em África, discutir o aborto, o feminismo e as novas atitudes acerca do corpo (de modo, aliás, bem conservador), de ser sensível à questão das drogas, no âmbito de uma cultura jovem glorificadora de Boy George, e de se indignar com a falta de «valores éticos» (p. 373) ou com a «desolação espiritual da vida moderna» (p. 441). Porque continuam a ir em contracorrente, as páginas que escreveu sobre o franciscanismo e a urgência de recuperar uma nova espiritualidade merecem ser lidas com atenção (pp. 374–5). O mesmo se diga do que escreveu sobre o teólogo da Libertação Leonardo Boff (pp. 382–389). Mais: estou convencido de que, quando falou da necessidade de fazer uma política que fosse ao encontro do «choque das vontades», o que estava na base dessa ideia era, sobretudo, um incitamento ao reforço das forças religiosas, espirituais e carismáticas no mundo moderno (p. 331).

Não esqueço que esse processo, a que se pode chamar conversão e defesa de uma integridade ética, surgiu, porventura, em paralelo com uma cada vez maior atenção dada aos próprios processos de escrita. O referido texto sobre o Natal, por exemplo, inclui a citação de um poema de Jorge de Sena (que Cunha Rego conhecera bem quando este ensinara literatura em Assis, no Estado de São Paulo). Mas a literatura — com tudo o que supõe de conhecimento do mundo e de cruzamento com as artes, como o demonstra a sua passagem pelo mundo paulista da edição, ao lado do artista plástico, ali exilado, Fernando Lemos — também era uma descoberta de sentidos e de planos contraditórios, nada evidentes a olho nu. Assim se entenda essa paródia constituída por «A Beldroega revisitada», em que joga com o pseudónimo de Dr. Kotter que José Cutileiro assumiu no seu fabuloso *Bilhetes de Colares* (pp. 311–313).

Não esqueço a política politiqueira, pois ela nunca deixa de estar presente nos escritos de Cunha Rego. Nem Soares Carneiro (pp. 359–60), nem a ira contra o PCP e Cunhal, mais uma vez equiparado a Salazar (pp. 386–7). Tão-pouco se pode passar ao lado dos sucessivos retratos que vai fazendo de Cavaco Silva, nos quais há marcas de uma preocupação sociológica, mais uma vez situada para lá do simples animal político, neste caso, tecnocrata (pp. 427–8, 431–2, 441). Nos mesmos escritos, também se encontram os vestígios dessa linguagem liberal, de confronto do Estado com a sociedade civil (p. 352) ou de denúncia do peso do Estado e da burocracia (pp. 420–421). Acrescente-se, ainda, que há coisas e explicações que lá não estão. Por exemplo, por que razão se afastou Cunha Rego de Mário Soares?

Na abertura do livro está uma fotografia de Victor Cunha Rego. Na parede, numa moldura oval, à sua direita, está representada uma mulher. Ao que parece uma tia, numa fotografia que penso ter sido pintada, mas não tenho a certeza. Nas histórias das famílias, as heranças são parte integrante. Nalguns casos, ocupam mesmo um papel determinante. Por que razão Cunha Rego escolheu aquele ângulo, onde surge com uma tia de que foi herdeiro? Talvez seja um gesto de homenagem. Mas vale a pena imaginar que a herança que recebeu lhe permitiu preservar a sua liberdade, viver várias vidas e redescobrir a força da espiritualidade. A liberdade e a espiritualidade que ele sabia serem antídotos para a politiquice de baixo nível, feita de ódios e alianças, de almocinhos e jantarinhos, bem como de interesses privados de enriquecimento, totalmente balofos, apesar da sua organização mafiosa. Enfim, a minha discordância em relação a muitas das ideias e das causas de Victor Cunha Rego é grande, mas não é para aqui chamada. O que importa é que, graças a esta impecável edição, muito aprendi acerca de um homem que, tarde na vida, ainda dizia acerca dos tempos da sua juventude: «Quem não era marxista»... (p. 413).

O advérbio do Senhor Dr. Alarcão Júdice

Numa resposta publicada no *Expresso* de 21 de Abril de 2018, acusou-me o Senhor Dr. José Miguel de Alarcão Júdice, distinto advogado da nossa praça, de errar num facto: o de eu não ter considerado que, num almoço em que participou no Tavares em finais de 1980, o que estava em causa era a «ideia de fazer o que três anos mais tarde veio a ser o *Semanário*». Em vez disso, pensei que apenas se promovia a AD, em detrimento do Bloco Central. Erro crasso, no seu entender, pois a AD já existia. Se o seu interesse não fosse desviar os leitores da interpretação de um prefácio, que não faz justiça aos textos de Victor Cunha Rego, teria reparado que não errei na cronologia dos factos. Aliás, basta ler o parágrafo onde comecei por escrever no *Expresso* de 14-04-2018: «Ora, é por esta razão que considero haver uma nota de pretensiosismo no prefácio de José Miguel Júdice acerca da fundação do *Semanário.*»

Mas por que razão não respondeu o Senhor Dr. Alarcão Júdice à acusação que fiz ao mal fundado do seu prefácio? Concretamente, considerei que o mesmo manchava um livro que colige os escritos de Victor Cunha Rego, incorrendo numa concepção da política que é politiqueira, ou seja, feita de almocinhos e da criação da ilusão acerca dos processos de tomada de decisão entre amigos e conhecidos. Tal como pretendi argumentar com base na leitura do livro, Victor Cunha Rego — sem nunca ter deixado de ser um animal político — revelou, precisamente no *Semanário*, uma capacidade rara de se erguer acima dessa mesma concepção da política politiqueira. Ora, é essa dificuldade em compreender os escritos que prefaciou que procurei pôr a descoberto, desde o início da minha recensão e, depois, pondo o dedo na ferida — que, mais do que uma mancha, é uma verdadeira nódoa ou, pior, um frúnculo — constituída pelo prefácio do Senhor Dr. Alarcão Júdice.

Tudo o resto — que a resposta, «engendrada dum fôlego e escriturada de afogadilho», como diria o cónego Alves Mendes — é demasiado óbvio para merecer ser comentado. Os processos são os do costume: ataque pessoal, desprezo pelo ofício do outro e pelo seu nome. Julga mesmo o Senhor Dr. Alarcão Júdice que a minha intenção seria a de o aborrecer, com frases *ad hominem*. E, também, procura sacudir a água do capote. Primeiro, em relação ao amigo, que lhe foi fazer queixinhas do meu texto e lançar a suspeição de que eu era, porventura, historiador, mas de certeza o que queria era trepar à custa de gigantes... Que não ele, qual formiga ou barata tonta, como se apressa a sublinhar... Depois, que a culpa era de um dos organizadores do livro que lhe pedira o texto (e não dele, autor do prefácio!). Finalmente, o recurso às literatices inspiradas em Eça, os trocadilhos sobre o meu apelido, sem esquecer as preocupações pela genética da vesícula. Há, porém, um advérbio que se apresenta como um dado novo, que confirma o desprezo pelo livro que prefaciou e o desinteresse em discutir as ideias de Victor Cunha Rego. É quando o Senhor Dr. Alarcão Júdice declara que, no tal almoço do Tavares, participou «modestamente». Ele, que já recusara o estatuto de gigante, acabou a falar da sua modéstia. Ridículo! Só resta saber se terá lá estado, como escreveu o genial retratista de Bernardo Pindela, «modestement courbé»...

José Cutileiro: um antropologista entre mundos

O livro póstumo de José Cutileiro intitula-se, com uma ponta de ironia, *Podia Ter Sido Pior: Escritos 1953–2020* (Dom Quixote, 2022). São oitocentas páginas, que resultam de uma selecção de textos feita por Vasco Rosa, com a aprovação do autor. Mas nem por sombras se trata da sua obra completa, pois ele próprio temia esse género de pastelão que ninguém quereria ler. São poucas as obras que ficaram de fora desta recolha, o que só por si indica que Cutileiro não escreveu muito ou, se o fez, achou que não valia a pena publicar mais livros para se afirmar como escritor e intelectual público. Tinha razão. Assim, conto como ausentes: dois livros de poesia de 1959 e 1961; algumas traduções de obras literárias do início da década de 1960; *Ricos e Pobres no Alentejo*, a monografia de antropologia social que foi a sua tese de doutoramento em Oxford, publicada primeiro em inglês (1971) e em tradução portuguesa só depois de Abril (1977); um livro de ensaios sobre o fim da Jugoslávia, onde desempenhou funções diplomáticas (2003); umas conversas para entender o mundo com Ricardo Alexandre, um jornalista especializado em política internacional (2009); uma breve análise das transições para a democracia, onde abordou em conjunto o 25 de Abril e o fim do *Apartheid* (2017); e uma série de textos com que colaborou no blogue de uma amiga (2020).

Quem quiser um retrato certeiro de Cutileiro, leia o que escreveu Ricardo Soares de Oliveira no prefácio ao último livro publicado em vida e que ficou de fora deste tomo, *Inventário: Desabafos e divagações de um céptico* (Dom Quixote, 2020). Das suas origens familiares em Évora até à sua breve passagem pelo PCP com o nome de Rodin, seguida do envolvimento do «Cutilas» nos círculos literários e artísticos de Lisboa, concretamente no

Almanaque de José Cardoso Pires e Alexandre O'Neill. Das suas andanças pelos cursos universitários de Arquitectura e Medicina, em Lisboa, até à sua ida para Oxford, onde se doutorou com uma tese sobre uma vila alentejana. Da sua carreira como diplomata até ao retorno, no fim da vida, à academia e ao prestigiante Institute for Advanced Study de Princeton. De tudo isto e de muito mais dá conta o referido prefácio, a completar com um artigo de Nuno Domingos e Victor Pereira sobre uma carta de Cutileiro apreendida pela PIDE.([5])

No que me toca, limito-me a anotar alguns aspectos, que se me afiguram essenciais para a compreensão do livro em causa. O primeiro e, talvez, o mais supreendente — pelo menos para mim, que nunca conheci o autor e que venho de um mundo lisboeta muito mais fechado do que o seu — diz respeito ao texto intitulado «Um português no Afeganistão». Este constitui a parte mais antiga que foi incluída no livro. Publicado no *Diário Popular*, ao longo do mês de Outubro de 1953, resultou da estada de um jovem que ainda não contava vinte anos quando viveu durante seis meses em Cabul e arredores. Tal como se essa viagem — com tudo o que ela implicou de distância, mas também de esforço em conhecer mundos maiores — o tivesse marcado para o resto da sua vida, também ela passada em deambulações entre diferentes mundos.

Segunda nota, sob a forma de pergunta: quais foram então os mundos plurais entre os quais viveu José Cutileiro? Do ponto de vista de uma geografia imaginária, conto pelo menos três: *a*) a comunidade alentejana, com as suas múltiplas divisões, entre ricos e pobres, a que se sucediam outras tantas hierarquias internas determinadas pelas linhagens, bem como por comportamentos de honra e vergonha, passíveis de ser comparados à escala do Mediterrâneo (como, aliás, consta de um texto sobre a Herdade dos Perdigões, na posse da família dos Costas desde os séculos XIII–XIV); *b*) Lisboa e arredores, nomeadamente Sintra e Colares, com as suas figuras da política, dos jornais, mas também das artes e das letras, tais como Alexandre O'Neill, sem esquecer Alice e Hellmut Wohl, que com a sua lendária generosidade organizavam almoços em Colares, onde os portugueses se acabavam por conhecer uns aos outros; *c*) e, finalmente, Oxford, com o seu St. Antony's College, que, sendo certo que surgiu muito depois da referida viagem pelo Afeganistão, serviu de ponto de partida para uma carreira cosmopolita na diplomacia, onde Cutileiro acompanhou dois grandes processos de mudança, na ex-Jugoslávia e na África do Sul, tendo depois voltado à academia no fim da sua vida.

([5]) Nuno Domingos, Victor Pereira, «Le club de football et la culture de masse. Notes sur un projet de recherche inédit de José Cutileiro», *Lusotopie*, vol.18 (2019), pp. 119–144.

Terceira nota: de um ponto de vista dos espartilhos académicos, como pôde um antropólogo, ou, como ele próprio gostava de dizer de modo mais modesto, um antropologista, ter passado a diplomata, que se envolveu a sério em grandes questões internacionais, sem com isso perder um olho na realidade política do país de origem e nas suas mudanças (ou não, porque o salazarismo, em parte, permaneceu depois de Abril)? A resposta mais óbvia que este livro dá é que Cutileiro nunca se deixou esmagar, nem se submeteu aos espartilhos que a universidade sempre procura impor, sancionando quem não respeita as fronteiras disciplinares. E fê-lo com inteligência, ironia, humor, distância, cepticismo e, sobretudo, ao lado de muita conversa, à mesa, no café, pelas tardes ou noites fora. Sem esquecer, na criação dessa mesma distância e de diferentes camadas de significado, o recurso ao pseudónimo de A. B. Kotter. Através dele, Cutileiro conseguiu aceder a um registo mais livre e literário — nos «bilhetes de Colares» e não só —, mediatizado por um tradutor ficcionado, que lhe permitiu ganhar, ainda mais, em perspectiva e dar a conhecer com mais nitidez os seus mundos.

Por isso, neste livro, Cutileiro fica-se a rir dessa obsessão dos universitários em querer fazer da «publicação incessante condição *sine qua non* de progresso em carreira académica» (p. 46). É que a célebre fórmula do *publish or perish* não tem nada que ver com excelência da investigação ou de ensino. Ao mesmo tempo, denuncia sarcasticamente o ridículo do jargão académico que não serve para nada, a não ser para uma troca de galhardetes internos... que se limitam à própria academia. Depois, identifica os que publicaram pouco e bem, sem cair no topete de transformar a universidade num conjunto de cursos técnicos virados para o mercado de trabalho e ao serviço das empresas. Escandaliza-se, ainda, com a ideia de que com o título de doutor ficam criadas as credenciais para se entrar no estatuto de portugueses de primeira. Por último, embora reconheça sempre que... «podia ter sido pior», tem a coragem para argumentar que, «sem liberdade de vagabundagem intelectual e de ócio, o conhecimento teórico definhará» (p. 47).

Enfim, leitura de um volumoso tomo a não perder, com paginação cuidada, acompanhado de índices de títulos e onomástico (nada mau!). Na minha estante, vou pô-lo ao lado de outros grandes livros da autoria de Victor Cunha Rego, Manuel de Lucena e Vasco Pulido Valente. Quando se perder a memória dos políticos do nosso tempo, que se irá dissipar mais rapidamente do que muitos julgam, livros como este permanecerão. Só é pena que este, em lugar de ter saído em cadernos, tivesse sido colado. Cutileiro não iria gostar...

António Barreto: uma história mal contada ou a teoria do apagão

A biografia de António Barreto (AB) escrita por Maria de Fátima Bonifácio (MFB), uma experiente historiadora de ofício, ocupa 527 páginas, divididas em 24 capítulos, que correspondem a duas partes distintas.([6]) Na primeira, o biografado, que nasceu em 1942, é visto como actor político, narrando-se o seu meio familiar, educação com entrada na Faculdade de Direito de Coimbra, fuga à tropa com exílio na Suíça, regresso a Portugal em 1974, relações com o PS e Mário Soares, passagem pelo Ministério da Agricultura no I Governo Constitucional (1976–78), retirada da política activa aos 49 anos, seguida de trabalho como comentador político na televisão e nos jornais, etc. A segunda parte é dedicada ao exame das principais ideias daquele que se toma por objecto, com base numa leitura das suas publicações mais relevantes. No seu conjunto, o género biográfico é aquele que corresponde melhor ao projecto de uma história narrativa, tal como tem sido defendido e praticado pela autora em vários livros sobre políticos do século XIX: Costa Cabral, duque de Palmela e Rodrigo da Fonseca Magalhães.

Na base deste trabalho estão 17 entrevistas, realizadas entre 2013 e 2015, que irão ser depositadas para consulta na instituição pública de investigação em que ambos, biógrafa e biografado, trabalharam durante décadas. As fontes de MFB são também constituídas pelos livros, artigos e discursos da autoria de AB. Assinalável é o cuidado com que distingue — através de um sistema de aspas — a voz do biografado e as suas próprias opiniões. Uma distinção importante, uma vez que é assumida a proximidade, em termos de relação de amizade, de dois colegas de investigação, bem como a superlativa admiração que MFB nutre por AB.

Mais difícil de entender é o facto de esta biografia, nas palavras da sua autora, surgir como «livro não autorizado», com base no argumento de que AB se limitou a conceder as entrevistas e, depois, a corrigir alguns factos ou datas. Ou seja, AB não interveio, nem condicionou a autora. Ora, é justamente por se apresentar com o rótulo de biografia «não autorizada» que este livro coloca, desde logo, muitas reservas. Para merecer tal estatuto, deveriam ter sido consultadas outras fontes e recolhidos mais depoimentos, pelo menos os daqueles que se cruzaram ao longo da vida com AB e com ele conviveram. A prova, o recurso ao contraditório, o cuidado para não repetir e sublinhar, por via analítica, as auto-representações do biografado são instrumentos de que nenhum biógrafo pode prescindir, mesmo quando reivindica para si,

---

([6]) Maria de Fátima Bonifácio, *António Barreto: Política e pensamento* (Lisboa: Dom Quixote, 2016).

repetidas vezes, a liberdade de narrar. Tivesse Barreto escrito as suas memórias (por exemplo, sob a forma de entrevista ou de autobiografia *tout court*), já o estatuto deste livro não levantaria esse tipo de dúvidas. Mas, nesse caso, diga-se, teria de concorrer com as autobiografias de Raul Miguel Rosado Fernandes e João Freire, escritas num estilo claro e enxuto, difícil de ultrapassar, sobretudo a primeira, mais irónica, sendo a segunda de grande simplicidade, transparência e riqueza de informação.(7)

Ainda a propósito do cruzamento de fontes, o leitor fica sem perceber, na crucial passagem de Barreto pelo Ministério da Agricultura — «a grande oportunidade da minha vida política», segundo AB (p. 188) —, quais eram os pontos de vista dos seus colaboradores mais próximos. Nem o nome do seu chefe de gabinete é referido, tão-pouco o seu testemunho mencionado. A narrativa acerca da Lei Barreto é reduzida a um quadro onde AB se confrontou com as posições do antigo ministro da mesma pasta, Oliveira Baptista, e na sua esteira com os fretes feitos por Lopes Cardoso ao PC; mais tarde, com a saída do governo de AB, a mesma lei foi denunciada por Mário Soares, que a considerou mal feita. De resto, a sua formulação surge, no livro, completamente desinserida de um quadro onde muitos agrónomos e especialistas em economia rural tinham opinião — Henrique de Barros, Castro Caldas, Afonso de Barros, Francisco Avillez, Gomes da Silva, Sevinate Pinto, etc. Em lugar de descrever o contexto e procurar reconstituí-lo através de diferentes testemunhos, a autora limita-se a uma banal e genérica troca de opiniões entre AB e MFB sobre os limites da decisão política: «O poder de transformação da sociedade é muito reduzido», sustenta o primeiro, acabando a autora por responder com a pergunta, mais ou menos retórica: «Que tipo de líder se poderá elevar acima delas [limitações] e visionar a transformação da sociedade?» (p. 189).

Aliás, o inventário das banalidades que resulta da leitura desta obra é extenso. Melhor seria se a autora tivesse cortado aquilo que vem à baila numa conversa, mas que se afigura pouco relevante numa narrativa biográfica. Quatro exemplos, de uma vasta série. Primeiro, seria dispensável a referência aos pintores italianos do Renascimento, vistos em reproduções na infância e que, ainda hoje, motivam o gosto pelas visitas de AB a «cidades estrangeiras para ver certos quadros» (p. 29). É que também o célebre polaco G. Cornuski, professor e crítico que escrevia na *Revista Suíça*, com o qual Fradique Mendes supostamente se correspondia, se deixava esmagar pelo sublime frente às

(7) Raul Miguel Rosado Fernandes, *Memórias de um Rústico Erudito: Viagem à volta de lentes, terras e políticos* (Lisboa: Livros Cotovia, 2006); João Freire, *Pessoa Comum no Seu Tempo: Memórias de um médio-burguês de Lisboa na segunda metade do século XX* (Porto: Afrontamento, 2007).

telas de Ticiano (que MFB, na sua muito vasta cultura geral, cita com apelido e tudo — Ticiano Vecellio).

Depois, sem sair das comparações com esse mundo tão irónico quanto sardónico de Eça, talvez valesse a pena repensar uma das tensões que atravessa este livro: a preocupação com a nação, com Portugal e os seus problemas, em contraste com a sua «irrelevância» ou pequenez quando vistos a partir do estrangeiro (pp. 38, 107, 117). Sobre esta questão, há uma passagem que merece destaque, quando MFB diz que AB «pensou em naturalizar-se suíço, para transformar o país de exílio numa segunda pátria» (p. 118). É que também a Fradique Mendes ocorreu o mesmo pensamento, quando sentiu vontade «em se nacionalizar nas terras alheias».

Uma terceira banalidade surge quando MFB regista que, desde o 28 de Setembro de 1974, se tornou «cristalino para António Barreto "que o PC quer tomar conta da situação"; que o "PS, ou uma parte do PS, vai consentir"» (p. 123). Terá AB sido mesmo o único a constatá-lo? Creio que não, pois essa foi uma ideia partilhada por muitos. E como pode o papel da extrema-esquerda ficar de fora da referida visão cristalina? Não será isso o resultado de um anticomunismo feroz, apenas preocupado com o PC, e que não presta atenção às esquerdas mais radicais?

Por último, não menos banal é apresentar o estatuto académico de AB como uma espécie de «apêndice curricular» (p. 211). É que, ao trivializar um dos proventos de AB — que de tão banal passa a funcionar como um acessório —, a afirmação acaba por ser chocante nos tempos que correm, em que uma nova geração, extremamente bem preparada, não tem condições para prosseguir uma carreira de investigação. Pior ainda é que tal constatação vem acompanhada, no livro, de uma celebração dos «anos dourados» da instituição académica que acolheu AB, onde «reinava total liberdade e independência do espírito» (pp. 403–404). Para que conste, AB ali trabalhou durante mais de um quarto de século, porventura em regime de dedicação exclusiva — um facto que seria importante apurar. A liberdade para fazer o que bem lhe aprouvesse — num quadro de liberalismo suportado pelo Estado — foi-lhe concedida pela tranquila estabilidade do orçamento, com o objectivo de proporcionar condições para a pesquisa e alcançar obra que lhe correspondesse.

Todos estes pontos de um inventário mais vasto são minudências que não dão conta do argumento principal que nesta biografia se defende. Um argumento, de resto, que não é inédito. Já Fradique dissera acerca desse personagem cheio de talento que era Pacheco, deputado, ministro da Marinha, presidente do Conselho e conselheiro de Estado, que ele e Portugal se completavam: «Sem Portugal — Pacheco não teria sido o que foi entre os homens; mas sem Pacheco — Portugal não teria sido o que é entre as nações.» No fundo,

Pacheco era uma espécie de microcosmos, um Portugal em ponto pequeno, um laboratório para se compreender algo de mais vasto, uma minipátria.([8])

Ora, MFB, no momento em que põe de lado o seu método narrativo, também se alcandora à grande teoria sobre a pátria. Ridículo! E lá vem, então, a ideia sobre Portugal, formulada com clareza, para que não restem dúvidas, nem apelos à complexidade: «A história contemporânea de Portugal assemelha-se a uma série de apagões» (p. 146). Sem mais... para que os «indígenas» — essa massa ignara e analfabeta de portugueses, referidos ao longo do livro com uma proverbial condescendência — possam entender o sentido da história. Ou seja, o Liberalismo e a República apagaram o absolutismo e o miguelismo. Seguiu-se o Estado Novo, a «*revanche* de um país profundo, católico e conservador que durante cem anos (1834–1926) não tivera a oportunidade de se manifestar»; Salazar pôde, então, «apagar esses cem anos "heréticos" e "anárquicos"»; por sua vez, «o 25 de Abril apagou o Estado Novo» e, a partir de então, todo o país foi dominado pela esquerda, até que em Maio de 2014 se começou a fazer luz, com o aparecimento de um novo diário electrónico (pp. 144–146).

Um novo apagão se anuncia?, perguntar-se-á no estilo profético de quem anuncia a boa nova. Haja esperança! E pouco importa, a este último respeito, que MFB acabe por constatar, acerca das últimas décadas: «Sob o aspecto da liberdade e diversidade intelectuais, Portugal mudou muito. Desde logo desapareceu a hegemonia comunista, assim como o império da cultura e língua francesas» (p. 508). O certo é que a teoria histórica do «apagão» fica demonstrada no acto da sua enunciação. Talvez mesmo se imponha, destruindo essa outra tese de um escritor e crítico exímio: «Desde 1820 a 1988 a Direita governou, em números redondos, cento e quinze anos e a Esquerda cinquenta e dois.»([9]) Acredito mesmo que, nos círculos mais devotos, a nova tese se transformará em argumento de autoridade e, a partir daí, em dogma...

Essa mesmíssima teoria histórica do apagão é projectada, pela própria autora, na vida que toma por objecto neste livro. Isto é, a mesma descontinuidade do Portugal contemporâneo — aquela que é própria de um apagão eléctrico — encontra-se plasmada na trajectória biográfica de AB. Da infância e adolescência em Vila Real «ficou pouco», pois deu-se uma «mudança abrupta de direcção sem ficar a olhar para trás» (p. 36). Da saída do PC e da sua

---

([8]) Vieira de Almeida, *À Janela de Tormes (No Centenário de Eça de Queiroz)* (Lisboa: Edição da Revista «Occidente», 1945), p. 100 [«Pacheco, ao lado do conde de Gouvarinho e do conselheiro Acácio, entre os personagens criados por Eça, é de todos o mais odioso, pela tendência para ídolo. Cala-se, retrai-se, isola-se; quando diz uma trivialidade, crismam-no de génio. É reles e torpe»].

([9]) Vasco Pulido Valente, *Às Avessas* (Lisboa: Assírio & Alvim, 1990), p. 248.

experiência de controleiro do Partido na Suíça, na década de 1960, também nada ficou, sendo de notar que já «não era o primeiro nem seria o último corte que Barreto operava na vida sem guardar angústias ou recordações nostálgicas» (p. 68). A mesma descontinuidade fez-se sentir, de novo, no que escreveu em 1973, relativamente ao que publicara apenas dois anos antes: Barreto era, então, um homem diferente, o seu pensamento tinha mudado (p. 92). O rol dos momentos de ruptura sem traumas nem hesitações, apagando o rasto, poderia continuar; mas para compreender todo esse paralelismo entre Portugal e AB — mundo grande e mundo pequeno, Portugal e Portugalete, ambos com os seus sucessivos e simultâneos apagões —, é inevitável referir, novamente, esse figurão: o Pacheco de Fradique.

Claro que nem tudo são descontinuidades na vida de AB narrada por MFB. Há, pelo menos, um momento de autêntica antecipação. Foi quando AB expôs a sua tese acerca do Estado Novo, nos idos de 1970. Nada mais, nada menos do que 24 anos antes daquela que parece ter sido «a primeira ruptura historiográfica sobre o tema», estabelecida por Fernando Rosas (MFB *dixit*, p. 82). Mais concretamente, a arte de fazer durar atribuída a Salazar, um sábio político capaz de estabelecer equilíbrios e formas de arbitragem, envolvendo monopólios e pequenos grupos, grandes agrários e pequenos proprietários, toda essa teoria do «equilíbrio arbitrado» que atrasou o progresso capitalista, já se encontrava num texto de AB. Ou seja, a grande ruptura nas interpretações do Estado Novo, se existe, foi ideia de AB.

Terá sido mesmo assim? É normal que dois intelectuais de esquerda da mesma geração, em momentos diferentes do seu radicalismo, tivessem procurado disputar a interpretação canónica do Estado Novo, em última análise, da autoria de Álvaro Cunhal e de outros. Porém, considerar que a transformação, em tese de análise historiográfica, da auto-representação do equilíbrio corporativo do Estado Novo, encimado por Salazar no papel de árbitro, foi capaz de criar uma ruptura de interpretação é contribuir para a formação de um mito historiográfico. E não haverá em tudo isto um toque de *déjà-vu*? Até parece, sobretudo no confronto com as interpretações historiográficas dos anos 1950 e 1960, mais informadas pelas ciências sociais — bem longe dos caminhos da história narrativa —, sobre como os ditadores integraram as elites nos seus regimes e criaram instituições para regular conflitos e tensões entre grupos de interesse?

Muito poderia ser dito de outras presumidas antecipações, mas MFB arrisca pouco. Confesso que, ao ler as páginas a respeito do modo como, em 1973, AB teorizou acerca de Portugal, situado entre capitalismo atrasado e desenvolvimento subalterno, esperei em vão pela óbvia conclusão: uma antecipação das teses da «semi-periferia» formuladas, mais tarde, por Boaventura de Sousa Santos (p. 109–111). Porém, são as constantes referências e insinuações galantes, às namoradas e às mulheres, a começar pela falta delas no Portugal lúgubre de Vila Real, que tornam de novo inevitável recapitular o que Eça escreveu acerca de Fradique: «A influência deste "feminino" foi suprema na sua existência»; ou que ele era «varão magnífico, dominado sobretudo por uma graça clara que saía de toda a sua força máscula». Impossível, também, deixar de apontar o momento em que, ao ser nomeado ministro, AB acorreu a comprar os fatos escuros no Lourenço & Santos (pp. 154, 156). Que me seja perdoada mais uma aproximação! É que também Fradique Mendes escreveu a Sturmm, o célebre alfaiate de Conisberga, dizendo-lhe que punha «no dorso de toda a sociedade essa casaca de conselheiro, lisa, insípida, rotineira, pesabunda — [...] criando um país de conselheiros».

Mais importante, ainda, é perceber o sentido do conjunto da obra escrita de AB. As suas desconfianças em relação à teoria, desde que rompeu com o marxismo, a sua atracção pelos factos e estatísticas, no fundo, a evidência de uma almejada realidade, e depois a insatisfação pelo trabalho já feito, a indicar uma enorme expectativa nessa obra de interpretação sobre a pátria — uma espécie de novo *Portugal Contemporâneo* — a publicar um dia. No Verão de 2006 ou 2007, nos três meses passados em Oxford, «longe do mundo e das tentações que em Lisboa encontra sempre ao voltar da esquina», AB esteve quase a alcançar esse objectivo (p. 380). Chegou, então, às 260 páginas! Infelizmente, todo esse trabalho «não serve para nada», segundo as próprias palavras de AB (*Ibid.*). Entretanto, meteu-se o governo de Sócrates, a crise internacional e a Troika. Os trabalhos de recolha estatística, agora com o apoio profissional da PORDATA, também se interpuseram, impedindo que o livro chegasse ao fim. Porém, AB não desistiu: em Março de 2014, «estava decidido a iniciar precisamente essa prova final — o livro da sua vida» (p. 381).

O leitor não pode deixar de se comover ao ler essas páginas. Tumultuosas! O que está em causa é um autêntico combate em nome da escrita de um livro, qual súmula interpretativa, a que AB terá chamado, em tempos, a «*suma teológica*» (p. 381). Mordido de curiosidade, apetece perguntar: estará AB, ainda, a escrever essa tal grande obra? E se assim não é, o que lhe falta? Quais os obstáculos que se lhe deparam? Excesso de distracções? O turbilhão dos *media*? Informação em excesso? Não sei, e o livro de MFB promete uma explicação, mas acaba por não dar uma resposta certa. Estará MFB a fazer pouco de AB? Perguntará o leitor, mas a hipótese não parece plausível, à luz da escrita pouco informada, de um ponto de vista literário, de MFB. De todo o modo, é preciso evitar que um dia — esperemos que seja daqui a muitos anos — se venha a discutir se a obra sempre existe ou se apenas desapareceu. Se foi roubada, até... A este respeito, mais uma vez, é impossível esquecer a discussão póstuma sobre a obra de Fradique. Este, com a sua superior inteligência, deixara apenas um poema bem petulante, intitulado «Lapidárias» e, em latim, o «*Laus Veneris Tenebrosae*». A Ramalhal figura considerou que os seus papéis, enviados primeiro para a «vala comum» e, depois, à guarda dos príncipes de Palidoff, na Carcóvia, continham apenas memórias. Todavia, Eça concluiu que, afinal, «nesse cofre de ferro, perdido num velho solar russo, não existe uma *obra* — porque Fradique nunca foi verdadeiramente um autor»...

Uma leitura da biografia de AB atenta aos pontos de contacto com uma série de figuras criadas por Eça de Queiroz pode ser discutível, mas tem a vantagem de alertar para a necessidade que existe de qualquer autor de uma narrativa, historiador de ofício ou não, controlar melhor o que escreve e os vários sentidos da sua prosa. É que a ingenuidade narrativa de MFB — a sua falta de humor, revelada num estilo que denota uma zanga permanente, bem como ausência de leituras situadas além de um campo restrito de especialização — não resiste ao confronto com a escrita de Eça, que sabia tirar partido da ironia, das ambiguidades e dos duplos sentidos. A falta de cruzamento de fontes, de instrumentos de prova, também debilita o livro. AB não tem responsabilidade, pois não escreveu, nem quis autorizar, apenas «deu sinais de que no essencial se revia no que eu escrevera» (MFB *dixit*, p. 19). Foi MFB, sem dúvida com boas intenções e com uma admiração genuína por AB, que alcançou um resultado inesperado, pois acabou por aproximar — estou, até, convencido injustamente — AB de Cornuski, Pacheco, Fradique e Sturmm. Enfim, segundo MFB, «António Barreto tinha tudo para ser tudo o que há para ser em Portugal» (p. 18). Chegado a este ponto, o leitor fica mesmo sem palavras diante de tamanha constatação, que é mais um peremptório exame de carácter. Só não se esqueça é de que o mesmo se passava com Pacheco, na célebre carta VIII de Carlos Fradique Mendes ao Sr. Mollinet: «Portugal todo, moral e socialmente, está repleto de Pacheco. Foi tudo, teve tudo.»

Vasco Pulido Valente: pessimismo indígena

A mais recente compilação de crónicas de Vasco Pulido Valente (VPV) constitui um marco em três áreas.([10]) Antes de mais, corresponde ao período de maior maturidade intelectual e domínio da escrita do «colunista mais influente do país» — para citar as palavras de Miguel Pinheiro, organizador do livro, a respeito da colaboração de VPV na imprensa, sobretudo no jornal *Público*. E *maturidade* não significa aqui qualquer cedência a um consenso

([10]) Vasco Pulido Valente, *De Mal a Pior: Crónicas (1998–2015)*, selecção de Miguel Pinheiro (Lisboa: Dom Quixote, 2016).

acomodatício. Pelo contrário, durante as duas últimas décadas, VPV mostrou-se cada vez mais coerente com a sua atitude de provocador da escrita, de denunciador da mediocridade, de crítico da incultura e da corrupção das nossas elites — a ponto de se ter acabado por enclausurar, ele próprio, num elitismo solitário e de ter mordido na mão da instituição que lhe deu de comer durante décadas.

Em segundo lugar, este livro é um marco no ofício de escritor exercido por VPV. É que não se trata apenas de mais um volume de crónicas, a somar aos anteriores: *O País das Maravilhas* (1979), *Às Avessas* (1990), *Retratos e Auto-Retratos* (1992) e *Esta Ditosa Pátria* (1997). *De Mal a Pior* confirma o lugar cimeiro que deve ser atribuído a um colunista exímio. O seu tempo será conhecido pelas crónicas de que foi autor, depois de as gerações futuras esquecerem os nomes dos protagonistas dos factos políticos por ele comentados. Será escusado, por isso, insistir em apreciá-lo enquanto historiador, uma vez que as suas obras de história — pouco importa se muitas, se poucas e em que termos — não estão ao mesmo nível das crónicas publicadas nos jornais.

Em terceiro lugar, como o próprio título indica, *De Mal a Pior* oferece um retrato pessimista de Portugal. Um pessimismo que assenta num proverbial azedume, a fazer lembrar os textos de Fialho de Almeida — mas, felizmente, prescindindo do estilo arrebicado deste último, quando se referia, por exemplo, à «degenerescência orgânica da gente [...] hereditariamente empulhecida por sessenta anos de avós políticos que fizeram do constitucionalismo uma canalhocracia estigmatizada a penduricalhos de Nossa Senhora da Conceição». Na substância, que não na forma, mais próximo fica VPV do pessimismo de Fialho do que do estilo irónico de Eça ou da campanha pelo reaportuguesamento de Portugal feita por Ramalho Ortigão. De qualquer modo, o retrato do país por ele traçado, ao longo de tantas décadas, terá um dia de ser comparado a outras crónicas do mesmo formato, publicadas na imprensa, mas só algumas reunidas em livro, da autoria de Victor Cunha Rego, Artur Portela Filho, José Cutileiro, Nuno Brederode dos Santos, Eduardo Prado Coelho, Miguel Esteves Cardoso, Paulo Varela Gomes, João Miguel Tavares e João Pedro George.

Que retrato do país emerge da leitura deste livro? Desde logo, uma visão de Portugal profundamente modelada pela cultura histórica do seu autor. É como se VPV não se tivesse conseguido realizar na escrita de livros de história, acabando por encontrar a sua verdadeira forma de expressão em textos de fôlego curto, mas onde acaba por sobressair uma concepção estrutural do passado de Portugal. Ou seja, uma interpretação, ainda que breve e simplificada, de estruturas que só são perceptíveis na longa duração, mormente ao longo dos dois últimos séculos, podendo mesmo recuar-se ao início da Expansão (p. 143) ou, pelo menos, ao século XVIII, de D. João V, Verney,

Pombal e ao Iluminismo tido como inexistente em Portugal, para constatar o seu carácter recorrente (pp. 137–138, 141). É, aliás, essa cultura histórica que permite a VPV compreender os acontecimentos do presente à luz do que se mantém estável numa tão longa duração. E é a partir desse mesmo ponto de vista que o cronista acaba por exprimir a sua indignação frente à ignorância da elite política actual, a começar por Paulo Portas, para quem a história começou com o 25 de Abril, alargando-se, se tanto, a Salazar (pp. 159, 165, 239, 241).

Ao lado de uma bem enraizada concepção da História, cujo sentido interessará perceber mais adiante, VPV revela a sua formação e interesses literários, que remontam ao início da década de 1960. Como o próprio recorda, foi em torno da revista *Almanaque* (1959–1961), publicada pela Ulisseia, de Figueiredo Magalhães, que se reuniram nomes como José Cardoso Pires, Alexandre O'Neill, Luís de Sttau Monteiro, José Cutileiro, Augusto Abelaira, Baptista-Bastos e o próprio VPV.([11]) Neste círculo, VPV iniciou-se nas lides literárias, distinguindo entre os que detestou e os que admirou. Dos últimos, acima de todos, figura Cardoso Pires, que transformou o português «numa língua moderna» (p. 517).

Mas não foi só a Ulisseia e a revista *Almanaque* que contribuíram para a formação literária e intelectual de VPV. Na revista *O Tempo e o Modo* (a partir de 1963) e na editora a ela associada, a Moraes, de António Alçada Baptista, encontrou «o embrião de uma futura aliança de centro-esquerda, que já existia em Itália e se esperava repetir aqui, quando a Ditadura caísse» (p. 521). Segundo o retrato certeiro de VPV, donde não estão ausentes algumas projecções pessoais, se Alçada, durante a década de 1960, quis mudar o mundo, reformando a Igreja e criando um outro Portugal, no Outono da vida, transformou-se na expressão máxima do desencanto político, «isolado à esquerda e à direita», tendo acabado por sofrer «com o abandono de muita gente de quem se considerava amigo» (pp. 520–521).

Essa mesma cultura literária, que o autor recorda nas suas origens pessoais, com uma ponta de orgulho e saudade, é uma mistura de conhecimentos e experiências de escrita, de convívio mundano e arte da conversa. Assim sucedia com os jantares no Belcanto na companhia de Sttau Monteiro, com o qual VPV colaborou na tradução para português de *Nove Contos* (1966) de Salinger. O mesmo aconteceu com Cardoso Pires, a quem acompanhou pelas tascas, do Bairro Alto à Baixa, «a discutir interminavelmente os méritos de romances vários, de que hoje ninguém se lembra ou sabe que existiram» (p. 519). A mesma cultura literária volta a assomar quando VPV recorre

([11]) Sobre Joaquim Figueiredo Magalhães, ver Nuno Medeiros, *O Livro no Portugal Contemporâneo* (Lisboa: Outro Modo Cooperativa Cultural, 2018), p. 252.

a Alexandre O'Neill, embora não o refira, para descrever o modo como a revolução se apagou depois de 1975: «Cada um tratou, e não mal, da sua vidinha. Da sua carreira e da sua bolsa [...]. Cada um meteu-se na sua casca e tentou ignorar o que sucedia fora dela» (p. 533).

Reconstituir as bases intelectuais de VPV, a partir das crónicas deste livro, é um exercício que poderia continuar. Por exemplo, seria necessário atender à sua educação familiar, nas ligações ao PCP, mediatizadas pelo respectivo controleiro, durante a Ditadura, e depois o abandono de tais directrizes; haveria também que ter em conta a sua formação nos liceus de Lisboa, a qual, no juízo do autor, não foi assim tão má, sobretudo em comparação com a sua experiência na Faculdade de Letras, caracterizada pela «ignorância, o vício, o fanatismo e até a loucura», o que contrastava com o ambiente permissivo do movimento estudantil e, sobretudo, com as possibilidades que lhe foram abertas pela sua estada em Oxford, onde se doutorou (pp. 530–531).

Com diferentes origens, como não poderia deixar de ser, as ideias de VPV, tal como aparecem expostas neste livro, revelam uma cultura vasta e uma concepção da História. Como já foi referido, trata-se de uma visão estrutural da História de Portugal, atenta ao tempo longo, aos aspectos que se mantêm quase imutáveis e à consciência da «essencial contingência» dos sujeitos. A começar pela consciência do próprio autor enquanto sujeito da História, sobre a qual afirma: «Sou um produto de forças que nunca controlei» (p. 531). O que equivale a dizer — sem querer virar o autor contra si próprio e, pelo contrário, procurando reconstituir o sentido das suas intenções — que dos projectos de uma história narrativa dos sujeitos, que muitos teimam em imputar a VPV, não parece haver vestígio neste livro.

E quais são as principais estruturas da História, sobretudo portuguesa, evocadas por VPV? Em primeiro lugar, há que considerar três factores interligados, podendo atribuir-se a cada um deles o valor de estruturas de longa duração: o atraso económico português, que conduz à reprodução de cenários de miséria, desigualdade e pobreza; depois, a debilidade de uma classe média que se tem mostrado totalmente dependente do Estado e, simultaneamente, a principal base do crescente papel assumido por este último; por fim, o peso exagerado do Estado, visível no número de funcionários públicos, uma «bizantina burocracia» (p. 90), mas também na redistribuição das rendas e na multiplicação das funções, em domínios como os da saúde, do ensino, das pensões, das obras públicas, logo, no aumento permanente da despesa que conduz à dívida externa e à ameaça permanente da bancarrota.([12])

([12]) Caracterizações de uma dispensável burocracia ou do peso excessivo do Estado foram, nos últimos séculos, ensaiadas inúmeras vezes, numa genealogia que baralha as filiações políticas. Numa tradução de Claude-Jacques Herbert, a que ainda não se prestou a devida

Dos factores acabados de enunciar, o mais repetido ao longo do livro é o da classe média, que é parasitária, porque vive à conta do Estado, e não se autonomiza, porque «a debilidade económica do país» não permite a sua emergência espontânea (pp. 55, 78, 95–96, 119, 132, 144, 160, 287, 302). A este respeito, VPV, sem ser original à luz da bibliografia da decadência

---

atenção, atacaram-se os inúteis, que viviam à custa do Estado e eram incapazes de produzir riqueza, *Prova sobre a Policia Geral dos Trigos* [Bruxelas (?): P. de Bast (?), 1766], p. 154. Em 1820, denunciou-se como um mal o peso excessivo dos militares em relação à população: quatro vezes maior do que acontecia em França e na Inglaterra, Marino Miguel Franzini, *Reflexões sobre o Actual Regulamento do Exército de Portugal Publicado em 1816 ou Analyse dos Artigos Essencialmente Defeituosos e Nocivos à Nação* (Lisboa: Impressão Régia, 1820), p. 17 [esta denúncia inseria-se num debate acerca de como podia um exército ser organizado, em articulação com um sistema de promoção da população e da agricultura, para utilizar os termos de Gomes Freire de Andrade, no seu *Ensaio sobre o Methodo de Organisar em Portugal o Exercito relativo à População, Agricultura, e Defeza do Paiz* (Lisboa: Oficina de João Rodrigues das Neves, 1806), p. 400]. José Ferreira Borges falava que os abusadores, que alimentaram a Vilafrancada de 1823, viviam das «achegas do contrabando, da Administração, da Comenda ou Morgado, e aspirância a Empregado Público», *O Correio Interceptado* (Londres: Imprensa de M. Calero, 1825), p. 183. No oposto do espectro político, o padre Lagosta também se mostrou crítico do aumento do número de funcionários públicos: «Em nossos dias, nos quais homens de todas as classes e condições andam em cardumes e correm a lançar-se nos braços do Governo, que não sabe o que há de fazer de tanta gente e a tanta gente», José Agostinho de Macedo, «Parecer sobre a presente obra», in Fr. Fortunato de São Boaventura, *Historia Chronologica, e Critica da Real Abbadia de Alcobaça* (Lisboa: Impressão Régia, 1827), p. V. «O país oferece apenas duas carreiras aos seus filhos: a secretaria e a sorte obscura duma viagem ao Brasil», Jaime de Magalhães Lima, *O Snr. Oliveira Martins e o Seu Projecto de Lei sobre o Fomento Rural* (Porto: Tipografia de António José da Silva Teixeira, 1887), p. 9. Num trecho citado por Ezequiel de Campos, num relatório em que propunha um plano para o desenvolvimento do país, repetiram-se «as nossas três grandes questões» — a da emigração, do parasitismo oficial e a do desequilíbrio das finanças» [Oliveira Martins, *Projecto de Lei de Fomento Rural*, 1887, cit. in ANTT/Arquivo Oliveira Salazar/D-K/3/1/12 – «Estudo sobre a reconstituição portuguesa e a realização de trabalhos de electrificação e rega» (1931), fls. 407]. No mesmo sentido, Fialho escreveu: «Se dentro da monda dos ordenados indevidos, das comissões mal exercidas, e de toda a sorte de roubalheiras burocráticas, o governo quisesse manter integralmente a austeridade do programa exposto ao parlamento, no prazo de dois meses os vinte e quatro mil empregados públicos de Lisboa deviam ir todos para o meio da rua, e exceptuar-se-ía da *razzia* quando muito um milhar, entre bons e toleráveis. Ninguém ignora que as repartições públicas têm sido sempre o valhacouto de todos os vadios e de todos os estrompados, que a alfândega regurgita de janotilhas analfabetos, e que salvo raros casos não há meio de extrair dentre dez burocratas um tipo de funcionário trabalhador e inteligente. O pessoal além de viciado e incompetente é numerosíssimo, e o terço activo bastava para dar conta expedita do serviço», *Os Gatos*, vol. V, 3.ª ed. (Lisboa: Livraria Clássica Editora de A. M. Teixeira, 1916), p. 123. De Fialho ver, ainda, sobre nomeações de funcionários públicos, *Os Gatos*, vol. III, 2.ª ed. (Lisboa: Livraria Clássica Editora de A. M. Teixeira, 1911), pp. 173–176. Ladislau Batalha pronunciou-se acerca da «triste epidemia dos Doutores, Licenciados e Bacharéis»,

e das análises do atraso, volta a pôr o dedo na ferida: uma sociedade onde não emerge uma classe média — outros diriam uma burguesia — permanece arcaica. De forma mais eloquente, num trecho que VPV com certeza conhecia, Fialho de Almeida associou a «nossa pelintrice» a um quadro composto por «burguesias pobres, com capitalistas risíveis, com instituições bancárias sem iniciativa nem faro comercial»([13]). O certo é que, na ausência de uma burguesia, as tentativas de modernização acabaram sempre por ser impostas a partir de cima, ou seja, do Estado, que se envolve no aumento da despesa, contribuindo inevitavelmente para o aumento do número de funcionários, da dívida e da já referida ameaça da bancarrota.

É, aliás, com aguda consciência sociológica que VPV escreve: «A sociedade não muda pela simples vontade política do poder» (p. 155). Por isso,

---

A Burla Capitalista: Critica da sociedade contemporânea (Lisboa: Instituto Geral das Artes Gráficas, 1897), p. 181. Júlio de Matos, por sua vez, opinou acerca dos moços que, saídos dos liceus, passavam a dispor de uma educação livresca que os preparava, apenas, «para o doce parasitismo burocrático, eterno ideal de todos os incompetentes. Mas, por muito que os multiplique a solicitude paternal dos governos, nunca os empregos públicos serão suficientes para os candidatos. E assim é que a massa dos descontentes, socialistas de amanhã, continuamente engrossa», «Prefácio do traductor», in Raphael Garofalo, *A Superstição Socialista* (Lisboa: Livraria Clássica Editora, 1904), p. LXVII. Marnoco e Sousa falava «do desgraçado sestro que há entre nós de criar empregos para conveniência dos pretendentes bem apadrinhados, em vez de empregar apenas o número de indivíduos indispensável para o bom desempenho do serviço público», *Administração Colonial: Prelecções feitas ao curso do 4.º anno juridico do anno de 1905–1906* (Coimbra: Tipografia França Amado, 1905), p. 627. Veiga Simões também denunciou um país onde a classe média, em vez de investir na agricultura e na indústria, preferia «a burocracia, como meio certeiro de aguentar a família», *A Nova Geração: Estudo sobre as tendencias actuaes da Litteratura Portuguesa* (Coimbra: França Amado, 1911), p. 21. Em 1913, numa carta para Álvaro Pinto, António Sérgio explicita um dos primeiros golpes num «Estado-Sugador, o Estado assassino da nação», que tanto podia ser «lucianista ou afonsista», referindo a José Luciano e a Afonso Costa, atravessando da Monarquia à República, *Cartas de António Sérgio a Álvaro Pinto (1911–1919)*, ed. Rogério Fernandes (Lisboa. Edição da Revista «O Ocidente», 1972), pp. 22–23. Um dos principais autores do Integralismo Lusitano, Luís de Almeida Braga, referiu-se aos malefícios que tiveram origem no «estadismo josefino», que «secou as fontes das energias nacionais», e insistiu no «centralismo burocrático da monarquia constitucional» que sepultara «a vida local portuguesa»; depois, sublinhou que «as já delgadas raízes duma antiga vida nacional secaram de todo, e Portugal transformou-se num mapa à moda de França, sob o poder absorvente do Estado centralista e burocrático.»; finalmente, à maneira de Tocqueville, concluiu: «Um Estado que se democratiza, centraliza imediatamente», *O Culto da Tradição: Conferência realizada na Associação Católica do Porto na noite de 26 de Março de 1916* (Coimbra: França Amado, 1916), pp. 54–57. Meio século depois, no espectro político oposto, Flausino Torres associou o «aumento constante do número de funcionários» com a permanente formação de clientelas centradas nos governantes, *Leituras Históricas: As origens da República* (Lisboa: Prelo, «Cadernos de Hoje», n.º 2, 1965), p. 61.

([13]) Fialho de Almeida, *Os Gatos*, vol. V, 3.ª ed., *op. cit.*, p. 49.

é necessário começar por compreendê-la a partir das suas estruturas económicas atrasadas (caracterizadas pela «miséria atávica», p. 301) e sociais (a começar pela já referida ausência de uma classe média autónoma, mas também pela permanência de uma sociedade rural arcaica, bem como por uma «desigualdade atávica», p. 288, que explica uma emigração constante). Sobre essas mesmas estruturas económicas e sociais se implantou um Estado, considerado um autêntico «Monstro», que alimenta cerca de 700 000 a 900 000 funcionários públicos.

Quais as mudanças que aconteceram nas estruturas que permaneceram estáveis ao longo dos séculos? VPV identifica diferentes ritmos temporais: uns mais estruturais, porque associados à continuidade; outros mais atentos às mudanças. Neste último caso, encontram-se as tentativas de modernização do país, quase sempre impostas a partir de cima e conduzindo ao alargamento das funções do Estado, logo, ao seu endividamento. Tentativas de aproximação de Portugal à Europa, sempre falhadas, fizeram-se sentir desde inícios do século XVIII (p. 141). Mas os programas políticos e governamentais de modernização tiveram lugar, sobretudo, com o fontismo, na segunda metade do século XIX, e, após o 25 de Abril, houve diferentes tentativas, sempre acompanhadas pela dívida e pelo défice, sobressaindo o cavaquismo. Em ambos os casos, o que sucedeu foi que a famigerada modernização contribuiu apenas para alargar a classe média, sempre na dependência do Estado, e, por consequência, a despesa e a dívida.

Pelo meio, sem veleidades de modernização, recusando mesmo «desenvolver o país», esteve a preferência de Salazar pela «indigência» que «amansava e disciplinava o país» (pp. 143, 161). Mais: para se compreender a «crise» actual, tem de se compreender a «"pesada herança" (verdadeiramente pesada) que nos legou Salazar». Esta foi constituída por um «país muito pobre», quanto à sua «população rural e da gente que se começava a acumular à volta de Lisboa e do Porto ou emigrava ilegalmente para a Europa» (p. 161). Ora, «além de uma guerra colonial [...] e de um exército monstruoso, tecnicamente atrasado, a sociedade que Salazar nos legou (fora meia dúzia de enclaves em Lisboa e Porto) era uma sociedade arcaica», onde não havia nada (p. 163). Assim era «o regime paroquial e bronco de Salazar» (p. 519).

Se a «modernidade nunca verdadeiramente chegou a Portugal» (p. 140), o que acabou por aumentar foi «a dimensão da classe média» (p. 132). A ponto de se poder dizer que, se até 1974 «Portugal era um país agrícola» e «as crises só afectavam a classe média e a pequena burguesia de Lisboa e Porto», «agora o regime tem de sustentar metade da população» (pp. 103–104). Insista-se, ainda, no facto de que, para VPV, as tentativas de modernização dão, ciclicamente, lugar à «crise». A crise da dívida, do empréstimo, recordada em relação a 1875 por Ega e o banqueiro Cohen, n'*Os Maias* (pp. 123–124).

Ou, nas palavras de VPV, «a crise por que agora passamos lembra outras crises da mesma natureza no século XIX e no século XX com os mesmos furibundos protestos contra as despesas do Estado, contra o excesso de funcionários públicos, contra as clientelas e em geral contra a roubalheira» (p. 133). A este respeito, também Fialho estabeleceu uma relação directa entre o modo de funcionamento do Estado, a «crise» e a satisfação das clientelas; pois era no primeiro que se acolhiam diversos «focos de imoralidade e ladroagem»:

> Em primeiro lugar têm eles [os referidos focos] sido e serão o vazadouro onde a política ministerial põe a comer os galopins que a auxiliam, e os trambolhos que só para alcançar essa prebenda mensal lhes fazem guerra. Em segundo lugar são o refúgio de todos os parentes de ministros, filhos e sobrinhos de mandões influentes, que sem aptidões para o trabalho, deixam as suas terras de província, os seus lugares de caixeiros, agricultores, advogados, para virem madracear por Lisboa à custa da nação. Em terceiro lugar, florescendo eles e medrando em plena crise, e continuando a manter-se em plena crise, e continuando a manter-se em plena decadência de todas as profissões laboriosas, tornam-se o íman da preguiça pública, e o monumento levantado pela podridão constitucional aos regabofistas que lhe têm aplaudido nos jornais e nas eleições o sistema corruptor.([14])

Nesta mesma sequência, *De Mal a Pior* dá a conhecer um país que não se moderniza, que não se consegue reformar e que não tem emenda. Sublinhe-se, mais uma vez, o pessimismo da mesma interpretação. A reforma do Estado, por exemplo, que Passos Coelho entregou a Miguel Relvas, foi prometida mas nunca chegou a acontecer (pp. 90, 93, 121). Aliás, tal não poderia ter sucedido, uma vez que o próprio Passos Coelho «deixou um exemplo de trapalhada, de superficialidade e de ignorância» (p. 128).

A interpretação que VPV faz da política, do Estado e dos sucessivos governos e seus chefes partidários resulta, mais uma vez, da sua ampla cultura histórica, baseada numa atenção às dimensões mais estruturais. Por exemplo, Cavaco e os modernizadores anteriores, por pura ignorância, caíram na dupla ilusão de que a sociedade estava sujeita a uma mudança passível de ser conduzida por simples voluntarismo político e que os remédios para o atraso consistiam em mera disciplina financeira ou nos investimentos do Estado em obras públicas (p. 155). O resultado de tantos tiros falhados foi trágico: o país não se modernizou, apenas se criou um Estado cada vez mais pesado, ou seja, mais uma vez, um autêntico «Monstro» (pp. 155, 236).

O mesmo Estado, que perpetuou a dependência e uma relação em círculo vicioso com a classe média, também se traduziu naquilo a que se chamava, no

([14]) *Ibidem*, p. 128.

século XIX, a Fusão, equivalente mais tarde a uma geringonça, à união nacional ou ao centrão (pp. 104, 287). E, da mesma forma que a classe média, com os seus funcionários, depende do Estado, são também os partidos da Fusão que se alimentam do Estado, dele dependendo. E porque o Estado já não basta para apascentar tantas ovelhas, cresce o facciosismo dentro dos partidos (pp. 285–286). O próprio CDS, em busca de uma ideologia liberal, acaba por ser um paradoxo, uma contradição, pois transformou-se numa direita liberal que espera tudo do Estado (p. 290).

Neste cenário de análise das grandes estruturas económicas, sociais e políticas, a educação — talvez por VPV gostar mais de ser do contra — constitui outro investimento errado do Estado e dos proclamados modernizadores: «O desenvolvimento económico [...] não depende da educação e da formação de um povo» (p. 382). A relação de causalidade é estabelecida por VPV no sentido inverso, ou seja, «a educação e formação do povo dependem de um desenvolvimento regular e crescente» (*Ibid.*). Daí existir uma relação directa entre miséria, trabalho infantil e abandono escolar (pp. 371–372). Mesmo que seja difícil traçar as origens de uma tal ideia, num Randall Collins ou em Pierre Bourdieu, pessoalmente, não seria tão peremptório em relação aos termos da discussão estabelecida por VPV. Embora possa compreendê-la, à luz da argumentação do autor, pelo facto de a educação implicar mais um aumento da despesa pública, que conduz a um crescente endividamento.

Muito poderia ainda ser dito, com base na leitura de um livro onde as ideias se multiplicam, acerca da correlação entre miséria do país e corrupção política (p. 342), do fanatismo de Cunhal, isolado do país que desconhecia, tanto quanto Salazar (pp. 193–4), da devoção salazarista de Adriano Moreira (p. 244), sobre o qual haveria que falar do oportunismo recorrente, das semelhanças entre os líderes partidários, que vão de Barroso a Sócrates, de Seguro a Passos Coelho, de Santana Lopes a António Costa (pp. 213, 247–248, 271, 273–274). Porém, estou convencido de que é a capacidade de analisar as grandes estruturas que acaba por sustentar a argumentação principal deste livro de crónicas.

Uma cultura histórica que assenta não só na compreensão de processos sociais, económicos, políticos e culturais, mas também numa capacidade para mobilizar os conhecimentos daqueles que sobre elas reflectiram.([15])

([15]) Uma cultura histórica atenta à análise das estruturas situar-se-ia muito além da mera narrativa política, enquanto exercício de multiplicação de nomes e, se tanto, de nomeações, que, segundo o prefácio de VPV a um dos seus últimos livros, representaria uma forma mais elevada de fazer História. Mais elevada, entenda-se, por se tratar de uma narrativa que «não caiu bem na sopa turva do esquerdismo metafísico e simplório, de que a universidade e as suas ramificações têm vivido», *O Fundo da Gaveta* (Lisboa: Dom Quixote, 2018), p. 11. Neste sentido, ao insistir na atenção que VPV dedica aos aspectos estruturais da análise histórica,

Entre estes últimos, VPV não esconde a sua admiração por Oliveira Martins, Antero de Quental e Eça de Queiroz. O uso que faz dos seus escritos, conforme mandam os critérios da redacção de textos curtos, é comedido e implica simplificações. Mas capta o essencial. A utilização das mesmas ideias da Geração de 1870, formando o «cânone da esquerda», já fora tentada por António Sérgio (p. 152). Por que razão vem, agora, VPV referir-se a Sérgio como fazendo parte de um conjunto de «pensadores menores»? Suspeito que seja, mas não tenho a certeza, por também ele, VPV, querer seguir na peugada de Antero e reivindicar-se como um dos seus herdeiros directos, sem pagar direitos de portagem a intermediários... Aliás, não terá Eduardo Lourenço tentado fazer o mesmo, no capítulo que dedica a Sérgio nessa obra que de tão citada permanece por analisar, *O Labirinto da Saudade*?

Mais: sem pôr em causa a qualidade das crónicas, de um ponto de vista tanto formal como da consistência das suas ideias, bem fundamentadas historicamente, não posso deixar de perguntar: não foi VPV, sempre, um beneficiário e um colaborador do Estado? É que, não se esqueça, ele próprio foi funcionário público, investigador com provas dadas, membro de governos e deputado. Ou seja, sempre a mamar da teta da vaca que semanalmente criticou na imprensa. Será porque o Estado pode servir para alimentar uma elite, mas no resto não presta? Uma vez criados, sabe-se bem, os serviços nacionais de saúde, de educação universal e a própria segurança social funcionam mal, mas não serão melhor do que nada? O empenho dos que lá trabalham, ou seja, dos funcionários públicos — que não podem ser vistos como meros parasitas e reduzidos a uma escumalha de párias —, poderá ser reduzido ao mero pessimismo indignado de VPV?

Quanto à classe média, sobre a qual VPV parece ter uma relação de amor e ódio, é verdade que, nos últimos quarenta anos, ela cresceu baseada no aparelho de Estado. Mas, para haver hospitais, tem de haver médicos, para haver escolas, professores, para haver uma administração, tem de haver funcionários, para ajardinar os jardins, tem de haver jardineiros, e por aí adiante. As social-democracias avançadas têm a sua própria divisão do trabalho dentro do Estado e só no âmbito de uma conversa banal, de café, é que podemos achar que não precisamos de funcionários públicos. Que fazer, então, com turmas de 30 alunos, listas de espera para cirurgias graves, florestas abandonadas, centros de investigação vazios, um sistema pré-escolar em colapso, e por aí adiante? Embora de emergência mais tímida, a classe média também surgiu no sector privado, talvez em número menor do que poderia ter sucedido, mas, com certeza, não foi por ter sido abafada pelo Estado.

---

será possível virar o autor contra si próprio, descobrindo que, lá no fundo da sua concepção da História, afinal, estavam as estruturas que transcendiam os indivíduos biografados e a narrativa dos acontecimentos.

Para concluir, uma última nota de discordância. No livro, o termo «indígena», quer como substantivo, quer como adjectivo, surge dezenas de vezes (pp. 52, 65, 83, 95, 97, 106, 107, 120, 124, 135, 141, 151, 153, 155, 166, 194, 229, 243, 245, 253, 269, 290, 302, 310, 322, 344, 351, 364, 381). A apropriação do termo supõe a comparação com o mundo colonial, onde o Estado pretendia civilizar o indígena, ao mesmo tempo que o explorava enquanto força de trabalho, gratuita ou escassamente remunerada. Impossível, por isso, desligar o seu uso de um conservadorismo que é, na realidade, bastante antidemocrático. Mas, de um ponto de vista estilístico, a reversibilidade é um risco ou, para utilizar uma verdade que anda na boca das crianças, quem diz é quem é. Em Portugal, as origens da utilização do «indígena» para caracterizar os portugueses remontam à Geração de 1870. Foi n'*Os Maias* (1888) que surgiu o uso mais literário — com muitos sentidos, alguns deles irónicos e sardónicos — do termo *indígena*. É Ega, no seu evidente provincianismo, quem pretende «impressionar o indígena» e que por isso cola o termo aos portugueses. O Ega de quem Carlos da Maia tanto se ria. O mesmo Ega que aludia ao «indígena» da Rua dos Fanqueiros, quando este via as excentricidades do Craft como um sinal de «doidice». O Ega que dizia que «a civilização custa-nos caríssima [...]; e é em segunda mão, não foi feita para nós, fica-nos curta nas mangas [...]. Nós julgamo-nos civilizados como os negros de São Tomé se supõem cavalheiros, se supõem mesmo *brancos*, por usarem com a tanga uma casaca velha do patrão... Isto é uma choldra torpe»([16]).

No fundo, Eça percebeu bem que a autoproclamada superioridade civilizacional tinha ecos na pretensa superioridade cultural, ética e moral, que tantos alimentavam na esfera pública. Fialho e Alfredo Gallis recorreram ao mesmo termo para designar os portugueses nos seus comportamentos mais arcaicos. Miguel de Unamuno também, para descrever a incapacidade indígena de analisar o facto vivo.([17]) Em 1884, Joaquim de Vasconcelos recorrera ao mesmo termo, no seu projecto de defesa de um Museu Industrial e Comercial do Porto, contra os que eram movidos apenas por interesses pecuniários e que, por isso mesmo, queriam que «o indígena viva, perpetuamente, com os olhos fechados»; ou seja, sem cuidar da promoção das suas indústrias e a consumir o que lhe vinha de França.([18]) Em finais do século XIX, já o termo era corrente para criticar tipos e comportamentos provincianos, como o dos

([16]) Eça de Queiroz, *Os Maias: Episódios da vida romântica*, pp. 154–155.

([17]) Miguel de Unamuno, *En Torno al Casticismo* (Madrid: Espasa Calpe, «Austral», 1944), p. 137 [«Sobre el marasmo actual de España», 1895).

([18]) Joaquim de Vasconcelos, *Cartas* (Porto: Edições Marques de Abreu, 1973), p. 81, citado por Sandra Leandro, *Joaquim de Vasconcelos: Historiador, crítico de arte e musicólogo. Uma ópera* (Lisboa: Imprensa Nacional – Casa da Moeda, 2014), p. 456.

intriguistas: «O Guedes era o protótipo, perfeitamente característico, duns certos indígenas micaelenses, que neste pequeníssimo meio apenas vegetam, como imundos répteis.»([19]) Em 1900, Carneiro de Moura denunciava que Portugal era dominado pelos estrangeiros, dos negócios à moda; o português desnacionalizava-se, para se aproveitar de tudo o que o estrangeiro tinha de pior; como sucedia com todos os povos decadentes e «muito com os selvagens de África, que aceitam as braceletes de latão, as missangas e as chitas da pior espécie da indústria europeia»; embora, acrescentava, «para honra dos pretos, devemos confessar que eles nos são superiores na feição persistente da sua existência local»([20]). Adolfo Coelho, que integrara as Conferências do Casino, recordou, em 1915, o programa emancipatório da sua geração: «Não se pretendia então voltar atrás; mas sim rasgar novos horizontes, combater o indígena, o compatriota bestializado nos hábitos tradicionais, nos velhos preconceitos.»([21]) E, mais perto de nós, Jorge de Sena, ao desculpar-se, também se justificou referindo que não era sua intenção «irritar o indígena»([22]).

Enfim, a ironia implícita no termo indígena, a que Eça recorreu para caracterizar João da Ega, desapareceu na enxurrada pessimista de VPV. O seu uso e abuso não ajudam a manter viva a esperança em projectos políticos de emancipação e de criação de uma sociedade mais justa e livre. Refiro-me à esperança que irrita sobremaneira tanto os apóstolos da conservação social como os da decadência inexorável do país e dos seus «indígenas». É que as novas gerações não têm de desistir antes de começar, nem de se conformar precocemente com a «vidinha». Aliás, duvido que tenham direito a ela…

Pulido Valente segundo Raposo: um retrato singular

Henrique Raposo publicou na revista do *Expresso* (18 de Fevereiro de 2018) um longo artigo constituído pelo extracto do livro que tem em preparação — uma biografia de Vasco Pulido Valente. O não contido azedume do biógrafo pelo biografado inspira-se, aparentemente, no azedume que VPV exprimiu em centenas de crónicas, publicadas em jornais e semanários ao longo de décadas. E digo aparentemente porque se poderia pensar que o azedume pessimista do biografado encontrou resposta no estilo adoptado por

([19]) A. Cardoso de Faria e Maia, *O Euzebiosinho (Idyllio nas Furnas)* (Ponta Delgada: Tipografia Minerva, 1899), pp. 66–67.

([20]) Carneiro de Moura, *A Mulher e a Civilização* (Lisboa: Companhia Nacional Editora, 1900), p. 200.

([21]) Boavida Portugal, *Inquérito à Vida Literária Portuguesa* (Lisboa, 1915), p. 80.

([22]) Jorge de Sena, *Antigas e Novas Andanças do Demónio* (Lisboa: Edições 70, 1978), p. 11.

um dos candidatos a biógrafo de VPV (em concorrência com outros). Porém, quando examinado de perto, esse mesmo azedume é só revelador da atitude do seu autor. Ele funciona como uma espécie de espelho, contribuindo para traçar um retrato singular de Henrique Raposo.

Ponho de lado as imprecisões que percorrem o artigo em causa. Por exemplo, a República é reduzida a Afonso Costa, que, por sua vez, o velho professor e médico Pulido Valente mimetizou, ao mesmo tempo que lia, imagine-se, Wittgenstein! Também não me interessam os recados que ali se encontram. Maior e vacinado, o autor é o único responsável pelos factos a que alude e as ideias que incorpora. O meu objectivo é, apenas, o de discutir três ideias. A sua formulação só tem um responsável: Henrique Raposo. Noto que tais ideias, de fácil identificação, nada têm que ver com VPV. Por isso, estou convencido de que a sua enunciação toma como pretexto a escrita de uma biografia, circunstancialmente a de VPV, mas poderia tomar como objecto qualquer outro escritor ou figura pública. A preferência por VPV tem uma explicação: a de escolher um autor de crónicas, para despojá-lo da sua grandeza e deixar o campo livre para novos profetas. Mas mais importante do que encontrar as razões para tais exercícios de violência simbólica é compreender que tais ideias fazem parte das provocações de uma certa agenda inquietante. É que não me parece justo que, em democracia, passem sem acusação os que se servem da liberdade para acabar com ela.

Um dos argumentos centrais do artigo é que todo o percurso de VPV se caracteriza pelo snobismo. Snobismo herdado, porque são conhecidas as suas origens familiares. Snobismo por ele manifestado em relação a figuras como Cavaco Silva, Passos Coelho ou José Sócrates, supostamente reduzidos ao estatuto de alpinistas. Frente a tantas marcas de snobismo, Henrique Raposo conclui: se são as lutas pelo estatuto e distinção social que contam para a luta política, pouco importam as ideias políticas, sejam elas de esquerda ou de direita. Qual o resultado, então, da biografia de VPV em que o que conta é o prestígio dos apelidos? A resposta surge sob a forma de apolitismo. Ora, só mesmo como piada se pode entender que uma biografia de VPV — o homem do contra, o pessimista, envolvido permanentemente na discussão de assuntos políticos, a ponto de ter cuidado pouco de outras facetas e capacidades intelectuais — possa produzir um tal resultado.

Ora, a obsessão pelo social, pelo alpinismo posto a descoberto pelos snobes que não suportam a meia branca, é porventura mais reveladora daquilo que vai na cabeça do biógrafo do que do seu biografado. E a defesa do apolitismo é um modo de acentuar o desprezo pela vida pública, com tudo o que ela implica de debate de ideias e de projectos, de desacordos e de consensos. O apolitismo é um argumento a que recorrem os que desprezam a vida política feita de conflitos e consensos. E o apolitismo a que Henrique Raposo recorre para julgar VPV e dizer que este já está morto é o primeiro sinal de que no artigo em causa nos confrontamos com uma cultura política que nada tem de democrática.

A segunda ideia parte da presunção de se estar na posse de um certo conhecimento relativo à obra de Eça de Queiroz. Concretamente, Henrique Raposo, inspirado num livro de Maria Filomena Mónica, aparenta conhecer bem a obra do autor de *Os Maias*. Já VPV, na opinião de Henrique Raposo, se mostra incapaz de entender as diversas camadas de significados literários em Eça, fazendo deste uma interpretação superficial. Assim, o suposto retrato do país traçado por Eça, o de uma nação onde nada se passa e à qual a modernidade não chega, foi reproduzido por VPV. Sem mais! É com este argumento de arrebatadora originalidade que Henrique Raposo tece grande parte do seu texto. Tudo isto, numa tentativa de retratar VPV não só como um snobe, mas também como um vencido da vida. Trata-se, é claro, de um outro modo de desqualificar a vida política, nomeadamente a voz sempre do contra, incómoda, que está presente nas crónicas de VPV.

Snobe e vencido da vida, VPV mais parece ser objecto de uma caricatura do que de um retrato fidedigno. Pouco importa que o mesmo se tenha empenhado em lutas, durante décadas, servindo-se dos principais instrumentos de que dispunha: a sua escrita, a sua irreverência e a sua frontalidade. Resta saber se a ênfase posta nessa noção de vencido da vida para interpretar Eça e a Geração de 1870 não é, apenas, a repetição da pesada herança construída durante o Estado Novo, tendo em vista o aproveitamento possível das ideias e das polémicas de Eça e dos seus companheiros, esvaziadas do seu conteúdo revolucionário ou reformista. Sem querer entrar no desconhecimento que Henrique Raposo revela da obra de Eça e dos estudos que sobre ela têm incidido (com a excepção desse livro de Filomena Mónica que veio revolucionar o método biográfico...), o que me parece evidente é a operação, mais do que discutível, de reduzir a leitura de Eça a uma espécie de imobilismo estetizado (a lembrar D'Annunzio).

Há uma terceira e última ideia que precisa de ser tratada com pinças. Porém, é através dela que Henrique Raposo põe a sua boina. Só no final da leitura do artigo, depois de tantas acusações a um VPV snobe e vencido (e impuro porque cheio de ideias de esquerda), surge a grande indignação: é que, segundo Henrique Raposo, VPV ter-se-á limitado a identificar o país como pobre e atrasado, incapaz de se modernizar (contrariando, aliás, os dados da PORDATA), sem nunca ter prestado atenção à violência. Primeiro, não estudou a violência dos traficantes de escravos. Depois, VPV nunca investigou a violência perpetrada durante as denominadas duas guerras coloniais: a de Afonso Costa (assim chamada por Henrique Raposo, com precisão muito duvidosa) e a de Salazar. Por último, a violência narrada em obras de literatura recente, sendo duas delas publicadas pela Quetzal (de Rentes de Carvalho e Bruno Vieira Amaral). Em suma, VPV descurou a violência.

A denúncia de que VPV não ligou patavina à violência tem água no bico. Tanto mais que vem associada à ideia de que o mesmo não oferece confiança, por ter andado pelas esquerdas que o conspurcaram e de, por isso, não ser puro. Aqui há gato! Quando o entusiasmo pela violência se une a noções de puro e impuro, a mistura é sempre explosiva. Mais a mais, trata-se de uma denúncia que, articulada com as anteriores, nos faz imaginar que, tivesse Henrique Raposo nascido lá pelos anos de 1920 ou 1930, seria o primeiro a participar nesses movimentos de camisa e farda a preceito. É que, como ele próprio refere, a violência mostra a vitalidade das comunidades e das nações. Nas suas palavras, que cito com o espanto de quem se horroriza frente a tamanho entusiasmo: «Um país só sem acesso à esperança do paraíso até pode sobreviver. O mesmo já não se passa com um país sem acesso ao seu inferno, à consequente catarse que une através da dor. Essa catarse da violência que sofremos e infligimos aos outros é o sopro patriota que nos redime» (Henrique Raposo *dixit*).

A violência é, então, essencial para compreender a política. Aliás, foi Carl Schmitt, o jurista e teórico do nazismo, quem sistematizou ideias idênticas sobre a violência, ao considerar que a essência do político estava numa luta entre os amigos e os inimigos. A racionalidade das ideias, de uma esfera pública alimentada por debates e por intelectuais contra a democracia, o parlamento, toda essa confusão considerada mais ou menos anárquica, não constavam. Não eram essenciais para fazer e pensar a luta política. O mais importante era que os amigos se alimentassem, primeiro, do sangue dos seus inimigos e, depois, de manifestações altamente estetizadas onde a violência era contida através de ritos e cerimónias, dados em espectáculo às massas, num simulacro de espaço público. De facto, VPV nunca foi por aí. Nem tinha de ir. Por mais que discorde das suas ideias, reconheço que VPV se limitou a discutir e a contribuir para a formação de uma opinião pública feita de ideias e de argumentos racionais. Mais: com a sua resiliência e pessimismo, mas também com a frontalidade de quem não tem medo de ser do contra, foi capaz de fugir à atracção pelas emoções provocadas pela exibição triste da violência.([23])

([23]) Estamos ainda longe de ter percebido o modo como a violência foi monopolizada e administrada por parte do Estado Novo, com os seus organismos e instituições, nomeadamente do ponto de vista policial. Sem esquecer a relação de causalidade estabelecida por VPV entre atraso económico e cenários de pobreza e miséria, o importante seria explicar como é que o Estado procurou organizar e conduzir ao trabalho todos aqueles que eram considerados indigentes, ociosos, vagabundos. Sobre o desterro dos pobres de Lisboa para Alcobaça, ver, a título de exemplo, o conto de Jaime de Balsemão, «A Tragédia do Lendea», in *idem*, *Os Deuses de*

As três ideias acabadas de identificar — snobismo apolítico, país imóvel observado esteticamente por um vencido da vida e, sobretudo, o apelo à violência enquanto «sopro patriota» — encaixam bem numa cultura política fascista. Por isso, Henrique Raposo terá agora de dizer, de uma vez por todas, se é ou não um fascista convicto (António Guerreiro, «Como se reconhece um fascista», *Público/Ípsilon*, 15-09-2017) ou se foi, apenas, por inadvertência que o sugeriu, no retrato singular que de si próprio traçou, ao escrever a biografia de VPV.

Entretanto, os anos passaram, desde que este artigo foi publicado, e Raposo parece ter abandonado o projecto de escrever uma biografia de VPV. Resta saber se também se terá encolhido, abandonando a sua agenda de simpático fascistazinho *New Age*.

Lilliput. Contos, episódios fabulosos e relatos pitorescos (Paris, Lisboa: Livrarias Aillaud & Betrand, s.d.), p. 109. Na década de 1930, sobretudo, competia à polícia tanto em meio rural como urbano, na sequência do decreto 9116, de 8 de Setembro de 1923, perseguir todos os indigentes e, se fosse necessário, seriam disciplinarmente presos. Porém, esta operação de vigiar e punir os mendigos, enquanto potenciais criminosos que só o trabalho poderia regenerar, supunha uma triagem. É que muitos desses indigentes, «entre velhos, inaptos e crianças» mereciam ficar à guarda da Direcção-Geral da Assistência. Mais concretamente, os loucos ou alienados tinham de ser recolhidos pela Polícia, para serem presentes nos manicómios. Foi o que sucedeu em Agosto de 1936, quando a PSP de Lisboa considerou que se vivia numa «época excepcional», com tantos reclusos que era difícil encontrar para todos espaço. Eram cerca de cem os indigentes que aguardavam «um problemático internamento em estabelecimentos adequados de utilidade mais humana, que são os da Assistência Pública». Porém, nem a Direcção-Geral da Assistência Pública, nem a Direcção-Geral dos Hospitais, que superintendia o Manicómio Miguel Bombarda, se dispunham a aceitá-los, por não disporem de meios e os estabelecimentos se encontrarem superlotados. Ver, sobre tudo isto, ANTT, MI-GM/4–13/193. Ministério do Interior, Gabinete do Ministro, Mç. 480 [pt. 6/26], «Exposição sobre os indigentes e loucos detidos nos calabouços da PSP». Notícia da presença de loucos ou alienados nas prisões de Braga, Vila Real e Arcos de Valdevez, em Janeiro de 1933, que também não encontravam acolhimento em manicómios, vivendo sem condições, em ANTT, MI-GM/4–10/34. Ministério do Interior, Gabinete do Ministro, Mç. 464 [pt. 5/2], «Situação de diversos loucos que se encontram nas cadeias das Comarcas de Braga, Vila Real de Santo António e Arcos de Valdevez». Como transformar esta informação, que envolve a administração da violência, por parte do Estado, em dados estatísticos que sirvam para demonstrar a excelência do Estado Novo? De facto, em 1937, o director-geral dos Serviços Prisionais assinalava, com base nas estatísticas disponíveis, que a criminalidade e a vadiagem, graças a um conjunto de medidas bem-sucedidas, que iam desde as tutorias à coerção, estavam em maré vazante. Não excluía, das medidas tomadas, a prevenção social, que se estava a fazer «contra a miséria, a que se mostra e a que se esconde, com os bairros populares, a subsídios à família e defesa desta, pela educação escolar, disciplina e dignificação do trabalho, pela previdência, assistência e beneficência, etc., cujos benefícios, de reflexo mediato na terapêutica do crime, se começam também a fazer sentir», Augusto da Cunha de Oliveira, *Movimento da Criminalidade em Portugal: Considerações interpretativas da estatística criminal publicada em 1937* [comunicação feita ao Congresso das Ciências da População] [s.l.: s.n.], 1940.

Onésimo Almeida: um modo de pensar e de fazer

Escrevi sobre Onésimo Teotónio de Almeida em dois momentos. Primeiro, quando saiu, em 2015, um livro de João Maurício Brás, autor de um estudo sobre o conjunto da obra de Onésimo Teotónio de Almeida. A segunda parte, encadeada com a primeira, foi escrita em 2017 e inclui algumas explicações acerca da primeira parte. Faz agora sentido publicar as duas partes como um único capítulo sobre Onésimo e a sua obra.

Tenho para com ele uma enorme dívida de gratidão. Esclareço, desde já. Entre 1995 e 2000, ensinei e beneficiei das condições de pesquisa da Universidade de Brown. Fui, por isso mesmo, convidado para ensinar durante dois semestres na Universidade de Yale. E, não tenho dúvidas, graças à experiência que adquiri nessas duas universidades norte-americanas, fui professor da Cátedra Vasco da Gama em História da Expansão Europeia, durante oito anos, no Instituto Universitário Europeu. Sem a confiança e o acolhimento de Onésimo, nada disto teria sido possível.

Por isso, posso dizer que foi graças a ele que a minha vida académica mudou. Não menos importante foi a generosidade que sempre manifestou em relação aos meus estudantes, alguns deles, hoje, colegas de grande mérito. Nos últimos vinte anos, cerca de catorze dos meus antigos alunos de mestrado da FCSH-UNL puderam beneficiar, durante cerca de um mês, das condições de trabalho da Brown. À margem de protocolos, apenas graças à generosidade e ao sentido prático de Onésimo, esse mesmo conjunto de alunos demonstrou que a experiência de internacionalização adquirida naquele *campus* germinou. Limito-me a inventariar os nomes e os sítios onde se doutoraram os que passaram primeiro pela Brown, pois, neste caso, o agradecimento é colectivo: Rui Branco (EUI, Florença), Ricardo Roque (Universidade de Cambridge), João Pedro George (UNL), Miguel Bandeira Jerónimo (King's College, Londres), Nuno Domingos (SOAS, Londres), Nuno Medeiros (UNL), Frederico Ágoas (UNL), Filipe Calvão (Universidade de Chicago), Miguel Rodrigues (EUI, Florença), Inês Guarda (King's College, Londres), Bernardo Cruz (UNL) e Teresa Furtado (UNL).

Seria fastidioso persistir, aqui, no inventário de todas as manifestações de generosidade e atenções que recebi de Onésimo nos últimos vinte anos. Se o fizesse, arriscar-me-ia a ser alvo de uma das suas piadas. Por isso, passo por cima de todas essas manifestações — e foram muitas — que assumiram um sentido institucional e estão ligadas a projectos intelectuais de um certo fôlego, a começar pelo seu papel decisivo na organização do livro que editei com Francisco Bethencourt, *Portuguese Oceanic Expansion* (Cambridge University Press, 2007), bem como na criação e manutenção do *e-Journal of Portuguese History*. Mas não posso deixar de referir um acto da sua generosidade, até por se ter revelado escusado. Era o que sempre sucedia com a sua insistência em me querer levar a passear de carro, quando eu sistematicamente adormecia. A ele fazia-lhe impressão o facto de eu não ter consciência do espaço da cidade de Providence e do College Hill onde estávamos. Também me chegou a ameaçar com a subida à torre mais alta da biblioteca, para ver a cidade a partir de cima. Mas queria eu lá saber de tanta tomada de consciência espacial! Quando ali estavam ao meu dispor os livros, em abundância e ordem jamais vista, e pouco me ralava com conhecer o espaço em volta. Sei que a história da minha inércia até já se constituiu em anedota, justamente por fazer parte desse modo tão particular de Onésimo perceber e respeitar os outros nas suas diferenças. Não estranhei, por isso, encontrar no livro em causa que, no Onésmo, «a posição humana fundamental que é a relação, seja sobre o modo do conhecimento ou do contacto com o outro, ocupa um lugar fundamental na sua obra» (p. 21).

Foi neste quadro de reconhecimento sincero de tudo o que devo a Onésimo que aceitei, sem pestanejar, apresentar o livro de João Maurício Brás. Trata-se de um estudo sobre o pensamento de Onésimo, *Identidade, Valores, Modernidade: O pensamento de Onésimo Teotónio de Almeida* (Lisboa: Gradiva, 2015). Porém, confesso que — da mesma maneira que não tive dúvidas em ler o livro em causa, parecendo-me desde já importante revelar que o fiz com um certo entusiasmo, entre outras coisas, porque me pareceu que poderia contribuir para dar sentido a tantas conversas que também eu tive com o Onésimo — também comecei a sentir, desde o início, o incómodo em misturar alhos com bugalhos. Explico-me melhor. A principal razão que suscitou em mim o referido incómodo encontra-se precisamente na minha enorme gratidão para com Onésimo. Uma gratidão à qual nunca irei conseguir corresponder, muito menos transformando a minha leitura do livro que lhe foi dedicado numa espécie de lambuzadela, onde num só acto englobaria o autor e o seu objecto, ou seja, o João Maurício e o próprio Onésimo. Por outras palavras, a falta de distância — determinada, antes de mais, pela relação de amizade que tenho pelo Onésimo e, insisto, a minha dívida de gratidão para com ele — faz de mim um leitor demasiado tendencioso e provavelmente muito parcial.

Falo disto de um modo frontal, até por saber que o Onésimo é mais sensível a declarações frontais, sem rodeios, do que a panegíricos de lambe-botas. Ao longo das nossas conversas, aprendi que gosta mais de um confronto, de uma crítica certeira, desde que bem fundamentada, do que de qualquer tipo de lambuzadela, mais ou menos ternurenta, mas lamechas. No entanto, mesmo depois de todas estas declarações, não estou totalmente convencido de que consiga criar a distância necessária para resumir e criticar este livro onde me parece que o amador se confunde em parte com a coisa amada, como diria o Poeta. E será, talvez, melhor declarar, desde já, que, se tenho um programa para a crítica ou, pelo menos, se sigo um qualquer guião de leitura, este encontra-se formulado nas inspiradoras palavras de José Agostinho de Macedo acerca da crítica:

> Sempre disse com os meus botões, que era preciso louvar os homens, quando o merecem, mas sem contar jamais com o seu reconhecimento. Se o dever e muitas vezes a solicitação importuna nos obriga a criticar alguma produção literária, é contar decerto com a eterna zanga, e verdadeiro ressentimento de seu Autor, ainda que se aparte de nós entre cortesias e cumprimentos, metendo seu cartapácio muito bem emendado na algibeira. Há homens, cujo epiderme tem tanta irritabilidade ou tantas cócegas, que não permitem jamais à censura uma só palavra, são fracos entendedores de seus verdadeiros interesses, não chegam a compreender que a sombra faz ressurgir a luz, e que um Elogio nunca vale tanto, como quando é constituído a par de uma desapaixonada, e luminosa crítica. Certos homens dados ao mister de escritores julgam que a Crítica mais apurada serve unicamente para lhes assoalhar suas obras, e celebrar seus triunfos. Enganam-se.(24)

Um dos argumentos centrais deste livro é o de que o pensamento de Onésimo forma uma unidade e um sistema.(25) Uma unidade que tem à superfície a crónica e as estórias, mas que tem na sua base uma filosofia «que constitui a parte substancial e mais importante da sua obra» (p. 10). Um «sistema original que não é fechado e absoluto», sobretudo por se inspirar num «realismo pragmático e crítico», no interior do qual John Rawls se afigura uma «influência determinante» (p. 18). Mas, apesar de tudo, um «sistema [que] articula uma teoria ética, uma teoria da acção, uma epistemologia e uma antropologia» (p. 18). João Maurício Brás segue, neste ponto (p. 18), uma referência feita à unidade do pensamento de Onésimo numa obra recente de Miguel Real, intitulada *O Pensamento Português Contemporâneo 1890–2010* (Lisboa: Imprensa Nacional – Casa da Moeda, 2011).

Não posso deixar de exprimir o meu frontal desacordo em relação a esse argumento e de me interrogar sobre a necessidade de conferir a coerência própria de uma unidade ao pensamento, à maneira de problematizar e ao modo de fazer analítico de Onésimo. Encerrá-lo dentro de um sistema, reduzi-lo a uma unidade, pode servir propósitos tipológicos e classificatórios — nalguns

(24) J. A. de Macedo, *Motim Literário em Forma de Solilóquios*, t. IV (Lisboa: Impressão Régia, 1811), pp. 44–45.

(25) Noto que o próprio Onésimo exprimiu algumas reservas acerca da «unidade de pensamento» de um autor, a propósito de José Saramago, cf. Onésimo Teotónio Almeida, *Despenteando Parágrafos* (Lisboa: Quetzal, 2015), p. 201.

casos totalmente arbitrários e ao sabor de conveniências, como bem demonstrou António Guerreiro acerca do referido livro de Miguel Real, numa crítica publicada no jornal *Expresso* —, mas não dá conta da actividade intelectual de Onésimo, a qual dificilmente pode corresponder às diferentes jaulas onde Maurício Brás a pretende encerrar.

Por outras palavras, não estou convencido de que uma obra, para ter valor e profundidade filosófica, tenha de corresponder a uma qualquer unidade sistémica e revelar uma coerência identitária, destruindo a força do que é diverso, variável ou, até mesmo, incoerente. Mais: não me parece que algumas das mais importantes dimensões exploradas por Onésimo, na sua curiosidade omnívora que cruza as humanidades e as ciências sociais todas — de onde nem sequer está ausente uma curiosidade por essa outra maneira de ver e conhecer o mundo que passa pela reprodução fotográfica —, tenham de ser encaixadas num sistema ou numa tipologia coerente. Fazê-lo equivale a criar uma ilusão unitária e a querer fazer de uma vida um todo coerente, passível de ser tomado como uma carreira de sucesso. Por isso, entre a «ilusão biográfica», denunciada por Pierre Bourdieu, e a ilusão de unidade conferida pela noção de sistema há uma relação de analogia, que me parece desajustada para dar sentido à obra ou ao pensamento de Onésimo. Ainda por cima, é enorme o risco de procurar, nessa operação que confere unidade sistemática a uma obra, recobrir com uma forma de consciência, que não é mais do que uma projecção das ideias do autor João Maurício Brás, intenções do autor e da obra que toma por objecto da sua análise.

Sem a intenção de voltar atrás na minha discordância em relação a João Maurício Brás ou, tão-pouco, de a amenizar — o que equivaleria a seguir o estilo habitual dos exercícios do mesmo género quando dão uma no cravo e outra na ferradura —, existem elementos no livro que permitiriam alcançar outros resultados, porventura mais dispersos, mas talvez mais de acordo com a intencionalidade do Onésimo, que numa frase sintética citada neste livro resume um dos seus propósitos. E a formulação é a seguinte: «Tudo o que cresce diverge.» Conhecedor, pelo menos parcial e sem a mesma profundidade de João Maurício, da obra de Onésimo, encontro nessa mesma expressão precisamente uma espécie de recusa às mais diferentes formas de pensamento teológico que se organizam em função da convergência e da unidade. E não estranho que ela tivesse sido enunciada em contraposição ao «tudo o que sobe converge» de Theillard de Chardin.

Se fosse dado a analogias espaciais, como o Onésimo, acrescentaria agora que o pensamento do Onésimo investe muito mais nas passagens horizontais do que naquelas que se organizam em função de elevações verticais. Donde a importância que têm no seu próprio pensamento as passagens transversais que permitem pensar a «transição e tradução entre universos culturais diferentes» (pp. 13–14), como muito bem viu João Maurício no seu livro. E não se trata apenas de passagens horizontais, de viagens ou de formas de pensar processos transculturais que estabelecem relações entre diferentes culturas como os Açores, Portugal e os Estados Unidos. Trata-se de um método de analisar que utiliza permanentemente a curiosidade do viajante e do conhecedor de diferentes universos para efectuar transferências e, assim, conseguir adquirir não só uma maior experiência, como uma maior profundidade na maneira de olhar. E o que vale para diferentes identidades, claro que também se aplica às diferentes disciplinas e géneros de escrita pelas quais Onésimo sempre viajou, sem conceder primado a umas mais do que a outras. Por isso, acrescento, tal como se se tratasse de mais uma bicada no argumento do livro, onde João Maurício Brás vê o pensamento do Onésimo como uma espécie de planta num corte vertical, onde as folhas são constituídas pelas crónicas, pelas estórias ou pelas anedotas e as raízes profundas correspondem aos sistema filosófico, eu vejo um campo com diferentes culturas e diversos tipos de árvores, umas mais crescidas do que as outras, competindo entre si nos cuidados que merecem da parte de quem as cultiva e colhe, ou seja, Onésimo. Deste modo, contraponho à verticalidade a horizontalidade.

Talvez esteja a ser levado pelo meu olhar de historiador, mas trata-se também, e mais uma vez, de ir ao encontro das intenções do autor que o livro toma como objecto do seu estudo. É que o Onésimo também sabe ser historiador quando quer, manifestando a mesma curiosidade pela ciência ou pela náutica dos Descobrimentos, pelos poemas de Camões ou do Pessoa, ou por uma canga de bois. Dentro deste olhar que é mais de historiador — e também de uma certa identificação que sinto pelo pensamento transversal do Onésimo —, custa-me atribuir uma espécie de primado à filosofia. Deixo, por ora, de lado, mas não desprezo, às tentativas de apropriação do pensamento do Onésimo para essa autoproclamada «filosofia portuguesa», por me parecer que se trata de uma redução ainda maior, do que aquela que este livro pretende efectuar ao enjaular o seu pensamento na já referida unidade sistémica. Mas suspeito que os arautos dessa mesma autoproclamada corrente, possam disputar o pensamento do Onésimo, precisamente por encontrarem nele um defensor dessa outra causa ao sabor de tantos interesses, a da lusofonia.

Numa palavra, se existe uma trave-mestra do pensamento do Onésimo, é, de facto, nas transferências entre culturas, disciplinas e géneros de escrita que encontro o método, a maneira de fazer do Onésimo. Ora, as transferências supõem uma recusa em hierarquizar, em dispor verticalmente, e uma enorme capacidade para pensar, em simultâneo, diferentes mundos do conhecimento. Repito, esta mesma ideia está bem presente na obra do João Maurício Brás, não é minha. Tal como não são minhas outras ideias, que me parecem estimulantes para compreender o pensamento do Onésimo, por ele bem analisadas.

Refiro-me, pelo menos, a duas. Por um lado, trata-se de uma militância constante do ponto de vista académico. Maurício Brás atende, sobretudo, ao papel do Onésimo no desenvolvimento de projectos editoriais capazes de fazer valer a existência de uma cultura luso-americana ou de construções, sobretudo literárias, que correspondam às relações dos Açores com os Estados Unidos. A este respeito, a lista dos domínios de actuação do Onésimo seria infindável. Por outro lado, a obra do Onésimo sempre manteve uma relação fortíssima com a sua própria comunidade, açoriana, mas não só. E, a este propósito, não posso esquecer os cuidados e os conhecimentos que sempre nele encontrei em relação à comunidade cabo-verdiana de Providence.

A este último respeito, permito-me levar ainda mais fundo o meu raciocínio, oposto ao do autor do livro que agora se apresenta, mas que também se inspira nalgumas das suas observações: é das transferências, das traduções, das passagens, dos processos transculturais, no último caso dos livros, à organização da academia e desta à luta pela promoção emancipada do viver em comunidade, que encontro o sentido do pensamento do Onésimo. Uma vez, no orgulho com que me descreveu a colocação do soalho da sua casa em Providence, um trabalho impecável em madeira feito por mestres carpinteiros, pude sentir a grandiosidade do pensamento do Onésimo. Avesso a falsas questões, rindo sem medo de toda a espécie de pretensiosismos e, sobretudo, contrário aos que se mostravam incapazes de estabelecer com os outros relações de respeito e de igualdade.

Para mim, o pensamento do Onésimo consiste, pois, nesta capacidade rara de efectuar passagens entre diferentes campos e de inovar. Talvez exista, neste mesmo propósito intencional, uma enorme capacidade para dar corpo a uma ideia de Karl Popper, quando defendia que a mesma capacidade para introduzir a inovação numa dada disciplina ou campo de problemas era maior por parte daqueles que, livres de constrangimentos, tinham as suas origens num território diferente. Ora, são essas mesmas passagens, de um viajante que aprendeu à sua própria custa os caminhos da emigração e da emancipação, por via do estudo, que devolveram ao Onésimo o sentido de realidades tão distintas. Vividos de forma despretensiosa, sem alimentar falsos problemas, muito menos tiques de linguagem — esses, então, merecedores de piadas ou simplesmente desmontados por via da simples imitação ou *mimicry*, por parte de quem domina, e de que maneira, o inglês —, o sentido e o respeito por realidades tão diferentes, a intenção de «ver claro», como tão bem resume o Maurício Brás, conjuga-se em Onésimo com enorme respeito pelos outros.

Enquanto figura de académico e intelectual público, saído do contingente de gente honrada da emigração açoriana, na força da sua curiosidade omnívora de tudo querer compreender e abraçar, o Onésimo, na sua luta por ver claro e na sua falta de pretensiosismo, não poderia ser de outra maneira.

Confesso que tenho mesmo muita dificuldade em imaginá-lo diferente. Este livro sublinha a grande diferença entre esta figura do intelectual, que é produto da emigração, em relação à figura do intelectual exilado e amargurado que lá no fundo sempre pensou no regresso à pátria, para se arranjar e vir a merecer um qualquer lugar de salvador da própria pátria. Se, para bom entendedor, meia palavra basta, julgo que sabemos bem qual a figura que exemplifica melhor o tipo do intelectual no exílio, com a sua cultura do ressentimento. Ora, se não existe em Onésimo nenhum tipo de pretensiosismo, também não há nele nenhum tipo de participação nessa cultura do ressentimento, sobretudo pela falta de reconhecimento cá no terrunho.

Mas talvez pudesse ter sido importante, ou provavelmente investigações futuras — menos afoitas às tipologias da autoproclamada «filosofia portuguesa» e mais atentas a uma história social dos intelectuais — possam empreender um trabalho mais sistemático acerca das marcas e das reacções a uma aprendizagem em seminário. Num meio como o açoriano, as possibilidades abertas pela educação eclesiástica, em paralelo com as formas de sociabilidade e de solidariedade, tantas vezes na resistência aos mestres e na fuga aos mecanismos da obediência — são inegáveis. Resta saber até que ponto a busca de clareza, o sentido das realidades, a ávida curiosidade e a falta de pretensiosismo de Onésimo e do seu pensamento não foram, antes de mais, determinadas por esses anos tão ricos e que ele próprio tanto gosta de recordar.

* * *

Quando li o livro de João Maurício Brás sobre o pensamento de Onésimo, escrevi a primeira parte deste texto, que serviu de base à minha apresentação na Biblioteca Nacional. Que o mesmo livro revelava um conhecimento profundo da obra escrita de Onésimo, ontem como hoje, penso não haver dúvidas. Já quanto à interpretação, discordei, argumentando que, onde João Brás queria ver uma unidade, eu achava que existia uma rica dispersão. E onde identificava uma espécie de sistema filosófico, com uma unidade e coerência filosóficas, eu valorizava a dispersão e os fragmentos que nada tinham de pós-moderno, uma vez que Onésimo sempre me pareceu apostado em argumentar e analisar com base em factos e em ideias. Ou seja, para mim, Onésimo aproximar-se-ia mais dos exemplos de um Benjamin ou de um Kracauer do que de um Espinosa ou de um Kant.

O certo é que o meu texto não caiu bem. Receio mesmo ter estragado a expectativa desse momento de festa, que é sempre suscitado pelo lançamento de um livro. Pior ainda, numa assembleia formada pelos amigos de Onésimo, que são sempre muitos e bons, uma crítica como a minha, ainda por cima lida num tom um tanto ou quanto dramático, acabou por ser uma espécie de balde de água fria deitado por um desmancha-prazeres. Talvez o tom, peremptório, com que li o texto na apresentação tenha contribuído para produzir esse efeito. Pelo menos foi o que me disseram alguns amigos que ficaram bem incomodados com essa situação insólita de o apresentador do livro vir a terreiro para cascar no autor.

Desde então, não voltei a ler o texto que escrevi. Só mais tarde voltei a ele, pela simples razão de ter passado um dia inteiro na companhia de Onésimo. De manhã, tive direito a ser entrevistado para o canal de televisão português de New Bedford que serve os Estados de Rhode Island e do Massachusetts, num programa por ele dirigido há muitas décadas. No carro, como estava nervoso, falei-lhe do canalizador português, que tinha ido a minha casa e que me contara a história dos dois filhos que se tinham doutorado em Economia no MIT. Ela, a filha, era agora professora na Universidade de Columbia, e o filho hesitava entre várias opções, sendo uma delas a de ir ensinar na Universidade de Chicago. Esse homem, com a sua história de vida e com semanas em que trabalhara quase cem horas, merecia ser entrevistado. Ambos concordámos e fiquei de lhe passar o contacto.

Depois, Onésimo lá me foi explicando que levava algumas pessoas ao canal da televisão portuguesa para que servissem de modelos à comunidade. No caso de outras, como eu, o objectivo era que falassem das suas ideias. No final da gravação, disse-me certeiramente: a televisão transforma tudo em algo superficial, mas o importante é que serve para passar uma mensagem. E que sim: tinha corrido bem. Guardei no saco o meu nervosismo, não fiquei lá muito convencido, mas acho que pelo menos consegui falar na experiência das minhas duas filhas em idade escolar, em Providence, que beneficiaram de um óptimo e bem exigente sistema público de ensino liceal.

O almoço foi no Sagres, em Fall River. Com Onésimo, os restaurantes nunca são escolhidos ao acaso. Há um quarto de século que beneficio dos seus calorosos convites e da sua pantagruélica generosidade. Comemos um polvo suculento, inesquecível, e um tinto da Reserva do Cabriz. Bem bom! Conversámos até tarde. Porque tenho medo de me esquecer dessas horas passadas à mesa, em que só tínhamos medo de ser expulsos. Cá vai uma espécie de sumário dos temas, a que retirei a carga de alguns ressentimentos, mais meus do que dele, em relação à pátria madrasta e aos que de lá vêm ou dela nunca saíram. Assim o digo, salvaguardando essa ideia de Onésimo que só vale a pena focarmo-nos nas coisas boas e que nos dão prazer. Uma lição tirada do exemplo optimista do seu próprio pai.

No dia anterior, Onésimo tinha regressado de Montréal, no Canadá, aonde fora a convite de um jornal português que fazia anos. Não pôde recusar o convite, porque o trabalho deles em prol da comunidade era, para ele, um dever e que sempre lhe tinham pedido para lá publicar as suas crónicas. Mais o modo como lá o trataram, incluindo a qualidade dos restaurantes portugueses que se tinham, e bem, afrancesado. Depois viajara durante cerca de seis horas, com passagem pelo Vermont e por uma povoação aonde já não ia há que tempos, para descanso e fotografias. Explicou-me — como eu ainda não tinha compreendido — como é que se vira envolvido, desde que se doutorara e começara a trabalhar, aqui, na Universidade de Brown, com a comunidade de imigrantes. Percebo agora melhor, com base na experiência das minhas filhas, a importância que assume a comunidade a que cada um pertence e como a aprendizagem parte da relação do estudante em relação à sua cultura de origem. Foi este imperativo prático que o fez rapidamente compreender que, para os açorianos aqui imigrados, era indispensável conhecer a sua cultura familiar, que era sobretudo a das ilhas de onde vinham. Logo, a literatura açoriana serviu-lhe como a via mais promissora para a integração dos imigrantes açorianos, que nos Estados Unidos têm na escola um dos seus principais instrumentos. Também a mim se fez luz, pois nunca compreendera tão bem a razão desse investimento na cultura regional e local, na condição dos ilhéus e na necessidade de se estudar a literatura açoriana. Um alto objectivo de serviço à comunidade e ao desempenho dos seus imigrantes que, do ponto de vista pedagógico, Onésimo assumiu desde muito cedo.

Falámos também da multiplicação dos seus livros, publicados nos últimos quinze anos. Livros que mudaram completamente a percepção de uma obra vasta, mas que se encontrava dispersa. Livros organizados por temas. Livros que conciliam uma formação americana, cosmopolita e internacional com o orgulho no local e no nacional. Não vou traduzir, aqui, tudo o que falámos numa espécie de elogio ao amigo, talvez o português que mais fez pela internacionalização das humanidades e ciências sociais em Portugal. Com um enorme sentido prático, gerando programas que levaram portugueses, jovens e a meio das suas carreiras, a ensinar ou investigar fora. Um esforço desenvolvido tijolo a tijolo, feito com paciência, durante décadas. Mariano Gago veio cá, pois reconheceu esse modo subtil e eficaz de Onésimo trabalhar. Mário Soares também cá veio. Mas aqui Onésimo quis dar o seu a seu dono, pelo menos num ponto. O Senador Pell, de Rhode Island, era o chefe do Foreign Relations Committee e a mais poderosa figura do Senado em política estrangeira. Foi ele quem apoiou Carlucci na sua oposição a Kissinger, no caso de Portugal. Ora, esse mesmo senador era também membro da Brown Corporation, Conselho da Brown, o órgão máximo que preside aos destinos da Brown University, e foi ele quem propôs o doutoramento *Honoris Causa* a Mário Soares, que ele aqui veio receber em 1987. E, tal como as amoras, de Soares se passou a outros. Incluindo Fernando Henrique Cardoso, que por aqui andou com inegáveis simplicidade e curiosidade. Mais ainda, o elenco dos portugueses que circularam pelo mundo anglo-americano, sobretudo pelas universidades mas não só, cujo registo Onésimo tem feito em vários ensaios: Rodrigues Miguéis, cujo espólio acabou por acartar de Nova Iorque para a Brown, Sena, Alberto de Lacerda, Manuel Cardozo, historiador injustamente esquecido, Alexandre Pinheiro Torres (em Cardiff), Cirurgião, etc., etc.

Também falámos dos inúmeros projectos de livros. Alguns já bem avançados. Todos já em parte publicados, aqui e acolá, mas que urge reunir em volume. A necessidade de terminar esse tomo sobre a história da ciência portuguesa, sobre o qual o ouço há mais de vinte anos. A reedição do Pessoa e de outros escritos sobre a identidade nacional, mas numa versão mais extensa, porque a primeira edição, onde demonstrou a influência de Sorel, acabou por ser pouco lida, pois saiu nos Açores. E tantas outras coisas que não foram lidas e que Onésimo escreveu.

Na ausência do conhecimento, digo eu: geram-se, em muitos, as ideias feitas. A inveja nacional sempre ajuda no modo de apoucar os que não fazem lá muitos fretes. No caso de Onésimo, multiplicaram-se as tentativas para reduzir a obra e o homem ao separatismo açoriano ou, no extremo oposto, a uma americanização exagerada, situada bem longe do que interessa à identidade nacional e às suas letras. E muitas brilhantes cabeças nacionais, com a gravidade que lhes confere o facto de falarem em nome de uma postura institucional — que é o mesmo que dizer de um sorumbático sobrolho levantado e de um ar teatralizado e sério —, confirmam-no. Ou seja, são eles a melhor prova dessa ignorância e da falta de curiosidade nacionais pelos escritos do próximo, sobretudo dos que estão longe ou podem ser ignorados. São, aliás, esses mesmos administradores de pequenos poderes académicos ou intelectuais, especialistas na inveja e na falta de generosidade, que passam os dias a vigiar e punir, em lugar de investigar e escrever. E são, ainda, esses mesmos porteiros de *boîtes*, que só deixam entrar os que não lhes fazem sombra, os que mais temem as novas gerações, cultas, cosmopolitas e bem preparadas.

Aqui chegado, quem me dera dispor da capacidade descritiva de um Eugénio Lisboa, autor de desassombrados diários, em vários volumes, para saber captar o instante e medir o ressentimento frente àqueles que, mesmo amigos, ainda se espantam com a obra do Onésimo. Na ausência de tais capacidades descritivas, só me resta o desabafo da injustiça. Aqueles que o Onésimo convidou e que trouxe ao colo, alguns bem conhecidos, nem sempre se esforçaram por conhecer o que ele andou a escrever e a construir de forma paciente. Mas também se pode e deve perguntar: quantos são os que lêem os outros em Portugal? Quem é devidamente apreciado, nos seus lados maus e bons, num panorama em que a crítica é propositadamente inexistente, para não ofender susceptibilidades e pôr em causa presumidas hierarquias estatutárias?

Não faltaram durante o almoço as cantorias e os poemas. Um hábito, aliás, saudável e que se tem repetido sempre que nos juntamos. Longos poemas sabidos de cor desde o seminário de Angra, utilizados como instrumento de subversão e relativos a um tempo quase idílico. Uma arcádia de experiências e uma explosão de criatividade que corresponderam a mais de dez anos de formação. Aos vinte e poucos anos, disse-me, depois do seminário e da Católica, quando se juntou à família na América e iniciou o doutoramento, já estava formado. Isto para não falar da genética, confirmada pelo tio, emigrado no Canadá, que, quando o viu, depois dos quarenta anos, lhe disse: ó *rapaz, tu andas exactamente como o teu pai!* Os professores e os colegas desses tempos de juventude, com quem continua em contacto permanente, quase parecia que estavam ali, no restaurante, a almoçar connosco. A atestar a importância da sua presença na vida de Onésimo. E um dos pontos altos das memórias ali contadas foi a hilariante descrição, para mim inédita, dessa festa subversiva do Santo António. Nela, desfilou toda a estudantada, com arquinhos fabricados a preceito, marchas e cantorias, José Costa, também meu amigo, à viola, e a cumplicidade de alguns professores do seminário. Tudo isto, claro, só aconteceu depois de o reitor se ir deitar. Inesquecível foi também a transformação da letra do «Coro dos Soldados», de Gounod, da autoria de um respeitável padre lá do seminário, em paródia anti-salazarista da autoria de Onésimo. Um facto ocorrido no mesmo seminário que, nem por acaso, ficava em frente das instalações da PIDE. Tempos de formação, que foram também de subversão, sobre o seminário de Angra, acerca dos quais Onésimo promete romance. Tal como sucederá, tenho a certeza, com outras situações que não vou aqui elencar, porque os projectos de livros e romances são muitos. E a alegria pela vida transborda.

No regresso a casa, ainda passámos pelo supermercado Portugália, para nos abastecermos de vinho português e de outras iguarias. Na manhã seguinte, antes de voltar a ler o texto sobre o livro do João Maurício Brás, escrevi esta segunda parte e, quando acabei, em linguagem de mensagem telegráfica, escrevi-lhe: «Obrigado grande. Entrevista, almoço, conversa, tempo, compras. Tudo. Uma lição de vida. Guardarei na memória a sua disponibilidade. Só não sei se consegui descrever todas as coisas que fazem parte dessa sua vida cheia e generosa.»

Jorge Silva Melo: a cultura da palavra

A Mesa Está Posta (Livros Cotovia, 2019) é uma compilação de notas, prefácios, apontamentos, ensaios, historietas e muitas outras coisas. Para a gente do teatro, o novo livro de Jorge Silva Melo (1948–2022) é uma memória do que aconteceu, desde a Segunda Guerra para cá. Em cima e à volta dos palcos, em Portugal e por essa Europa fora, de Paris a Berlim, de Avignon a Edimburgo. Disse-o Lia Gama, na apresentação do livro nos Artistas Unidos, no Teatro da Politécnica. E é claro que se encontram no livro passagens melancólicas acerca do que foi e já não é. Sobretudo quando o autor fala da sua adolescência e das suas primeiras idas ao teatro e ao cinema. Ai, ai, a nostalgia... para virar o autor contra si próprio.

Mas, para mim, o livro é muito mais do que uma obra de notas e subsídios para a história do teatro, dos anos 1960 para cá. Gostava de falar dele como uma montagem, composta por vários fragmentos, um laboratório da escrita e da palavra, no qual se põem à prova instrumentos capazes de dar voz à vida. Às nossas vidas, à dor e ao amor, à consciência cívica e aos modos de resistência às ortodoxias e às ideias feitas. Tudo por uma educação crítica escorada no uso da razão, que quer entender o mundo, os mundos todos. Ao mesmo tempo que torna os sentimentos, da dor ao amor, transparentes.

Gostava de conseguir escrever sobre tudo isso e sobre o modo de Jorge Silva Melo o fazer. Gostava, também, de lhe saber copiar a cadência, repetindo-lhe as pausas e as marcações, evitando as cacofonias e arriscando na oralidade (como ele fez enquanto a Lia Gama falava). Gostava, ainda, de continuar a escrever como acontece neste livro, tão centrado na palavra e na vida, que mais parece um mar de referências e uma galeria cheia de gente. Mas sei que não o saberia fazer, sem recorrer a constantes citações do livro, o que transformaria o meu texto num autêntico pastelão — produto de um historiador que a academia estiolou, por há muito se ter esquecido do que são palavras e vidas, para poder tratar os livros como fontes. Que Belzebu me proteja de cometer tamanha injustiça em relação a este livro enquanto montagem.

É que, entre o que gostava de escrever sobre o livro do Jorge Silva Melo e aquilo que sei fazer, a distância é enorme. E, como sei que, em muitos casos, mais vale deixar cada macaco no seu galho, prefiro identificar uma ou duas das suas ideias. Pois nelas encontro a força de argumentos principais, que se confundem com a vida do seu autor. Refiro-me à sua concepção de cultura. Descompartimentada, no mínimo. Mas, também, comprometida politicamente, até aos ossos. E tenho, também, presente a sua percepção das mudanças que aconteceram e que se continuam a dar. A ponto de, se as nostalgias da memória são o diaxo do livro, confundindo-se à primeira vista com um registo mais ou menos lamechas acerca do passado, a verdade ser que os testemunhos e análises que nele se encontram dão conta de muitas outras texturas temporais.

Foi como leitor de livros, espectador de filmes, peças teatrais e concertos que tudo começou, em miúdo. O Liceu Camões, onde Mário Dionísio ensinava, deu-lhe as bases para compreender o mundo e actuar. Em casa, o pai estabelecia as prioridades que a irmã mais velha, tão sua amiga, já soubera aproveitar. Vieram, depois, a Faculdade de Letras, as tertúlias dos cafés, as conversas tardes fora e noites dentro. As partidas e as chegadas. Inglaterra, Alemanha e França. Por vezes, ia e vinha, mas também se deixou ficar lá por fora. A trabalhar e a resistir. Mas o que se fazia na estranja era, muitas vezes, objecto de tradução. Trabalho duro, este último, de apropriação, recriação e de respeito pelas intenções dos autores, logo, de fidelidade à versão original. A determinar conhecimento de várias línguas: a nossa e a deles. Sempre a dar-lhe, na bigorna da linguagem.

Do percurso acabado de insinuar, necessariamente incompleto, centrado num enorme domínio da linguagem, já tinha falado nessa sua outra compilação do mesmo género intitulada *O Século Passado* (Livros Cotovia, 2007). Um percurso, aliás, que só por abstracção pode ser considerado individual. Tal é a generosidade nas alusões aos outros que a vida do Jorge Silva Melo parece sempre cheia de outras gentes. A melhor das imagens é, aliás, a das mesas «de muita mas mesmo muita gente, dez, doze pessoas», no Monte Branco, quando estava bom tempo, e no Monte Carlo, quando fazia frio. À conversa, com piadas à mistura e trabalho sobre livros, editores, contratos, traduções, cinema e teatro. A Luiza Neto Jorge era, então, das poucas mulheres a aparecer. Era o que acontecia, ali pelo final dos anos 1960 e, pelo menos, no começo dos anos 1970.

Existe, porém, uma outra maneira de se pensar o mesmo percurso. Inscrito em vários espaços, todos urbanos, porque Jorge Silva Melo não gosta nada do campo com as suas vaquinhas e exaltações da natureza. Prefere Lisboa. Por isso, ao lê-lo, atravessamos a Avenida, do Rossio aos Restauradores, subimos ao Saldanha ou aos cafés da Estados Unidos, deixámos para trás as Picoas, ou, numa outra direcção, seguimos da Graça cá para baixo, vamos da Artilharia 1 ao Príncipe Real. E sentamo-nos na Parisiense, esquina do Largo Camões com a Rua do Alecrim (vulgo, a Porcalhota), ignorando a Leitaria Trevo ou a mais fugaz Carsédia, na Rua da Misericórdia.

Mas não são só os percursos no tempo e no espaço que marcam este livro. Arriscaria dizer que é o gosto pela palavra e o trabalho sobre a língua, num confronto de onde não está excluída a cultura visual e musical, que parece tudo querer unificar. Estou mesmo convencido de que este livro demonstra, de todas as maneiras, que Jorge Silva Melo tem de ser considerado primeiro um escritor e, só depois, um encenador, um homem de teatro. Explicando-me melhor: é a prioridade dada à palavra e ao registo escrito que unifica a ideia de cultura não como uma concepção abstracta ou uma ideia que procede por áreas de especialização — como fazem os arrumadores e especialistas da cultura —, mas como um trabalho conjunto de conhecimento, realização e intervenção na vida da cidade. É, aliás, esta preocupação pela *polis* que impõe a política como prática a tempo inteiro. Sem tréguas, insinuada mesmo no mais pequeno pormenor.

A recusa do bem arrumado das divisões de cultura, a complacente aceitação das especialidades (elas próprias modos de institucionalizar as listas de especialidades e subespecialidades), a incapacidade livresca de se pensar e dar sentido à vida e de atender ao trabalho dos que sofrem (como sucede com os que são obrigados a partir, a emigrar ou a exilar-se) e dos que conseguem mesmo a custo realizar-se (como tantos actores), tudo isto faz parte da ideia de cultura que este livro consegue transmitir.

Que se desenganem, por isso, aqueles que pretendem limitar o trabalho do Jorge Silva Melo ao estatuto de encenador. Em *A Mesa Está Posta*, o homem de teatro afirma-se como escritor, um criador de mundos, a começar pelo seu. E não são só as cerca de cem entradas do Jorge como autor, no catálogo da Biblioteca Nacional, que confirmam a relevância do seu trabalho sobre a escrita e o lugar que merece ocupar na literatura portuguesa. Uma relevância determinante, esquecida por essa legião de arrumadores que se dedicam à cultura, arrumando-a por géneros, respeitando as divisões por especialidades, dividindo, tantas vezes artificialmente, o que é português do que é estrangeiro, por não saberem apreciar o que é o trabalho de tradução, e conformando-se com tudo o que é imposto pelas instituições oficiais e não só (como sucede com essas feiras de Guadalajara, de triste memória, com que nos continuam a atormentar e das quais Belzebu nos livre).

A provocação irritada e a denúncia feroz, própria de quem diverge e critica, serão sempre as únicas armas de combate frente ao marasmo dos que se contentam em reproduzir o estabelecido. Mais: não será a mesma relevância da palavra do escritor Jorge Silva Melo que o torna, entre nós mas também fora, um encenador com características únicas? Talvez por isso mesmo se possa considerar Jorge Silva Melo como um caso raro, entre os encenadores, por ser escritor; o que equivale a nomeá-lo como o mais escritor de todos os encenadores. Reconheça-se, sem com isso se cair em encómios pífios. É que o Jorge Silva Melo, além de saber fazer e dirigir todas as vozes, do palhaço ao coro do teatro grego, acrescentou-lhes a sua própria, fundada na escrita.

Do mesmo modo que, no Largo Camões, em Lisboa, a Parisiense já não existe, tendo sido abafada pela nova Lisboa pipi, dos hotéis de charme e não só, de que o livro fala, também se registaram mudanças. Sendo algumas delas bem graves. Nostalgias à parte, o que mais irrita Jorge Silva Melo é o modo como a cultura do espectáculo se impôs. Aliás, é num texto sublime, relativo às alterações do festival de teatro de Avignon, que se encontra uma espécie de genealogia desta mudança que tudo parece ter contagiado à sua volta. O teatro deixou de ser vida e literatura, logo, modo de intervenção na vida da cidade, discurso político pleno, capaz de ocupar um dos seus espaços públicos por excelência, e passou a ser dominado pelo encher do olho dos efeitos visuais mais ou menos espectaculares.

Ao tornar-se num mero espectáculo, o teatro — e por arrasto ou contágio, toda a cultura — acabou por se superficializar. Transformou-se num foguetório. Numa tecnologia da comunicação. Numa coisa superficial. Acabaram as dúvidas, as críticas secaram, a dissensão morreu. As vidas, com tudo o que implicam de intensidade e de representação, deixaram de ter importância, pois o que passou a contar foi a política dos efeitos e das luzes. Haverá, por isso, alternativa à nostalgia — outra vez ela, sempre ela — frente ao cenário que imbeciliza as massas, as pessoas do teatro e a gente da cultura?

O processo — no qual a lógica dos espectáculos e dos festivais (poder-se-ia também falar das comemorações) massificou tanto o teatro como a cultura — impôs-se a par de outros dois. Por um lado, assistiu-se ao desaparecimento de públicos capazes de participar e, por isso mesmo, de intervir na vida política. Por outro, o Estado e os poderes públicos — reproduzindo gestos rituais e cerimoniais que afundam as suas origens nos meios eclesiásticos, que deles se serviam para a sua própria propaganda e justificação — impuseram as suas categorias, as suas divisões institucionais, sempre bem arrumadas. Lá vêm, outra vez, os arrumadores… A nostalgia em relação ao que se passou — explica Jorge Silva Melo — ganha, então, outros contornos. Ao denunciar o modo como as novas lógicas do espectáculo tudo dominam, o livro insiste no que se passava quando a cultura e o teatro equivaliam a um acto lúcido de resistência e subversão. Tantas vezes enviesado e oblíquo.

Enfim, dificilmente este livro pode ser tomado como repositório de uma qualquer nostálgica lamechice.

7

Memorialismo, comemorações, história

A profissionalização da escrita da história e a monopolização académica da sua investigação têm tido resultados paradoxais. Um expectável espaço de autonomia e de isenção na produção de conhecimento histórico parece ter dado lugar, cada vez mais, a uma submissão às lógicas da comemoração e da celebração, concebidas como resposta às solicitações do Estado e dos poderes públicos acerca de uma memória pronta a usar. Nas suas razões mais imediatas, aquilo que pode ser considerado um desvio em relação às condições de uma certa autonomia e da criação de uma distância crítica explica-se pela força financeira dos programas públicos, sublinhe-se, concebidos a pretexto da defesa de uma memória nacional. Tal como se existisse uma relação mecânica entre a arte de conceber a comemoração e a de defender a memória, assim vamos em matéria de grandes programas e da definição de uma ordem prioritária de despesas públicas no que respeita à investigação histórica.

Claro que outras razões explicam a generalização de uma cultura da comemoração e do espectáculo, orientada para a celebração do passado e concretizada na invenção de espaços de memória. O refúgio no passado ou nos seus locais, com a sua sequência de acontecimentos e a sua galeria de heróis, parece corresponder a uma regressão, face aos desafios impostos pelo presente, bem como a uma intenção de encontrar justificações fáceis para escolhas que radicam na actualidade, mas têm a necessidade de mergulhar as suas raízes numa espécie de ancestralidade. Escusado será, por isso, atribuir todas as responsabilidades de formação de uma cultura áulica de celebração a programas públicos, impostos do alto. É que existem solicitações determinadas por gostos de consumo massificado, alimentadas por engrenagens de interesses empresariais e associativos, que, em lugar de suscitar o sentido crítico, promovem entendimentos superficiais e generalizados de símbolos, personagens e cenografias cerimoniais. Uma espécie de retorno ao género biográfico — consagrador do herói individualizado, se tanto da linhagem ou da dinastia régia, capaz até de albergar uma discussão, dita de género, sobre a importância das mulheres, desde que rainhas, princesas ou damas de corte, ou, no extremo oposto, mostrando deslumbramento pelo grande estadista, qual Pombal ou Salazar, um garanhão discreto com as suas criadas e putativas amantes — constitui, talvez, um dos melhores exemplos dessa mesma derrapagem.

As partes que compõem este capítulo respondem à preocupação de procurar explicar as políticas de comemoração, no âmbito de uma cultura que exprime as suas ansiedades através da busca de celebrações mais ou menos espectaculares. Ganhar distância, conseguir recentrar os lugares da memória ou recolocar as questões, fugindo a uma natural evidência da ordem das celebrações, são tarefas que se impõem ao historiador de ofício que recuse andar a reboque de agendas que tudo confundem num afã que se encontra expresso, de modo bem patético, nas palavras de uma exposição sobre o Museu das Descobertas, inaugurada a 30 de Maio de 2019, no Museu Nacional de Arte Antiga. É que, nas palavras do convite para a exposição de um suposto Museu das Descobertas no Museu Nacional de Arte Antiga, o que verdadeiramente se descobre é a vacuidade das instituições oficiais, quando pensam que a sua afirmação depende da ocupação de um espaço deixado em aberto por agendas oficiais. Sem prescindir dos estribilhos mais ou menos lúdicos da intuição, da iniciação e até da provocação, pelo contrário, servindo-se deles com uma intenção matreira destinada a captar públicos alargados, que têm de ser entretidos nos seus tempos de lazer, aqui fica a declaração patética: «A experiência do museu assenta no ato magnético e muito pessoal da contemplação, e esta, por seu turno, origina-se no valor insubstituível do objeto como testemunho intemporal e redentor da capacidade criadora humana. É no êxtase particular e iniciático da contemplação que radica o poder do museu, o poder de suspender o tempo, proporcionando um encontro essencial com o próprio eu. Ao Museu Nacional de Arte Antiga pareceu oportuno levar a cabo a organização do presente projeto, abrigado sob a designação provocadora de Museu das Descobertas, num tempo que assiste a uma renovada atualidade do conceito de museu, amplamente ilustrada na febre constitutiva de novas instituições.»

Em Portugal, as guerras culturais giram, quase sempre, em torno do passado. Da polémica em torno do «Milagre de Ourique», de meados do século XIX, em que Alexandre Herculano se envolveu, ao elenco das causas históricas da decadência, feito por Antero de Quental; dos ataques ao «sangue crasso» e mole dos Braganças, proferidos por Oliveira Martins, à denúncia desse «cagarola» que foi D. João IV, do qual descendeu uma dinastia de autênticos monstros, «feitores e mastins da Grã-Bretanha», no dizer de Fialho. Nos dias de hoje, os debates centram-se em dois temas principais: o dos Descobrimentos e império colonial; e o da natureza autoritária ou fascista do Estado Novo ou do salazarismo, vista em comparação com a República, que o precedeu, e com a Democracia, que se lhe seguiu.

Os debates acerca da memória instalaram-se no quotidiano. Interpretações opostas, inconciliáveis, permitem aferir sentimentos de pertença, medir solidariedades políticas e intervir na esfera pública dos jornais e das redes sociais. As necessidades da comunicação impõem clareza nos termos em confronto, o que cria uma inevitável bipolaridade. Por ora, concentremo-nos no império, sobre o qual parecem existir duas interpretações antagónicas: de um lado, aqueles que defendem o carácter excepcional do império e de um colonialismo brando, estilo português suave, de integração e assimilação, em que avulta a figura do mestiço luso-tropical; do outro, os que tendem a representar os Descobrimentos e depois o império como um processo em que o saque, a extorsão, a violência, a escravatura e o controlo religioso e militar prevaleceram.

Os primeiros têm saudades de um império luso-tropicalista. Os segundos tendem a acentuar nele a exploração, os diferentes modos de discriminação e o legado racista. A mesma oposição nasceu e sedimentou-se nas lutas entre os que procuraram fazer a propaganda oficial das virtudes dos portugueses nos trópicos e os que participaram, entre as décadas de 1950 e 1970, nas campanhas contra o colonialismo português. Após o 25 de Abril, os estudos sobre os Descobrimentos foram apropriados pelos círculos mais conservadores de historiadores que, sob a capa de uma certa erudição, retomaram a defesa do carácter único assumido pela presença dos portugueses nos trópicos.

No seu início e com o beneplácito de Cavaco Silva, a Comissão Nacional para a Comemoração dos Descobrimentos — que organizou a participação de Portugal na Expo de Sevilha de 1992 e começou a preparar a Expo de Lisboa de 1998 — retomou o mesmo repertório do Estado Novo. Além da capacidade para o diálogo no contacto de culturas e para a integração social e racial, os portugueses teriam revelado, nos Descobrimentos e no seu império, qualidades científicas e empresariais de inovação, logo, uma aptidão para a modernização. Vinho velho em odres novos... Foi necessário o envolvimento da antropóloga Rosa Maria Perez para inverter esse discurso nacionalista, como sucedeu na exposição «Culturas do Índico» (1998), organizada pela Comissão dos Descobrimentos no Museu Nacional de Arte Antiga.

As discussões mais recentes em torno da criação de um Museu dos Descobrimentos, da estátua do Pe. António Vieira, no Largo da Misericórdia, da remodelação do jardim da Praça do Império, de um memorial à escravatura, da restituição do património colonial, dos livros ou exposições encomiásticas sobre arquitectura colonial, dos modos de representação dos africanos em museus, filmes ou fotografias, da literatura sobre a Guerra Colonial, de massacres como o de Wiriamu — enfim, todas estas discussões foram, salvo raras excepções, vazadas nos moldes dessa mesma antinomia. De um lado ficaram os defensores de um novo luso-tropicalismo, híbrido pós-moderno, lusofonamente pós-colonial. Do outro, as denúncias do racismo, da extorsão por via do saque e da escravatura, que a esquerda tentou monopolizar. Entre os dois lados, os objectos em causa têm variado, mas a distância afigura-se cada vez maior.

Porquê? Escusado será procurar uma resposta na ideia de que vivemos tempos apocalípticos, de um cada vez maior radicalismo político à esquerda ou à direita. Melhor será assumir que tanto as lógicas da comemoração do império como as estratégias de resistência anticolonial e anti-racista se alimentam de mitos e da reprodução de lugares da memória. A este propósito, convém sublinhar que não é por acaso que nunca se falou tanto de memória e de construções do passado, quando desapareceram da esfera pública os livros de história e os arquivos estão às moscas. Ora, só o exercício da história, na sua lenta maturação inquiridora, feito com rigor e no contacto com as ciências sociais, pode ajudar a pôr em causa os mitos e a corrigir a falsa consciência do passado. Historiadoras e historiadores são chamados a assumir as suas responsabilidades, a não ceder aos perigos de simplificação impostos, aparentemente, pela sua entrada numa esfera pública ou no contacto com públicos mais alargados. Em suma, só o exercício da história analítica, fundada em problemas, nos pode libertar do peso das memórias parciais, construídas com base em antagonismos banalizados, em que nos querem à força encerrar.

Racismo e nacionalismo: de Soares dos Reis a Patrícia Mamona

As grandes vitórias nos Jogos Olímpicos de Pedro Pichardo, Jorge Fonseca e Patrícia Mamona encheram os portugueses de uma enorme alegria. O gigantesco esforço que tais vitórias representam tem de merecer o reconhecimento de um povo, num momento em que se procura pôr de lado todo o tipo de discriminações, sociais e raciais, cuja superação esses atletas também representam. A este respeito, Mamona lembrou: «Com as medalhas, há sempre aquela conversa de que "eles são de raça negra, não são portugueses a sério". Não sei o que é ser português a sério. Sinto que tenho sangue português, nasci em Portugal, a minha cultura é portuguesa, embora tenha sido influenciada pela cultura africana dos meus pais. Toda eu sou portuguesa, não tenho outra palavra para me descrever» (*Expresso*, 24 de Julho de 2021).

Assim, um povo que é representado pelo esforço e excelência de três atletas negros — sendo uma mulher e, ainda por cima, estudante modelo — deverá reflectir sobre a sua herança colonial. Antes de mais, tem de perceber que os tempos mudaram em relação às décadas de 1960 e 1970. Nessa ocasião, Eusébio também serviu para simbolizar uma nação, sobretudo à luz de um discurso oficial que procurava valorizar a capacidade de assimilação e integração dos portugueses. Hoje, o orgulho que sentimos por três dos nossos melhores atletas de sempre não nos pode fazer esquecer que a sociedade em que vivemos se continua a caracterizar por múltiplas formas de discriminação racial, pelo peso gigantesco da reprodução das desigualdades sociais e por modos absurdos de violência que caracterizam as relações de género.

Reconhecer o esforço de Pedro Pichardo, Jorge Fonseca e Patrícia Mamona obriga, também, a pensar as relações estabelecidas entre uma cultura de massas — onde nos habituámos a colocar os nossos grandes heróis, partilhados por muitos, como só o desporto e, talvez, a música conseguem proporcionar — e uma cultura artística. Esta última é, necessariamente, mais refinada e restrita. O simples facto de mobilizar formas simbólicas ou linguagens — porventura mais especializadas, só acessíveis a iniciados e aos que passaram pelos filtros de um sistema escolar — condiciona a sua capacidade de representação social e limita o sentido da partilha construída em torno de uma obra de arte. Pelas razões apontadas, cabe perguntar: poderá uma obra de arte servir para representar um grupo, uma nação, uma condição social ou étnica ou uma qualquer outra identidade?

Para responder, vale a pena fazer uma breve história dos momentos em que se colocou a mesma questão. Em 1911, Veiga Simões questionou-se acerca do lugar «onde se elaboram os monumentos estéticos de determinada nacionalidade»([1]). Um ano depois, Teixeira de Pascoaes considerou que o espírito lusitano, para ele constituído pelo saudosismo, estava bem representado em *O Desterrado* de Soares dos Reis. Disse-o, primeiro, numa conferência, proferida no Ateneu Comercial do Porto e integrada numa série de iniciativas do movimento Renascença Portuguesa. Depois, numa publicação acompanhada de uma gravura da estátua, hoje no Museu Nacional de Soares dos Reis, no Porto, acompanhada pela seguinte legenda: «*O Desterrado* é a Esfinge da Raça...»

([1]) Veiga Simões, *A Nova Geração: Estudo sobre as tendencias actuaes da Litteratura Portuguesa* (Coimbra: França Amado, 1911), p. 31.

António Sérgio e Raul Proença discordaram da interpretação de Pascoaes. Uma discórdia que teve, na base, razões mais fundas que as de uma simples estátua, mas que levou a uma ruptura. De um lado ficou a Renascença. Do outro, juntaram-se aqueles que acabaram por se agrupar em torno da *Seara Nova* e na oposição ao Estado Novo. Sérgio foi, aliás, bem assertivo, quando falou em nome dos que trabalhavam por uma sociedade mais livre e mais moderna, para defender «que a parte da nossa alma que trabalha [...] não quer saber das saudades para coisa nenhuma, nem da atitude apagada, impotente e desesperada de *O Desterrado* do Soares dos Reis». E, para que não restassem dúvidas acerca da sua posição frente a Álvaro Pinto, seu correspondente, especificou — numa linguagem bem homofóbica, hoje inadmissível — que «esse *Desterrado* que o Pascoais nos dá para precursor com a sua cabeça de mulher e os seus membros de impotente, não olhe muito para ele: sentirá invadi-lo o aniquilamento»([2]).

Nunca será de mais lembrar que a história da arte não só se esqueceu das mulheres, como recorreu a imagens machistas e homofóbicas, pejadas de apelos à virilidade e à força, em contraste com a impotência e a desprezível sensibilidade feminina. Mas também não se esqueça que as representações da nação, pátria, monarquia e república também se deixaram penetrar por uma linguagem impregnada de questões de género, a começar pelas que sempre mantiveram uma forte relação com o sobrevalorizado imaginário maternal. Que tal imaginário político — que tanto hierarquiza as relações de género, rebaixando as mulheres, como sobrevaloriza as mesmas, elevando-as aos píncaros celestes — reproduz uma matriz bíblica, parece uma evidência. Porém, mais difícil é compreender como a mesma linguagem, com pequenas variantes, atravessou regimes e foi posta ao serviço de lutas políticas tão diversas, sem esquecer a individualidade de cada artista e por vezes a de cada obra de arte.

Um exemplo, posterior, foi analisado pela historiadora Joana Brites. Trata-se das propostas escultóricas para a filial da Caixa Geral de Depósitos em Viseu, redigidas, em inícios de 1938, pelos artistas plásticos Henrique Albuquerque de Bettencourt e Barata Feio, que tinham sido colegas de curso na Escola de Belas Artes. O primeiro começou por afirmar, pela negativa: «Não demos à nossa figura o carácter de "matrona romana" como é de uso, mas sim o de uma mulher nova e forte, radiante de vitalidade, por considerarmos que a mais desejável abundância é feita de força viva e ascendente e não de calma e estabilidade.» Enquanto Barata Feio decidiu pôr de lado as figurações dos deuses e deusas do Olimpo, para se concentrar numa

---

([2]) *Cartas de António Sérgio a Álvaro Pinto (1911–1919)*, ed. Rogério Fernandes (Lisboa: Edição da Revista «O Ocidente», 1972), p. 23.

só figura, a Beira Alta, capaz de representar «o labor da sua gente». E concluiu: «A estátua é a região da Beira Alta representando numa figura a mesma Beira, tendo na mão direita uma mão de espigas de centeio e na esquerda uma romã que se nos afiguram expressar com certa felicidade, respectivamente, o corporativismo e a assistência da Caixa Geral dos [*sic*] Depósitos, Crédito e Previdência.»([3])

As esculturas de Feio e Bettencourt terão sido destruídas quando da demolição do antigo edifício da CGD de Viseu. No entanto, sobretudo em relação a Henrique de Bethencourt, será possível confrontar o texto da memória descritiva das esculturas que se propunha realizar, onde se apela à força representada por uma mulher, bem ao jeito fascista, com uma escultura da sua autoria que apareceu, recentemente, no mercado dos leilões de arte. Note-se que Albuquerque de Bettencourt, cuja obra é tida por perdida, era considerado por um dos seus colegas de curso como «o mais romântico e literário de todos, revolucionário e bom, o que dizia que iria um dia a Paris, não para aprender, mas para ensinar»([4]).

Amigo de Ruy Roque Gameiro e de Júlio de Sousa (este último sobreviveu aos amigos, precocemente falecidos, foi autor de uns originais bonecos em pano e dono de uma casa de fados ao Bairro Alto), Bettencourt também pintou Tagarro (em quadro que pertenceu a Maria Keil), cuja cabeça Gameiro esculpiu em bronze. Seria, aliás, necessário saber mais sobre as relações entre Gameiro, Júlio de Sousa, Tagarro e Bettencourt. E lembrem-se, a este mesmo propósito, as relações de criatividade, e não só, de todos eles com Sarah Affonso, antes do casamento desta com Almada Negreiros, pois é sabido o sofrimento que nela provocou a morte prematura do seu companheiro, José Tagarro; e, ainda, a cabeça em bronze de Sarah, esculpida por Barata Feio.

Quanto à escultura de Bettencourt, uma grandiosa elegia ao trabalho, corresponderá ela ao referido programa iconográfico fascista de elogio da força, mas que se projecta na pessoa de uma mulher? Tenho dúvidas. A representação iconográfica de uma ideia nunca mantém com esta última uma relação linear. Isto é, além das intenções do artista, plasmadas em escritos ou memórias descritivas, há que considerar, na sua materialidade e nas suas formas, a própria escultura em que homens e mulheres servem para representar um cortejo de

([3]) Joana Brites, «Amar a Pátria, servir a arquitectura: funções e programas iconográficos das "Artes decorativas" nas filiais da Caixa de Depósitos, Crédito e Previdência», in *Estados Autoritários e Totalitários e Suas Representações*, eds. Luís Reis Torgal e Heloísa Paulo (Coimbra: Imprensa da Universidade, 2008), p. 87.

([4]) José Amaro Júnior, *O Escultor Ruy Roque Gameiro: Subsídios crítico/biográfico*, sep. do *Boletim da Junta de Província da Estremadura*, série II, n.º 1 (Lisboa, 1943), p. 14.

trabalhadores, acompanhados pela bigorna para malhar o ferro, a picareta, a roda dentada de um qualquer mecanismo industrial, a chaminé, as cordas, etc. Mas por que razão estão nus os trabalhadores, com uns pés picassianos e umas cabeças inspiradas no expressionismo alemão, anti-realista, que também marcou Mário Eloy? É que a escultura não corresponde, directamente, ao programa contido na memória descritiva citada anteriormente.

Primeira conclusão deste breve relance sobre vários momentos da história da arte: uma escultura como *O Desterrado* — feita em Roma, em 1872 — suscitou um debate, três décadas depois, que veio a ter consequências nas décadas seguintes, sobretudo, nos modos de resistência ao Estado Novo. Independentemente das intenções do escultor Soares dos Reis, a sua enorme escultura politizou-se no acto da sua exposição em Portugal.

Depois, há que pensar num segundo tipo de politização das formas simbólicas ou escultóricas, na década de 1930: os programas escultóricos fascistas, na defesa do corporativismo e nos seus apelos enérgicos à força, nem sempre corresponderam às formas criadas. De outra maneira, como compreender, na escultura de Henrique de Bettencourt, essa espécie de disjunção entre um programa realista fascizante, anunciado numa memória descritiva, e o resultado que se afigura muito mais marcado pelo expressionismo alemão?

Uma última conclusão diz respeito ao modo como as esculturas cruzam a representação de um grupo com as linguagens da discriminação do género. Ao referir-se a *O Desterrado*, António Sérgio não hesitou em recorrer a uma linguagem homofóbica e bem desprezível da condição das mulheres. Ou seja, Sérgio procedeu a uma des-idealização das mulheres — uma operação assim conceptualizada, recentemente, pela artista e intelectual negra Grada Kilomba. Já o mesmo não se passou com Henrique de Bettencourt na década de 1930, quando as mulheres e os seus corpos nus foram alvo de uma valorização por escrito e colocadas iconograficamente ao lado dos homens. Kilomba chamaria a esta operação uma idealização das mulheres.

Assim, na passagem de uma configuração a outra — de 1912 à década de 1930 —, pressentem-se as origens de um processo anterior — talvez com origens bíblicas —, que Kilomba analisou, centrada na representação das mulheres negras, como um resultado exclusivo do colonialismo: «Primeiro somos des-idealizadas, depois somos idealizadas, e nesta idealização radica o perigo de uma segunda alienação. Em ambos os processos, não deixamos de ser reacção a uma ordem colonial. As imagens idealizadas emergem como inversão das imagens racistas primárias.»([5])

([5]) Grada Kilomba, *Memórias da Plantação: Episódios de racismo quotidiano*, trad. Nuno Quintas (Lisboa: Orfeu Negro, 2019; 1.ª ed. inglesa 2008), p. 214.

A tradição memorialística portuguesa

Em Portugal, existe uma tradição memorialística bem enraizada. Afirmá-lo contraria a ideia — estafada, à força de tão repetida — de que a nossa cultura sofre de um défice crónico de memórias, diários, correspondência tornada pública e, até, de biografias. A ilusão dessa espécie de lacuna, em comparação com outras culturas literárias, tem várias explicações. Primeiro, os que se dedicam à publicação de memórias procuram, quase sempre, que o seu trabalho sobressaia no interior de um género pouco explorado. Depois, em consequência do antigo tópico das armas e letras — segundo o qual os portugueses teriam sido melhores a praticar feitos heróicos, com as armas na mão, do que a registá-los com a pena —, também se criou a imagem de que a cultura portuguesa se caracterizaria por uma espécie de incapacidade para lidar com os aspectos mais pessoais da acção, concretizados na escrita de memórias. Só a veia lírica, presente na produção poética, funcionaria como uma espécie de compensação, em relação às dimensões mais introspectivas, confessionais ou pessoais da prosa.

Porém, um simples inventário dos livros de memórias ajudará a desfazer a ideia feita de que falta na cultura portuguesa o registo, mais ou menos subjectivo, do ponto de vista autobiográfico e de experiências individuais. Por isso, talvez Jorge de Sena estivesse errado quando, como muitos outros, escreveu que as memórias eram escassas na nossa bibliografia.(6) Luiz Pacheco ter-se-á mostrado mais certeiro quando referiu a existência de uma «tradição memorialística portuguesa» («Badana», in Manuel Vinhas, *Profissão Exilado*, Lisboa: Editora Meridiano, 1976). No interior dessa mesma «tradição», há que diferenciar momentos e grupos específicos. Por exemplo, a Primeira Grande Guerra e as classes baixas, respectivamente, mereciam ser objecto de inventários, cujos resultados, em termos quantitativos, seriam surpreendentes.

Muitos dos autores são escritores de profissão, capazes de transferir para a prática da escrita dos seus diários ou memórias as preocupações de quem pretende fazer literatura. No século XX, a figura central desta tradição, ambígua no modo como guarda para si uma distância em relação às realidades que comenta, é Raul Brandão, cujos três volumes de memórias foram publicados em 1919, 1925 e 1933. Teixeira de Pascoaes escreveu *Livro de Memórias*

(6) Jorge de Sena, «Prefácio», in João Sarmento Pimentel, *Memórias do Capitão* (São Paulo: Editora Felman-Rêgo, 1963), p. 12. Uma das últimas formulações dessa ideia de que os portugueses não são dados a diários nem a correspondências, sendo raras as memórias que se conservaram, encontra-se em José Cutileiro, *Podia Ter Sido Pior: Escritos 1953–2020* (Lisboa: Dom Quixote, 2022), p. 187.

(1928) e *Uma Fábula (O advogado e o poeta)* (1978), ambos construídos em torno da casa e da aldeia. Seguiu-se-lhe Miguel Torga, que iniciou a publicação do seu *Diário* em 1941.

A obra mais desconhecida desta mesma série é a do médico portuense Eduardo Oliveira, intitulada *Monólogo*, em três volumes (1957, 1963, 1983). Li-a por indicação do antropólogo Joaquim Pais de Brito. Arriscaria dizer que é bem mais empolgante do que os diários de Torga, demasiado preocupado com a sua auto-representação. Eduardo era um dos irmãos do conhecido etnógrafo Ernesto Veiga de Oliveira. As suas memórias também incluem muitas descrições de terras, procissões e aspectos da cultura popular, oferecendo uma etnografia das terras do Norte. O Porto é descrito, na sua ruralidade, como uma cidade transmontana. Mas é na história das suas relações com Teixeira de Pascoaes, Eugénio de Andrade, Sophia de Mello Breyner, Jorge Dias e tantos outros que Eduardo Oliveira se dá a conhecer. Aliás, sem nunca esconder — estou em crer, mas admito a minha parcialidade — a sua homossexualidade.

Infelizmente, não dispomos de um estudo de conjunto acerca de memórias ou diários escritos, mais perto de nós, por uma série de escritores. Um aspecto que partilham é a preocupação pelo trabalho de outros escritores. Torga, na referida ânsia de se auto-representar como vivendo num mundo à parte, apagava a referência explícita ao nome deste ou daquele companheiro de letras. Por exemplo, em 20 de Agosto de 1974, recebeu certo poeta, tendo-se limitado a registar: «Visita de um poeta. Jantou, cavaqueou, fumou, bebeu, e lá se foi às tantas da madrugada, um pouco cambaleante mas aconchegado»; e, acrescentou, «pelo que me diz respeito, tratei-o como se fosse um deus. Um deus de pés de barro, capaz de mil fraquezas, mas que fazia versos»([7]).

Já nos diários dos escritores que se lhe seguiram, as referências a outros companheiros de profissão, mesmo quando contêm alguma perfídia, são mais explícitas. Sacramento, logo na abertura do seu *Diário* (1975), fala da ausência de recursos e de informação que fizeram, da sua, uma «pobre geração» que, devido aos mecanismos da censura e a um Estado repressivo, ficou impedida de se afirmar «no plano ideológico, filosófico e político-social». José Gomes Ferreira, em finais de Outubro de 1966, referiu-se à *Cartilha do Marialva* de Cardoso Pires como «um belíssimo livro de inteligente análise do fumo-nevoeiro social português». Porém, não deixou de acrescentar que, ao mesmo livro «sedutor e por vezes subtil» lhe faltava «o osso necessário para nos aproximar da explicação convicta do problema», concluindo que se tratava de obra «linear» (*Passos Efémeros*, vol. I, Dom Quixote, 1990, pp. 127–8).

([7]) Miguel Torga, *Diário*, vols. IX–XVI (Lisboa: Dom Quixote, 1999), pp. 1282–1283.

Em Vergílio Ferreira, topa-se com uma tendência mais aberta para a demarcação do escritor em relação aos outros. «Tendências para urso», como ele próprio escreveu, a respeito de uma visita do ensaísta Eduardo Lourenço e do seu gosto, excessivo, pela conversa. O autor de *Conta-Corrente* considerava-se nos antípodas. O convívio não lhe interessava. Achava-o uma pura perda de tempo. Mais: no caso de Lourenço, constituía-se em obstáculo à realização de uma obra. «E que pena. Ninguém como ele está preparado para o fazer. Mas o demónio da tentação instala-se-lhe é no caso imediato, na reacção circunstancial, não na meditação longa, paciente, de um problema» (vol. I, 11 de Julho de 1969, p. 51).

Há, ainda, os ressentimentos de José Saramago em relação a todos os que se recusaram a elevá-lo às alturas do Olimpo. Assim sucedeu em finais de Abril de 1993, quando comentou uma entrevista do *Le Monde* a Antonio Tabucchi. Este não poderia dizer que era, à época, o introdutor da literatura portuguesa em Itália, mas apenas que o tinha feito no passado — dizia Saramago. Depois, frente a uma pergunta do entrevistador relativa ao próprio Saramago, Tabucchi teria disfarçado. O sinal foi interpretado por Saramago como equivalendo a uma «hostilidade mal disfarçada». Concluindo que já não lhe bastava a inveja dos portugueses, para se lhe somar, agora, a do italiano que, apesar de se considerar um herdeiro de Pessoa, não tinha sido capaz de escrever um livro como *O Ano da Morte de Ricardo Reis*.([8])

Mais explícito ainda foi Luiz Pacheco. Venenoso, no seu diário, descreveu o projecto de um auto-retrato, no qual pretendia «descarregar a bílis toda...». Porém, no mesmo diário já começara com as descargas. A respeito de um balanço de seis meses de democracia, num estilo arrasador, passou em revista um cortejo de escritores: à cabeça, Natália Correia, com as crónicas de *A Capital*, «mui reaças»; Mário Cesariny, a «fazer de Vera Lagoa», ou seja, com o mesmo tipo de mexericos, mas a propósito de um festival de poesia em Roterdão; Alexandre O'Neill, «a pensar que tem graça e é moralista na chalaça»; sempre no gozo, seguiam-se Urbano Tavares Rodrigues e o «Portelinha Filho», Cardoso Pires, mais cauteloso, prudente, porque não escrevia uma linha, no seu *Diário de Lisboa*, para não se comprometer...; e, enfim, David Mourão-Ferreira, que, enquanto director de *A Capital*, fazia por interposta pessoa a propaganda do pai, republicano.([9])

Em todas estas referências aos outros escritores topam-se sinais de uma demarcação. Esta tem paralelo com o desengano sobre o qual Sophia de

---

([8]) José Saramago, *Cadernos de Lanzarote. Diário*, vol. 1 (Lisboa: Caminho, 1994), p. 22.

([9]) Luiz Pacheco, *Diário Remendado 1971–1975*, ed. João Pedro George (Lisboa: Dom Quixote, 2005), pp. 194–195.

Mello Breyner escrevia a Jorge de Sena, numa carta de Julho de 1963: «Tenho andado muito solitária, bastante desenganada de literatos e sinto muito a sua falta, neste deserto intelectual. O saloismo da maioria dos intelectuais portugueses é quase inacreditável e as fortes desilusões que tenho tido fazem-me perder o ânimo.»([10])

Uma visão de conjunto da tradição memorialística portuguesa não se pode restringir aos escritores já citados. Por exemplo, Mário Dionísio e Fernando Namora integraram a colecção de autobiografias de *O Jornal* (1987). Mas *O Mundo à Minha Procura* de Ruben A. (1964, com 2.ª edição, 3 vols., 1992–1994) talvez seja a mais importante autobiografia de um escritor que importa acrescentar ao elenco. Outras existem, como sucede com as *Memórias* de Joaquim Paço d'Arcos (1973–79). Não fiquem esquecidas a vida inventada de Pablo La Noche, ou seja, de Marcelo Mathias (pai), intitulada *Lusco-Fusco (Vida e morte de um desconhecido)* (Bertrand, 1973), e, mais previsível, *As Donas Chamam: Memórias de um fidalgo adolescente* de Afonso Botelho (Imprensa Nacional – Casa da Moeda, 2005, pp. 11–134). Resta saber se a orientação política mais conservadora de Ruben A. não poderá aproximá-lo de outros registos memorialísticos, que não entram propriamente no campo da criação literária. Tenho em mente as *Memórias. Ao longo de uma vida (Pessoas, factos, ideias), 1888–1974* (Verbo, 1992) de Luís Cabral de Moncada; o *Álbum de Memórias* (*Sol*, 2007) de José Hermano Saraiva; os dois volumes de diários de João Bigotte Chorão (Imprensa Nacional, 2001, 2017); e os cinco volumes de memórias, mais um diário de viagens, de Eugénio Lisboa, que em muitos dos casos funcionam como uma justificação compensatória de uma obra literária adiada (Opera Omnia, 2013–2017).

Claro está que uma simples oposição entre autores de memórias progressistas *versus* conservadores não dá conta de muitos testemunhos. As *Memórias do Capitão* da autoria de Sarmento Pimentel, com prefácio de Jorge de Sena (São Paulo: Editora Felman-Rêgo, 1963), recuperam antigos modelos do memorialismo da acção militar, transferindo-os para a resistência ao Estado Novo. O arquitecto Francisco Keil do Amaral, em *Histórias à Margem de um Século de História* (Seara Nova, 1970), exemplifica como é que ideias progressistas são compatíveis com a existência de um certo *ethos* familiar. E o filósofo Álvaro Ribeiro, em *Memórias de um Letrado*, 3 vols. (Guimarães, 1977–80), recuperou o género do livro de saudade, a respeito da vida académica coimbrã, mas alargou-lhe o âmbito, relatando a experiência de vida de um dos principais membros do movimento inicial da Filosofia Portuguesa.

([10]) Sophia de Mello Breyner e Jorge de Sena, *Correspondência 1959–1978*, 2.ª ed. (Lisboa: Guerra & Paz, 2006), p. 66.

Para explicar a tradição memorialística portuguesa, muitas outras categorias terão de ser tidas em conta. É o que sucede com as memórias de administradores coloniais, militares e missionários. As *Memórias de um Caçador de Elefantes* (Marânus, 1924; 1957), de João Teixeira de Vasconcelos, chefe de posto no Norte de Angola, no início do século XX, aumentadas numa segunda edição, permanecerão como um dos textos mais racistas da cultura portuguesa. Mas a principal identificação com o serviço ao império proveio dos militares, numa linha que passa por João de Azevedo Coutinho, com as suas *Memórias de um Velho Marinheiro e Soldado de África* (Bertrand, 1941), e chega ao general Carlos Azeredo Pinto de Mello e Leme, *Trabalhos e Dias de um Soldado do Império* (Civilização, 2004). Aliás, desde a década de 1960, com o início da Guerra Colonial, as memórias de militares e colonos aumentaram. E, a julgar pelas investigações de João Pedro George, contam-se em mais de uma centena os livros de memórias e relatos de experiências dos retornados, anteriores ao *Caderno de Memórias Coloniais* (2011) de Isabela Figueiredo e a *O Retorno* (2012) de Dulce Maria Cardoso.

Uma outra categoria a considerar diz respeito às memórias escritas por mulheres. Há nelas uma tensão entre modelos de heroísmo individualizados, protagonizados por vidas aventurosas e livres, e a construção de um quadro familiar, tendencialmente nobiliárquico, em torno da casa e das relações de parentesco. As obras fundamentais a este respeito são: *Memórias da Marqueza de Rio Maior*, compiladas por Branca de Gonta Colaço (1930; 2.ª ed. 2005); *As Minhas Memórias: Tempo passado, tempo ausente*, da extravagante Olga de Moraes Sarmento (1948); os três volumes, com destaque para o segundo, onde se descreve o desmoronamento de uma família aristocrata, de Maria da Graça de Athayde, *Uma Vida Qualquer* (Braga: Pax, 1981–1991); e *Bilhete de Identidade* (2005) de Maria Filomena Mónica, interessante sobretudo pela descrição de um quadro familiar feito de aparências, como era e é frequente em muitas famílias com aspirações sociais, bem descritas por Maria Archer e Irene Lisboa. Porém, esta última — a propósito de um projecto de escrita das lembranças da sua infância — reflectiu sobre a dificuldade de uma descrição realista da sua própria subjectividade. Pressente-se, nesta mesma reflexão, uma discussão que leva mais fundo uma aparente oposição entre o realismo e os discursos de descoberta do sujeito. Por um lado, o realismo impunha-se contra toda e qualquer forma de «retrocessivismo romântico», fundado nas «belas deformações voluntárias». Por outro lado, face a uma «infância desconsolada» ou a uma «adolescência manhosa» não se tratava de projectar modelos, mas de conseguir «tomar as atitudes de um campino no encalço do seu boi manhoso...»([11]).

([11]) Irene Lisboa, *Solidão* (Lisboa: Círculo dos Leitores, 1971; 1.ª ed., 1939), pp. 136–138, *maxime* p. 137.

Outras categorias poderiam ser criadas para enquadrar os testemunhos de diplomatas, jornalistas e actores.([12]) Estes últimos foram bem produtivos na escrita de memórias. Deveria também atender-se aos testemunhos de vida das classes mais baixas. Por exemplo, Manuel Viegas Guerreiro, no final da sua monografia sobre Pitões das Júnias, transcreveu um épico testemunho oral da vida de um emigrante que saíra a salto para França, no início da década de 1960. Uma última categoria a considerar no género diz respeito às memórias de militantes políticos. Trata-se de uma categoria compósita, uma vez que no seu interior tanto se podem incluir os testemunhos dos que, para fazer face à repressão do Estado Novo, assumiram posições de resistência, que incluíram a passagem à clandestinidade, como também dos que resistiram à revolução, a ponto de se terem exilado. Pertencem ao primeiro grupo, *Notas do Exílio do Chico da CUF* (Afrodite, 1976), o citado diário de Mário Sacramento e Margarida Tengarrinha, em *Memórias de uma Falsificadora: A luta pela clandestinidade pela liberdade em Portugal*, ed. Manuel Loff (Colibri, 2018).

Quanto ao segundo grupo, a abundante bibliografia merece uma análise específica, atenta às operações de vitimização, de justificação do exílio e às inúmeras distorções do passado. Pedro Feytor Pinto escreveu uma das mais interessantes memórias da parte de quem colaborou com o regime anterior ao 25 de Abril — sem peias e sem nunca virar a casaca (*Na Sombra do Poder*, Dom Quixote, 2011). E, logo em 1976, o empresário Manuel Vinhas publicou um diário, intitulado *Profissão Exilado*, com umas largas badanas a cargo do escritor Luiz Pacheco. No final de Dezembro de 1975, da Baía, Manuel Vinhas escreveu, resignado e irónico: «Estou cada dia mais atento ao balançar dos coqueiros e menos interessado na multiplicação das chaminés fabris. Obrigado, revolução. Revolução em que pus a maior esperança e me trouxe as maiores desilusões.» Enfim, tal a profusão do género que Luiz Pacheco deixou inédito um diário no qual coligiu as suas leituras dos diários, neles tendo desvalorizado os diários de Torga, de Vergílio Ferreira e de José Gomes Ferreira, para enaltecer a escrita, «sem papas-na-língua», das memórias de Beatriz Costa.([13])

([12]) Cláudia Oliveira, *Ser Actor: Figurações nas memórias de actores portugueses nascidos no século XIX*. Tese de Doutoramento em Estudos de Teatro (Lisboa: Universidade de Lisboa, 2021).

([13]) João Pedro George, «Diário selvagem», *Periférica* (Vila Pouca de Aguiar), ano 2, n.º 8 (Inverno, 2004), pp. 29–39.

Vitorino Magalhães Godinho e a questão da escravatura

No centenário de Vitorino Magalhães Godinho, não é difícil derrapar no elogio fácil ou, no extremo oposto, na contestação deste ou daquele argumento. Confesso que, durante os meus anos de aprendizagem com o mestre, sempre preferi o caminho da frontal provocação. Bastava, é claro, referir, à sua frente, alguns nomes e, a partir deles, evocar os seus respectivos programas, para que uma discussão começasse. Assim acontecia, sobretudo, com um conjunto de intelectuais franceses, como Claude Lévi-Strauss, Michel Foucault, Pierre Bourdieu ou o mais jovem, à época, Roger Chartier. Qualquer um destes autores pôs em causa as análises estruturais e o projecto de uma história total, tal como foram propostos por Lucien Febvre e Fernand Braudel, que Magalhães Godinho adoptara como guias das suas investigações ainda antes de partir para França. Considerando, note-se bem, ter sido discípulo do primeiro e colega do segundo, como várias vezes nos repetiu. Repare-se que a reacção a tais provocações nada tinha de novo, pois já em 1968 — dez anos decorridos desde que defendera o seu doutoramento de Estado na Sorbonne, na situação em que se encontrava fora da universidade portuguesa por ter sido demitido pela segunda vez, por razões de perseguição política — escrevera, contra os que punham em causa o seu projecto de fazer história: «Discuta-se Lévi-Strauss, Barthes, tudo quanto se queira: mas faça-se a análise estrutural da nossa sociedade, da nossa economia, das nossas maneiras de sentir, pensar e de nos comportarmos.»([14]) De qualquer modo, será inútil vir agora a terreiro reconstituir o sentido de tais provocações — tão escusado quanto o exercício mais ou menos hagiográfico que consistiria em lhe fazer o elogio — e repetir a classificação das suas acções, distribuídas pela investigação, o ensino e a intervenção cívica.

O exercício que aqui proponho realizar é de um outro teor. Ou seja, não se trata nem de um elogio do mestre a quem tantos como eu são devedores de tantas lições acerca da maneira de fazer história, e não só, também acções de vida e de consciência cívica; nem de uma provocação baseada num confronto, tal como todos os que lhe fomos próximos tentámos, numa espécie de luta de gerações. O objectivo deste exercício, assumidamente de carácter analítico, consiste em procurar situar a relevância da escravatura ou, mais precisamente, da mão-de-obra e do tráfico de escravos no interior da obra de Magalhães Godinho. O problema colocado por uma análise deste tipo — e que, por isso mesmo, servirá de fio condutor — diz respeito ao peso atribuído à escravatura, no interior de um processo mais vasto de expansão e de construção de um império colonial.

([14]) Vitorino Magalhães Godinho, *Ensaios*, vol. 1 — *Sobre História de Portugal* (Lisboa: Livraria Sá da Costa Editora, 1968), p. XI.

Definido o objectivo e formulado o problema, mesmo que de forma sumária, será necessário começar por enunciar alguns obstáculos. A primeira barreira diz respeito ao facto de este exercício se mostrar contrário à preocupação englobante, orientada sobretudo para a percepção das grandes estruturas, que percorre toda a obra de Magalhães Godinho. Ao particularizar um único aspecto, o da escravatura, não estaremos a ir no sentido contrário ao da intencionalidade do mestre? Ora, no decurso da própria análise, julgo que será possível demonstrar que a questão da mão-de-obra e do tráfico de escravos está por todo o lado, sendo difícil de acantonar numa outra gaveta, devido ao facto de manter relações constantes com as mais diversas estruturas económicas e sociais. Aliás, a preocupação em perceber conjuntos, denominados «complexos histórico-geográficos», a uma escala macro e nos diversos ritmos temporais, a começar pela longa duração, correspondeu, no trabalho de Magalhães Godinho, a outros esforços que se afiguraram constantes.

Antes de mais, refiro-me às sucessivas tentativas de elaboração de planos, arrumados sempre em função da apreensão de estruturas dinâmicas e destinados a responder a ideias de conjunto. Nesta sequência, repare-se no facto de a obra de Godinho ser atravessada por constantes reformulações, revisões e aperfeiçoamentos. Os quatro volumes de *Ensaios*, a que se seguiram dois de *Estudos e Ensaios*, a nova terceira parte que a primeira edição em português de *Os Descobrimentos e a Economia Mundial* acrescentou à edição francesa (havendo uma quarta parte relativa aos aspectos culturais que chegou a ser pensada), as quatro edições de *Estrutura da Antiga Sociedade Portuguesa*, com uma última em 1980 e que não voltou a ser publicada, a composição de *Mito e Mercadoria, Utopia e Prática de Navegar* — em todas estas obras prevalece a ideia de um plano de conjunto, acompanhada pela sua permanente revisão e melhoramento. Depois, na organização de todos esses planos e abordagens de conjunto, Godinho explicitou as suas filiações intelectuais, como sucedeu em relação a Sérgio, Cortesão, Veiga Simões ou Duarte Leite, ou como teve o cuidado de fazer em relação aos referidos historiadores franceses e a outros que tanto prezava, como todos os que praticaram uma história económica fundada na reconstituição de séries de preços (Hamilton, Labrousse, Meuvret, etc.).([15]) Fê-lo, estou convencido, de forma militante, tal como se através de tais referências ficasse assinalada a sua inserção numa espécie de trabalho colectivo que tanto

([15]) *Idem*, *Introdução à História Económica* (Lisboa: Livros Horizonte, 1970), p. 185. Tentativas de organização de tais listas de autores, que indicam inserção e gosto pelo trabalho colectivo, são extensivas à historiografia brasileira, conforme se pode ver em *idem*, *Ensaios*, vol. I, *op. cit.*, p. 289.

estimava. Por último, o estudo das estruturas incluía uma particular atenção aos ritmos temporais que se sobrepunham: do tempo longo e das curvas de preços à necessidade de estabelecer periodizações e assinalar mudanças, das inércias associadas a arcaísmos e persistências de Antigo Regime a uma constante atenção aos factores de modernização.

Dois livros iniciais balizam um primeiro momento de construção de uma obra, correspondendo a sua feitura ao período anterior à partida para França: *A Expansão Quatrocentista Portuguesa: Problemas das origens e da linha de evolução* (Lisboa: Empresa Contemporânea de Edições, 1944) e *História Económica e Social da Expansão Portuguesa*, t. I (Lisboa: Terra Editora, 1947). Através dessas duas obras, será possível reconstituir meia dúzia de directrizes de um programa de investigação que começava a ser cumprido: *i)* em primeiro lugar, pretendia-se fazer uma história económico-social do processo da expansão europeia e das grandes transformações que provocara, sem com isso descurar o ponto de vista dos próprios europeus; *ii)* em segundo lugar, impunha-se estudar, também na perspectiva económico-social, os continentes não europeus até à expansão europeia, tomando em linha de conta o «ponto de vista dos indígenas com que os europeus contactaram»([16]); *iii)* em qualquer destes casos, existe uma preocupação pelas fontes — muitas delas a dormir «o sono dos arquivos, praticamente inacessíveis a quem se aventura a querer ascender a uma visão de conjunto»([17]) —, conforme já começara a demonstrar com a publicação dos *Documentos sobre a Expansão Portuguesa* (Lisboa: Gleba, 1943, 1945, 1956); *iv)* depois, haveria que considerar tanto uma preocupação pela história de Portugal, a começar pelas suas estruturas económicas, a desenvolver sempre a par de uma outra respeitante à história universal; *v)* bem como uma directriz mais interdisciplinar, segundo a qual seria preciso articular a história económica e social com a aprendizagem da economia e da sociologia, isto é, trata-se de defender a todo o custo o projecto de uma «historiografia com fundo sociológico», uma «historiografia de base

([16]) *Idem*, *História Económica e Social da Expansão Portuguesa*, t. I (Lisboa: Terra Editora, 1947), p. 10. Um dos pontos mais altos da atenção dada por Godinho à relevância das sociedades e economias não europeias encontra-se, mais tarde, na explicação acerca da crise do ouro da Mina e da Guiné, quando pôs a tónica não tanto na concorrência europeia pelos mercados africanos, mas nos conflitos que dividiam os comerciantes magrebinos dos negros que procuravam controlar os mercados sahelianos, mas não contavam com o apoio do Império Sonrhai do Gao; era neste quadro que os portugueses viam a sua influência diminuir, pois «a presença xerifiana em Tombuctu e em Gao, um império estendendo-se do Mediterrâneo às margens do Senegal e do Níger, que sombria ameaça não representava para as feitorias e resgates portugueses no litoral atlântico!»; *idem*, *Os Descobrimentos e a Economia Mundial*, vol. I (Lisboa: Arcádia, 1963–1965), pp. 193–202, *maxime* p. 201.

([17]) *Ibidem*, pp. 10–11.

sociológica, porque científica»([18]); *vi)* uma última directriz assume a forma de combate e de crítica, incluindo a denúncia frontal, tantas vezes desqualificada através da sua redução ao gosto pela polémica.

Exemplo de uma atitude militante de combate por uma história preocupada em compreender os grandes conjuntos da história universal, e por isso mesmo capaz de criticar as perspectivas mais míopes, encontra-se, por exemplo, no prefácio que Godinho escreveu para a *História Económica da Grécia* de Gustave Glotz (1946; intitulada em francês *Le travail en Grèce: histoire économique de la Grèce*, Paris: Félix Alcan, 1920), bem como nalgumas das notas à tradução portuguesa de Gordon Childe, *O Homem Faz-se a Si Próprio* (1947), ambas as obras integradas na série «A Marcha da Humanidade», nas Edições Cosmos.([19]) No interior destas tentativas destinadas a dar a conhecer os caminhos de uma história universal, para assim quebrar com o provincianismo de uma história nacional, alargavam-se os quadros de conjunto. Impunha-se o tratamento da escravatura enquanto mercadoria associada a formas de exploração económica e social.([20]) E não adiantava escamotear estas mesmas realidades para continuar a alimentar mitos de celebração dos heróis. Talvez por isso mesmo, com o propósito claro de desfazer tais mitos, num texto que tem mais o formato de um manifesto sobre as Comemorações da Descoberta da Guiné, contra Avelino Teixeira da Mota, Godinho recorreu a uma linguagem bem directa, pelo menos em duas passagens: não mais será possível repetir as histórias fantasiosas de um Infante D. Henrique caracterizado por um quadro tão simples, de luta pela Fé e pelo sonho de dar novos mundos ao mundo, pois uns «impertinentes [entre os quais Godinho se incluía, ao lado de Duarte Leite] lembraram-se de estudar as fontes em vez de se masturbar em glórias»; ou, mais adiante, desferindo contra os mitos alimentados pelo mesmo Teixeira da Mota: «E que treta é essa do bom tratamento dos escravos!»

Tendo defendido a sua tese em 1959, Magalhães Godinho ensinou entre 1960 e 1962, na antiga Escola Colonial, integrada na Universidade Técnica em Setembro de 1961. Demitido — por ter apoiado o movimento estudantil e denunciado, pela sua incompetência, o mentor da referida escola, Adriano

---

([18]) *Idem*, *Comemorações e História (A descoberta da Guiné)* (Lisboa: Seara Nova, 1947), pp. 50, 51.

([19]) Gordon Childe, *O Homem Faz-se a Si Próprio: O progresso da Humanidade desde as suas origens até ao fim do Império Romano*, trad. e notas de Vitorino Magalhães Godinho e Jorge Borges de Macedo (Lisboa: Cosmos, 1947), p. 170 [onde, em nota, Godinho opõe, à interpretação do autor acerca da escravatura, um argumento sugerido por Jacques Pirenne].

([20]) Vitorino Magalhães Godinho, *A Expansão Quatrocentista Portuguesa: Problemas das origens e da linha de evolução* (Lisboa: Empresa Contemporânea de Edições, 1944), pp. 113–114.

Moreira, que servia então como ministro do Ultramar, durante o período em que Manuel Lopes de Almeida era ministro da Educação —, Godinho viveu depois quase uma década do seu trabalho como autor e das suas colaborações em diferentes projectos editoriais. As duas edições da tese defendida inicialmente em francês e publicada com o título *L'Économie de l'Empire Portugais aux XVe et XVIe siècles* (Paris: SEVPEN, 1969) e, em português, com um enorme aparato gráfico e em grande formato, *Os Descobrimentos e a Economia Mundial*, 2 vols. (Lisboa: Arcádia, 1963–1965, 1971) têm uma enorme diferença, a qual tem sido pouco ou nada notada. É que a edição francesa é composta por duas partes: a primeira sobre moeda e as economias monetárias e pré-monetárias; a segunda respeitante ao comércio das especiarias. Já a edição portuguesa acrescenta uma terceira parte, intitulada «Economia de subsistência e mão-de-obra».

Vale a pena debruçarmo-nos sobre as três partes que compõem a edição portuguesa e procurar compreender a organização da terceira e última à luz de um diálogo — para não dizer mais propriamente de um confronto — com o primeiro volume, entretanto publicado, de Fernand Braudel, *Civilisation matérielle et capitalisme* (Paris: Armand Colin, 1967).(21) Tomemos a questão da escravatura africana como fio condutor, pois ela surge desenvolvida, na primeira parte, a respeito dos mercados sudaneses do ouro e dos resgates da Guiné: «No rio Senegal — por exemplo — o resgate do ouro nunca foi muito importante, ao invés do que se deu com a escravatura.»(22) Mas é sobretudo na terceira parte que a escravatura ocupa um papel central. Ela está presente na análise da fazenda e do engenho, a respeito da produção do açúcar, e a obra encerra com um capítulo que lhe é inteiramente dedicado. Trata-se de compreender uma economia de subsistência no confronto tanto com inovações técnicas como de novos produtos destinados ao mercado. Melhor, o mercado impõe-se às economias de mera subsistência a partir de um conjunto de produtos com os seus próprios mercados: é o pão de mar que desafia essa «constante da economia portuguesa» que é «a escassez do pão», são os circuitos do trigo marroquino a começar pela abastecimento das praças portuguesas, são as inovações conseguidas pela viagem de algumas plantas, a começar pelo milho, e são os grandes produtos da economia atlântica — o açúcar, a pesca, o sal e o mercado da mão-de-obra, sobretudo, os escravos.

A questão da escravatura é tratada no seu conjunto. Godinho começa por distinguir áreas de assalto, de resgate ou mercados em três diferentes áreas, ou, melhor, três complexos histórico-geográficos distintos: das Canárias à

(21) Citado por V. M. Godinho, *Os Descobrimentos e a Economia Mundial*, *op. cit.*, vol. 2, p. 420.

(22) *Ibidem*, vol. 1, p. 167.

Guiné, da Serra Leoa ao Benim, e depois de Angola ao Brasil. Para depois se ocupar do movimento do tráfico, nas suas grandes séries, relacionadas com as condições do transporte. Ao que acrescenta as relações de utilização e de poder suscitadas pela escravatura, bem como a análise do seu regime jurídico, das ideologias correspondentes e da situação real da vida do escravo. Trata-se, pois, de um tratamento da escravatura que vai do rés-do-solo do tráfico à análise das ideologias da sua justificação. A escravatura assume, então, os contornos de um facto social total, sendo possível e necessário aplicar ao seu estudo a preocupação de a estudar no seu conjunto.

Além de ser tomada como unidade de análise, a escravatura, mais concretamente o tráfico de escravos, faz parte integrante da conclusão, na qual o autor procura formular três argumentos de carácter mais geral. O primeiro diz respeito à caracterização do processo de expansão dos séculos XV e XVI, o qual consiste fundamentalmente em trocas que são «por essência desiguais», são estas que geram uma «comercialização do globo», logo uma acumulação de capital e lucros ao longo dos séculos XV e XVI. Ou seja, o que está no centro de um tal processo são «relações que uma ou mais economias dinâmicas e com força tecem com economias não só estacionárias e menos desenvolvidas, como ainda estruturalmente diversas». No caso português, um dos exemplos apresentados, para demonstrar que se trata de uma economia em expansão, é o da compra de escravos. Estes eram comprados com artefactos de cobre e latão alemães, com tecidos magrebinos ou indianos, mas o certo é que a economia em expansão tem as suas próprias indústrias, ou seja, o sal, o açúcar, a olaria e os têxteis. À superioridade económica soma-se o facto de a economia em expansão dispor de uma força guerreira que impõe tratados, abre mercados, novas formas de transacção e até de trabalho. Porém, o recurso à violência, mais concretamente, à «apropriação violenta» chega até a ser matizado, por só ter existido em certas fases iniciais. Isto porque o que é determinante são as referidas trocas desiguais. E, mais uma vez, o exemplo esclarecedor encontra-se na escravatura: «A produção nas economias expansivas por mão-de-obra que é integralmente mercadoria e nada mais — por escravos cuja perda só importa pelo custo de substituição — cria um sobrevalor que não é criado onde apenas trabalha a mão-de-obra livre contra salário, conquanto esse sobrevalor vá geralmente para o mercador do produto de preferência a enriquecer o próprio produtor.»([23])

Uma segunda conclusão diz respeito aos limites que se impõem a esse processo de comercialização ou mercantilização. Tal como se um processo que é essencialmente de modernização económica tivesse de contar com travões, resistências sociais ou entrasse em contradição com uma mentalidade

---

([23]) *Ibidem*, p. 608.

mais arcaizante. Nas palavras de Godinho, é a «mercantilização que não consegue romper com a cruzada». Por um lado, os «cavaleiros cobiçosos» não se transformaram em «mercadores esforçados». Por outro, a concentração nos aspectos práticos do processo da mercancia, tal como no da navegação, «impediu o aparente desvio teórico que aumentaria a eficácia prática». Em Gil Vicente e António Ferreira, encontram-se algumas representações desse processo de recusa do novo, do capitalismo nascente, e o refúgio no elogio dos «feitos heroicos de tão justas guerras». Enquanto, mais tarde, Frei Amador Arrais (1530–1600), embora considere ser justa a guerra contra os mouros, sublinhe os aspectos «perniciosos da escravidão para o Reino (escravidão que é fruto da expansão)», além de se colocarem limites à dispersão e ampliação excessiva do império.([24])

Uma terceira e última conclusão identifica as «contradições e limitações institucionais e na prática». Muitas delas são imperceptíveis, pois derivam do «soco amplo da sociedade em que tais super-estruturas assentam». Conjugam-se, aqui, diversos elementos que são muito familiares aos leitores de Magalhães Godinho. A comercialização depende em parte de um Estado mercantil ou alfandegário, como sustenta noutro lugar, atravessado por uma ideologia antimercantil, posta ao serviço de grupos nobiliárquico-eclesiásticos «que não sabem ceder ante os mercadores empreendedores». Oscilando entre o regime de monopólio e a abertura do comércio, o certo é que a hipertrofia do Estado se constitui num obstáculo à formação de companhias por acções. Depois, a acumulação de capital, a renda, é consumida pelos padrões de consumo dos referidos sectores nobiliárquico-eclesiásticos, que esmagam a população agrícola e oficinal, sem com isto se chegar ao investimento reprodutivo. Existe uma outra maneira de o Estado mostrar a sua hipertrofia, uma vez que o seu funcionamento participa de «quadros mentais congelados e fortemente repressivos»([25]).

Nesta última conclusão, ao contrário do que sucedeu nas duas anteriores, o caso da escravatura está subentendido, por representar uma forma extrema de desigualdade só possível de sustentar em situações em que a dominação se faz sentir. Expressão por excelência de uma profunda desigualdade, a escravatura volta a estar implícita nas últimas linhas do grande livro, quando Godinho sustenta que «a comercialização [...] dos séculos XV e XVI gerou uma economia e uma sociedade que se auto-bloqueou em linhas rígidas, de maneira tal que não conseguiu posteriormente industrializar-se nem aceder ao universo da ciência e da cidadania». É a crítica à sociedade capitalista que só foi possível graças ao aproveitamento de uma extrema desigualdade,

([24]) *Ibidem*, pp. 608–610.

([25]) *Ibidem*, pp. 609–610.

sustentadas por situações de dominação. Ao publicar estas conclusões em 1971, terminando o seu livro com um capítulo dedicado à escravatura, Godinho criticava abertamente aqueles que continuavam a manter sonhos de manutenção de um império. É que, afinal, esse mesmo império, construção política que era parte de um processo mais geral de expansão capitalista, que se aproveitava e ao mesmo tempo gerava estruturas de desigualdade, tinha impedido ou bloqueado a modernização. Esta surge, por último, representada pela racionalidade científica e pelo acesso à cidadania.([26])

A primeira edição de *A Estrutura da Antiga Sociedade Portuguesa* foi publicada em 1971, ano em que ficou completo o segundo volume da edição portuguesa de *Os Descobrimentos e a Economia Mundial*. Na base estavam alguns artigos publicados no *Diário de Lisboa*, num período compreendido entre Dezembro de 1967 e Maio do ano seguinte, mais outros de Julho de 1970 (estes últimos resultaram de uma conferência que, fez questão em explicitar, tinha proferido no Colégio Moderno). Toda essa década de 1960, depois de ter sido demitido em 1962 da Universidade Técnica, até à partida para a Universidade de Clermont-Ferrand, no início da década de 1970, tinha sido dedicada a um vasto trabalho editorial. Modo de subsistência forçado ou, pelo menos, sem alternativas, os direitos de autor — provenientes da publicação de obras na Sá da Costa, de traduções e de colecções, incluindo «Rumos do Mundos» na Cosmos, e a enciclopédia *Focus*, na Sá da Costa — surgiram como fonte de independência financeira. A tese do bloqueio da modernização, por se terem mantido em Portugal estruturas arcaicas próprias de uma sociedade de Antigo Regime, foi então desenvolvida. Como pano de fundo da argumentação de Godinho, encontra-se uma ideia clara de modernização económica e social. A atenção prestada aos escravos volta a ser recorrente.

Primeiro, os escravos surgem como uma variante que põe em causa uma sociedade que só juridicamente se concebe como dividida em ordens ou estados. De novo, os escravos surgem, só à primeira vista contraditoriamente, como produto de uma economia dinâmica e em processo de expansão capitalista. São os fornecimentos de escravos para as Índias de Castela ou para Espanha e as zonas mediterrânicas; é o seu emprego nos arquipélagos atlânticos, no Brasil, mas também no reino, onde chegam a atingir um décimo da população. Retomando, aliás, o que escrevera em *Os Descobrimentos e a Economia Mundial*, depois de serem identificados como mercadoria,

---

([26]) *Ibidem*, pp. 611. José Capela retomou os mesmos termos da sociedade bloqueada de Godinho, ver *Escravatura: A empresa de saque, o abolicionismo (1810–1875)* (Porto: Afrontamento, 1974), pp. 181–195. Uma discussão da tese da sociedade bloqueada, usada por Capela e, em parte, por Giuseppe Papagnano, foi feita por Valentim Alexandre, *Origens do Colonialismo Português Moderno* (Lisboa: Sá da Costa, 1979), p. 12.

integrando cálculos em série comparáveis com outras mercadorias, são os modos do seu tratamento — «frequentemente entre o gado e as cousas» — que importam. É também a sua presença maciça em Portugal, nomeadamente em Lisboa, e nas ilhas.([27])

No apêndice documental, pelo menos por três vezes, a questão da escravatura é retomada. Primeiro, em meados do século XVI, a respeito de um homem rico e poderoso de São Tomé, que representava uma minoria a usufruir de uma economia escravista.([28]) Depois, a respeito da caracterização da estrutura social do Brasil, feita com base em Ambrósio Fernandes Brandão (1618), em que todas as explorações agrícolas, a começar pelos engenhos de açúcar, faziam as «suas lavouras e grangerias com escravos de Guiné, que para esse efeito compram por subido preço»([29]). Por último, são diversos os testemunhos de estrangeiros, cobrindo uma longuíssima duração que vai do final do século XV a meados do XIX, que demonstram a presente constante de negros entre a população lisboeta.([30])

Revisitar a obra de Vitorino Magalhães Godinho em função do lugar nela ocupado pelo tratamento da escravatura tem o duplo propósito de recuperar um lugar da nossa memória colectiva sobre o qual urge reflectir, e de ir na contramão das lógicas comemorativas que tendem a dominar o espaço público.

«Contar Áfricas!»: dos Descobrimentos às histórias de África

A exposição «Contar Áfricas!», que teve lugar no Padrão dos Descobrimentos (Novembro, 2018 – Abril, 2019) — comissariada por António Camões Gouveia, na qual colaboraram mais de quatro dezenas de investigadores —, teve um claro objectivo político. Explicitá-lo é quase uma banalidade. No entanto, nunca como hoje se afigura tão necessário ultrapassar o medo de assumir a função claramente política que assumem certas investigações e exposições, no seu desejo de romper com uma ordem do conhecimento e dos poderes estabelecidos. É que, pelo edifício em que decorre e pelo significado das peças, a exposição consegue subverter o ritual celebratório inscrito no longo ciclo de celebração dos Descobrimentos.

([27]) V. M. Godinho, *A Estrutura na Antiga Sociedade Portuguesa* (Lisboa: Arcádia, 1971), pp. 64–67. Cálculos sobre o preço dos escravos surgem também em *idem*, *Introdução à História Económica* (Lisboa: Livros Horizonte, 1970), p. 171.

([28]) *Idem*, *A Estrutura na Antiga Sociedade Portuguesa*, *op. cit.*, pp. 173–174.

([29]) *Ibidem*, p. 176.

([30]) *Ibidem*, pp. 204–206.

Aliás, a «malícia» de quem organizou ou patrocinou esta iniciativa — para recorrer ao termo do poeta moçambicano José Craveirinha quando relatou o modo de se jogar futebol nos subúrbios da então Lourenço Marques, há mais de meio século, objecto de um estudo importante de Nuno Domingos — está em ter procurado inscrever a subversão no monumento projectado por Cottinelli Telmo e Leopoldo de Almeida, para a Exposição do Mundo Português de 1940.

Para que não restem dúvidas, o objectivo da exposição equivale à expressão de uma malícia subversiva, destinada a romper com um ciclo de comemorações que dura há mais de um século, talvez mesmo há século e meio, e que atravessou vários regimes políticos. Trata-se de um ciclo no qual os Descobrimentos, directamente associados aos projectos imperiais ou coloniais, serviram de tema maior das chamadas políticas da identidade nacional. Por isso, ao mesmo tempo que o visconde de Santarém desenvolvia as suas investigações sobre a cartografia portuguesa, ainda antes da Conferência de Berlim (1884–1885), o Império Português passou a ocupar um lugar central nos pavilhões das exposições internacionais ou universais. A referida Exposição de 1940, organizada na sequência da Exposição Colonial do Porto de 1934, foi uma manifestação tardia desse ciclo, que deu lugar a novas iniciativas em 1960, na altura das Comemorações Henriquinas, tendo sofrido um novo ímpeto logo após a transição para a democracia, primeiro com a Europália, depois com a Comissão dos Descobrimentos, para abreviar.

De forma clara, Vitorino Magalhães Godinho referiu-se a um esforço continuado, que foi do visconde de Santarém no século XIX a Joaquim Bensaúde no século XX. Nele, «a história dos descobrimentos, conquistas e colonização portugueses constituiu-se sob a premente necessidade de defender o nosso país de espoliações políticas e culturais». Ou, numa formulação ainda mais pungente: «O cunho de necessidade de propaganda patriótica vincou desde logo o carácter da história da expansão portuguesa: defesa das glórias nacionais, exalçando a história de Portugal na história da civilização mundial.»([31])

A tão longa duração desse ciclo comemorativo das Descobertas só foi possível devido ao facto de, sobre um fundo de grande continuidade de criação de laços entre essas duas entidades que são a Nação e o Império, se terem dado mudanças de linguagem. Em termos genéricos, as principais alterações foram constituídas pela substituição de visões racistas, que levaram à mobilização de autênticos jardins zoológicos humanos, por outras mais associadas ao elogio da mestiçagem; bem como, no último quartel do século XX, por uma colaboração maciça de académicos, correspondendo a uma tentativa

---

([31]) Vitorino Magalhães Godinho, *Dúvidas e Problemas acerca de Algumas Teses da História da Expansão* (Lisboa: Edições da Gazeta de Filosofia, 1943), p. 1.

mais geral de monopolização da vida académica pela universidade. De qualquer modo, o mais importante é perceber que este longo ciclo comemorativo esteve associado ao trabalho constante de comissões e instituições, que se assumiram como construtoras da memória colectiva e da identidade nacional. Por exemplo, o discurso da primeira Comissão dos Descobrimentos em relação à modernização de Portugal nos séculos XV e XVI, fundada em valores e práticas de racionalidade científica, visava facilitar a integração na Europa.

No interior desse longo ciclo comemorativo existem duas outras questões que se colocam. A primeira diz respeito ao modo como um dos mais dinâmicos grupos de opositores à Primeira República se começou por posicionar. Refiro-me aos integralistas, antiparlamentares, conservadores e monárquicos, liderados por António Sardinha, Alberto de Monsaraz e Luís de Almeida Braga. Concretamente, no caso de Sardinha, num primeiro momento, houve a denúncia dos Descobrimentos e do império como um «erro funesto» ou um «engano fatal», a qual permaneceu válida até Agosto de 1918; para, a partir de Agosto de 1920, ter passado a encontrar nas Descobertas e nas até então maltratadas conquistas da Índia a «característica imorredoira do nosso génio de povo» ou, numa outra formulação, «a desnacionalização de Portugal»; a esta mudança não foi alheia uma reapreciação da tradição à luz dos valores da Civilização católica.([32]) Nas palavras de Sardinha, que não resisto a citar: «A passo lento, o olvido do nosso *meio vital* estreia-se com a data funesta de Quinhentos e com a porca infeção nigerista por agente fortíssimo dessa falha. Meditemos-lhe bem as consequências e seja o nosso cuidado aprender nos resultados colhidos o perigo que representa para um povo o esquecimento do seu passado e dos seus costumes.»([33]) Ou, mais adiante: «Do pouco escrúpulo em nos aparentarmos com ligações asiáticas e africanas deriva o nosso desfalecimento em linha recta. Não se justifica nem se compreende de outra maneira a dissolução de toda a ideia colectiva.»([34])

Apesar de ter alterado, e de que maneira, o seu ponto de vista, a visão tradicionalista e racista de Sardinha levou-o a tomar os Descobrimentos como um desvio, de que tinha resultado — atente-se bem no termo racista — «a porca infeção nigerista». Aliás, se os integralistas passaram a integrar as Descobertas não como um desvio, mas como um valor da identidade nacional, mantiveram vivo o ódio racista com que justificavam a degeneração lusitana.

([32]) AbdoolKarim Vakil, «Representations of the "Discoveries" and the Imaginary of the Nation in Portuguese Integralism», *Portuguese Studies*, vol. 11 (1995), pp. 133–167, *maxime* pp. 149–150, 152.

([33]) António Sardinha, *O Valor da Raça: Introdução a uma campanha nacional* (Lisboa: Almeida, Miranda & Sousa, Editores, 1915), pp. 108–109.

([34]) *Ibidem*, p. 115.

As Comemorações no Brasil de 1922 ocuparam um papel essencial no elogio da expansão e do colonialismo. No final dos anos 1920 e na década seguinte, alguns dos mais fervorosos adeptos do Estado Novo — Mário de Albuquerque, Manuel Heleno, António Mendes Correia e João de Castro Osório —, no seu interesse por temas dos Descobrimentos e do império, exprimiram os seus receios em relação aos malefícios da presença dos escravos africanos em Portugal, bem como de cruzamentos que conspurcassem a pureza da raça. Em suma, a via foi sinuosa até se chegar à observação clara desse outro integralista de longa vida, José Pequito Rebelo, colaborador desde a primeira hora de *A Monarquia*, jornal começado em 1917, quando escreveu, em 1961, que «a tradição ultramarina insere-se na tradição geral da Monarquia Cristã que através dos tempos assegurou o crescimento da Nação e do Império»([35]).

Será escusado procurar resumir de que modo a esquerda republicana, de António Sérgio a Jaime Cortesão e deste a Vitorino Magalhães Godinho, procurou resgatar os Descobrimentos. Conforme declarou este último: era fundamental tirar-se «à História da Expansão o tom simplista do nacionalismo e todo o orgulho etnocêntrico de povo que leva pela primeira vez aos outros povos a Civilização»([36]). Nessa operação de resgate, os Descobrimentos foram associados a um modo de patriotismo emancipado, porque fundado nos valores da igualdade e da liberdade, bem distinto das formas de propaganda nacionalista em que se envolveu o Estado Novo. É certo que, num texto de análise histórica de 1930, Cortesão derrapou numa visão bem racista, ao considerar que uma das causas da decadência do Estado da Índia se encontrava na participação de locais na administração pública. As duas grandes obras saídas deste grupo — *Os Descobrimentos Portugueses* (1958–1962) de Cortesão e *Os Descobrimentos e A Economia Mundial* (1963–1965, 1971) de Godinho — são talvez o culminar intelectual desse ciclo. O desencadear das sucessivas guerras de independência, que permitiu entrar numa era pós-colonial, deu lugar a novas agendas. Porém, do mesmo modo que Salazar não se quis convencer dos ventos de mudança, envolvendo Portugal numa guerra a que os próprios militares quiseram pôr fim, será agora necessário encerrar um ciclo comemorativo que só alguns, poucos, procuram prolongar.

Se o sentido da exposição é sobretudo político, o seu significado não se esgota num acto de intervenção ou de comprometimento ideológico. Em cada uma das escolhas há um propósito sério de investigação que remete para campos de referência e comunidades de leitura muito diversificadas.

([35]) José Pequito Rebelo, *Tradição e Ultramar (Colectânea e comentário)* (Lisboa: Tipografia Portuguesa, 1961), p. 9.

([36]) Vitorino Magalhães Godinho, *Ensaios*, t. II — *Sobre História de Portugal*, 2.ª ed. (Lisboa: Livraria Sá da Costa Editora, 1978), p. 175.

E, ao pluralizar as suas representações de África — com base num conjunto de objectos e de narrativas, que incluem tanto filmes como documentos escritos ou referências musicais —, esta exposição foge a um sentido unitário. Tal como se a prática do pós-colonialismo só fosse compatível com as epistemologias do fragmento ou da reconstituição das subjectividades, escusado será procurar nesta iniciativa um único fio condutor ou mesmo um quadro que tudo englobe. Não foi esse o propósito de quem organizou, tão-pouco os colaboradores parecem ter querido corresponder a uma qualquer expectativa de construir uma narrativa de conjunto. No entanto, frente a uma tal dispersão, será possível identificar pelo menos três campos principais, em torno dos quais se articulam temas e problemas.

O primeiro desses campos é constituído pelas peças que visam representar a identidade e as dinâmicas africanas. Conforme escreveu, há muito, Magalhães Godinho: «Esta directriz leva-nos a estudar tais sociedades por si próprias, independentemente de tal conhecimento poder servir para explicar a expansão europeia. Sim, impõe-se banir o europocentrismo que tem dominado a construção histórica, para que seja possível a autêntica história universal [...]. É imperiosa a necessidade de criar, com valor autónomo, o estudo económico e sociológico da evolução dessas regiões.»([37]) Em casos limites, fala-se na exposição de máscaras tribais associadas a totens (Cristina Brito) ou da «autodefinição cultural de uma comunidade» (Ana Martinho). Trata-se de um conjunto significativo que oscila entre uma preocupação em perceber, sobretudo, os processos mais sofisticados de organização e representação dos poderes ou de modernização de estruturas económicas (como sucede com a escolha de Isabel Castro Henriques).

A percepção das identidades de grupo, comunitárias ou de unidades políticas propriamente africanas, mas sempre plurais, parece depender de uma dupla recusa. Por um lado, recusa clara em encerrar a imagem das culturas africanas numa espécie de primitivismo; por outro, insistência no facto de os interesses, a racionalidade e as próprias culturas locais serem capazes de criar lógicas de mudança e de elaboração que não só nada tinham que ver com os contactos com os europeus ou com os projectos coloniais por estes desenvolvidos, mas também emparelharam com estes últimos em termos de elaboração. Por exemplo, em relação ao reino do Benim no século XVI, fala-se das «suas extraordinárias expressões artísticas» (Ângela Barreto Xavier).

O segundo dos campos em causa, porventura aquele que integra um maior conjunto de peças expostas, diz respeito à circulação de formas, objectos, práticas (tais como a da escrita) e modelos. Está directamente relacionado

([37]) Vitorino Magalhães Godinho, *História Económica e Social da Expansão Portuguesa*, t. I (Lisboa: Terra Editora, 1947), p. 10.

com as oscilações na determinação dos significados, sugeridas pelas teorias da recepção, mas também pelos trabalhos de Claude Lévi-Strauss e Arjun Appadurai em torno, respectivamente, da figura do *bricoleur* e da apropriação indiana do críquete. Embora não seja fácil distinguir padrões de circulação, a partir dos objectos expostos, o certo é que são as figuras que resultam de um esforço de adaptação ou que representam um certo hibridismo que se afiguram dominantes. Pena é que, neste mesmo quadro, as ambiguidades sustentadas e ilustradas por um lote de peças não sejam inseridas no debate sobre a crioulidade enquanto projecto neocolonial, lançado há muito pelo sociólogo angolano Victor Kajibanga.([38])

Em terceiro e último lugar, mas seguramente em menor número que nos dois campos anteriores, há que contar com os objectos e as histórias relativos a situações coloniais. A escravatura e o tráfico atlântico assumem, aqui, o papel de actores principais. O processo em causa é o do capitalismo emergente, nos seus modos de exploração do trabalho, e nas suas estruturas de organização da plantação, do posto administrativo e militar ou do trabalho missionário. Claro que em nenhum destes casos se pode falar de um aparato imposto de fora; pelo contrário, existem sinais claros que apontam para uma africanização das instituições europeias. É o que sugere, no século XVII, o recurso aos *libongos* (pequenos panos de fibra de palmeira), provenientes do Loango e utilizados em Luanda para pagamento da infantaria, também chamados «panos de palha» (Arlindo Caldeira).

As divisões entre estes três campos não são estanques. A panaria, bem investigada num estudo pioneiro por António Carreira, no quadro das relações atlânticas em torno do tráfico e do trabalho dos escravos, entre a Costa da Guiné e Cabo Verde, pode ajudar a ilustrar os três campos.([39]) Pois tanto pode ser vista como marca de uma identidade africana, como sinal de um objecto em circulação e, ainda, como correspondendo a uma situação colonial de exploração do trabalho. O mesmo se passa com muitos outros dos objectos expostos, a começar pelos usos, no Congo, de uma Cruz de Cristo, referidos por Alexandra Curvelo. Às articulações entre os três campos acrescenta-se o facto de, no seu conjunto, as peças e documentos apresentados cobrirem um tempo longo, cuja periodização fica por determinar nos seus diferentes ritmos e texturas temporais.

([38]) Victor Kajibanga, «Crise da racionalidade lusotropicalista e do paradigma da crioulidade: O caso da antropossociologia de Angola», *África. Revista do Centro de Estudos Africanos. USP, S. Paulo*, n.os 22–23 (1999–2001), pp. 141–156.

([39]) António Carreira, *Panaria Cabo-Verdiana-Guineense: Aspectos históricos e sócio-económicos* (Lisboa: Junta de Investigações do Ultramar, 1968).

São três as críticas que uma exposição desta natureza — fragmentada nos objectos expostos e intencionalmente orientada para a construção de uma pluralidade de narrativas — suscita. Antes de mais, gostaria de seguir nos calcanhares de Isabel Castro Henriques, que dedicou uma vida de investigação à história de África para insistir no facto de que os europeus, incluindo os portugueses, com os seus projectos coloniais, acabaram por ser uma espécie de gota de água no conjunto das transformações vividas pelos africanos. Ora, não valeria a pena tentar distinguir melhor entre *i)* a autonomia da história de África, muito longe da ideia bem eurocêntrica de que a África não teve história até à chegada dos europeus, com a intenção de restituir aos africanos os seus diferentes dinamismos temporais, e *ii)* as relações, pacíficas ou sobretudo conflituosas, dos africanos com os europeus, pondo em evidência estratégias africanas de recuperação, integração, uso, africanização de propostas vindas do exterior (como há muito sugeriu acerca dos Prazos de Moçambique o historiador Allen Isaacman).

Dentro de uma proposta mais reflexiva que a exposição sugere, mas nem sempre concretiza, será talvez necessário não generalizar a toda a África a situação existente nas ex-colónias portuguesas relativa à falta de historiadores e investigadores africanos. Aliás, seria bom que os poucos que existem — os quais se debatem com questões de financiamento e de formação que tardam em ser resolvidas — tivessem sido convidados a participar nesta iniciativa, pois muito haveria a aprender com as suas experiências. É que, desde o final da década de 1950 emergiram em alguns países de África escolas historiográficas que produziram e continuam a produzir inúmeros estudos relativos à história de África. Por exemplo, as escolas de Dakar, Dar-es-Salam, Nigéria, a que se poderia acrescentar o trabalho desenvolvido nos campos universitários norte-americanos (a começar pelo Wisconsin) com o envolvimento de afro-americanos, pelo menos desde a década de 1950.

Em segundo lugar, a dispersão impede visões de conjunto num domínio principal da exposição que é o das próprias exposições europeias sobre África. Quando, onde e como é que estas se iniciaram? Qual a relação entre esta e as exposições que a antecederam ou que tiveram lugar em Londres, Nova Iorque e Florença? À escala portuguesa, Alfredo Margarido — a quem esta exposição deveria ser dedicada — foi, talvez, o primeiro que colocou a questão de quão tardia e débil foi, em Portugal, a expressão de um interesse, em termos expositivos e de investigação, pelo primitivismo africano.(40)

Enquanto as vanguardas europeias de Picasso a Modigliani procuraram valorizar as culturas africanas, nomeadamente as suas máscaras e esculturas, o modernismo português só muito tardiamente alinhou pelos mesmos

(40) Alfredo Margarido, «A impossibilidade portuguesa de reconhecer a importância estética das máscaras e das esculturas africanas», *Latitudes*, n.º 13 (Dezembro, 2001), pp. 3–11.

padrões.([41]) De facto, foi apenas em 1934 que Diogo de Macedo e Luiz de Montalvor organizaram um livro de *Arte Indígena*, com capa, à maneira de Picasso, de Almada Negreiros. E, mesmo assim, Macedo — que convivera com Amadeo e Modigliani, em Paris, e fora testemunho das boémias e bacanais passados em Cité Falguères — não largou as teorias mirabolantes de que os bronzes do Benim só poderiam ser concebidos no âmbito de uma cultura colonial portuguesa, no quadro da qual foi graças às relações luso-indianas que se favoreceu a instalação no Benim de artífices do ferro, imagine-se, indianos! Porquê esta tese absurda? Precisamente devido ao atraso em que Macedo classificava a cultura africana, incapaz de dispor de artesãos para trabalhar o metal com uma tal qualidade estética. Macedo não o diz, mas tal tese terá tido origem numa proposta que circulou na Alemanha e que Arnold van Gennep difundiu na *Revue d'Ethnographie*.([42]) Que contraste, porém, com o que se escrevia, pela mesma altura, no Brasil, de modo informado e profundo, sobre arte africana e, em particular, os bronzes do Benim!([43])

De qualquer modo, o processo português de percepção do denominado primitivismo e de recolha de esculturas e artefactos é uma construção tardia e pejada de preconceitos racistas. Resta saber como é que ele decorreu, conforme estudou Nuno Porto em relação ao Museu da Diamang ou do Dundo, num dos estudos de caso mais pioneiros e profundos da ideologia colonial do Estado Novo. É que, sem estudos desta natureza sobre objectos que

---

([41]) William Rubin, ed., *«Primitivism» in 20th Century Art*, 2 vols. (Nova Iorque: The Museum of Modern Art, 1984); Edward F. Fry, «Picasso, Cubism, and Reflexivity», *Art Journal*, vol. 47, n.º 4 – *Revising Cubism* (Inverno, 1988), pp. 296–310; Bogumil Jewsiewicki, «Le primitivisme, le postcolonialisme, les antiquités "nègres" et la question nationale», *Cahiers d'Études Africaines*, vol. 31, cahier 121–122 – *La Malédiction* (1991), pp. 191–213; Patricia Leighten, «The White Peril and *L'Art nègre*: Picasso, Primitivism, and Anticolonialism», *The Art Bulletin*, vol. 72, n.º 4 (Dezembro, 1990), pp. 609–630; Partha Mitter, «Decentering Modernism: Art History and Avant-Garde Art from the Periphery», *The Art Bulletin*, vol. 90, n.º 4 (Dezembro, 2008), pp. 531–548, *maxime* pp. 534–535; John Warne Monroe, «Surface Tensions: Empire, Parisian Modernism, and "Authenticity" in African Sculpture, 1917–1939», *The American Historical Review*, vol. 117, n.º 2 (Abril, 2012), pp. 445–475; Joshua Cohen, «Fauve Masks: Rethinking Modern "Primitivist" Uses of African and Oceanic Art, 1905–8», *The Art Bulletin*, vol. 99, n.º 2 (Junho, 2017), pp. 136–165; Raphaël Bouvier, «Journal 1906», in *Picasso, bleu et rose.* Exposição Musée d'Orsay, 18-09-2018 – 06-01-2019 (Paris: Musée d'Orsay, Musée National Picasso-Paris, Hazan, 2018), p. 302. Sobre as bases de inspiração do modernismo na cultura popular e, simultaneamente, no primitivismo, ver Mary Gluck, *Popular Bohemia: Modernism and Urban Culture in Nineteenth-Century Paris* (Cambridge: Harvard University Press, 2005).

([42]) Alberto Osório de Castro, *Questionario Ethnographico ácêrca das Populações Indígenas de Angola e Congo* (Luanda: Imprensa Nacional de Angola, 1912), p. 5.

([43]) Sérgio Milliet, *Diário Crítico (1940–1943)* (São Paulo: Editora Brasiliense, 1944), pp. 234–239.

proporcionaram reapropriações em tempos pós-coloniais, será difícil discutir a política de restituições, conforme sugere António Pinto Ribeiro veiculando ideias de ampla circulação internacional que necessitam de ser discutidas (*Público*, 28 de Setembro de 2018).

Uma terceira e última crítica à exposição retoma a referida tipologia dos campos de temas e problemas. Ela é mais difícil de enunciar, pois requer um nível de elaboração mais elevado e uma ainda maior capacidade de submissão dos nossos programas de investigação a uma interrogação reflexiva e a uma vigilância epistemológica, que não se compadece com a aplicação de modelos. Parece que há uma escala que vai *i)* da intenção de encontrar uma identidade africana própria *ii)* às operações de apropriação, miscigenação e hibridismo, *iii)* para finalmente terminar no estudo das situações coloniais, onde aparelhos de diferente natureza — da administração estatal à companhia, da plantação à exploração mineira — exerciam formas de controlo e de exploração do topo para a base. Estes três graus — da autonomia identitária, do hibridismo e da malha autoritária de controlo — correspondem bem a três tipos de preocupações ideológicas desenvolvidos em tempos coloniais.

Em suma, trata-se de uma escala que, em última análise, fica reduzida a uma relação antinómica entre colonizadores e colonizados, entre controlo e resistência. Por outras palavras, esta é uma exposição atravessada por uma tensão dualista entre colonizador e colonizado, protagonistas de uma violência imposta e da correspondente resistência. Tudo antinomias que estiveram na base das construções ideológicas e de políticas coloniais que agora ressurgem sob a forma de instrumentos analíticos de investigação. Como será possível ultrapassar tais antinomias, as quais, construídas em âmbito colonial, são agora reproduzidas tal como se pudessem ser utilizadas como categorias analíticas? Só, talvez, através de um trabalho mais sistemático, que se encontra por fazer, em torno do arquivo colonial e das fontes se poderá criar a distância necessária entre os nossos programas de investigação e as ideologias coloniais, cuja análise se impõe. A questão da análise das fontes, tal como a dos objectos singulares aqui apresentados para contar histórias diferentes e plurais de África, a organizar segundo problemas e visões de conjunto, será doravante uma questão central que urge tratar com rigor.

Fernão de Magalhães descobriu o estreito de Todos os Santos

A história de Fernão de Magalhães foi contada muitas vezes. Dela fazem parte muitos pontos de discórdia. Difíceis de clarificar à luz das fontes disponíveis, os conflitos de interpretação ultrapassam, em muito, um suposto confronto entre memórias e histórias nacionais de portugueses e espanhóis.

Nasceu cerca de 1480, em Trás-os-Montes ou no Minho (Ponte da Barca, segundo Amândio Barros, *A Naturalidade de Fernão de Magalhães Revisitada*, Afrontamento, 2009), embora alguns documentos o cheguem a dar como natural do Porto. Tido como fidalgote de província, como tantos outros que encontraram nas armas uma forma de ascensão social, alistou-se, em 1505, na armada da Índia, comandada por D. Francisco de Almeida. Ali terá permanecido até 1513, apesar de já se ter colocado como hipótese ter regressado ao reino em 1508, para logo voltar ao Oriente.

Em meados do século XVI, o historiador Fernão Lopes de Castanheda conta dele o seguinte episódio. Quando Afonso de Albuquerque despachou para Portugal as naus de Bastião de Sousa, Francisco de Sá e Gomes Freire, as duas primeiras, que iam juntas, encalharam perto de Cananor. O facto de irem carregadas de mercadorias terá, com certeza, contribuído para intensificar a disputa que então houve sobre quem deveria ir em busca de socorro. Foi nessa ocasião que Fernão de Magalhães — «aquele que descobriu o Estreito de Todos os Santos, navegando de Sevilha para Maluco» — pôs fim às brigas, declarando que ele ficaria ali com os marinheiros e gente baixa e que fossem os fidalgos e homens principais com os capitães a pedir auxílio. A coragem com que se comportou numa situação de adversidade, na qual «mostrou muito esforço e confiança nos homens», foi virtude que não podia ser deixada sem notícia na *História e Conquista da Índia Pelos Portugueses* (1552, liv. III, cap. V).

Dos mares do Índico, conheceu Cochim, Goa, Quíloa, Moçambique, tendo ainda acompanhado Diogo Lopes de Sequeira a Malaca, em 1509, numa expedição que se saldou num fracasso, ocorrida dois anos antes da sua conquista por Albuquerque. Das suas relações com Francisco Serrão, que veio a ser feitor nas Molucas, terá conseguido muitas informações sobre as ilhas das especiarias que veio a utilizar, mais tarde, na planificação da sua viagem para aquelas paragens.

Regressado ao reino, alistou-se numa expedição para a conquista de Azamor, sob as ordens do duque de Bragança. Ali cumpriu funções de quadrilheiro-mor, com responsabilidades na repartição dos despojos resultantes da luta armada e das razias. Neste serviço, suscitou queixas e rumores pela falta de escrúpulos — um facto que terá pesado no modo como o rei D. Manuel atendeu ao despacho dos seus requerimentos de mercês pelos serviços prestados em dois cenários de guerra, primeiro no Oriente, depois no Norte de África. Foi, aliás, a falta de despacho que levou Magalhães a pedir licença ao rei «para ir viver com quem lhe fizesse mercê». Quem contou este episódio foi, em meados do século XVI, Gaspar Correia nas suas *Lendas da Índia* (t. II, p. 626), acrescentando: «El Rei lhe disse que fizesse o que quisesse, pelo que lhe quis beijar a mão, que lhe El Rei não quis dar.» Desta opinião não foi João de Barros, quando considerou «que sua ida para Castela andava no seu ânimo de mais dias, que movida de acidente do despacho» (*Década III*, liv. V, cap. VIII).

Antes de partir para Sevilha, Fernão de Magalhães começou a preparar o seu projecto com a colaboração decisiva de Rui Faleiro. Este, cosmógrafo de renome, não conseguindo a nomeação régia como astrólogo judiciário, também pretendia ir servir a coroa de Castela. Conforme sublinhou, em livro recente, o historiador Luís Filipe Thomaz, este procedimento era comum: D. Francisco de Almeida estivera alguns anos ao serviço dos Reis Católicos; anos depois, o mesmo fizera Martim Afonso de Sousa, governador da Índia no reinado de D. João III; e até Vasco da Gama ameaçou seguir-lhes as pisadas se não fosse feito conde.([44])

Em Sevilha desde 1517, Fernão de Magalhães casou com Beatriz, a filha de Diogo Barbosa, influente membro da comunidade portuguesa naquela cidade, comendador da Ordem de Santiago. As ligações familiares abriram-lhe a possibilidade de estabelecer contactos, tendo em vista a apresentação dos seus planos. Assim, sempre com a colaboração de Faleiro, iniciou as conversações com os oficiais da Casa de la Contratación daquela cidade, tendo começado por estabelecer com eles o seguinte: as ilhas de Malaca e Maluco, onde nasciam o cravo e outras especiarias, pertenciam ao imperador Carlos V, segundo as demarcações estabelecidas entre as duas coroas e sancionadas por Roma; por isso, era necessário encontrar modo de as alcançar «sem tocar em nenhum mar nem terra de El Rei de Portugal» (Gaspar Correia).

As negociações e os preparativos foram lentos. O imperador só disponibilizou a atribuição de duas comendas da Ordem de Santiago, para Magalhães e Faleiro, na primeira metade de 1519. O contrato régio, só em finais de Março do mesmo ano foi estabelecido. Entretanto, Faleiro abandonou o projecto da viagem. As razões não são fáceis de perceber. Alguns evocam ter sido uma exigência dos oficiais da Casa de la Contratación, por temerem que a expedição fosse considerada um exclusivo de portugueses. O historiador quinhentista Francisco López de Gomara registou o testemunho dos que julgavam ter Faleiro endoidecido por se ter arrependido de não servir o seu próprio rei. Enquanto, também em meados do século xvi, o historiador Gonzalo Fernández de Oviedo considerou que, talvez pelo facto de Faleiro ser muito dado aos estudos, este teria, simplesmente, perdido o siso e enlouquecido (*Historia General y Natural de Indias*, XX, cap. I).

A 20 de Setembro de 1519, cinco navios levando a bordo cerca de 250 tripulantes partiram de Sanlúcar de Barrameda. Um dos relatos da época

([44]) Luiz Filipe Thomaz, *O Drama de Magalhães e a Volta ao Mundo Sem Querer* (Lisboa: Gradiva, 2018), pp. 27–28.

antecipa em mais de um mês a data da partida. À testa da armada estava Magalhães, que conseguira negociar o financiamento directamente com Carlos V ou, melhor, com Cristóbal de Haro, que, a partir de Burgos, representava os Függer, banqueiros alemães. João Serrão ia como piloto-maior. A primeira escala foi em Tenerife, nas Canárias, para aprovisionamento de água. Seguiu-se-lhe Cabo Verde. Dali, alcançou-se a costa leste do continente americano, passou-se o Rio da Prata, já descoberto por Juan Díaz de Solís, e, a cerca de 42 graus do Pólo Antártico, alcançou-se o Puerto de San Julián, no dia 31 de Março de 1520.

Foi ali que avistaram alguns índios. Tidos como gigantes, pareciam medir onze, doze ou treze palmos de altura, chegando Gaspar Correia a falar de quinze palmos. Com eles tomaram contacto, sem se entenderem uns aos outros. Os viajantes mostravam papéis pintados, enquanto os gigantes os saudavam com cantares suaves. Frente ao convite de três deles para que os acompanhassem, Fernão de Magalhães ordenou que fossem sete homens bem armados para se informarem que gente era aquela. Andaram duas léguas, até chegarem a uma casa coberta de peles dividida em duas partes: numa estavam treze mulheres e os filhos, na outra, cinco homens. Mataram um animal, que comeram juntos, e ali pernoitaram.

No outro dia, foi a vez de os espanhóis — assim os chama Gonzalo Fernández de Oviedo — pedirem aos índios para os acompanharem até às suas naus. O convite foi não só recusado, como os índios acabaram por se vestir com as suas peles, reaparecendo com arcos e flechas, e as caras pintadas de diversas cores. Sentindo-se ameaçados, os cristãos responderam com um tiro de arcabuz para os espantar, acabando os índios por pedir paz e enviar três deles a visitar as naus. No caminho, dois deles fugiram, a pretexto de irem caçar um animal. O terceiro, depois de ter sido embarcado na nau de Fernão de Magalhães, começou por ser tratado com muito amor. Deram-lhe de comer e beber; mas teve pavor de se ver ao espelho. A sua força ficou demonstrada quando oito homens não o conseguiram atar. Finalmente, puseram-lhe umas grilhetas. Mas o índio resistiu, deixando de comer e acabando por morrer ao fim de poucos dias. Magalhães ainda enviou alguns homens à cabana, com o objectivo de capturar um daqueles gigantes, que pretendia oferecer a Carlos V. Mas o acampamento tinha sido levantado e os índios desaparecido.

A história do encontro com os índios da Patagónia envolveu curiosidade e exagero na construção da imagem efabulada dos gigantes. Não se esqueça que os índios foram, antes de mais, percebidos como um objecto de curiosidade exótica, digno de ser mostrado na corte e transformado em presente para o imperador. Porém, há um outro aspecto que importa reter, pois acompanha essa mesma atitude de curiosidade. Trata-se da cultura da violência bem presente na atitude de Magalhães: que manda os seus homens armados ao encontro dos locais, os quais acabam a disparar um tiro de arcabuz para imporem a sua vontade; e que termina, também, com a ordem para agrilhoar o gigante, que acaba por morrer em sinal de resistência. Aliás, nos relatos que narram o mesmo encontro existe um episódio subsequente que participa da mesma cultura da violência guerreira e de honra nobiliárquica.

Por se aproximar o mês de Maio, e como o Inverno estava à porta, decidiu Magalhães deter-se por aquelas paragens. As mortes já registadas, por doença e fome, associadas ao frio, faziam com que muitos capitães e tripulantes quisessem voltar para Espanha. Chegou-se ao ponto de que, das cinco naus, já só lhe obedeciam três, tendo um verdadeiro motim deflagrado contra o seu comando. Matou, enforcou e esquartejou os corpos dos responsáveis, num acto que pretendia ser de demonstração exemplar da bravura para se impor aos revoltosos. Condenou muitos dos levantados a ferros, metendo-os nas bombas dos navios, durante os meses que esteve parado à espera que o Inverno passasse. E, para que não houvesse dúvidas acerca do seu poder, espetou na praia em paus os corpos dos enforcados e os quartos dos que considerou traidores, para que todos os pudessem ver.

Segundo os cronistas de meados do século XVI, com estas medidas, Magalhães não só se mostrou corajoso, mostrando aos amotinados os dentes, «como homem de ânimo e de honra» que era (López de Gomara), mas também fez com que os castelhanos lhe tivessem medo (Gaspar Correia). Deste episódio, retiraram ainda os cronistas a lição de que existia uma clivagem entre portugueses e castelhanos. Por exemplo, ao recusar qualquer quebra no projecto que tinha gizado de encontrar uma passagem que contornasse o continente americano, Magalhães evocou a dura experiência, de frio e de fomes, sofrida pelos portugueses que navegavam para o Oriente. Concluindo que a sua determinação era a de sofrer qualquer trabalho, «antes que com vergonha tivesse de volver a Espanha» (Fernández de Oviedo).

Depois de cinco meses e passado o Inverno, na partida de Puerto de San Julián, a armada passou por uma tempestade. Perdeu-se, então, uma das naus, embora se tivessem acabado por salvar tripulação e carga. Outra das naus, capitaneada por Álvaro Mesquita, sobrinho de Magalhães, voltou para Espanha, depois de o seu capitão ter sido vítima de uma cutilada e posto em ferros, acusado de ter sido um dos mentores da resposta violenta que causara as mortes dos capitães e marinheiros castelhanos. Oito meses depois, chegaram a Espanha, «donde fizeram dizer com tormentos ao dito Álvaro que o seu tio Magalhães, por seu conselho, tinha-se portado mal com os castelhanos» (Fernández de Oviedo).

Gaspar Correia é talvez dos mais sintéticos a resumir a travessia do estreito: «Então o Magalhães, com os três navios que tinha, se foi pelo rio dentro, porque correu passante de cem léguas, e saio da outra banda ao mar largo, onde lhe deu levante à popa, com que correram mais de cinco meses sem amainar, e foram dar em umas ilhas despovoadas, e em uma delas acharam gente selvagem que vivia em covas debaixo do chão.»

Outros que narraram a travessia do estreito foram mais prolixos na descrição da travessia e nas dimensões do estreito, que terá demorado cerca de sete semanas a passar. Conflitos de interpretação existem, também, acerca da chegada das três naus, primeiro, à Ilha dos Ladrões (Guam), em inícios de Março de 1521; depois, a Cebu (Samar), nas Filipinas, em Abril, onde Fernão de Magalhães foi morto. Como, quando e por que razão?

Gaspar Correia, de novo o mais sintético, descreve o modo como Magalhães converteu ao cristianismo um dos «reis» de Cebu, com quem começara por fazer amizade e comércio de mercadorias. Nesta sequência, viu-se envolvido nos conflitos com outros reis seus inimigos: «Ao que se ofereceu o Magalhães e com a gente armada e com os da terra foi dar aos inimigos, de que matou muitos e lhe queimou o lugar; e os inimigos houveram ajuda de outros, e muitos vieram pelejar com o Magalhães, que os desbaratou e lhe correu o alcanço muito longe.» Porém, ambos os reis acabaram por fazer as pazes, celebrando-se entre eles casamento com festa, à qual assistiu Magalhães com trinta homens — «onde estando no banquete folgando, entraram os inimigos armados, que mataram o Magalhães e os castelhanos, que nenhum escapou».

Um outro relato escrito por um dos membros da armada, atribuído ao capitão Gonçalo Gomes de Espinosa, posto a circular por João de Barros e Fernando de Oliveira, acentuou os traços de Fernão de Magalhães como nobre capitão, num perfil idêntico à figura do conquistador. No ímpeto de converter os reis ao cristianismo e face à recusa destes, Magalhães entendeu que era sua obrigação ameaçá-los com guerra e queima dos seus palmares, caso não lhe obedecessem. Frente à sua persistente recusa, saltou para terra com cerca de sessenta homens, munidos de arcabuzes, e começou a queimar casas e a destruir os seus palmares. Enquanto durou a pólvora, os inimigos não se aproximaram, mas Magalhães acabou por ser cercado de todos os lados. Sem poder fugir, nem defender-se, «pelejando até que cansaram, morreram alguns e com eles Fernão de Magalhães»([45]). Tal como Pigafetta, autor do mais importante relato desta viagem, fez questão de referir e Oviedo repetiu: Magalhães morreu como valente cavaleiro.

([45]) M. Jong, *Um Roteiro Inédito da Circum-Navegação de Fernão de Magalhães* (Coimbra: Faculdade de Letras, 1937); Francisco Contente Domingues, *As Grandes Viagens Marítimas* (Lisboa: Alfa, 1989), pp. 99–126; José Manuel Garcia, *A Viagem de Fernão de Magalhães e os Portugueses* (Lisboa: Presença, 2007), pp. 195–209.

A continuação da viagem incluiu muitas outras situações de confronto, mas também de comércio; de disputas, mas também de colaborações várias, nomeadamente entre portugueses e castelhanos. Destes episódios não está excluída a intervenção de um escravo, que Magalhães adquirira, talvez, na sua passagem por Malaca, o qual tinha integrado a armada e que acabou por realizar a primeira viagem de circum-navegação. Em conjunto com outro intérprete local, foi a ele que competiu tratar de todos os negócios em que se envolveram a armada e os capitães que sucederam a Magalhães. Mas, note-se bem, foi este mesmo escravo que, por ser objecto de maus-tratos por parte do capitão João Serrão, virou os locais com o que restava da armada, com perda de mais uma nau.

As duas restantes naus alcançaram Tidore em Novembro de 1521. Desde então, em Malaca começaram a correr rumores de que por ali andavam naus não portuguesas e impunha-se à coroa portuguesa defender territórios considerados sob sua jurisdição. Nesta sequência, que inclui carregamentos, logo, comércio de especiarias, assistiu-se à divisão das naus. Juan Sebastián Elcano, capitão de uma das naus, empreendeu a longa viagem que trouxe de volta a Sevilha a nau *Vitória*, via cabo da Boa Esperança. Ali chegou a 6 de Setembro de 1522, trazendo a bordo dezoito homens em estado muito debilitado. Quanto à outra nau, comandada pelo Espinosa, igualmente carregada de especiarias, tentou a sua sorte dirigindo-se de Maluco para nordeste em direcção ao México. Porém, viu-se obrigada a regressar a Maluco, por causa dos ventos, mas também por falta de mantimentos.

Com a morte de trinta e sete homens na nau do Espinosa, voltaram apenas trinta, que acabaram por ser socorridos por António de Brito, que estava em Ternate com a missão de erguer uma fortaleza. A nau acabou por ser desmantelada e todos foram bem tratados, durante vários meses. Depois, quando veio a monção, o capitão mandou que se embarcassem, os que quisessem, tendo ido para Malaca e daqui para a Índia, «onde se espalharam e quase todos acabaram, e poucos tornaram a Espanha» (M. Jong, *Um Roteiro Inédito*...).

As divergências de sentido são inerentes à própria viagem, mas prolongam-se por via dos que pretenderam tirar proveito ou contrariar as expectativas por ela criadas. Isto é, os conflitos surgem tanto nas lutas entre Magalhães, com o seu círculo de familiares ou colaboradores portugueses mais próximos, e os diferentes oficiais em Sevilha e capitães da sua armada que se lhe vão opondo. Diferentes, por vezes mesmo antagónicas, são também as representações escritas da viagem, escondendo, por detrás de diferentes modos de contar, interesses políticos opostos. Tal aconteceu nos relatos produzidos pelos que participaram na viagem, a começar pelo de Antonio

Pigafetta, compilados mais recentemente numa edição cuidada organizada por José Manuel Garcia. É que a viagem teve consequências, imediatas, nas negociações havidas entre os representantes de D. João III e Carlos V, na junta que reuniu entre Elvas e Badajoz, sobre a jurisdição e a posse das ilhas das especiarias do Sudeste Asiático.

Depois vieram as interpretações dos cronistas peninsulares de meados de Quinhentos: Barros, Gaspar Correia, Oviedo, Gomara. Mas as interpretações diversas também são visíveis nos interesses expostos pelas principais obras que, desde os finais do século XIX, tomaram Fernão de Magalhães e a sua viagem como principal objecto: Diego Barros Arana (tradução portuguesa de 1881), Jean Denucé (1911), visconde de Lagoa (1938), Teixeira da Mota (com os seus estudos sobre Faleiro e a organização do colóquio e maior obra de referência, publicada em 1975, sobre a viagem de Fernão de Magalhães), sem esquecer os contributos de Juan Gil (2009) e de Mateo Martinic (2016). A ter, igualmente, em conta são os estudos, já citados, dos historiadores portugueses Francisco Contente Domingues (1989), José Manuel Garcia (2007), Amândio Jorge Morais de Barros (2009) e Luiz Filipe Thomaz (2007 e 2018).

Também, recentemente, Jorge Semedo de Matos — seguindo a célebre tradição de estudos históricos da autoria de oficiais de Marinha — carreou materiais num livro que ajuda a contextualizar a viagem.([46]) Na Biblioteca Nacional, decorreu uma importante exposição, organizada pelo historiador Rui Loureiro e com catálogo de referência: *Em Demanda da Biblioteca de Fernão de Magalhães* (BNP, 2009).

Quais são os principais aspectos que a viagem convoca e que, tal como argumentámos desde o início, ultrapassam em muito questiúnculas nacionalistas actuais que dividem portugueses e espanhóis? Em primeiro lugar, está o sentido da viagem, nas suas vertentes financeiras, de quem pagou a viagem e representava os Függer. Depois, quais foram os seus propósitos comerciais, quando se sabe que pelo menos duas naus carregaram especiarias para as suas viagens de regresso. Aos aspectos financeiros e económicos somam-se as tentativas destinadas à obtenção de um reconhecimento, de uma distinção, a começar por Fernão de Magalhães e Rui Faleiro, que foram agraciados com a Ordem de Santiago. Há ainda que reparar que, em matéria de interesses, o facto de uma das naus ter tentado chegar ao México, sem se dirigir para a Europa, suscita a questão da grande vitalidade económica das rotas do Pacífico, como se veio a comprovar nos séculos seguintes.

([46]) Jorge Semedo de Matos, *Roteiros e Rotas Portuguesas no Oriente nos Séculos XVI e XVII* (Lisboa: Centro Científico e Cultural de Macau, Fundação Jorge Álvares, 2018).

Por sua vez, as dimensões científicas de planificação, associadas à cosmografia e à náutica, também tiveram um papel importante na organização da viagem. Mas a matéria científica terá de ser vista num quadro mais lato que não pode ser isolado de dois outros pontos. Refiro-me, por um lado, ao que hoje designaríamos por percepção etnográfica dos povos locais e que os relatos reduzem, por exemplo, a uma busca de curiosidades em que entravam os índios da Patagónia, transformados em curiosidade para satisfazer a procura de objetos exóticos ou em qualquer outro espaço público anterior aos jardins zoológicos humanos criados séculos depois.

Por outro lado, quer os aspectos científicos que a viagem convocou, quer os de natureza económica e financeira nunca poderão ser desligados da cultura da violência guerreira — da figura do conquistador que se inspira nos romances de cavalaria e que os vai pretender não só fora do tempo, como em territórios fora da Europa —, desprezando ou tratando como bárbaros e selvagens os outros povos. De notar, ainda, que até a figura do escravo malaio, que personifica por excelência a mediação linguística entre culturas, foi objecto de desprezo e de acusação por parte dos cristãos. E, por último, que o tipo de cristianismo praticado por Magalhães o levou a recorrer à força e às armas para impor a sua vontade.

À luz dos conflitos de interpretação e de todas as diferentes dimensões acabadas de enumerar de modo muito sumário, as comemorações que já estão em marcha terão razão de ser? Comemora-se o quê? Só a parte boa da viagem, que diz respeito ao inevitável empreendedorismo, à ciência e ao diálogo intercultural, escondendo a cultura da violência dos conquistadores, o cristianismo imposto à força, o desprezo racista pelos escravos e pelos índios da Patagónia?

Que as comemorações já se aproximaram de uma espécie de Guerra de Alecrim e Manjerona, dividindo alguns portugueses de espanhóis, é a única certeza com a qual contamos. Há, também, o programa da denominada Estrutura de Missão, com a chancela do governo português. Parece que vem aí festa, uma nova feira de Guadalajara, quase de certeza... para encher o olho dos que gostam de foguetórios e espectáculos. Mais o lançamento à água de uns botes, tudo em nome do mar e da ciência. Um escândalo, uma despesa escusada, em face de instituições de cultura descapitalizadas. Tudo organizado por uma suposta comissão de comemoração de festas, de tendências autárquicas e descentralizadoras. Que o orçamento tudo contempla (ou não), à razão de um milhão e duzentos mil ao ano...

Camões: as armas, as letras, o choque de civilizações e a consciência crítica

A oposição entre as armas e as letras tem valor de argumento recorrente, talvez mesmo principal, em *Os Lusíadas*.([47]) Luís de Camões declarou, logo na primeira estrofe, que cantava «as armas e os barões assinalados» dos que tinham navegado desde a «praia lusitana», a que se somavam «as memórias/ daqueles reis que foram dilatando/ a Fé e o Império». O poema constitui-se, assim, num modo de celebrar a guerra, incluindo os seus heróis e os seus feitos. Porém, há também, desde o início, uma preocupação em reflectir sobre o lugar das letras. Tanto no sentido de pensar o modo como o poema acerca dos lusitanos se situava em relação às anteriores obras do mesmo género épico, em que se cantavam os heróis da Grécia e de Roma; como no que respeita às relações estabelecidas entre diferentes planos, cruzando a viagem, a história e a mitologia; sem esquecer que as letras também serviam para designar a cultura da palavra ou do livro, capaz de estabelecer a ordem ou a lei. É, aliás, a respeito deste último entendimento das letras que se encontra, desde o primeiro canto, uma das formas mais extremadas de oposição às armas e à guerra.

Recorde-se que, nas estrofes iniciais do Canto I, Camões pretendeu glorificar o rei, com o seu poder imperial, ao lado das gentes lusitanas, sem esquecer os seus «feitos valerosos» sustentados por um «amor da pátria» (I, 9–10). O quadro mais geral onde se inseria a mesma glorificação era concebido como um choque entre a cristandade e o resto do mundo. Sendo que havia esperança de que o rei e as gentes lusitanas lançassem «jugo e vitupério/ Do torpe Ismaelita cavaleiro,/ Do Turco oriental e do Gentio/ Que inda bebe o licor do santo Rio» (I, 8). Ou seja, o resto do mundo era concebido nas suas divisões entre impérios muçulmanos e reinos hindus.

Assim, quando se deu a entrada no Índico da armada de Vasco da Gama, logo na Ilha de Moçambique o «regedor das ilhas» surgiu retratado como um «mouro» que perguntou se os recém-chegados «porventura vinham de Turquia» (I, 59–62). Depois, foi a vez de o mesmo regedor questionar o Gama

---

([47]) Uma selecção de estudos sobre Camões e *Os Lusíadas* deverá começar por ter em conta: Martim de Albuquerque, *A Expressão do Poder em Luís de Camões* (Lisboa: Imprensa Nacional – Casa da Moeda, 1988); Hélio J. S. Alves, *Camões, Corte-Real e o Sistema da Epopeia Quinhentista* (Coimbra: Centro Interuniversitário de Estudos Camonianos, 2001); Eugénio Asensio, José V. de Pina Martins, *Luís de Camões: El humanismo en su obra poética: los Lusíadas y las Rimas en la poesia española (1580–1640)* (Paris: Fundação Calouste Gulbenkian, Centro Cultural Português, 1982); António José Saraiva, *Camões* (Lisboa: Jornal do Fôro, 1963); Jorge de Sena, *Trinta Anos de Camões, 1948–1978: Estudos camonianos e correlatos*, 2 vols. (Lisboa: Edições 70, 1980).

pelos «livros de sua lei, preceito ou fé», para verificar se eram conformes aos seus ou se eram dos de Cristo (I, 63). Ao mesmo tempo, pediu para que o nobre capitão lhe mostrasse as suas armas. O Gama mostrou-lhe as armaduras, com os seus arneses e peitos reluzentes, malhas finas e lâminas seguras, escudos, pelouros, espingardas de aço, arcos e aljavas, partazanas agudas e chuças bravas (I, 67). Falou-lhe também do seu Deus que descera à Terra, feito homem, mas foi obrigado a reconhecer que «Deste Deus-homem, alto e infinito,/ Os livros, que tu pedes, não trazia» (I, 66).

O Gama pôde mostrar as suas armas, mas não tinha sequer consigo os livros da sua lei. Tratava-se de uma ausência significativa, sobretudo pelas razões aduzidas, algumas estrofes mais adiante, pelo referido regedor. É que, segundo ele, já corria fama de que o Gama e os que com ele chegavam eram «gentes roubadoras», «cristãos sanguinolentos,/ Que quási todo o mar têm destruído/ Com roubos, com incêndios violentos», cujo principal objectivo consistia em matar e roubar, cativando mulheres e filhos (I, 78–79). As armas eram usadas para ataques anfíbios que punham as populações em fuga. Pior: depois da vitória, a gente portuguesa «estrui e mata/ A povoação sem muro e sem defesa/ Esbombardeia, acende e desbarata» (I, 90). E, tal como se fosse um acto de cavalaria, a mesma gente valerosa acabava a recolher a «rica presa», o despojo da guerra (I, 93).

Desde o início do seu poema épico, Camões cantou os feitos gloriosos de navegadores e capitães, mas fê-lo criticando a violência da guerra, dos valores da cavalaria e o modo de construir o império. Em muitas outras passagens de *Os Lusíadas*, o leitor depara-se com a mesma oposição à expansão belicista. A fala do Velho do Restelo é das mais conhecidas (IV, 94–104). Porque corria o Gama atrás da Fama? Por que razão se buscava um inimigo tão longe, apenas para que o rei se pudesse chamar senhor da Índia, Pérsia, Arábia e Etiópia? Porque se despovoava o reino, conforme também denunciaram os poetas Sá de Miranda, desde 1530, e António Ferreira, pelos anos 1557 ou 1558? E, por último, numa clara retracção dos ideais expansionistas e imperiais concebidos a uma escala planetária, não seria preferível combater o inimigo que estava perto, no Norte de África, esse «Ismaelita» que também necessitava de ser combatido pois seguia «a lei maldita»?

A mesma tensão entre, por um lado, a viagem do Gama, as armas e o projecto de expansão imperial, e, por outro lado, a consciência crítica, mais propriamente letrada, reaparece no final do Canto V (92–100). Trata-se de uma passagem que tem merecido menos atenção por parte dos comentadores, mas onde Camões se voltou a pronunciar acerca do modo como «os feitos gloriosos», cometidos por nobres capitães, como o Gama, não eram acompanhados pelo seu registo escrito, para perdurar na memória das famílias e da pátria. A rudeza, a falta de engenho e de ciência, a ausência de doutos e o predomínio dos rudos e bárbaros eram tudo características da gente lusitana. Aliás, o contraste era grande com a Grécia e Roma, onde «não houve forte Capitão/ Que não fosse também douto e ciente» (V, 97).

Através destes e de outros episódios, *Os Lusíadas* contam a história de uma viagem e de um povo que não se fez acompanhar dos seus livros e tão-pouco sabia cultivar as letras e as ciências. E que, em lugar de se alinhar pelos valores do Cristianismo e da Antiguidade, tidos como valores civilizacionais, praticava a guerra e com espírito violento destruía e matava os inimigos. Se o principal confronto era com o Islão, foi com a interpelação de um «regedor» muçulmano e de modo aparentemente paradoxal que Camões abriu as críticas à expansão imperial e ao direito de conquistar e oprimir outros povos. A troco do quê se construía um império? De correr ganânciosamente atrás das riquezas; de construir um império demasiado extenso, quando o mais importante seria combater o inimigo que se tinha às portas; e de cometer acções que, devido à rudeza das gentes, à sua falta de letras, não poderiam suscitar uma reflexão alinhada por sistemas de valores considerados essenciais, sejam eles de filiação cristã ou humanista.

A consciência crítica e antibelicista, inspirada pelos valores do cristianismo e da filologia humanista, letrada e textual, pode ser explicada com base em Erasmo e na sua influência, directa ou indirecta. De qualquer modo, *Os Lusíadas* entroncam numa genealogia literária e intelectual que vai de Las Casas a Cervantes, sem esquecer pelo meio a obra ensaística e o cepticismo de Montaigne. Em todos estes autores e respectivas obras existe uma tomada de consciência crítica em relação ao direito de expansão e de conquista, bem como uma denúncia do arcaísmo da cavalaria e da rudeza guerreira e belicista. A modernidade, para falar a linguagem de hoje, estava nessa mesma consciência crítica e não nos processos de expansão ou na prática da violência, que contrariavam os principais quadros de referências culturais e religiosos.

Na demonstração da mesma consciência crítica, em relação aos feitos gloriosos da viagem, da história dos lusitanos e da construção de um ambicioso império, Camões não é um caso isolado da literatura portuguesa, embora o seja no género épico. Precederam-no ou acompanharam-no no mesmo propósito, na poesia, os referidos Sá de Miranda e António Ferreira; no teatro, Gil Vicente e Jorge Ferreira de Vasconcelos; e, naquela que é hoje denominada literatura de viagens, os relatos integrados na *História Trágico-Marítima* e a *Peregrinação* de Fernão Mendes Pinto. Mas foi, talvez, nas diferentes versões do diálogo intitulado *Soldado Prático* (1570, 1612) que Diogo do Couto levou mais fundo críticas semelhantes às de Camões. Por exemplo, na boca do seu personagem principal, o próprio Soldado, ao discutir a organização militar do Estado da Índia, sustentou que «se os soldados se virem unidos, xaquearão as cidades, roubarão os povos e farão outras exorbitâncias: por onde não sei qual é pior — antes el-rei perca o seu, que haver estas desordens» (ed. Rodrigues Lapa, 3.ª ed., Sá da Costa, 1980, p. 95).

Da análise de alguns episódios de *Os Lusíadas*, importa retirar conclusões. Primeiro, a oposição entre armas e letras permitiu a Camões celebrar as primeiras, mas com uma aguda consciência crítica dos seus usos errados, passíveis de uma condenação moral e política, à luz dos valores do Cristianismo e do Humanismo Clássico. Segundo, Camões aproximou-se mais de uma visão de um mundo concebido como um choque entre pelo menos duas ou três civilizações. Antes de mais, trata-se de um confronto entre os cristãos e o Islão; depois, de uma comparação dos lusitanos, rudes e boçais, com os modelos cultos e letrados da Antiguidade; e por último, de um chocante desvio da pátria, com os seus heróis guerreiros, cujo barbarismo não se chega a constituir em modelo de civilização, em relação ao que deveria ser o cristianismo.

Uma terceira e última conclusão se impõe: utilizar *Os Lusíadas* para justificar agendas historiográficas inspiradas no estabelecimento de conexões a uma escala global pode parecer não só anacrónico, mas um exercício forçado no qual o significado do poema épico dificilmente se entende ou ganha em perspectiva, no todo ou nas suas diferentes partes. As mesmas dúvidas existentes em relação ao uso forçado do global são extensivas a outras instituições e a outras configurações sociais da segunda metade do século XVI, quando existem muitas outras demonstrações de retracção, que não são só as relacionadas com a escala de construção de um império. Tenho em mente instituições saídas de Trento, como a Companhia de Jesus, ou a própria cidade de Lisboa: dois exemplos aos quais já foi acrescentado — de forma pouco reflexiva — o qualificativo de global. Enfim, de um ponto de vista metodológico, em lugar de se forçar a aplicação de conceitos do presente aplicando-os a períodos e a momentos que dificilmente se podem rever neles, mais vale ganhar inspiração nas obras mais elaboradas literariamente do passado, para desenvolver a nossa consciência crítica e sermos capazes de pôr em causa o nosso próprio modo de fazer história.

A Praça Luís de Camões

O monumento a Luís de Camões, na Praça até então chamada do Loreto, foi inaugurado a 9 de Outubro de 1867, com pompa e circunstância. Praça embandeirada e à pinha. Cortejo onde se incorporaram os porteiros da Real Câmara, com as suas maças de prata, mais os reis de armas, arautos e passavantes, com as suas cotas, seguidos de grupos diversos, dispostos nas suas hierarquias e precedências. A animar a festa, as bandas militares tocaram uma marcha dedicada ao Poeta pelo maestro Artur Frederico Reinhard. À tribuna, subiram o rei D. Luís, acompanhado pelo pai, o excêntrico D. Fernando, e o Infante D. Augusto. Uma autêntica cerimónia de afirmação da monarquia.

A história começara sete anos antes e foi contada por Artur Lamas, grande conhecedor da medalhística portuguesa. O financiamento resultou de duas subscrições públicas. Uma presidida pelo duque de Saldanha, outra integrando senhoras da sociedade. O governo disponibilizou, ainda, um pequeno subsídio. A primeira pedra foi colocada a 28 de Junho de 1862, numa cerimónia em que o soberano ajustou a laje com o camartelo, depois de ter sido enterrado, nos alicerces do monumento, um cofre de mármore. Antes, uma comissão levara o dito cofre, numa padiola, à presença do monarca. Integraram-na António Feliciano de Castilho, Mendes Leal (nomeado ministro da Marinha e Ultramar em Fevereiro de 1862), Eugénio de Almeida e Silva Túlio. O rei meteu-lhe dentro um outro cofre, em prata, contendo o auto da cerimónia, algumas moedas e uma lâmina de cobre com uma inscrição dedicada à memória do Poeta. Caetano Frascarelli, empregado na Nunciatura, ao redigir em latim a dedicatória, incorrera numa série de erros gramaticais. Indignou-se António Caetano Pereira, professor de Árabe no Liceu Nacional de Lisboa, opositor de Alexandre Herculano na polémica sobre a fundação da nacionalidade e o milagre da Batalha de Ourique, que veio a terreiro com uma série de artigos publicados em jornais e, depois, reunidos num folheto.

O autor do monumento ao Poeta, o escultor Victor Bastos — o dos mamarrachos do Arco da Rua Augusta —, colocou a estátua em bronze do Poeta, com quatro metros de altura, sobre um pedestal com mais de sete metros. À volta da base octogonal, oito estátuas em pedra de lioz, medindo cerca de dois metros e meio, escolhidas por uma subcomissão para o efeito nomeada, representavam: os cronistas Fernão Lopes e Gomes Eanes de Azurara, o cosmógrafo Pedro Nunes, os historiadores quinhentistas João de Barros e Fernão Lopes de Castanheda, e ainda os poetas épicos Vasco Mouzinho de Quevedo, Jerónimo Corte-Real e Francisco de Sá de Meneses. Os três últimos, menos conhecidos, cantaram os feitos dos portugueses, respectivamente, no Norte de África, na Índia e em Malacá. A história, a ciência e o canto épico dos feitos gloriosos dos portugueses serviram como elementos de uma memória imperial, que os novos projectos de exploração militar e científica, já em curso em África, procuravam actualizar.

Uma década depois da inauguração, no final de *O Crime do Padre Amaro*, já Eça de Queiroz ironizava, ao pôr o padre Amaro e o cónego Dias à conversa junto às grades do monumento. Só eles, verdadeiros representantes do Portugal antigo, podiam gozar «de cabeça alta esta certeza gloriosa da grandeza do seu país». Eles e os seus pares regurgitavam em face dessa «pátria para sempre passada, memória quase perdida», no momento em que a Comuna de Paris de 1871 assustava a Europa e o mundo. Não por acaso, eram eles que continuavam a defender os legados pios e as capelas, que lhes traziam benefícios e lhes permitiam manter o seu modo de vida. Os seus interlocutores ficaram representados no romance na figura do conde de Ribamar, estadista ilustre tanto quanto conservador, assustado com os supostos perigos das ideias republicanas. Por isso, numa nota de repúdio — em relação ao Portugal dos clérigos que ainda falavam latim, dos condes e de uma monarquia que estimulava um tipo de nacionalismo oficial, imaginado à custa das glórias imperiais do passado —, Eça escreveu que a vida da cidade parecia toda concentrar-se naquele largo.

Autêntico microcosmos de uma espécie de paz podre, em que nada acontecia: as tipóias rodavam devagar; pares de senhoras passavam com uma «palidez clorótica de uma degeneração de raça», quase tuberculosas; um moço montado numa pileca mostrava a sua «face ainda esverdeada da noitada de vinho»; gente estirava-se pelos bancos, «num torpor de vadiagem»; até um carro de bois passava como «símbolo de agriculturas atrasadas de séculos»; lá vinham os fadistas a gingar; os burgueses liam nos cartazes «o anúncio de operetas obsoletas»; operários de faces enfezadas personificavam «indústrias moribundas»; uns garotos apregoavam a lotaria, outros, os jornais; toda esta vida decorria do Largo das Duas Igrejas até ao outro lado, onde se encontravam três casas de penhores e quatro tabernas; sem esquecer que era ali, no mesmo largo, que «desembocavam, com um tom sujo de esgoto aberto, as vielas de todo um bairro de prostituição e de crime» — o Bairro Alto!

A monarquia primeiro, com o seu nacionalismo oficial, depois a República, que tardou em se implantar, procuraram suscitar a adesão aos seus projectos políticos e coloniais. Talvez a maior reorientação do significado da figura e da obra de Camões, bem como da estátua que lhe fora erguida, tivesse acontecido logo em 1880, no Tricentenário da morte do Poeta. Centros, associações e clubes republicanos, com os seus órgãos de imprensa, denunciaram o perigo que cercava a pátria. Os inimigos, porém, não eram externos, como sucedera em 1580, mas internos. Segundo Oliveira Martins, era «preciso livrar, de uma vez para sempre, o País do enxame de vampiros que o sugam». Assim sendo, num paralelismo com o momento da entrada em Portugal de Filipe II, o Partido Republicano apropriou-se do simbolismo camoniano. A comemoração republicana do Poeta desvinculou-se da glorificação dos feitos do passado, procurando demonstrar sinais de uma vitalidade patriótica, orientada para o futuro da grei.

Ao nacionalismo oficial, monárquico, associado à inauguração do monumento, sucedeu um novo nacionalismo, republicano e emancipado, baseado na consciência do povo e igualmente imperial. Tudo em conformidade com o verso de Gomes Leal: «Sou o Pranto do Povo e volto ao Povo» (*A Fome de Camões*, 1880). Era previsível: Camilo reagiu, em nome do Portugal antigo, pondo em causa a fome e a mendicidade de Camões. Por sua vez, Teófilo Braga, organizador dos festejos do 10 de Junho, começou por denunciar «a indiferença do governo português pelo Centenário de Camões». À popularidade de Camões ou dos seus festejos juntou-se a especulação comercial feita de objectos de consumo, com colarinhos, lenços ou charutos à Camões. Contudo, segundo Alexandre Cabral, que estudou o evento ao pormenor, à medida que as comemorações assumiram o seu carácter popular, os festejos ultrapassaram a propaganda republicana. A Igreja associou-se-lhes, ao lado da marinha, do exército, dos representantes das principais regiões de Lisboa, das mais diversas bandas, da Academia das Ciências, do corpo docente da Universidade de Coimbra, etc. Todos foram no cortejo, em «procissão civil», que arrancou do Terreiro do Paço, passou pelas ruas da Baixa e chegou ao Largo de Camões. A razão para esta convergência de forças, numa luta que parecia ser bem patriótica, acabava por estar na denúncia da subserviência em relação à Grã-Bretanha, revelada pelo chamado Tratado de Lourenço Marques de 1879. Nas páginas de *O António Maria*, Rafael Bordalo Pinheiro amesquinhou o mentor da negociação, o ministro Andrade Corvo, caricaturando-o a puxar um dos carros do cortejo, ao lado de indianos famélicos, tendo por cima, John Bull, o grande beneficiário não só da Índia, mas de África. O *Ultimatum* (1890) não tardou!

Quando, em 1954, Abel Manta pintou o Largo Camões, representou o Poeta de costas, a olhar para as igrejas do Loreto e da Encarnação, tendo ao fundo o Chiado. O ponto de observação estava situado numa das varandas do escritório da Livraria Sá da Costa, no prédio que fecha a praça, entre as ruas do Loreto e da Emenda. Existindo diferentes versões da praça pelo mesmo pintor, variam as tonalidades, os pombos e o número das figuras que passam, algumas bem populares, incluindo varinas de cesta à cabeça. A perspectiva, porém, é sempre a mesma. E, se é possível discutir a classificação da obra — impressionista ou, à maneira de Cézanne, realista ou naturalista e, como também já foi proposto, modernista —, são as costas do Poeta, a olhar para as duas igrejas e tendo o Chiado ao fundo, que surgem como o principal enigma. Mera questão de ponto de fuga, sem outras implicações nem outros significados? Talvez. Mas não haverá nessa perspectiva um traço de subversão?

Arriscaria uma interpretação acerca do que significa pintar o Poeta de costas. Abel Manta conhecia bem aquela zona, onde se reuniam e viviam muitos dos que resistiam ao regime de Salazar: a já referida Sá da Costa, a *Seara Nova* ou a editora Cosmos estavam perto; já no Chiado, era a vez d'A Brasileira e, com entrada pelo florista, do consultório do Dr. Pulido Valente, cuja tertúlia o mestre frequentava e retratou. Procuraria o pintor produzir o mesmo efeito que, pela mesma época, António Sérgio visava ao publicar essa anti-epopeia, reverso de *Os Lusíadas*, que foi a *História Trágico-Marítima*? Isto é, será que a intenção do artista era a de se desvincular da narrativa oficial do Estado Novo que encontrava, mais uma vez, em Camões a glória dos feitos imperiais, no momento em que Salazar afrontava a Questão de Goa? É que não era só o Camões que surgia de costas, a presença das gentes que cruzavam a praça, anónimos de um quotidiano, com menor e maior densidade, consoante as diferentes versões, também contribuía para relativizar Camões, fazendo-o descer do pedestal em que o Estado Novo o tinha colocado.

Nasci pouco tempo depois de ter sido pintado o quadro de Abel Manta. Só entrada a década de 1990 deixei de viver na casa que tinha sido do meu avô, no quarto andar do n.º 20 da Rua da Misericórdia. Convivi, desde sempre, com a reprodução fotográfica do quadro do consultório do Dr. Pulido, pois o meu avô fazia parte dessa mesma tertúlia, com Aquilino Ribeiro, Carlos Olavo, que com ele organizara a Greve Académica de 1907, e tantos outros. O meu mundo começou por ser aquele. A parte de cima da Rua da Misericórdia já pertencia a um outro território, pelo qual se chegava a São Roque e, dali, através de uma rua estreita, a São Pedro de Alcântara. Para baixo, via Rua do Alecrim, ficavam os barcos do Cais do Sodré, a caminho da Outra Banda. O mundo que habitei correspondia ao mesmo eixo que Abel Manta pintou. Isto é, aquele que, das duas igrejas, descia para o Chiado, com a Singer e os grandes armazéns do Ramiro Leão e do Paris em Lisboa, à direita, logo seguidos, do mesmo lado, pela Igreja dos Mártires e, na esquina com a Rua Anchieta, a Livraria Bertrand. À sua frente, do outro lado da rua, por ordem ascendente, as duas pastelarias, Marques e Bénard, no meio a sapataria Garrett, a Livraria Sá da Costa, o Hotel Borges, A Brasileira, a Casa Havanesa, o Leitão e Irmão e, ainda, a Vista Alegre. Entre as duas igrejas, num pequeno empedrado, ficava o polícia sinaleiro, que o tráfego parecia ser grande, com os eléctricos a cruzarem-se. O 28 que dali seguia para a Estrela e os Prazeres. E, vindo do Cais do Sodré, em direcção ao Rato, o 24, que ia até ao Chile, tão longe que eu não sabia ao certo onde ficava.

Cito de memória, sem esquecer o filho do sacristão do Loreto, meu amigo, que, em pequeno, fingia dirigir o trânsito, colocando-se logo abaixo do pelintro do sinaleiro. O meu mundo era, então, composto pelo Chiado, com as lojas e os estabelecimentos acabados de referir, mas sobretudo pelo Camões; o Bairro Alto era um território ignoto. Na esquina com a Rua da Misericórdia, depois d'A Carioca e do primeiro supermercado que abriu em Lisboa, da marca Modelo, lá estava a leitaria Trevo. Do outro lado, na esquina com a Rua do Alecrim, ficava a Parisiense, conhecida pela Porcalhota, por fazer jus ao nome. Ambas as leitarias com serradura no chão e sortido de bolos mais populares, sem comparação com a Marques e a Bénard. E, mesmo assim, que variedade de bolos secos e cremosos! À Trevo, frequentada por muita gente, incluindo agentes da PIDE, seguia-se a papelaria Camões. O Silva, prateiro, também não era comparável ao Leitão. O maior estabelecimento da praça eram os armazéns de secos e molhados da família do pintor Eduardo Viana, que por ali nasceu. Das lojas de penhores, descritas por Eça um século antes, já só restavam, a meio da mais soturna Rua do Loreto, os irmãos Mayer. Depois, seguia-se a farmácia, no prédio do Consulado do Brasil e do oftalmologista Santana Leite, mais os correios, que se modernizaram na arquitectura e desfiguraram a praça. Uma taberna também perdurou, no enfiamento com a Rua da Emenda. Enfim, o Camões não passava de uma periferia do Chiado. Um submundo dentro do mundo. No fundo, continuava a ser o esgoto do Bairro Alto.

Se, no 10 de Junho de 1880, a festa popular e republicana fizera de *Os Lusíadas* a estátua da nação, o calendário do Estado Novo apropriou-se de Camões para celebrar o Dia da Raça. Para isso, centrou-se no mais majestoso Terreiro do Paço, onde as tropas desfilavam e se distribuíam as condecorações pelos heróis da Guerra Colonial. Nalguns casos, pelas suas viúvas e órfãos. Aliás, o Portugal dos veteranos dessa guerra de treze anos, que parecia nunca mais acabar, continua a existir e só os que sofrem de uma espécie de amnésia intencional fingem que o que está em causa é, apenas, um grupo de traumatizados em extinção. Entretanto, a Praça Luís de Camões foi-se esvaziando de sentido político, talvez por ter permanecido associada mais à República e aos meios da resistência à Ditadura. Na década de 1960, a vida da Praça, ou Largo, tinha na venda dos manjericos, por altura dos santos populares, um dos seus principais momentos. Outra ocasião sucedia pelo Natal, quando as barraquinhas se montavam e as figurinhas dos presépios em barro eram postas à venda. Além desta oscilação entre o profano, mas não muito, e o culto a Santo António ou o nascimento do Salvador, o Largo Camões passou a ser um local onde se dava, apenas, milho aos pombos e se ouviam os ardinas e cauteleiros. O povo parecia ter-se despolitizado, para aguentar uma Ditadura de décadas. O Camões perdera o interesse.

O 25 de Abril, é certo, ocorreu ali tão perto, entre o Largo do Carmo, onde Marcello Caetano se refugiou, e a António Maria Cardoso, onde a PIDE se barricou para resistir à mudança. Camões e *Os Lusíadas* acabaram por ser esquecidos, não passando de uma alínea, apesar de tudo obrigatória, do ensino secundário. O incêndio do Chiado, que António Valdemar descreveu, deixou incólume o Camões. O gigantesco carro dos bombeiros proveniente do Aeroporto — que, a par da mudança do vento, foi decisivo para extinguir o fogo —, ao subir a Rua do Alecrim, virou para baixo na esquina da Encarnação, rumo à Rua Garrett. Foi necessário o Bairro Alto mudar, ter deixado de ser o tal esgoto a céu aberto, constituindo-se em centro da *movida*, para que a Praça do Camões ressuscitasse. Tal como se se tratasse de uma vingança, o novo hotel ao Camões — símbolo da Lisboa «pipi», de que fala Jorge Silva Melo — chama-se agora, simplesmente, Hotel do Bairro Alto...

Paralelamente, manifestações de fascistas nacionalistas, que pretensamente reclamam para si a figura de Camões, enquanto arauto de uma suposta raça imperial, foram as primeiras a voltar à Praça, desde a década de 1980. Seguiram-se-lhes uma série de contra-manifestações, organizadas pela esquerda, numa tentativa de tornar também seu o mesmo local. Será o Camões a nossa Bastilha? Pode Portugal ser considerado um país de poetas, à cabeça dos quais estará sempre Camões, que todos querem disputar através da sua principal inscrição na vida da cidade? Mas, a ser verdade esta última hipótese, como se compreende que a nossa literatura não tenha sequer conseguido popularizar nenhuma das suas personagens, como sucedeu, noutros lugares, com Romeu e Julieta, o Quixote ou o Tartufo?

A Praça Luís de Camões é um lugar de memória, com diferentes sedimentações e sentidos políticos, sociais e estéticos. Analisá-los implica identificar um conjunto de laboratórios, situados em configurações específicas. O primeiro corresponde à sua inauguração, quando o monumento ao Poeta foi apresentado como símbolo de uma monarquia que se procurava modernizar. Um segundo momento dependeu tanto da associação da estátua aos novos projectos imperiais para África, da segunda metade do século XIX, como da sua apropriação pelo movimento republicano, que se intensificou com o *Ultimatum* e se impôs no 5 de Outubro de 1910. Mais hipotético se afigura o sentido da representação pictórica de Abel Manta, em pleno Estado Novo, e o modo como a figura de Camões foi por ele resgatada das apropriações oficiais. Finalmente, num último laboratório, cruzam-se as memórias da praça e da estátua com as do autor deste texto, passando em revista algumas das suas funções e significados, no último meio século.

Com base nesta sucessão de momentos, questiona-se se a estátua e a praça dedicadas a Camões, além de representarem os feitos do império colonial, com todas as suas formas de violência, discriminação e exploração, também poderá ter favorecido discursos de emancipação e de libertação. É que também Camões, poeta épico, soube incluir em *Os Lusíadas*, por diferentes vezes, duras críticas e fortes denúncias em relação ao canto das armas e dos barões assinalados.

Emigrantes à força e cultura política à portuguesa

Há cerca de um século, Manuel Laranjeira identificou um problema que, hoje, traduziríamos pela seguinte questão: como definir a cultura política do país? Para o amigo português de Unamuno, o que estava em causa era a estrutura social que lhe servia de base. De um lado, um povo de analfabetos, sem capacidade para participar na vida cívica da nação, vivendo na miséria e que se via forçado a emigrar. O Brasil era o seu principal destino e o brasileiro novo-rico, torna-viagem, ridicularizado por Camilo, constituía-se numa autêntica figura literária. Do outro lado, uma minoria de intelectuais, que viviam desfasados da realidade circundante, descurando as questões nacionais, à força de prestarem maior atenção ao que se passava lá fora. Existia, ainda, um terceiro vértice do triângulo formado por uma elite política, que tanto vivia parasitariamente, aproveitando-se da obediência cega de uma nação de ignorantes, como era composta por quadrilhas messiânicas, capazes de tudo prometer. Como poderia desenvolver-se ou modernizar-se um país assim caracterizado?

Mais ou menos na mesma altura, isto é, antes da Revolução Russa de 1917, um prolixo professor de Direito da Universidade de Coimbra, Marnoco e Sousa, denunciou «a inépcia dos pensamentos e profecias de Karl Marx». Primeiro, este anunciara para breve a redenção dos trabalhadores. Porém, a aurora não chegava nem parecia estar para breve. Depois, o mesmo Marx, ao insistir na luta de classes, aniquilara a sua própria doutrina do materialismo histórico: «Pois não lutam as classes apaixonadamente? E compreende-se essa luta sem um erguido ideal a alcançar? Então, se a mais viva luta se atormenta por esse ideal, como admitir que tudo seja derivado das condições económicas?» Por último, nas críticas de Marnoco a Marx existia a preocupação em confrontar as teorias com a realidade dos factos. Foi o que sucedeu com a teoria da concentração do capital e consequente esmagamento das massas de proletários. É que, segundo os recenseamentos alemães da época, não só tinham crescido as pequenas empresas, como o grande capital estava em vias de criar melhores condições de vida para os trabalhadores. Por isso, uma ruptura revolucionária não tinha sentido, nem estava sequer no horizonte.

Todas estas considerações sobre a questão social, para utilizar a linguagem de há pouco mais de um século — escritas, respectivamente, por um médico e escritor de Espinho que se suicidou aos 35 anos e por um professor e jurista coimbrão que morreu, esgotado pelo trabalho, aos 46 —, têm dois propósitos. Por um lado, ajudam-nos a pôr em perspectiva uma estrutura social e cultural, logo, a procurar saber o que mudou e como é que mudou, no decorrer de um século. Por outro lado, sugerem que os caminhos da revolução marxista, que só puderam ser alcançados graças ao impulso leninista posterior, dificilmente poderiam ser traçados em sociedades europeias. É que nestas operava uma classe média com os seus ideais e expectativas, mas sobretudo com as suas iniciativas, negócios e pequenas empresas.

Numa entrevista recente ao *Público*, António Costa Pinto, um bem conhecido historiador e politólogo português, sem se dar conta de que recorre aos mesmos termos, sugere que as mudanças não foram muitas. Vinho novo em odres velhos... De um lado, encontra-se uma espécie de massa difusa, melhor, um povo ignaro e que se alimenta dos mitos (como o luso-tropicalismo, enquanto ideologia que impregna as massas e condiciona a sua própria memória histórica, conforme se deduz de inquéritos a que o cientista social em causa atribui uma enorme fiabilidade). Do outro, uma minoria de académicos, dos quais saem sectores residuais mais extremados, incluindo neles os radicais com instintos revolucionários. No fundo, o que está aqui em causa é a malta urbana e intelectual da sacola e da sandália, preocupada com a reflexão sobre a situação pós-colonial e que ainda acredita messianicamente na possibilidade de mudanças drásticas ou revolucionárias (tudo isto num quadro onde se debatem questões de raça e, também, de género). E, a fechar o ângulo que falta do triângulo, a elite política e partidária. Ora, esta está, porventura, mais interessada em ganhar as eleições e alcançar as suas próprias formas de reprodução no campo político do que em activar temas das políticas identitárias ou formular as denúncias, que só preocupam a tal minoria intelectual e académica cujas ideias se traduzem em artigos de opinião lidos por escassas centenas ou, se tanto, poucos milhares de pessoas. Em suma, os termos de Manuel Laranjeira, ou seja, o triângulo que utilizou para definir a estrutura social e compreender a questão da cultura política do país, foram, em boa medida, retomados por Costa Pinto.

Acrescente-se que, quanto ao marxismo-leninismo, enquanto via revolucionária para alteração das sociedades e correcção das suas injustiças, só o Partido Comunista Português se manteve fiel a esse ideal. Porém, na prática, contra ventos e dissidências, suscitados por visitas à antiga URSS ou pelo que se passou na Hungria em 1956, e em Praga em 1968, conjugou esse mesmo ideal com uma enorme disciplina partidária, uma política de alianças constante e, ainda, um respeito canónico pela Constituição. O resultado óbvio foi que todos os outros partidos comunistas europeus — que abandonaram o leninismo e se aproximaram das vias reformistas, do socialismo-democrático ou da social-democracia — desapareceram. Assim sucedeu em França, Espanha e Itália... Mas não em Portugal, onde o PCP continua a ser uma força política activa. Talvez por ter conseguido capitalizar uma espécie de defesa nacionalista, mas sobretudo por não fazer concessões à social-democracia europeia.

Quanto ao resto do espectro político, Keynes, Polanyi e Rawls — todos defensores de um modelo político centrado no Estado moderno europeu, capaz de criar e redistribuir riqueza — não serão eles as referências principais, incluindo do Bloco de Esquerda? Em contraposição e, apesar de existir uma retórica contra o peso do Estado e o número excessivo de funcionários, sublinhada por Vasco Pulido Valente *ad nauseam*, quais as forças políticas ou partidos dispostos a lutar por um Estado mínimo ou ultramínimo, inspirado em Hayek e Nozick, numa sociedade que se continua a caracterizar pela ausência de uma classe média independente do Estado?

O certo é que muitas outras mudanças, ocorridas durante um século, deveriam ser tidas em conta: da entrada na União Europeia ao facto de o comportamento das massas ser hoje menos determinado pela ignorância e indigência do que pelo alheamento deliberado ou apolitismo em relação aos assuntos públicos. De igual modo, não terão a Igreja e os dispositivos de vigilância ou de denúncia dos comportamentos heterodoxos, durante o Estado Novo, anulado a construção da cidadania? Depois, não se pode cair na armadilha de reduzir o efeito dos movimentos sociais a uma existência partidária, como se tudo o que a social-democracia alcançou tivesse sido oferecido por elites benévolas e humanistas, a quem os que estão por baixo devem um eterno agradecimento. E não se esqueçam algumas clivagens, à primeira vista, consideradas menores. Por exemplo, não será o pós-colonialismo político, sobretudo, anticomunista e antimarxista? Assim parece, sobretudo porque as interpretações «objetivas» e «científicas» do mundo, de base marxista, procuraram explicar as desigualdades económicas e conviveram de perto com a linguagem da economia política e da filosofia política; enquanto os pós-modernos do Facebook se acabaram por centrar, quase exclusivamente, nas questões da identidade racial e da memória colonial, parecendo esquecer-se de tudo o resto.

Quanto à intensificação da emigração, as contas são simples: se a média, já entrado o século XX, era estimada, em 1917, como sendo da ordem dos 32 000, para uma população que rondava os 6 milhões; um século depois, para uma população de 10 milhões, a emigração aumentou, para estabilizar em mais do dobro e se situar entre os 75 000 e os 80 000. Assim sendo, vale a pena correr os riscos de uma simplificação pedestre para formular uma outra questão: que alternativas existem, hoje, ao modelo e às expectativas social-democratas numa sociedade na qual um simulacro de classe média se alimenta do funcionalismo público, incluindo dos professores?

A frustração legítima dos últimos — quando um professor do secundário em fim de carreira ganha menos do que um magistrado colocado em primeiro posto — não é menor do que a dos polícias, dos médicos ou dos enfermeiros. Um facto, só contestado pela retórica oficial, que poderá estar a intensificar conflitos corporativos, em detrimento das razões de classe. É que, em Portugal, cada um dos corpos profissionais parece ter direito a interrogar-se acerca da falta de reconhecimento que encontra no final do mês, acabando por juntar a sua voz ao coro dos precários insatisfeitos, que atribuem aos que têm estabilidade profissional uma situação privilegiada que, todavia, tão-pouco é reconhecida pelos visados.

O certo é que todas essas lutas acerca do reconhecimento e dos ideais constituem um laboratório social, no interior do qual se pode perceber o peso do modelo social-democrata europeu, centrado nas ansiedades de uma classe média cujos comportamentos e padrões de consumo se impõem no horizonte de tantas expectativas individuais. Mais complicado é, por exemplo, explicar por que razão as lutas sindicais dos professores, apesar do seu impacto noticioso, longe de terem conduzido a melhorias salariais, levaram à sua proletarização e despromoção social. Aqui reside, talvez, o nó górdio de uma cultura política difusa, que atravessa vários partidos, dependentes do voto dos funcionários públicos. Por isso mesmo, as questões identitárias do racismo (e do género, a começar pelo casamento *gay*), bem como as da sustentabilidade, só muito a custo acabaram por entrar no debate político e alcançaram foros de existência na cultura política portuguesa.

Isabel Castro Henriques: a difícil descolonização da história de África

O novo livro de Isabel Castro Henriques reúne trabalhos publicados nos últimos trinta anos.([48]) A primeira parte tem valor de manifesto, ao apresentar-se como um combate por uma história de África liberta dos mitos construídos pela historiografia portuguesa. A segunda parte é composta por um *dossier* de imagens de africanos e africanas, que circularam na Europa desde o século XVI, incidindo sobretudo no período posterior à Conferência de Berlim (1884–1885). Devidamente legendadas, as imagens revelam um evidente racismo. Na terceira e última parte, compilam-se abordagens temáticas: aos italianos que participaram no projecto colonial português dos séculos XV e XVI; às mulheres africanas, na sua relação com o comércio ou com o seu envolvimento em práticas de mestiçagem, da antropofagia enquanto construção europeia à presença angolana nos documentos escritos portugueses; e, por último, à figura do herói colonial, entre a afirmação dos «exploradores» e dos «pacificadores» de África, no século XIX, até à sua negação, depois das independências.

Escrito de forma clara por uma historiadora que é também uma defensora de causas — do anticolonialismo ao anti-racismo, da necessidade de dar voz às minorias, nos livros, nos programas de histórias, no espaço público em geral, sem esquecer a necessidade de criação de um espaço autónomo para a história de África —, este livro enquadra-se numa obra vasta que tem contribuído para renovar a investigação e o ensino da história de África e do colonialismo português. A este respeito, o marco mais decisivo terá sido o da tese de doutoramento na Sorbonne (1993), traduzida para português com o título

([48]) Isabel Castro Henriques, *A Descolonização da História: Portugal, a África e a desconstrução de mitos historiográficos* (Quinta da Fonte do Anjo: Caleidoscópio, 2020).

Percursos da Modernidade em Angola. Dinâmicas comerciais e transformações sociais no século XIX (1997). A vasta bibliografia da autora, a sua participação em variados projectos internacionais relacionados com a história de África e da escravatura, bem como o seu labor de docente, que se concretizou na orientação de muitas teses, ao lado da sua participação em júris, fazem de Isabel Castro Henriques a historiadora de referência sempre que se quer saber de África, do colonialismo, da escravatura e do racismo.

Não escondo a minha profunda admiração pela autora e pelos seus combates. Sublinho o carácter pioneiro que representou o seu esforço no estreitar das relações com historiadores e intelectuais africanos. Estou mesmo convencido de que essas mesmas relações, misturadas com amizades de vária ordem, que só alguém com carisma consegue criar, fazem mais pela verdadeira descolonização do que muitos dos discursos oficiais proferidos em nome da lusofonia e sustentados por comissões que ninguém quer, a não ser os que as integram. E, a este mesmo respeito, colocaria este livro a par de um outro, de Alfredo Margarido, em que ficou demonstrado que a lusofonia era um modo de neocolonialismo.([49])

Atingidos os limites possíveis para o elogio, a minha preocupação será, a partir de agora, a crítica do livro. A recepção de novos livros pode e deve ser encarada como um momento de festa, que nos faz a todos sair do nosso isolamento; porém, se nos ficarmos pela palmadinha nas costas, não nos restará espaço para o exercício frontal da crítica. A academia portuguesa — que se assusta com o exercício da crítica frontal e que se estiolou no compadrio e na mediocridade, ainda antes de florescer e sem nunca reconhecer plenamente uma área como a da história de África — dá sinais de se vergar à pressão do imediatismo e da imprensa, que procura sempre reduzir o debate à polémica, fundada em antinomias simplistas (da esquerda contra a direita, do luso-tropicalismo contra o anti-racismo). Ora, uma obra como a de Isabel Castro Henriques merece ser discutida de um modo mais sério e profundo, pois ela permite-nos pensar além das interpretações dispostas de forma antinómica.

Começo por procurar reconstituir o que está no centro do livro. O argumento principal de Isabel Castro Henriques é que os mitos que pesam sobre a história de África e do colonialismo português impediram, e continuam em parte a impedir, uma visão do outro — mais concretamente dos africanos — que lhe devolva a sua alteridade, a sua autonomia. Neste sentido, os mitos são uma falsa consciência, uma espécie de deturpação ideológica que serviu para justificar projectos de expansão imperial e colonial, competindo ao historiador desmontar esses mesmos mitos. A descolonização da história tem, então,

([49]) Alfredo Margarido, *A Lusofonia e os Lusófonos: Novos mitos portugueses* (Lisboa: Universitárias Lusófonas, 2000).

um duplo objectivo: por um lado, trata-se de mostrar o peso desses mitos que estão na base ou inspiraram ideologias coloniais ou, mesmo, neocoloniais; por outro, mas de forma articulada, é urgente tratar o outro (entendido como sendo África ou o africano) de forma autónoma, pois só assim ele será tratado com a dignidade que merece.

Pelo menos por duas vezes, ao longo do livro, Isabel Castro Henriques ensaia um inventário ou, talvez seja melhor dizer, uma classificação dos mitos, procurando compreendê-los à luz da sua formação e funcionamento. O primeiro desses mitos é o da superioridade racial dos brancos em relação aos negros. Nos finais do século XIX, Oliveira Martins e António Enes protagonizaram esse racismo antropológico que se difundiu através de muitos outros canais, incluindo por via de uma cultura visual através da qual se intensificou o trabalho de naturalização do mesmo racismo. O segundo desses mitos foi fabricado pela própria historiografia portuguesa, ao construir narrativas em que a história de África, nomeadamente a de Angola, teria tido início com a chegada dos portugueses e, a partir de então, com os feitos heróicos destes últimos. Se esse heroísmo foi protagonizado por indivíduos ou se traduziu em missões salvíficas, civilizadoras ou de imposição de uma razão científica, são apenas variantes de uma narrativa mais geral que é, mais uma vez, de dominação por parte de Portugal, pelo menos no que respeita a uma ordem dos discursos, e de anulação da autonomia do outro. Finalmente, depois do mito antropológico do racismo e de uma narrativa historiográfica de celebração dos feitos dos portugueses, haverá que considerar — sempre segundo Isabel Castro Henriques — o mito do luso-tropicalismo, ou seja, o enaltecimento da capacidade integradora dos portugueses no mundo, em correspondência com a figura do homem cordial de Ribeiro Couto e das práticas da miscigenação. Este último mito, segundo o qual os portugueses construíram relações com os outros povos de assimilação e integração, exclui do horizonte do possível o recurso à força, à violência e ao racismo, criando a imagem de um império ou de um colonialismo que nunca foi como os outros. Para isso, o período posterior à Segunda Guerra correspondeu ao da intensificação deste mito, podendo a viagem pelas colónias portuguesas de Gilberto Freyre, de início da década de 1950, servir de ponto de viragem.

Pretendo, agora, levar mais fundo a reflexão dos dois aspectos já sumariados. O primeiro diz respeito à linguagem utilizada, isto é, aos instrumentos conceptuais mobilizados para construir o argumento principal. O segundo tem que ver com o carácter mais substantivo dos mitos e do seu conteúdo.

Quanto aos instrumentos utilizados, esclareço desde já que a minha desconfiança é grande. Refiro-me a essa cadeia constituída por desconstrução, mitos, ideologia, autonomia do outro ou da alteridade, a que se poderia acrescentar a assunção de um modo de fazer a história que, segundo a autora, não tem de ser neutro. Um equipamento conceptual deste género revela uma concepção da história e da sociedade baseada em estruturas, competindo às superstruturas lidar com os mitos, a falsa consciência e uma historiografia capaz de romper com as anteriores representações mitificadas ou ideológicas. Só através dessa ruptura se poderá desconstruir ou descolonizar a história, o que equivaleria a dizer que só assim se poderia alcançar a alteridade ou autonomia do outro. Primeira inconsistência: a noção de desconstrução, que pertence ao vocabulário de Jacques Derrida, é ela própria avessa a qualquer tipo de raciocínio baseado em estruturas, inspirem-se elas directa ou indirectamente em Marx. Segunda advertência: tenho dúvidas acerca do conceito de ideologia enquanto superstrutura não só por remeter tudo o que é da ordem das representações para uma espécie de plano das ideias e uma forma de idealismo, como por desligar o seu uso de um quadro de relações ou de um campo onde concorrem diferentes tipos de agentes e instituições. Pierre Bourdieu alertou-nos para os perigos da noção de ideologia, pois «dá a crer que existe uma infra-estrutura e, depois, discursos», recorrendo à «metáfora arquitectural da infra-estrutura e da superstrutura que sustenta os usos mais comuns da noção de autonomia».([50]) E criou uma alternativa, em relação a um tal esquematismo simplificador, ao considerar que ideias ou discursos são produzidos e utilizados por agentes situados em posições concretas, que actuam num mercado favorecedor de apropriações diversificadas. Um terceiro e último reparo de carácter conceptual afigura-se ainda mais forte e diz respeito à noção de autonomia do outro. Ao insistir várias vezes na necessidade de alcançar uma análise capaz de ver o outro na sua esfera autónoma, não se estará a alimentar uma concepção essencializada da cultura africana ou angolana? Mais: qual a vantagem, de um ponto de vista analítico, de uma noção essencializada daquilo que constitui a africanidade? Para compensar os excessos de eurocentrismo, colonialista e imperialista, será mesmo necessário conceber, como se se tratasse de uma essência, uma africanidade ou um sentimento nacional angolano?

As minhas dúvidas em relação a um projecto de revisão da história fundado na desconstrução — a par de uma concepção da ideologia concebida como uma superstrutura e de uma noção de autonomia reveladora de uma perspectiva essencializada das culturas — são, porventura, demasiado abstractas e correm o risco de ser mal compreendidas. Tenho, até, medo de

---

([50]) P. Bourdieu, *Sur L'État. Cours au Collège de France (1989–1992)* (Paris: Éditions Raison d'Agir/Éditions du Seuil, 2012) [*Sobre o Estado. Curso no Collège de France (1989–1992)*, trad. Pedro Elói Duarte (Lisboa: Edições 70, 2014), p. 390]; *idem*, *La force du droit: Éléments pour une sociologie du champ juridique*, ed. Liora Israël, sep. de *Actes de la recherche en sciences sociales*, n.º 64 (Setembro, 1986) (Paris: Éditions de la Sorbonne, 2017), p. 21.

não me conseguir explicar devidamente. Por isso, talvez seja melhor descer das alturas dos conceitos, enquanto instrumentos de análise, para tocar em algo de mais concreto e substantivo. Refiro-me, em primeiro lugar, ao mito do racismo antropológico e às sucessivas declarações da superioridade do homem branco. Que não restem dúvidas: do ponto de vista moral e político, só me resta concordar e juntar a minha voz ao coro das denúncias de qualquer tipo de racismo! Porém, dificilmente posso aceitar que se confunda o anti-racismo moral com a necessária descida aos infernos que tem de ser feita para compreender as diferentes configurações do racismo, de um ponto de vista analítico. É que me parece que este livro — tal como acontece, infelizmente, em muitos dos debates públicos que ocorrem nos dias de hoje — sobrepõe e, por vezes, confunde os dois planos. Ora, o anti-racismo moral, num afã militantemente condenatório, não permite considerar as motivações e os comportamentos dos racistas, que pouco adianta caricaturar como loucos ou criaturas irracionais.([51]) Não será que o objectivo de deixar clara a ideia de um anti-racismo moral e político impede de levar a sério e, logo, bloqueia o trabalho de analisar as próprias figuras do racismo?

O mesmo se diga em relação à historiografia portuguesa, nomeadamente no que diz respeito a Angola. Considerada, por Isabel Castro Henriques, como desempenhando o papel de legitimadora dos projectos coloniais dos portugueses, mostrou-se sempre incapaz de compreender, na sua autonomia, África e os africanos. Mas terá sido sempre assim? Não valerá a pena ler nas entrelinhas ou, muitas vezes, em contracorrente, para compreender a atenção que foi dada às vozes dissonantes que, muitas vezes, se confundem com as dos colonizados ou dos povos com os quais os portugueses entraram em contacto? Não terá essa mesma historiografia, em diversas situações, operado um pouco a exemplo do poema épico de Camões, que, à maneira de Las Casas, denunciou as violências perpetradas pelos valerosos portugueses? E, mais do que na historiografia, não será noutros discursos, nomeadamente os literários, que têm de ser lidos no interior dos mesmos contextos de produção histórica, que encontramos vozes capazes de pôr em causa a missão salvífica, civilizadora ou científica dos heróis e santos portugueses?

Terceiro e último mito, no qual Isabel Castro Henriques insiste: o do luso-tropicalismo. A partir dele, enaltece-se a capacidade assimiladora dos portugueses, a começar pela mestiçagem, escondendo-se a violência, a exploração,

([51]) A este respeito, a necessidade de compreender, seriamente, os racistas é análoga à necessidade de fazer o mesmo com os fascistas, que não podem ser descartados como loucos e irracionais, conforme sublinhou Michael Mann, *Fascists* (Cambridge: Cambridge University Press, 2004) [Michael Mann, *Fascistas*, pref. António Costa Pinto (Lisboa: Edições 70, 2011)], *passim*.

o racismo, etc. Que este luso-tropicalismo se inspirou em Gilberto Freyre, parece-me um dado indesmentível! Mas, atenção, foi o próprio sociólogo brasileiro quem denunciou — na sequência da viagem pelas colónias portuguesas, a convite do ministro Sarmento Rodrigues e da publicação de *Aventura e Rotina: Sugestões de uma viagem à procura das constantes portuguesas de caráter e ação* (Rio de Janeiro: Livraria José Olympio Editora, 1953) — que a modernização das colónias e a sua entrada nos circuitos capitalistas — como aconteceu nas áreas do Norte de Angola controladas pela Companhia dos Diamantes — nada tinha que ver com o mundo luso-tropicalista. Por isso, também alinhou com todos os que temiam a destribalização, determinada pelos avanços das plantações e da exploração mineira, bem como pela atracção das cidades e formação de largos subúrbios (musseques, no caso de Luanda e de outras cidades angolanas). Por essas e por outras, nomeadamente devido aos seus conhecimentos superficiais e às suas visitas apressadas às colónias, em muitos círculos oficiais e até aos inícios da década de 1960, Gilberto Freyre era tido por *persona non grata* em muitos meios oficiais. E que dizer do seu debate com Boxer, que levou à transformação deste, por algum tempo, em herói da luta anticolonial, quando a orientação do historiador inglês sempre foi profundamente conservadora? Só por isso, talvez valha a pena não descartar Freyre tão facilmente, sobretudo quando este se aproximou das realidades da destribalização.

Aliás, é a propósito da destribalização — naquilo que ela implica de movimento de populações, de migrações laborais e de passagens que ultrapassam as fronteiras, quer de Angola, quer de Moçambique — que se coloca a questão da autonomia das culturas, seja a nível nacional (da autonomia ou independência nacional pela qual a *Présence Africaine* lutou desde meados da década de 1950) ou local (da tribo, da aldeia ou da comunidade). Ao longo da década de 1960, Jorge Dias e a sua equipa, de que faziam parte a sua mulher, Margot Dias, e Manuel Viegas Guerreiro, também se preocuparam em estudar a cultura dos macondes, na sua autonomia de ritos, costumes e tradições. Contudo, não deixaram os mesmos de reconhecer que os macondes em estudo eram, apenas, aqueles que não tinham ido trabalhar para o Tanganica, ou seja, cerca de uma dezena de milhares.([52]) De facto, pelo menos o dobro de macondes tinha partido em busca de oportunidades, emigrando para terras onde se faziam sentir o desenvolvimento do capitalismo e a modernização promovida por outros Estados coloniais, ou que funcionavam em regime de *apartheid*. Nem que fosse por este exemplo, talvez seja de pôr entre parênteses as tentativas para estudar as culturas na sua autonomia, fazendo delas

([52]) Jorge Dias, *Os Macondes de Moçambique: Aspectos históricos e económicos — estudo etnológico*, vol. I (Lisboa: Junta de Investigações do Ultramar, 1964).

uma bandeira emancipatória. É que os que se comprometeram com o Estado colonial, desempenhando nele um papel de mentores de ideologias, também procuraram demonstrar a força de identidades autónomas, procurando mantê-las estáticas nos seus contornos comunitários e temendo a sua diluição em processos migratórios e de destribalização.

Em suma, a leitura deste livro, escrito por uma historiadora de referência de África e do colonialismo português, incita-nos a assumir, como responsabilidade maior do nosso ofício, compreender e fazer compreender aos outros o colonialismo. O mais importante é não cair nas armadilhas de um discurso banalizado, que é ao mesmo tempo público e académico, no âmbito do qual se repetem e reificam estafadas dicotomias. Por exemplo, estas últimas colocam, de um lado, os que se proclamam da bandeira do luso-tropicalismo e, do outro, os que reivindicam para si os mesmos argumentos das lutas anticoloniais, das campanhas contra a escravatura e o trabalho forçado ou das proclamações feitas à sombra da bandeira do anti-racismo. Aliás, tal antinomia, constituída numa espécie de gazua interpretativa com ambição universal, passível de ser aplicada a todos os tempos e lugares, voltou a ser badalada há poucos anos, provavelmente na ausência ou na incapacidade de propor outros argumentos de carácter analítico.([53]) Ora, tal como foi sugerido em livro recente, nas décadas de 1950 e 1960, a criação de uma nova imaginação política imperial não foi a consequência de uma ideologia inspirada no luso-tropicalismo de Gilberto Freyre, mas o resultado: primeiro, de técnicas de anti-subversão partilhadas por instituições internacionais; segundo, dos efeitos e respectivas ilusões cosmopolitas suscitados pelas indústrias culturais nas colónias — sobretudo da rádio, do cinema, da televisão e, em menor escala, do livro —, bem como pelas práticas desportivas e musicais, sobretudo, em contexto urbano e suburbano; por último, uma nova imaginação imperial constituiu-se como resposta oficial de regulação e contenção, frente ao processo de destribalização dos africanos, o que implicou a recriação de vários modos de segregação, em paralelo com o tratamento do africano como consumidor.([54])

([53]) Ângela Barreto Xavier e Cristina Nogueira da Silva, «Introdução: Construção da alteridade no Império Português», in *O Governo dos Outros: Poder e diferença no Império Português* (Lisboa: Imprensa de Ciências Sociais, 2016), pp. 24–25.

([54]) Nuno Domingos, «Uma história de dois impérios», in *idem*, ed., *Cultura Popular e Império: As lutas pela conquista do consumo cultural em Portugal e nas suas colónias* (Lisboa: Imprensa de Ciências Sociais, 2021), pp. 44, 51–53.

A escrita da história e as guerras culturais

O livro de Miguel Bandeira Jerónimo e José Pedro Monteiro, *História(s) do Presente: Os mundos que o passado nos deixou* (Tinta-da-China/*Público*, 2020), tem um formato inédito e ambicioso. É constituído por uma dúzia de entrevistas a cinco historiadoras e sete historiadores ou especialistas em relações internacionais. Todos docentes do mundo académico anglo-americano, com excepção de duas historiadoras das universidades de Amesterdão e Genebra. Cada entrevista é precedida de um pequeno ensaio respeitante aos problemas de investigação, em que se encontram aproximações comparativas ao caso português. A introdução geral ao livro funciona como um manifesto acerca de como escrever uma nova história. E, no final, o leitor encontra um guia de leituras complementares.

A escolha dos temas abordados foi feita em função da sua relação com questões do presente, que são alvo de uma discussão pública, logo, de uma politização. É, neste sentido, que se compreendem as abordagens: da imigração; dos campos de refugiados; das origens coloniais dos projectos de desenvolvimento; da importância dos direitos humanos; das *fake news*; da historicização das emoções, a começar pelo medo; dos sonhos de mudança do mundo na década de 1960; das diferenças de género; e do movimento #MeToo; do paradoxo que são as críticas conservadoras e neoliberais à globalização; da deliberada amnésia académica em relação aos impérios e ao colonialismo, da qual derivou uma «invisibilização» do racismo; e dos novos modos de pensar o Estado-nação em relação à globalização.

Enquanto manifesto por uma nova história, este livro pretende alcançar três objectivos principais. Primeiro, o de declarar guerra às «sufocantes barreiras do "nacionalismo metodológico"»([55]). Sugerindo uma maior atenção a diferentes geografias, procurando estabelecer entre elas interdependências e conexões que ultrapassem as fronteiras da soberania, fugindo a circulações unilineares e aos modelos construídos com base em simples pares antagónicos (por exemplo, centro/periferia, norte/sul). O segundo objectivo consiste em assumir, de forma clara, que os impérios coloniais não só marcaram o século passado, como perduram, hoje, através dos seus legados, que reproduzem tanto práticas como ideias racistas. Por isso, sempre segundo os autores,

---

([55]) Trata-se de um combate importante e de uma formulação certeira que se inspira em George Steinmetz, «Preface», in *Sociology & Empire: The Imperial Entanglements of a Discipline*, *idem*, ed. (Durham e Londres: Duke University Press, 2013), pp. X, XIV; Miguel Jerónimo e José Pedro Monteiro, «Das dificuldades de levar os indígenas a trabalhar», in *O Império Colonial em Questão (sécs. XIX e XX)*, ed. Miguel Jerónimo (Lisboa: Edições 70, 2012), p. 194.

é necessário continuar a lutar contra os académicos que chegam a negar o racismo no Estado Novo português. Por último, não menos clara é a necessidade de pôr em causa um modo de trabalhar e de pensar o país que aposta no golpe do génio iluminado, do «grande intelectual» ou «suposto oráculo caseiro». Substituindo esse modo de trabalhar — tido por irrelevante e, em boa medida, sustentado pelo *marketing* ou por uma espécie de *star system* — pela atenção que deve ser dada a uma «comunidade enorme de especialistas», um conjunto alargado de obras de referência e a criação de melhores condições institucionais para a pesquisa.

Claro que não é a primeira vez que, em Portugal, historiadores e ensaístas mais cosmopolitas se declaram às avessas com perspectivas provincianas e procuram romper com o mesmo tipo de visões claustrofóbicas. É um facto que António Sérgio, Jaime Cortesão e Vitorino Magalhães Godinho, em diferentes gerações e elegendo outros inimigos, consoante os quadros intelectuais em que trabalharam, também procuraram romper com o mesmo provincianismo. Sérgio, por exemplo, escreveu que competia ao ensino «prolongar aos confins do Universo, tanto no espaço como no tempo, todos os gestos do trabalho humano»([56]). O que provavelmente lhes faltou foi dispor, entre os anos 1920 e os 1960, do suporte institucional da academia ou de centros de pesquisa. Godinho, por exemplo, procurou compensar as deficientes condições em que trabalhou em Portugal, na década de 1960, com projectos editoriais que, embora frágeis, eram capazes de criar modos mais independentes de financiamento. Tal como se o funcionamento de um mercado liberal do livro contivesse em si a capacidade para suscitar uma comunidade de leitores e de cidadãos, em que radicava uma sociedade civil e a prática da cidadania.

Sem querer conferir o estatuto de Trindade aos três autores acabados de mencionar, também neles se encontra a mesma ambição de proceder a comparações, tendo em vista uma compreensão mais de conjunto dos «rumos do mundo», sustentada por um trabalho de tradução de histórias relativas a outras áreas geográficas. De igual modo, à preocupação em pensar a nação, fazendo a sua história, sempre esteve associada uma enorme consciência de que a mesma era indissociável do império e dos seus legados. Foi, aliás, contra os usos politizados, por parte do Estado Novo, da história dos Descobrimentos e do império colonial que Cortesão e Godinho sublinharam, respectivamente, modos de humanismo universalizante e a necessidade de empreender uma história da escravatura nas suas relações com o desenvolvimento do capitalismo. Assim, mesmo que as suas perspectivas pareçam, agora, um mero

([56]) António Sérgio, *Sobre Educação Primária e Infantil* (Lisboa: Editorial Inquérito, «Cadernos Culturais», 1939), p. 50.

produto de visões nacionalistas e republicanas, será necessário não esquecer o contexto das lutas que lhes dão sentido.

Porém, ao comparar no tempo projectos historiográficos que procuram romper com vistas estreitas acerca da nação, o meu objectivo não é o de matizar o carácter inédito do livro em causa. Tão-pouco me parece legítimo relativizar a ambição intelectual dos seus dois autores. O problema que gostaria de colocar é o seguinte: por que razão, passado meio século ou, porque não, um século de esforços para a criação de condições institucionais e académicas para a investigação histórica, dois historiadores, no início ou a meio das suas carreiras, têm de continuar a lutar por uma nova história? Isto é, o que é que falhou no mundo académico e da investigação, apesar de todos os esforços destinados à sua internacionalização, para que volte a ser necessário apresentar um manifesto desta natureza?

No meu entender, será sempre melhor passar das insinuações à denúncia clara, sobretudo em relação ao que parece continuar a caracterizar as gerações mais velhas, cuja influência se continua a fazer sentir na academia, no mercado editorial e na esfera pública. É que um dos melhores exemplos do atraso português e do que poderíamos definir como uma espécie de défice teórico ou vazio epistemológico encontra-se na proposta de uma «história contemplativa», da autoria de José Mattoso, um dos historiadores portugueses mais consagrados pelo mercado editorial nas últimas décadas.([57])

Uma tal proposta está fundada na intuição, no recurso à metáfora e à poesia, bem como no repúdio, apenas camuflado pela serenidade, de uma série de visões fantasmagóricas, compostas pelo marxismo, pelo pós-modernismo, pela «consideração da realidade por via lógico-discursiva» ou pelas ciências sociais. Ora, bastaria lembrar o «ofício de historiador», na expressão de Marc Bloch, e o seu sentido da responsabilidade cívica, em face da derrapagem do autoritarismo e do nazismo, para se pôr em causa as aspirações a uma falsa originalidade representadas pela contemplação. No fundo, essa malfadada contemplação, sobre o todo ou os seus fragmentos, apenas visa alcançar uma objectividade tradicional, reduzida à linear cronologia e à unidade do Estado-nação.

A menos que se tenha em conta, no extremo oposto, mas denotando, muitas vezes, a mesma falta de consistência, a obra de Boaventura de Sousa Santos, o cientista social português de maior projecção internacional. Determinada por um desejo ecléctico, cruzam-se nela: um marxismo militante, de solidariedade com os favelados; um pós-modernismo de primeira colheita;

([57]) José Mattoso, *A Escrita da História* (Lisboa: Círculo de Leitores, 2002), pp. 46–60; *idem*, *A História Contemplativa: Ensaio* (Lisboa: Temas & Debates/Círculo dos Leitores, 2020), pp. 9–42.

uma adesão cega às teorias do centro e da periferia; tudo coroado pelo elogio das denominadas epistemologias do Sul. Num afã de tudo querer abarcar, o cientista social dobrado de intelectual público parece ter prescindido do trabalho analítico, mais paciente, e, quando nele se envolve, os resultados são, quase sempre, frágeis. Por incrível que pareça, também ele há muito reivindicou as virtudes da contemplação subjectiva, numa espécie de antecipação, por caminhos esconsos, do conceito que Mattoso veio a adoptar como expressão máxima da sua concepção da história.([58])

Ainda em terreno de contemplações à portuguesa, este breve inventário não ficaria completo sem uma referência ao ensaísmo do filósofo José Gil, cujos apelos à complexidade são permanentes. Que ninguém o acuse de falta de ambição, mesmo em terrenos de conhecimento da realidade portuguesa! Também ele parece tudo querer abarcar: do «medo de existir», por falta de inscrição, que ninguém sabe ao certo o que é, às recentes «subjectividades digitais» ou ao movimento do corpo de um bailarino — «em pontos de contemplação narcísica»([59]). Enfim, à contemplação, ao ensimesmamento na identidade nacional e às debilidades teóricas e conceptuais da investigação em Portugal será sempre preferível opor o exemplo de uma prática analítica como aquela que se encontra neste livro de história, comparada e global, organizado por dois historiadores portugueses com ideias claras sobre o trabalho colectivo de pesquisa:

([58]) Boaventura de Sousa Santos, *Um Discurso sobre as Ciências* (Porto: Afrontamento, 1987), pp. 13, 53–54.

([59]) José Gil, *Movimento Total: O Corpo e a Dança*, trad. Miguel Serras Pereira (Lisboa: col. Antropos, Relógio D'Água, 2001), p. 62.

8

Um meio pequeno, a universidade, a cultura popular

A compartimentação dos meios e as divisões disciplinares, associadas a uma visão demasiado essencializada do que são os níveis de cultura, têm-se constituído em obstáculo para pensar, de forma mais relacional e integrada, o trabalho de agentes e instituições culturais. As debilidades do meio intelectual e artístico, a fraquíssima institucionalização da universidade e a sua subordinação a lógicas de imposição da hierarquia ou de mera gestão administrativa, apartadas da investigação, e uma cultura de massas enfeudada a processos de alienação constituem uma mistura explosiva. Sobre cada um destes sectores, será possível imaginar múltiplos inquéritos, desenvolvidos em paralelo. Na sua base estará sempre uma interrogação sobre a formação de sistemas educativos ou de instrução, situados a meio caminho entre, por um lado, opções privadas e familiares e, por outro, condições políticas, divididas entre a Igreja, o Estado e os sectores socialmente mais privilegiados.

O peso das vinculações eclesiásticas na cultura política portuguesa necessitaria de ser retomado, à luz de algumas investigações já existentes.([1])

([1]) Vítor Neto, *O Estado, a Igreja e a Sociedade em Portugal (1832–1911)* (Lisboa: Imprensa Nacional – Casa da Moeda, 1998); Manuel Braga da Cruz, *O Estado Novo e a Igreja Católica* (Lisboa: Bizâncio, 1998); Nuno Estêvão Ferreira, *A Sociologia em Portugal:*

Por exemplo, em 1948, José Sebastião da Silva Dias procurava fazer valer os seus créditos intelectuais através das suas ligações à Igreja e ao elogio do fascismo. A memória da Guerra Civil de Espanha, na perspectiva da luta contra as «hordas anarco-comunistas» ainda estava fresca. Por isso não era de estranhar que o mesmo, embora puxando mais para o lado do catolicismo de Jacques Maritain do que da Action Française, não deixasse de citar um dos seus heróis e mentores falangistas, Ramiro Maetzu, quando este, «sob o impulso de um anticomunismo de tipo meramente negativo», considerava Hitler «um dos maiores políticos de toda a história, por ter impedido, juntamente com Mussolini, que o Comunismo destruísse tudo que no mundo existe de cultura»([2]). Silva Dias, é bem sabido, veio a alterar as suas posições e a mudar de flanco, progressivamente, sobretudo a partir do momento em que passou a integrar a Faculdade de Letras da Universidade de Coimbra. Pena é que as suas origens intelectuais se encontrem por desvendar. Vergonha dos seus discípulos? O certo é que na década de 1940 a sua ligação ao nacionalismo fascista e a exaltação calorosa da missão católica são duas faces da mesma moeda. Era esta uma maneira de prestar vassalagem a monsenhor Moreira das Neves, o biógrafo do cardeal Cerejeira, e de integração no corpo ideológico do regime.

No extremo oposto das vinculações eclesiásticas estão os percursos mais individualizados e as figuras dos que reclamam para si o estatuto de marginais. Mas como se poderão estes autonomizar, em impulsos mais ou menos românticos de busca da solidão ou das camadas que compõem o inconsciente, num meio tão exíguo? Na década de 1960, José Gomes Ferreira falava de cerca de «trezentas pessoas heróicas que andam de um lado para o outro, em Lisboa, a fingir cultura»([3]). Pelo meio, ou seja, entre as vinculações aos poderes mais institucionalizados e as censuras impostas do alto, por um lado, e os trajectos solitários, quais as possibilidades de formação de esferas públicas, autónomas? As dificuldades da universidade, de institucionalização débil, na sua imposição como um sistema central de valores, correspondem a modos de passagem de uma cultura oral para uma cultura visual de massas que nunca beneficiou da mediação das lógicas da escrita. Paralelamente, a falência mais recente ou a subordinação da comunicação a grupos empresariais não permitem perceber os contornos autónomos de uma esfera crítica.

Da Igreja à universidade (Lisboa: Imprensa de Ciências Sociais, 2006); António Araújo, *A Oposição Católica no Marcelismo: O caso da Capela do Rato*, Tese de doutoramento em História Contemporânea (Lisboa: Faculdade de Ciências Humanas, Universidade Católica Portuguesa, 2011).

([2]) J. S. da Silva Dias, ed., *Maetzu: Cem Páginas* (Lisboa: Bertrand, 1948), pp. X, XIII.

([3]) José Gomes Ferreira, *Imitação dos Dias: Diário inventado* (Lisboa: Portugália, 1966), p. 77.

Do alguidar de lacraus ao país nas pontas dos pés

Há cerca de meio século, Jorge de Sena fez um diagnóstico certeiro das artes plásticas em Portugal (*Estrada Larga*, vol. 2, Porto Editora, pp. 16–18). De um lado encontravam-se as proclamações de originalidade do que cá se fazia. Do outro ficava a denúncia constante da nossa inferioridade — o bota-abaixo! A razão por que se oscilava entre os dois extremos era simples, mas a sua enunciação supunha todo um programa: na ausência de estudos que permitissem ver mais além, afigurava-se difícil compreender a autonomia da prática artística. Nas palavras de Sena: «É preciso não ter visto nada, ou ser cego, para achar-se que possuímos um património não só inexcedível, mas junto ao qual não vale a estranja um caracol. Como é preciso ter sofrido lá fora (ou pelos álbuns de reproduções) uma desilusão muito pouco crítica (própria de quem conhece mal as coisas, e tem os ouvidos cheios de falsos louvores a elas) para achar-se que esse património é ele que não vale o caracol citado.» E concluiu, recorrendo a palavras de Miguel de Unamuno — que, hoje, não podem ser utilizadas tal e qual, à luz de uma consciência mais inclusiva —, que era necessário que deixássemos de ser um país de «anões nas pontas dos pés», para, através do estudo, passarmos a ser «anões com dignidade». Só então talvez se descobrisse «que não éramos todos anões, afinal». Era forte a consciência que Sena tinha da pequenez de Portugal, a qual só poderia ser devidamente avaliada se fossem conhecidas as condições em que a arte se exercia, com foros de alguma autonomia.

Desde o diagnóstico de Jorge de Sena até hoje, muita água correu. Os suplementos culturais dos jornais deixaram de ocupar o mesmo lugar. Ganhou-se uma consciência social que nos impede, felizmente, de utilizar expressões depreciativas de características corporais e que resultam numa violência ofensiva. Multiplicaram-se as investigações de história e de sociologia da arte no século XX. E, sobretudo, universidades, museus, centros de investigação, pesquisadores de vários tipos, curadores, críticos de arte, galeristas, espaços de exposição e os próprios artistas — ou seja, as instituições e os agentes de um campo artístico — passaram a ser em número cada vez maior e as suas relações são cada vez mais densas. Porém, tal como propunha Sena, o processo de autonomização do campo artístico terá, sempre, de ser verificado historicamente através de estudos. Pois só através de uma história das práticas artísticas se poderá ter uma noção exacta do ponto em que nos encontramos. Com base numa série de testemunhos, será possível ensaiar algumas conjecturas e hipóteses.

O primeiro documento em causa é constituído por uma carta do pintor José Tagarro (1902–1931) para José Rodrigues Miguéis. Datada de 16 de Dezembro de 1929, foi escrita logo após a exposição conjunta de Tagarro e Sarah Affonso (1899–2003), a qual teve lugar na Galeria Bobone, em Lisboa, entre 5 e 15 de Dezembro do mesmo ano. O facto de a exposição ter ocorrido num estúdio fotográfico que acolhia regularmente exposições de pintura e desenho revela a inexistência de um espaço próprio para as artes plásticas. Depois, todas as vendas teriam sido feitas a pessoas conhecidas. «Isto é triste, não é?», escreveu Tagarro. «Ainda é mais triste quando penso que em três exposições que fiz, até hoje, apenas vendi a pessoas completamente desconhecidas duas coisas!» O mesmo temia que, quando se esgotassem os amigos, deixassem de existir compradores. Segundo Vasco Rosa, foi o que veio a acontecer pouco tempo depois, numa exposição na Santa Casa da Misericórdia no Porto, onde nada vendeu.

E de que iria Tagarro viver, quando deixasse de poder vender o que desenhava e pintava? Era esta a questão que se lhe punha, quando apresentou ao seu amigo a lista dos que denominava, com uma ponta de ironia, «compradores e mártires»: Câmara-Reys, Augusto Casimiro, Ramalho Rosa, a irmã de Teixeira Pascoaes, o advogado Adolfo Bravo «(porque a Sarah o meteu em assados)» e uma senhora minha conhecida. Também recebera durante a exposição duas encomendas: de Humberto Pelágio e de José Osório de Oliveira. O último pedira-lhe o retrato da namorada, Rachel Bastos. Quanto às vendas de Sarah Affonso, que só se veio a casar com Almada em 1934, Tagarro revelou a cúmplice proximidade: «Desta vez não irritou tanto e vendeu oito coisinhas», com o que «não conseguiu mais do que ganhar para a casa e moldureiro». No total, Tagarro fizera um conto, setecentos e cinquenta escudos. Com este dinheiro, desabafou, «vou pagar ao alfaiate trezentos escudos que lá devo há três meses e que há três meses são a vergonha da minha casa»([4]).

Mais tarde, na homenagem ao pintor nascido no Cartaxo, Diogo de Macedo, escultor e director do antigo Museu do Chiado, confirmou a atitude de rara dignidade daquele artista, que morreu cedo. Uma observação que talvez explique a caracterização da sua personalidade como sendo de uma «simplicidade digna, laboriosa e casta»([5]). Embora não se perceba por que foi o cartaxeiro tido por casto. De facto, segundo Macedo, Tagarro tentara

([4]) Providence, Rhode Island, Brown University, John Hay Library, Ms 89.7. Box 5, F 5. Sobre a exposição na Galeria Bobone, ver Luís do Montejunto, *Pintor José Tagarro (1902–1931)* (Cartaxo: Câmara Municipal do Cartaxo, 2002), p. 32; Maria João Gomes Pedro, *Sarah Affonso: Vida e obra*, Tese de Mestrado em Teorias da Arte, vol. I (Lisboa: Universidade de Lisboa, Faculdade de Belas Artes, 2004), p. 122; Sheila Christina Radburn Nunes, *José Tagarro (1902–1931): O breve percurso de um modernista independente*, Tese de Mestrado em Crítica, Curadoria e Teorias da Arte (Lisboa: Universidade de Lisboa, Faculdade de Belas Artes, 2021), pp. 54–64.

([5]) José-Augusto França, *Pintura Portuguesa do Século XX* (Lisboa: Correios de Portugal, 1990), p. 26.

encontrar um modo de agradecer, no infortúnio e na doença, os carinhos de pintores e escritores, retratando-os. E, além disso, realizara trabalhos de ilustração, «coisas de fantasia e de ganha-pão, desenhos de varinas e camponesas, garotos da rua ou crianças bonitas, meia dúzia de telas a óleo e muitos projectos». Tudo isto, segundo Macedo, num «meio de pouca cultura para conscientes exigências, que mais aprecia os habilidosos conquistadores de honrarias do que os autênticos artistas» (*Estrada Larga*, vol. 2, p. 70).

As palavras de Macedo, cujo estatuto oficial e cumplicidade com os círculos do Estado Novo foram evidentes, reiteravam a ansiedade manifestada por Tagarro: como poderia um artista encontrar as condições necessárias para exercer a sua profissão num meio de tão fraca cultura? O próprio Estado Novo e os poderes camarários procuraram — através de uma série de medidas oficiais, sobretudo de encomendas a artistas — criar algumas condições. Mas a inexistência de um mercado — que dificilmente poderia funcionar, na ausência de uma classe média capaz de criar um público — não permitia dotar de autonomia o meio artístico em que Tagarro trabalhou.(6)

Segundo documento: por volta da década de 1960, numa carta não datada de Maria Keil (1914–1912) para o escritor Carlos de Oliveira, reencontram-se as mesmas referências à falta de condições e de autonomia para o exercício da profissão de artista. Ainda por cima, surgem agravadas pelas

(6) Claro que a autonomia do campo artístico, posta em relação com a existência de um mercado, tem de ser comparada com outras lógicas de funcionamento e com outras relações que se estabelecem entre ou com artistas. Refiro-me às questões do mecenato, em particular com base em instituições políticas, com as respectivas condicionantes ou determinações impostas às formas e conteúdos das obras. Tenho também em mente o modo como redes familiares e de amizade favoreceram a entrada ou não em circuitos mais internacionalizados. E não posso omitir as próprias operações destinadas a categorizar e hierarquizar os artistas, a começar por aquelas que têm origem no próprio campo. Por exemplo, um colega de Ruy Roque Gameiro relembrou o grupo que, em meados da década de 1920, frequentava o curso dirigido por mestre Simões de Almeida na Escola do Convento de S. Francisco. Compunham-no: o extravagante Júlio de Sousa (mais conhecido pelos seus bonecos de trapos, de quem António Botto veio a escrever: «Artista que não tem escolas nem quer saber o que isso representa na certidão dos eleitos», in *Exposição de Júlio de Sousa*, Lisboa: Estúdios SNI, 1946), Barata Feio, Norte de Almeida, Macário Dinis e Henrique Albuquerque de Bettencourt. Sobre este último, declara-se ser «o mais romântico e literário de todos, revolucionário e bom, o que dizia que iria um dia a Paris, não para aprender, mas para ensinar», ver José Amaro Júnior, *O Escultor Ruy Roque Gameiro: Subsídios crítico-biográficos*, sep. do *Boletim da Junta da Província da Estremadura*, série II, n.º 1 (Lisboa, 1943), p. 14. No entanto, o mesmo Albuquerque de Bettencourt (1905–1939) reaparece mais tarde — posto a par de Ruy Gameiro, que morreu cedo, e de António Costa, que faleceu na miséria nos Estados Unidos —, mas reduzido a um comentário mínimo: «Modelou em cimento o baixo-relevo estilizado da fachada da Galeria UP, em 1932, e deixou uma pequena obra dispersa e abandonada», José-Augusto França, *A Arte em Portugal no Século XX (1911–1961)*, 4.ª ed. (Lisboa: Livros Horizonte, 2009), p. 190.

enormes dificuldades em deixar entrar no meio ou fazer reconhecer o trabalho de mulheres artistas. A ponto de podermos pensar que o trágico suicídio de Ofélia Marques (1902–1952) pode, em parte, ser explicado por tais adversidades. Maria Keil escreveu a carta para agradecer o elogio que aquele escritor lhe fizera na revista *Eva*. Em sua opinião, o artigo, apesar de anónimo, era do autor de *Casa na Duna*. A sua gratidão traduziu-se em palavras tocantes e com graça, escritas por quem revelava uma enorme modéstia: «Aqui em Canas de Senhorim, a minha reputação subiu imenso, e ainda conto economizar alguns almoços ou jantares à sombra da notícia, na tranquila impunidade de saber que todos ignoram que sou amiga e conhecida de quem a escreveu.» Mas a verdade, acrescentou Maria Keil, era que nunca se sentira verdadeiramente artista: «Nunca me senti pintora. Quando muito, sinto-me mãe de filhos. Cada trabalho meu, cada quadro, tem a sua história de amor, gestação e sofrimento.»

O seu trabalho criativo, como artista plástica, teria permanecido numa esfera exclusivamente afectiva, quase familiar. Conforme exprimiu com grande generosidade em relação à criatividade das novas gerações: «Se agora produzo menos», esclareceu, «não será porque cheguei à idade de avó? Não será por isso que sinto uma alegria tão intensa diante dos trabalhos da geração nova, daqueles que pressinto serem também filhos autênticos?» Depois, Maria Keil confessou que até estava triste por nunca se ter visto como uma artista: «Gostava de lhe fazer uma confidência. O que disse de mim entristeceu-me. Gostava que escrevessem de mim: — Foi uma pintora arrogante e suficiente, detentora de um grande domínio sobre uma corte de admiradores e discípulos. Pertenceu e animou a célebre tertúlia tal e tal, onde se reuniam os ... da Arte única. Mas não foi assim.» E concluiu, remetendo-se a si própria para uma esfera privada, em face do meio artístico: «Cá tenho passado a vida a dar à luz, como uma gata, vendo passar, deslumbrada, os Artistas.»([7])

Maria Keil ilustrou *Contos Tradicionais Portugueses* organizados pelo escritor neo-realista Carlos de Oliveira, em conjunto com o poeta José Gomes Ferreira (2 vols., Iniciativas Editoriais, 1957–1958). Tendo por Oliveira uma enorme estima e real consideração, a sua carta mais parece uma lamentação — mais uma — acerca da falta de condições para o exercício da prática artística. Porém, o que mais importa reter desse documento é o facto de se tratar de um testemunho sincero acerca do modo como uma artista de mérito via a sua trajectória e definia o seu ofício. Em causa estava, mais uma vez, a falta de autonomia das artes em relação a uma esfera de afectos e de relações familiares. A qual falta só era compensada pelo modo tranquilo como Maria Keil confessava o que gostava de ter sido e não foi.

([7]) Vila Franca de Xira, Museu do Neo-Realismo, A25, caixa 38, doc. 12.

A esta série de documentos, acrescente-se o testemunho do escritor José Gomes Ferreira acerca do grande desenhador que foi Bernardo Marques (1898–1962).([8]) Unidos por laços de vizinhança, amizade e compadrio, o primeiro constatou o difícil que era viver da arte do desenho. Uma impossibilidade que acabava por caracterizar a vida dos outros artistas que frequentavam a casa de Bernardo e Ofélia Marques, constituindo-se numa pequena tertúlia.([9]) Aliás, em questões de modo de vida sustentado, não fora o socorro oferecido, desde a década de 1920, pelo mercado da publicidade e da decoração — sobretudo a colaboração estabelecida entre Bernardo Marques e o conhecido suíço, estabelecido em Portugal, Fred Kradolfer (1903–1968) —, e a vida do artista ter-se-ia revelado praticamente impossível.([10]) De notar que foi em torno da década de 1920 que se produziram diferenças notórias no modo de produção e nas técnicas da publicidade, conforme anunciou António Ferro acerca das «ruas doidas com olhos inconstantes nos *placards* luminosos e fugidios, ruas eléctricas, ruas possessas de automóveis e carros, ruas onde os cinemas maquilhados de cartazes têm atitudes felinas de mundanas»([11]): do sistema de anúncio em cartaz, ainda vigente e documentado em 1916, passou-se, pelo menos em Lisboa, em 1924, para o reclame luminoso com «néon, néon mércure, gironés ou multiplex»([12]). Segundo a interpretação de José Gomes Ferreira, na total ausência de um mercado da arte que permitisse a profissionalização de artistas com a qualidade de um Bernardo Marques, o que felizmente acabava por funcionar era o mercado da publicidade e das empresas. E, conforme me lembrou Vasco Rosa, também Roberto Nobre (1903–1969),

---

([8]) José Gomes Ferreira, *A Memória das Palavras, ou o Gosto de Falar de Mim* (Lisboa. Portugália, 1965).

([9]) Sobre o prédio da Rua dos Caetanos, onde Fernanda de Castro e António Ferro também viveram, ver, daquela, *Ao Fim da Memória*, vol. I — *Memórias (1906–1939)* (Lisboa: Verbo, 1986), pp. 197–199.

([10]) José Bártolo, «Fred Kradolfer: O modernismo suíço em Portugal», in *Fred Kradolfer* (Lisboa: Imprensa Nacional — Casa da Moeda, 2012), pp. 5–11. Para as relações de Bernardo Marques, Ofélia, Kradolfer e José Rodrigues Miguéis, ver, deste último, *A Amargura dos Contrastes*, ed. Vasco Rosa (Lisboa: O Independente, 2004), pp. 11–18. Para as relações e os proventos de Bernardo Marques provenientes da Companhia do Estoril, que convidou também Roberto Nobre, mais orientado para projectos cinematográficos, Ferreira de Castro, Roberto Nobre, *Correspondência (1922–1969)* (Sintra: Editorial Notícias, Câmara Municipal de Sintra, 1994), p. 28.

([11]) António Ferro, *A Idade do Jazz-Band* (S. Paulo: Oficina Gráfica Monteiro Lobato, 1923) p. 56.

([12]) ANTT, ADLSB/AC/GCL/E-B/001/0239; ANTT, ADLSB/AC/GCL/E-B/003/0033 [sem paginação]. António Rodrigues, *António Ferro na Idade do Jazz-Band* (Lisboa: Livros Horizonte, 1995), p. 130 [sobre o conjunto das imagens a partir das quais se assiste a uma «gestão sociológica do imaginário» citadino].

amigo de Tagarro, acabou por se fixar no serviço de publicidade da Singer, conseguindo ali a sua principal fonte de rendimento.

Os documentos anteriores respeitantes às artes, separados no tempo por algumas décadas, podem ser, ainda, interpretados por aproximação com dois outros testemunhos acerca da literatura.([13]) Refiro-me ao que escreveu de maneira incisiva Irene Lisboa (1892–1958): «Uma das queixas entre nós correntes é a de que o *meio* é pequeno.» Os leitores eram poucos: «Há falta de um público anónimo e vasto, com alguma cultura.» Poucos eram igualmente os que escreviam. E o mesmo se passava com aqueles que se dedicavam a dissecar os «nossos problemas literários». Neste panorama de indiscutível escassez, só existiam duas contrapartidas: o amadorismo de uns quantos e as oportunidades de negócio exploradas pelos livreiros.

Num meio literário assim configurado, sucedia uma outra pequenez, também segundo Irene Lisboa: «Aqueles que escrevem com a mira naqueles que os lêem, e todos mais ou menos se conhecem, directa ou indirectamente, o círculo fecha-se logo muito depressa. O leitor está imediatamente sobre o escritor! E este ou se mostra dengoso ou colérico, segundo as disposições... É muito intencional, sectário e pedante — pedagogo.» Insista-se: o facto de entre o escritor e o leitor, sobretudo o mais atento, denominado como o literato, não haver distância, nem independência, é bem um sinal da falta de autonomia que afectou esse mesmo campo. A pequenez explica a ausência de autonomia. Melhor, nas palavras de Irene Lisboa: «O nosso *meio literário* funciona como uma chocadeira. Dentro dela tudo se aconchega e vive contado...»([14])

Acerca da mesma pequenez do meio literário, escreveu diversas vezes José Rodrigues Miguéis (1901–1980) de Nova Iorque, onde se instalara na década de 1930, com curtas estadas em Lisboa. Em Setembro de 1960, numa carta desassombrada para Nataniel da Costa, seu editor na Estúdios Cor, articulou o que sentia devido à distância em relação à pátria, com a consciência da mesquinharia que caracterizava o meio literário: «Portugal ainda dói mais cá fora, onde a gente se percebe melhor da nossa mesquinharia e paranóia, sobretudo através da propaganda e seus adeptos. Lá [em Lisboa], eu vivo destroçado, num constante desconsolo, e a sofrer empurrões e solicitações parasitárias de todos os lados; aqui [em Nova Iorque] tenho ao menos a *privacy* que me força a trabalhar nas minhas coisas. E tenho trabalhado muito! Como as receitas são muito baixas, não posso aproveitar dos encantos e distracções

---

([13]) Para uma outra denúncia do atraso das artes plásticas em Portugal, incluindo a ausência de um verdadeiro museu de arte moderna, que Diogo de Macedo tanto queria, em 1938, ver José Ernesto de Sousa, «Artes plásticas», *Mundo Literário*, n.º 53 (01-05-1948), p. 12.

([14]) Irene Lisboa, *Apontamentos* (Lisboa, 1943), pp. 237–239.

(teatro, *ballet*, etc.) que isto oferece, leio [...]. Minha filha não quer viver em Portugal — tem 20 anos e juízo [...] e minha mulher não pode separar-se dela nem quer perder os seus direitos de cidadã americana, para se ir meter no "alguidar de lacraus" de que todos fogem, menos (graças a Deus) os turistas, porque não vivem *dentro* da vida portuguesa, mas à superfície dela, na paisagem.»([15])

Algumas conclusões se impõem, com base numa sucessão de documentos que começou em Sena, passou por duas cartas de Tagarro e Maria Keil, pelo exemplo de vida do grande desenhador que foi Bernardo Marques, para acabar com os testemunhos de Irene Lisboa e Rodrigues Miguéis. Entre diagnósticos e programas destinados a um maior conhecimento das artes e da literatura, três conclusões se podem retirar. A primeira é que, ao longo do século XX — apesar das mudanças, diferenças de escala e de muitas medidas de apoio às artes, onde se juntam instituições oficiais, fundações, bancos e até profissões liberais —, a pequenez se mantém. E a principal razão, há que procurá-la tanto na ausência de uma educação artística, como na inexistência estrutural de uma classe média capaz de formar um público. A segunda conclusão é que essa mesma pequenez empurrou para o exterior — e até se pode dizer que ajudou a criar — os artistas portugueses de maior dimensão universal do século XX, a saber, Amadeo, Maria Helena Vieira da Silva e Paula Rego. Há uma última conclusão a retirar de todos estes textos que diz respeito ao modo de compensar a pequenez exibindo o que não temos, vendendo gato por lebre. Claro que tudo isto reforça a ideia inicial de Jorge de Sena, para quem mais valeria fugir ao ridículo de nos andarmos a pôr em bicos dos pés e procurar saber o que temos sido e em que ponto nos encontramos.

A cultura escrita, a literatura e a língua

Conta Perry Anderson, no seu *Brazil Apart* (Verso, 2019), que visitou o Brasil, pela primeira vez, entre o Outono de 1966 e a Primavera de 1967. Momento excepcional, uma espécie de interlúdio. Período que, sendo já o da Ditadura Militar, iniciado pelo golpe de 1964, não era ainda o da intensa repressão instaurada a partir de 1968. As energias culturais e intelectuais — determinadas pela necessidade de resistência — estavam ao rubro. O marxismo da Maria Antônia (a rua da Faculdade de Filosofia da Universidade de São Paulo, USP), representado pelas *Origens da Dialéctica do Trabalho* (1966) de Giannotti, pareceu-lhe muito mais cosmopolita e bem informado do que as leituras de Marx feitas, então, por Althusser em Paris. Quando

([15]) Providence, Brown University, John Hay Library, Ms 89.7, Box 1, F. 71.

voltou para Londres, contagiado por um tal clima de debate e pelas amizades que soube manter na sua longa vida, o seu projecto era o de vir a ser um estudioso do Brasil.

Longe de querer forçar o paralelismo entre o que ocorreu há meio século e a situação presente, é evidente que dois aspectos, referidos por Anderson, têm relação com o que pude testemunhar num seminário sobre cultura escrita, organizado na Biblioteca Mindlin da Universidade de São Paulo. Por um lado, para quem vem de fora, o cosmopolitismo, a abertura a novas ideias e a seriedade nos modos de trabalhar e discutir são, no mínimo, um exemplo contagiante. Por outro lado, é impossível desligar o trabalho académico da necessidade de resistir a uma cultura política da violência autoritária e da banalização das notícias falsas, que Bolsonaro e os seus apoiantes têm procurado impor a todo o custo.

A resistência, note-se bem, tem de ser feita através da intensificação de um ensino elaborado no contacto directo com a investigação, bem como de um aprofundamento do rigor metodológico e das suas bases teóricas. A capacidade de inovar pode, ainda, ser aumentada através da descoberta de novas articulações disciplinares e do aperfeiçoamento de um rigor crítico, analítico e científico. Só assim a universidade poderá contrariar os ataques que lhe lançam — de ser domínio de uma ciência incerta e do politicamente correcto — e opor-se às tentativas de fazer baixar os seus modos de financiamento público.

Com a construção recente de um moderno edifício, onde estão alojados o Instituto de Estudos Brasileiros e a Biblioteca Mindlin, bem como a livraria da sua imprensa universitária, a USP marcou pontos. Voltou a afirmar-se, internacionalmente, como exemplo bem concreto de uma cultura académica, na qual as práticas mais elaboradas de uma cultura escrita vão a par com uma determinação para fazer face aos desafios das novas tecnologias da informação. O coleccionismo privado e o mecenato — na boa tradição norte-americana inspirada na grande biblioteca de livros raros que é a John Carter Brown Library — articularam-se com o investimento estratégico de uma grande universidade pública.

Ora, o colóquio que ali teve lugar, entre 29 e 31 de Outubro de 2019, sobre Bibliotecas, Livrarias e Arquivos, foi um contributo para esse modo de reflectir, historicamente, sobre o papel da cultura escrita nos países de língua portuguesa, entre os séculos XV e XVIII. A sua principal organizadora foi Adma Muhana, professora de Literatura Portuguesa na USP. Sendo de acrescentar que se tratou do quarto encontro de um projecto de estudos, lançado por Ilda Mendes dos Santos, na Sorbonne. Não por acaso, Roger Chartier, professor do Collège de France, analisou no colóquio uma peça de António José da Silva, interpretando-a como um acto de resistência...

Na impossibilidade de resumir, aqui, os resultados de cada pesquisa apresentada no colóquio, existem pelo menos dois pontos que foram alcançados e que poderão servir de guia a investigações futuras: a criação de periodizações mais experimentais; a mobilização de modelos de interpretação gerais, destinados a relacionar análises a uma escala micro com processos que operam a uma escala macro.

Começo pela necessidade de continuar a ensaiar novos modos de periodização, bem distintos daqueles que se baseavam na sucessão Renascimento-Barroco-Classicismo ou Iluminismo. Tão-pouco se afigura útil tratar de uma forma rígida os contrastes entre Barroco e Classicismo. A que se poderia acrescentar a impossibilidade de manter, como uma única grelha, a poética de matriz aristotélica, quando durante três séculos se assistiu à entrada em cena de muitos outros géneros: das experiências miscelânicas do ensaio ao relato de viagens, do discurso dos antiquários às novas formas de fazer história, da ficção a uma pluralidade de registos jocosos.

Uma primeira configuração correspondeu ao trabalho da Companhia de Jesus, na segunda metade do século XVI. Tal como se a Contra-Reforma, enquanto resposta do catolicismo ao cisma protestante, estivesse directamente relacionada com a criação de novas formas de transmissão da palavra religiosa, de missionação, e da criação de uma série de rituais e cerimónias. Assim deverão ser entendidos os exemplos apresentados no colóquio, em torno da vasta correspondência de um visitador da Companhia em Portugal, bem como dos escritos suscitados pela organização de uma procissão em Lisboa, em 1588, para celebrar a trasladação para a igreja de São Roque de novas relíquias, trazidas de Roma.

Um segundo momento de intensidade exemplar poderá ser construído em torno de uma série de figuras da primeira metade do século XVII. Não se trata, aqui, tanto de identificar nomes que andavam esquecidos e arredados das histórias da literatura ou da cultura, mas de procurar compreendê-los em função de modos de sociabilidade intelectual, de lógicas de mecenato e da circulação de manuscritos em que Fernando Bouza Álvarez tem insistido. É neste sentido que deverão ser entendidas as relações estabelecidas pelo chantre de Évora, Manuel Severim de Faria, em torno do qual gravitavam Manuel Pires de Almeida ou João Franco Barreto; a rede epistolar de Vicente Nogueira, que de Coimbra e Madrid se passou para Roma; as relações que Manuel de Faria e Sousa manteve a partir de Madrid; a circulação de registos e de panfletos por altura da Restauração de 1640; ou, mais tarde, as influências de novas formas de espiritualidade, que se prolongaram num espaço atlântico, até ao final de Seiscentos, mediadas pelo Pe. António Vieira ou, no México, por Sóror Inés de La Cruz.

Uma terceira configuração, talvez a mais densa em perspectivas do colóquio, corresponde ao primeiro Iluminismo, da primeira metade do século XVIII.

À análise de inventários de livrarias e de listas de escritores ou dos critérios de construção de colecções de folhetos sucederam-se os inquéritos centrados na produção de géneros tão diversos quanto o relato ou a história breve, da apologética dos feitos militares na Índia a uma revolta no Brasil, ou o discurso jocoso do teatro de António José da Silva e, ainda, o movimento academicista.

Uma última configuração diz respeito aos modos de resistência que, em finais do século XVIII, na sequência das denominadas revoluções do Atlântico, ocorreram no Brasil. A seu lado, é o trabalho intelectual de inventário do mundo e da natureza — o qual no mundo hispano-americano foi capaz de criar novas identidades crioulas — que mais contou. Em ambos os casos, estabeleceram-se relações de tensão com a escrita: as revoltas foram inseparáveis de uma proliferação de escritos, dos manifestos aos inquéritos judiciais de sentido persecutório; enquanto o inventário da natureza, na linha dos trabalhos de Neil Safier, pela sua orientação curiosa de observação em relação ao que era novo, contrastava com o conhecimento livresco, representado pelas bibliotecas e os livros acumulados.

Sobre cada um destes tempos, quantos comentários ficam por fazer! Porém, a seu respeito, importa formular pelo menos duas questões. Por um lado, será possível identificar linhas de continuidade que atravessam todos esses momentos? Por outro lado, definirão eles, no seu conjunto, um sistema ou um regime de práticas de escrita e de leitura que será substituído por um outro com a entrada no século XIX, com as suas visões românticas e nacionalistas, bem como com as suas histórias da literatura e o estabelecimento de cânones de autores?

Na conferência com que fechou o colóquio, João Adolfo Hansen, professor da USP, respondeu às duas questões acabadas de enunciar. Ao longo dos séculos XIX e XX, foi construído um sistema de interpretação da literatura nacional que culminou com a obra de Antonio Candido, no Brasil, e com a de António José Saraiva e Óscar Lopes, em Portugal. Um tal sistema interpretativo procurou encaixar as diferentes práticas letradas e de escrita numa linha de continuidade, em que o argumento central seria o da formação de uma literatura nacional. A filiação marxista destes historiadores da literatura, dos dois lados do Atlântico, levou Candido a reconhecer o impacto do escravismo na constituição do tecido literário, especialmente no século XIX, e a rasgar novas perspectivas em numerosos ensaios. Mas Hansen argumentou, de forma insistente, que o marxismo não os impediu de cair em anacronismo. Ao que contrapôs uma perspectiva bem diferente. Para ele, as convenções retóricas e os quadros teológico-políticos de um Gregório de Matos ou de um António Vieira não se coadunam com o sistema teleológico de formação por etapas de uma literatura nacional. Logo, impõe-se libertar o estudo das práticas de escrita anteriores ao século XIX da armadilha constituída pelo nacionalismo.

A considerar válida a proposta de Hansen — exposta, porventura, com exagerada ênfase polémica face à obra de Candido —, haveria que ter em conta dois modelos gerais de interpretação para os séculos em causa, de Quinhentos ao final do Iluminismo. O primeiro modelo corresponde ao do próprio Hansen, mas comporta algumas diferenças. No seu centro estavam os poderes da Coroa e da Igreja, que procuraram suscitar uma produção de textos capazes de representar uma ordem teológico-política de inspiração aristotélica e tomista. Uma literatura de celebração, que até comportava, em linguagem codificada e em estilos próprios da retórica, modos de resistência, mas que no essencial visava a consagração da ordem estabelecida, tantas vezes concebida como a representação de um corpo místico.

A invenção de uma nova teoria da imagem, em meados do século XVI, ou a organização de procissões em torno de relíquias, equiparadas ao corpo místico da Igreja, exemplificam o modo como o teológico-político modelou a produção e o uso de textos, religiosos e profanos. Talvez valesse a pena alargar essa mesma esfera, retirando-a do pedestal que a simples evocação de uma teorização teológica sugere, para a surpreender nos seus contornos que não são só aristotélico-tomistas, uma vez que também se inspiraram de Santo Agostinho.

De igual modo, seria preciso sublinhar os aspectos mais catequéticos — à escala da pregação e da denúncia dos maus costumes, da confissão e da administração dos sacramentos — por parte dos muitos que podiam participar, mas desconheciam os próprios fundamentos teológicos da doutrina cristã. Talvez fosse, ainda, necessário perceber que os diferentes géneros da retórica se comportavam de modo diverso. Por exemplo, a épica ou a história dos feitos do Oriente dificilmente podem ser vistos sem tomar em linha de conta essas mesmas identidades.

O segundo modelo de interpretação — que muitas vezes entra em choque com o anterior, mas pode com ele acomodar-se, ultrapassando visões dicotómicas — foi várias vezes evocado durante o colóquio. Trata-se das relações que se formam, desde o Renascimento italiano — conforme começou por lembrar Isabel Almeida —, em torno de uma República literária (*Respublica litteraria*). Foi nos seminários de Roger Chartier que aprendi a pensar tais sociabilidades intelectuais e académicas. Estas mantêm entre si relações de descontinuidade, a ponto de se poder argumentar que a sua experiência não é necessariamente cumulativa. Do século XV ao XVIII, a história dessa mesma esfera vai sendo constituída em torno de relações, mais ou menos institucionais, entre humanistas e intelectuais, antiquários e cientistas, iluministas e viajantes. Os modelos e os exemplos de tais modos de sociabilidade encontram-se em Norbert Elias e Habermas, em Bourdieu e em Foucault, ou, mais perto de nós, em Benedict Anderson.

O estudo dos casos particulares e o seu aprofundamento através de análises e descrições densas, em registos tão difíceis como os do jocoso, não podem fazer a economia de tais quadros gerais de interpretação, que talvez seja mais correcto pensar enquanto processos compostos por diferentes configurações. Que esta experiência de estudo e debate, aqui demasiado resumida, sirva para estimular, em Portugal, o interesse pelo estudo e ensino da «história da literatura portuguesa».

A universidade a reboque dos poderes

Na história do século XX português, pelo menos três questões se levantam a respeito da universidade. Entendo esta como a instituição do ensino superior onde os professores ensinam no contacto com os seus projectos de investigação científica. A primeira questão tem sido a de saber se a institucionalização do ensino favoreceu a investigação científica e estimulou o pensamento crítico. O que equivale a perguntar se a universidade — tantas vezes, nas suas rotinas de reprodução de um saber anquilosado — não se constituiu mais numa instância de reprodução social das elites instaladas, de repetição de saberes canónicos, estabelecidos sem escrutínio, e em local onde se impuseram práticas disfuncionais (dos jogos de poder e interesses materiais, criados em torno de títulos e de mecanismos de decisão, ao predomínio dos sistemas clientelares; da imposição de hierarquias vazias de sentido ao exacerbamento de rituais estudantis ou de autoridade).

A segunda questão esteve sempre relacionada com a capacidade, ou não, de a universidade ganhar autonomia, para afirmar os seus valores e modos de operar fundados na investigação e no rigor científico, distanciando-se de uma mera utilização prática dos conhecimentos. Este último uso dos saberes foi concebido tanto em função dos interesses do mercado como das políticas públicas e actividades de planeamento. De qualquer modo, a defesa da autonomia da ciência sempre foi feita em nome da liberdade dos professores, dobrados de investigadores, contra as tentativas constantes da sua subordinação a outras esferas.

Terceira e última questão: terá a universidade conseguido impor-se face às esferas com as quais concorre? Essas esferas tanto são constituídas pelo espaço público propriamente dito — onde livros, jornais, revistas e progressivamente outros meios de comunicação, da rádio às plataformas electrónicas, se instalaram — como são concebidas por outros centros académicos, mais avançados, situados sobretudo no estrangeiro, que lhes disputam a primazia.

Contudo, o campo no interior do qual a universidade portuguesa se situou e as respectivas lutas que teve de travar para se afirmar devem entrar em linha de conta com muitas outras instâncias: do domínio ancestral da Igreja à presença nos meios de comunicação e ao *star system* da divulgação, inventado pela cultura de massas.

Com base neste questionário, será possível isolar alguns episódios, pertencentes a configurações muito distintas, e demonstrar um argumento principal: em Portugal, a extrema politização da universidade implicou, quase sempre, perda de autonomia e incapacidade para impor a ciência e a investigação como prioridades de um sistema central de valores ao conjunto da sociedade. O facto de a história da universidade ser feita, quase sempre, em função de disciplinas específicas, ainda por cima apresentando-se como narrativa de luta pela afirmação da autonomia e dos resultados obtidos em cada uma das áreas — tal como se só os eclesiásticos pudessem fazer a história da sua ordem, congregação ou igreja —, tem impedido a percepção da extensão desse processo de dependência ou politização.

Pior: uma incapacidade generalizada em discutir, em conjunto, o sentido do financiamento público do ensino superior tem favorecido sectores minoritários que reivindicam para si o espírito do denominado «empreendedorismo», pelo simples facto de se mostrarem capazes de beneficiar de dinheiros privados. Outro dos resultados diz respeito a uma hierarquização muito discutível das áreas, a qual tem sido feita em função de modas e de modelos da prática científica cujos critérios nem sempre são fáceis de descortinar. E o resultado está à vista: a perda de autonomia universitária é ainda mais acentuada, aumentando o desnorte acerca do que deve ser a orientação científica da universidade. Admita-se, ainda, que tal desnorte encontra, muitas vezes, a sua justificação numa lengalenga tecnoburocrata de ligação da universidade ao tecido empresarial.

Restrinjo a minha análise às áreas que conheço melhor. Em 1910, Paulo Merêa, um jovem estudante de Direito que ainda não se tinha sequer doutorado, mas que veio a ser um dos professores mais marcantes da Universidade de Coimbra, proferiu uma conferência de reacção ao discurso claramente positivista de tomada de posse do novo reitor, Manuel de Arriaga (*Idealismo e Direito*, Coimbra: França & Arménio, 1913). A conferência tinha o valor de um manifesto e, apesar de nunca ter sido lida enquanto tal, precedeu outras publicações que também procuraram estabelecer rupturas: a revista *Nação Portuguesa*, começada a publicar em 1914, dirigida pelos integralistas Alberto de Monsaraz e António Sardinha; a que se seguiram as Conferências na Liga Naval Portuguesa de 1915, publicadas por Sardinha em *A Questão Ibérica* (1916); o *Orpheu* de Fernando Pessoa, Mário de Sá-Carneiro e outros modernistas, também de 1915; e, no ano seguinte, o *Manifesto Anti-Dantas* de Almada Negreiros.

Ao pôr a par um conjunto de conferências e publicações, será possível começar a pensar nos cruzamentos entre: o que se passava na universidade, que continuava a ser, sobretudo, a de Coimbra; o trabalho assumidamente político de reacção dos integralistas à implantação da República; e a criatividade estética e literária do modernismo. Quanto à conferência de Merêa, ela apresenta-se como uma das primeiras peças das correntes anti-intelectuais, mais próximas do intuicionismo de Bergson, que se impuseram em Portugal. Centrando-se nas concepções do Direito, Merêa reagiu contra «o desprezo dos sentimentos populares e tradicionais, a redução do mundo psicológico ao puro intelectualismo [...] — características duma filosofia moribunda e que não tem direito a reviver». Em nome de um «idealismo crítico», transcendeu a sua esfera disciplinar e falou das novas tendências, «originais e palpitantes», que se faziam sentir «já nas concepções morais e religiosas, já nas manifestações estéticas, já mesmo na esfera da ciência propriamente dita». No seu campo, a preferência expressa ia para a vasta obra sociológica e criminológica do «grande Tarde» (cuja obra foi valorizada por Bergson) e para o «verdadeiro tratado de filosofia do direito» de Maurice Hauriou (1856–1929); contra o pseudopositivismo da escola italiana que assimilava a pena a uma mera função de higiene social, as críticas de morte, materialistas, de Duguit e Ferri, ao Direito subjectivo.

Deste caldo de ideias e de influências, que é hoje de difícil reconstituição, irá emergir uma concepção idealizada do Direito, centrada no Estado e no corporativismo. Para trás, ficavam as concepções do Direito próximas das ciências sociais, da sociologia e do socialismo. Luís Cabral de Moncada (1888–1974), que partilhou muitas ideias fascizantes com Merêa, duas décadas depois ainda exprimia a sua indignação acerca da viragem do Direito para as ciências sociais, lembrando o combate isolado, proferido contra o positivismo, do então estudante Paulo Merêa. Segundo Moncada, Merêa integrara o grupo dos estudantes chamados Esotéricos, que esteve na origem dos Integralistas, encabeçados por António Sardinha, e afastara-se desse «novo *mot-d'ordre* na pedagogia jurídica [que] era: economia, estatística, história das confissões religiosas e legislação comparada. A própria designação de Sociologia parecia encobrir uma "abstracção exagerada". Em vez dela, fala-se de preferência em ciências sociais, evitando-a cautelosamente».

Nas palavras de Cabral de Moncada, Merêa defendera «em jurisprudência um neo-idealismo de larga inspiração bergsoniana». Os radicais de esquerda, republicanos, não gostaram, tendo chegado a haver um princípio de tumulto. E pouco importa que Merêa tivesse dedicado a sua vida, sobretudo, à investigação histórica, primando pela erudição e apego à prova documental. Conforme a caracterização de Merêa feita por Moncada, com quem partilhou a mesma ideologia: «Aí não é já o leitor [Merêa], o exegeta do documento, quem nos fala, mas sim uma penetrante intuição dos sentidos mais profundos da cultura.» Para Moncada, no fundo, o importante era perceber as origens e o caminho que tinha levado ao «pensamento filosófico-jurídico» de Salazar e do Estado Novo, bem representado pelos discursos proferidos por aquele em 28 de Maio e 30 de Julho de 1930.

Muitos outros episódios, pertencentes a quadros distintos, poderiam ser isolados para dar conta de outras politizações dos saberes académicos. Algumas delas com uma intensidade política redobrada. Do estudo das instituições comunitárias, de montanha, empreendidos pelo geógrafo Orlando Ribeiro e pelo etnógrafo António Jorge Dias, mas com contribuições anteriores de Jaime Lopes Dias e Tude de Sousa, deu conta o pouco conhecido filólogo, etnógrafo e historiador Edmundo Correia Lopes, em artigo póstumo de 1949. Em causa estava, por um lado, uma luta pela afirmação de disciplinas como as acabadas de referir, mas também a abertura de espaços para a entrada ou promoção na universidade de quem queria investigar. Mas, por outro lado, a escolha do tema — a busca de uma matriz rural, comunitária, de organização social — correspondia aos anseios corporativos protagonizados, na mesma época, pelas faculdades de Direito de Coimbra e Lisboa, onde convergiam muitos juristas, a começar por Mário de Figueiredo (1890–1969), director daquela primeira Faculdade.

As origens intelectuais do corporativismo, que têm sido estudadas em profundidade e objecto de comparações, por Manuel de Lucena, Manuel Braga da Cruz e António Costa Pinto, são inseparáveis daquelas investigações sobre as formas elementares de organização comunitária (que só aparentemente se constituem na idealização de uma qualquer arcádia, como propôs João Leal). Aliás, já António Sardinha tinha fixado esse mesmo programa de estudos e procurado articular corporativismo e comunitarismo na sua conferência da Liga Naval: «Quanto às nossas instituições civis e económicas, a sociabilidade característica da Raça traduz-se vigorosamente pelo mais enraizado comunitarismo.»

Um último momento pode e deve ser constituído pelo que se passou em consequência das reformas coloniais introduzidas pelo ministro Sarmento Rodrigues (1950–1955). Este contava com uma experiência anterior, enquanto governador da Guiné, onde criara um Centro de Estudos Culturais e procurara estreitar as relações entre conhecimento, baseado na pesquisa, e tomadas de decisão no âmbito das políticas coloniais. O ímpeto reformista de Sarmento Rodrigues fez-se sentir aos mais diferentes níveis, incluindo no crescimento e reorganização da antiga Escola Colonial, dirigida por Mendes Correia e, depois, pelo jovem Adriano Moreira. Tendo este último, uma vez nomeado ministro do Ultramar, conseguido transformar essa mesma Escola em instituto da Universidade Técnica, da qual passou a ser catedrático sem doutoramento.([16])

Jorge Dias, que se doutorara em Munique durante o regime nazi e que pela mão de Mendes Correia conseguira entrar no ensino e dedicar-se à investigação, foi um dos professores dessa escola. Os seus estudos centraram-se, inicialmente, nas sociedades comunitárias e em levantamentos de cultura material. Mas, a partir de finais da década de 1950, elegeu como principal laboratório África, mais concretamente, a sociedade maconde, do Norte de Moçambique. Um conjunto de investigadores tem procurado compreender o sentido dessa mesma obra (Joaquim Pais de Brito, Rui Pereira, João Leal, José Manuel Sobral, Harry West).

Nem todas as interpretações da obra de Jorge Dias são coincidentes, sobretudo não tem sido fácil compreender o significado desse doutoramento de Dias, feito na Alemanha de Hitler, nem tão-pouco a sua disponibilidade na definição das políticas e na administração da informação do Estado colonial. No entanto, tal como vimos em configurações anteriores, é impossível separar a actuação de Jorge Dias como investigador e fundador do Museu de Etnologia do Ultramar do seu envolvimento na definição das políticas coloniais.

A universidade: a crise anunciada e as estratégias possíveis

As universidades públicas portuguesas estão à míngua. Por isso, João Caraça organizou, em boa hora, na Universidade de Coimbra, um encontro para discutir as questões do financiamento do Ensino Superior. Durante décadas, Caraça foi responsável pelo Serviço de Ciência da Gulbenkian. Depois dirigiu a Delegação em França da mesma fundação. E preside, agora,

([16]) Em 1966, Marcello Caetano revelou o seu profundo cepticismo em relação à transformação da Escola Superior Colonial em Instituto Superior de Estudos Ultramarinos. Para ele, tal transformação era bem reveladora de uma espécie de característica nacional de aspiração por títulos universitários, que apelidava de «doutorismo», uma vez que «aquilo a que os portugueses mais aspiram é a serem tratados por "doutores" e, se possível, por "professores"». Haveria, aliás, que recuar a 1946 — quando o próprio Marcello Caetano fora Ministro das Colónias — para perceber como é que a antiga Escola Colonial procurara fazer face à necessidade de preparar e aperfeiçoar a formação de funcionários para a administração colonial. Assim, ao mesmo tempo que criticou o modo como Adriano Moreira desviou o Instituto da sua missão de criar «funcionários ultramarinos», Marcello aproveitou para enaltecer o seu trabalho anterior, quando tivera a pasta das colónias, Marcello Caetano, «Problemas actuais da Administração Pública Portuguesa» [*O Direito*, ano 98 (1966)], in *A Construção de uma Doutrina Portuguesa de Direito Público. Artigos doutrinais n'*O Direito (Coimbra: Almedina, 2012), pp. 293–294.

ao Conselho Geral da Universidade de Coimbra. O encontro sobre o financiamento foi o segundo de uma série. O primeiro, dedicou-o à autonomia universitária, e haverá ainda um terceiro sobre carreiras.

Do outro lado do Atlântico, as universidades públicas também estão sob ameaça. Por exemplo, testemunhei, muito recentemente, que o clima na Universidade de São Paulo é idêntico ao de uma fortaleza que se encontra sitiada por um poder político e uma parte da opinião pública que desqualificam tudo o que possa vir da universidade. Considerada um antro de esquerda, num quadro de evidente emergência de outras formas de conhecimento e de comunicação: das *fake news* espalhadas pela *net* aos gurus que se impõem de longe como mentores de Bolsonaro, sem esquecer essa espécie de fundamentalismo evangélico que anda a destruir terreiros de candomblé na Baía e no Rio de Janeiro. O pensamento crítico e científico que a universidade potencia, fundado em demonstrações rigorosas e instrumentos de prova, não agrada aos que pretendem agitar e manipular as massas.

Tenho medo de que a sanha antiacadémica passe de lá para cá. Ainda por cima, o populismo norte-americano tem também vindo a declarar guerra aos campos universitários enquanto domínio do politicamente correcto. Entre nós, uma mixórdia de académicos frustrados e daqueles que ficaram de fora já segue a mesma agenda, destilando o fel de uma cultura do ódio.

Porém, os nossos problemas são de uma outra ordem e os ataques à universidade têm origem diferente. Ainda? Não posso garantir por quanto tempo ou que estejamos na antecâmara de uma crise anunciada. Sobretudo, tenho dificuldade em precisar, numa ordem de importância, se os ataques à universidade provêm da sua sujeição aos mecanismos do mercado e à linguagem que lhe é adjacente, como insistiram vários intervenientes no encontro organizado por João Caraça. É que, no caso da universidade que conheço melhor, o sistema de governo é o da distribuição de pequenos favores (de contratação e nomeação) num jogo que cria a ilusão da existência de pequenos poderes, mas que se baseia, isso sim, nos pequenos poderes detidos e centralizados por uma direcção de mentecaptos. Tudo pequeno, quem levanta cabelo é afastado, porque ali reina a falta de escrutínio, a hierarquia administrativa, os privilégios de poucos e um autoritarismo clientelar que é uma espécie de resquício do Antigo Regime (ou talvez não, porque também pode ser o produto de uma modernidade criadora de desigualdades extremas, sendo que, a este respeito, o modelo almejado, mas impossível de atingir, é o da redistribuição institucionalizada, com aparência de legalidade). Claro que, como sempre, há ilhas, mas nem sempre é fácil dizer onde se encontram e como se chega lá.

Por exemplo, Manuel Portela e Caraça concordaram em denunciar a linguagem que invadiu as universidades, para alimentar uma espécie de estratégia, como sendo estereotipada. De facto, repetem-se e esvaziam-se de sentido palavras mágicas tais como a «excelência», o «desempenho» e o inevitável «empreendedorismo». Haveria muito a dizer acerca desta pobreza conceptual, mas o que ela esconde é uma notória vacuidade, representada pela aplicação dos conceitos da gestão às organizações, à política e às universidades. Igualmente pobre é o quadro de referências que lhe serve de contexto. Por isso, não é de estranhar que um conhecido professor de Gestão de Lisboa fique muito satisfeito quando cita o Homem-Aranha como uma espécie de guia espiritual, num registo que se confunde, para o bem e para o mal, com o dos livros de auto-ajuda. Sempre é um caminho, que se encontrava oculto. A seguir... Uma autêntica caminhada!

Como fugir, então, a essa linguagem do mercado e da gestão? O orador que proferiu a conferência de abertura, Luc Soete, da Universidade de Maastricht, não se desviou dela e ofereceu um ponto de vista bem diferente do que seria de esperar na Universidade de Coimbra. Defendeu que o financiamento público tinha um custo elevado para os contribuintes e apenas contribuía para criar maiores situações de desigualdade social. Não percebi. Perguntei-lhe se, então, sociedades onde o financiamento nas universidades, em lugar de ser público, fosse privado seriam mais igualitárias. Não me respondeu. Tão-pouco aceitou que lhe apontasse o dedo, identificando a sua aparente análise de economista do mercado da educação como produto de uma agenda neoliberal.

Pedro Lourtie, que já foi secretário de Estado do Ensino Superior, proferiu uma das conferências mais informadas do encontro. No seu entender, a questão do financiamento está directamente ligada aos propósitos do Ensino Superior, constituído por universidades e institutos politécnicos. Porém, fiquei decepcionado com o modo como concluiu a sua conferência, argumentando que uma estratégia para a universidade tinha de se saldar numa melhor gestão da mesma, ou seja, numa maior autonomia de gestão frente à conformidade burocrática. O argumento filia-se, insisto, num conhecimento profundo da situação. O objectivo é defender que as universidades tenham liberdade para chegar ao fim do ano com saldos positivos, pois só assim se poderão acautelar os investimentos resultantes de uma acumulação de capital.

Ataques à universidade, lembrou António Cunha, da Universidade do Minho e ex-presidente do Conselho de Reitores, têm também origem na crescente judicialização dos concursos internos, tendo em vista o recrutamento e as promoções. Ora, a litigância assusta as instituições académicas. Fá-las perder tempo e dinheiro em processos administrativos que se arrastam. Por isso, não há como fugir aos critérios de gestão que se traduzam em avaliações quantitativas, ditas objectivas. Pois, se assim não for, chovem contestações e os processos aumentam.

Gonçalo Leite Velho e António Cunha também identificaram, na tutela das universidades, alguns problemas. O primeiro revelou que há uma desconfiança do Ministério em relação às universidades; tendo estas, por sua vez, entrado numa espécie de crise pelo facto de terem perdido o seu poder simbólico. Já o presidente do CRUP confessou que os decisores políticos têm uma retórica de protecção do ensino universitário, mas que não se passa disso. Os números do financiamento público das universidades apresentados por Leite Velho demonstram um preocupante desinvestimento progressivo por parte do Estado.

Na abertura do encontro, Amílcar Falcão, reitor da Universidade de Coimbra, falou da concorrência perfeitamente desleal entre instituições do Ensino Superior. Confesso não ter logo percebido do que se tratava quando se falava em concorrência. Só ao longo do dia se tornou clara a ideia, bem explicada por António Cunha, de que a concorrência tinha na base as diferentes capacidades de atracção do financiamento privado. E o exemplo, também inevitável porque excepcional, é o das instalações da Nova School of Business and Economics, em Carcavelos. Quais as contrapartidas de controlo por parte das empresas que permitiram edificar novas instalações em terreno cedido pela Câmara de Cascais? Contudo, o modelo não parece passível de ser reproduzido noutras regiões. Assim, a incapacidade generalizada para atrair mecenas ou investimentos privados salda-se numa denúncia da concorrência desleal.

O dia foi longo e produtivo. Não posso calar uma outra denúncia acerca de uma situação que nem por ser habitual pode ser justificável: o encontro reuniu dez oradores, todos homens. Quem conhece a universidade, sabe que uma situação deste tipo é um erro e um atropelo grave aos direitos das mulheres. O facto de ter falado quase no fim — ao lado de Lino Gonçalves, director do Serviço de Cardiologia do Centro Hospitalar e Universitário de Coimbra e catedrático da mesma especialidade — deu-me tempo para pensar melhor no *dossier* que tinha conseguido recolher sobre a questão do financiamento. No entanto, não me sentiria bem se não tivesse esclarecido, desde o início, a minha defesa da figura do *professor-investigador*, contra a ideia do *professor-administrador*, afastado da pesquisa, envolvido nos jogos do poder académico e, geralmente, favorecedor de lógicas de patrocinato e clientelismo, desenvolvidas a coberto das instituições universitárias. Apesar de os participantes não serem obrigados a conhecer o que já escrevi em termos de elogio à figura do professor-investigador e de crítica à do professor-administrador, não me sentiria bem se o não tivesse começado por esclarecer.

Num terreno em que os apelos à complexidade se me afiguram escusados e pretensiosos, procurei tornar clara a minha posição, pelo menos em dois pontos principais. Primeiro, um dos períodos de maior intensidade exemplar na produção de conhecimento sobre a universidade portuguesa surgiu durante o marcelismo e prolongou-se pela década de 1970. Os dois volumes organizados por Sedas Nunes, em 1969, com base em colaborações na revista *Análise Social*, as intervenções do médico Miller Guerra e um livro sobre a crise da universidade, de Orlando Ribeiro, publicado já depois de 1974, constituem os principais marcos de uma reflexão conjunta que procurou pensar a universidade na sua relação com a investigação científica e, sobretudo, em termos de uma articulação com as estruturas da sociedade portuguesa e dos processos de modernização ou desenvolvimento que se lhe impunham.

Nessa conjuntura, falava-se de questões da desigualdade e das deferências criadas pelo ensino universitário; das dificuldades de modernização interna por que se pautava um conjunto de instituições académicas; e da necessidade de pensar em conjunto a universidade, articulando o aprofundamento entre áreas de especialidade e lógicas interdisciplinares. Em tudo isto fazia-se sentir uma irreverência mais ou menos contestatária, de quem falava a partir de posições mais ou menos marginais. Foi esta mesma perspectiva desconfortável, de quem fala sobre a universidade a partir de fora, que Vitorino Magalhães Godinho prolongou já na década de 1980.

Arrisque-se uma comparação com um outro padrão, mais tardio, na altura em que José Mariano Gago se constituiu como a figura de maior relevo. Um livro sobre a situação da Ciência em Portugal, por ele dirigido (Dom Quixote, 1992), e um outro recente sobre o mesmo assunto que lhe é dedicado (Maria de Lurdes Rodrigues e Manuel Heitor, eds., *40 Anos de Políticas de Ciência e de Ensino Superior*, Almedina, 2015) servem de base para a construção deste segundo padrão. As questões da desigualdade e da modernização parecem ter dado lugar à já referida retórica da gestão, fundada nos critérios da excelência, atracção do financiamento ou investimento e avaliação do desempenho. Será, porventura, mais preciso afirmar que a força da modernização — num contexto desenvolvimentista (pós-corporativo) — se impôs em relação ao combate à desigualdade. Como? Colocando a autonomia da universidade em cheque, impondo como grande objectivo a necessidade de se ganharem inúmeros projectos, tendo em vista o aumento da riqueza. Depois, o esforço anterior, destinado a pensar em conjunto as instituições universitárias, parece ter sido substituído por um apelo maior à fragmentação, a começar por uma separação entre investigação e ensino. Por último, à irreverência dos que falavam de fora também parece ter sucedido uma espécie de moral acomodatícia dos que apenas falam das suas áreas, para as celebrar e consagrar pelos seus grandes feitos e resultados.

Telegráfica e simplista, a comparação entre dois tempos tem, pelo menos, a vantagem de contrariar a ideia de que a principal linha divisória foi criada em 1974, quando não parece ter assim sucedido. Porém, uma análise histórica dos dois momentos, evocados enquanto padrões passíveis de serem comparados no tempo, não contém em si uma visão estratégica para a universidade. Ou seja, não supõe um ponto de vista programático.

A esse propósito, no encontro de Coimbra, foi o professor de medicina Lino Gonçalves quem ofereceu o melhor exemplo do que deve ser uma estratégia, necessariamente parcelar, mas de enorme alcance. Apresentou o seu caso de forma clara e com uma modéstia que só está ao alcance dos grandes médicos e professores. A Universidade de Coimbra e a Universidade Nova de Lisboa, com o apoio da FCT, desenvolveram nos últimos anos um programa de ensino com a Escola Médica de Harvard. Cerca de 250 alunos daquelas universidades já frequentaram esse mesmo programa, o que valeu a alguns deles uma verdadeira internacionalização em termos das suas carreiras futuras. O principal argumento de uma experiência deste tipo é que a subida dos índices de investigação em medicina se reforça exponencialmente, na medida em que existe contacto com instituições e programas de nível mais elevado. As oportunidades de novas carreiras, por consequência, também aumentam. Em suma, há que não ter medo de circular internacionalmente.

Há alguns anos, a uma escala informal e muito mais modesta, cerca de dezoito alunos portugueses de Sociologia, História e Ciência Política foram envolvidos numa experiência semelhante de internacionalização, graças a Onésimo Teotónio de Almeida, da Universidade de Brown. Por isso, impõe-se que, em lugar de se adiarem propostas de sentido estratégico para uma outra qualquer reunião, se siga a lição dos pequenos passos dada por Lino Gonçalves. Este encontrou um modo de internacionalização dos seus alunos, puxando-os para níveis mais elevados da investigação científica. Ora, sem nunca confundir o que é da ordem da gestão com o que deve ser uma estratégia universitária, algumas medidas podem ser sugeridas: *i)* colocar as bibliotecas e os centros de documentação no centro de uma visão estratégica das universidades, sem cair no erro de proclamar que a comunicação digital consegue queimar etapas, em relação aos suportes materiais anteriores; *ii)* investir com autoridade e dotar de meios os projectos interdisciplinares, quase sempre mais abertos às inovações e à criação, sem perder de vista o aprofundamento das áreas de especialidade; *iii)* ter a coragem de não querer reduzir tudo a critérios quantitativos de avaliação (como lembrou Lino Gonçalves), salvaguardando a inovação, medida qualitativamente, da mesma forma que, sem descurar projectos de grande dimensão (por exemplo, da FCT e ERC), se devem também acarinhar iniciativas de pequena dimensão, porventura mais experimentais, mas também mais produtivas e internacionais; *iv)* acabar com a ideia de que a promoção na carreira de professor e investigador tem de se sujeitar à abertura de vagas de um quadro fixo, quando deveria ser feita por reconhecimento do mérito individual; *v)* por último, conjugar promoções e recrutamento por concurso dos mais novos, a quem será necessário dar perspectivas de carreira, eliminando a instabilidade associada a estatutos precários, mas contrariando qualquer tipo de passagens administrativas.

O retrocesso do cânone da literatura portuguesa

O Cânone foi o livro da *rentrée* que a pandemia nos quis roubar.([17]) Que não haja dúvidas! Preparado para gerar polémica. Anunciado com espalhafato. Apresentado com o profissionalismo do *marketing*, como um segredo bem guardado só revelado por Ricardo Araújo Pereira (que, tenho a certeza, não enfiou o barrete). Ele é a peça que faltava na estratégia de dois professores universitários que têm uma ideia — temerária, mas discutível — do que deve ser a universidade e do que compete ao ensino e à investigação da literatura. Por isso, os mesmos que defenderam a necessidade de adaptar a Portugal o modelo do *liberal arts college*, no interior do qual cada aluno constrói o seu próprio *curriculum* (*A Universidade como Deve Ser*, Lisboa: FFMS, 2017), vêm agora propor que cada um tenha o direito de escolher um cânone da literatura nacional.

Sem hesitações, sempre na defesa de um individualismo extremo, lá está, chapado na primeira página, que este livro «representa o que cada um dos seus autores, e desde logo os editores, acharam que devia estar representado». E quem não gostar ou discordar, conforme desafiou Miguel Tamen, «tem bom remédio, escreva um livro. É disso que precisamos.» Felizmente, José Carlos Seabra Pereira antecipou-se e publicou, em cerca de 800 páginas, *As Literaturas em Língua Portuguesa* (Lisboa: Gradiva, 2020)!

Mais: não sei bem se esse individualismo extremo é ainda um resquício de uma formação pós-moderna que foi capaz de pôr em causa as interpretações estruturais e os processos de conjunto, para apostar na criatividade individual ou em identidades mais localizadas. Ou se o mesmo individualismo corresponde à defesa radical do mercado e do mérito, que determinam as dinâmicas de uma sociedade em que cada um se safa como pode, dispondo apenas de um Estado mínimo. De qualquer modo, as duas hipóteses não se excluem e tenho para mim que a defesa obsessiva dos nomes dos escritores, escolhidos pelos organizadores, revela uma visão da literatura portuguesa que tem tanto de fragmentado como de individual.

Reconheço que António Feijó parece querer escapar a essa visão extremada de individualismo. Por isso, ao escrever sobre o «cânone», numa das mais densas entradas do livro, define a sociedade portuguesa como oligárquica, em comparação com a sociedade democrática norte-americana. Porém, Tamen insiste no facto de a palavra «portugueses» designar, apenas, «uma soma de pessoas muito variadas». Admita-se, pois, que mais vale tomar o livro por aquilo que ele é e analisar a sua estrutura interna, bem como o modo

---

([17]) *O Cânone*, eds. António M. Feijó, João R. Figueiredo e Miguel Tamen (Lisboa: Fundação Cupertino de Miranda/Edições Tinta-da-China, 2020).

como está escrita cada entrada, em lugar de insistir nas ausências deste ou daquele escritor ou escritora, mais da nossa predilecção.

Este livro inclui meia centena de entradas sobre escritores, quatro reflexões sobre o que é ou deve ser um cânone e nove pequenos ensaios de orientação temática. Os organizadores prescindiram de índices, porventura ao contrário do que recomendam, com rigor, aos seus próprios discípulos.

Os escritores seleccionados estão dispostos por ordem alfabética do primeiro nome, com excepção de uns dez que seguem outros critérios, sem que se percebam quais. Camões e Pessoa, elevados aos píncaros, abrem e fecham o volume, e merecem, excepcionalmente, cada um, duas entradas. Ao dispor os escritores por ordem cronológica, da frente para trás, nota-se que os mesmos formam uma espécie de funil ou cone virado ao contrário: 26 são do século XX; 12, do século XIX; 2+2 representam, respectivamente, os séculos XVIII e XVII; o século XVI volta a crescer com 5; e o século XV fica, outra vez, com dois escritores. As quatro reflexões sobre o cânone revelam a veia mais comparatista dos organizadores e de uma competente autora, Anna Klobucka, bem como o impacto exercido pela obra de Harold Bloom, *O Cânone Ocidental* (Temas & Debates).

No conjunto, sente-se ser escassa a preparação dos organizadores para recuar no tempo, em relação a Eça ou Camilo. Os pequenos ensaios temáticos versam o Barroco, Críticos, a Lírica Medieval, Memórias, as revistas *Orpheu* e *Presença*, Poetas Laureados, Portugal, Prémios e o Renascimento. Desenganem-se os que acharem que o Neo-Realismo, com os seus debates sobre a função da literatura, serviu para alguma coisa no século XX, pois neste livro ele nunca existiu! As mulheres também não constam, além de alguns escassos nomes. O mesmo se poderia dizer em relação aos usos literários da língua em países africanos e asiáticos onde se continua a falar português. A relação com outras literaturas e sociedades, por via de traduções ou nas diferentes formas de orientalismo, bem protagonizadas por Wenceslau de Morais, não consta. Este livro também não inclui uma reflexão sobre o ensino universitário da literatura, que englobaria a maior parte dos autores das entradas. Enfim, as artes, o cinema ou o teatro, com responsabilidades na construção de um cânone literário, pouco ou nada importam.

A selecção de temas — para o meu gosto, tão desconexa — só pode ser justificada à luz do referido individualismo e de escolhas que são assim... porque são mesmo assim. Não existindo critério de conjunto que justifique tais escolhas, é inegável que alguns ensaios lançam novas hipóteses, como sucede na entrada do circunspecto Rui Ramos sobre memorialismo (que, todavia, ignora o prolífico diarismo de Eugénio Lisboa).

Em face das entradas relativas a nomes dos escritores, sobretudo do século XX, a pergunta que se coloca é a de saber: o que descobriram de novo os autores e organizadores, para se sentirem impelidos a publicar um livro com mais de quinhentas páginas? Leio este livro, com a atenção que merece, e chego à conclusão de que o mesmo não apresenta quase nada de novo. Trata-se, apenas, de um cânone feito a partir de outros cânones. Ou seja, está montado em cima de uma tradição conhecida e reconhecida que acaba por sair empobrecida. E o certo é que não apresenta uma única novidade, propondo, por exemplo, autores esquecidos que poderiam entrar, pela primeira vez, no cânone.

Para detectarmos algo de novo, temos de ir para alguns casos pontuais. Refiro-me às entradas de Isabel Almeida sobre Gil Vicente e Vieira, de Hélio Alves sobre Camões e o Barroco, o Garrett de Viktor Mendes, o Camilo e o Júlio Dinis de Abel Barros Baptista, o Antero e o Oliveira Martins de Rui Ramos, a Florbela Espanca de Anna Klobucka, o Aquilino de Seabra Pereira e o Cinatti de Peter Stilwell. Haverá, com certeza, uma ou outra entrada a mais que me escapou. Admito, até, que esteja a ser injusto. Mas, ao virar o método dos organizadores ou das bonecas russas, matrioscas, contra o seu próprio livro, o meu saldo acaba por ser uma espécie de cânone reduzido de *O Cânone*.

O pior é que há uma quantidade de entradas que, além de não conseguirem justificar por que razão os autores deverão fazer parte do cânone, mais parecem uma chuchadeira. Por exemplo, por que razão a prosa hagiográfica de Frei Luís de Sousa — abordada por João Figueiredo, que faz, assim, desaparecer do cânone as obras em prosa de João de Barros, Castanheda, Damião de Góis ou Couto — tem de ser lida em função do romance pastoril e dos argumentos falaciosos de Jorge Borges de Macedo acerca da cultura política portuguesa do século XVI? Ora, é isto mesmo que argumenta, penosamente, Figueiredo, que requentou (à semelhança de muitos outros) o que já escrevera sobre o biógrafo de Frei Bartolomeu dos Mártires.

Qual o motivo que levou os organizadores a excluir do seu cânone da literatura portuguesa uma reflexão conjunta sobre as correntes de espiritualidade, que ficam reduzidas ao Pe. António Vieira? A questão é tanto mais pertinente quanto José Adriano Freitas de Carvalho — um dos maiores conhecedores da literatura portuguesa, na linha de Bataillon e Lurdes Belchior, a par dos seus discípulos da Universidade do Porto — demonstrou, há muito, que espiritualidade e religião tudo invadem, incluindo a poesia sacra de D. Francisco Manuel de Melo (o qual não merece sequer a atenção dos organizadores do livro).

Saltando séculos, porque me parece que António José da Silva e Bocage não dão conta do Iluminismo em Portugal, a questão da espiritualidade poderia atravessar a poesia de Antero de Quental e Guerra Junqueiro (outro a ficar de fora de *O Cânone*), até chegar a *O Senhor dos Passos da Graça* de

Gomes Leal ou a *O Milagre Segundo Salomé* de Rodrigues Miguéis. Porém, não foi esse o rumo tomado.

Sobre Gomes Leal, Tamen — depois de reconhecer que, na altura da morte, já se tinha transformado em personagem, como «só Bocage e Camões antes de si teriam sido» — refere que as suas ideias, expostas em prefácios e posfácios aos seus livros, «são normalmente peças vaidosas e disparatadas», e que «*A Mulher de Luto* é porém o mais exótico e intratável». E o mesmo Tamen remata o seu ensaio com uma crítica, em modo de correcção, considerando que aos «meios poéticos Gomes Leal terá chamado por engano espiritismo» e que «esses meios são a doutrina extrema sobre o amor que para ele foi sempre a poesia». Quem conseguir entender esta mistura entre ralhete e ilusionismo verbal que levante o dedo, porque, sinceramente, não percebi patavina, apesar de Gomes Leal ter merecido o apreço de Pessoa, Alfredo Guisado, Nemésio, Natália Correia, Alexandre O'Neill, Cesariny e muitos outros.

Pierre de Roo escreve sobre Rodrigues Miguéis. Sem explicar por que razão o mesmo deve integrar o cânone — como sucede, aliás, em muitas outras entradas —, passa a citar W. V. Quine, Evans-Pritchard e, sobretudo, Wittgenstein. Assim, inspirado na filosofia analítica da linguagem, pergunta: «O que faz o meu vizinho ao bater com força na parede do lado — estará zangado, tocando música ou a treinar?» A questão pouco nos esclarece acerca de Miguéis, que merecia bem melhor.

Mas há outras questões, porventura mais comezinhas, que ficam sem resposta. Por exemplo, Joana Meirim questiona-se, e bem, em relação a Jorge de Sena: «Como pode um homem carregado de filhos e sem fortuna alguma ter feito tanta coisa no curto espaço de tempo que foi a sua vida?» Mas acaba por não responder à questão, ficando-se pela constatação da «perplexidade em relação ao muito que fez». Ora, se a questão é pertinente, não seria mais simples reconhecer que o próprio Sena se concentrou no trabalho intelectual, desprezando a educação e a dedicação à sua prole?

Ponho de lado os inúmeros apelos à «complexidade» que se encontram em demasiadas entradas, porque não explicam nada e deviam ser banidos de livros sobre literatura. E concentro-me no contraste entre: aquela que é considerada «uma língua mínima, de precisão e exactidão inigualáveis», atribuída a Fiama Hasse Pais Brandão; e os longos, incompreensíveis e hilariantes períodos escritos por quem o escreve, Joana Matos Frias (a qual relembra, apesar de tudo, que a própria Fiama reclamava para si um legado com origens em Camões, Camilo, Cesário e Sophia).

Perplexo, meditabundo ou mesmo com medo fico quando leio, na entrada sobre Herberto Helder, igualmente pejada de apelos às complexidades, de Rosa Martelo, que a dimensão visual da poesia do poeta sugeria a exploração do «olho da mente»... É que só numa alucinação posso imaginar que, quando o já referido vizinho, inspirado em Wittgenstein, bate na parede, possa saltar de lá um Ciclope da mitologia grega, com um único olho na testa...

Enfim, este livro parece ser mais a marcação de um território feito de escolhas individuais e pouco ou nada avança em relação às anteriores explicações de conjunto sobre a literatura portuguesa e os seus principais autores. Uma vez que, no seu todo, pouco inova, representa mesmo um retrocesso. Por isso, no seu esforço de síntese de há muitas décadas, António José Saraiva e Óscar Lopes, autores da fundamental *História da Literatura Portuguesa*, com as suas interpretações de conjunto, têm razões para se continuar a rir lá no outro mundo, onde os Ciclopes não existem.

O Futebol antes e à margem do Estado Novo

O sociólogo Rahul Kumar defendeu, em livro recente, a seguinte hipótese: o desenvolvimento do futebol e a sua inscrição na cultura popular portuguesa contemporânea não foram promovidos pelo Estado Novo e pelas suas instituições; tão-pouco podem ser compreendidos, exclusivamente, à luz de uma história política.([18]) Concordo. Encarados como processos sociais de âmbito mais vasto, o desporto em geral e o futebol em particular dependeram, isso sim, do papel desempenhado por agentes, associações e instituições que transcenderam a esfera e os processos de tomada de decisão do Estado salazarista.

Tudo isso apesar de ter sido inegável que o Estado Novo, ao procurar impor as suas formas de dominação, desenvolveu programas ideológicos e instituições para regular a esfera dos lazeres e das práticas desportivas. Apropriou-se, pois, da crescente popularização do futebol, tratando-o como uma das suas principais fontes de legitimação e de controlo das populações. Tão importante apropriação foi, aliás, conseguida a baixo custo financeiro, conforme demonstrou a criação da Direcção-Geral de Educação Física, Desportos e Saúde Escolar, em Setembro de 1942. A ponto de se poder considerar que o Futebol transcendeu em relevância o Fado e Fátima, enquanto um dos três F de um suposto aparelho ideológico de justificação e alienação das populações associado ao regime de Salazar.

A necessidade de pensar a história do futebol como um processo social — de que o Estado Novo se procurou servir, sem ter conseguido controlar ou suscitar — não encaixa, hoje, na historiografia dominante desse mesmo

([18]) Rahul Kumar, *A Pureza Perdida do Desporto: Futebol no Estado Novo* (Lisboa: Edições Paquiderme, 2017).

período. Tanto à direita, como à esquerda, a ideia de uma omnisciência de Salazar e uma atenção exagerada aos aparelhos políticos e administrativos que o rodeavam impedem-nos de pensar e, por isso, de fazer a história de processos que transcenderam a esfera estrita do político.

São raras as investigações que procuraram captar: a dinâmica específica dos movimentos sociais de que o Estado Novo se serviu (como sucedeu nos trabalhos iniciais de António Costa Pinto e nos de Fátima Patriarca); as lógicas de funcionamento e as dissensões no interior das próprias instituições do regime (como fez Manuel de Lucena a respeito dos Grémios da Lavoura); ou os sistemas clientelares e de patrocinato que guiavam a política local e os clubes (das terras alentejanas aos clubes de futebol, como argumentou, de modo pioneiro, José Cutileiro, ao adoptar um ângulo comparativo como fica patente numa carta apreendida pela PIDE, publicada recentemente).([19]) Foi, aliás, graças às investigações de uma nova geração — que integra Nuno Domingos, Victor Pereira, Inês Brasão, Nuno Medeiros, Frederico Ágoas, José Neves e o já referido Kumar — que se difundiu uma perspectiva, mais atenta a uma sociologia histórica ou a uma história social feita a partir de baixo, dos processos sociais do tempo do Estado Novo.

É certo que, correspondendo à criação da referida Direcção-Geral de Educação Física (1942) e do Estado Nacional do Jamor (1944), o Estado Novo procurou estabelecer um discurso fundador, em relação ao futebol e ao desporto em geral. Tal como se a prática desportiva tivesse sido uma criação coeva do próprio regime, deixou de se considerar a Primeira República como um tempo em que se iniciaram actividades, nomeadamente a nível nacional. Muito concretamente, o Estado Novo, em estreita ligação com interesses clubísticos, depreciou a história da origem dos campeonatos nacionais que remontam ao início da década de 1920.

Assim sendo, uma narrativa acerca do passado, investida de um forte sentido ideológico e mítico, como a que foi criada pelo próprio Estado Novo, acabou por ser reproduzida pelas mais recentes histórias do futebol e do principal clube ao qual essa mesma versão se afigurava favorável: o Sport Lisboa e Benfica. Por isso, impõe-se que a investigação histórica deixe de reproduzir o discurso que sobre o passado o Estado Novo pretendeu desenvolver. E, em lugar de reproduzir uma série de mitos e de discussões anacrónicas em relação à época em apreço, passe a tratar o futebol como um processo social cuja regulação e organização nacional datam, pelo menos, da década de 1920 e da Primeira República.

([19]) Nuno Domingos e Victor Pereira, «Le club de football et la culture de masse. Notes sur um projet de recherche inédit de José Cutileiro», *Lusotopie*, vol. 18, 1 (Março, 2019), pp. 119–144.

O envolvimento de Manuel Teixeira-Gomes (1860–1941), Presidente da República entre Outubro de 1923 e Dezembro de 1925, correspondeu a um momento de organização e institucionalização do futebol, a nível nacional. São conhecidas as suas idas aos campos e o entusiasmo que punha nos jogos de futebol. No interior da sua obra literária, de carácter fragmentário e de forte sentido autobiográfico, comparável à de Raul Brandão, a «Carta ao Dr. José Pontes», datada de Tunes de 14 de Fevereiro de 1927, reporta a esse mundo futebolístico e desportivo anterior ao Estado Novo (*Miscelânea*, vol. I, Seara Nova, 1937). Nela escreveu: «Se alguma visão risonha e animadora me ficou, do turvo período da minha presidência, foi dos combates de futebol e dos espectáculos dados pelas nossas associações desportivas a que assisti.»

«Não imaginas a impressão que me causou a morte do pobre Lázaro!», escrevera de Estocolmo o diplomata António Feijó em carta para o seu amigo Luís de Magalhães, pouco tempo depois da morte do maratonista português nos Jogos Olímpicos que tiveram lugar na Suécia, em 1912 (*Cartas*, vol. II, p. 437).(20) Se, no entender de Feijó, a impressão desastrosa causada por essa mesma morte só tinha paralelo no fiasco das campanhas pela restauração da monarquia de Paiva Couceiro, o mesmo triste acontecimento abriu a porta a um outro tipo de explicações.

Nesse mesmo ano fatídico, José Pontes, médico, desportista, que fundou e dirigiu *Os Sports Ilustrados* (1911–1914), defendeu uma tese em Medicina, a qual foi orientada por José Gentil e teve como um dos seus examinadores Ricardo Jorge.(21) O argumento ali defendido era de natureza sociológica: «Em Portugal, é vergonhoso o espectáculo que têm oferecido as últimas corridas de fundo. Rapazes novos que vivem numa miséria oculta, dormindo mal, alimentando-se insuficientemente, sem aspecto atlético, com os peitos achatados, sem higiene geral, sem higiene particular dos membros inferiores, vão para a estrada na ânsia de fazer o percurso em tempos que igualam os *pur-sang* em corrida! E o que acontece? Ficam estropiados, doentes para sempre, mal compreendendo como não correm 1000 metros, eles, que se preparavam para 40 mil.»

Anos volvidos, na sua carta ao Dr. José Pontes, Teixeira-Gomes não se esqueceu da visão sociológica defendida pelo seu correspondente. Porém, enquadrou-a de outra forma. Por um lado, começou por considerar que o modo popular de abraçar os desportos, sobretudo o futebol, revelava um entusiasmo espontâneo, uma pulsão que, se não fosse canalizada para tais

---

(20) José Pontes, *Quási um Século de Desporto: Apontamentos para a história da educação física em Portugal* (Lisboa: Sociedade Nacional de Tipografia, 1934), pp. 256–259.

(21) *Idem*, *Corridas de Maratona: Estudo de Fisioterapia* (Lisboa: Ilustração Portuguesa, 1912).

práticas, se limitaria a «dar satisfação aos seus rancores e às suas vaidades». Mais: se a rapaziada não andasse aos pontapés na bola, como poderia escapar à taberna e ao bordel, «que são os nossos dois piores flagelos».

Por outro lado, Teixeira-Gomes estava bem consciente das tentativas destinadas a regulamentar a prática desportiva. Estas provinham tanto dos «sábios sociólogos», como acontecera com as visões do médico José Pontes, como também dos poderes públicos. Nas suas palavras, estes últimos, se «ali metem o colherão, estava o caldo entornado para sempre».

Para o escritor e antigo presidente, o mais importante era recordar a beleza dos corpos e o entusiasmo com que eram acolhidos os heróis seus praticantes. As tardes do Campo Grande, com o prodigioso «Tamanqueiro» (Raul Soares de Figueiredo, 1903–1941), de uma elasticidade memorável, jogador que passara do Olhanense para o Benfica, e a que assistiam imensas multidões, valiam tanto como, nessa festa das Necessidades, a «voluptuosa Salomé de pernas nuas, e de curtíssima saia de gaze tufado». Em qualquer dos casos, tratava-se de um mundo de sonhos, concretizado no movimento desses corpos.

As referidas imagens de Teixeira-Gomes face à beleza dos corpos estão em perfeito acordo com o «discurso do desejo» e um evidente voyeurismo que caracteriza toda a sua obra.([22]) Mas, na referida carta ao Dr. José Pontes, também ele republicano, existe um outro aspecto que não pode passar sem comentário. Teixeira-Gomes descreveu os novos tempos da Ditadura, posterior ao golpe de 28 de Maio de 1926, como uma espécie de falhanço em relação às expectativas criadas logo após a Grande Guerra de 1914–1918. «A fraternidade das gentes e das nações vem ainda longe, e enquanto se não pegam outra vez arreganham os dentes com redobrada fereza, embora em surdina…»

Os novos tempos pareciam, assim, contrários à fraternidade sentida nos jogos e à beleza projectada nos corpos de jogadores de futebol e das bailarinas. A ponto de aos interlocutores só restar encontrar um refúgio privado. Para o Dr. José Pontes, este estava no regresso à clínica da sua especialidade, apesar de se fazerem votos de que continuasse a pugnar pelo «desenvolvimento dos desportos» em Portugal. Quanto ao autor da carta, era na «vagabundagem internacional», numa espécie de exílio forçado frente ao que sucedia na pátria, que o refúgio se encontrava.

A uma escala de análise quase microscópica, a carta de Teixeira-Gomes ao Dr. José Pontes demonstra bem a hipótese proposta por Rahul Kumar: o futebol não se confunde com o Estado Novo e as histórias da modalidade

---

([22]) Urbano Tavares Rodrigues, *M. Teixeira-Gomes* (Lisboa: Edições 70, 1982), pp. 188–189.

não podem continuar a repetir os mitos forjados pelos que, dentro do regime de Salazar, se procuraram apropriar do futebol. Em primeiro lugar, será necessário perceber os processos e as condicionantes sociais da prática desportiva em Portugal, e do futebol em particular. A questão médica, respeitante à saúde dos praticantes, a começar pela sua compleição física, higiene e alimentação, precede em muito a discussão que se acentua, ao longo da década de 1930, entre os defensores do amadorismo e os que reconheciam a necessidade de impor práticas profissionalizantes. Aliás, conforme argumentava José Pontes, em livro datado de 1934, haveria que considerar que o desporto já contava com quase um século de história e não se poderia esquecer o apoio que diferentes modalidades tiveram da parte de um Teixeira-Gomes.([23])

Em segundo lugar, os modos de imaginação da nação, com base na prática desportiva e na organização de provas, estavam também condicionados pelas possibilidades de viajar com regularidade. Ou seja, o Campeonato de Portugal, também chamado Campeonato Nacional de Portugal, que decorreu de 1921–22 a 1937–38, tinha lugar no final de cada época futebolística, depois dos Campeonatos Distritais. Os limites financeiros de cada clube, bem como os constrangimentos impostos pelas vias e meios de comunicação, impunham que o calendário das provas fosse restrito, durante boa parte da época, a uma circulação regional. Donde a importância assumida pelos Campeonatos Distritais e a necessidade de organizar, no final, uma prova nacional, limitada no tempo. Neste sentido, afigura-se muito discutível argumentar que o Campeonato Nacional foi substituído pela Taça de Portugal, quando o que estava em causa a partir da época de 1937–38 era uma configuração bem diferente de organização do calendário anual das provas desportivas, até então limitadas sobretudo pela região, correspondendo a um modo mais limitado de imaginar a nação.

Em terceiro e último lugar, a imprensa desportiva que teve no já referido *Os Sports Ilustrados* um dos principais marcos, na década de 1920 expandiu-se e ganhou em continuidade, ultrapassando o mero estatuto de revistas de vida efémera. Neste processo de expansão, algumas revistas desportivas passaram a ser um objecto rentável, com capacidade para pagar e angariar colaboradores. O poeta António Botto, por exemplo, veio a colaborar em mais de um jornal desportivo. Legião de caricaturistas, de Alfredo Cândido a Amarelhe ou ao jovem Carlos Botelho, também participaram na imprensa desportiva. Mas o mais importante é perceber o modo como alguns grupos profissionais — médicos e militares, sobretudo — assumiram posições de controlo e influência no interior do campo desportivo e do futebol em particular. José Pontes,

([23]) José Pontes, *Quási um Século de Desporto: Apontamentos para a história da educação física em Portugal*, *op. cit.*, p. 283.

mas também Ricardo Ornelas, Ribeiro dos Reis, Cândido de Oliveira, Salazar Carreira e muitos outros emergiram como dirigentes e comentadores, constituindo-se num grupo de influência do meio desportivo, com características próprias e cuja formação é anterior ao Estado Novo.

Enfim, em conferência de 1931, Salazar Carreira, médico, desportista, dirigente do Sporting e membro do Comité Olímpico, argumentou que «o desporto era uma república democrática cuja lei constitucional tinha como bases a lealdade e o vigor». E, continuou, «os resultados desta terceira invasão mundial pelo desporto, influíram por tal forma nas gerações contemporâneas que à sua sombra se criou uma mentalidade nova; o desporto revelou ao homem civilizado o encanto da natureza, levando-o para o ar livre, ao contacto do sol e do mar, num regime de democratização que antecede todas as actuais revoltas sociais». Para concluir, com reparos acerca de quão volúvel era a própria opinião pública acerca da prática desportiva e o risco que se corria em subordinar o desporto aos interesses financeiros, nomeadamente «ao profissionalismo antidesportivo» (*A Necessidade de Desporto*, Edição do Grupo Desportivo «Os Treze», pp. 20–22).

O Manel Reis do Frágil-Lux

Foi há quase quarenta anos. Conheci-o numa tarde de Primavera, no início da década de 1980. Tinha aberto uma pequena loja de antiguidades na Travessa da Queimada, onde os principais objectos de *design* expostos eram dos anos 1920 em diante. Sabia que ele tinha sido comissário de bordo da TAP. Que viajara e que continuava a fazê-lo. O Frágil ainda não existia. E no Bairro Alto de então, os sítios para sair à noite eram poucos. Além das casas de fados, onde não íamos, havia o Barbarela e uma espécie de *cabaret* com espectáculo de travestis, quase todas as noites. Já na Rua da Misericórdia, existia o Barracuda, que substituíra o antigo Bico Dourado, mas esse não pertencia ao circuito.

O meu grupo vinha maioritariamente da ESBAL, de arquitectura. Foi com eles que passei a circular pelo Bairro e arredores. Lá mais para cima, no Príncipe Real, havia o Finalmente e o Trumps. E, no Cais do Sodré, os grupos da Cervejaria Trindade já tinham começado a descer e a entrar nos *cabarets* com nomes de cidades. A misturada de gente, das prostitutas lá de baixo aos *travesties* lá mais para cima, era enorme. Mas eram poucos os que passavam as tardes na leitaria da Rua Garrett e, à noite, entravam no circuito. A curiosidade era grande e ia até ao Ritz Club, já em total decadência, com barbearia ainda a funcionar, sem esquecer, ali perto, o Hot.

Depois, pouco a pouco, graças ao Manel, ao Mário Pilar, casapiano ilustre, ao Hernâni Miguel, que conhecera na Escola Manuel da Maia, e a muitos outros, como o Zé da Guiné, começámos a ter uma espécie de circuito fixo. Jantávamos na Primavera ou na sua sucursal lá mais para cima, que tresandava a fritos, íamos muito ao Fidalgo, ao Manel da Calçada, ao 1.º de Maio ou ao Bota Alta. De quando em vez, aparecíamos no Pap'Açorda, no Porta Branca ou no fugaz Sansão e Dalila. Depois passávamos pelo Artis do Mário ou pelos bares do Hernâni, que foram muitos e bons. Ninguém dispensava uma carambola pelo Frágil, a que se veio somar Os Pastorinhos. E, no final da noite, alguns arrematavam com o Trumps, para ir reencontrar lá o Manel. Estarei, aqui, a confundir a cronologia. Os anos 1980 foram diferentes dos 1990 e tenho medo de estar a incorrer em sobreposições.

O Frágil de quando a Anamar cantava músicas francesas, e da alta-costura da Manelinha, dos penteados do Manel João e das invenções do Alberto, arquitecto, cúmplice do Manel nos seus projectos pós-modernos, nada tinha que ver com os seus sucedâneos, que chegaram até ao Majong e derivados. Na altura, ainda se ia ouvir o fado à Mascote da Atalaia. E o Camané, muito jovem, saiu uma ou outra vez do Luso para cantar no Artis.

O Manel não era só o esteta que nos acolhia, com a sua colecção de chapéus, por trás da Guida Martins, tão querida, e tendo à porta esse outro grande filho do Bairro, o nosso Alfredo, grande contador de histórias e de sabedoria imensa. O Manel tinha gosto em estar rodeado de gente e era de uma generosidade sem limites. Cada um guardará na sua memória as festas que ele dava, com tanto prazer quanto maior era a extravagância. Refiro-me às que organizou no Frágil, que se estendiam pela rua fora. E às outras, a começar por essa festa de arromba num armazém abandonado da Matinha.

Lá dentro, noite fora, os do costume eram Teresa Coelho, José Ribeiro da Fonte e Al Berto. Partiram todos, há muito, pois os deuses chamaram-nos cedo, para preparar a chegada do Manel... As mais sofisticadas começavam pelas artistas plásticas, com Joana Rosa primeiro e Berta Erlich depois. As manas Medeiros representavam a abertura de espírito às artes cénicas, que o Liceu Francês soubera criar. A Cristina e o Miguel Dias Neves eram outros irmãos que por lá andavam. Mais a Sofia e a Inês Leite, que conheci através da Fernanda, natural de Fátima, que se fez estilista no Bairro e morreu cedo. Mas havia muito mais gente do cinema, com o Joaquim Pinto à cabeça, e muitos outros a começar pela chusma dos pseudo-guionistas franceses. Da música, o maior era o Pedro Ayres de Magalhães e o seu grupo, mas de vez em quando lá passava o Rui Reininho. Da ESBAL, o mais imponente dos Pedros era o Cabrita, a fumar charuto, mas não fiquem esquecidos todos os outros, do Casqueiro ao Calapez. Manuel Costa Cabral, da ARCO, aparecia sobretudo quando havia festas. Havia também a gente da publicidade e das artes gráficas, de que não esqueço o Luís Miguel Castro, o Álvaro, filho do António Valdemar, e a Paula Madeira Rodrigues. Dos jornais, fico-me pela referência às primas Isabel Salema e Ana Soromenho. Em trânsito de profissão, apareciam todas as noites a Manuela Parada Ramos e a Helena Amaral. Havia médicos como a Fernanda Labrincha, matemáticos como o Jorge Orestes ou o João Amaral, e engenheiros agrónomos como o Pedro Salgueiro. Dos psicólogos, destaco um, vindo directamente da Rive Gauche, o extravagante Jorge da Glória. Que não se esqueça a Princesa, nem a Engenheira, assim chamadas para abreviar, nem os grupos da outra banda, com as Caldo Knorr à cabeça, que tinham de sair cedo para ir apanhar o último barco. O Guy, da Embaixada de França, inventou a frase *Se está mau aqui, está mau em todo o lado*. Mas nós achávamos o contrário: se estava bom ali, estava bom em todo o lado, logo, não era preciso ir a mais lado nenhum. Por último, considere-se a legião dos arquitectos, para todos os gostos: Carlos Severo era o maior, Nuno Antunes, Bárbara Miguel, Manuel Bastos, Paulo Jalles, Teresa Valsassina, António Braga, Alberto Castro Nunes, etc.

Mas, atenção, o Frágil do Manel Reis não era um microcosmos socioprofissional, nem um local de tendências políticas únicas ou uma feira de vaidades. É que, muitas vezes, a sociologia feita por *outsiders* falha o alvo. O Frágil que eu conheci era, sobretudo, uma configuração cruzada de culturas emancipadas, onde cada um encontrava o que queria. Não havia reis, nem imperadores. O Manel era tão discreto que nunca o admitiria e sabia como evitá-lo, pelo seu exemplo. Na sua distância, ele era nosso amigo porque sabia criar os ambientes. Mais: ele precisava dessa mesma distância e até de um certo carisma, para suscitar em torno dele o mistério necessário. No seu contacto, todos se julgavam importantes, logo, ninguém o era. Que quem quisesse levar chapéu e casaco de alta-costura seguisse a sua via. Pois eram muitos os que faziam questão em nem sequer pensar nisso. E os que, como o Manel, gostavam de ópera podiam ir ao São Carlos, onde ele chegou a fazer cenários, e a Manelinha, o guarda-roupa, num espectáculo a que assistimos de camarote.

O Frágil do Manel foi, para mim, uma espécie de segunda adolescência, necessariamente tardia, onde aprendi muito e ri pela noite fora. A boémia possível, após a revolução. Tenho a certeza de que, lá em cima, o Manel já anda à cata de um espaço, para nos impressionar de novo. É que ao Frágil sucedeu-se o Lux e à pequena loja de antiguidades e *design* tantos outros projectos se somaram... O seu gosto, a sua generosidade e a sua discreta amizade nunca tiveram limites, e muito menos os que a morte procura impor.

António Variações: uma nova política das identidades nasceu à noite?

Gostei do filme realizado pelo João Maia sobre o António Variações. Trabalho cuidado de fotografia e som, com alguns quadros de grande beleza. Enredo a prender o espectador, com representação exemplar de Sérgio Praia. Fui vê-lo com a minha filha mais nova, para lhe mostrar um outro tempo e poder recolher as suas opiniões. Que o filme era triste e lúgubre, sem humor e riso, como se fosse uma crónica com um fim infeliz — foi a ideia de quem espera divertir-se com uma ida ao cinema. Acrescentaria que se afigura exagerada a caracterização de Variações, sempre angustiado no seu processo criativo, sem nunca se perceber onde poderia estar o gozo ou o divertimento. Não merecia... Já tínhamos o Camões representado pelo António Vilar no filme de Leitão de Barros.

Existem, também, outros quadros de um exagero escusado, na sua intenção de acentuar os aspectos performativos da masculinidade *gay*. É o que acontece com o interior de uma discoteca *gay*, sem se perceber se em Nova Iorque, Amesterdão ou Lisboa, com personagens que mais fazem lembrar os *cabarets* alemães entre a República de Weimar e a ascensão nazi. Acentuar ou exagerar os traços, seja do que for, não significará insegurança em relação à própria identidade que se pretende construir? Bem melhor se afigurou a representação do encontro crucial entre Variações com os ex-combatentes.

De qualquer modo, não pretendo fazer a crítica do filme. Tarefa em relação à qual me sinto incompetente. Parece-me, apenas, que a realidade histórica na qual o filme se baseia é de tal modo forte que dispensa ampliações. Por isso, o meu único objectivo é o de deixar registado um depoimento de quem viveu esses tempos e, porventura, algumas explicações acerca dos embates que o filme procura enunciar. A começar pela ideia de que a música do Variações se autodefinia como estando algures entre Braga e Nova Iorque (Miguel Cadete, *Público*, 07-07-2004; *Blitz*, 22-08-2019).

E quem é que não estava ou queria estar, à época, nos círculos que se começavam a formar dentro e fora do Bairro Alto, entre o que aqui se passava e o que se ouvia dizer que acontecia noutras capitais? Variações foi trabalhar como barbeiro para Londres e Amesterdão. Outros iam e vinham, para depois nos impressionarem com as suas imaginadas proezas longe do terrunho. Outros, ainda, recebiam o que se passava lá fora às pinguinhas, em livros, discos, roupa e revistas.

Mas a maioria não conseguia sair daqui e ficava confinada à faixa de Lisboa que começava na Rua do Sol ao Rato ou nos Alunos de Apolo, e descaía até ao Cais do Sodré. Em cada um desses pequenos bairros, havia um país por descobrir, noite fora: do Príncipe Real ao Bairro Alto e, depois, como se se tratasse de um outro território, A Lontra, na Rua de S. Bento, ou, do outro lado do Bairro, os *cabarets* já em decadência com *show* noturno, tais como o Ritz e o Príncipe Negro. Ao Maxime, ainda em pleno, não íamos. Sem esquecer, entre os mais antigos, o peso que sempre teve o Hot Clube e até o Bolero, ao Martim Moniz.

Não conto aqui, mas convinha prestar uma maior atenção ao que se passava, por esses mesmos anos, nas casas de fado e nos teatros do Parque Mayer. A devoção de Variações por Amália, que o filme ilustra, também pode ser vista como reacção ao desprezo pelo fado logo após Abril de 1974. Pelo menos no Bairro Alto, a variedade de tipos que por ali gravitava era grande, do Toni Morgan ao Zé das Hortaliças. Não esqueço o Armando, que também sabia boxe, mas acabou arrumador de carros na Rua da Misercórdia. O consumo do *cavalo* impôs-se-lhe. E também recordo o Viriato, vizinho e amigo de infância, que pertenceu a uma quadrilha, esteve anos numa prisão militar e foi porteiro do Bric.

Nos antípodas, havia outros circuitos da noite de Lisboa, também eles com as suas hierarquias e deferências. O Stones, à cabeça, seguido do AD-Lib, na Barata Salgueiro, e o Pop ou a Primorosa de Alvalade. Passo ao lado, porque vivia por cima, do Bico Dourado, que deu lugar ao Barracuda, em frente do Tavares Rico. É que tenho dificuldade em categorizar a saída do velho Eugénio Pepe, músico e animador de casas que, só depois, se vieram a chamar de alterne, e a entrada dos gangues da Pontinha e arredores, especializados em documentação falsa e cargas desviadas. Como me fez notar a investigadora Rita Luís, numa crítica certeira: reduzir os grupos com origens suburbanas à criminalidade impedir-nos-á de pensar o contributo dos subúrbios (com toda a cena *hip-hop*) para o activismo anti-racista actual.

No final dos anos 1970, assisti a dois movimentos que tomaram direcções opostas. O meu posto de observação principal era o primeiro Barbarela, uma pequena discoteca na Rua da Atalaia, nunca citada em genealogias da noite construídas de frente para trás, frequentada por grupos de proveniência diversa. No seu centro estava um pequeno gangue que tinha assento no café Coche Real, na Rua do Loreto. Havia ali negócios ao lado dos quais passei, mas nunca me senti posto de parte, naquela misturada. Apesar de não poder esconder que ao Barbarela ficaram associadas duas mortes.

O primeiro movimento a que me refiro envolveu os grupos mais politizados à esquerda que frequentavam a Cervejaria Trindade. Foram eles que começaram por descer ao Cais do Sodré e a frequentar os antigos bares e discotecas associados à prostituição. Num sentido inverso, argumente-se, também se tratava da captação de novos públicos por parte de casas de negócio nocturno, em acelerada decadência. O modelo comercial estava a mudar e a atracção por uma certa marginalidade constituía-se em valor.

Um segundo movimento tomou a direcção oposta, pois houve quem dirigisse a sua curiosidade para o Príncipe Real e a Praça das Flores. O transformismo ou, melhor dizendo, os espectáculos de travestis constituíram-se, então, numa outra fonte de transgressão, ao alcance dos grupos que vinham das Belas Artes e da Arquitectura, ou seja, da chamada ESBAL e dos cafés ou leitarias ali à volta. Todos uns bacanos — como diria o Romualdo, artista plástico e figurão desses tempos...

Os espectáculos de travestis do Finalmente, por vezes grotescos nas suas práticas exibicionistas, não sendo os únicos, são os que recordo melhor, por volta de 1980 ou 1981. Pela mesma altura, no Bairro Alto, não esqueço o Montalto, com fados, travestis em espectáculo e prostitutas a descansar ao fim da noite. E, por falar em trasvestis, não se esqueça o papel central, inovador e corajoso de Guida Scarllaty e Lydia Barloff.

Mais de quatro décadas passadas, como interpretar esses dois movimentos, que não se excluíam entre si? Será legítimo pôr no mesmo saco uma aproximação aos meios mais tradicionais da prostituição e uma atracção pelos aspectos cénicos e jamais vistos dos espectáculos de travestis? Não haverá também o risco, causado pela tentação de querer explicar tudo, de colocar ao mesmo nível prostitutas e homossexuais? E, sublinhe-se, conceitos tais como o de homossexualidade, na sua força generalizadora, não captam a variedade de tipos, ambiguidades e duplicidades, nem tão-pouco as diferenças entre homens e mulheres. Por último, que não se confundam as solidariedades interclassistas, favorecidas pelos clubes *gay*, com modos de dominação situados acima das práticas de exploração sexual ou social.

O certo é que os dois movimentos acabados de referir se inseriram num quadro mais vasto de transformações, que importaria abordar tendo em conta factores como o gosto musical e a política. Esse quadro mais vasto era resultado de uma reacção, uma espécie de ressaca, frente às lutas políticas desencadeadas em 1974. Tudo em nome de algo que, não sendo necessariamente apolítico, redireccionava as lutas para algo de mais profundo, apesar de menos marcado, de um ponto de vista doutrinal, pelo embate entre a esquerda e a direita. O novo quadro misturava antigas divisões, redistribuía os papéis e respondia a novos anseios. As divisões doutrinárias e de classe deram lugar a uma nova política das identidades. E delas não estava ausente o interesse por novos paladares e a construção de roteiros de restaurantes específicos. Haveria ainda que considerar o facto de todos esses espaços nocturnos, ditos marginais, terem dependido dos preços do imobiliário, para efeito de trespasses e arrendamentos.

Um dos aspectos que dá que pensar é a criação conjunta, no início dos anos 1980, de uma série de casas de divertimento nocturno, interessadas em atrair públicos muito diversificados. Insisto neste ponto, por existir a tendência, hoje, para considerar cada um desses espaços em função de uma identidade específica. Um exemplo: se as histórias d'A Lontra ou do Bana estão ligadas à da música cabo-verdiana, o mais atrativo nessas casas era a sua abertura, a sua tolerância, ao deixarem entrar outros grupos, também eles interessados nos ritmos africanos (mas, por favor, não me impinjam, a este respeito, os mitos do luso-tropicalismo ou da lusofonia!).

A criação do Frágil, do Artis, do Rock House ou do Trumps — todos do início dos anos 1980 — pertenceu a esse mesmo quadro, que era simultaneamente o de uma grande misturada de gentes, a começar por diferentes idades, e o da possibilidade de espreitar a vida dos que pareciam ser diferentes.

A hipótese, aliás, que gostaria aqui de enunciar diz respeito a essa tolerância em relação à diferença, conjugada com a espreitadela à vida dos outros, uma espécie de voyeurismo manso, sem que isso obrigasse alguém. Ao revés do que parecia suceder com o que se passava durante o dia, onde pesavam as hierarquias e as discriminações, a noite criava uma outra ordem social, um mundo de pernas para o ar. Por exemplo, a ida a um espaço *gay* não implicava necessariamente adesão à homossexualidade ou ao transformismo, apenas reconhecimento da sua legitimidade. E a afirmação de qualquer outro tipo de identidade — a começar pelo poder dos negros, que, não sendo uma maioria, reconheça-se, lideravam a noite, como sucedeu com Hernâni Miguel, um gigante que continua activo, ou o falecido Zé da Guiné — favorecia a valorização do que era diferente, opondo-se a toda e qualquer forma de exclusão.

No filme acerca do António Variações há uma breve mas certeira passagem, já referida, acerca do modo como o cantor viveu o serviço militar em Angola e as suas recordações de um colega que tinha vergonha em recordar as suas experiências homossexuais do passado. Neste sentido, a lição que Variações/Sérgio Praia pretendeu dar diz respeito à necessidade de cada um sair do armário assumindo a sua própria identidade.

Por todas estas razões, talvez arrisque dizer que uma nova política das identidades sexuais, de género e de etnia nasceu na noite de Lisboa, entre finais da década de 1970 e inícios dos anos 1980. Correspondeu a uma saturação dos termos em que se puseram, durante uma ou duas décadas, pelo menos desde o início da guerra em Angola, as lutas políticas. Mais: abriu as portas, por muito que custe reconhecer, ou precedeu as décadas de activismo *gay*, anti-racista e feminista em que nos encontramos.

Com tantas questões e hipóteses, é grande o risco de ensaiar aqui um raciocínio demasiado rebuscado para narrar uma explosão de novas formas de pensar, agir, vestir, dançar e sentir. Todas elas foram construídas em torno de novos espaços de lazer, lúdicos, mais ou menos divertidos. Uma dimensão que o filme sobre Variações — talvez por pretender ser demasiado sério no seu afã de contribuir para o enaltecimento de uma figura — não capta.

Porém, ao procurar interpretar o filme ao revés da intencionalidade do seu autor ou realizador, são os aspectos de conjunto — estruturais ou de natureza contextual, e não os meramente biográficos — que mais importam. Assim, são as circunstâncias que tornaram possível a explosão de novas formas de vida nocturna, enquanto espaços de permissibilidade, de tolerância e de criatividade, que é necessário reconstituir para perceber e, porventura, relativizar possíveis mitos construídos em torno da figura de António Variações.

É que duvido da sua genialidade criativa, do seu tratamento como uma espécie de profeta e da sua capacidade para encarnar o estatuto de uma estrela. Também sinto a falta, no filme, embora reconheça que eram em minoria, de uma atenção maior à tolerância racial (aliás, a única aparição de um actor negro constitui um dos raros momentos em que alguém sorri, em todo o filme). Acrescente-se que o filme também não explica qual era, afinal, a relação entre o transformismo — sem dúvida mais importante para se perceber o que está por detrás de Variações do que o filme dá a entender — e a luta pelo reconhecimento de uma identidade homossexual. Porém, reconheça-se que todas estas lacunas partem de uma perspectiva diferente em relação à intencionalidade do seu autor ou realizador, pois acentuam uma visão de conjunto, para fugir ao enaltecimento biográfico.

A respeito da articulação entre transformismo e homossexualidade, insisto, os novos espaços criados na noite de Lisboa, entre os finais dos anos 1970 e o início da década seguinte, valiam pela sua abertura, tolerância, e por uma criatividade cénica ou estética, não pela sua especialização numa única identidade. Não era por acaso que se circulava pelo Finalmente, com os seus espectáculos de travestis, mas nem por sombras se ia beber um copo ao Bric, exclusiva e militantemente *gay*. A explicação para essa diferença talvez estivesse no facto de que, situados a uns escassos duzentos ou trezentos metros, o Finalmente parecer estar mais próximo de Nova Iorque e o Bric acabar por estar mais perto de Braga...

Pele Escura de Graça Castanheira: um problema que estamos com ele

O breve documentário de Graça Castanheira conta a história da visita de um pequeno grupo de pele escura, que mora na Trafaria, ao Centro Cultural de Belém. Ironicamente, e como se se tratasse de um espelho, a visita tem por fim fazer com que o grupo assistisse ao próprio documentário acerca dessa mesma visita. Esta narrativa coloca um problema principal: o de saber como é que um grupo com origens africanas — que vive na periferia de uma cidade, sofre o estigma da discriminação racial e social, e ao qual se pretende dar voz

— se relaciona com o centro, sobretudo com as suas instituições culturais. Trata-se de uma relação ou de um conjunto de relações que se encaixam, em parte, numa ideia bastante essencializada do contacto de culturas. Resta saber qual a margem que o próprio documentário cria para conceber relações que escapem ao previsível, sobretudo, a representações geradoras de tantos estereótipos. Ao grupo periférico são atribuídas várias características externas, em parte baseadas em atributos corporais: a pele escura, como consta do título, uma linguagem própria, uma forma de andar e de dançar que funcionam também como estereótipo identitário, o vibrar com a música cuja letra contém em si uma alusão ao giro africano, os inevitáveis cabelos afro, vestuário e calçado de marca, e o recurso ao telemóvel e aos *phones* enquanto apropriação dos atributos do centro, por parte de um grupo considerado periférico.

Aos marcadores corporais acabados de enunciar somam-se três diferentes tipos de denúncia. O primeiro diz respeito à queixa acerca dos meios de transporte. São os horários dos barcos e dos comboios, ou a própria precariedade do automóvel, que parecem impor-se como uma barreira, difícil de transpor, entre a periferia e o centro, explicando também os atrasos com os quais o próprio grupo brinca no final do documentário. Uma barreira, claro está, que não afecta apenas o grupo de pele escura, mas todos aqueles que vivem na outra banda (o que constitui um modo de atenuar uma perspectiva essencialista, abrindo para outros posicionamentos sociais). As barreiras são tais que melhor seria, como é dito por José a um dos mais jovens actores, vir a nado e atravessar em linha recta o Tejo.

O segundo tipo de denúncia, que divide os protagonistas, diz respeito à necessidade de o grupo periférico ter de se deslocar a Lisboa para assistir a um espectáculo cultural. Isto é, à projecção de um filme. Não teria sido melhor, pergunta Amara, que tudo se passasse ali, na Trafaria, no centro cultural ou no espaço da biblioteca? Pergunta a que ela própria responde, considerando que os outros — os «pulas», ou «tugas» — não conseguiriam sequer lá chegar.

Uma terceira denúncia envolve uma queixa mais funda em relação ao modo como os outros, os «tugas», se continuam a fazer representar pelo chamado Padrão dos Descobrimentos e continuam a ter uma visão celebrativa ou comemorativa do império. Pior: se foram capazes, como afirma Amara, de mudar o nome da Ponte Salazar para Sobre o Tejo, por que razão têm tanta dificuldade em apagar os nomes dos locais de celebração imperial? Ou, como sugere o Tio Joaquim, o cota, porque não passar a chamar, ao Padrão dos Descobrimentos, Museu da Kizomba? Nas palavras de uma das protagonistas, este é um «problema que estamos com ele» e, segundo o «cota», está para durar e não se resolverá tão cedo.

Até aqui, os principais aspectos tendem a alinhar-se em termos de uma série de dicotomias, opondo o «nós» — os periféricos de pele escura, da periferia — aos «tugas» que estão no centro, com os seus monumentos, memórias celebrativas do império e espectáculos em centros com vocação para monopolizar as iniciativas culturais. Em face desta oposição entre duas culturas, a qual revela uma clara opressão e exclusão, porque não se revoltam os periféricos e de pele escura? A questão é retórica, porque é evidente não existirem, em nenhum momento do documentário, indícios de comportamentos de ruptura emancipadora. Nem sequer se coloca essa mesma questão. Pelo contrário, o documentário parece conter em si uma série de propostas pedagógicas, mais conformistas, que quebram qualquer tipo de apelo à violência, procurando fazer valer uma visão mais eufemística do contacto entre culturas. Sem seguir a sequência da sua aparição no documentário, será possível argumentar que a obrigação da pequena actriz em cumprir com os seus deveres escolares, antes de participar na visita, surge como um apelo directo à educação e à escola enquanto instrumentos principais na criação de melhores condições de vida.

Depois, qual o significado da bandeira portuguesa, na casa de uma das mulheres, que surge inicialmente com um vistoso cabelo afro? Mera cortina ou símbolo de uma luta pela inclusão com direitos plenos à cidadania portuguesa? Imagino que a sua utilização seja intencional, logo, o que está em causa é essa luta pelos direitos de cidadania, da qual fazem, constitucionalmente, parte os direitos à educação, saúde, justiça, salário digno, habitação, representação política plena, etc.

Há também que reflectir sobre o significado da primeira cena. Nela, um pescador branco, vindo de barco, entrega a dois jovens de origem africana um saco de peixe fresco. O pescador representa o valor do trabalho, mas também o gesto solidário com os jovens impecavelmente vestidos. Depois, todos os outros protagonistas de pele escura alinham as suas vozes, em relação à visita, com manifestações de lazer e iniciativas culturais, excluindo da sua representação as lutas quotidianas e as práticas laborais. Qual a intenção que se encontra por detrás desta exclusão tão marcada? A pretexto de querer intencionalmente dar voz ao grupo periférico de pele escura, fazendo com que todos se façam ouvir na chamada área da cultura, a sua representação acaba por ser amputada de uma ligação ao quotidiano e ao trabalho. Trata-se, reconheço, de uma crítica fácil, mas não significará esta mesma operação de exclusão um convite a uma visão estetizada de um grupo que é, à partida, considerado subalterno?

Para responder à última pergunta e perceber como pode uma representação pela imagem escapar ou não aos riscos de estetizar bairros pobres e grupos subalternos, vale a pena analisar toda uma série de diálogos que insinuam a ironia resignada, a alegria risonha e a solidariedade sentida na falta de dinheiro, e que não passa pela representação do modelo da família monoparental. Por outras palavras, o documentário reporta a uma economia moral dos subalternos, fundada no riso, na ironia e em sentimentos solidários de colaboração e entreajuda, bem como na representação de lindos corpos e caras. Onde ficam, então, o sofrimento, a violência e a resistência em resposta às inúmeras formas de controlo e discriminação sofridas pelos subalternos?

Uma última palavra diz respeito ao tema da viagem, da periferia ou de fora para o centro. Trata-se de um velho tema da cultura ocidental. As *Cartas Persas* (1721) de Montesquieu são talvez uma das obras mais conhecidas deste tipo de procedimento da razão iluminista europeia. De facto, este documentário parece tributário desta linha crítica do pensamento ocidental que procura encontrar, na visão do outro, um espelho que nos permita ganhar distância e pormo-nos em causa a nós próprios.

Sem pôr em causa esta preocupação pelo espelho, sobretudo quando este nos ajuda a ganhar distância e a conhecermo-nos melhor, não haverá outras formas — porventura mais eficazes e descentradas de nós próprios — de dar voz àqueles que não têm voz? Sem a pretensão de responder a uma questão que só quem domina a linguagem dos documentários poderá alcançar, não resisto — por saber que Graça Castanheira vem da Huíla — a citar aqui o testemunho exemplar de Pereira do Nascimento, um médico português de finais do século XIX, em *Da Huilla às Terras do Humbe* (Huíla, 1891). Eis o que pensavam os habitantes do Humbe acerca dos portugueses brancos, segundo o registo que publicou:

> Os brancos, na sua opinião, não passam de uns pobres diabos sem beira, nem eira, que não tendo gado nem plantações nas suas terras emigram para a África, onde passam vida errante (ova-kankala); vêm ao Humbe carregados de bugigangas, que lhes vendem a troco de gado, que enviam para as suas terras a fim de sustentar os parentes, que não têm que comer, nem onde cair mortos. Dizem que nós temos habilidade para fazer coisas bonitas e boas, mas não sabemos criar gado nem plantar mantimentos, por isso que as nossas terras são áridas e secas, não têm pasto nem se prestam a ser cultivadas e para não morrermos à fome somos forçados a emigrar, onde, com o engodo nos artefactos que os seduzem, vamos vivendo à sua custa!

Yoon: a empatia pelo trabalho

Yoon é o título do documentário realizado por Ricardo Falcão e Pedro Figueiredo Neto. Produzido pela CRIM, foi estreado no Doclisboa que decorreu de 21 a 31 de Outubro de 2021. Em uolofe, a palavra *yoon* tem vários significados: padrão, lei, norma, religião ou, simplesmente, jornada. De facto, trata-se de uma longa jornada de trabalho feita por Mbaye Sow, um senegalês que há cerca de uma dúzia de anos viaja entre Portugal e o seu país natal.

Ao volante de um velho *Peugeot 504*, Mbaye percorre os 4000 quilómetros que separam as suas duas casas. As condições em que a viagem se realiza são de uma enorme fragilidade: o carro, que não se apresenta no melhor estado, sofre avarias constantes; a estrada é perigosa e as ameaças de assaltos surgem no horizonte; as fronteiras não são fáceis de ultrapassar, o que exige, com certeza, negociações e subornos que o filme não revela; e, sobretudo, o cansaço do condutor, que tem pressa em chegar, impõe-se como uma espécie de equivalente, na prática, de uma teoria do sofrimento baseada na privação do sono.

Conforme explicaram os realizadores, no debate que se seguiu à primeira projecção do filme, o documentário da viagem para sul foi feito a partir de duas viagens e, depois, montado, para parecer apenas uma. Mais: a representação desta viagem, que, insista-se, deve ser entendida como parte de uma longa jornada de trabalho, é feita com enorme contenção e respeito pelo que está em jogo, não só quanto ao modo de vida de Mbaye, como também de todos aqueles que com ele se relacionam (família baseada no Senegal, amigos com quem troca informações, serviços de oficinas a que recorre e autoridades com quem negoceia as suas passagens fronteiriças). Em nenhum momento quiseram os documentaristas invadir a esfera da sua vida privada ou expor as transacções em que se envolve ao longo da viagem. Tão-pouco procuraram exceder-se nas operações destinadas a estetizar o sofrimento com que lidam.

Em face da fragilidade que atravessa todo o documentário e de uma contenção que, de tão evidente, nem sequer tem de ser explicada, a viagem responde com três dimensões principais. A primeira diz respeito a um condutor perseverante que acaba a descansar na sua casa, em frente à televisão, com o sentimento do dever cumprido e de ter sido capaz de entregar todas as encomendas que transportara no seu carro superlotado. Assim sendo, mais do que procurar na mitologia grega, prolongando uma visão eurocêntrica, a matriz do herói e da dignidade que Mbaye representa, melhor será perceber os limites do seu próprio estatuto de herói e reconstituir a teia das suas relações.

A segunda dimensão com que se responde à ideia de um mundo, à primeira vista, frágil é constituída pela rede de amigos que constantemente o informam do que se está a passar. É aqui que as vozes transmitidas pelo telemóvel, enquanto presença material forte, que surge logo após o carro, são o som mais característico de todo o documentário. Nessa rede de vozes e de informações, que alertam para os perigos a encontrar mais adiante na estrada, pressente-se uma confiança, melhor dizendo, uma segurança, capaz de atenuar os riscos do herói que actua de forma individual.

As mesmas vozes transmitem, também, um outro tipo de rede determinada por relações de confiança e respeito mútuo, que formam uma terceira dimensão. É o que acontece pelo menos no recado que Mbaye recebe de um indivíduo, devendo entregar no Senegal uma das encomendas a outra pessoa, sem que a mulher tenha de saber desta ocorrência. Negócio articulado com confiança — de quem nunca falha quando recebe e entrega as encomendas que enchem o carro, por dentro e por cima —, duas faces da mesma moeda.

Com base na capacidade de construção de uma rede, da gestão de informação e do estabelecimento de relações de confiança, Mbaye afirma-se como pequeno empresário independente que efectua transportes entre Portugal e o Senegal. Muito mais do que um antigo carregador, numa cadeia e ao serviço de um chefe, ele surge como um homem de negócios em quem todos confiam. Na viagem para sul, leva produtos europeus remetidos por imigrantes de origem senegalesa. No torna-viagem, carrega máscaras e esculturas que expõe e vende nos dias da Feira da Ladra, em Lisboa. Conforme esclareceu Ricardo Falcão, foi em conversas na Feira, e graças ao facto de este último saber falar uolofe, que conseguiu estreitar as suas relações de amizade com Mbaye.

É, pois, da enorme empatia por Mabaye e pelo seu trabalho que vive este documentário. Por isso, pode argumentar-se que, em lugar de oferecer a interpretação de uma cultura, do contacto entre várias ou de procurar ilustrar, através de um caso individual, um qualquer processo discriminatório ou racista — uma série de frequentes tentações militantes que se banalizaram, no acto da sua repetição —, aquilo que torna este documentário num interessante exercício de representação fílmica é o respeito absoluto, contido e individualizado, pela biografia de Mbaye Sow.

Um respeito, aliás, que até parece ter sido aprendido numa jornada em que o próprio herói deu, aos realizadores e a quem vê este documentário, uma lição prática acerca do significado e da dignidade do trabalho de cada um. Em suma, *Yoon* representa uma forma de realização individual, pelo trabalho, fundada no respeito e nas relações de confiança mantidas com os outros.

Alcindo Monteiro de Miguel Dores: «Etnografia de uma noite longa»?

Na noite de 10 de Junho de 1995, um grupo de nacionalistas neonazis organizou uma correria pelas ruas do Bairro Alto para caçar indivíduos negros e afirmar a sua presença. Alcindo Bernardo Fortes Monteiro — cabo-verdiano, mecânico de profissão, de 27 anos — foi a última das onze vítimas da violência perpetrada naquela longa noite. E foi o único a ser pontapeado e sovado com um ferro até à morte, talvez por ter sido encontrado sozinho, frente ao bando organizado de *skinheads*, na Rua Garrett.

A brutalidade da violência racista no assassinato de um inocente, praticado simbolicamente no dia considerado da raça ou de Camões, merece o mais veemente repúdio. Nenhum tipo de racismo, nenhuma forma de discriminação nacionalista baseada na cor da pele e nenhum tipo de violência física se justificam no quadro de uma sociedade moderna. Talvez, por isso mesmo, valha a pena aceitar como critério a própria noção de processo de civilização, para fugir à barbárie e à violência descivilizadora. De qualquer modo, poucos ou nenhuns, a não ser os membros do próprio bando ou os seus devotos, quiseram ou quererão encontrar uma explicação que faça reconhecer como legítima tamanha barbaridade. A esses membros, dever-se-ão juntar uns poucos leitores de Carl Schmitt, sempre afoitos a valorizar, perversamente, a violência sacrificial como elo de formação dos grupos.

O caso provocou uma onda de indignação. Alguns partidos de esquerda, como o PSR e o próprio PCP, reagiram, aparentemente, através das suas organizações ligadas à luta anti-racista (SOS Racismo e Frente Anti-Racista). Por sua vez, o sistema judicial português julgou todos os membros do bando de assassinos e impôs-lhes pesadas penas. Contudo, não se admitiu ter-se tratado de um caso de genocídio organizado, como constava da acusação, a cargo do advogado João Nabais, que trabalhou no processo ao lado de Francisco Teixeira da Mota.

Vêm estas notas a propósito do filme realizado por Miguel Dores, com produção Maus da Fita, intitulado *Alcindo* e anunciado como «a etnografia de uma noite longa — uma noite do tamanho de um país». Com esta justificação, aquele que foi considerado o melhor documentário do Doclisboa 2021, segundo a escolha do público do festival, inclui, pelo menos, quatro diferentes planos.

O primeiro desses planos centra-se na reconstituição da vida de Alcindo Monteiro. A sua família, estabelecida no Barreiro — com pai, que fora emigrante na Alemanha, mãe e irmã representados em toda a sua dignidade —, chora a morte do filho e irmão, com quem todos querem continuar a falar. Além da casa, o dono da oficina e o colega de ofício, brancos, referem-se-lhe como cumpridor e bem-disposto. Assim, o retrato de Alcindo, que o documentário propõe, é o de um jovem adulto normalizado pelo trabalho e cumpridor na sua profissão, que gostava de cozinhar, de dançar e de se divertir, ocupando um lugar no interior de uma família cabo-verdiana cheia de afectos e estabelecida no Barreiro. Aliás, é nos depoimentos e diálogos em que participam os familiares de Alcindo, muito em especial na expressão tão inconsolável quanto resignada da irmã mais velha, tão bonita, que se encontra a maior riqueza etnográfica deste documentário.

Sobre o primeiro plano como que se ergue um outro, que vive de imagens, divisões e contrastes. Nele, longe de se poder encontrar uma visão integrada, predominam os conflitos. Refiro-me à ideia de bando ou, melhor, de gangue. Pertenceria Alcindo a um qualquer desses gangues, com os quais os branquelas tendem a confundir a vida dos negros? E a resposta a esta simples questão, dada pelo documentário, é não. Alcindo — nunca será de mais recordá-lo — foi atacado cobardemente, quando se encontrava sozinho, num combate que estava ganho à partida por um bando, esse sim, organizado. A mesma preocupação em desligar o comportamento dos negros da sua ligação a presumidos gangues repete-se em pelo menos duas ocasiões do documentário: quando um *rapper*, entrevistado por uma jornalista, num programa de entretimento, que toma como adquirida a sua ligação a um gangue, a obriga a corrigir um tal ponto de vista; e quando um jovem negro, entrevistado na rua, reitera a afirmação de que não estava ligado a nenhum grupo organizado e violento.

Há um terceiro plano do documentário, que tem expressão tanto ao nível dos discursos como das instituições. Refiro-me à denúncia de um discurso político oficial que, em tempos pós-coloniais, continuou a repetir os estereótipos de uma identidade portuguesa humanista e universalista, orientada para a integração e a miscigenação, incapaz de aceitar a existência de um racismo sistémico ou estrutural. A reprodução de um discurso de Ramalho Eanes, tal como um depoimento de Dias Loureiro, enquanto ministro da Administração Interna, são dois dos melhores exemplos de um país ou, melhor, de membros de uma elite política que se recusam a encarar a presença do racismo na sociedade portuguesa. À luz desta cultura política, sempre que existe um episódio racista, ele é encarado como uma excepção, sendo-lhe negada a sua muito maior espessura na mesma sociedade.

Frente a essa ideologia — que é mais uma mascarada ou uma leitura distorcida do que se passa, tendo em vista manter situações de dominação —, o documentário procura impor o ponto de vista dos que sofrem na pele situações de racismo. É este o contraste entre as más práticas das elites políticas, que continuam a alinhar com a chuchadeira do luso-tropicalismo, e as boas práticas das organizações políticas que denunciam o racismo estrutural. Por exemplo, no filme, trabalhadores cabo-verdianos dão o seu testemunho acerca do medo que já sentiram por andar nas ruas e poderem ser objecto de maus-tratos, sobretudo de noite. Mas são as organizações políticas tais como a Frente Anti-Racista e, sobretudo, o mais mediático SOS Racismo de José Falcão e Mamadou Ba (com as suas quezílias e lutas pelo protagonismo) que acabam por assumir o papel da única visão correcta, que não admite o contraditório.

Esta análise dos diferentes planos que se sobrepõem no documentário de Miguel Dores não ficaria completa sem uma referência aos aparelhos securitários e policiais. Estes estão presentes na representação de outros casos de violência, registados em vídeo: Cláudia Simões agredida por um polícia fora de um autocarro, na Amadora; ou polícias a bater em mulheres num bairro social. Quanto a Alcindo, poder-se-ia diferenciar a actuação da Polícia Judiciária, pela sua eficácia na prisão dos assassinos, daquela que foi a da PSP, na noite do crime, que simplesmente primou pela ausência.

A reconstituição deste conjunto de planos, que o documentário vai sobrepondo, conduz à formulação de uma questão crucial: será este um filme etnográfico, como reclamam os seus autores, ou um manifesto de uma produção fílmica com traços de maniqueísmo e propósitos de propagandear uma visão dos que se encontram por baixo e que, por isso mesmo, se consideram vítimas de uma visão distorcida da realidade?([24])

Amigos alinhados à esquerda procuraram convencer-me de que qualquer etnografia de episódios racistas exigirá sempre um envolvimento, um comprometimento político, uma necessidade de explicitar de que lado da barricada estão os etnógrafos visuais. No fundo, é como se houvesse uma obrigação de assumir responsabilidades em termos de um comprometimento político explícito, rompendo com os paninhos quentes e as aspirações à objectividade de um discurso em que os académicos se encerram, para fazer valer a sua miopia ou o seu medo de passar à acção política. Mais: ao lidar com imagens — fílmicas, fotográficas, pictóricas, etc. — e não com discursos escritos, reforçam-se esses mesmos sinais, deixando de haver espaço para ambiguidades de sentido, passando a uma maior obrigatoriedade em definir de que lado se encontram os produtores dessas imagens. Em síntese, não há etnografia separada de um comprometimento político, quer este seja denominado manifesto, panfleto ou trabalho de propaganda.

Discordo desses meus amigos. E embora saiba que um documentário não pode ser avaliado pelo que lá não está, o filme tem mais de manifesto panfletário do que de etnografia. A ponto de a história de Alcindo Monteiro, em lugar de se constituir em ponto de partida para um trabalho de etnografia visual, acabar por servir, no filme, apenas de pretexto para uma denúncia do racismo estrutural em Portugal. De igual modo, a história da sua vida, morte e memória acaba por diluir-se no meio de um trabalho de propaganda que talvez vise conciliar duas organizações anti-racistas, uma mais ligada ao PCP (a que o realizador está ligado, como militante ou *compagnon de route*), outra aos trotskistas que passaram pelo PSR/Bloco de Esquerda.

([24]) Para uma interrogação em torno da categoria de filme etnográfico, ver Ruy Duarte de Carvalho, *A Câmara, a Escrita e a Coisa Dita... Fitas, textos e palestras* (Lisboa: Livros Cotovia, 2008), pp. 388–434.

Abra-se aqui um parêntese com algumas observações sobre o facto de a questão racial nunca se ter constituído, propriamente, numa bandeira desses partidos. Acerca da Frente Anti-Racista, por exemplo, ninguém sabe bem o que faz ou o que fez, pelo menos nos últimos tempos. O SOS Racismo é mais mediático, mas Mamadou Ba saiu do BE devido à falta de solidariedade que sentiu quando criticou a polícia. Quanto ao PCP, nunca se esqueça que este esteve próximo das polícias e teve influência sobre o seu maior sindicato. Porém, no caso da esquadra de Alfragide, uma advogada do PCP surgiu a defender os jovens da Cova da Moura, ao mesmo tempo que o sindicato afecto ao PCP desvalorizou o caso, sem se colocar do lado dos polícias. Ora, não terá sido esta habilidade do PCP que atirou parte importante dos polícias para o movimento ligado ao Chega? De qualquer modo, os movimentos anti-racistas parecem ser, hoje, sobretudo, produto do imperialismo de uma razão internacional, disseminado pelas redes sociais e com presença no mundo académico. Por isso, dificilmente podem ser considerados como reflexo da actividade dos partidos de esquerda, porventura sempre mais preocupados com as questões económicas do que com as raciais.

Retomando o fio à meada, só uma abordagem mais etnográfica, mais inquiridora, poderia explicar melhor as razões que levaram Alcindo Monteiro a estar no Chiado naquele dia e àquela hora. Se ele gostava de dançar, já teria estado, no Bairro Alto, a fazê-lo? Depois, estaria ele sozinho, por excesso de confiança e de segurança, julgando que nada lhe aconteceria, como em muitas outras noites? Fora de um quadro que nada tinha que ver com gangues ou bandos organizados em torno da violência, quais as sociabilidades que o levaram a sentir-se atraído pelo centro de Lisboa? Em meados da década de 1990, como poderia encarar-se a presença de jovens adultos negros no Bairro Alto: mero fenómeno pontual, muito circunscrito, ou processo em expansão que só excepcionalmente poderia ser tido como uma ameaça?

Depois, se o documentário procura afastar as marcas de uma suposta pertença de jovens negros a gangues e bandos violentos, porque não aprofunda essa mesma ideia de grupo? É que só uma etnografia dos grupos que vão aparecendo no filme poderia ajudar a compreender melhor o que querem os jovens negros dizer quando afirmam que não estão vinculados a gangues. Estes grupos são, aliás, de vária ordem: há o grupo dos ex-combatentes — representados por militares de alta patente como Kaúlza de Arriaga (1915–2004) ou Alpoim Calvão (1935–2014), que surgem no filme —, que, numa sociedade de veteranos como a portuguesa, atravessa muitos estratos sociais; há, também, o grupo dos polícias, definidos em função do seu uso descontrolado da violência, cuja situação económica e reivindicações por uma carreira digna dificilmente podem ser descartadas; há, por último, a própria caracterização dos grupos de nazis e *skinheads*, a que também podem ser atribuídas características de bandos organizados e violentos, mas que nunca chegam a ser tratados como tais.

A respeito da última sugestão — de que existiu e continua a existir um vaivém, que chega a aparecer no filme, entre grupos de *skinheads* e claques de futebol, com as suas bandeiras nazis desfraldadas —, investigações recentes oferecem um ponto de vista mais interessante. Por exemplo, muitos dos *skinheads* das claques portuenses, além de raparem o cabelo, para terem uma visibilidade forte, «não têm qualquer identificação e desconhecem mesmo os valores que compõem o quadro ideológico desta subcultura», sendo por isso difícil de aceitar que exista «uma passagem das condutas meramente estilísticas para uma dimensão política»([25]). Não se esqueça, ainda, que as mesmas claques se terão organizado mais em função da gestão da noite, dos circuitos da droga e da criminalidade, do que propriamente de bandeiras ideológicas.

Quanto à antinomia maniqueísta entre uma visão luso-tropicalista da identidade nacional, mais ou menos fantasmagórica, e o realismo associado a um racismo estrutural, denunciado por uma espécie de organizações de vanguarda anti-racistas, que não aceitam discussão, é bom que se diga que se trata de duas faces da mesma moeda. Dois lados que parecem alimentar-se reciprocamente, banalizados, aspirando cada um deles a constituir-se em visão primordial, de alcance universal no que à identidade nacional e seu respectivo passado colonial diz respeito. Contudo, não parece que toda a história seja passível de caber nos dois lados desta moeda. Sobretudo, afigura-se difícil aceitar que a partir deles se possa fazer uma etnografia da vida, assassinato e memória de Alcindo Monteiro.

Por último, quanto ao modo de actuação da polícia — ponta do icebergue de um dispositivo securitário, de aplicação da justiça e da organização penitenciária —, as informações disponibilizadas pelo filme são escassas. Com base no documentário, pode dizer-se que os polícias são os maus da fita, porque batem de modo arbitrário, e o sistema carcerário, enquanto viveiro de bandos e gangues, nem sequer é mencionado (a este propósito, não terá a Juve Leo expulsado do seu interior os próprios *skinheads*, a bem de outras lógicas igualmente violentas?). Só acerca do sistema de justiça parece existir mais informação. Concretamente, a pena pretendida pela acusação só em parte foi aplicada pelos juízes. Mesmo assim, o documentário só refere um único advogado de acusação, ignorando o outro advogado, Teixeira da Mota. Pior ainda, a pressa com que foram aplicadas penas pesadas, em alguns casos de 18 anos de prisão efectiva, foi posta em causa juridicamente e obrigou

([25]) Daniel Alves Seabra, *Claques de Futebol: O teatro das nossas realidades* (Porto: Afrontamento, 2017), p. 191.

a reajustamentos. Foi o que demonstrou um dos documentários, feito pela jornalista Sofia Pinto Coelho.

Em conclusão, se este documentário sobre Alcindo Monteiro reivindica para si o estatuto de uma etnografia, há inúmeras razões para pensar que falhou, em parte, o alvo. A informação disponibilizada é insuficiente, ou surge de forma atrabiliária. Quando procuramos as camadas de significado do mesmo filme, confrontamo-nos mais com um manifesto que recorre à linguagem do panfleto ou da propaganda. Também se sente uma falta de hábito em recorrer a outros documentários que se debruçaram sobre os intervenientes no processo, bem como uma ausência de interesse em mostrar os lados que não são os da vítima. Ora, os fascistas, conforme defendeu um dos seus maiores e insuspeitos estudiosos, Michael Mann, têm de ser estudados e levados a sério nas suas razões e motivações. Não podem ser descartados, simplesmente, como uns loucos *skinheads*, encarnação do demónio que uma sociedade, ainda por cima ludibriada por uma ideologia luso-tropicalista, finge não ver.

Insisto: não me parece que a função de um documentário, que aspira a ser uma peça de análise etnográfica, seja a de dar expressão a uma ideologia, qualquer que ela seja. Pierre Bourdieu e, na sua esteira, Gisèle Sapiro lembraram-no várias vezes, quando tomaram as ciências sociais como um todo. E, tal como o sociólogo ou o etnógrafo, também o documentarista, ao desenvolver a sua prática reflexiva de inquiridor de um evento e do contexto social em que ele teve lugar, tem de mostrar que não pretende ser um mero porta-voz mandatado por dominados ou por dominantes. O objectivo, pelo contrário, é tão-só o de informar, com base num trabalho sistemático de recolha, acerca dos pontos de vista dos diferentes lados em confronto, reinscrevendo-os num campo mais vasto de relações de força. Ora, é esta dimensão mais propriamente etnográfica do documentário que, sem desaparecer, surge nele demasiado diluída, a ponto de ser difícil compreender o que aconteceu de facto a Alcindo Monteiro. Por isso, que os aplausos dados de pé a este documentário, na sua estreia, não desviem o seu jovem realizador, antropólogo visual, de melhorar, no futuro, o seu próprio trabalho.

É que o caso de Alcindo, por mais chocante e violento que tenha sido, resultou em penas de prisão pesadas. O assassino de Bruno Candé também recebeu uma pena bem pesada, enquanto no caso de Cláudia, que foi agredida num autocarro, não se terá ido tão longe. Neste quadro, será legítimo continuar a pensar, como sucede no documentário, que a violência contra os negros é uma realidade escondida que necessita de ser mostrada? Que a justiça não pune devidamente os agressores? Que a sociedade é indiferente perante tais actos de violência? Ou que o tal racismo estrutural foi, no caso de Alcindo, particularmente traumático, logo é urgente exibi-lo e mostrá-lo como paradigmático? São questões que ficam por responder. Contudo, parece-me que o filme seria mais representativo da sociedade portuguesa actual se seguisse duas pistas.

Por um lado, se procurasse chegar às raízes também elas suburbanas do movimento *skinhead* — que antes de ser fascista é organicamente operário, de uma realidade britânica que aqui se aplica mal. Depois, sem deixar de prestar atenção ao futebol, enquanto viveiro de grupos violentos, e sem esquecer que o 10 de Junho era o dia da final da Taça de Portugal, há duas outras dimensões, porventura mais importantes: o desajustamento que se vivia entre uma cultura do PCP, porventura ainda dominada por uma agenda neo-realista, totalmente incapaz de revelar o que estava a suceder em áreas controladas pelo mesmo partido; e um enorme desfasamento das subculturas que se apanhavam pela televisão e por outros meios de comunicação (música, banda desenhada, etc.), em relação à realidade do Barreiro.

Por outro lado, se falasse mais da violência policial, da proporção de negros nas prisões, do abuso da prisão preventiva e também do facto de, na minha universidade, o maior grupo de negros não estar sentado nas salas de aula, mas a trabalhar nas limpezas. É que, em todas estas práticas sociais, o racismo talvez possa ser considerado mais estrutural do que num caso em que se fez a justiça possível e em que os perpetradores pertenciam a um grupo extremista xenófobo.

A representação de sujeitos racializados, a etnografia e a questão do racismo

Os denominados «indígenas», das antigas colónias portuguesas, suscitaram muitos relatórios e inquéritos. Em causa estava o conhecimento das populações, dos seus usos e costumes, por parte de um Estado colonial que começou por estar envolvido na criação de formas de governo indirecto, difundidas pelo imperialismo britânico. A este respeito, nas colónias portuguesas, está por fazer uma história conjunta da passagem, em inícios do século XX, da Curadoria dos Indígenas a Secretaria dos Negócios Indígenas. É que este tipo de organismo não só esteve envolvido na constituição de contingentes de trabalhadores, como suscitou novas formas de conhecimento etnográfico. Neste sentido, as preocupações em conhecer as classes mais baixas, subalternas, bem como as raças colonizadas — expressas por diferentes configurações de saberes, agentes e instituições, dos finais da Monarquia ao Estado Novo — fazem parte de uma genealogia hoje reformulada em termos de políticas de identidade. Nestas últimas, inclui-se a auto-representação de grupos e sujeitos racializados.

Por exemplo, em 1900, Eduardo Costa analisou a questão da alimentação nos territórios de Manica e Sofala. Um dado adquirido era o da diferença entre o que comiam os colonos e os indígenas. Os primeiros dispunham de todos os produtos necessários à sua dieta, mas eram vítimas de uma enorme carestia dos produtos. Esta era, em parte, causada pelo facto de não se poderem ali fixar, nem procriar, encarando a sua estada como temporária — um aspecto compreensível e bem aceite pelo autor do relatório. Enquanto os indígenas daquela vasta região se alimentavam de farinha de sorgo, mexoeira e milho grosso ou arroz, a que se juntavam, nalguns sítios, farinha de mandioca, feijão ou amendoim, por vezes produtos de caça (antílope, roedores) e peixe nas regiões do litoral. Eduardo Costa argumentou que tais práticas alimentares resultavam de uma identidade racial, sem iniciativa, que se alimentava de modo débil e que, por isso mesmo, tinha de ser levada a trabalhar. Caso contrário, isto é, se os indígenas não fossem compelidos ao trabalho, com o objectivo de se alimentarem e aumentarem a riqueza do território, viveriam apenas depauperados «pelo álcool, pela fome e miséria fisiológica que de ambas as causas provêm».

Claro que a ideia de que toda a alimentação indígena correspondia a uma tradição secular ou a usos e costumes próprios não resiste a uma consideração de conjunto da circulação, nomeadamente interoceânica, de produtos como a mandioca e da sua adaptação a diferentes contextos, incluindo o dos musseques de Luanda, conforme escreveu um engenheiro agrónomo, em 1904.([26])

Também existiam outros aproveitamentos das considerações feitas acerca da alimentação indígena, nomeadamente, do ponto de vista de uma «política de alimentação». Quem assim se pronunciava, sob a orientação de Marcello Caetano, partia da alimentação dos indígenas para formular uma política que fosse, ao mesmo tempo, de assistência agrícola (modificando «o regime sub-alimentar do negro»), de organização do trabalho (regulando e fiscalizando o recrutamento e dificultando a emigração) e até de educação do espírito associativo (de forma que modificasse o fatalismo com que se encaravam as fomes). Isto é, a alimentação servia de pretexto para valorizar o que o alto-comissário de Angola, António Vicente Ferreira (1874–1953), tinha procurado institucionalizar, fazendo aprovar em 1927 as Bases Orgânicas dos Serviços de Agricultura da Colónia.([27]) Alimentação e agricultura precediam,

([26]) José Joaquim de Almeida, *Quatro Conferências na Sociedade de Sciencias Agronomicas a Propósito da Administração Colonial sob o Ponto de Vista Agricola*, sep. da *Revista Agronomica* (Lisboa: Tipografia La Bécarre, 1904), pp. 26–27, 71–74.

([27]) António J. M. da Mota Veiga, *A Economia Colonial e a População Indígena. Dissertação para o Curso de Administração Colonial da Faculdade de Direito (3.º ano)*, pref. Marcello Caetano (Lisboa, 1935), pp. 41–71.

neste caso, o tratamento de outras áreas de intervenção do Estado colonial, tais como a saúde e a educação.

Em correspondência com as imagens produzidas pelo Estado colonial acerca dos «indígenas» e trabalhadores africanos, diversos círculos intelectuais e movimentos culturais expuseram as suas ideias. Modernistas e futuristas, a começar por Fernando Pessoa com o seu fantasma sul-africano, não se envolveram muito no elogio ou na reutilização de formas inspiradas na arte africana. Contudo, Carlos Malheiro Dias, no prefácio à publicação de *A Idade do Jazz-Band* de António Ferro, incitou os jovens a lutar pela modernização dessa pátria minúscula, mas que tinha dois milhões de quilómetros quadrados de território dispersos por quatro continentes e que deveriam formar os Estados Unidos de Portugal, sob a liderança de um grande estadista. Um ano após ter lançado *História da Colonização Portuguesa do Brasil*, Malheiro Dias — cujas crescentes simpatias fascistas são conhecidas — sublinhava a energia da nova geração representada por Ferro.

Por sua vez, em 1934, a propósito da I Exposição Colonial Portuguesa, que teve lugar no Porto, pensava-se estar ali reunida «uma documentação antropológica superior à de muitas importantes missões científicas estrangeiras e à da Exposição de Paris de 1889, sem que os antropologistas portugueses tivessem de se deslocar da metrópole para as colónias ou de enviar ali os seus colectores — hipóteses infelizmente pouco viáveis com a escassez de recursos financeiros dos nossos institutos científicos» (*O Instituto de Antropologia da Universidade do Porto e a Investigação Científica Colonial*, Porto, 1934, p. 19). Nos meios oficiais, em que dominava o médico António Mendes Correia, desde pelo menos a década de 1920 que existiam inquéritos antropológicos a negros, criminosos e crianças. As exposições coloniais de 1934 e de 1940 foram autênticos laboratórios sociais ou jardins zoológicos de humanos. Nelas, um dos objectivos principais era o de demonstrar que «a influência das raças coloniais (nomeadamente Hindu e Negra) na pureza bioquímica do povo português» era «praticamente nula»([28]).

Acerca destes ideais de pureza da raça, o engenheiro Vicente Ferreira, ainda em 1944, mas retomando trabalhos seus que remontavam à década de 1930, insurgiu-se contra qualquer incitamento oficial ao «mestiçamento», que provocava «degenerescência dos caracteres psíquicos e, porventura, também dos caracteres somáticos». Para concluir que, «se não quisermos africanizar e, portanto, piorar — segundo o nosso critério étnico — os elementos demográficos metropolitanos que colocarmos em Angola ou Moçambique,

---

([28]) José Aires de Azevedo, *A Pureza Bioquímica do Povo Português. Comunicação apresentada à 2.ª Secção do Congresso Nacional de Ciências da População* (Porto: Comemorações Portuguesas de 1940, 1940), p. 15.

devemos contrariar energicamente a difusão entre eles de sangue africano». No fundo, a principal medida que Vicente Ferreira propunha era a da «segregação», entre brancos e indígenas, «que muito repugna ao instinto dos portugueses e às tradições da sua colonização», proibindo que a colonização dos planaltos de Angola feita por famílias europeias suscitasse «o emprego pelos colonos de mão-de-obra indígena» (Vicente Ferreira, *Estudos Ultramarinos*, vol. IV — *Colonização e diversos*, Agência Geral do Ultramar, 1955).

De facto, no segundo quartel do século XX — quando se assistiu à ascensão dos fascismos por toda a Europa, ao exacerbar de políticas racistas e à mobilização das classes trabalhadoras —, a antropologia física intensificou os estudos das classes subalternas, em geral, e das populações rurais, em particular. Em Portugal, outros discursos ou instituições, com os seus peritos e técnicos, convergiram no estudo da situação dos trabalhadores do campo: o Inquérito à Habitação Rural e os estudos agronómicos; a medicina pública e a epidemiologia; a geografia humana, à cabeça da qual passou a estar Orlando Ribeiro (cujo papel como intelectual orgânico do Estado Novo, dobrado de cientista social, continua por estudar); a história rural das sesmarias e das formas de colonização, segundo os modelos propostos por Virgínia Rau; e o projecto colectivo de um vasto inquérito às condições sociais da classe trabalhadora, lançado pelo neo-realismo artístico e literário.

Uma hipótese conclusiva pode ser retirada de todo este processo destinado a pôr em prática modelos de governo indirecto em articulação com diferentes modos de produção de conhecimento sobre territórios, populações, usos e costumes. Aida Freudenthal sugeriu a existência de uma relação entre o domínio colonial indirecto e o início de um questionamento ou rejeição do domínio colonial.([29]) Assim, desde finais do século XIX, de E. W. Blyden ao pan-africanismo de W. E. B. Dubois e A. Y. Garvey, sucederam-se as teorias e os movimentos de emancipação dos negros, que enalteceram a capacidades dos africanos de criar as suas culturas e assumir as rédeas do seu próprio destino.

Resta saber como é que essa mesma frente de afirmação das elites negras das Américas e de África, envolvendo missões e missionários, contribuiu ou não para organizar movimentos de resistência anticolonial, suscitados pelo agravamento da exploração da mão-de-obra africana. A presença de Dubois em Lisboa, para o III Congresso Pan-Africano, de 1923 (os dois anteriores tinham tido lugar em Londres e Paris), constituiu um marco desse mesmo processo. Depois, o racismo generalizado que se fez sentir na década de

([29]) Aida Freudenthal Alpha, «Nota prévia», in I. Sow *et al.*, *Introdução à Cultura Africana*, tradutores Emanuel Godinho, Geminiano Cascais Franco e Ana Mafalda Leite (Lisboa: Edições 70, 1980), p. 3.

1930 — o qual correspondeu a um agravamento das condições de trabalho forçado nas colónias africanas, em conformidade com lógicas mais autoritárias de organização dos Estados coloniais — introduziu um elemento de descontinuidade.

Só, talvez, no período posterior à Segunda Guerra, com os movimentos de independência criados ao longo da década de 1950, se recuperou a mesma linha emancipadora. Porém, alguns elementos novos vieram somar-se aos anteriores: primeiro, a situação colonial, tal como era conceptualizada por Roger Bastide (tradutor de Gilberto Freyre, mas também de Castro Soromenho) e outros, acabou por ser denunciada por Frantz Fanon como patológica; segundo, assistiu-se à difusão do marxismo-leninismo, a desafiar as lógicas da modernização e do desenvolvimento postas em prática pelos Estados coloniais; um terceiro elemento principal foi imposto pelo desencadear da Guerra do Vietname, com as suas medidas de destruição dos arrozais e de aterrorização das populações utilizadas pelo exército norte-americano, que tinham em vista destruir as comunidades locais.([30])

Desconversar

Vivi muitos anos fora. Tantos, que acabei por perder os contactos que tinha na cidade onde nasci e cresci. A distância que sinto em relação aos meus vinte ou trinta anos, antes de ter emigrado, em lugar de apagar as minhas memórias, devolve-me, cada vez com mais nitidez, a consciência do que aprendi por esses anos. Paradoxalmente, recordo-me melhor desses tempos, em que pude participar de uma espécie de arcádia, do que das experiências que tive fora de Portugal, talvez, por aí me ter concentrado demasiado no trabalho diurno. Por isso, é dessa arcádia nocturna, dos anos 1980 e inícios da década de 1990, que quero falar.

Dizer que ela foi uma confraternização permanente, interrompida pelas jornadas de trabalho, mas rapidamente reposta pela noite fora, só tem sentido se se perceber que essa arcádia era uma festa. Uma boémia bebida e comida, acompanhada por música e dança, sem esquecer as gargalhadas. Pouco importa, hoje, fazer o inventário dos sítios e das mesas à volta dos quais tanta gente se reunia. Só importa reter alguma topografia, a benefício de inventário.

Em Lisboa, o eixo Príncipe Real/Bairro Alto até ao Cais do Sodré só tinha duas variantes: uma que descaía até à Praça da Alegria, chegando até ao Ritz Club e ao velho Hot Clube; outra que ia até São Bento, descrevendo

([30]) Alfredo Margarido, «A história da etnologia crítica francesa», *Revista Internacional de Estudos Africanos*, n.os 12–13, 1990, p. 471.

um círculo que ia do Trumps até à Lontra. Fora de portas, já em Campo de Ourique, só o Bana se constituía em alternativa séria. E, no lado oposto, para o Martim Moniz, o Bolero ainda funcionava.

Dizer que tudo começara à volta das mesas da Cervejaria Trindade, onde tudo fora planeado, pode não corresponder à verdade. Mas o certo é que o início da «invasão» do Cais do Sodré pode ser visto como uma espécie de descida dos grupos que frequentavam a noite e que chamaram a si os lugares que eram considerados marginais.

Quais as bases sociais em que assentava a vida boémia? É uma pergunta que não tem uma resposta fácil. Pensei, em tempos, que uma certa ambição de experimentação estética, por parte de quem frequentava as Belas Artes e Arquitectura, teria sido um elemento agregador das aventuras onde convergiam: prostitutas reformadas, travestis, novos *looks* mais ou menos pós-modernos, uma catadupa de novas ondas musicais, uma mistura de universitários com gente que trabalhava nos mais diferentes serviços, uma certa libertinagem sexual só em parte assustada pela sida, pessoas extremamente politizadas que se diluíam ou confrontavam com outras cuja criatividade tinha deixado de caber num espectro que ia da esquerda à direita, uma afirmação clara e sustentada de grupos de homossexuais com as suas capelinhas próprias, mas também com um desejo de romper com as convenções, não sei quantas formas de duplicidade por parte de quem frequentava a noite, em contraste claro com as ocupações mais convencionais exercidas durante o dia, uma atracção ambígua e biunívoca entre as margens e o centro, que contava com muitos indivíduos casapianos, à cabeça dos quais estaria o Mário Pilar, do Bar Artis, no Bairro Alto.

A este caldo da boémia noturna pertenceu também uma primeira afirmação de sujeitos racializados. Há quem pense que se tratou, apenas, de uma concessão excepcional por parte de brancos privilegiados. Discordo. É que o Hernâni Miguel, o Zé da Guiné ou o Chinês do Mahjong eram a ponta de um icebergue de agentes independentes, com um enorme poder carismático. Longe de mim fazer esta evocação, pouco sistemática e trapalhona, para insinuar que essa mesma boémia trazia consigo uma espécie de multiculturalismo. As clivagens eram enormes e havia hierarquias bem estabelecidas, as quais eram determinadas, sobretudo, por diferentes padrões de consumo e o acesso desigual a recursos de vária ordem. Por exemplo, ir às Primas não era a mesma coisa que ir ao Frágil ou aos Pastorinhos.

Contudo, não resisto a descrever esses anos — que foram tempos de generalização de consumo e diversificação de drogas, a ponto de ter deixado de ser possível distinguir entre drogas leves e duras — como um momento em que se impôs esse movimento dos Narcóticos Anónimos. Neste, era possível juntar em salas, cedidas pela Igreja, os pobres e os ricos, mais as suas famílias, pois todos eram *agarrados* à procura de uma saída. As suas partilhas sempre me pareceram, aliás, exemplares, tanto quanto discretas. Partilhas, insista-se, fundadas em pequenos passos, bem como na capacidade de lidar com as debilidades de cada um e de saber conversar acerca delas.

Se este cortejo da boémia e da gargalhada não tinha propriamente um rumo, nem obedecia a uma grande estratégia ideológica (pós-moderna, multiculturalista ou outra qualquer), havia nele uma expressão de recomposição de fragmentos com sentidos muito diversos. Claude Lévi-Strauss tinha, a respeito do pensamento selvagem, evocado, já no início dos anos 1960, a figura do *bricoleur* e do *bricolage* para expressar essa mesma criatividade individual. Esta foi vivida, em Portugal, numa espécie de contraciclo do que se passara na década de 1970, com os seus modos de politização partidária. Porém, mais do que esta mesma referência livresca, prefiro ser sensível ao que um dia me disse uma amiga alentejana, filha de um militante histórico do PCP, que inspirara Saramago em *Levantados do Chão*: «Os teus amigos não alinham uma conversa de jeito.»

Durante anos, guardei essa frase, entendendo-a como sinónimo de uma boémia inconsequente, sem plano nem estratégia. Mais recentemente, quando me confrontei com as experiências dos anos 1980, tal como surgem representadas no filme recente sobre António Variações realizado por João Maia (2019), arrisquei dizer que uma política que construiu novas identidades nasceu à noite. Uma política identitária na qual se praticavam novas experiências de género, de anti-racismo e até de emancipação classista, criando uma tensão permanente entre grupos e indivíduos, normas e modos de transgressão.

Hoje, em face do mesmo quadro — provavelmente demasiado idealizado como uma arcádia de relações afectivas e de respeito mútuo, de onde sempre achei que estavam ausentes as relações de violência —, chocam-me duas coisas. Por um lado, choca-me a amnésia ou o modo deturpado com que são lembrados esses mesmos tempos, que, para abreviar, definiria como de uma enorme experimentação culturalista e de explosão de significados. Uma amnésia tanto maior quanto o é o ressentimento daqueles que nunca conseguiram passar as portas do Frágil, porque a Guida Gorda — vá-se lá saber porquê — nunca os deixou entrar. Por outro lado, impressiona-me que se perca o sentido sociológico das referidas práticas sociais e culturais, e, em sua substituição, se passe a considerar apenas as instituições e organizações políticas que chamaram a si a defesa de certas identidades. No caso do anti-racismo, por exemplo, mais importante do que tentar perceber por que razão queria ir o Alcindo divertir-se ao Bairro Alto, já fui contemplado, por um dos meus críticos mais assanhados, com a estopada de uma história das organizações anti-racistas. Tal como se Marx nunca tivesse existido e a história social pudesse ser feita com base nas instituições, em lugar de ser explicada a partir das práticas concretas de grupos e indivíduos...

Com base no mesmo quadro, há ainda razões de sobra para se pôr, mais uma vez, em causa o imperialismo de uma certa razão universal. Refiro-me, concretamente, ao título do livro da jornalista britânica Reni Eddo-Lodge, *Porque Deixei de Falar com Brancos sobre Raça* (2018; trad. Edições 70, 2021; prefácio de Mamadu Ba). Trata-se de um livro em que há muito para aprender acerca de como na sociedade britânica existem tantos modos de racismo estrutural e institucional. Este último está bem enraizado, por exemplo, nas forças policiais. Destaco, sobretudo, os casos empíricos que a autora analisa, sobre os quais pretende oferecer uma pequena história, bem como o modo como concilia as suas análises com o relato de experiências mais pessoais, sobre as quais revela um olhar bem reflexivo. Um exemplo interessante a seguir para o caso português e que não pode ser subsumido no britânico, tal como este se pretende diferenciar do que sucedeu nos Estados Unidos.

O que me parece inadmissível é o próprio título. Mesmo reconhecendo que a sua força não passa de uma simples provocação, porventura comercial, que não corresponde à experiência da autora, que chega a confessar não ter praticado o que promete. E mesmo que se perceba que as raízes dessa mesma provocação estão no incitamento à violência, há muito suscitado por Fanon em contexto de luta anticolonial, sendo este último erguido ao estatuto de herói intelectual e de autoridade indisputável. O certo é que, à mensagem contida no título, só se pode responder de uma maneira, isto é, sendo tolerante com os intolerantes. Logo, continuando a conversar. Declaro-o, mesmo admitindo, como dizia a minha amiga alentejana, que os meus amigos não alinham uma conversa de jeito...

Cultura popular, cultura erudita e um catálogo bibliográfico

Duas capas da «Revista» do *Expresso* de Dezembro de 2019 foram dedicadas a Carolina Loureiro e ao bacalhau. A escolha tanto de uma estrela da indústria do entretimento e das redes sociais como do «fiel amigo», um produto de tão grande consumo sobretudo nesta quadra natalícia, é compreensível. Os jornais têm de ser viáveis, e por isso têm de lutar, nesta nova era do digital, para não perder leitores e continuar a angariar publicidade. Denunciar as lógicas do capitalismo ou convidar à insurreição contra o consumo de massas são atitudes que pouco adiantam, no sentido de resolver as condições em que trabalhamos e lemos. Que se desenganem, pois, os que ousam espernear e gritar. Também podemos esperar sentados pela alteração rápida de um sistema educativo e universitário capaz de formar um público de leitores com ambições mais eruditas, profundas ou requintadas. Porém, importa não baixar os braços, na luta por um sistema educativo capaz de incutir nas novas gerações um gosto pela ciência, em paralelo com um interesse pelas artes e pelas letras.

Quem alguma vez se interessou pela história do livro e dos jornais, ou seja, do chamado capitalismo de imprensa, sabe bem que ela está cheia de contradições e ambivalências. É que os mesmos produtos impressos que nos levaram a construir uma visão autónoma, crítica e emancipada da sociedade, também permitiram a subjugação tanto a lógicas de controlo autoritário como à alienação enquanto consumidores de uma indústria cujo objectivo principal é dar lucro. O problema de uma visão emancipada, a debater-se com práticas de controlo e alienação, não é de agora. Tem uma história longa e diversa. Atravessa as sociedades de antigo regime, como uma luta entre a cultura popular e as novas formas de expressão urbana e cortesã. Nas sociedades liberais posteriores à Revolução Francesa, fez-se sentir nas vagas sucessivas de formação das literaturas nacionais e nos limites postos, na prática, aos projectos educativos. Reapareceu nas discussões sobre o teatro, nas literaturas de grande circulação, por via dos folhetins jornalísticos, e na profissionalização dos escritores. Ao longo do século XX, a entrada em cena da rádio, da televisão e, por último, dos diferentes meios de comunicação electrónica deu novos contornos à tensão que divide o consumo massificado dos produtos diferenciados.

As quatro décadas que levo de ensino universitário podem ajudar a pôr em perspectiva o debate entre cultura popular massificada e cultura de base científica e humanista. Mas não ajudam a encontrar soluções. Julgo que o primeiro erro em que se pode cair é o de pensar que houve um tempo, algures situado no passado, em que alunos e professores sabiam e comunicavam mais e melhor. E que, agora, isso já não acontece. A referência a um passado construído como um mito não ajuda, em nada, a compreender uma situação na qual o que se ensina dentro dos muros da academia nem sempre corresponde a uma cultura científica e da curiosidade mais ou menos erudita. A força de outros modelos e de outras práticas, às quais alguns sectores, ditos de sucesso, da própria academia se mostram permeáveis, deveria suscitar uma crítica cerrada. Refiro-me a um caldo cultural para consumo de largo espectro, uma mixórdia dominante, na ausência de uma verdadeira cultura universitária, do rigor e da investigação. Na sua base está uma espécie de lengalenga psicologizante, em que o livro de auto-ajuda tanto serve para desenvolver a autoconfiança de um indivíduo em crise de meia-idade como a do gestor ou das personagens que fazem parte do *star system*. As fórmulas sucedem-se: para amarmos os outros, temos de começar por gostar de nós, é preciso aprender a amar o amor, etc. Ao desempenho individual acrescentam-se a automotivação e os cursos de *mindfulness*. Mais uns inevitáveis vídeos sacados da Internet, que explicam tudo...

Não será o quadro acabado de descrever a verdadeira cultura dominante, *new age*, dos nossos dias? Não estarão os mesmos elementos, de uma superficialidade confrangedora, disseminados por diferentes camadas, populares e de elite, situados tanto nos aparelhos de controlo dos poderes e do Estado como em diferentes segmentos da chamada sociedade civil? Mais: frente ao caldo de uma cultura dominante, fundada no papel de indivíduos autoconfiantes — agentes racionais de um mercado liberal, investidos de uma certa «inteligência emocional» —, não é só a universidade e a ciência que são postas de lado. O mesmo sucede aos mecanismos de distinção social fundados no gosto pela música, leitura de livros e fruição de obras de arte.

As considerações anteriores foram-me sugeridas pela consulta do novo catálogo de livros antigos da Livraria Campos Trindade. Primeiro de uma série que terá uma vida longa, coloca no mercado 194 obras de extrema raridade. Entre obras científicas, relatos de viagem, orações de sapiência em latim, uma atenção especial vai para o Brasil colonial. Trata-se de um catálogo, em formato impresso e *online*, organizado por Bernardo Trindade, filho e herdeiro espiritual do saudoso Tarcísio Trindade, a quem todos os que têm gosto pelo livro antigo continuam a prestar homenagem, pelo seu exemplo de saber e uma tocante atitude de modéstia. Aos coleccionadores de livros antigos, toca o esforço de catalogação rigorosa e anotações do catálogo. E se os preços não estão ao alcance de todos, dada a inexistência de muitas obras em bibliotecas portuguesas, só nos resta esperar pelo milagre de que instituições e fundações possam unir esforços para conservar entre nós, pelo menos, algumas dessas obras. Caso contrário, estou certo de que não faltarão manifestações de interesse, por parte de muitas bibliotecas estrangeiras, na aquisição das obras mais valiosas. Arriscaria mesmo a hipótese de que — se as nossas elites, desprovidas de capital simbólico, só marginalmente orientam o seu gosto em função do coleccionismo, nivelando por baixo, dada a fraca afirmação de uma cultura universitária tanto científica quanto erudita — só nos resta esperar a intervenção dos poderes públicos, no sentido de compensar este cenário de penúria social.

Entre os livros mais valiosos do catálogo está uma edição das *Regras e Estatutos da Ordem de Santiago* (Lisboa: Galharde, 1548), de que a Biblioteca Nacional em Lisboa e a Biblioteca da Fundação da Casa de Bragança possuem exemplares. A grande novidade desta edição relativamente às anteriores (sem esquecer a edição manuelina de Setúbal de 1509) está na moldura do frontispício, encimado por um pelicano, que se tornou famoso por ter sido reutilizado na primeira edição de *Os Lusíadas* (1572).

Nesse mesmo ano 1548, longe das acções dos cavaleiros de Santiago, foi inaugurado o Colégio das Artes, em Coimbra. A 21 de Fevereiro, Arnaldo Fabrício proferiu uma oração sobre as Artes Liberais (estudada por Luís de Matos); a 17 de Julho, João Fernandes, responsável por uma edição anterior dos colóquios de Erasmo, pronunciou-se sobre a Fama da Universidade (oração publicada e estudada por Jorge Alves Osório); a 1 de Outubro, Belchior Beleago fez a sua Oração sobre o Estudo de Todas as Disciplinas, objecto de estudo de Maria Helena da Rocha Pereira. É esta última edição, disponível nas bibliotecas do Porto, de Évora e de Coimbra, mas inexistente em Lisboa, que o catálogo exibe.

Em bibliotecas portuguesas, não existem exemplares da descrição da Madeira por Giulio Landi (Piacenza, 1574). Exemplar soberbo o que é agora posto à venda, a indiciar como é que a partir da Itália e do Mediterrâneo se seguiam os desenvolvimentos da economia das plantações do açúcar, já instaladas no Atlântico.

O relato do *Naufrágio de Sepúlveda* (1552), peça principal da *História Trágico-Marítima*, inspirou o poema de Jerónimo Côrte-Real e, em 1624, a *Nave Trágica de la India de Portugal*, da autoria de Francisco de Contreras. José Ares Montes estudou a fortuna daquele relato, assinalado em *Os Lusíadas* (V, 46–48), mas também referido por Lope de Vega e Tirso de Molina. Ora, em bibliotecas portuguesas não se conhece nenhum exemplar deste raríssimo poema em três cantos de Contreras.

A peça mais interessante da Restauração é constituída por um conjunto de folhetos sobre a independência da Catalunha. Até que ponto os argumentos aduzidos nesta literatura de justificação inspiraram os discursos políticos de independência e de legitimação do novo monarca, D. João IV? Os escritos, publicados em Lisboa, por Gaspar Salas e Francesc Martí y Viladamor surgem no catálogo reunidos num só volume. Deste último, destaca-se a *Noticia Universal de Cataluña* (Lisboa: António Álvares, 1641). Sobre ele, o frade franciscano português Francisco de Santo Agostinho Macedo (1596–1681) escreveu que numa outra das suas obras era patente «lo agudo de su ingenio, lo grave de su juyzio, lo galano de su discurrir, lo discreto de su dezir, lo apretante de su razonar, mesclado com escogida erudicion, com muchas lumbres de sentencias y flores de elocucion, logrando mejores rayos el sol de su Fama» (*Temas de la Locura...*, Paris, 1648).

María de Guevara Manrique, condessa de Escalante e de Tahalu, publicou em 1664 uma obra de carácter normativo que constitui uma colaboração de peso para a genealogia intelectual do feminismo. Nenhum exemplar dos *Desengaños de la Corte y mujeres valerosas* se encontra em bibliotecas portuguesas. O mesmo se diga, entre as obras de sentido oposto, forçando à obediência das mulheres, em tempos revolucionários, da *Arte de conciliar os affectos das mulheres a seus maridos* (1797), tradução do francês para inglês e desta língua para português por Vicente José Ferreira. Com pé de impressa, porventura imaginário, de Calcutá, nem o erudito Brito Aranha, continuador de Inocêncio, teve mais notícias do autor e não terá, com certeza, estudado a obra.

O exemplar da *Breve Relación* pelo duplo casamento entre Portugal e Espanha, quando o futuro D. José I se casou com D. Mariana, relativo às festas ocorridas na Colónia de Sacramento, na fronteira do Sul do Brasil, desapareceu da Biblioteca Nacional e é urgente que seja reposto na miscelânea de folhetos que necessita de ser restaurada.([31])

Das exéquias de D. João V, estudadas por Robert Smith e José Manuel Tedim, o catálogo oferece o relato das que foram celebradas em Goa e publicadas em Lisboa, em 1753, já bem entrado o reinado de D. José. A Biblioteca Nacional possui três exemplares deste folheto. Porém, não tem nas suas colecções nenhum exemplar da primeira edição da tradução de Duhamel du Monceau, *Descripção da Cultura do Canamo* (1784), nem a edição carioca do *Tratado elementar de calculo diferencial e calculo integral* (1812) de Lacroix. Obras científicas, de economia política e agronómica, que importaria coleccionar, por não constarem da principal biblioteca portuguesa.

A obra mais impressionante do catálogo é constituída pelos quatro volumes em grande formato, profusamente ilustrados, de Franz Balthazar Solvyns, *Les Hindous ou Description de leurs mœurs* (Paris, 1808–1812). Não se conhecem exemplares em Portugal, nem em Espanha, desta obra fundamental para se compreender a cultura política napoleónica. A sua monumentalidade e aparato não seriam uma forma de compensação intelectual francesa, em relação a uma Índia em processo de conquista e integração no império colonial britânico? Doravante em relação à Índia, parece ter restado aos portugueses a memória dos feitos gloriosos no Oriente, conforme o subtítulo da obra de Eduardo Augusto de Sá Nogueira Pinto Balsemão. Publicada em Nova Goa e dedicada pelo autor ao seu tio, o marquês de Sá da Bandeira, *Os Portuguezes no Oriente* (1881–1883?) sugere que assim foi (peça de colecção que consta do catálogo, rara como todas as obras saídas da imprensa ultramarina no século XIX). Porém, se se tomar em consideração o percurso e as obras do seu autor enquanto funcionário ultramarino e secretário dos governos

---

([31]) Por diversas vezes, tenho chamado a atenção para a falta de meios que caracteriza o funcionamento da Biblioteca Nacional. O estado material do nosso património bibliográfico exige medidas sérias do ponto de vista do restauro e da conservação dos exemplares — uma necessidade que não é passível de ser substituída por uma política desenfreada de digitalização, como sucedeu na Torre do Tombo, que tem de passar a acolher mais e melhor os seus investigadores. Mas será que este governo tem a visão cultural suficiente para pensar em tema tão recôndito quanto o do restauro? Tenho dúvidas, até prova em contrário.

sucessivamente de Cabo Verde, Angola e Goa, afigura-se mais pertinente uma outra interpretação. Enquanto filho segundo de uma família nobre, Eduardo Balsemão bem se empenhou numa carreira ao serviço do império, a par de uma actividade constante de organização e de envolvimento em questões de justiça e projectos coloniais. Os seus escritos, publicados em Luanda e em Goa, confirmam-no e deveriam servir de critério para uma comparação com o nível intelectual e cultural de funcionários, gestores e dirigentes desta actualidade que, por vezes, nos sufoca na sua evidente mediocridade. Enfim, sem saudosismos…

Origem dos textos

1. «Serão *Os Maias* um romance de reconciliação nacional?», revista *Ler*, n.º 148 (Inverno, 2018); «Eça de Queiroz, a escrita, o campo intelectual e os pobres», *Expresso*, 16-06-2018; «Jaime Batalha Reis: da Geração de 1870 ao Estado Novo», *Expresso*, 13-01-2018; «Patologia social, voyeurismo e homossexualidade em Fialho de Almeida», revista *Ler*, n.º 146 (Inverno, 2017).

2. «António Feijó, o poeta que morreu de amor», *Expresso*, 12-05-2018; «Portugal e o povo, "à coronhada"» [versão revista e alargada da recensão a Manuel Laranjeira, *Emendar Portugal*, ed. Bruno Monteiro (Porto: Associação dos Jornalistas e Homens de Letras do Porto, 2014)], *Público*, 18-09-2015; «Raul Brandão: de anarquista a crente em Deus», *Expresso*, 01-04-2017; «Escritores suicidas e violência plebeia» [recensão de Pablo Javier Pérez López, *Suicidas: Antologia de escritores suicidas portugueses*, prefácio de Valter Hugo Mãe (Lisboa: Ática, 2014)], *Público*, 28-11-2014; «Direito e colonialismo: o caso de Marnoco e Sousa» (inédito).

3. «Amadeo e a política do modernismo», *Expresso*, 07-11-2018; «Integralismo e modernismo», *Expresso*, 29-12-2018; «Uma república das Letras:

o grupo da Praça da Misericórdia de Porto Alegre», in Cássia Daiane Macedo da Silveira, *Tudo é novo sob o sol: Modernidade e trocas literárias nas primeiras décadas da República* (São Leopoldo: Oikos, Editora Unisinos, 2019) [tese de doutoramento, Universidade de Campinas, 2013], pp. 9–17; «Botto heterónimo de Pessoa?» [recensão de Zetho Cunha Gonçalves, ed., *Notícia do Maior Escândalo Erótico-Social do* Século XX em Portugal (Lisboa: Letra Livre, 2014)], *Público*, 07-11-2014; «Sexologia e modernismo: em torno do mundo *gay* de António Botto», *Expresso*, 08-06-2019; «A dor do fado e a pátria madrasta», *Contacto*, 13-08-2021; «Revisitar Almada Negreiros» [recensão do catálogo da Exposição organizada por Mariana Pinto dos Santos, *José de Almada Negreiros: Uma Maneira de Ser Moderno*], *Expresso*, 06-05-2017; «Um erro de perspectiva», *Expresso*, 29-05-2017; «Brandos costumes?», *Expresso*, 13-05-2017; «Loucos, modernistas e selvagens», *Expresso*, 02-03--2019; «Sarah Affonso e a pintura "nada igual" à de Almada», *Expresso*, 17-08-2019.

4. «Memorialismo, conservadorismo e feminismo», *Expresso*, 31-04--2019; «Maria Archer e a força da oposição», *Expresso*, 22-07-2017; «*As Mulheres do Meu País* de Maria Lamas: um livro pioneiro», *Expresso*, 17-03--2018; «O Portugal dos monumentos e a folclorização da pobreza de Helga Glassner», *Contacto*, 28-01-2022; «Portugal de pé descalço» [sobre Simone de Beauvoir em Portugal], *Expresso*, 24-07-2017; «Emily Hahn: escritora e aventureira», *Expresso*, 14-10-2017; «Maria da Graça Freire: dos brancos pobres ao racismo», *Expresso*, 07-07-2018; «Sophia de Mello Breyner e a Índia Portuguesa», *Expresso*, 20-07-2019; «O conhecimento do mundo» [recensão de Agustina Bessa-Luís, *Crónica do Cruzado Osb.*, nota editorial de Alberto Luís, fixação do texto do mesmo com Lourença Baldaque (Lisboa: Guimarães, 2015)], *Público*, 27-08-2015; «Teixeira de Pascoaes: vida, morte e família, segundo Agustina», *Expresso*, 25-05-2019; «Maria da Graça Amado da Cunha: pianista e escritora», *Expresso*, 29-09-17; «Ilse Losa e Maria da Graça Amado da Cunha numa visita à Foz Velha do Porto», *Expresso*, 23-12-2017.

5. «Intelectuais e artistas no Estado Novo», *Contacto*, 23-07-2021; «Uma história social da oposição ao Estado Novo», *Expresso*, 14-12-2019; «A Indústria da Polémica», *Expresso*, 03-08-2019; «Aquilino revisitado» [recensão de José Carlos Seabra Pereira, *Aquilino — a escrita vital* (Verbo, 2014)], *Público*, 26-12-2014; «Alberto da Veiga Simões: historiador e agente internacional na Segunda Guerra Mundial», *Expresso*, 28-10-2017; «O neo-realismo literário nunca existiu?», *Expresso*, 02-09-2017; «Estado Novo, anticolonialismo e censura», *Expresso*, 29-09-2018; «José Osório de Oliveira: um intelectual

fascista ao serviço do colonialismo?», *Expresso*, 05-01-2019; «Victor Palla: arquitecto, escritor e fotógrafo», *Expresso*, 05-05-2018; «O Estado Novo e o mundo da edição» [recensão de Nuno Medeiros, *O Livro no Portugal Contemporâneo*, Lisboa: Edições Outro Modo, 2019], *Expresso*, 11-05-2019; «Jorge de Sena e a consciência moral», *Expresso*, 23-11-2019.

6. «A escrita de uma vida», recensão de José Pacheco Pereira, Álvaro Cunhal: *Uma biografia política*, vol. 4, *O Secretário-Geral (1960–1968)* (Temas e Debates, Círculo de Leitores, 2015), *Público*, 27-01-2016; «Francisco Pinto Balsemão: os anos de formação», *Contacto*, 20 e 24-09--2021; «Victor Cunha Rego: uma edição quase exemplar» [recensão de Victor Cunha Rego, *Na Prática, a Teoria É Outra*, edição de Vasco Rosa e André Cunha Rego, prefácios de José Cutileiro, Otavio Frias Filho, Manuel de Lucena e José Miguel Júdice (Lisboa: Dom Quixote, 2018)], *Expresso*, 14-04-2018; «José Cutileiro: um antropologista entre mundos» [recensão de José Cutileiro, *Podia Ter Sido Pior: Escritos 1953–2020*], *Contacto*, 01-04-2022; «António Barreto: uma história mal contada ou a teoria do apagão» [recensão de Maria de Fátima Bonifácio, *António Barreto: Política e pensamento* (Lisboa: Dom Quixote, 2016)], *Público*, 03-06-2016; «Vasco Pulido Valente: pessimismo indígena» [recensão de Vasco Pulido Valente, *De Mal a Pior: Crónicas (1998–2015)*, selecção de Miguel Pinheiro (Lisboa: Dom Quixote, 2016)], *Público*, 24-06-2016; «Vasco Pulido Valente: um retrato singular» [sobre Henrique Raposo e a sua biografia de Vasco Pulido Valente], *Expresso*, 23-02-2018; «Onésimo Teotónio de Almeida: um modo de pensar e de fazer» [sobre Onésimo Teotónio de Almeida e a sua obra], revista *Ler*, n.º 145 (Primavera, 2017); «Jorge Silva Melo: uma cultura da escrita» [recensão de Jorge Silva Melo, *A Mesa Está Posta*, Lisboa: Cotovia, 2019], *Expresso*, 13-04-2019.

7. «Racismo e Nacionalismo: de Soares dos Reis a Patrícia Mamona», *Contacto*, 06-08-2021; «A tradição memorialística portuguesa», *Expresso*, 22-06-2019; «Vitorino Magalhães Godinho e a questão da escravatura» [introdução a Vitorino Magalhães Godinho, Estruturas da Antiga Sociedade Portuguesa (Lisboa: Edições 70. «História e Sociedade», 2019), pp. 13–28]; «Dos Descobrimentos às Histórias de África», texto da conferência de abertura da exposição «Contar Áfricas!», organizada por António Camões Gouveia (uma primeira versão foi publicada no semanário *Expresso*, 08-12-2018); «Fernão de Magalhães descobriu o Estreito de Todos os Santos», uma versão reduzida foi publicada também no *Expresso*, 30-03--2019; «Camões: as armas, as letras, o choque de civilizações e a consciência crítica», in *História Global de Portugal*, eds. José Pedro Paiva e Cátia Antunes

(Lisboa: Círculo dos Leitores, 2020); «A Praça Luís de Camões», in *Cidades Entrelaçadas: Lisboa – História, Património e Memória*, eds. Miguel Bandeira Jerónimo e Paulo Peixoto, colaboração de Ana Filipa Guardião (no prelo); «Emigrantes à força e cultura política à portuguesa», *Contacto*, 30-07-2021; «Isabel Castro Henriques: a difícil descolonização da História de África» [recensão de Isabel Castro Henriques, *A Descolonização da História: Portugal, a África e a desconstrução de mitos historiográficos* (Quinta da Fonte do Anjo: Caleidoscópio, 2020)], inédito; «A escrita da história e as guerras culturais» [recensão de Miguel Bandeira Jerónimo e José Pedro Monteiro, *História(s) do Presente: Os mundos que o passado nos deixou* (Tinta-da-China/*Público*, 2020)], inédito.

8. «Um meio pequeno: entre o alguidar de lacraus ou o país nas pontas dos pés», *Expresso*, 08-12-2017; «A cultura escrita, a literatura e a língua portuguesa», *Expresso*, 09-11-2019; «A universidade a reboque dos poderes», *Contacto*, 21-01-2022; «A universidade: a crise anunciada», *Expresso*, 12-10-2019; «O retrocesso do cânone da literatura portuguesa» [recensão de *O Cânone*, eds. António M. Feijó, João R. Figueiredo e Miguel Tamen (Lisboa: Fundação Cupertino de Miranda, Edições Tinta-da-China, 2020)], *Expresso*, 07-11-2020; «Futebol e Estado Novo», *Expresso*, 28-09-2019; «O Manel Reis do Frágil-Lux», *Expresso*, 29-03-2018; «*Variações*: uma política de identidade nasceu à noite», *Expresso*, 14-09-2019; «*Pele Escura*: um problema que estamos com ele», *Contacto*, 09-07-21; «*Yoon*: a empatia pelo trabalho», *Contacto*, 29-10-21; «*Alcindo Monteiro*: "etnografia de uma noite longa"?», *Contacto*, 05 e 08-11-2021; «A representação de sujeitos racializados, a etnografia e a questão do racismo», *Contacto*, 03-12-2021; «Desconversar», *Contacto*, 10-12-2021; «Cultura popular, cultura erudita e um catálogo bibliográfico», *Expresso*, 28-12-2019.

Índice remissivo

Elias, Norbert, 176n., 327, 374, 520
Eloy, Mário, 241, 450